ESPERE POR MIM

MARIANA Z

AUTORA BESTSELLER DO NEW YOR

Editora Charme

Copyright © 2016. Wait for It by Mariana Zapata.
Direitos autorais de tradução© 2021 Editora Charme.

Todos os direitos reservados.
Nenhuma parte desta publicação pode ser reproduzida, distribuída ou transmitida sob qualquer forma ou por qualquer meio, incluindo fotocópias, gravação ou outros métodos mecânicos ou eletrônicos, sem a permissão prévia por escrito da editora, exceto no caso de breves citações consubstanciadas em resenhas críticas e outros usos não comerciais permitido pela lei de direitos autorais.

Este livro é um trabalho de ficção.
Todos os nomes, personagens, locais e incidentes são produtos da imaginação da autora. Qualquer semelhança com pessoas reais, coisas, vivas ou mortas, locais ou eventos é mera coincidência.

1ª Impressão 2022

Produção Editorial - Editora Charme
Capa - Letitia Hasser with RBA Designs
Adaptação da capa e Produção Gráfica - Verônica Góes
Tradução - Alline Salles
Revisão - Editora Charme

Esta obra foi negociada por Agência Literária Riff Ltda, em nome de
DYSTEL, GODERICH & BOURRET LLC.

FICHA CATALOGRÁFICA ELABORADA POR
Bibliotecária: Priscila Gomes Cruz CRB-8/8207

Z351	Zapata, Mariana
	Livro Espere por Mim / Mariana Zapata; Tradução: Alline Salles; Revisão: Equipe Charme; Adaptação da capa e produção gráfica: Verônica Góes – Campinas, SP: Editora Charme, 2022. 576 p. il.
	Título Original: Wait for It.
	ISBN: 978-65-5933-064-5
	1. Ficção norte-americana. 2. Romance Estrangeiro. – I. Zapata, Mariana. II. Salles, Alline. III. Equipe Charme. IV. Góes, Veronica. V.Título.
	CDD - 813

www.editoracharme.com.br

Editora **Charme**

ESPERE POR MIM

TRADUÇÃO: ALLINE SALLES

MARIANA ZAPATA

AUTORA BESTSELLER DO NEW YORK TIMES E USA TODAY

Para o meu verdadeiro amor — a única pessoa que eu confiaria que me protegeria na cadeia: minha irmã, Ale. Escrevi este livro imaginando como seria não ter você por perto... e foi péssimo. Demais. (Obviamente.) Felizmente para mim, o mal nunca morre, então você está presa a mim para sempre, mana. (E eu não iria querer de outro jeito.)

CAPÍTULO UM

Acordei gritando.

Ou quase gritando, considerando que ainda estava me recuperando de uma gripe que pegara de Josh duas semanas antes, que me deixou soando como uma fumante inveterada passando pela puberdade.

Meus olhos se abriram no meio do meu "Ahh!" e viram um mini demônio a centímetros do meu rosto. Pulei. Me encolhi. Juro que minha alma saiu do corpo por um milésimo de segundo conforme os dois olhos me fitando piscaram.

— Merda! — gritei quando minhas costas chegaram à cabeceira da cama, e prendi o que poderia ter sido a última respiração que eu daria antes de ter a garganta cortada.

Só que...

Enquanto esticava o braço para pegar o travesseiro ao meu lado — não sabia o que iria fazer com ele, talvez guerra de travesseiro com o cruel Umpa-Lumpa do Willy Wonka ou algo assim —, percebi que não era um discípulo tamanho viagem do Satã prestes a me sacrificar para o Senhor das Sombras. Camuflado no quarto quase totalmente escuro, o rostinho a poucos centímetros do meu não era a miniatura do demônio; era uma criança de cinco anos. *Ele* tinha cinco anos. Meu garoto de cinco anos.

Era Louie.

— Ah, meu Deus, Lou. — Bufei, ao perceber que ninguém estava tentando me matar antes de eu fazer trinta anos.

Pisquei e apertei a pele acima do meu coração como se ele estivesse prestes a explodir do meu peito.

Não deveria ter ficado surpresa ao vê-lo na minha cama. Quantas vezes ele tinha quase me matado de susto exatamente da mesma forma nos últimos dois anos? Cem? Já deveria estar acostumada com ele entrando quietinho no meu quarto. Ele era o menininho mais fofo que eu já vira — *de dia* —, mas, de alguma maneira, não entendia que encarar alguém enquanto a pessoa dormia era assustador pra caramba. *Bastante* assustador.

— Jesus C... — comecei a dizer antes de disfarçar com "avestruz e misto". Ainda conseguia ouvir a voz da minha mãe um ano antes me repreendendo por ensinar aos garotos a usar o nome do Senhor em vão. — Você me deu um susto do inferno... — gemi, percebendo que tinha errado de novo. Estava realmente tentando melhorar quanto a usar palavrões diante de Louie, pelo menos, já que Josh era uma causa perdida, mas é difícil mudar velhos hábitos. — Inverno... — troquei, embora ele já tivesse ouvido palavras muito piores do que "Jesus" e "inferno".

— Desculpe, *Tia* Diana — Louie sussurrou naquela vozinha doce que imediatamente me fez perdoá-lo por tudo que já tinha feito e tudo que ainda faria.

— Lou. — Meu coração ainda estava batendo rapidamente. Deus. Eu era jovem demais para ter um infarto, não era? Deixei as cobertas caírem no meu colo, ainda esfregando o peito. — Você está bem? — sussurrei, tentando fazer meu coração voltar a um ritmo respeitável.

Ele assentiu com seriedade.

Ele não tinha pesadelos com frequência, mas, quando tinha, sempre ia até mim... independente se eu estivesse acordada ou não. Com base no quanto eu estava sonolenta, não havia chance de eu ter dormido mais do que umas duas horas. Dormir em uma casa nova não estava ajudando em nada a minha situação. Aquela era apenas nossa terceira noite ali. Meu corpo não estava acostumado com a cama ficar de frente para um lugar diferente. Tudo também parecia e cheirava diferente. Tinha bastante dificuldade em relaxar mesmo no nosso antigo apartamento, então não fiquei surpresa ao me ver na cama, nas duas últimas noites, mexendo no celular até começar a deixá-lo cair no rosto de tão cansada que estava.

Uma mão com dedinhos pequenos se apoiou na minha perna por cima do lençol.

— Não consigo dormir — o garotinho admitiu, ainda sussurrando, como se estivesse tentando não me acordar ainda mais do que já tinha ao assustar o Espírito Santo e tirar algumas gotas de xixi de mim. A escuridão do quarto escondia o cabelo loiro e os olhos azuis de Louie, que ainda faziam meu coração se apertar com bastante frequência. — Tem muito barulho lá fora. Posso dormir com você?

O bocejo que saiu de mim durou uns quinze segundos, e foi feio e irregular, fazendo meus olhos lacrimejarem.

— Que tipo de barulho?

— Acho que tem alguém brigando perto da minha janela. — Ele curvou os ombros conforme deu uns tapinhas na minha perna.

Isso me fez sentar direito. Lou tinha uma imaginação fértil, mas não *tão* fértil. Ele nos poupara de ter amigos imaginários, porém não tinha me poupado de fingir que o vaso sanitário era um ninho de passarinho e ele era um papagaio quando tinha três anos.

Uma briga? *Aqui?*

Eu tinha visto, no mínimo, cinquenta casas até chegar naquela. Cinquenta anúncios de venda que não tinham dado certo por um motivo ou outro. Ou eram longe de boas escolas, o bairro parecia esquisito, o quintal não era grande o suficiente, a casa precisava de muita reforma ou era fora da minha faixa de preço.

Então, quando a corretora mencionou que tinha *mais uma* para me mostrar, não ficara tão otimista. Mas ela me levou mesmo assim; era uma execução hipotecária que estava no mercado há apenas alguns dias, em um bairro de classe média. Não me deixara ter esperanças. O fato de ter três quartos, um quintal e um jardim enormes e de só precisar de um reparo mínimo estético tinha sido suficiente para mim. Agarrei a oportunidade e a comprei.

Diana Casillas, proprietária de uma casa. Já era hora. Eu estivera mais do que pronta para sair do apartamento de dois quartos em que os meninos e eu nos enfiamos nos dois últimos anos.

Depois de todos os buracos em que morara, aquele lugar tinha sido a luz no fim do túnel. Não era perfeito, mas tinha potencial. Apesar de não ser em um bairro novo, as escolas próximas eram ótimas. A maior surpresa de todas foi que era perto de para onde meu trabalho estava sendo realocado, então eu não perderia horas indo e vindo de carro.

A questão era que eu tinha conhecido alguns dos novos vizinhos ao longo do um mês e meio que demorei para fechar a casa, mas não todos. As pessoas que moravam mais perto do quarto de Louie eram um casal de idosos — não exatamente o tipo de pessoas que você imaginaria brigando no meio da noite. O restante eram famílias legais com criancinhas e tal. Estivera tentando evitar o tipo de merda de um bairro com histórico de criminalidade.

Não era para ninguém estar brigando, muito menos no meio da noite.

— Pode ficar comigo. Só não chute minha barriga de novo, ok? Você quase quebrou minha costela da última vez — eu o lembrei, no caso de ele ter se esquecido do hematoma enorme que me fazia perder a respiração toda vez que me curvava. Me estiquei para acender o abajur, quase derrubando-o da mesa de cabeceira. Colocando minhas pernas para a lateral da cama, puxei a parte de trás da calça do pijama de Louie enquanto lhe dava um cuecão parcial ao me levantar.

— Foi um acidente! — Ele riu, como se não tivesse me causado semanas de dor ao confundir minha barriga com a bola, tornando óbvio que ele poderia seguir carreira como jogador de futebol se quisesse um dia. Já tínhamos dois jogadores de futebol na nossa família estendida; não precisávamos de mais um. Com a luz acesa, aquele sorrisinho travesso que era dono do meu coração causava o mesmo efeito de sempre em mim: tornava tudo no mundo mais suportável.

— Claro que foi. — Dei uma piscadinha para ele antes de bocejar de novo e esticar os braços acima da cabeça para bombear um pouco de sangue pelo corpo. — Voltarei em um minuto, mas tente dormir, ok? A vovó virá cedo te buscar.

— Aonde você vai?

Sempre havia um sinal de preocupação no seu tom toda vez que eu ia a algum lugar sem ele, como se esperasse que eu não fosse voltar.

— Ver o que é o barulho. Já volto — expliquei calmamente, tentando dizer a ele sem palavras que precisaria de uma arma de destruição em massa para me manter longe dele. Mas não fiz a promessa em voz alta. Ele precisava acreditar nisso por conta própria sem que eu o lembrasse toda vez.

Louie assentiu, já entrando debaixo das cobertas, tranquilizando só um pouco minha consciência. Ele tinha as pernas e os braços desengonçados, e aquela pele com brilho de pêssego que era a herança da ascendência dinamarquesa da sua mãe e nosso lado mexicano. Não havia um bronzeamento artificial ou autobronzeador no mundo que pudesse replicar seu tom de dourado.

— Durma.

Apagando o abajur, saí do quarto, deixando a porta entreaberta. Felizmente, eu havia colocado shorts para dormir. Minhas mãos se ergueram para apalpar as paredes e tentar andar pela casa; ainda não era familiarizada com a disposição dela. Os garotos não tinham medo de escuro, então não nos preocupávamos em deixar alguma luz acesa para dormir. Até onde conseguia me lembrar, meu irmão e eu os tínhamos convencido de que era o bicho-papão que deveria ter medo deles, e não o contrário. Ainda não tinha conseguido pendurar nada, então não havia chance de eu derrubar quadros da parede conforme percorria o corredor que separava meu quarto dos de Louie e Josh.

Quando os meninos foram morar comigo, eu acordava, no mínimo, uma vez na noite para ver como eles estavam, para me certificar de que não tivessem magicamente desaparecido como em *Mistérios Sem Solução*.

Agora, eu só fazia isso em noites como aquela, quando Louie me acordava.

A primeira coisa que vi na cama de Josh foi o corpo comprido e peludo que parecia tomá-la por completo — o cachorro de setenta e dois quilos da família, o pior guarda-costas do mundo. Mac estava desmaiado, totalmente abstraído do fato de eu entrar no quarto e, para piorar, ele nem tinha reagido ao meu grito quando vi Louie me encarando. Mais para cima na cama, estava o topo da cabeça com cabelo castanho de Josh, bem parecido com o meu e o de Rodrigo, aparecendo debaixo do lençol azul liso que ele escolhera duas semanas antes. Foi um milagre eu não ter começado a chorar como um bebê no meio da loja. Morri um pouco quando perguntara a ele se queria o conjunto das Tartarugas Ninja, e ele optara pelo azul básico. Ainda ia demorar mais algumas semanas para fazer onze anos, e já achava que era grande demais para personagens de desenhos. Ainda me lembrava dele de macacão como se fosse ontem, droga.

Deixei a porta de Josh quase fechada e segui para o quarto de Louie, o menor dos três e o que era mais próximo da frente da casa. Mal tinha chegado à porta quando ouvi gritos. *Não tinha como estar vindo dos vizinhos idosos do lado.* As pessoas que moravam do outro lado em um bangalô eram um casal, mais ou menos da minha idade, com um bebê.

O bairro parecera seguro. A maior parte das garagens ao redor tinham carros até que novos, porém havia algumas com modelos que tinham sido relançados anos antes. Não deixei de notar que os gramados eram todos bem-cuidados, e as casas, bonitas e organizadas, mesmo que todas tivessem sido construídas antes de eu nascer. Todos os sinais apontavam que aquela casa era um ótimo lugar para criar duas crianças. Me lembrava de onde eu crescera.

Rodrigo teria aprovado.

Abrindo a persiana de Lou o mais furtivamente possível para olhar pela janela, não demorei muito para ver de onde o barulho estava vindo. Do outro lado da rua, duas casas para a direita, havia dois carros estacionados de uma forma que bloqueava o tráfego de carros, se tivesse alguém dirigindo por aí no meio da noite em um dia de semana. Mas foi nos quatro homens iluminados pela luz do poste na calçada que foquei.

Estavam brigando, exatamente como Lou havia falado. Só demorei um segundo para perceber que três deles estavam rodeando um. Vira brigas suficientes na televisão para saber que, quando três caras rodeavam um, significava que nada de bom estava prestes a acontecer.

Aquilo estava mesmo acontecendo? Eu não poderia ter pegado, tipo, um período de carência de seis meses antes de coisas assim acontecerem em uma casa vizinha? Um estranho estava prestes a ser espancado, e eu só poderia presumir que algum deles era o meu vizinho do outro lado da rua. Será que o homem sozinho era meu vizinho? Ou meu vizinho era um dos caras tentando bater no que estava sozinho?

Foi bem ali, no meio da tentativa de adivinhar que porcaria estava acontecendo, que o cara no meio do círculo recebeu um soco no queixo. Caiu com um joelho no chão, tentando loucamente revidar, sem acertar nenhum dos seus agressores. Os outros três se aproveitaram e o atacaram.

Ah, meu Deus. Eles iam dar uma surra nele, e eu estava ali parada assistindo. *Assistindo.*

Não poderia ir lá fora.

Poderia?

Eu tinha Louie e Josh agora. Jesus Cristo. Não precisava olhar em volta para saber que o quarto ainda estava cheio de caixas de brinquedos e roupas. Como um garotinho tinha tanta coisa estava além da minha compreensão. Eu tinha acabado de comprar um jogo de cama do Homem de Ferro para sua cama de solteiro. *Eu não era responsável apenas por mim*, pensei, quando testemunhei o cara levando um chute na costela. E se os homens tivessem armas? E se...

Pela janela, continuei assistindo ao Cara Sozinho levar repetidos socos da mesma pessoa. De novo e de novo. Era um espancamento, se é que eu já tinha visto um. Como se já não fosse ruim, outro cara se envolveu e assumiu. Meu coração ficou umas quatro vezes maior. *Jesus.* Jesus. Ele estava tomando uma surra. O Cara Sozinho caiu de lado, sendo chutado repetidamente no minuto em que seus agressores tiveram abertura. Eram como hienas atacando uma gazela ferida. Iriam matá-lo.

E eu estava ali parada. Ainda.

Pensei no meu irmão, sentindo aquela dor familiar espetar meu coração e inundá-lo com tristeza, arrependimento e raiva, tudo de uma vez. Hesitar poderia ser a diferença entre a vida e a morte, eu não sabia disso?

Não poderia viver comigo mesma se algo que eu pudesse ter evitado acontecesse. Não pensei na possibilidade de eles terem armas ou de alguém vir atrás de mim como retaliação, e com certeza não levei em consideração como meus pais, muito menos os meninos, lidariam comigo por fazer algo tão imprudente. Mas que tipo de pessoa eu seria se simplesmente ficasse ali parada dentro da minha casa e não fizesse nada para ajudar alguém que obviamente necessitava?

Antes que eu pudesse desistir da ideia, corri para fora do quarto e para a frente, de pés descalços. Não quis perder tempo correndo de volta para o meu quarto a fim de pegar sapatos ou o celular, mas me lembrei claramente de que Josh havia deixado seu taco de beisebol na porta da frente para não se esquecer dele quando saísse para a casa dos avós no dia seguinte. Se eu sobrevivesse àquela noite, realmente precisava começar a fazer umas ligações para encontrar um novo time de beisebol para ele, me lembrei antes de deixar esse plano para uma hora melhor.

Eu precisava ir ajudar porque era a coisa certa a fazer e porque eu precisava ser um exemplo para os garotos. E fugir de obstáculos não era algo que eles precisavam aprender com alguém.

O fato era que dependia dos Larsen, meus pais, e de mim moldá-los no que se tornariam na vida. Essa foi uma das primeiras coisas que tivera que entender quando fiquei com a guarda deles. *Dependia de mim*. Se eu errasse com eles... Não poderia deixar isso acontecer. Queria que eles crescessem e fossem pessoas boas e honradas, mesmo parecendo que eu tinha a eternidade até eles serem algo mais do que garotinhos que mal conseguiam mirar o xixi no vaso sanitário e não errar. Não queria que os filhos de Rodrigo se tornassem algo diferente só porque ele não estava por perto para criá-los, porque eu sabia exatamente de quem seria a culpa se eles se tornassem uns merdinhas: minha.

Não precisava disso na minha consciência.

Bem onde ele o deixara, peguei o taco que saía da mochila de Josh, testando o peso do objeto. Só quando fechei devagar a porta da frente, ao sair, foi que realmente tive vontade de voltar correndo para dentro. A parte do meu cérebro que percebeu o quanto aquela ideia era estúpida queria estar de volta ao meu quarto, debaixo das cobertas. Não queria ter que tomar essa decisão — arriscar ou não arriscar minha vida? Mas segui em frente só por pensar no nome de Rodrigo.

Conforme desci correndo os três degraus que levavam da varanda à calçada, fiz uma prece silenciosa, torcendo para isso não causar consequências para mim. Meus pés tinham acabado de tocar o cimento quando vi que o homem totalmente sozinho ainda estava rodeado, ainda sendo espancado. O pânico escalou por meus ombros. *Como ninguém mais ouvia isso?*, me perguntei, antes de pensar que não importava. Eu precisava fazer o que precisava, e isso era ajudar aquele cara e voltar inteira para dentro de casa.

— A polícia está a caminho! — gritei com toda a força, erguendo bem o taco. — Deixem-no em paz!

Com a maior surpresa da minha vida, os três homens pararam instantaneamente; uma das pernas de um deles ficou suspensa no ar no meio de um chute, e eles se entreolharam com óbvia hesitação, me dando uma visão borrada dos seus rostos comuns e normais. Não havia nada de especial neles; eram meio altos e magros.

— Afastem-se! — gritei, minha voz falhando, quando continuaram ali parados. Esperava mesmo que meu vizinho fosse o que estava ali deitado no chão e não um dos outros caras, senão entrar e sair da minha casa seria bem esquisito por bastante tempo.

Por que não tinha ninguém ali fora ajudando?, me questionei mais uma vez, sem entender por que mais ninguém tinha saído. Eles não estavam sendo exatamente silenciosos.

Meu coração estava batendo a um quilômetro por minuto, e eu já estava suando como uma porca. Estava sozinha; aterrorizada mesmo com a adrenalina percorrendo meu corpo, mas o que era para eu fazer? Ficar ali parada olhando?

— Afastem-se! — gritei de novo com mais determinação por trás do meu tom, puta da vida que esse tipo de merda sequer estivesse acontecendo na minha vizinhança.

Houve um único sussurro firme, então um dos agressores deu um passo de volta na direção do homem no chão e o chutou forte antes de avisá-lo:

— Isto não acabou, otário! — ele chiou.

Por mais covarde que fosse, não consegui evitar me sentir mais do que grata quando dois dos idiotas entraram em um carro juntos e o terceiro entrou no outro veículo sem olhar uma segunda vez na minha direção, cantando pneu na rua.

O homem no chão mal se mexeu conforme me aproximei dele, minhas pernas tentando ao máximo fingir que eram macarrões. O cara estava deitado de costas, seus tornozelos se arrastando para a frente e para trás conforme ele se contorcia de dor, em silêncio. Seus braços, ambos cobertos de tatuagens até os pulsos, estavam em volta da cabeça. Eu estava atravessando o gramado quando ele a ergueu. Não levou muito tempo rolando para o lado, então, enfim, apoiou as mãos e os joelhos, parando nessa posição.

Soltei o taco no gramado.

— Ei, amigo, você está bem? — foi a única coisa que pensei em perguntar conforme fiquei de joelhos bem ao lado do meu mais-do-que-provável vizinho. Sua atenção ainda estava focada no chão. Sua respiração era cortada e irregular; tinha um rastro de saliva e sangue de onde só pude presumir que sua boca estava no gramado. Ele tossiu e saíram mais fluidos rosados.

Distraída e, para ser sincera, bem próxima de ter um ataque de pânico, vi que as mãos também eram cobertas de tatuagens, mas foram as manchas nos nós dos seus dedos que indicaram que ele, pelo menos, tinha tentado revidar. Talvez não soubesse lutar, mas pelo menos tentou.

— Ei, você está bem? — perguntei de novo, olhando por ele todo, procurando algum sinal de que estava bem, embora as chances fossem que, provavelmente, não estava. Eu tinha visto o quanto o haviam machucado. Como poderia estar bem?

Sua respiração difícil ficou ainda mais trabalhosa antes de ele se curvar e cuspir; sua expiração depois disso foi trêmula e soou dolorosa.

Olhei-o por completo. A luz fluorescente da rua fazia seu cabelo parecer loiro-escuro. A camiseta que ele vestia estava coberta de sangue. Mas foram seus pés descalços que disseram tudo; ele tinha que ser meu vizinho. Por que mais ele não estaria de sapatos? Será que tinha aberto a porta esperando que estivesse tudo bem e, então, foi atacado?

— Como posso te ajudar? — Minha voz estava trêmula e baixa conforme ele começou a tentar tirar as mãos do chão e ficar somente de joelhos, sem perceber que eu estava lá ou sem se importar. Me aproximei mais e fui pega de surpresa quando um braço se ergueu na minha direção.

Apenas hesitei por um segundo antes de segurar seu pulso, deslizando meu ombro debaixo do seu braço enquanto a grama se esfregava nos meus joelhos nus. Ele jogou o peso em mim conforme a parte interna do seu braço se ajustava à minha nuca. Um toque de algum tipo de bebida alcoólica chegou às minhas narinas quando envolvi meu braço na sua lombar. A ansiedade preencheu minha barriga com a proximidade dele. Não conhecia aquele tolo. Não fazia ideia do que ele era capaz ou de que tipo de pessoa ele era. Quero dizer, quem era atacado do lado de fora de casa? Isso não era uma besteira aleatória do tipo estar-no-lugar-errado-na-hora-errada. Isso era pessoal.

Não importava. Pelo menos, uma pequena parte de mim reconhecia que isso não deveria importar. Três contra um era uma situação de merda mesmo que a pessoa merecesse.

Quando ele tentou ficar de pé, eu também tentei, bufando e me esforçando muito mais do que gostaria de admitir quando ele me usou de apoio.

— Amigo, preciso que me diga se está bem ou não — eu disse a ele, engolindo o coração que batia na minha garganta conforme o imaginei desmaiando em cima de mim por hemorragia interna. Isso completaria minha noite. — Ei, consegue me ouvir? Você está bem?

— Estou bem, porra — foi sua resposta maravilhosa ao cuspir mais saliva.

Aham, não dava muito para acreditar nisso quando parecia que ele tinha tentado correr uma maratona para a qual não havia treinado e passou mal na metade. Mas o que eu ia fazer? Chamá-lo de mentiroso mesmo quando metade do seu peso estava em cima de mim?

— Esta é sua casa?

— Aham — o homem resmungou do fundo da garganta.

Mantendo o olhar baixo, olhei pelo gramado, tentando ignorar o que eram, provavelmente, quase noventa quilos me usando como muleta. Exatamente como quase todas as outras casas do bairro, a que estávamos em frente tinha uma varanda após três degraus que levava até a porta da frente. Ergui minha mão livre e apontei na direção dela.

— Preciso que se sente por um segundo, tudo bem?

Minhas costas estavam prestes a ceder.

Na minha visão periférica, ele pareceu assentir ou gesticular em concordância, mas só tive um vislumbre de uma mandíbula coberta por uma barba grossa que pertencia a um hipster ou um lenhador. Felizmente, ele deve ter sentido que minha coluna iria se quebrar no meio porque tirou o peso de cima de mim ao avançar três metros que pareceram quase um quilômetro. Seu corpo estava levemente curvado, sua respiração, trêmula. Nos degraus, me virei para guiá-lo para que pudesse se sentar, me permitindo dar uma boa olhada de perto nele.

De primeira, percebi que ele era mais velho do que eu. Talvez dez anos, talvez vinte, era difícil de adivinhar em alguns homens, e ele era um deles. Suas bochechas tinham manchas rosadas com pontinhos destacados nelas. Havia um grande corte na sobrancelha, e um menor, mas tão sangrento quanto, no lábio inferior. Não consegui identificar seu tom de pele apenas com a luz horrível da noite que iluminava o lugar em que estávamos, mas era óbvio que ele estava meio pálido. Era bonito sob circunstâncias normais, sim. Mas foram seus olhos que me fizeram ficar agachada a trinta ou sessenta centímetros do meu novo vizinho. Linhas vermelhas atravessavam as íris cujas cores não consegui identificar, um sinal de que ele estivera bebendo.

Ou os olhos vermelhos significavam outra coisa? Merda.

— Você está bem? — insisti. Eu não era médica; não sabia o que significavam sintomas diferentes.

Uma garganta coberta de tatuagem balançou com o que só pude presumir que fosse ele engolindo quando abriu e fechou os olhos lentamente, como se estivesse desorientado ou algo assim. Ele estava olhando para mim, mas era quase como se estivesse olhando através de mim. Será que poderia ter um dano cerebral?

— Ei, é melhor eu chamar uma ambulância ou a polícia?

Isso fez seus olhos focarem em mim. Sua resposta foi rápida e meio grosseira.

— Não.

Observei-o.

— Você está sangrando.

Assim que falei isso, uma linha vermelha escorreu por sua têmpora a partir da sobrancelha bem diante de mim. Jesus.

— Não — o estranho repetiu, sua testa formando um franzido que me fez esquecer de que ele era atraente porque estupidez não era fofa. Simplesmente, não era.

— Está, sim. — Tenho certeza de que meus olhos se arregalaram como se dissessem "está me zoando". Ele nem estava se incomodando de limpar o sangue que descia por sua bochecha.

— *Falei para você. Estou bem, porra.*

Tive que sufocar a vontade de repreendê-lo por falar assim comigo. A única coisa que me impediu de abrir minha boca grande foi ter pensado como me sentiria se tivesse levado uma surra, e provavelmente eu também não seria muito gentil. Mas ainda soei mais mal-humorada do que soara um segundo antes ao dizer entre dentes cerrados:

— Estou tentando te ajudar. Eles estavam chutando você. Pode ter quebrado uma costela... ou ter uma concussão...

O rastro de sangue foi na direção da sua orelha. Como ele podia me dizer que estava bem?

— Você está sangrando bem na minha frente. Veja. Ponha a mão se não acredita em mim — eu disse a ele, batendo o dedo indicador no meu rosto no lugar exato em que eu queria que ele fizesse igual, tipo *alô, idiota, me escute.*

O homem balançou a cabeça, expirando de forma lenta e dolorosa, conforme finalmente tocou o rosto e limpou o sangue, sujando-o mais ainda. Olhou para seus dedos manchados e franziu o cenho, baixando os cantos da boca como se não conseguisse acreditar que tinha sido ferido depois de tudo que acabara de acontecer.

— Nada de polícia. Nada de hospital. Estou bem — ele insistiu, seu tom ficando mais rude a cada sílaba.

Jesus Cristo.

Homens. Malditos *homens*.

Se fosse eu, já estaria em uma ambulância querendo ser examinada. Mas já dava para perceber pela sua expressão — eu conseguia identificar uma pessoa teimosa a um quilômetro de distância; conseguia identificar alguém como eu — que não havia como eu convencê-lo a tomar outra decisão.

Que burro.

— Tem certeza? — perguntei de novo, só para minha consciência ter certeza de que eu fizera o que ele pedira mesmo que achasse que estava sendo um maldito idiota.

Ele piscou lentamente ao me olhar mais uma vez, uma leve careta erguendo uma bochecha antes de conseguir esconder o fato de que era humano e estava ferido.

— Falei que sim.

Falei que sim.

Eu estava a três segundos de terminar o serviço que os outros caras começaram naquele babaca se ele não contivesse aquele tom. Mas o sangue por toda a frente da sua camiseta me fez ficar de boca fechada, talvez, pela quinta vez em toda a minha vida. Ele estava ferido. Parecia estar com dificuldade de respirar. E se tivesse perfurado um pulmão? O que eu deveria fazer?

A resposta era: *nada*. Não poderia fazer nada a menos que ele quisesse.

Ele era adulto. Eu não podia obrigá-lo a fazer algo que ele não quisesse.

Deveria voltar para casa. Já tinha feito o suficiente. Não queria lidar com isso, mas... Eu sabia que não poderia voltar para dentro até ter praticamente certeza de que ele não desmaiaria no gramado.

— Certo, então venha. Se vai mentir e dizer que está bem, pelo menos me deixe ajudá-lo a entrar na sua casa — basicamente murmurei, frustrada por não conseguir simplesmente dizer "ok" e deixá-lo cuidar da própria vida. Estava ainda mais frustrada por ele estar tratando isso como se não fosse nada e como se não houvesse uma chance de haver algo realmente errado com ele.

Suas pálpebras baixaram por um instante antes do meu vizinho assentir, abrindo o olhar na minha direção. Outra respiração difícil saiu do seu peito, bem relutante e idiota.

Estendi a mão para ajudá-lo a se levantar, porém ele a ignorou. Em vez disso, demorou um pouco para ficar de pé, enquanto minha mão aguardava no ar, no caso de ele mudar de ideia. Não mudou. Lentamente e por conta própria, ele subiu as escadas, e o segui de perto, pronta para amortecer sua queda. Com as costas para mim, percebi que ele não era apenas pesado, era um cara bem grande em geral. Mesmo sem ficar ereto, era fácil dizer que ele tinha, mais ou menos, um e oitenta e, definitivamente, era bem mais pesado do que eu. Ele grunhiu baixinho conforme deu um passo após o outro até a varanda, e tive que falar para mim mesma que, se ele não queria que eu chamasse a polícia, precisava respeitar seus desejos.

Mesmo que eu achasse que ele estava sendo um grande idiota e que havia uma chance de ele morrer devido aos ferimentos.

Não consegui impedir que minha boca se abrisse uma última vez, a ansiedade batendo forte.

— Você realmente deveria ser examinado.

— Não preciso ser examinado — ele insistiu no tom mais rude que eu já tinha ouvido.

Você tentou, Di. Você tentou.

Tinha uma porta de metal de segurança bloqueando uma comum de madeira, e meu vizinho se esticou para abrir a primeira, depois a segunda, entrando, e eu o segui. Todas as luzes estavam apagadas conforme ele cambaleou para dentro, grunhindo. Eu não conseguia ver uma única coisa enquanto o homem bêbado e espancado cambaleava para a frente. Meus pés descalços estavam no carpete, e rezei para ele não ter agulhas jogadas nem nada. Alguns segundos depois, houve um barulho alto, então um clique duplo antes de um abajur lateral se acender.

Era um dos meus piores pesadelos.

A casa dele era uma *bagunça*.

Havia pilhas de roupas que poderiam estar ou não limpas no sofá e duas poltronas reclináveis na sala de estar. Uma televisão gigante estava na parede, fios pendurados debaixo dela, conectando-a a dois videogames que eu reconhecia. Latas de refrigerante e cerveja estavam por todas as mesinhas laterais; guardanapos amassados, recibos, meias, embalagens de fast-food e quem mais sabe o que cobrindo o chão.

Ele estava bufando de dor conforme eu continuava olhando em volta, avistando uma bola de beisebol em uma redoma de vidro empoeirada e um troféu igualmente empoeirado na mesa à minha esquerda. Esse lugar inteiro me lembrou do primeiro apartamento que tive com Rodrigo. Nós ficamos porcos após termos saído da casa dos nossos pais, mas isso era porque nossa mãe era uma louca da limpeza e, pela primeira vez em nossa vida, não precisávamos arrumar tudo religiosamente. Atualmente, com dois garotos e um emprego que tinha mais horas do que o período integral, eu era bem tranquila com o que eu conseguia viver.

Mas aquele lugar me fez olhar tudo com desconfiança, dobrando meus dedos dos pés.

O cara — *homem* — soltou um longo gemido ao se acomodar lentamente em uma poltrona reclinável, com uma mão segurando o braço lateral.

— Tem certeza de que não quer que eu chame uma ambulância?

Ele soltou outro "Aham" ao se deitar, descansando a cabeça no encosto, sua garganta colorida balançando ao engolir.

— Certeza?

Ele nem se incomodou em responder.

Hesitei ao observar as manchas vermelhas na sua roupa e os locais inchados no seu rosto, e pensei nele sendo chutado de novo.

— Posso te levar ao hospital. Só vou precisar de uns minutinhos.

A ideia de acordar Josh e Louie era horrível, mas, se tivesse que fazê-lo, o faria.

— Nada de hospital — ele murmurou, engolindo com dificuldade de novo. Seus olhos estavam fechados.

Encarei-o por um minuto, absorvendo as linhas firmes do seu perfil. Detestava me sentir inútil, detestava mesmo.

— Tem alguém para quem eu possa ligar para você?

Meu vizinho pode ter balançado a cabeça, mas o movimento foi tão comedido que era difícil ter certeza.

— Não. Estou bem.

Ele não parecia bem para mim.

— Pode ir embora agora — ele murmurou, suas mãos apertando as coxas com tanta força que os nós dos seus dedos ficaram brancos.

Eu não queria estar nessa casa com ele, porém sabia que não conseguiria sair assim. A ideia de estar na casa de um estranho à noite sozinha enviou milhares de alarmes para a minha cabeça. Esse era o tipo de merda que mulheres em filmes faziam e terminavam jogadas em um buraco fundo no porão de um psicopata. Mas fugir não era a coisa certa a fazer e, se é que isso fazia diferença, normalmente, as pessoas não tinham porões no Texas Hill Country. Olhei em volta e continuei me perguntando se ele tinha um kit de primeiros socorros ou não.

— Tem alguma coisa com que eu possa limpar seus ferimentos?

Os olhos dele estavam fechados e, do seu colo, dois dos seus dedos da mão esquerda se balançaram em um gesto negativo que me fizeram estreitar os olhos.

— Sabe quantos germes as pessoas carregam por aí nas mãos? — perguntei lentamente.

Eu não era fã do olhar que ele lançou na minha direção com apenas um olho aberto.

E ele não era fã da minha persistência.

— Não estou brincando. Você faz ideia?

Ele me encarou por, talvez, um segundo inteiro, depois fechou os olhos e fez outro gesto negativo que insistia que ele seria um idiota quanto ao assunto.

— Eu já disse que estou...

— Que porra está havendo aqui? — uma voz não conhecida falou, simplesmente quase me matando de susto.

Parado no espaço em que a sala de estar se transformava no que era um corredor ou uma cozinha, havia um homem seminu. Um homem seminu esfregando os olhos e franzindo o cenho.

— Nada. Volte a dormir. — O idiota mal-humorado na poltrona nem conseguia falar sem gemer.

O homem sonolento continuou franzindo o cenho e piscando, ainda obviamente sem entender nada. Esticou um braço para a parede atrás dele, acendendo a luz do ventilador de teto.

E Deus me ajude.

Deus me ajude.

O cara novo, não o babaca espancado, estava só de boxer preta. Era óbvio, mesmo com os mais de três metros entre nós, que ele era alto, talvez até mais alto do que o Babaca Espancado. Seu cabelo era quase raspado, seu rosto tinha uma barba por fazer, mas não era realmente barbudo, e ele era grande como aqueles modelos de membros longos e peito musculoso, seis gominhos, coxas de sobra e uma tatuagem enorme marrom e preta que parecia cobrir tudo da parte superior dos seus braços, atravessando o peitoral até o início da garganta e continuando para arquear acima dos músculos do trapézio, desaparecendo em algum lugar nas costas.

Ele tinha o corpo de um astro pornô. Daqueles atraentes e musculosos de verdade.

Ou acho que um modelo de calendário.

Obviamente, eu estivera assistindo demais a pornô com dois caras ultimamente para esse ser o primeiro corpo com o qual associei.

Eu soube o exato instante em que seus olhos cansados viram que eu estava lá porque ele se endireitou e todos os músculos endureceram.

— Quem é você? — ele perguntou lenta e secamente, sua voz rouca de sono.

Baixando minha mão de onde estava acima do coração — nem me lembrava de erguê-la —, recuperei a respiração irregular no meu peito e ergui as mãos com a palma na direção dele em forma de rendição, absorvendo suas características que não eram do pescoço para baixo. Seu rosto era cheio de ângulos e linhas definidas, como um gângster em um filme de máfia russa. Não exatamente bonito, mas havia alguma coisa nele... Eu tossi.

Foco.

— Acabei de ajudá-lo lá fora — expliquei, parada ali como um veado diante de faróis do carro.

Não era óbvio? O cara espancado estava sangrando. Por que mais eu estaria ali parada?

O estranho seminu me encarou, sem piscar, sem se mexer antes do seu olhar se voltar para o homem na poltrona reclinável.

— O que aconteceu?

O Babaca Espancado balançou a cabeça e se deitou de volta no sofá, gesticulando de forma negativa.

— Nada. Fique na sua e volte a dormir.

Será que eu...? Deveria...? Deveria ir. Provavelmente deveria ir, decidi. Pigarreei e, felizmente, nenhum deles olhou para mim.

— Ok, bem, vou embora agora...

— O que aconteceu? — o homem seminu perguntou de novo, e não precisava ser um gênio para saber que a pergunta foi direcionada para mim... porque seu olhar estava travado no meu, os olhos semicerrados e um franzido que me deixava desconfortável.

— Já falei para você que não foi nada, porra! — o Babaca Espancado chiou, erguendo uma mão para seus olhos e as colocando sobre eles.

O cara não espancado nem olhou para o outro homem. Eu tinha praticamente certeza de que suas narinas tinham se inflado em algum momento, e dava, definitivamente, para ver que suas mãos soltas estavam se abrindo e fechando em punho. Sua voz foi baixa e quase rouca.

— Pode, por favor, me contar por que ele está na poltrona, parecendo que acabou de levar uma surra?

Porque ele tinha levado? Abri a boca, fechei e dei de ombros mentalmente. Queria dar o fora dali, e não devia nenhuma lealdade para o cara espancado.

— Ele foi atacado, e eu o ajudei. Não quis deixá-lo lá fora.

Meus olhos iam de um lado a outro entre a poltrona e os músculos — quero dizer, o cara com a boxer que só cobria um terço das suas coxas.

— Atacado? — Uma das sobrancelhas grossas do homem pareceu se erguer a mais de um centímetro na sua testa ampla.

Juro que vi seu queixo ir para a frente conforme ele escolheu repetir minha palavra. Eu tivera experiências suficientes na vida quanto a irritar pessoas — especificamente minha mãe — para saber que aquelas peculiaridades eram um sinal de alguém que estava bravo, mas tentava não estar e fracassava miseravelmente.

Provavelmente, piorei a situação ao adicionar:

— No gramado lá fora.

A largura dos seus ombros pareceu se duplicar, chamando atenção para bíceps musculosos se flexionando à vida com as mãos que ele estava cerrando em punho com a raiva bem óbvia. Não dava para saber quantos anos ele tinha... não que isso importasse.

— Ele foi atacado no gramado lá fora? — o estranho mais recente perguntou rigidamente, seus ombros se endireitando para trás, seu queixo coberto com a barba por fazer se pronunciando mais um pouco.

Por que parecia que eu estava fazendo fofoca para o papai?

— Aham.

O homem na poltrona resmungou, exasperado.

Teria me preocupado em ter a boca grande se parecesse que o Babaca Espancado poderia dar alguns passos sozinho.

Os bíceps do homem seminu ficaram ainda mais pronunciados conforme sua mão — grande — se ergueu para segurar o topo do seu cabelo escuro raspado.

— Quem? — o homem indagou naquela voz grossa e rouca que não tinha nada a ver com uma fanha, como a minha. Também tive a sensação de que não era uma voz que induzisse a dormir.

— Quem o quê? — questionei lentamente, tentando decidir a melhor forma de fugir daquela conversa o mais rápido possível.

— Quem fez isso?

Deveria ter perguntado o nome e o endereço deles? Dei de ombros, meu desconforto aumentando a cada segundo. *Vá embora, Diana*, uma vozinha dentro da minha cabeça me alertou.

— Não é da sua conta, porra — o Babaca Espancado murmurou tão irritado quanto alguém que poderia ou não ter ferimentos internos.

Mas, ao mesmo tempo que ele respondeu, eu tagarelei:

— Três caras.

— Do lado de fora desta casa? — O Homem Seminu apontou na direção do piso com o dedo indicador.

Assenti.

Houve um instante de silêncio antes de:

— Vou matar você, caralho — o homem chiou, não muito baixo, movendo a cabeça na direção da poltrona. A mão pendurada na sua lateral cerrou em punho e me fez olhar para a porta e dar um passo para trás.

E provavelmente foi isso que me fez tagarelar ao dar outro passo para trás.

— Certo. Vou dar o fora agora. Iria ao médico se fosse você, amigo. Espero que melhore...

A atenção do cara não espancado se voltou para mim conforme uma expiração trêmula saiu do seu peito largo, sua mão se abriu mais uma vez na sua lateral, e ele piscou.

— Quem é você?

Eu não gostava de contar a estranhos onde morava, mas não era como se eu fosse o Batman, salvando estranhos à noite porque estava tentando salvar o mundo do crime. Era apenas uma idiota que não conseguia ignorar alguém com necessidade se eu tivesse o poder de ajudar. Droga. Além do mais, se um deles — ou ambos — morava naquela casa, iria me ver por aí de vez em quando.

— Acabei de me mudar para o outro lado da rua.

O homem com a expressão séria e boxer minúscula pareceu distraído ao me olhar de cima a baixo, como se estivesse tentando sentir se eu estava mentindo ou não. Tenho certeza de que a única coisa que ele conseguiria identificar era que eu realmente estava arrependida de tentar ser uma pessoa boa e me envolver nessa situação bizarra.

Olhando de um lado a outro entre o homem ali parado e o outro na poltrona, mal conseguindo me controlar, pensei que poderia ir embora. Não deixaria o cara espancado sozinho, e talvez o outro homem estivesse irritado com ele, mas quem saberia qual era o histórico entre aqueles dois? Você não falava que iria "matar" alguém a menos que essa pessoa tivesse te irritado vezes suficientes no passado. Eu já passara por isso. Talvez ele tivesse razão em estar bravo. Talvez não tivesse. Tudo que eu sabia era que tinha dado meu máximo e era hora de ir.

— Certo, bem, tchau e boa sorte — eu disse.

Antes de algum deles responder — e depois percebi que não tinha perguntado o nome de ninguém —, estava do lado de fora e indo para a rua, para a minha casa. Aquilo tinha sido desconfortável e não era uma coisa pela qual eu queria passar de novo. Eu tinha tentado. Só esperava que nada voltasse para descontar em mim.

Voltei andando tranquilamente. A adrenalina que me percorria tinha sumido, e estava cansada. Peguei o taco de Josh do gramado e atravessei a rua, me perguntando por que tinha acontecido aquilo tudo, mas sabendo que as chances de descobrir eram quase nulas. Conforme fui até meu gramado, foquei em alguém baixo e magrelo parado atrás da porta da frente de tela em apenas uma camiseta que era pequena demais e cueca, suas mãos na cintura.

— Lou? Que porr... porcaria está fazendo? — repreendi, erguendo as mãos nas minhas laterais.

O sorriso que se abriu no seu rosto dizia que ele sabia exatamente o que eu quase dissera, e não fiquei surpresa. Claro que ele sabia. Meu irmão usava a palavra "porra" como se fosse o nome do seu terceiro filho imaginário. Não foi a primeira vez que me lembrei de que meus pais nunca reclamaram quanto a como ele precisava parar de falar certas palavras diante das crianças. Huh.

— Eu não sabia para onde você tinha ido, Docinho — ele explicou inocentemente, abrindo a porta conforme usou seu apelido para mim.

E, simplesmente assim, minha irritação com ele por ficar acordado desmoronou em milhares de pedacinhos. Eu era muito molenga. Abri totalmente a porta de tela e me abaixei para pegá-lo no colo. Ele estava ficando maior a cada dia, e era apenas uma questão de tempo até ele dizer que estava velho demais para ser carregado. Não queria pensar demais nisso ou me antecipar, porque tinha certeza de que acabaria me trancando no banheiro com uma garrafa de vinho, fungando pra caramba.

Balançando-o nos meus braços, beijei sua têmpora.

— Fui me certificar de que o vizinho estivesse bem. Vamos dormir, tá bom?

Ele assentiu contra a minha boca, já com o peso mais sonolento.

— Ele está bem?

— Ele vai ficar bem — respondi, totalmente consciente de que era parcialmente mentira, mas o que mais eu poderia dizer? *Espero que ele não morra de hemorragia interna.* Não. — Vamos dormir, amor.

CAPÍTULO DOIS

— Diana — minha mãe chamou da cozinha conforme meu pai e eu movíamos minha TV de tela plana para o sistema de entretenimento que ele acabara de montar com minha ajuda. Meu trabalho tinha sido, principalmente, entregar a ele pregos, ferramentas e sua garrafa de cerveja. Antes disso, ele havia instalado a porta gigante de tamanho humano de Mac na cozinha enquanto eu tinha ficado sentada ao lado dele, observando.

Eu não era a pessoa mais habilidosa do mundo, e o fato de estar exausta após os cinco últimos dias não me tornava a melhor assistente para montar e instalar coisas. Pensando bem, eu deveria ter alterado a data para quando tinha fechado a casa, assim não teria caído quase na mesma data em que meu trabalho estava sendo realocado. Era muito mais trabalho do que eu esperava. Tinha sorte por ser verão e os meninos agora estarem com seus outros avós, os Larsen, pelo restante da semana. Eles o buscaram no dia anterior, e isso, pelo menos, tinha funcionado perfeitamente, já que eu oferecera para ajudar a pintar o novo salão, o que havia tomado doze horas de um dia com inúmeras pessoas mexendo com rolos e pincéis.

— *Si, Ma?* — gritei em espanhol conforme meu pai mexeu as sobrancelhas, erguendo a mão em formato de C e a inclinando na direção da boca, o gesto universal para quem quer uma cerveja. Assenti para o único homem estável na minha vida, propositalmente ignorando todas as linhas em volta da boca e dos olhos dele; todos os sinais do quanto ele, assim como minha mãe, tinha envelhecido ao longo dos últimos anos. Não era algo em que eu gostava de focar muito.

— *Ven*. Fiz uns *polvorones* para você levar para seus vizinhos — ela respondeu em espanhol naquele tom que usava desde que eu era criancinha e que não deixava espaço para discussão.

Não consegui abafar totalmente meu gemido. Por que eu não tinha previsto essa merda?

— Mãe, não preciso levar nada para eles — gritei de volta, observando meu pai conter uma risada para o que eu tinha certeza de que era minha expressão de "está me zoando".

— *Como que no*? — Como não?

Minha mãe era antiquada.

Isso era eufemismo. Ela era muito, *muito* antiquada e tinha sido assim toda a minha vida. Da primeira vez que saí de casa, parecia que eu tinha engravidado aos dezesseis, nos anos 1930, no México. Mais de dez anos não tinham amenizado a reação dela toda vez que era lembrada que eu não morava mais sob o mesmo teto. Seus valores e ideais não eram brincadeira.

Ela *devia* ser a única pessoa que se mudava para um novo bairro e queria levar algo para os vizinhos em vez de ser o contrário. Parecia que ela não entendia que a maioria das pessoas não iria querer comer comida de alguém que não conheciam porque todo mundo presumia que haveria Antraz ou crack nos ingredientes. Mas mesmo que eu lhe dissesse meu raciocínio para não querer levar os biscoitos para os vizinhos, provavelmente ela não iria dar ouvidos, de qualquer forma.

— Tudo bem, *Mamá*. Não preciso levar nada para eles. Já conheci os vizinhos do lado. Contei para você, lembra? São bem legais.

— Precisa ser amiga de todo mundo. Nunca se sabe quando precisará de alguma coisa — minha mãe continuou, me fazendo perceber que não iria ceder até eu concordar.

Joguei a cabeça para trás a fim de olhar para a televisão, de repente sendo lembrada de ser uma menininha à mercê dela de novo, de todas as vezes que ela me fez fazer algo que eu realmente não queria porque era "educado". Me deixava louca na época, e me deixa louca atualmente, mas nada havia mudado. Ainda não conseguia falar não para ela.

Do canto do olho, vi meu pai tirando DVDs de uma caixa para guardar nas gavetas debaixo do painel de entretenimento, propositalmente não se envolvendo na nossa discussão. Covarde.

— Venha pegá-los. São melhores quando estão mornos — ela insistiu, como se eu não soubesse disso em primeira mão.

Bufei e revirei os olhos para o teto, pedindo paciência. Bastante.

— Diana? — minha mãe chamou naquele tom que eu recusava a acreditar que usasse com Josh e Lou.

Por um rápido instante, quis bater os pés.

Conformada com o inevitável, fui para a cozinha. Os armários eram de madeira manchada e apagada, mas era madeira de verdade e ainda estavam em bom estado. As bancadas eram de azulejos e estavam encardidas, o rejunte era de um tom de cor apenas encontrado em coisas que tinham sido feitas antes da Guerra do Vietnã, porém não muito pior do que os que tinham no apartamento em que eu e os meninos morávamos. Felizmente, meu pai já tinha me dito que me ajudaria a consertar a cozinha quando eu estivesse pronta, jurando que nós mesmos poderíamos fazer com uma ajudinha do meu tio. Além da reforma da cozinha, o piso precisava de um cuidado e uma atenção especiais, e os eletrodomésticos que os proprietários haviam deixado eram dos anos noventa. Queria consertar e substituir aquelas coisas antes sequer de tocar nos armários. A cerca também precisava de muito conserto. No entanto, tudo fazia o que precisava fazer na maior parte do tempo, então eu conseguiria consertar em certo momento. Algum dia.

— Diana? — minha mãe chamou de novo, sem perceber que eu estava parada bem atrás dela.

Com um metro e quarenta e sete de altura e uma personalidade que beirava a santa em setenta e cinco por cento das vezes — os vinte e cinco restantes ela reivindicava seu Napoleão interno —, por fora, ela não parecia ter uma força extraordinária. Seu cabelo escuro, salpicado por mechas grisalhas nos dois últimos anos, estava solto nas costas. Seu tom de pele era mais escuro do que o meu, quase bronze, sua estrutura mais robusta, mas não havia dúvida de que, eu poderia ter puxado mais ao meu pai fisicamente, porém minha insistência vinha dela. Para lhe dar crédito, também puxei seu lado carinhoso.

— Estou aqui — eu disse para o Napoleão Mexicano, mal percebendo a pilha de potes atrás dela. Não fazia ideia de onde ela tinha pegado os potes de plástico. Metade dos meus não tinha mais tampa.

— Quer que eu vá com você? — ela perguntou, olhando para mim por cima do ombro.

Analisei minha mãe mais uma vez, balançando a cabeça, me lembrando de quando eu costumava ir de porta em porta vendendo cookies para meu grupo de escoteiras e ela me seguia, a meio quarteirão; fora seu jeito de me mostrar que estava lá se eu precisasse dela, mas, ao mesmo tempo, me deixando experimentar como era me virar sozinha. Não gostava desse tipo de coisa quando era criança, pensando que ela estava me sufocando, mas agora... bem, agora, eu a entendia bem demais. Na maior parte do tempo, pelo menos. Naquele caso, eu não queria.

— *Esta bien*. Já volto — respondi mais do que chorosa. Eu não queria ir.

Ela estreitou seus olhos quase pretos para mim.

— Pare de fazer essa cara. Quer que eles gostem de você, *no*?

Então pensei de onde vinha minha necessidade de gostarem de mim, droga.

Enquanto eu pegava outra cerveja para o meu pai, minha mãe separou a pilha de potes em duas sacolas de plástico, e segui para a porta da frente, puxando um pouco do cabelo curto do meu pai no caminho conforme ele terminava de apertar algo no painel de entretenimento. Soltou um "*Oye!*" rouco, como se estivesse surpreso por eu ter feito aquilo.

Sem arrastar os pés, segui em frente e passei nos vizinhos de cada lado primeiro. O casal mais jovem não estava em casa, porém o mais idoso me agradeceu, embora eu tivesse certeza de que eles não faziam ideia do que eram *polvorones*. De alguma forma, consegui não rir quando vi, pela primeira vez, que minha mãe havia grudado meu cartão de visita em cada tampa vermelha junto com um post-it escrito na sua caligrafia inclinada *DA SUA VIZINHA DA 1223*. Ela também jogara uma das canetas velhas de Louie na sacola. Do canto de olho, vi um carro vermelho parando diante da casa do cara que tinha sido espancado, mas não prestei muita atenção nisso enquanto conversava com meus vizinhos. A vida dele não era da minha conta.

Quando finalizei com eles, atravessei a rua, seguindo para a casa não diretamente em frente à minha, mas à esquerda. Quando ninguém atendeu à porta, deixei a sobremesa parecida com cookie na porta deles.

Em seguida, era a casa que eu achava a mais bonita do bairro. Estivera admirando o bangalô amarelo amanteigado desde que dirigi pela primeira vez pela rua. Ainda não tinha visto quem morava ali; o antigo Buick não tinha se mexido nenhuma vez da garagem e, se tinha, eu não havia percebido. Os canteiros de flores e o jardim eram muito perfeitos, com tanta variedade que eu nem conseguia começar a nomeá-los. Tudo na paisagem era bem mantido e pensado, desde o chafariz de pedra até os gnomos escondidos nos buchinhos de flores — era algo saído de uma revista. Subi os degraus de concreto, olhando em volta, armazenando ideias para o que eu adoraria fazer com o jardim da frente quando tivesse tempo e dinheiro, talvez quando Josh fosse para a faculdade. Não havia campainha, assim, bati no pedaço de madeira perto da janelinha de vidro construída no centro da porta.

— Quem é? — uma voz idosa feminina, alta e quase estridente, perguntou do outro lado.

— Diana. Acabei de me mudar para o outro lado da rua, senhora — gritei, dando um passo para trás.

— Dia-quem? — a mulher indagou logo antes de a trava na porta se virar e uma cabeça com um cabelo branco perfeito, quase transparente, aparecer pela fresta.

Eu sorri para o rosto pálido e enrugado que apareceu.

— Diana Casillas. Sou sua nova vizinha — adicionei, como se fosse ajudar.

Dois olhos dominados pelo glaucoma piscaram para mim antes de a porta se abrir mais e uma mulher menor do que minha mãe — e mais magra — aparecer com um robe pink.

— Minha nova vizinha? — Ela piscou os olhos leitosos para mim. — Dos dois garotos e o cachorro grande?

À primeira vista, seus olhos diziam que ela não enxergava bem, mas o fato de ela saber que eu tinha dois meninos e o Big Mac me disse que eu não podia deixar aquela mulher me enganar. Ela sabia o que estava acontecendo. Eu gostava disso.

— Sim, senhora. Trouxe uns cookies para a senhora.

— Cookies? Eu amo cookies — a mulher idosa comentou ao colocar óculos no seu nariz frágil com uma mão. A outra subiu na minha direção, magra e cheia de veias.

— Cookies mexicanos — expliquei, pegando um dos potes da sacola.

E o sorriso sumiu imediatamente do rosto da mulher.

— Cookies mexicanos. — Sua voz também tinha mudado. — Você é mexicana? — ela perguntou, seus olhos se estreitando para mim como se mal estivesse percebendo que eu tinha um amarelado e bronzeado no meu tom de pele.

A inquietação pinicou meu pescoço, me fazendo hesitar.

— Sim? — Por que eu estava respondendo como se fosse uma pergunta? Eu era, e não era um segredo. Não podia esconder isso.

Aqueles olhos pequenos ficaram menores ainda, e realmente não gostei disso.

— Você parece meio mexicana, mas, com certeza, não fala como uma mexicana.

Dava para sentir minhas bochechas esquentarem. Aquela queimação familiar de indignidade esquentou minha garganta por um breve segundo. Havia morado em cidades multiculturais por toda a minha vida. Não estava acostumada com alguém dizendo a palavra "mexicano" como se a melhor comida do planeta não viesse de lá.

— Nasci e cresci em El Paso. — Minhas amídalas coçaram, meu rosto esquentando mais a cada segundo.

A senhora idosa murmurou como se não acreditasse em mim. Sobrancelhas quase sem pelo se ergueram.

— Sem marido?

O que era aquilo? Interrogatório da CIA? Não gostei do tom da sua voz antes, agora a questão do marido... Eu sabia aonde isso ia acabar. Sabia o que ela iria presumir, considerando que ela já sabia da existência de Josh e Louie.

— Não, senhora — respondi em uma voz surpreendentemente calma, contendo meu orgulho com todas as forças.

Os pelos finos grisalhos das suas sobrancelhas brancas subiram um centímetro e meio por sua testa.

Essa era a minha deixa para sair logo dali antes que ela pudesse perguntar mais alguma coisa que fosse me deixar brava. Eu sorri para a mulher, apesar de ter praticamente certeza de que ela não conseguia enxergar, e disse:

— Foi um prazer conhecê-la, Sra...

— Pearl.

— Sra. Pearl. Me avise se precisar de alguma coisa — me obriguei a oferecer, sabendo que era o certo a fazer. — Trabalho bastante, mas, geralmente, estou em casa aos domingos. Meu número de telefone está na tampa — adicionei, segurando o pote logo acima das suas mãos, que estavam unidas diante dela.

Ela o pegou, sua expressão ainda meio indecifrável.

— Bem, foi um prazer conhecer a senhora — falei, dando um passo para trás.

Os olhos dela ainda estavam semicerrados ou eu só estava imaginando isso?

— Foi um prazer conhecer você, Srta. Cruz. Espero que esses cookies mexicanos sejam bons — ela, enfim, respondeu, em um tom que dizia que eu não esperasse por isso.

Pisquei para o "Srta. Cruz".

Com um suspiro louco para sair da minha garganta, desci correndo os degraus e fui na direção da próxima casa. Sem surpresa, ninguém atendeu. Era o meio do dia de uma terça-feira. A maioria das pessoas estava no trabalho. Eu não precisava olhar dentro da sacola para saber que havia mais um pote de *polvorones* para entregar. Mais um conjunto de cookies para a casa em que eu ajudara a apartar uma briga e vira um homem de cueca. Estaria ferrada se voltasse para casa com os cookies ou, pior, tentasse escondê-los porque não queria ouvir minha mãe me repreendendo por não fazer o que ela pedira.

Respirei fundo de novo conforme desci as escadas da penúltima casa, distraidamente percebendo que o carro vermelho que tinha parado ali enquanto eu conversava com meus vizinhos de porta ainda estava lá. Huh. Desde o dia da surra, eu não tinha visto nenhum carro na garagem. Mas um sedã vermelho não parecia exatamente o tipo de carro que algum dos homens que morava na casa dirigiria.

Hesitei por um instante. Então, tudo que tive que fazer foi pensar na minha mãe me esperando na casa, e sabia que não tinha escolha a menos que quisesse ouvir sobre isso a noite toda ou, pior, ouvi-la ameaçar conhecer os vizinhos porque eu não tinha conhecido. Será que um dia eu não teria medo dela?

Pela calçada que levava à casa em que eu estivera uma vez, brinquei com os cookies na mão. Olhei para o Chevy por um segundo quando passei por ele e subi a calçada limpa na direção da porta da frente. Estava melhor do que a minha casa... só que aquela escondia os horrores dentro dela.

Bati, porém não havia nenhum barulho lá dentro. Toquei a campainha e, quando, mesmo assim, não ouvi nada, coloquei o pote de cookies na varanda em cima do capacho, arranquei meu cartão de visita da tampa, deixando apenas o post-it, agradecendo a Jesus por não precisar conversar com aquele vizinho — ou seu amigo ou seu colega de quarto ou quem quer que fosse aquele homem —, pelo menos por mais um tempo. Não que eu estivesse com vergonha. Não estava. Não fiz nada além de salvar a pele do homem, porém não queria parecer um tipo de perseguidora aparecendo na casa deles apenas dois dias depois.

— Ei! — uma voz feminina chamou.

Me virando, franzi o cenho para a mulher de cabelo escuro parada ao lado do sedã, bem longe de mim.

— Sim? — gritei, semicerrando os olhos contra o sol.

— Sabe se Dallas mora aqui? — a mulher perguntou.

— Dallas? — fiz uma cara estranha. Do que ela estava falando? Estávamos em Austin.

— *Dal-las* — a mulher disse devagar como se eu fosse idiota ou algo assim.

Ainda estava fazendo uma cara estranha para ela, pensando que ela era idiota.

— Você quer dizer Austin?

— Não, Dallas. D-a-l-l...

— Sei como se escreve Dallas — falei lentamente. — É para ser uma pessoa? — Era isso ou ela realmente era uma idiota.

Mordendo os lábios que combinavam com a cor do carro, ela assentiu.

Oh.

— Não conheço ninguém chamado Dallas — respondi em um tom quase tão impertinente quanto o dela conforme desci as escadas. Que tipo de nome ou apelido era Dallas, de qualquer forma?

— Mais ou menos desta altura, olhos verdes, cabelo castanho... — Ela parou de falar quando eu não disse nada. Essa parecia a descrição de metade dos homens do mundo, inclusive os que eu tinha visto na casa. O que fora espancado tinha cabelo loiro-escuro, mas algumas pessoas poderiam pensar que era castanho.

Entretanto, mais do que qualquer coisa, como eu saberia de quem ela estava falando mesmo que fosse um deles? Eu não sabia o nome deles. Mesmo que fosse o cara espancado, eu não queria ser sugada para a vida de um estranho mais do que eu já fora. Aquele cara parecia um monte de drama de que eu não precisava ou queria na minha vida. O outro... bem, também não precisava nem queria aquilo na minha vida, mesmo que ele tivesse um corpo incrível.

— Você não mora por aqui? — ela perguntou, ainda usando aquela voz sarcástica que chamava minha agressividade interna como uma sirene.

Mordi a parte interna das bochechas ao andar pela calçada, dizendo a mim mesma que não poderia me envolver em uma briga em menos de duas semanas morando ali. Não poderia. *Não poderia*. Esperava que fosse morar ali por um bom tempo. Não poderia começar uma intriga tão rapidamente. Mas minha voz me apunhalou pelas costas, saindo exatamente como eu estava me sentindo.

— Moro, sim, mas não há muito tempo, *desculpe*.

Acho que a mulher deve ter ficado me encarando por um minuto pelo silêncio entre nós, mas não dava para saber. Eu a ouvi suspirar.

— Olha, desculpe. Estou ligando para esse babaca o dia todo, e ele não atende. Fiquei sabendo que ele estava morando aqui.

Dei de ombros, minha raiva começando a amenizar depois do pedido de desculpa. Tecnicamente, mesmo que meu vizinho se chamasse Dallas, Wichita ou San Francisco, eu não sabia disso, portanto, não conhecia um Dallas, então não estava mentindo. Além do mais, eu mal conseguia acompanhar minha agenda, quanto mais a de outra pessoa. Tentei pensar no rosto do Babaca Espancado, porém só conseguia ter uma imagem clara de todos aqueles hematomas terríveis enquanto ele estava deitado na poltrona.

— Não. Desculpe. Não conheço ninguém.

Com um suspiro longo e grave, a mulher baixou a cabeça exatamente quando cheguei a meio metro do carro dela, perto o suficiente para realmente ver seu rosto. Ela poderia ser mais velha do que eu, mas era muito bonita. Seu rosto era oval, sua maquiagem estava perfeita, e ela estava vestindo uma roupa colada no seu corpo curvilíneo que até dava para eu admirar. Há um tempo, eu me maquiava e enrolava o cabelo só para ir ao mercado. Agora, a menos que tivesse que trabalhar ou estivesse indo a algum lugar em que sairia em fotos, não me maquiava.

— Está bem, obrigada, querida — a desconhecida disse finalmente. Depois, voltou para o carro.

Querida? Ela não devia ser tão mais velha do que eu.

Por um breve instante, pensei se o homem que tinha sido espancado era esse Dallas, então visualizei o outro homem — o maior — claramente, aí deixei a curiosidade de lado. Eu tinha outras coisas com que me preocupar além do vizinho e do seu possível amigo. De volta à minha casa, encontrei minha mãe na sala de estar junto com meu pai, pendurando quadros.

Claro que, no segundo em que fechei a porta, os olhos dela foram para as sacolas vazias que eu segurava.

— Você entregou todos?

Apertei o plástico nas minhas mãos para amassar.

— Sim.

Minha mãe balançou a cabeça, zombando de mim.

— *Que te dije? No me hagas esa cara.*

Deixei a careta desaparecer do meu rosto um pouco mais devagar do que ela teria gostado.

Trabalhamos lado a lado em paz nas horas seguintes, pendurando fotos e alguns dos trabalhos da minha melhor amiga que eu colecionara ao longo dos anos. Nenhum dos meus pais disse nada quando pegamos as fotos emolduradas de Drigo e Mandy. Não queria que os meninos se esquecessem dos pais. Não queria guardar as lembranças deles em uma caixa para que eu não sentisse aquela pontada de tristeza toda vez que me lembrava do que todos nós perdemos. O que percebi foi meu pai olhando para uma foto da família inteira na minha formatura de Ensino Médio com uma expressão intensa no rosto, mas ele não falou nada quanto a isso.

Meus pais nunca queriam falar do meu irmão.

Vez ou outra, quando eu estava em um ponto bem crítico em que toda célula do meu corpo sentia falta de Rodrigo e ficava brava porque nunca mais o veria, queria poder falar sobre ele, poder conversar com eles sobre isso. Mas, se havia uma coisa que eu tinha aprendido ao longo dos últimos anos, era que todo mundo lidava de forma diferente com o luto. Inferno, todos nós lidávamos com a vida de forma diferente.

Em certo momento, minha mãe preparou o jantar com os ingredientes lamentáveis que eu tinha na geladeira e na despensa, nós comemos e eles foram embora. Moravam a quase uma hora, em San Antonio, na mesma região de um dos meus tios e tias. Após uns vinte e poucos anos em El Paso, eles venderam a casa em que passei minha infância e se mudaram para ficar mais perto da família do meu pai. Eu estava morando em Fort Worth na época; aquele tinha sido meu lar por oito anos. A mudança deles e meu ex foram os motivos pelos quais eu tinha ido embora de Fort Worth e me mudado para San Antonio antes de ficar com os meninos. Havia sido minha decisão me mudar para Austin com Josh e Louie para ter um recomeço.

Quando fiquei sozinha, enfim, terminei de pendurar todas as minhas roupas das caixas em que as tinha guardado.

No meu quarto, mal havia tirado a calça jeans quando a campainha tocou.

— Um segundo! — gritei, vestindo meu short de stretch antes de ir até a porta, analisando a sala de estar para ver o que meus pais tinham esquecido. Provavelmente, era o celular do meu pai; ele sempre deixava aquela coisa jogada por aí. — *Papá* — comecei a dizer ao destravar a fechadura e abrir a porta, com a atenção ainda na sala de estar atrás de mim.

— Não é seu papai — uma voz baixa e desconhecida respondeu.

O quê?

Definitivamente, não era meu pai do outro lado da porta da frente, com as mãos enfiadas profundamente nos bolsos da calça jeans manchada, sob a luz da varanda.

Era o homem. O homem que eu tinha visto na casa do meu vizinho; o homem com o bíceps grande e o cabelo castanho-escuro curto. O cara de cueca.

Isso era uma surpresa. De perto, sem o peso da exaustão por ser acordada no meio da noite e sem estar nervosa por lidar com um otário mal-humorado que não quis minha ajuda após eu tê-la dado gratuitamente, finalmente consegui identificar que ele tinha mais de trinta e cinco anos, talvez estivesse perto dos quarenta. Pisquei uma vez e lhe lancei um sorriso esquisito.

— Tem razão. Meu pai é uns quinze centímetros mais baixo do que você. — Provavelmente, também pesava uns trinta quilos a menos.

Tinha imaginado, naquele dia na casa, que ele devia ser mais alto do que o Babaca Espancado, mas agora pude confirmar. Ele tinha, facilmente, um e oitenta e sete. Uma vez, eu tive um namorado mais ou menos daquela altura. Otário do caralho. Mas aquele homem diante de mim era muito mais musculoso. *Muito mais.* Não tinha dúvida quanto a isso. Se eu conseguisse chegar perto e olhar as costuras da sua camiseta preta, não ficaria surpresa se a costura estivesse se esforçando para se conter. Ele tinha a coluna toda ereta, peito amplo e bíceps e antebraços cheios de veias. E aquele rosto liso com as maçãs altas e profundas, nariz reto e empinado e mandíbula quadrada não era excitante nem lindo, mas havia alguma coisa quanto à estrutura do seu rosto que eu não me importava de olhar.

Não. Com certeza, não me importava de olhar. Ainda conseguia enxergar aquela tatuagem grande atravessando a metade superior do seu peito se fechasse os olhos.

O canto da boca do homem — *da boca do estranho* — ficou reto instantaneamente.

Será que ele descobrira que eu o estava analisando? Um movimento na região de sua cintura me fez olhar para o pote de plástico familiar que ele estava segurando em uma mão.

Merda. Se ele tivesse me flagrado observando-o, já era; eu poderia muito bem não ser tímida quanto a isso. Esfregando meu quadril, olhei diretamente nos olhos dele e sorri mais. A cor deles me lembrava muito de uma floresta; de alguma forma, marrom, amarelo e verde ao mesmo tempo.

Cor de mel. Depois do de Louie, era um dos tons de cor mais bonitos que eu já tinha visto, e não consegui me conter e encarei essa outra parte do seu corpo, mesmo enquanto me perguntava o que ele estava fazendo ali.

— Posso te ajudar com alguma coisa? — indaguei, sem quebrar nosso contato visual.

— Vim agradecer — ele respondeu naquela voz que ainda era tão grossa e rouca quanto tinha sido no meio da noite, de alguma maneira, combinando perfeitamente com o rosto anguloso e estilo capanga. Uma ruga se formou entre suas sobrancelhas grossas e escuras conforme seu olhar foi dos meus olhos para o meu peito e voltou, por um instante tão rápido que posso até ter imaginado.

Uma daquelas mãos grandes que eu tinha visto cerradas de raiva dias antes se ergueu para puxar o colarinho da camiseta preta lisa. Ele voltou os olhos castanho-esverdeados na minha direção, puxando de novo a roupa, exibindo um pouco da tatuagem na base do pescoço.

— Agradecer o que fez.

Precisei dizer duas vezes a mim mesma para manter meu olhar no seu rosto.

— Não precisa me agradecer por seu amigo...

— Meu irmão — o homem me interrompeu.

Irmão dele? O idiota que levou uma surra era *irmão* dele? Acho que ambos eram grandes... Huh. Irmão dele. Imaginei que isso explicasse perfeitamente a parte do desejo de "matá-lo". Ergui um ombro.

— Se ele quiser dizer "obrigado", pode fazer por conta própria, mas não precisa. Obrigada, de qualquer forma. — Continuei sorrindo para ele, torcendo para que não tivesse saído tão forçado quanto originalmente teria.

— Isso nunca vai acontecer. — Os olhos cor de mel do homem varreram meu rosto e, de repente, fiquei extremamente consciente de que não tinha me maquiado naquele dia e tinha duas casquinhas enormes na testa por ter cutucado o rosto da última vez em que fora ao banheiro fazer xixi. — Mas eu agradeço.

Suas narinas inflaram levemente quando não desviei o olhar do seu contato visual; ele se endireitou mais, apertando os lábios. Talvez eu estivesse encarando demais.

Que pena para ele, porque ficar olhando seus bíceps para adivinhar quanto ele pegava teria sido ainda mais inapropriado. O homem deu de ombros de forma brusca demais para ser casual.

— Ele não precisa trazer a merda dele para cá, só isso. Desculpe por isso.

Pisquei.

— Seria legal que não acontecesse de novo.

— Você mora aqui com seus meninos? — o homem perguntou de repente, aqueles olhos bonitos ainda travados nos meus. Ninguém nunca realmente tinha me olhado nos olhos por tanto tempo. Eu não tinha certeza de como me sentia quanto a isso. Além do mais, havia algo mais importante com que eu tinha que lidar: como ia responder a ele? Deveria mentir? Sua pergunta pareceu casual, mas havia alguma coisa estranha nela. Não sabia como ele tinha conhecimento de Josh e Lou, mas, obviamente, tinha nos visto em algum momento. Não precisava surtar por causa disso. Poderia ter nos visto de longe.

Será?

Estreitei os olhos para ele.

Ele estreitou os dele de volta.

Minha mãe sempre dizia que dava para conhecer bastante uma pessoa por seus olhos. Uma boca poderia fazer milhões de formatos diferentes, no entanto, olhos eram as janelas para a alma e as merdas de uma pessoa. Me lembrava do mês após meu último ex e eu terminarmos, de que me sentei e pensei o que eu tinha feito de errado. A triste realidade foi que, quando pensei na metade superior do seu rosto... Aceitei que estivera cega naquele ponto da minha vida. Cega e idiota.

Burra, na verdade. Deus. Eu fora tão burra naquela época. Nunca mais poderia ser tão burra. Talvez ele não tivesse buracos negros como um reflexo da sua alma nos olhos, mas mexi a porta para mais perto de mim só um centímetro, mais um reflexo do que qualquer coisa. Eu tinha interpretado mal outros antes. Nunca poderia me esquecer disso, principalmente quanto tinha outras pessoas das quais precisava cuidar.

Eu disse "sim" antes de poder pensar duas vezes. Eles eram meus meninos. Talvez não tivessem saído diretamente do meu corpo, mas eram tão meus quanto poderiam. Além disso, o que importava se ele pensasse que eu era mãe solo? Era tia solo. Uma guardiã solo. Era basicamente a mesma coisa.

Sua resposta assentindo foi lenta, baixando o queixo definidamente, o que me fez olhar para sua boca rosada.

— Normalmente, este é um bairro tranquilo. Não precisa se preocupar com seus filhos. O que aconteceu não vai acontecer de novo.

Aquela expressão séria, com pés de galinha nos olhos e os dentes à mostra, dizia a qualquer um que olhasse para esse homem que ele não estava desacostumado a sorrir. Mas eu não conseguia visualizá-lo. Ele não parecera feliz da primeira vez em que o vira e não parecia particularmente feliz em estar aqui diante de mim também.

Ele era legal ou não? Ali estava ele, assumindo a responsabilidade pelas ações de outra pessoa. Não poderia ser tão ruim.

Poderia?

Só meio que dei de ombros.

— Bem, obrigada por... se importar. — *Se importar? Sério, Diana?*

Foi impossível não ver uma das suas mãos cerrar em punho e depois relaxar.

— Bom, só queria agradecer — ele começou, soando desconfortável de novo. Ele chacoalhou o pote, segurando-o meio longe do corpo. — Aqui está antes de se perder nas minhas coisas.

— Imagine. — Jesus Cristo. Ele já tinha comido todos os *polvorones*? Eu tinha acabado de deixá-los lá. Peguei o pote, ainda pensando em como ele havia engolido tanto açúcar quando algo nas suas palavras cutucou meus pensamentos.

As coisas *dele*?

— Ele mora com você?

As sobrancelhas do homem se ergueram.

— Sim. Eu sou seu vizinho. Ele só está ficando comigo.

Esse era meu vizinho.

Tudo isso era meu vizinho?

Que porra era isso?

Esse homem alto, musculoso e bronzeado cheio de tatuagens até os cotovelos e um corpo que me fazia rezar para que ele cuidasse do gramado sem camisa, era meu vizinho. Não o outro cara.

Não sabia por que estava tão aliviada, mas estava. Talvez ele não estivesse me dando exatamente um abraço, porém também não estava sendo um idiota grosseiro como seu irmão. E ele tinha trazido de volta o pote de plástico da minha mãe. Nem eu fazia isso. As pessoas que me conheciam não me deixavam pegar coisas emprestadas porque nunca as recebiam de volta.

Não havia como esse cara ser tão ruim se estava ali se desculpando por algo que não havia feito. Havia?

Olhei nos seus olhos cor de mel de novo e decidi que, provavelmente, não.

Inspirando uma lufada de ar, minhas bochechas se estufaram como um esquilo antes de eu abrir o segundo sorriso esquisito do dia.

— Pensei que... esqueça. Nesse caso, sou sua vizinha, Diana. É um prazer te conhecer.

Ele piscou e a hesitação, cautela ou o que quer que estivesse flutuando por seu cérebro brilhou nos seus olhos rapidamente antes da sua mão se estender na minha direção, e eu a vi.

Ele tinha uma aliança de casamento.

— Dallas — o homem se apresentou.

Ele me observou com aquela expressão séria, a ruga de volta entre suas sobrancelhas, seu aperto firme. Dallas. *Dallas*.

Oh, merda. Era por esse homem que a moça tinha perguntado mais cedo. Ele era uma pessoa de verdade, então ela não era idiota.

Ele era uma pessoa de verdade casada, e alguma moça que não sabia onde ele morava estava perguntando sobre ele. Humm. Me questionei o que ela queria por um segundo antes de dizer a mim mesma que não era da minha conta.

Assim que ele soltou minha mão, eu a coloquei na cintura e abri o terceiro sorriso estranho nos últimos dez minutos.

— Bem, foi um prazer conhecer você, Dallas. Oficialmente. É bem-vindo para tudo. Me avise se um dia precisar de alguma coisa.

Ele piscou e, de repente, senti que tinha feito algo errado. Mas tudo que ele disse foi:

— Claro. Te vejo por aí.

Não olhei para a bunda dele ao fechar a porta. Ele era casado, afinal de contas. Eu vira o suficiente. Não tinha muita coisa neste mundo que eu levava a sério, porém um relacionamento, principalmente um casamento, era uma dessas coisas, mesmo que tivessem mulheres indo até a casa dele procurá-lo. Encarar a bunda de um homem era bem diferente de observar a frente dele quando fora ele que saíra seminu.

Eu não ficaria sentada na varanda com um copo de limonada nos dias que ele cuidava do gramado, afinal, droga.

Tranquei a fechadura assim que meu celular começou a tocar de onde o deixara no meu quarto. Corri pelo corredor e o peguei, sem ficar surpresa quando apareceu ALICE LARSEN na tela.

— Alô? — atendi, sabendo exatamente quem realmente estava ligando.

— *Tia* — a voz de Louie soou na linha. — Estou indo dormir.

Sentando na beirada da cama, não pude deixar de sorrir.

— Escovou os dentes?

— Sim.

— Tem certeza?

— *Sim.*

— Positivo?

— *Sim!*

Dei risada em silêncio.

— Josh escovou?

— Sim.

— Onde ele está?

— Jogando videogames na sala de estar.

— Você me ama? — perguntei a ele como fazia toda noite só para ouvi-lo dizer isso.

— *Sim.*

— Quanto?

— *Muito!* — Sua vozinha de menino riu, divertindo-se, me lembrando do porquê eu ainda perguntava.

— Está se divertindo?

— Sim.

— Está pronto?

— Sim — o garoto de cinco anos respondeu rapidamente. Já conseguia visualizá-lo na minha mente, deitado nos seus travesseiros com as cobertas até o pescoço. Ele gostava de dormir como uma múmia, totalmente enrolado. — Pode me contar aquela sobre o papai salvando o gato da velha senhora de novo? — ele perguntou com um suspiro cansado, quase sonhador.

Deus, eu realmente precisava parar de falar "velha senhora" perto deles. Não dava para contar a quantidade de vezes que eu tinha contado a mesma história a Josh e Louie, mas sempre o deixava escolher o que ele queria ouvir. Então, pelo que, provavelmente, era mais do que a vigésima vez, contei a ele sobre o dia em que Rodrigo subiu em uma árvore para salvar o gato da nossa vizinha idosa quando tínhamos morado junto com minha melhor amiga.

— A árvore era tão grande, nossa, pensei que ele fosse cair e quebrar a perna... — comecei.

CAPÍTULO TRÊS

Eu estava a *isso aqui* de bater a cabeça no volante. Ah, meu Deus. Era cedo demais para aquilo. E, se quisesse ser totalmente sincera comigo mesma, meio-dia também seria cedo demais para aquilo. Seis da tarde também teria sido cedo demais.

— Não tenho nenhum amigo — Josh continuou o mesmo discurso que estivera fazendo pela última eternidade sobre o quanto era injusto iniciar o quinto ano em uma escola nova.

Ele estivera falando disso por exatamente vinte minutos. Eu estava olhando no relógio.

Eram vinte minutos que eu nunca mais iria recuperar.

Vinte minutos que pareciam que iriam sumir com os seis meses seguintes entre aquele instante e meu aniversário de trinta anos.

Vinte minutos que me fizeram implorar silenciosamente por paciência. Ou pelo fim. Por qualquer coisa que o fizesse *parar*. Ah, meu Deus. Eu estava chorando lágrimas invisíveis e soluçando em silêncio.

Eu estivera deixando Josh e Lou na escola e na creche há um bom tempo e, nesse período, acordar antes das sete não tinha ficado mais fácil. Duvidava que um dia ficaria. Minha alma chorava toda manhã quando o alarme tocava; então chorava ainda mais quando eu tinha que ficar insistindo para Josh acordar, levantar-se da cama e se vestir. Portanto, ouvi-lo reclamar pela centésima vez sobre a injustiça de começar tudo de novo era demais para lidar antes da hora do almoço.

Para ser justa, uma parte enorme de mim conseguia entender que ter que fazer novos amigos era uma droga. Mas era uma escola melhor do que a que ele estava antes, e Josh — sem contar aquele momento — era o tipo de criança que eu tinha orgulho de ser minha, que fazia amigos com facilidade. Puxou isso do nosso lado da família. Eu daria a ele uma semana para ter um novo melhor amigo, duas para alguém convidá-lo para dormir em casa e três semanas para ele se esquecer totalmente de que um dia tinha reclamado. Ele se adaptava bem. Ambos se adaptavam bem.

Mas *isto*, isto estava fazendo parecer que eu estava arruinando a vida dele. Pelo menos, era basicamente isso que ele estava dando a entender. Destruir a vida de um garoto de dez anos de idade. Podia riscar isso da minha lista de afazeres.

Quando os avós o deixaram em casa na noite anterior depois de uma semana fora, e ele já estava com um humor terrível, eu deveria ter imaginado no que estava me metendo.

— Com quem vou me sentar no almoço? *Quem vai me emprestar um lápis se eu precisar de um?* — ele fez a pergunta como um perfeito rei do drama. Não sabia de onde ele tinha puxado isso.

Minha pergunta de verdade era: para começar, por que ele não teria um lápis? Eu tinha comprado para ele um pacote de lápis *e* lapiseiras.

Não me incomodei em responder ou perguntar sobre a questão do lápis, porque, naquele momento, pensei que ele só quisesse se ouvir falar, e qualquer coisa que eu dissesse não ajudaria. Era inútil comentar e, francamente, não confiava que eu não faria um comentário sarcástico que ele receberia da pior forma possível porque estava mal-humorado.

— Com quem vou conversar? — ele continuou, sem se intimidar pelo silêncio. — *Quem vou convidar para o meu aniversário?*

Oh, meu Deus, ele já estava se preocupando com festas de aniversário imaginárias. Seria muito grosseira se ligasse o rádio alto o suficiente para ignorá-lo?

— Está me ouvindo? — Josh indagou naquela voz chorona da qual geralmente me poupava.

Cerrei os dentes e mantive o rosto para a frente para ele não me ver olhando-o desafiadoramente através do espelho retrovisor.

— Estou te ouvindo, sim.

— Não está, não.

Suspirei e apertei o volante.

— Estou, sim. Só não vou falar nada porque sei que não vai acreditar em mim quando disser que vai fazer amigos, que vai ficar tudo bem e que, quando chegar seu aniversário, terá bastante gente para convidar, J. — Fiquei de boca fechada quanto ao seu problema do lápis para o bem de nós dois. Quando ele não respondeu, perguntei: — Estou certa?

Ele resmungou.

Exatamente como meu irmão.

— Olha, eu entendo. Eu detestava começar um emprego novo em que não conhecia ninguém, mas você é um Casillas. É fofo, esperto, legal e é bom em qualquer coisa que quiser ser bom. Vai ficar bem. Vocês dois vão ficar bem. São incríveis.

Mais resmungo.

— Certo, Louie? — Olhei pelo espelho retrovisor e vi o próximo aluno do jardim de infância na sua cadeirinha, sorrindo e assentindo.

— Sim — ele respondeu, totalmente empolgado.

Sério, tudo naquele garoto me fazia sorrir. Não que Josh não fizesse, mas não era do mesmo jeito que Lou.

— Está preocupado em começar a escola? — indaguei ao pequenino.

Tínhamos falado sobre o jardim de infância muitas vezes no passado, e toda vez ele pareceu animado por isso. Não havia motivo para eu pensar o contrário. Minha maior preocupação era que ele desatasse a chorar quando eu o levasse, mas Louie não era bem esse tipo de criança. Ele amava a creche.

Ginny tinha me alertado de que eu choraria ao levá-lo no primeiro dia, mas não tinha como eu desmoronar na frente dele. Se eu chorasse, ele iria chorar mesmo se não fizesse ideia do porquê. E eu me culparia se isso acontecesse. Quando eu havia tirado foto dele em frente à casa um pouco mais cedo, talvez tenha surgido uma pequena lágrima no olho, mas isso era tudo que eu estava disposta a ceder.

— Não — ele respondeu com aquela voz alegre de cinco anos que me fazia querer abraçá-lo até o fim dos tempos.

— Viu, J? Lou não está preocupado. Você também não deveria estar. — No espelho retrovisor, a cabeça de Josh caiu antes de se deitar para o lado e descansar no vidro da janela. Mas foi o enorme suspiro que saiu de um corpo tão jovem que realmente me incomodou. — O que foi?

Ele balançou um pouco a cabeça.

— Me diga qual é realmente o problema.

— Nada.

— Sabe que não vou esquecer até você me contar. O que houve?

— Nada — ele insistiu.

Suspirei.

— J, pode me contar qualquer coisa.

Com a testa no vidro, ele pressionou a boca nele, embaçando a região ao redor dos lábios.

— Eu estava pensando no papai, ok? Ele sempre me levava para a escola no primeiro dia.

Porra. Por que eu não tinha pensado nisso? No ano passado, ele tinha ficado bem mal-humorado por começar o ano escolar também. Só que não tinha sido tão ruim. Claro que eu também sentia falta de Drigo. Mas não contava para Josh, independente do quanto eu precisava às vezes.

— Você sabe que ele diria para você...

— Nada de chorar no beisebol — ele terminou por mim com um suspiro.

Rodrigo era firme e duro, porém amava os filhos, e não havia uma única coisa que ele não pensasse que eles poderiam fazer. Mas ele era assim com todo mundo que amava, inclusive eu. Um nó se formou na minha garganta e me fez tentar limpá-lo o mais discretamente possível.

Será que eu estava fazendo a coisa certa com Josh? Ou estava sendo dura demais com ele? Não sabia, e a indecisão enterrou um nó direto no meu coração. Eram momentos assim que me faziam lembrar que eu não tinha ideia do que estava fazendo, muito menos de qual seria o resultado quando eles crescessem, e isso era aterrorizante.

— Sua escola nova será ótima. Confie em mim, J. — Quando ele não falou nada, me virei para olhá-lo por cima do ombro. — Você confia em mim, não é?

E simples assim, ele voltou a ser um pé no saco. Revirou os olhos.

— Dãã.

— Dãã o caral... caramba. Vou te deixar no meio do caminho.

— Oooh — Louie entoou, sempre instigando.

— Cale a boca, Lou — Josh o repreendeu.

— Não, obrigado.

— Ah, meu Deus, vocês dois fiquem quietos — pedi. — Vamos fazer o jogo do silêncio.

— Não vamos — Josh respondeu. — Encontrou um novo time para mim?

Droga. Deslizei um olhar para a janela lateral, de repente me sentindo culpada por ainda nem ter começado a procurar um novo time de beisebol para ele. Antes, eu teria mentido e dito que sim, entretanto, não era esse tipo de relacionamento que eu queria ter com os meninos. Então falei a verdade.

— Não, mas vou.

Não precisei me virar para sentir a acusação no seu olhar, mas ele não me fez sentir mal por isso.

— Ok.

Nenhum de nós disse mais nada conforme parei ao lado da calçada na escola e coloquei o carro no modo *parar*. Os meninos ficaram sentados ali, me olhando com expectativa, me fazendo sentir uma pastora das minhas ovelhas.

Uma pastora que nem sempre sabia a direção certa a seguir.

Só poderia dar meu máximo e torcer para ser bom o suficiente. Mas então, essa não era a história da vida de todo mundo?

— Vai ficar tudo bem. Eu juro.

— Srta. Lopez!

Fechei a porta do carro com o quadril mais tarde naquele dia, com o que parecia ser vinte quilos de sacolas de supermercado penduradas no meu pulso. Louie já estava na porta da frente de casa, as duas sacolas menores de compras em cada uma das suas mãos. Apesar de, normalmente, eu evitar levá-los ao mercado, tinha sido inevitável. O salão só estava programado para abrir no dia seguinte, e fiquei parcialmente grata por poder buscá-los no primeiro dia de aula. Considerando que até Louie estava com uma cara de que a escola não tinha sido tudo que ele esperava, as compras no mercado foram bem; só tive que ameaçá-los duas vezes. Josh parou na metade do caminho até seu irmão também com as mãos cheias, um franzido crescendo no seu rosto conforme olhava em volta.

— Srta. Lopez! — a voz fraca chamou de novo, mal sendo ouvida, de algum lugar próximo, mas não tanto. Não pensei nada em relação a isso conforme andei na direção deles, observando o olhar de Josh se estreitar para algo atrás de mim.

— Acho que ela está falando com você — ele sugeriu, seus olhos travados no que quer que estivesse olhando.

Eu? Srta. Lopez? Foi minha vez de franzir o cenho. Olhei por cima do ombro para ver por que ele presumiria isso. No instante em que enxerguei um vestido rosado gasto de ficar em casa na beirada da varanda da casa bonita amarela do outro lado da rua, me obriguei a suprimir um gemido.

A mulher velha estava me chamando de Srta. Lopez?

Ela acenou uma mão fraca, confirmando meu pior palpite.

Estava. Realmente, realmente estava.

— Quem é sSrta. Lopez? — Louie perguntou.

Bufei, dividida entre estar irritada por ser chamada simplesmente pelo sobrenome mais latino possível e querer ser uma boa vizinha, embora eu não fizesse ideia do que ela poderia querer.

— Acho que sou eu, amiguinho — respondi, erguendo a mão que tinha menos sacolas e acenando-a para a velha mulher.

Ela gesticulou, com aquela mão fina e ossuda, para me aproximar.

O problema em tentar ensinar dois pequenos humanos a serem boas pessoas era que tinha que ser um exemplo para eles. O. Tempo. Todo. Eles absorviam tudo. Aprendiam cada palavra e linguagem corporal que você os ensinasse. Eu tinha aprendido do jeito difícil, ao longo dos anos, exatamente o quanto suas mentes eram como esponjas. Quando Josh era bebê, ele aprendera "merda" como um pato aprende a nadar; ele a usava *o tempo todo* por qualquer motivo. Deixava cair um brinquedo: "Merda". Tropeçava: "Merda". Rodrigo e eu achávamos hilário. As outras pessoas? Nem tanto.

Então, tentar ensiná-los boas maneiras exigia que eu fosse superior aos instintos de querer resmungar quando algo me frustrava ou me irritava. Em vez de fazer isso, dei uma piscadinha para os meninos antes de olhar para trás para nossa nova vizinha e gritar.

— Um minuto!

Ela acenou a mão em resposta.

— Vamos, gente, vamos colocar as compras lá dentro e ver do que a — quase falei *velha senhora* e praticamente engoli as palavras antes de saírem — vizinha precisa.

Louie deu de ombros com aquele sorriso enorme característico no rosto e Josh resmungou.

— Tenho que ir?

Cutuquei-o com o cotovelo conforme passei por ele.

— Sim.

Do canto do olho, vi sua cabeça cair para trás.

— Não posso esperar? Não vou abrir a porta para ninguém.

Ele já estava começando a não querer ir aos lugares comigo. Fazia meu coração doer. Mas falei para ele por cima do ombro, conforme destravava a porta:

— Não.

Assim que começasse a deixá-lo sozinho em casa, não haveria volta. Eu sabia disso, e iria me agarrar nele sendo um menininho pelo maior tempo possível, droga.

Ele gemeu alto, e flagrei o olhar de Louie. Pisquei para ele, que piscou de volta... com ambos os olhos.

— Preciso dos meus guarda-costas, Joshy Poo — eu disse, empurrando a porta para abri-la e incentivando meu caçula a entrar.

Falar "Joshy Poo" o fez bufar ao passar por mim para entrar, só batendo levemente os pés. Não falou mais nada enquanto tirávamos as compras que precisavam ir à geladeira e deixamos todo o resto no balcão para mais tarde. Atravessamos a rua, com Josh arrastando os pés e Louie segurando minha mão, e encontramos fechada a porta da casa amarela.

Inclinei a cabeça na direção dela.

— Goo, bata.

Não precisei falar duas vezes para Louie. Ele bateu, então deu dois passos para ficar ao meu lado. Josh estava quase exatamente atrás de nós. Demorou um minuto, porém a porta abriu lentamente, um montinho de cabelo branco aparecendo na fenda por um instante antes de se abrir mais.

— Você veio — a mulher disse, seus olhos azuis leitosos indo dos meninos até mim e de volta.

Sorri para ela, minha mão subindo para acariciar a cabeça loira-escura no meu quadril quase de forma distraída.

— No que podemos ajudar a senhora?

A mulher deu um passo para dentro da casa, me deixando dar uma boa olhada no vestido rosa-claro que ela usava com botões até a metade. Aquelas mãos bem brancas e magras pareciam tremer nas laterais do corpo, uma indicação da sua idade. Sua boca franzida se ergueu um pouco nos cantos.

— Você corta cabelo?

Me esqueci de que tinha dado a ela meu cartão de visita.

— Corto.

— Se importaria de dar uma cortadinha no meu? Era para eu marcar um horário, mas meu neto está ocupado demais para me levar — ela explicou, engolindo em seco, chamando atenção para a pele solta e enrugada da sua garganta. — Estou começando a parecer uma hippie.

Normalmente, eu ficava bem irritada quando as pessoas descobriam que eu era cabeleireira e queriam tratamento preferencial: um corte de cabelo grátis, algum tipo de serviço domiciliar, um desconto — ou, pior, quando esperavam que eu parasse tudo para cuidar delas. Não se pedia a um médico para fazer check-up grátis. Por que alguém pensaria que meu tempo não era tão valioso quanto o de qualquer outra pessoa?

Mas...

Eu não precisava olhar para as mãos trêmulas e cheias de veias da Sra. Pearl ou para sua nuvem de cabelo branco fino para saber que não tinha como eu dizer àquela mulher que não faria o que ela estava me pedindo, muito menos cobrar dela. Não só porque era minha vizinha, mas porque era velha e era para seu neto tê-la levado para cortar o cabelo e não levara. Eu amava pra caramba meus avós quando era criança, principalmente minha avó. Tinha um ponto fraco por todos os meus clientes mais velhos; cobrava menos deles do que das outras pessoas.

Ginny tinha parado há muito tempo de me perguntar por que eu lhes dava descontos, mas tenho certeza de que ela entendia. Claro que era injusto dar desconto a algumas pessoas, no entanto, do meu ponto de vista, às vezes, a vida não era justa, e se você fosse choramingar porque um idoso paga menos do que você, você precisa cuidar da sua vida.

E aquela senhora idosa e crítica... Apertei o ombro de Louie.

— Certo. Se quiser que eu corte, tenho tempo agora.

Josh murmurou algo atrás de mim.

O sorriso da velha senhora foi tão grande que me senti mal por resmungar quando percebera que ela queria que eu atravessasse a rua para conversar com ela.

— Não será uma inconveniência?

— Não. Não tem problema. Tenho tesouras em casa. Vou buscá-las e já volto.

Não corte demais.

É muita coisa.

Pode deixar um pouco mais curto?

Normalmente, minha cabeleireira não faz assim. Tem certeza de que sabe o que está fazendo?

Deveria ter percebido, por seu primeiro comentário, que o corte não seria tão tranquilo quanto eu gostaria. Havia dois tipos diferentes de clientes na minha profissão: o tipo que deixava você fazer o que bem entendesse e o que palpitava a cada mecha de cabelo. Eu gastava toda a minha paciência com os meninos na maior parte do tempo, então adorava os clientes que não se importavam. Sentia que eu tinha uma boa ideia do que combinava melhor com o rosto das pessoas, e nunca faria um corte que precisasse de manutenção se a pessoa não tivesse tempo para isso, a menos que me implorasse.

Entretanto, mantive a boca fechada e um sorriso no rosto conforme ouvia minha vizinha idosa e tentava cortar seu cabelo da forma que ela queria.

— Onde você corta o cabelo, geralmente? — perguntei, enquanto trabalhava, sendo supercuidadosa com sua pele fina como papel com as tesouras bem amoladas. A última coisa que eu queria ou de que precisava era cortá-la sem querer.

— Na Molly's — ela respondeu.

No chão, a alguns metros dali, Louie estava deitado de bruços com um caderno em que estava desenhando enquanto o gato idoso da Sra. Pearl cheirava seus sapatos, e Josh estava com um minigame diante do rosto. Tinha me perguntado de novo se poderia ficar em casa, e eu lhe dissera a mesma coisa que falara anteriormente. Não sabia por que ele estava tão mal-humorado naquele dia, porém não iria me preocupar demais com isso. Ele tinha os dias dele. Não podia culpá-lo; eu também tinha.

— Sabe onde fica? — a Sra. Pearl perguntou após mencionar as ruas laterais que não soaram familiar.

Balancei a cabeça.

— Não.

— Oh! Você não é daqui?

Meu peito doeu por um instante. Uma imagem de Rodrigo preencheu meu coração rapidamente, e engoli em seco.

— Não. Sou de El Paso. Morei em Fort Worth por alguns anos e San Antonio por um tempinho antes de me mudar para cá.

— Divorciada? — ela indagou diretamente.

E era por isso que eu amava idosos. Eles não davam a mínima sobre como as perguntas deles fariam você se sentir. Ela já tinha perguntado se eu tinha marido da última vez; agora foi direta para ter um esclarecimento.

— Não.

O "oh" que saiu da sua boca foi simplesmente a maior reprovação que eu já tinha ouvido, e demorei um instante para perceber como ela iria receber isso.

No entanto, não me importava com o que ela estava presumindo. Não havia nada errado em ser uma mãe solo, solteira. Ou, no meu caso, uma tia solo, solteira.

Já imaginava a expressão sarcástica que tomou conta do rosto da mulher. Também não deixei de ver a expressão apreensiva que Louie lançou na nossa direção. Aquele garoto era a pessoa mais emocionalmente intuitiva que eu conhecia e sempre tinha sido. Josh entendia meu mau humor como se fosse um tipo de localizador de humor, e era apenas comigo. Lou era diferente.

— Bem — ela murmurou. — Eu e meu George ficamos juntos por cinquenta e oito anos antes de ele bater as botas...

Tossi.

— Meus filhos também sabiam o que estavam fazendo. Casaram-se com boas garotas. Os filhos deles... — Ela, literalmente, fez "hunf" e revirou os olhos ao pensar nos netos. — Mas nenhuma das minhas filhas ficou com um homem por mais tempo do que alguns anos. Não que eu as culpe. Minhas filhas são um pé no você-sabe-onde. Tudo que estou tentando dizer é que você está melhor sem um homem do que com um horrível. Tem sua própria casa com seus meninos, então não deve estar indo mal.

Simples assim, voltei a cortar. Talvez ela não fosse tão ruim, afinal.

— Tem razão. É melhor ficar sozinha do que com alguém que não te faz feliz. — Aprendi isso do jeito difícil.

— Você tem um rosto bonito. Tenho certeza de que encontrará alguém, um dia, que não se importe de você ter filhos.

E retirei minha declaração de como ela não era tão ruim por um ou dois segundos.

Ela era bem velha, e praticamente tinha passe livre para a maior parte das coisas, mas eu não estava acostumada com a sinceridade brutal de alguém tão novo na minha vida. Meus pais e minha melhor amiga, normalmente, eram sinceros comigo sobre tudo, independente se fossem me magoar ou não, no entanto, precisaram de anos para atingir esse nível de confiança. Claro que eu conhecia alguns homens que correriam para o lado contrário gritando se conhecessem alguém com dois filhos, mas não era como se eu quisesse namorar alguém de vinte e um anos cuja maior conquista era pagar seu próprio plano de Netflix. Meu futuro namorado imaginário poderia ter filhos, e não seria um problema. Eu não sabia se teria energia ou paciência de namorar alguém que não sabia como agir com os garotos. Contanto que meu namorado imaginário não estivesse apaixonado por outra pessoa, não me importaria que ele tivesse estado em um relacionamento longo antes de mim. Melhor assim do que ele ter dormido com milhares de mulheres por aí.

Mas eu não estava planejando namorar logo. Estava bem sozinha. Minha mão me fazia muito boa companhia, e eu tinha trocado meu chuveiro para um que dava para segurar com a mão. Nunca estava sem companhia a menos que quisesse estar, o que era o caso mais frequente ultimamente quando estava cansada, ou seja, o tempo todo.

Acabei olhando para o lado e vendo Josh sentado na sala nos encarando, sua expressão bastante interessada. Esses meninos eram muito xeretas. Me certifiquei de que seu olhar encontrasse o meu, e o olhei de lado para ele não ser tão óbvio quanto a estar ouvindo a conversa.

— O pai dos seus filhos é presente? — a mulher velha perguntou diretamente.

Contei a verdade a ela.

— Não.

O "huh" que saiu da sua boca foi um pouco desconfiado demais, e eu não estava a fim de falar sobre o meu irmão, já que ela já havia presumido que Josh e Lou tinham saído de mim.

— Praticamente terminei. Quer ver seu cabelo no espelho?

Uma mão pálida subiu para sua lateral.

— Há um espelhinho no meu banheiro. Pode trazê-lo? Vou demorar meio dia para ir lá e voltar.

Apertei os lábios para não sorrir.

— Claro. Onde é o banheiro?

A Sra. Pearl apontou para o banheiro ligado à cozinha.

— Primeira porta.

Toquei seu ombro gentilmente conforme dei a volta nela e fui para o corredor. As paredes eram pintadas de um rosa bem claro e, perto do teto, havia uma faixa de papel de parede florido. Vi alguns porta-retratos pendurados na parede, mas não queria ser xereta, já que sabia que ela conseguia me ver. Enfiei a cabeça na porta, encontrando um banheiro pequeno com um assento elevado do vaso sanitário rodeado por suportes e uma banheira que parecia limpa, com uma barra comprida de metal grudada na parede. E, acima do vaso sanitário, havia uma prateleira com um espelho de mão bem grande como o que eu tinha no trabalho.

Só fiquei um pouco nervosa quando lhe entreguei o espelho e a deixei ver a frente do corte. Mexeu o queixo de um lado a outro e o entregou de volta para mim.

— Um centímetro e meio mais curto, mas cortou melhor do que a morcega mal-humorada que tem cortado meu cabelo. Aquela maldita tentou fazer um mullet em mim — ela declarou.

— Acho que se safou de um mullet — brinquei.

Ela soltou um ronco curto.

— Nem me fale. Quanto lhe devo?

Como toda vez que eu lidava com alguém muito mais velho do que eu, passou uma imagem da minha avó pela minha cabeça por um rápido instante. Suspirei e sorri, resignada.

— Não me deve nada.

Provavelmente, ela vivia de aposentadoria. Não havia como ela ganhar muito dinheiro, e era minha vizinha. Também não havia como seu cabelo crescer rápido o suficiente para ser um fardo na minha agenda. Havia apenas um certo número de pessoas cujo cabelo eu cortava de graça, e mais uma não faria diferença entre artrite e... sem artrite.

— É um desconto de vizinha — avisei a ela.

Ela semicerrou os olhos de uma forma bem assustadora.

— Não me insulte. Posso te dar os vinte dólares que normalmente pago — ela discutiu.

Sua proposta só me fez querer abraçá-la.

— Por favor, não me insulte — eu disse gentilmente, tentando soar brincalhona. — Não vou cobrar nada da senhora.

Ela soltou um suspiro longo e exagerado que me disse que eu tinha vencido.

— Me aponte para onde está sua vassoura, por favor.

Ela o fez e, cinco minutos depois, eu tinha varrido o cabelo e usado seu aspirador para pegar os fios finos que sobraram. Ao perceberem que eu tinha finalizado, Josh e Louie ficaram em pé na sala... encarando a velha senhora. E a velha senhora os estava encarando de volta. Eu tinha noventa e nove por cento de certeza de que nenhum deles piscava.

— Estou com fome — Louie finalmente falou, mantendo aquele olhar azul na nossa vizinha.

Guardando minhas tesouras de volta na capinha, peguei as chaves e ergui as sobrancelhas para ele, mas ele ainda estava focado na mulher.

— Podemos começar a fazer o jantar em um minuto. — Fui na direção deles e sorri para nossa vizinha, que tinha, pelo menos, parado de encarar de volta. — É melhor irmos antes de a senhora começar a ouvir o estômago deles roncar. Me avise se precisar de alguma coisa, certo, Sra. Pearl?

Ela assentiu, seus olhos encontrando os meus antes de se voltarem para Louie por um instante.

— Pode deixar. Obrigada pelo corte.

— Por nada.

— Tenho seu número na minha geladeira — ela me avisou como se eu não tivesse visto quando entrara na sua cozinha. — Se precisarem de alguma coisa, me avisem.

— É muito gentil da sua parte, obrigada. Igualmente. — Cutuquei Josh, que tinha se mexido para ficar ao meu lado. Oh, meu Deus, sua boca estava aberta e seus olhos se estreitaram conforme ele observava a mulher que era mais velha do que seus avós. — Foi um prazer ver a senhora. — Cutuquei Josh de novo.

— Tchau, senhorita — ele meio que murmurou, ainda deslumbrado e perdido em transe.

Arreguei os olhos para Louie, que, pelo menos, tinha nos alcançado para ir embora.

— Tchau, moça — ele adicionou timidamente.

Moça. Deus.

Sorri para a Sra. Pearl e acenei para os meninos na direção da porta, tentando me perguntar onde eu tinha errado com eles. Encarando. Chamando nossa vizinha de "moça". Minha mãe ficaria horrorizada. Saímos, e fiz questão de acionar a tranca de baixo da porta antes de fechá-la ao sair. Mal chegamos à rua e Louie falou.

— Quantos anos ela tem? Cem? — ele perguntou, totalmente curioso, sem o menor sarcasmo no seu tom.

Se ele não estivesse segurando minha mão dominante, eu teria me dado um tapa na testa.

— Louie!

— Não seja burro. Ela tem, tipo, noventa e cinco, certo, tia Di? — Josh se intrometeu.

Ah, meu Deus.

— Não sei. Provavelmente, mas não é para perguntar esse tipo de coisa, gente. Jes... Xii.

— Por quê? — ambos perguntaram ao mesmo tempo.

Chegamos ao outro lado da rua antes de eu responder:

— Porque... não é muito gentil dizer que ela tem noventa e cinco ou cem anos.

— Mas por quê? — Foi Louie indagando sozinho dessa vez.

Detestava quando me perguntavam coisas que eu não sabia realmente como responder. Também não queria mentir, o que tornava isso muito mais complicado.

— Porque... Não sei. Simplesmente, não se diz. Algumas pessoas são sensíveis quanto à idade.

Os ombrinhos de Louie se ergueram contra minha perna conforme ele me puxou pelo gramado... o gramado que precisava ter sido aparado há semanas. Eu precisava parar de protelar.

— Mas é bom ela ser velha — ele explicou seu raciocínio. — Ela durou mais do que todos os seus outros amigos. Falou que o Georgie dela morreu. Ela venceu.

Nunca parava de me indignar o quanto ambos realmente absorviam. E isso me assustava. E me lembrava do porquê eu precisava ter cuidado com tudo que falava perto deles.

— Viver mais do que os amigos não é uma competição, seus fedorentinhos — eu disse a eles ao subirmos os degraus na direção da porta da frente.

— Não é?

Por que eles soaram tão surpresos?

— Não. É triste. Quero dizer, é bom ela viver por tanto tempo, mas é que... — Era em momentos assim que eu queria ter Rodrigo por perto para poder fazê-lo lidar com as respostas a esse tipo de pergunta. O que era para eu falar para eles? — Olhem, só não é legal dizer que ela tem cem anos ou que é bom que todos os seus amigos não mais estejam vivos. — Antes de poderem fazer outro comentário que eu não fazia ideia de como responder, perguntei: — De quem é a vez de me ajudar com o jantar?

Com o silêncio, só deu para ouvir grilos no fundo.

Mac latiu de dentro da casa como se estivesse se voluntariando.

Baguncei o cabelo deles.

— Vocês dois vão ajudar? É meu dia de sorte.

Foi nesse instante que um ronco alto de caminhonete nos alertou da sua aproximação vindo do início da rua. Nós três nos viramos e vimos uma pick-up Ford enorme vermelha-escura se aproximar. Dava para ver duas escadas montadas em uma estrutura ao redor dela. No banco do motorista, estava meu vizinho de verdade — o gostoso educado. Ergui a mão quando ele passou, nos dando uma visão de escadas, equipamento e ferramentas com os quais eu não tinha familiaridade na caçamba da caminhonete. Tive quase certeza de que ele ergueu alguns dedos na nossa direção conforme parou na garagem.

O que também percebi naquele instante foi que o carro vermelho do dia anterior estava parado na rua em frente à casa do vizinho de novo. E a porta do lado do motorista se abriu ao continuarmos nosso caminho em direção à casa.

Lou se ergueu na ponta dos pés, virando a cabeça na direção da casa.

— Aquele é o homem que estava brigando?

Não menti para ele.

— Não.

— Quem?

Olhei para Josh, por causa do seu tom.

— Foi na semana passada. Lou ouviu alguém brigando, e era o irmão do vizinho — tive que explicar.

O garoto de dez anos virou a cabeça para me encarar com uma expressão que era além da sua idade, como se ele soubesse o que eu estava tentando esconder. Ou talvez ele conseguisse adivinhar o que eu tinha feito.

Eu não precisava nem queria que ele se preocupasse, então dei um chute na bunda dele, imediatamente deixando de lado o assunto do meu vizinho.

— Vamos. Vamos começar a fazer o jantar antes de termos que colocar Mac no forno.

— Que nojo! — Lou teve ânsia.

Juro que eu amava mexer com ele. Havia algo em ser jovem, inocente e ingênuo que eu amava e, para ser justa, eu costumava fazer a mesma coisa com Josh até ele crescer o suficiente para perceber que, geralmente, eu só falava besteira. Os garotos tinham acabado de entrar em casa quando meu celular começou a tocar. Era minha melhor amiga, Van.

— Diana — foi a primeira coisa que saiu da boca dela. — Estou morrendo — a voz familiar demais do outro lado da linha gemeu.

Bufei, trancando a porta da frente ao passar e segurando o celular na orelha com o ombro.

— Você está grávida. Não está morrendo.

— Mas parece que estou — a pessoa que raramente reclamava choramingou.

Fomos melhores amigas a vida toda, e dava para contar apenas em uma mão o número de vezes em que a ouvi resmungar sobre algo que não fosse sua família. Eu que tinha a fama de ser reclamona no nosso caso épico de amor que tinha sobrevivido a mais merdas do que eu estava disposta a me lembrar no momento.

Ergui um dedo quando Louie apontou com a cabeça na direção da cozinha, como se perguntasse se eu ia começar ou não a fazer o jantar.

— Bem, ninguém falou para você engravidar do Hulk. O que esperava? Provavelmente, ele vai sair do tamanho de uma criança que já anda.

A risada que explodiu dela também me fez rir. Esse sentimento intenso de sentir falta dela me lembrou de que fazia meses que não nos víamos.

— Cale a boca.

— Não pode fugir da verdade para sempre. — O marido dela era enorme. Eu não entendia por que ela não esperava que seu bebê também fosse gigante.

— Aff. — Um longo suspiro passou pelo celular em resignação. — Não sei o que eu estava pensando...

— Você não estava pensando.

Ela me ignorou.

— Nunca vamos ter outro. Não consigo dormir. Tenho que fazer xixi a cada dois minutos. Estou do tamanho de Marte...

— Da última vez que te vi — o que fazia dois meses —, você estava do tamanho de Marte. Provavelmente, o bebê está do tamanho de Marte agora. Eu diria que deve estar do tamanho de Urano.

Ela me ignorou de novo.

— Tudo me faz chorar e coçar. Estou me coçando tanto.

— Será que eu... quero saber onde está coçando?

— Nojenta. É minha barriga. Aiden passa óleo de coco em mim toda hora que ele está aqui.

Tentei imaginar seu marido do tamanho do Hércules, de um e noventa e seis, fazendo isso em Van, mas minha imaginação não era tão boa.

— Ele está bem? — perguntei, lembrando-me das nossas conversas anteriores sobre o fato de que, apesar de ele estar animado com a gestação dela, também tinha se transformado em uma suprema mãezona. Me sentia melhor ao saber que ela não estava morando em um estado diferente sozinha sem ninguém para apoiá-la. Algumas pessoas tinham sorte na vida e encontravam alguém ótimo, o resto de nós demorava bastante... ou nunca.

— Ele fica preocupado que eu caia da escada quando não está perto, e está falando sobre comprar uma casa térrea para que ele possa parar de sofrer por isso.

— Você sabe que pode vir ficar com a gente se quiser.

Ela fez um barulho.

— Só estou oferecendo, garota. Se não quiser ficar sozinha quando ele começar a viajar mais para os jogos, pode ficar aqui o quanto precisar. Louie não dorme no quarto dele por metade do tempo, de qualquer forma, e temos uma casa térrea. Pode dormir comigo se realmente quiser. Será como se tivéssemos catorze anos de novo.

Ela suspirou.

— Eu iria. Iria mesmo, mas não conseguiria deixar Aiden.

E eu não conseguiria deixar os meninos por mais do que duas semanas, mas ela sabia disso. Bem, ela também sabia que eu não podia não trabalhar por tanto tempo.

— Talvez você possa comprar um daqueles andadores...

Vanessa soltou outra risada alta.

— Sua idiota.

— O que foi? Poderia.

Houve uma pausa.

— Nem sei por que perco tempo com você.

— Porque me ama?

— Não sei por quê.

— *Tia* — Louie chiou, esfregando a barriga como se estivesse realmente morrendo de fome.

— Ei, Lou e Josh estão de um jeito que parece que não comeram o dia todo. Estou com medo de eles começarem a morder minha mão em breve. Vou alimentá-los, e te ligo de volta, ok?

Van não enrolou.

— Claro, Di. Dê um abraço neles por mim e me ligue de volta quando puder. Estou no sofá, e não vou a lugar nenhum, exceto ao banheiro.

— Ok. Não vou ligar para o Departamento de Parques e Vida Selvagem para avisar que há uma baleia encalhada...

— Caramba, Diana...

Dei risada.

— Amo você. Te ligo de volta. Tchau!

— Vanny tem uma baleia? — Lou perguntou.

Puxei o lóbulo da sua orelha.

— Deus, você é xereta. Não, ela está grávida, lembra? E falei para ela que é uma baleia agora.

Ele fez uma cara engraçada.

— Isso não é legal.

— Não é, não, mas ela sabe que estou brincando. Venha e pegue cebola e salsão para mim.

— Salsão? — Ele franziu o rosto.

Repeti, e ele assentiu antes de se virar e pegar o que pedi.

Tinha acabado de guardar meu celular no bolso quando começou a tocar de novo. Eu não fazia ideia de que, em uns dois minutos, eu estaria me chamando de idiota por não olhar para a tela antes de apertar o botão para atender. Meus músculos tinham o lugar decorado, então eu não precisava olhar.

— Já caiu? — brinquei.

— Diana? — a voz feminina soou no celular. A voz era familiar. — Não desligue...

E exatamente como um tapa na cara, percebi por que era familiar. Sorrindo para Louie, eu disse em uma voz animada:

— Você ligou para o número errado. — E desliguei mesmo que meu coração tenha acelerado em dobro.

Ela tinha me ligado, talvez, uma vez nos últimos dois anos — *uma vez* —, e essa era a segunda vez que ela ligara em menos de duas semanas. Queria me perguntar por que ela me ligaria agora, mas eu sabia por quê. O *por que* provavelmente estava na sala arrumando seu Xbox para jogar.

A questão era que havia muitas coisas na vida das quais não dava para fugir, inclusive a coisa mais idiota que alguém que você amava muito tinha feito.

— *Tia*, o lixo está cheio.

Felizmente, meu sorriso não parecia tão falso quanto eu sentia, e Louie não estava prestando tanta atenção em mim para perceber. A segunda última pessoa que precisava saber quem acabou de ligar era Louie.

— Vou trocá-lo rapidinho, então. Lave isso para mim, por favor, Goo? — pedi, já indo na direção da lata de lixo conforme uma bola de pavor se formava na minha barriga. Ele não era grande o suficiente para erguer o saco de lixo da lata; aprendemos isso do jeito difícil, então não me importava de ser a pessoa responsável por tirá-lo.

Deixei de lado a ligação até mais tarde quando estivesse na cama, sozinha sem ninguém para me ver surtar.

Rapidamente, peguei o saco e o substituí por um novo, carregando o cheio para a lata grande de lixo do lado de fora. Eu tinha acabado de descer o primeiro degrau na direção das latas de lixo quando ouvi:

— ... vire-se e vá embora.

Como assim?

Parei no lugar, totalmente consciente de que minha cerca era apenas de metal de um metro e vinte de altura, e todo mundo conseguia enxergar através dela. Uma voz feminina gritou:

— Você é um merda do caralho, Dallas!

Dallas, tipo, meu vizinho? Será que era a moça do carro vermelho?

— Não está me dizendo nenhuma novidade. Já me chamou disso milhares de vezes — a voz masculina rebateu pausadamente com uma risada solta que, de alguma forma, não soava nada despreocupada. Jesus. O quanto estavam falando alto para eu conseguir ouvir tão claramente a conversa?

O palavrão que explodiu pelo ar me fez erguer as sobrancelhas enquanto fiquei ali com meu saco de lixo. Cautelosamente, desci os degraus da porta da cozinha até o gramado e parei ao lado das latas, a meros metros da cerca que me possibilitaria olhar para a casa do vizinho. Colocando o saco no chão, deixei a curiosidade se apossar de mim e andei na ponta dos pés no gramado até o canto da cerca e tentei espiar, me convencendo de que eles não me enxergariam nas sombras.

O homem aparentemente chamado ou apelidado de Dallas estava parado na varanda, e a mulher estava na calçada, inclinando-se para a frente em um gesto de confronto. Tentei semicerrar os olhos para enxergá-los melhor, mas não ajudou.

— Não te chamaria disso se não agisse como um — a mulher gritou.

O homem de cabelo curto pareceu olhar para o céu — ou o teto da sua varanda, se quisesse ser técnica — e balançou a cabeça. Suas mãos se ergueram para espalmar a testa.

— Só me diga por que você veio até aqui, por favor?

— Estou tentando!

— Então vá direto à porra do ponto! — ele retrucou como uma explosão, tendo desaparecido qualquer controle que tivesse.

Sob circunstâncias normais, eu não pensaria que era legal um homem gritar com uma mulher daquele jeito, porém eles estavam distantes um do outro e a mulher também estava gritando igual a uma louca. Seu tom era agudo e extremo.

— Te liguei um monte de vezes...

— Por que esperaria que eu fosse atender? — ele gritou de volta. — Não soube de você nem te vi em três anos. Concordamos em nos comunicar por nossos advogados, lembra?

Para ser justa, eu não fazia ideia do que estava acontecendo ou de quem realmente era a culpa, mas ele tinha razão. Se eu não tivesse falado com alguém em tanto tempo, muito provavelmente também não atenderia à ligação.

Mas advogados?

Advogados, gritando um com o outro, a aliança de casamento dele... será que era sua esposa? Eu estivera em relacionamentos suficientes para saber que não se grita com outra pessoa com tanto ódio a menos que tenha dormido com ela em algum momento.

— Por que me veria? Te falei, antes de você ir embora, que estava terminado para mim — a mulher gritou com tanta emoção na voz que realmente comecei a me sentir culpada por estar espiando.

— Acredite em mim, eu sabia que estava terminado para você... Não que alguma vez tenha realmente começado alguma coisa, para variar.

É. Definitivamente, era a esposa dele. Por que mais teriam advogados e ficariam tanto tempo sem conversar um com o outro?

E por que ele ainda estava usando a aliança depois de tanto tempo?

— *O que está fazendo?*

Pulei de susto, me virei e vi Louie parado do outro lado da porta de tela, olhando para mim.

— Nada — respondi, dando dois passos para abrir a lata de lixo e colocar o saco dentro como se ele não tivesse acabado de me flagrar ouvindo a conversa alheia.

Ele esperou até eu estar no primeiro degrau para perguntar:

— Estava ouvindo a conversa deles, hein?

— Eu? — Arregalei os olhos ao abrir a porta e entrar, enquanto ele recuou para me dar espaço. — Não. Não sou xereta.

Louie riu. O garoto de cinco anos, literalmente, riu de mim.

Não pude deixar de rir.

— Você acha que sou xereta?

Louie já tinha passado por sua fase de mentiras e, mesmo se não tivesse, sabia que eu não gostava disso, e ele não gostava de ferir os sentimentos de ninguém. Principalmente os meus. Mas o que ele disse em seguida me deixou tentando entender se eu o cumprimentava ou se ficava assustada com o quanto ele conseguia ser manipulador e sorrateiro. Ele se aproximou e se apoiou na minha perna com aquele sorriso enorme dele.

— Quer um abraço?

CAPÍTULO QUATRO

Um sinal do quanto minha vida tinha mudado ao longo dos últimos anos era o fato de que "sair" agora consistia em me trocar e vestir uma calça jeans skinny e uma blusinha bonita. Anos antes — uma maldita eternidade antes —, quando eu era mais jovem, mais idiota e tinha pouquíssimas preocupações no mundo, "sair" consistia em demorar uma ou duas horas para me maquiar, arrumar o cabelo e vestir algo que teria feito minha mãe se perguntar no que tinha errado ao me educar. Até a vira fazendo o sinal da cruz uma ou duas vezes. "Sair" significava ir a um bar ou balada barulhenta com bebidas superfaturadas para levar cantadas de caras que se depilavam religiosamente. Não tinha sido toda noite ou todo fim de semana, mas fora o suficiente.

Agora...

Agora metade das minhas experiências sociais adultas envolviam festas de aniversário e treinos de beisebol. A única hora em que meu cabelo ficava arrumado era quando eu tinha que trabalhar, e isso era apenas porque *esse era o meu trabalho*. Eu tinha ficado boa em fazer a maquiagem em cinco minutos. Tempo era mesmo mais valioso do que dinheiro.

Bem, agora, olhando para minha chefe, Ginny, que estava vestida quase igual a mim em jeans e uma blusa de manga curta, obviamente, as prioridades tinham mudado.

Havíamos concordado, dias antes, que deveríamos sair para

comemorar a reabertura do salão. *No sábado*, tínhamos prometido uma para a outra, porque o salão ficava fechado dia de domingo. *Vamos sair no sábado*. Os filhos dela ficaram com o pai, e Josh e Louie ficaram com meus pais naquele fim de semana. Parecia o momento perfeito para passar um tempo bom juntas.

O que não havíamos levado em consideração era o quanto estaríamos cansadas depois de trabalhar o dia inteiro após uma semana de pintura e mudança de móveis de um local para o outro.

Eu tinha começado a trabalhar no Shear Dialogue há pouco mais de dois anos. Ginny e eu nos conhecemos por uma amiga cabeleireira em comum, que sabia que ela precisava de ajuda e que eu estava procurando outro lugar para trabalhar. Nos demos bem imediatamente. Ela tinha três filhos, era mãe solo aos quarenta e poucos anos com um namorado, e tinha uma personalidade direta que combinava com a minha de não aceitar merda e, quando vi, estava me mudando com os meninos de San Antonio para Austin. O resto foi história.

Mas, agora que o dia tinha chegado, havíamos nos olhado naquela tarde e dito a mesma coisa: "Estou cansada". O que significava que nós duas preferiríamos ir para casa e relaxar, mas não iríamos porque éramos tão ocupadas que não passávamos tempo suficiente juntas. Crianças e relacionamentos — dela, pelo menos, que, além de tudo, iria se casar em alguns meses — consumiam bastante energia. Nosso acordo não dito era que beberíamos alguns drinques e iríamos para casa antes de iniciar o agito da noite.

— Aonde quer ir? — perguntei a ela enquanto eu reaplicava o desodorante no meio do salão.

Tínhamos fechado meia hora atrás, limpado o local e revezado para nos trocarmos no banheiro. Não deixei de notar que nenhuma de nós se incomodou em tentar ajeitar o cabelo depois de um longo dia de trabalho. Em alguns dias, eu pensava que, se tivesse que encostar em mais cabelo, vomitaria. Eu passara mais batom, e Gin, um pouco mais de blush e uma escova no seu cabelo vermelho na altura do ombro que eu tingia mensalmente para ela.

Ela ficou de costas para mim para... é, ajeitar os peitos, e disse:

— Tem problema se formos para algum lugar perto daqui?

O olhar que lancei a ela pelo reflexo do espelho expressou o quanto eu achava idiota sua pergunta.

— Então vamos para o bar do fim da rua. Não é o lugar mais chique, mas as bebidas são baratas e meu tio é o dono.

— Fechado — eu disse a Ginny. Eu não era esnobe. Perto e barato eram um plano bom.

Supostamente, o tio dela também era dono do novo prédio para o qual nos mudamos. Localizado em uma parte da cidade com bastante tráfego, do outro lado da rua de uma imobiliária, um estúdio de tatuagem popular e uma lanchonete, ela não poderia ter arranjado lugar melhor para o salão. O pet shop a duas portas de nós me fazia ganhar dinheiro; eu tinha um monte de clientes com cachorro. Além do mais, me favorecia ainda mais porque minha casa nova era pertinho.

E era assim que estávamos, dez minutos depois, em pé diante de um bar que dava para ir andando do salão. Pudemos deixar nosso carro na mesma vaga em que deixamos para trabalhar, perto de uma oficina mecânica que, supostamente, também era do tio dela.

Para ser justa, Ginny tinha me falado a verdade. Não era um lugar chique. Ela não tinha me alertado sobre o fato de que era um bar de motociclistas, se as fileiras repletas de motos estacionadas em frente significavam alguma coisa.

Certo.

Se percebeu minha apreensão quanto a entrar, Ginny não comentou ao acenar para eu ir na direção da porta. Dane-se. Só ignorei parcialmente os três homens parados do lado de fora fumando e nos observando um pouco atentos demais, porém, quando abri a porta pesada para entrar, o cheiro simultâneo de cigarros, charutos e maconha atacou brutalmente meu nariz. Os seios da minha face começaram a enlouquecer imediatamente, e tive que piscar bastante conforme a fumaça os fez arder.

O lugar era exatamente o que eu tinha imaginado que seria um bar de motoqueiros. Estivera em muitos bares na minha vida antes de Josh e Louie, e alguns tinham sido bem mais sombrios do que aquele. Por trás, Ginny apontou na direção de bebidas enfileiradas na parede, e segui em frente, absorvendo o grande público de homens e mulheres em couro e camisetas parecidas. Eram de todas as idades, de todos os jeitos. Apesar da fumaça densa que eu sabia que era ilegal do lado de dentro... bem, não parecia tão ruim. A maioria das pessoas estava conversando entre si.

Puxando dois banquinhos no meio do balcão, Ginny se sentou ao meu lado. Me inclinei para a frente e procurei o barman pelo bar, acenando quando o homem mais velho chamou minha atenção. Ele simplesmente ergueu o queixo para fazermos nosso pedido.

Eu tinha saído o suficiente com Ginny ao longo dos anos para saber que começávamos nossas noites com Coronas ou Guinness, e aquele lugar não parecia ser o tipo que tinha meu sabor preferido local.

— Duas Guinness, por favor — falei sem emitir som para ele.

Não sabia se ele tinha entendido, mas assentiu e encheu dois copos em uma das torneiras, deslizando ambos para nós, gritando a quantia que devíamos. Antes de Ginny conseguir pegar, deslizei duas notas pelo balcão.

— Uhuu — Ginny comemorou, brindando seu copo no meu.

Assenti, concordando, dando o primeiro gole.

Mal tinha terminado de engolir quando dois antebraços vieram por detrás para prender minha chefe, uma cabeça de cabelo loiro aparecendo bem no seu ouvido. Quem era aquele?

Como se se perguntasse a mesma coisa, antes de olhar por cima do ombro, seu corpo tenso e recuando, ela começou a dizer:

— Quem...?

Foi sua risada, um instante depois, que me disse que estava tudo bem.

— Seu filho da puta! Estava me perguntando quem estava vindo para cima de mim!

Ela esticou o braço para mais longe de mim a fim de dar um tapinha no homem desconhecido, que estava vestindo um colete de couro por cima de uma camiseta branca.

— Que porra de boca! — A voz baixa do homem só foi alta o suficiente para eu ouvir.

Ele recuou, sua atenção deslizando casualmente na minha direção. O sorriso que estivera no seu rosto conforme falava com minha amiga se iluminou um pouco mais enquanto ele me observou.

Que Deus me ajudasse, ele era gostoso.

O loiro-escuro do seu cabelo quase longo combinava com a mesma cor passando por sua boca e bochechas em uma barba por fazer. Pensei que era o sorriso fácil que eletrizava seu rosto bonito. Ele era, no mínimo, alguns anos mais velho do que eu. Só o que consegui fazer foi ficar ali sentada e sorrir para o homem que, mais do que provavelmente, era um motoqueiro, baseado no fato de que ele estava com um colete... e de que estávamos em um bar de motoqueiros. *Um bar de motoqueiros em um sábado.* Realmente, nunca dava para saber aonde a vida te levaria, certo?

Quanto mais olhava para o rosto do loiro... Percebi que reconhecia aqueles olhos azuis. Aquele tom específico estava apontado para mim em outro rosto, um rosto que eu conhecia bem. Aquele azul era o azul de Ginny.

— Trip, esta é minha amiga, Diana. Trabalha comigo no salão. Foi dela que falei que tem o menino que joga beisebol. Di, este é meu primo, Trip — Ginny explicou conforme meu olhar voltou para minha amiga, deixando de lado a névoa que tomara meu cérebro por olhar para ele.

Trip. Beisebol. Ela tinha mencionado algumas vezes seu primo que tinha um filho com a idade parecida de Josh e que jogava beisebol profissional. Me lembrei.

— É um prazer te conhecer — cumprimentei, uma mão na cerveja, a outra se estendendo na direção dele.

— Ei — o loiro sorridente falou ao pegar minha mão para cumprimentar.

— Ele trabalha na oficina ao lado do estacionamento — Ginny explicou.

Assenti, observando conforme o cara chamado Trip se voltou para a prima e a cutucou.

— Cadê seu homem?

— Está em casa — ela explicou, referindo-se ao noivo.

Ele a olhou de um jeito engraçado e deu de ombros.

— O velho está lá atrás se quiser passar e falar oi — ele disse a ela, seu olhar voltando para mim por um instante conforme um pequeno sorriso e astuto se abriu na sua boca.

Ela assentiu, virando-se para olhar rapidamente por cima do ombro dele, como se procurasse quem quer que fosse "o velho". Será que era o tio dela?

— Vá falar oi — incentivei conforme ela continuou procurando pelo bar meio cheio.

Seu nariz se franziu por um instante conforme ela hesitou.

— Tem certeza?

Revirei os olhos.

— Sim, contanto que não me deixe aqui abandonada a noite toda.

Com isso, ela sorriu.

— Ok, é meu tio. Seria grosseria da minha parte não falar oi. Quer vir?

Se havia uma coisa que eu entendia e com a qual estava muito bem familiarizada, era a política por trás de famílias grandes e próximas. Na minha, você tinha que dar oi para *todo mundo*. Não havia essa coisa de um aceno em grupo, a menos que você quisesse sua mãe cochichando na sua orelha o quanto você era uma vergonha.

— Não — respondi e inclinei a cabeça na direção dos fundos. — Vá falar oi. Ficarei aqui.

Minha chefe sorriu e se levantou, dando tapinhas na bochecha do primo.

— Me mostre onde ele está — ela declarou... o que foi meio estranho. O bar era de um bom tamanho, mas não era tão grande. Ela não teria demorado mais do que dois minutos para encontrar o tio, mas que seja. O loiro assentiu e a levou por um pequeno grupo diretamente atrás de nós. Ela levou sua cerveja junto.

Fiquei ali sentada e dei uns goles na bebida, olhando por todo o balcão para as pessoas ali sentadas. Sério, quase pareciam pessoas normais e comuns, exceto por todo o couro e as camisetas Harley. Eu tinha acabado de tirar o celular do bolso para verificar meu e-mail — não que houvesse algo importante ali —, quando vi um corte raspado familiar e um cabelo castanho bem na ponta do bar. Só quando o homem se virou para ficar de frente foi que percebi que era meu vizinho.

Dallas com o irmão babaca. Dallas que poderia ou não ser casado com uma mulher que tinha um carro vermelho. Dallas com uma tatuagem gigante pelo corpo. Dallas que estava rindo ao dizer algo para a pessoa que estava sentada ao seu lado.

Quais eram as porras das chances de ele estar ali?

Eu não tinha visto uma moto na casa dele nos dias desde que eu começara a prestar atenção após seu irmão ter sido espancado. Só tinha visto a caminhonete. Será que ele também era motoqueiro?

Analisando-o, ali sentado com os cotovelos apoiados no balcão, um sorriso demorado no rosto quadrado, sua atenção estava focada na televisão na parede... Não conseguia mesmo imaginá-lo naquele tipo de lugar. Pelo jeito que seu cabelo era cortado curto e por sua postura, todo ereto e com ombros fortes, teria pensado em militar, não um clube de motoqueiros.

Sério?

Por um instante vergonhoso, me perguntei no que tinha me metido ao me mudar para o meu bairro e morar em frente a alguém como ele. Ele com seus problemas conjugais que eram resolvidos do lado de fora e seu irmão que foi espancado por quem sabe o quê. Ele que ia a um bar de motoqueiros, dentre todos os lugares.

Tão rapidamente quanto esse pensamento preencheu minha cabeça, aceitei o quanto estava sendo idiota e hipócrita. O que importava era o que havia no interior, certo?

Uma das pessoas na minha linha de visão se mexeu, e vi que ele não estava usando colete como muitos dos homens estavam. Talvez ele não fosse de um clube de motoqueiros, ou será que era?

Não importa. Pelo menos, não deveria importar.

Ele tinha levado de volta meu pote de plástico e me agradecido por ajudar seu irmão. Não havia motivo para pensar que ele era um cara ruim, havia? Ele tinha uma mancha de sujeira no pescoço como Louie tinha às vezes, e algo nisso me tranquilizou.

Não havia ninguém sentado ao lado do meu vizinho naquele momento e, conforme olhei em volta, debati por um minuto se fingia não tê-lo visto ou se seguia em frente e acenava para acabar com isso da forma preguiçosa. Aí aquela educação gravada profundamente por minha mãe, que a tinha praticamente enfiado em mim, ultrapassou tudo e qualquer coisa, como sempre. Além do mais, eu detestava quando as pessoas fingiam não me ver, mesmo que eu realmente não quisesse dizer oi, e ele fora educado quando não precisou ser. Não ia levar em conta o dia em que nos conhecemos; ninguém ficava de bom humor quando era grosseiramente acordado, principalmente com um absurdo em que seu irmão tinha se envolvido.

Após um minuto dizendo a mim mesma que não teria problema se não dissesse nada, aceitei que não poderia fazer isso. Resmungando, finalmente empurrei o banquinho para trás e me levantei, levando minha cerveja junto.

Um dia, eu me transformaria em alguém que não se importava em fazer a coisa certa.

Um dia, quando o inferno congelasse.

Quanto mais perto eu chegava dele sentado na outra ponta do bar encarando a televisão na parede, mais relaxada eu ficava. Ele estava assistindo um jogo de beisebol. Era o time preferido de Josh da liga principal — os Texas Rebels. Só hesitei um pouco quando cheguei por trás e o cutuquei no ombro com minha mão livre.

Ele não se virou, então fiz de novo. Nessa segunda vez, enfim, ele virou a cabeça para olhar por cima do ombro, um leve franzido crescendo no espaço entre suas sobrancelhas peludas. Pálpebras pálidas baixaram naquelas íris cor de mel, piscando uma vez, então duas vezes e uma terceira.

Ótimo. Ele não me reconheceu.

— Oi. — Abri um sorriso para ele que era uns noventa e oito por cento "por que fiz isso?". — Sou Diana, sua vizinha — expliquei, porque, apesar de termos nos encontrado duas vezes, aparentemente, ele ainda não se lembrou de mim. Se isso não fazia uma garota se sentir bem, eu não sei o que fazia.

Dallas piscou mais uma vez e, lentamente, me lançou um olhar hesitante e cauteloso ao assentir.

— Diana, sim.

Pisquei para o cumprimento mais sem entusiasmo com o qual já fui recebida.

Então, para piorar, seu franzido reapareceu ao mesmo tempo que seu olhar deslizou pelo bar.

— Que surpresa — ele disse devagar, sua testa ainda franzida com confusão ou desconforto, ou ambos. Eu não sabia por quê. Meus peitos não estavam caindo para fora e na cara dele, e eu estava parada a uma distância razoável dele.

— Estou aqui com minha amiga — expliquei devagar, observando conforme ele virou a cabeça o suficiente para olhar à minha volta... para procurar minha amiga? Ou ver onde seu amigo estava para me tirar da sua frente? Quem saberia? Qualquer que fosse o motivo, me fez estreitar os olhos para ele. Eu também não *queria* estar lá, muito obrigada. — Bem, eu queria dizer oi, já que te vi aqui... — Parei de falar conforme seu olhar voltou para minha direção, aquele franzido quase familiar aparecendo mais uma vez entre suas sobrancelhas grossas. Será que eu tinha feito algo errado ao ir até ele? Achava que não. Mas havia algo no seu olhar que me fazia sentir nada bem-vinda, e não consegui evitar me sentir esquisita. Muito esquisita.

Eu sabia onde era bem-vinda e onde não era.

— Certo, eu só queria dar um "olá" simpático. Até mais tarde, vizinho. — Finalizei em uma respiração, me arrependendo de tomar a decisão de me aproximar mais do que me arrependia de qualquer coisa na história recente.

Aquela ruga entre as sobrancelhas do meu vizinho se aprofundou conforme seu olhar me varreu brevemente antes de voltar à televisão enquanto ele se mexeu no banquinho, me dispensando. A atitude foi tão grosseira que meu estômago se revirou do tanto que eu me sentia insultada.

— Tá. Te vejo por aí — ele disse.

Graças a Deus eu falei que estava indo embora primeiro.

Eu não o conhecia o suficiente para decidir se ele estava sendo antipático porque não queria ter nada comigo em público ou se hoje simplesmente não era o dia para um bate-papo. Mas, realmente, quando ele percebeu quem eu era, sua expressão se tornou cautelosa de imediato. Quem saberia por quê?

Um pouco mais envergonhada do que estivera minutos antes — droga, eu simplesmente deveria ter fingido não vê-lo —, com minha bebida na mão, fiz a caminhada ao longo do balcão do bar na direção do meu assento original. Mal havia me sentado quando ouvi de forma fraca a voz de Ginny acima da música alta. Um instante depois, o banquinho ao meu lado foi puxado, assim como o do outro lado dela.

— Desculpe, desculpe — ela pediu, arrastando o banquinho para a frente conforme o loiro que ela chamara de primo fazia a mesma coisa com o banquinho ao seu lado.

Dei de ombros, guardando o momento com meu vizinho no fundo da minha mente. Não deixaria isso me incomodar. Não havia nada que *valesse a pena* me incomodar em relação à situação. Bom para ele não ser uma grande puta, eu acho, se foi por isso que ele não tinha sido simpático.

— Tudo bem.

Então, claro, o loiro chamado Trip se inclinou para a frente e ergueu o queixo para mim.

— Você conhece Dallas?

— O cara ali ou a cidade? — perguntei, gesticulando para o fim do bar com um movimento rápido e não-tão-imperceptível.

Ele assentiu com um sorriso.

— O cara, não a cidade.

— Aham. Somos vizinhos.

Isso fez Ginny virar a cabeça para olhar na direção para a qual ambos tínhamos gesticulado. Dava para perceber que ela estreitou os olhos.

— Não brinca? — Trip indagou, levando sua caneca de cerveja à boca.

— Ele mora duas casas para baixo, do outro lado da rua.

— Você mora em frente à Sra. Pearl?

Não entendi como ele sabia quem era a Sra. Pearl.

— Sim.

— Me lembro de ver uma placa de "vende-se" em frente àquela casa. Excelente.

Alguém conhecia bem meu vizinho.

Enquanto isso, vi que Ginny ainda estava tentando olhar para o outro lado do bar em busca de quem estávamos falando. Encostei no seu cotovelo e, com minha mão espalmada na superfície do bar, apontei direto para o meu vizinho bem discretamente, do meu ponto de vista.

— O cara de camiseta branca.

Então ela se virou para olhar para mim por cima do ombro, seus olhos meio astutos demais.

— Você mora do outro lado da rua dele?

— Também o conhece?

— Eu não... — Ela se perdeu com as palavras, balançou a cabeça e usou o polegar para apontar para o loiro ao seu lado. — Ele é nosso primo.

Aquele homem era primo de Ginny? *Sério?* Ela nunca nem o mencionou. Eu achava que ele tinha uns quarenta anos, perto da idade dela. A mesma idade que imaginei que o loiro, do outro lado dela, também pudesse ter.

— Então, você também corta cabelo? — Trip perguntou, finalizando a explicação de Ginny sobre o homem no fim do bar, droga. Eu sempre poderia perguntar a ela depois... talvez. Após o jeito que ele acabara de ser, eu não estava exatamente interessada em saber da sua história de vida. Além do mais, ele era casado.

Casado. Eu não me envolveria naquilo mesmo se ele estivesse interessado, o que não estava. Tudo bem. Eu também não estava interessada.

— Sim — respondi, me concentrando no que disse o loiro, mesmo Ginny rindo na sua cerveja. — Eu prefiro *artista* de cabelo, mas, sim. — Coloração era meu preferido e do que eu tirava mais da metade da minha renda, mas quem precisava ser específico?

— Quer cortar o meu? — o paquerador seguiu em frente e indagou.

Franzi o nariz e sorri.

— Não.

A gargalhada que saiu dele me fez sorrir.

— Juro que não é nada pessoal — expliquei, sorrindo para ele e Ginny, me sentindo meio otária por como isso tinha saído.

O primo de Ginny balançou a cabeça ao continuar rindo, seu rosto bonito ficando muito mais bonito.

— Não. Eu entendi. Vou chorar no banheiro.

Minha chefe resmungou ao erguer a cerveja até os lábios, revirando os olhos.

— Não acredite em nada que saia da boca dele.

— Eu não ia acreditar. — Dei uma piscadinha para ela, ganhando outra risada do único homem conversando conosco.

— Porra, vocês duas são brutas.

Nem precisamos dizer "obrigada". Ginny e eu sorrimos uma para a outra pelo elogio dele que não era para ser um elogio. Tinha acabado de relaxar no meu banquinho quando, de canto de olho, vi o rosto do meu vizinho. Ele estava olhando diretamente para nós.

Antes de eu conseguir processar isso, Trip apoiou o antebraço no balcão, chamando mais uma vez minha atenção, e questionou:

— Como você disse que era seu nome mesmo?

CAPÍTULO CINCO

Caralho.

Ginny tirou as palavras diretamente da minha boca.

— Por que está tão claro hoje?

Semicerrei os olhos contra o raio de sol passando pelas portas de vidro e janelas do salão. Apesar de ter tido minha pior ressaca no dia anterior, ainda não estava cem por cento após nosso festival de bebedeira. Minha cabeça doía e minha boca ainda tinha um gosto fraco de animal morto.

Deus, eu estava ficando velha. Cinco anos antes, eu não estaria ainda me sentindo uma merda quase quarenta e oito horas depois de sair.

— Nunca mais vou beber — murmurei para a ruiva que tinha acordado no meu sofá no dia anterior.

— Eu também não — ela gemeu, praticamente chiando conforme a porta do Shear Dialogue se abriu e o sol ainda mais claro entrou no salão às onze da manhã, enquanto Sean, o outro cabeleireiro, chegou com o celular na orelha. Ele baixou o queixo como um cumprimento, mas nós duas estávamos ocupadas demais, agindo como filhas do Drácula, para nos importarmos.

Deus.

Por que fiz isso comigo mesma? Eu sabia. Inferno, claro que sabia que não era para beber tanto em uma noite, porém, depois de sairmos do bar, apropriadamente chamado Mayhem[1], em um táxi juntas — porque não havia como nenhuma de nós fazer alguma coisa detrás do volante de um carro —, continuamos e bebemos uma garrafa de vinho cada uma.

Quando eu acordara no dia anterior, de bruços, e senti aquela primeira onda de náusea e sintomas de gripe atingirem meu corpo, tinha jurado para Deus que, se ele fizesse minha náusea e minha dor de cabeça passarem, eu nunca mais beberia. Aparentemente, eu precisava aceitar que ele sabia que eu era mentirosa e não faria nada para amenizar meu sofrimento. Minha mãe sempre dizia que você poderia mentir para si mesmo, mas não conseguia enganar Deus.

— Por que me fez beber aquela garrafa inteira de vinho? — Ginny teve a cara de pau de perguntar.

Me afundando mais na minha cadeira de trabalho, olhei de lado na direção dela. Não confiava que meu pescoço faria o que exigi.

— Eu não *fiz* você beber nada. Foi você que disse que queria uma só para você, lembra? "Não quero branco, quero tinto."

— Não me lembro disso.

— Claro que não se lembra.

Ela deu uma risadinha que me fez sorrir até minha cabeça doer mais.

— Não sei como vamos sobreviver ao resto do dia.

— Eu não tenho mais tantos clientes. E você? — Segundas e quartas-feiras, geralmente, eram meus dias mais vazios da semana; eram as duas tardes em que eu buscava os meninos na escola.

Ela gemeu.

— Tenho duas horas até chegar um cliente. Acho que vou tirar uma soneca na sala de descanso. — Ela pausou. — Estou pensando em ir comprar uma daquelas garrafas de vinho tamanho viagem no posto de gasolina e beber. Acho que pode me fazer sentir melhor.

Ginny tinha razão. Eu havia visto a última garrafa que eu tinha na geladeira naquela manhã e me convencera de não dar uns goles para

---

1   Em inglês, Mayhem significa caos. (N.E.)

amenizar a ressaca. Meu próximo cliente era em uma hora, então eu tinha quinze minutos de pausa e, depois disso, iria embora. Na verdade, ter clientes quando se estava de ressaca era uma maldição disfarçada de benção.

— Vá. Posso te acordar se quiser.

Nós duas gememos de sofrimento ao mesmo tempo que Sean bateu a porta da sala de descanso.

Afundando na cadeira, cruzei os braços à frente do peito e tentei não sentir o gosto da minha saliva.

— Seu primo é bem bonitinho.

— Qual?

Como tinha me esquecido de que meu vizinho era o primo dela? Não tinha energia para refletir que Dallas e o irmão dele, cujo nome eu não sabia, eram parentes dela. Não fazia sentido.

— Trip.

Isso fez Ginny fazer um barulho que soou como uma tentativa patética de bufar.

— Nem tente, Di.

— O que há de errado com ele?

— Como posso dizer isto? É um ótimo amigo e membro da família, mas parceiro em um relacionamento...? Não. Ele engravidou duas mulheres.

— *Oh*. — Oh. Uma mulher grávida? Certo. Duas mulheres grávidas? Não.

— É. Ele é ótimo. Não me entenda mal. É ótimo pai e, além do meu pai, não há ninguém que eu ame mais na minha família, mas é um mulherengo, e duvido que vá mudar logo — ela explicou de um jeito que me deu a sensação de que já tinha feito esse discurso no passado. Então... Trip era seu preferido, não o primo que estava sentado do outro lado do bar e não veio cumprimentá-la nenhuma vez. Chocante. — O filho mais velho dele joga beisebol como Josh.

Huh. Olhei-a de lado, pretendendo apenas brincar com ela.

— Então está dizendo que temos coisas em comum?

— Estou te fazendo um favor, Di. Não. Não se envolva com ele.

— Lá se vai meu sonho de sermos uma família. — Dei risada até meu cérebro me dizer para parar de fazer essas coisas.

Ela roncou, rindo, o que durou três segundos, então gemeu.

— Tenho outros parentes, sabe? — Após uma pausa, ela perguntou: — Então, você mora em frente ao Dallas?

— Aham. — Pensei nisso por um segundo. — Ele é mesmo seu primo? — A coincidência era quase demais para eu acreditar que era verdade.

— É. — Houve outra pausa. — A mãe dele é irmã do meu pai. Irmã do pai de Trip.

Havia algo na hesitação quando Ginny falava sobre esse lado específico da sua família que me dava a pista de que havia algo que ela não gostava neles por algum motivo. No tempo em que trabalhamos juntas, ela não se privava de falar sobre a família. Mencionara Trip algumas vezes, mas nunca tinha falado de Dallas. Me perguntei por quê; só não queria perguntar.

Ginny me conhecia muito bem para identificar quando eu estava curiosa com alguma coisa, porém não queria ser a primeira a tocar no assunto.

— Não somos próximos. Ele não cresceu por aqui como eu e Trip, e é um pouco mais jovem do que a gente. — Ginny tinha quarenta e três; "mais jovem do que ela" não explicava muita coisa. — Ele se aposentou dos Fuzileiros Navais... ou de uma das suas ramificações. Não me lembro exatamente qual. Pelo que soube, ele se mudou de volta há um ano. Só o vi uma vez desde então.

— Oh — foi a única coisa que veio à minha mente para falar. *Eu sabia!* Ele estivera no ramo militar, por tempo suficiente para se aposentar. Quantos anos ele *tinha*? Antes de eu conseguir impedir minha boca grande, perguntei: — Ele é casado?

Ela não me olhou ao responder.

— Me lembro de alguém dizendo que se separou da esposa, mas é só o que sei. Mal o vira nos últimos vinte anos. Definitivamente, nunca a vi por aqui.

Separado. Eu sabia. Isso explicava tudo. A aliança. A mulher do carro com quem ele se envolvera em uma discussão gritante. Talvez isso explicasse o fato de ele ser esquisito. Talvez ele não quisesse que ninguém pensasse que estávamos flertando? Uma das minhas clientes de anos tinha passado por um divórcio difícil. Depois de ela ter me contado toda a merda pela qual ela e seu marido estavam brigando, ela tinha praticamente me convencido de que todo mundo deveria fazer acordo pré-nupcial.

— Conheci o irmão dele. — Tinha mais do que "conhecido" o irmão dele, mas isso não era da minha conta para compartilhar. — Ele é meio idiota. Sem ofensa.

Ginny virou todo o corpo para me olhar.

— Jackson está aqui?

Por que ela falou o nome dele como se estivesse dizendo "Traficante"? Foi o toque do meu celular que me fez endireitar e pular de susto, imediatamente me esquecendo da sua pergunta. Com preguiça demais para me levantar, me estiquei para a frente o máximo que pude a fim de pegar minha bolsa. Me estiquei e me estiquei mais um pouco, segurando a beirada dela e puxando-a para mim, bufando. Claro que meu celular estava no bolso em que eu sempre deixava, e só tive que dar uma rápida olhada na tela antes de apertar o botão de ignorar a ligação de "número desconhecido".

Tinha acabado de guardar meu celular de volta na bolsa sem falar nada quando começou a tocar de novo. Com um suspiro, olhei para a tela e gemi, dividida entre estar aliviada por ter decidido olhar de novo e receosa com a ligação.

— Porra.

— Quem é? — Ginny me perguntou dessa vez, xereta.

Deixei meu dedo flutuar acima da tela por um segundo, sabendo que precisava atender, mas sem realmente querer.

— A escola dos meninos.

O olhar no rosto dela disse o suficiente. Ela tinha dois filhos. Receber uma ligação da escola nunca era bom. Nunca.

— Merda — xinguei mais uma vez antes de me obrigar a tocar na tela. — Alô? — atendi, rezando por um milagre que eu sabia que não aconteceria. Já estava com uma mão na bolsa, procurando as chaves.

— Sra. Casillas?

Franzi um pouco o cenho para o título, porém não corrigi a mulher do outro lado da linha que sabia que estava prestes a estragar meu dia.

— Sim?

— Aqui é Irene, da Taft Elementary. Houve um incidente...

Nada antes de vinte e seis anos poderia ter me preparado para criar dois meninos. De verdade. Não havia uma única coisa.

Nenhum dos quatro namorados que eu tivera ao longo da vida tinha me preparado para lidar com duas pessoas pequenas que, em certo momento, se transformariam em homens crescidos. Homens que, certo dia, teriam responsabilidades e talvez até famílias — a décadas e décadas dali. Pensar nisso era aterrorizante. Eu tinha saído com garotos e tinha saído com idiotas que ainda eram garotos, independente de quanto pelo facial tinham. E eu era responsável por criar uma dupla para não se tornar como eles. Eu estava bem longe de ser especialista nisso. Pensando bem, meus ex eram como chicletes que você encontrava debaixo de uma mesa em um restaurante.

Por mais que Rodrigo e eu sempre tivéssemos sido próximos, sendo ele cinco anos mais velho, eu era jovem demais para prestar atenção naqueles anos cautelosos entre cinco e quinze anos para saber como ele havia sobrevivido a eles. Só conseguia me lembrar dessa personalidade maior do que tudo que fora popular, atlética e amável. Se houve dores ao crescer, eu não conseguia me lembrar. E, definitivamente, não poderia perguntar aos meus pais sobre isso. Também não poderia ligar para os Larsen para pedir conselho; eles tinham criado duas meninas, não dois meninos e, rapidamente, eu havia descoberto que, para muitas coisas, meninos eram diferentes de meninas. Josh e Lou tinham feito umas merdas que eu nem pensava em fazer, e não tinha dúvida de que meu eu de cinco anos de idade teria pensado a mesma coisa.

O que era para eu fazer com Josh e Louie? Era para discipliná-los de forma diferente? Falar de forma diferente com eles? Havia uma margem de conversa com eles que não era possível com meninas?

Eu achava que não. Me lembrava dos meus pais serem muito mais relaxados — e isso era importante porque eles eram rígidos — com Rodrigo do que comigo. Costumava me irritar. Eles usavam a desculpa de que ele era menino e que eu era um tipo de flor inocente que precisava ser protegida a todo custo como seu motivo para eu ficar de castigo por semanas se chegasse em casa após o toque de recolher, enquanto ele recebia um suspiro e uma revirada de olhos. Houvera muitas outras coisas que meus pais esperavam de mim, e não esperavam de Drigo.

Então, conforme fiquei sentada no meu Honda com Josh e Louie no banco de trás, ambos estranhamente em silêncio, ainda não conseguia decidir como lidar com a situação. Após eu ter buscado Josh na escola, nenhum de nós tinha falado uma palavra enquanto dirigi de volta ao trabalho e continuei a fazer colorações para minhas duas últimas clientes do dia até chegar a hora de buscar Louie. E, como se sentisse a tensão no carro, Lou também ficara desconfiadamente quieto.

O fato era que Josh tinha dado um soco no rosto de um garotinho.

Eu tinha ficado irritada com isso por dez minutos até aparecer na escola deles e falar com o diretor e o próprio Josh, para descobrir que *sim*, ele tinha batido em alguém da sua classe. Mas tinha dado um soco nele porque o merdinha estivera batendo em outro garoto da classe deles no banheiro. O fato de eles estarem na quinta série fazendo esse tipo de coisa não me escapou. Supostamente, Josh havia interferido, então o merdinha voltara sua atenção e agressão para o meu sobrinho. A irritação leve que eu sentira ao ter que buscá-lo tinha desaparecido em um segundo. Mas o diretor devia ter acordado de bunda para a lua e ficou falando de como a ofensa foi severa e blá, blá, blá, *a escola não admite violência*, blá, blá, blá.

O babaca, então, tentou suspender Josh por uma semana, porém discuti até diminuir para dois dias com uma promessa de ter uma longa conversa e considerar discipliná-lo.

Era aí que estava o meu problema.

Diana, a tia, queria cumprimentar Josh por proteger outro garoto. Queria levá-lo para tomar sorvete e parabenizá-lo por fazer a coisa certa. Talvez até comprar um Xbox novo para ele com meu dinheiro de gorjetas.

Diana, a pessoa que era para ser uma figura paterna, sabia que, se tivesse sido eu encrencada na escola, meus pais teriam me batido e me colocado de castigo, no mínimo, pelos seis meses seguintes. Minha mãe tinha me dado um tapa uma vez, quando eu tinha catorze anos, por gritar com ela e bater a porta na cara dela. Eu me lembrava disso como se fosse ontem, ela abrindo a porta do meu quarto e *pá*. Ser suspensa da escola? Pode esquecer. Eu estaria mortinha da silva.

Então o que eu deveria fazer? Qual era o caminho certo a seguir?

Claro que meus pais tiveram punho de ferro comigo na época e eu tinha acabado bem, mas houvera problemas ao longo do caminho. Não conseguia contar o número de vezes em que pensara que minha mãe e pai não entendiam nada, que não me conheciam. Não tinha sido fácil sentir que não podia contar coisas a eles porque sabia que não entenderiam.

Não queria que Josh ou Louie se sentissem assim em relação a mim. Talvez esse fosse o problema em ser uma tia e ser uma figura paterna. Eu era um, mas tinha que ser o outro.

Então, onde isso me deixava?

— Estou encrencado? — Louie perguntou aleatoriamente do seu lugar no banco de trás, na sua cadeirinha.

Franzi o cenho e olhei para ele pelo espelho retrovisor, observando aquele corpo pequeno e magrelo inclinado na direção da porta.

— Não. Você fez alguma coisa que eu não saiba?

Sua atenção estava focada do lado de fora da janela.

— Porque você não está falando, e tirou Josh cedo da escola, não eu.

Josh suspirou irritado.

— Não está encrencado. Não seja idi... — Ele interrompeu o "idiota" antes de sair. — ... bobo. Eu que estou encrencado.

— Por quê? — o menino de cinco anos indagou com tanto entusiasmo que quase me fez rir.

Aqueles olhos castanhos, tão parecidos com os de Rodrigo, olharam para o espelho retrovisor, encontrando os meus rapidamente.

— Porque sim.

— Por quê?

— Porque sim — ele repetiu, erguendo um ombro —, porque bati em uma pessoa. Fui suspenso.

— O que é suspenso? — Lou perguntou.

— Não posso ir à escola por um dia.

— O quê? — ele gritou. — Como eu consigo ser suspenso?

Josh e eu gememos ao mesmo tempo.

— Não é uma coisa boa, Lou. Se for suspenso para faltar à escola, eu te mato.

— Mas... mas... como Josh não vai ser morto?

Aqueles olhos azuis encontraram os meus pelo espelho de novo, a curiosidade escorrendo do canto daqueles cílios compridos.

— Porque não vou ficar brava com vocês por se meterem em encrenca quando estão fazendo a coisa certa...

— Mas por que se meteria em encrenca por fazer a coisa certa? — Lou questionou.

O que eu deveria dizer? Precisei parar e pensar.

— Porque, às vezes, Lou, fazer a coisa certa nem sempre é considerado, por todo mundo, a melhor coisa. Faz sentido?

— Não.

Suspirei.

— Certo, como Josh, você tem valentões na sua sala? Alguém que irrita outras crianças e fala que são feias, coisas maldosas?

— Humm... tem um menino que fala que todo mundo é gay. Não sei o que é isso, mas nossa professora disse que não é uma coisa ruim e ligou para a mãe dele.

Jesus.

— Mais tarde te explico o que é gay, ok? Mas não é uma coisa ruim. Enfim, então essa criança fala coisas para outras crianças para tentar deixá-las tristes e bravas, certo? Bem, isso é um valentão. É alguém que irrita outra pessoa para tentar ferir seus sentimentos. Não é legal, certo?

— Certo.

— Exatamente. É preciso ser legal com outras pessoas. Tratá-las com respeito, certo?

— Certo.

— Bem, valentões não fazem isso, e às vezes eles são maldosos com pessoas que não sabem se defender. Algumas pessoas conseguem ignorar esses comentários maldosos, mas outras não conseguem suportar. Entende o que estou dizendo? Podem chorar ou se sentirem mal, e não deveriam. Não há nada de errado em alguém não gostar de você, certo?

— Certo?

A questão na sua voz quase me fez rir. Tive que ignorar.

— Então, esse garoto da sala de Josh estava irritando outra criança... Josh, conte a ele o que aconteceu.

Josh suspirou.

— Ele estava dizendo que ele era um viad... — Ele parou e me olhou pelo espelho retrovisor. Que porra era essa? Crianças usavam essa palavra quando tinham dez anos? Em que década eu estava vivendo? Quando tinha a idade dele, ser chamada de "chata" era o pior insulto que existia. — Ele estava chamando a outra criança de palavras feias, como Camarão, porque ele é baixinho, e estava zombando dos tênis dele porque não eram da Nike...

Oh, que inferno. Eu não tinha ouvido essa parte no escritório.

— Falei para ele parar de dizer essas coisas, mas não parou. Começou a dizer... coisas para mim.

Que tipo de merda ele tinha falado para Josh? E por que, de repente, fiquei com vontade de dar uma lição no menino de dez anos?

— Ele ficou me irritando cada vez mais, e falei para ele parar. Mas começou a dizer coisas sobre mim e o outro menino...

Eu não ia só dar uma lição no menino, também daria uma lição na mãe do menino. E, depois de terminar de dar uma lição na mãe do menino, eu ia dar uma lição na avó para ensinar toda a família.

— Ele ficava cutucando minha orelha e meu pescoço, pisou nos meus tênis, me chutou um monte de vezes, então dei um soco nele — finalizou enquanto eu ainda estava pensando em, talvez, até sair em busca de uma tia ou duas do merdinha.

— *Oh* — foi a reação pensativa e séria de Louie.

Deixei meu plano para depois, me lembrando de que precisava ser adulta por enquanto.

— Então, o diretor ficou bravo com Josh por bater nele, embora não tivesse sido ele a começar nada. Acho que é idiotice ele ter se encrencado, embora tenha sido o outro garoto que agiu como um babaca...

Isso fez Lou rir.

— Não conte para sua *abuelita* que falei isso. Não vou ficar brava com Josh pelo que ele fez, apesar de o diretor não achar certo. Se não quer machucar o outro de propósito, e pode machucá-los com suas palavras e atitudes, e está tentando ajudar alguém ou se defender contra alguém que está tentando fazer algo errado para você, não vou ficar brava. É só me contar. Vou tentar entender, porém, se eu não entender, podemos conversar sobre isso e você pode me contar o que aconteceu. Mas nunca se deve brigar com alguém sem motivo. Às vezes, todos nós fazemos escolhas erradas, mas podemos tentar aprender com elas, ok?

— Eu não faço escolhas erradas — Lou discutiu.

O fato de Josh e eu termos dado risada ao mesmo tempo não passou despercebido pela pessoa mais jovem do carro.

— O que foi? — o menino de cinco anos retrucou.

— *Você não faz escolhas erradas.* — Dei risada e estiquei o braço com a palma da mão para cima; Josh deu um tapa nela. — Falei para não colocar papel-alumínio no micro-ondas, tipo, umas doze vezes, e ainda assim você colocou e o quebrou!

Josh deu um tapa na minha mão de novo.

— Bobinho, lembra daquela vez em que você disse que realmente precisava fazer cocô e falamos para usar o banheiro...

— Fique quieto! — Lou gritou. Eu não precisava olhar para saber que seu rosto estava ficando vermelho.

— ... mas você não foi, e fez cocô na cueca? — Josh continuou, gargalhando.

— Foi um acidente!

Meus ombros estavam tremendo, e só porque eu estava dirigindo que não desmoronei no volante ao me lembrar desse acidente de Louie no mês anterior.

— Foi um acidente, e você aprendeu a não fazer cocô na calça, não foi? Então, viu? Aprendeu sua lição ao fazer escolhas erradas quando se trata de cocô.

— Sim — ele murmurou, soando tão derrotado que só me fez rir mais.

— E é isso que importa. — Ronquei, rindo, ao estacionar o carro na garagem da nossa casa. — Você só precisou cagar na calça para aprender a lição.

— *Tia!*

Havia lágrimas nos meus olhos conforme saí do carro, segurando minha barriga do tanto que estava rindo. Assim que os meninos também saíram e nós estávamos andando na direção da porta, puxei uma mecha de cabelo de Louie para ele saber que estávamos apenas brincando com ele.

— Não está tão quente hoje. Quer brincar de bola?

Aquele diretor podia chupar um grande pau se pensava que eu iria punir Josh pelo que tinha feito. No fundo, sabia que meus pais e os Larsen, provavelmente, não concordariam com o fato de eu glorificar as escolhas dele, mas eles podiam fazer caras e bocas e os comentários que quisessem. Eu tinha orgulho do meu garoto.

— Podemos brincar de pega-pega também? — Lou perguntou.

Um antiácido, um Gatorade, uma Coca-Cola e bastante água tinham amenizado o pior efeito da minha ressaca, porém, se fosse ser totalmente sincera comigo mesma, não brincar de algo que meu menino de cinco anos queria só porque eu bebera demais me fazia sentir terrivelmente culpada. Acho que eu poderia vomitar no mato depois, se chegasse a esse ponto.

— Claro.

— E posso andar com meu skate depois?

— Pode, sim.

— Já encontrou um time novo para mim? — Josh indagou com hesitação esperançosa na voz.

Porra. Eu continuava esquecendo.

— Ainda não, J, mas vou. Juro. Vou sim encontrar um time para você.

Já havíamos conversado sobre como, provavelmente, demoraria uns dois meses para encontrar um novo time de beisebol para Josh e, para lhe dar crédito, ele não estava me enchendo o saco, embora estivéssemos chegando na marca de dois meses desde que conversamos sobre isso. No entanto, eu sabia o quanto beisebol era importante para ele. Felizmente, nesse meio-tempo, o Sr. Larsen o estivera levando para treinar com seu técnico de recepção e o técnico de rebatidas.

Cinco anos atrás, eu nem sabia que sequer existia uma coisa chamada técnico de recepção ou alguém que apenas trabalhasse nas habilidades de rebatidas. Literalmente, era um treinador que trabalhava com Josh a fim de aperfeiçoar suas habilidades como receptor e outro para corrigir e melhorar suas rebatidas. Não sei o que pensava sobre beisebol antes disso, porém, com certeza, não imaginava quanto trabalho era necessário, muito menos o quanto poderia ser competitivo e matador antes sequer de os meninos chegarem à puberdade. Não havia nada daquela mentira de diversão, razoabilidade e positividade nos times em que Josh jogava. Eles jogavam para vencer. Se não deixasse Josh tão feliz, eu não veria problema se ele fizesse outra coisa com seu tempo livre.

Alguns minutos após chegar em casa, todos nós tínhamos trocado o uniforme de escola e trabalho e ido para o quintal com Mac, que estava mais do que animado em nos ter em casa. Olhei a roupa de Louie por um instante e guardei meu comentário para mim mesma. A calça vermelha de pijama do Homem-Aranha e a blusa de gola roxa que minha mãe tinha dado para ele não combinavam. Nem um pouco. Mas não falei uma palavra. Ele podia vestir o que quisesse. Flagrei Josh olhando-o de lado, porém ele também não falou nada. Nós dois simplesmente deixamos o garoto viver sua vida com roupa sem combinar.

De alguma forma, começamos brincando de pega-pega no quintal, apesar de eu ter praticamente certeza de que o combinado era brincar de bola primeiro. Nós três perseguíamos um ao outro com Mac correndo atrás de nós, mas, quando Louie bateu a mão nas minhas costas para "me pegar", me esqueci totalmente do que estava pensando enquanto corria atrás dele.

Não paramos até estarmos ofegantes e suados, então Josh e Lou pegaram suas luvas para começar a brincar de bola.

O sol estava quente, porém não deixamos isso nos abalar ao nos revezarmos para jogar a bola um para o outro; era um jogo sem sentido para as habilidades de Josh, mas eu gostava que ele ainda fizesse coisas de garotinhos para curtir com Louie.

— Posso rebater algumas? — Josh, enfim, perguntou, após estarmos jogando a bola por um tempo.

Franzi o nariz e olhei em volta para a cerca baixinha no quintal dos nossos vizinhos, imaginando o pior.

— Você não joga tão rápido, e não vou bater o mais forte que posso — ele disse como se eu não fosse me ofender.

— "Você não joga tão rápido" — zombei para mexer com ele. — É, claro. Só tome cuidado. Não precisamos quebrar nenhuma janela.

Ele revirou os olhos como se o que eu estava pedindo não fosse grande coisa, e talvez não fosse para ele. Não era ele que teria que pagar uma janela nova ou ir se desculpar se isso acontecesse.

— Vamos, pelo menos, lá para a frente para não termos que pular nenhuma cerca para entrar no quintal das pessoas. — Olhei para Louie. — Estou falando de você, seu criminosinho.

— Eu não faço nada! — Ele deu risada, colocando as mãos no peito como se não entendesse por que eu implicaria com ele.

Eu amava isso.

— Aham. Sei que sempre está aprontando alguma coisa.

Ele bufou.

— Vou pegar o taco — Josh disse, já indo na direção da casa.

Não demorou para ele pegar seu taco, e fomos para o jardim da frente, deixando Mac latindo e choramingando, mas era isso que ele ganhava por ter saído correndo para a rua da última vez. Logo, eu estava fazendo arremessos surpresa para Josh, observando-o rebater um após o outro, comprovando que suas aulas de rebatidas estavam sendo úteis. Claro que não joguei as bolas com força de verdade, eram lentas, mas era alguma coisa. Ele as estava rebatendo, lançando-as no gramado dos nossos vizinhos e fazendo Louie correr atrás delas a nosso pedido... e com uma promessa de que eu lhe pagaria cinco dólares.

Após umas quinze rebatidas, vi dois homens do outro lado da rua em frente à casa de Dallas, conversando. Um tinha que ser ele; eu não conhecia mais ninguém com aquele corte militar e corpo musculoso que estaria ali parado. Uns dois segundos depois, percebi que era Trip, primo de Ginny — *outro* primo —, ao lado dele. Quanto mais eu olhava para eles, para como um estava inclinado para a frente e o outro não, mais percebia que eles poderiam estar discutindo. Mas, no tempo em que olhei para os meninos e de volta para o outro lado da rua, ambos os homens estavam tomando rumo. Foi por causa do loiro que eu estava sorrindo na direção deles, me lembrando dele zombando duas noites antes. O amor e a amizade que ele tinha com minha chefe haviam ficado óbvios. Gostara cada vez mais dele conforme fomos conversando no bar, principalmente quando ele se ofereceu para nos acompanhar para fora a fim de pegarmos nosso táxi.

Tão de repente quanto isso, pensei na secura com que o homem ao lado dele tinha me tratado. Logo após essa lembrança, me obriguei a me lembrar de como ele tinha ido à minha casa para me agradecer por ajudar seu irmão. Podia dar crédito a ele por isso.

E ele era casado e estava com problemas no casamento. Eu respeitava isso. Depois de toda vez que eu me separava de alguém, xingava todo o gênero masculino — exceto quem era meu parente — por uma eternidade, o que, na realidade, geralmente, durava apenas uns poucos meses.

Josh não reparou nos nossos visitantes até ambos pararem na calçada a poucos metros conforme as mãos de Trip se ergueram em um gesto pacificador.

— Não estamos tentando assustar vocês — ele se desculpou quando o menino de dez anos lhe lançou um olhar quem-é-você desconfiado, que eu tinha quase certeza de que ele havia pegado de mim. Também tinha praticamente certeza de que o vi apertando mais o taco.

— Oi, Trip — cumprimentei meu mais novo conhecido antes de me dirigir ao meu vizinho. — Oi, Dallas. — Olhei para os meninos. — Josh, Lou, este é Trip, primo da Ginny, e nosso vizinho, Dallas. — Deveria mencionar que eu sabia que ele era parente da minha chefe? Os garotos gostavam da Gin. Falar seu nome seria como um selo de aprovação, e eu não sabia se aquele homem merecia a honra ou não, porém tomei uma decisão repentina. — Ele também é primo da Ginny.

Nenhum dos meninos reagiu até eu encarar Louie de rabo de olho, e ele gritou um "oi" para nossos visitantes.

Dallas olhara para Louie no instante em que ele abrira a boca. Ele sorriu com tanta facilidade para ele que me pegou totalmente desprevenida.

— Como vai, amigão?

Então era assim.

— Bem — a luz da minha vida respondeu tranquilamente, lançando olhares rapidamente na minha direção, como se procurasse uma pista do que ele deveria fazer ou dizer. Só porque ele tinha sido meio frio e distante comigo não significava que eu tinha que dar mau exemplo. Dei uma piscadinha para Lou.

— Oi, Diana — meu vizinho, enfim, me cumprimentou, todo discreto e tal.

— Ei — respondi, olhando de um lado a outro entre Trip, Dallas e Louie.

O que eles estavam fazendo ali? Eu não acreditava que era coincidência Trip estar na casa do meu vizinho dois dias depois de o conhecermos e ele ter descoberto onde eu morava, mas... bem, não iria pensar demais nisso. Ginny havia me contado como ele era. Por mais fofo que ele fosse, era só isso. Além do mais, não tinha agido *tão* interessado em mim. Só estava fazendo o que um homem como ele fazia de melhor: flertar.

— Esses são seus garotos? — Trip perguntou.

Eu nunca os negaria a ninguém, principalmente não na frente deles. Então assenti.

— O diabinho é Louie, e esse é Josh.

Josh estava franzindo o cenho para os homens desconhecidos enquanto ainda segurava seu taco de um jeito estranho e os olhava de cima a baixo de forma crítica. Membros da família de Ginny ou não, ele não estava impressionado. Não sabia de onde ele tinha puxado esse hábito.

— Você tem uma movimentação boa — Dallas disse para o meu menino mais velho.

Simples assim, com um único elogio, o olhar quem-é-esse de Josh se derreteu em um agradável. Deus, ele era fácil. Também me deixou sem saída.

— Ela está lançando devagar.

Quase engasguei, e Josh abriu um sorriso brincalhão para mim.

— Não. Tem um bom arco no movimento — meu vizinho continuou como se nada tivesse acontecido. — Sua postura, seus pés e a posição da sua mão estão bons. Você joga em um time?

Meu olhar encontrou o de Trip, e ele me abriu aquele sorriso fácil e paquerador. Se ele se lembrava do comentário de Ginny de duas noites antes, sabia que Josh tinha jogado em um time.

O que estava acontecendo?

— Não mais — Josh respondeu, sem precisar de mim por perto, pelo que ouvi.

Os olhos de Dallas se estreitaram levemente ao olhar para o meu sobrinho.

— Quantos anos você tem? Onze?

— Dez.

— Quando é o seu aniversário?

Josh falou a data, que seria em menos de dois meses.

Sob circunstâncias normais, a conversa poderia ter sido bizarra, porém, nos dois últimos anos, eu estivera entre tantos pais de meninos selecionados conversando sobre tamanhos e idades, que sabia que isso era relacionado a beisebol. Tudo, de repente, se encaixou para mim. Ginny mencionara várias vezes que seu *primo* era técnico do time de beisebol em que o filho dele jogava. Um filho que tinha, mais ou menos, a idade de Josh. Também me lembrava um pouco de ver um troféu de beisebol na casa de Dallas quando havia entrado lá. Por qualquer que fosse o motivo de Trip ter ido lá, tanto ele quanto Dallas tinham observado Josh jogar em nosso gramado da frente.

Huh.

Espere. Isso significava que Dallas também era técnico?

— Temos um time de Sub 11 este ano — Trip explicou, respondendo minha pergunta não feita. — Os testes são na semana que vem e precisamos de novos jogadores. — Aqueles olhos azuis que eram exatamente como os da minha chefe olharam na minha direção por um breve segundo antes de voltar para Josh quase que instantaneamente. — Se estiver interessado e sua mãe deixar...

Deus abençoe a alma de Josh, porque ele não o corrigiu.

— ... você deveria aparecer.

O "É?" extremamente empolgado que saiu da boca de Josh me fez sentir horrível por não ter me esforçado mais para encontrar rápido um time para ele.

— É — meu vizinho respondeu, já tateando seu bolso de trás. Ele tirou uma carteira de couro marrom e gasta e procurou, por um instante, para depois pegar seu cartão de visita. Para lhe dar crédito, ele entregou um primeiro para mim e depois outro para Josh. — Não podemos prometer que vá entrar para o time, mas...

— Vou entrar para o time — Josh confirmou tranquilamente, me fazendo sorrir. Que bostinha arrogante. Eu poderia ter chorado. Ele era um Casillas sem tirar nem pôr.

Dallas também deve ter gostado da confiança dele porque abriu aquele sorriso genuíno, enorme e com dentes brancos que usara com Lou mais cedo.

— Vou torcer por você, então, cara. Qual é o seu nome mesmo?

— Josh.

Nosso vizinho grande e com aparência bruta com um irmão de merda, que saía para um bar de motoqueiros, mas, de alguma forma, também era treinador de beisebol de meninos, estendeu uma mão para Josh.

— Sou Dallas, e este é Trip. É um prazer conhecer você.

CAPÍTULO SEIS

— Joshua!

— Estou indo! — a voz no fim do corredor gritou em resposta.

Ergui o queixo, olhando o relógio na parede com uma careta.

— Você falou isso há cinco minutos! Vamos, senão você vai se atrasar!

E todos nós sabíamos o quanto eu detestava me atrasar. Era uma das coisas que mais me irritava.

— Trinta segundos!

Lou roncando de rir me fez olhar para ele. Ele estava de mochila, e eu sabia, sem olhar, que ela estava cheia com o tablet que ele e Josh compartilhavam ou com seu console de jogo portátil, petiscos e uma caixinha de suco de laranja. Achava que Louie não sabia o que era não estar preparado; puxou isso do seu lado Larsen porque Deus sabia que ele não tinha herdado isso do seu pai. Ele era mais organizado do que eu, contanto que eu não levasse em consideração a quantidade de coisas que ele perdia depois que saía de casa.

— Ele está mentindo, não está? — perguntei a ele.

Claro que Lou assentiu.

Suspirei de novo, segurando com mais força a alça da minha bolsa. Eu a tinha enchido com três garrafas de água e uma banana. Enquanto Lou era o preparado, Josh era o oposto.

— Josh, juro por Deus...

— Estou indo! — ele berrou, e o som do que eu tinha certeza de que era sua mochila batendo na parede confirmou suas palavras.

— Pegou tudo? — questionei assim que ele parou diante de nós, sua mochila jogada por cima do ombro, volumosa e pesada. Parei de perguntar a ele se precisava de ajuda há um ano. Garotos grandes queriam ser garotos grandes e carregar suas próprias coisas por aí. Então que seja.

— Sim — ele respondeu rapidamente.

Pisquei.

— Pegou seu capacete?

— Peguei.

Pisquei de novo.

— Então o que está na mesinha de centro?

Seu rosto ficou rosado antes de ele correr para pegar o capacete que tinha deixado ali na noite passada. No ano anterior, eu tinha lhe feito um checklist laminado que ele precisava olhar antes de ir para o treino. Se eu tivesse que voltar para casa para pegar uma luva ou meias de novo, teria gritado. Pensando na minha infância agora, eu não sabia como minha mãe não tinha me deixado com o Corpo de Bombeiros. Eu costumava me esquecer de tudo.

— Ãh-hã — murmurei e o incentivei a andar e passar pela porta primeiro, seguido de Lou e depois Mac.

Josh estava bufando e suspirando ao dirigimos para o local em que o Texas Tornado Sub 11 jogava. Nas duas semanas desde que Trip e nosso vizinho o tinham convidado para fazer teste para o time, ele tinha feito meu pai, o Sr. Larsen ou eu sair para jogar com ele quase diariamente. Dava para perceber que o fogo na fornalha do seu coraçãozinho estava alto e mais do que pronto para fazer um esporte que ele jogava desde que tinha três anos de idade, e corria para a base errada.

Nós dois pesquisamos sobre o time certa noite para garantir que fossem legítimos. Eram, e tinham vencido uma boa quantidade de campeonatos. Nos dois últimos anos, eles venceram o estadual, e tinham ido bem no mundial. Claro que tanto Trip quanto Dallas apareciam em muitas fotos postadas na página deles, altos e obviamente tatuados e sem parecer nadinha com o tipo de homens que treinaria garotos um quarto do tamanho deles. Também tinha visto o nome completo dos primos da minha chefe: Trip Turner e Dallas Walker.

Eu tinha conhecido um monte de pais que acabaram treinando os times dos filhos porque estavam infelizes com quem estivera treinando seus garotos no passado, mas ainda era estranho. Trip era membro de um clube de motoqueiros, pelo amor de Deus. Eu não fazia ideia se Dallas era ou não, mas imaginei que não, porque ainda não tinha visto uma moto descer a rua. Não era para motoqueiros fazerem coisas de motoqueiros em vez de passar os fins de semana em campeonatos e ensinando valores a crianças? E, de qualquer forma, o que eram coisas de motoqueiros?

A lição importante que eu parecia continuar esquecendo era que nem sempre se podia julgar o livro pela capa.

Então, se Josh queria fazer o teste, eu não o impediria. Só poderia torcer para ele arrasar e se manter calmo. Nenhum de nós gostava de perder. Principalmente, ele.

O local em que o time treinava era a uns vinte minutos de carro, perto do limite da cidade. Dividiam o espaço com um time de softball. Com apenas dez minutos de folga para os testes começarem, tirei Josh e Lou apressadamente do carro.

O campo era quase tão legal quanto onde Josh costumava treinar. O lugar de treino do seu último time era longe demais de onde morávamos agora e, mesmo se não fosse, não iríamos para lá. Josh correu na frente, acenando para mim conforme parei para preencher a papelada para registrá-lo para o teste. Tínhamos ido ao médico para ele fazer um check-up há apenas dois dias a fim de se preparar, e eu levara uma cópia da sua certidão de nascimento. O formulário não era longo demais, mas ainda demorei uns minutos para preenchê-lo. Louie ficou ao meu lado, já mexendo em seu videogame portátil. Do canto do olho, vi Josh parado perto de um grupo de meninos do tamanho dele. Ele viajava muito pensando que não faria amigos, mas quase sempre os fazia instantaneamente. O garoto era um ímã.

Terminei, e Louie e eu fomos para o lado de fora do campo que o time usava, nos sentando na arquibancada onde já havia outras cinquenta pessoas espalhadas, observando os meninos. Alguns adultos estavam aglomerados perto da entrada do campo e, logo, começaram a fazer anotações, cada um com uma prancheta. Dallas era um deles... e, quando semicerrei os olhos ao ver uma cabeça de cabelo loiro, tive praticamente certeza de que era Trip bem ao lado dele. E, a alguns metros de ambos, estava o cara grosseiro que tinha sido espancado. Do que Ginny o tinha chamado? Jack? Jackson? Alguém Que Não Sabia Dizer Obrigado?

Mais de vinte meninos de dez e onze anos se alinharam ao longo do campo e começaram a jogar a bola de um lado a outro enquanto os adultos se moviam por eles, anotando coisas nas pranchetas, observando. Então, a parte de rebatida do teste começou com Dallas arremessando para os meninos. Fizeram mais alguns testes e dividiram as crianças em duas equipes para um jogo que pareceu durar uma eternidade.

Fiquei bem presunçosa por Josh arrasar em todo teste que aplicaram nele. Ele era um ótimo receptor, um excelente rebatedor e era veloz. Puxou isso do meu lado da família, obviamente.

Mas...

Era impossível não ouvir as duas mulheres sentadas diante de mim conversando sobre alguns garotos que estiveram antes na equipe e outros pais. Nada do que disseram, desde fofocas sobre mães malucas que faziam seus filhos treinarem demais até casais que se separaram, era diferente do que eu tinha ouvido ou vivenciado com o time anterior de Josh. Isso foi uma coisa que acabei percebendo: sempre havia o mesmo tipo de pessoas em todo lugar a que se ia, independente do local, da cor da pele ou da renda.

Então começaram a falar sobre os técnicos. Pelo menos, um em particular: "o gostoso com corpão". Tentei. Realmente tentei não prestar atenção, porém não consegui.

— Nossa, o que eu não daria para ele me arremessar umas bolas — uma delas murmurou um pouco alto demais, fazendo Louie olhar para cima, tirando o olho do seu jogo, e me lançar um olhar engraçado. Se eu tinha dúvida de quais homens elas estavam falando, agora sabia, com certeza, que era de Dallas. Ele era o único arremessando.

— Cuide da sua própria vida — falei sem emitir som para ele, recebendo um cenho franzido decepcionado.

— Tentei oferecer dinheiro a ele para treinar Derek em particular, mas ele nunca aceita — a outra mulher disse.

— Fala que é muito ocupado.

— Com o quê? — a primeira mulher perguntou.

— Trabalhando. O que pareço? A secretária dele?

Dei risada em silêncio e precisei colocar a mão na boca para esconder minha reação delas quando uma das mulheres se virou para ver por que eu estava fazendo barulhos.

— Sei que ele trabalha bastante. Ele está refazendo o piso do Luther. — Ela pausou e suspirou, parecendo completamente sobrecarregada. — Ele podia gastar um pouco daquele dinheiro que está ganhando de aposentadoria em umas roupas novas. Olhe para aquele short. São buracos nos bolsos? São buracos nos bolsos.

— Mas aí as novas não se moldariam naquela bunda, não é? — A mulher deu risada.

— Boa observação — a outra concordou.

Que bando de taradas.

Acho que já meio que gostava delas. Eram engraçadas.

Eu mal tinha pensado nisso quando uma mulher com expressão amarga, talvez alguns anos mais velha do que eu, se inclinou — ela estava sentada no mesmo banco em que estavam as outras duas mulheres conversando — e cochichou:

— Tenham um pouco de respeito, ok?

Uma das duas mulheres resmungou alto.

— Cuide da sua vida, Christy.

— Eu cuidaria, mas não consigo ouvir meus pensamentos com vocês duas fofocando — a mulher ao lado rebateu.

— Sim, claro — uma das mulheres murmurou.

A mulher chamada Christy lançou um olhar desafiador para a dupla antes de falar alto o suficiente para eu ouvir algo tipo "enfiar no cu dela" e "iludida se pensa que ele daria um minuto de atenção a ela". Depois disso, não consegui ouvir muito mais.

Quando acabou o teste, seguido de uma longa conversa que eu não consegui ouvir, que consistia em Dallas em pé em um círculo de garotos ajoelhados, eu estava pronta para ir para casa. Com Louie segurando minha mão, descemos pulando a arquibancada e demos a volta pela frente a fim de esperar Josh, que estava com a bolsa no ombro. O garoto estava suado e corado, mas estava sorridente.

— Alguém arrasou — sussurrei para ele conforme se aproximou de nós.

Josh sorriu, dando de ombros.

— Eu sei.

Bati nele com o quadril.

— Esse é o meu garoto.

Louie até ergueu uma mão, recebendo um *toca aqui* do seu irmão mais velho.

— Tem mais alguma coisa que você precise fazer ou acabou mesmo?

— Acabou mesmo — ele respondeu. — Ele falou que vão colocar a lista na internet na próxima sexta-feira. — Arrepiou-se visivelmente de empolgação. — Vou conseguir.

Eu precisara de anos para construir o tipo de autoconfiança que Josh tinha. Inferno, mesmo agora, ainda tinha mais dificuldade com isso do que gostaria de admitir. Eu nunca fora muito boa em nada ao crescer, muito menos tão boa para ter um motivo para nunca duvidar de mim mesma. Então havia pessoas como minha prima, um pouco mais velha do que eu, e que, mesmo quando éramos crianças, andava por aí com esse tipo de presunção e confiança internas que era difícil de ignorar. Ela sempre fora uma atleta incrível, como Josh. No entanto, essa maravilha tinha pulado Rodrigo e eu.

Eu tinha o olho e a mão para cortar cabelo, e pagava as contas. Além do mais, realmente gostava do que fazia. Aceitei que nunca ganharia uma medalha de ouro ou sairia na frente de uma caixa de cereal. Mas sabia que Josh poderia fazer o que quisesse com sua vida. Ele poderia ser qualquer coisa.

Ver a alegria no seu rosto me deixava feliz, mais do que feliz. Eu amava saber que meu garoto no campo era tão bom que deixava os outros pais com inveja. Mas sabia que, mesmo que ele não fosse o melhor, eu ainda torceria por ele e pensaria que ele era incrível de qualquer forma. Esse tipo de coisa era importante para uma criança. Queria que ele soubesse que, de qualquer jeito, eu sempre o amaria.

Com uma mão no seu ombro, eu o abracei na minha lateral e o senti me abraçar de volta com uma mão na minha cintura.

— Então está pronto?

— Sim — ele respondeu tranquilamente. — Posso ligar para o vovô na volta para casa e contar a ele como foi?

O Sr. Larsen tinha ligado naquela manhã antes da aula, dizendo que havia ficado doente e não conseguiria comparecer ao teste. Sob circunstâncias normais, ele teria se sentado na primeira fileira.

— Sim, é só pegar meu celular quando estivermos no carro.

Tínhamos acabado de sair para a calçada a fim de atravessar o estacionamento quando Josh ergueu uma mão, sua cabeça se inclinou para a direita além de mim e de Louie, que ainda estava segurando minha mão, e acenou.

— Tchau, Sr. Dallas! — ele gritou.

Claro que, parado na calçada, rodeado por dois garotos e quatro adultos, um deles vestindo um colete exatamente como os que eu havia visto no bar, nosso vizinho assentiu e acenou rapidamente, seus olhos olhando para mim por um breve segundo antes de se voltarem para as pessoas com quem ele estava conversando.

Certo. Se isso não tinha deixado óbvio que não seríamos melhores amigos, não sei que outra pista eu teria precisado. Certo.

Nenhum de nós ficou surpreso quando, uma semana depois, verificamos e encontramos o nome de Josh perto do topo da lista para a equipe de beisebol. Estava em ordem alfabética; do contrário, eu não teria dúvida de que o nome dele estaria em primeiro lugar. Claro que ele havia entrado para o time. Provavelmente, eu estava mais empolgada do que ele.

Era outro novo começo para nós.

Ir ao primeiro dia de treino de beisebol com um time novo era bem parecido com o início de um novo ano escolar. Havia e-mails, calendários e uniformes caros a serem comprados e perdidos em algum momento. Essas coisas divertidas. Para os meninos já na equipe, a temporada nunca terminava. Jogadores de beisebol selecionados, em geral, treinavam o ano todo; eles não tinham temporadas. Sempre tinham jogos, apenas alguns meses eram mais tranquilos do que outros por causa dos feriados e do clima. Então, para uma equipe estabilizada escolher novos jogadores, era igual fazer uma criança começar a escola no meio do ano. As pessoas que eram antigas ficavam sentadas avaliando o sangue novo. Medindo, julgando, observando.

Pais e crianças parecidos consideravam cada pessoa nova uma concorrente, o que era justo. Eram mesmo. Um garoto novo poderia pegar o posto de outro. Não os culpava por serem paranoicos.

Então, no primeiro dia de treino com o Tornado — como era chamado o novo time de Josh —, fiquei muito atenta aos pais e aos garotos. Josh sabia se cuidar, mas ele ainda era meu garotinho no fim do dia, independente se estava a apenas alguns centímetros de ficar mais alto do que eu. E, por ser meu garotinho — como meu *garoto*, meu Josh —, não havia uma bunda que eu não chutaria se precisasse. Pelos meus garotos, eu faria qualquer coisa.

Quando chegamos ao novo local e Josh me deixou para ir com o resto das crianças no campo atrás do prédio, me sentei na fileira de baixo da arquibancada e me preparei mentalmente.

Faça amigos.

Seja legal.

Quando alguns pais vieram até mim a fim de me cumprimentar e se apresentar, relaxei. Os pais eram de todas as idades. Alguns mais velhos — talvez fossem avós — e havia alguns que pareciam mais jovens do que eu, mas a maioria aparentava ter pouco mais do que meus quase trinta. Vi as duas mães cuja conversa eu tinha ouvido no teste, porém não tive oportunidade de conhecê-las oficialmente.

De alguma forma, no fim do treino, eu acabara com dois pais sentados no mesmo banco em que eu estava. Era apenas minha bolsa grande de lona entre nós que eu sentia que os impedia de chegar mais perto. O que estava mais perto de mim tinha mencionado, não menos do que quatro vezes, que era divorciado. O cara sentado ao lado dele, que secava descaradamente meus seios toda vez que falava comigo, usava uma aliança de casamento. Meu melhor palpite era que sua esposa não viera no treino e ele não queria ser flagrado sentando-se do meu outro lado. Babaca. Eu sabia a diferença entre flertar com alguém que eu queria flertar e flertar sem querer, e me certifiquei de manter a conversa tranquila e sobre as crianças.

Entretanto, quando Josh veio até mim após o treino, seus olhos se estreitaram para os dois pais que ainda estavam sentados onde eu os deixara na arquibancada. Ele me olhou de um jeito que dizia que não havia gostado dos dois estranhos sentados tão próximos. Geralmente, ele não gostava que homens falassem comigo e, nesse caso, nada mudara.

— O que eles querem? — ele perguntou imediatamente.

— Oh, ei, J. Estou feliz que o treino foi bom. Estou bem, obrigada — respondi com uma voz zombeteira.

Josh nem piscou ao mergulhar na nossa conversa imaginária.

— Que bom.

Mostrei a língua para ele e indiquei para ir para o lado.

— Pronto para ir? — mudei de assunto. Não havia motivo para explicar sobre os pais.

— Pronto — ele disse, lançando aos dois homens um olhar desconfiado antes de andar ao meu lado pelo caminho que levava do campo de treinamento do time para o estacionamento. O complexo tinha outros quatro campos e um deles estava sendo usado para o treino de um time feminino de softball. — Vamos buscar Lou agora?

Coloquei a mão no ombro dele e continuamos andando.

— Sim, vou fazer o jantar quando chegarmos em casa.

Mais cedo naquele dia, Louie tinha ligado do telefone da escola dizendo que não estava se sentindo bem. Com um dia cheio de compromissos, havia verificado com minha mãe para ver se ela poderia buscá-lo e ela pôde. Ela dissera que ele não estava com febre, mas que estava reclamando de dor de cabeça e de garganta. Ela oferecera para Louie dormir lá, porém ele disse que preferiria ir para casa. Ele não gostava de dormir longe de Josh se não fosse necessário, e eu não tinha coragem de obrigá-lo a dormir em outro lugar.

— O que vai fazer?

— Tacos.

— Que nojo.

Parei de andar.

— *O que acabou de dizer?*

Ele sorriu.

— Estou brincando.

— Pensei que eu fosse ter que te deixar a pé na rua e fazer você encontrar o caminho de casa sozinho, garoto.

Isso fez meu Josh sério dar risada.

— Você... uh-oh. — Ele parou no lugar e, imediatamente, jogou a bolsa no chão, colocando as mãos na abertura dela para abri-la mais.

Eu conhecia aquele movimento.

— Esqueceu o quê?

Josh vasculhou por ela por mais uns segundos.

— Minha luva.

Ele sabia a mesma coisa que eu. Eu tinha acabado de comprar aquela luva para ele há dois meses. E o fiz jurar pela sua vida que não a perderia; era muito cara.

— Já volto! — ele gritou, já se afastando conforme gesticulava na direção da bolsa, que estava começando a cair. — Cuide dela para mim!

Eu o mataria se ele perdesse a luva. Lentamente. Duas vezes.

Sentindo minha pálpebra começar a tremer, peguei sua bolsa antes que caísse e a pendurei no meu ombro. O que fiz? Simplesmente fiquei ali parada, olhando em volta para as pessoas do time que ainda não haviam ido embora. Em um dos grupos maiores de pais e crianças, dava para ver a cabeça loira de Trip. Eu não tivera a chance de dar oi para ele, mas imaginei que não tivesse problema, já que era o primeiro dia de treino e, provavelmente, todo mundo queria conversar com ele. Eu ainda não tinha nada para perguntar mesmo, nem com o que incomodá-lo.

Conforme continuei olhando em volta, esperando Josh, vi Dallas, o irmão dele, a mãe grosseira chamada Christy e o filho dela andando quase lado a lado na direção do estacionamento, que era onde eu estava parada. Parecia que era a mulher que estava falando enquanto Dallas apenas assentia, e os outros dois pareciam mergulhados no próprio mundo. Por um breve instante, pensei em amarrar meu cadarço que não precisava de ajuste ou fingir que estava em uma ligação. Então percebi o quanto isso me fazia sentir covarde. Tudo porque Dallas não tinha sido o Sr. Simpático no bar? Eu tinha que enfrentar isso. Estaria rodeada por essas pessoas por um tempo. Não tinha medo delas, e não seria tímida e tal.

Se ele não gostava de mim por qualquer que fosse o motivo no mundo que ele poderia ter pensado para não ser meu fã, então era uma pena mesmo. Uma vez, minha avó me dissera que não dava para fazer alguém amar você ou sequer gostar de você, mas, com certeza, dava para fazer alguém te suportar.

Então, no segundo em que eles estavam perto o suficiente de mim, mergulhados em uma conversa que não exigia um monte de movimentos de boca, expirei, me lembrando de que duas dessas pessoas eram da família de Ginny, uma era uma criança e a outra... Bem, eu não estava preocupada com ela, e disse:

— Oi, pessoal.

O cumprimento que recebi em troca não me deixou feliz.

Um olhar desafiador da mãe por um motivo que eu nem sabia por onde começar a entender.

Um sorriso fraco do menininho do time de Josh.

E dois resmungos. Literalmente. Um que soou como "hummm", e o outro não soou como nada, na verdade.

Será que Mac havia, misteriosamente, saído de casa e cagado na porta da frente de Dallas e Jack e ateado fogo no cocô sem eu saber? Será que eu tinha feito algo errado ou grosseiro para a mãe? Não sabia. Realmente não sabia, mas, de repente, me senti meio traída. Uma parte de crescer era aceitar que você poderia ser gentil com os outros, porém não deveria esperar essa gentileza em troca. Ser gentil não deveria exigir um pagamento.

No entanto, conforme o grupo de quatro passou por mim, sinceramente me deixando grata a Deus por ninguém ter visto esse encontro, isso me deixou irritada. Mais do que um pouco.

Bastante.

Se eu tivesse feito alguma coisa, poderia entender e me responsabilizar por meus atos. Pelo menos eu queria acreditar nisso. Mas não fizera. Não tinha mesmo feito nada para nenhum deles.

E, mais importante, Josh havia sido escolhido para ficar no time.

— Não se preocupe, eu encontrei — soou a voz de Josh à minha esquerda, arrancando meus pensamentos dos homens que moravam do outro lado da nossa rua.

Olhei para uma das poucas pessoas neste mundo que não me negaria um olhar.

— Ficar preocupada? Você que deveria ter ficado preocupado em não conseguir jogar se não a tivesse encontrado.

Aproximadamente uma hora e meia depois, nós três estávamos dirigindo por nossa rua, quando Josh gritou:

— A velha senhora está acenando.

— Que velha senhora? — perguntei antes de me impedir de chamá-la assim. Droga.

— A bem velha. Com o cabelo de algodão.

Havia duas coisas erradas com a frase dele, mas só me concentrei em uma: eu não podia falar para ele parar de chamá-la de velha quando eu tinha acabado de fazê-lo, mas, felizmente, me lembraria da próxima vez.

— Ela ainda está acenando?

Depois de eu entrar com o carro na garagem e o estacionar, ele tirou o cinto e se virou para olhar acima do banco de trás do SUV.

— Está. Talvez ela queira alguma coisa.

Não havia como seu cabelo precisar ser cortado tão brevemente, e *eram quase dez da noite*. Que porra ela estava fazendo acordada? Nem os meninos deveriam estar acordados naquela hora, mas isso apenas fazia parte do monstro chamado Seleção de Beisebol. Nós três saímos do carro, cansados e prontos para ir dormir após termos comido na casa dos meus pais, e uma parte enorme de mim torcia para que, quando eu saísse do carro, a Sra. Pearl não estivesse realmente precisando de nada. Mal fechei a porta quando ouvi, apenas fracamente, um sussurro daquela distância:

— Srta. Lopez!

Estávamos de volta a Srta. Lopez.

Simplesmente consegui evitar meu suspiro ao me virar para encarar a casa dela. Acenei.

— Ela está acenando para você — o Louie prestativo explicou.

Droga.

— Estou com sono — ele adicionou imediatamente depois.

Não precisava olhar para Josh para saber que ele também estava exausto. Ambos, normalmente, dormiam às nove nas noites em que não tinham beisebol.

— Ok. Vocês dois podem entrar enquanto vou ver o que ela quer, mas tranquem a porta e, se alguém tentar invadir — isso era altamente improvável, mas coisas estranhas tinham acontecido —, Lou, chame a polícia e toque aquela buzina de trem debaixo da sua cama que sei que sua tia Missy te deu de aniversário, enquanto Josh tenta quebrar uma cabeça com seu taco. Entenderam?

Ambos pareceram esvaziar de alívio por eu não os forçar a ir até a casa da Sra. Pearl.

— Só vou ficar por quinze minutos, no máximo, está bem? Tranquem a porta! Não acendam o fogão! — continuei, vendo-os assentirem conforme comecei a atravessar a rua. Me virei assim que cheguei ao outro lado para me certificar de que a porta parecia seguramente fechada e não deixada entreaberta. Quando cheguei à calçada da Sra. Pearl, ela estava na porta, vestindo um robe branco como a neve por cima de uma camisola roxa-escura com seu gato nos braços. — Oi, Sra. Pearl — cumprimentei a mulher mais velha.

— Srta. Garcia — ela disse, sorrindo um pouco para mim. — Desculpe incomodá-la no meio da noite...

Escolhi ignorar o "Srta. Garcia" e sorri para ela chamando dez horas de meio da noite.

— ... mas a luz piloto do meu aquecedor de água desligou. Se eu cair no chão, posso não conseguir me levantar, e meu menino não está atendendo. Se importaria de me ajudar?

Luz piloto? Em um aquecedor de água? Me lembrava um pouco do meu pai trabalhando no nosso quando era criança.

— Claro — concordei, sem saber qual outra opinião eu tinha. Torci para que pudesse pesquisar no celular. — Onde está?

Talvez essa fosse a pergunta errada porque ela me olhou de um jeito engraçado.

— Na garagem.

Eu sorri para ela e, imediatamente, peguei meu celular no bolso de trás. Conforme ela me levou por sua casa e para a garagem, pesquisei rapidamente como ligar uma luz piloto em um aquecedor de água e consegui olhar o básico. Então, quando paramos, perguntei:

— A senhora tem um isqueiro ou fósforo?

Isso deve ter sido a coisa certa porque ela assentiu e foi até uma mesa de trabalho encostada em uma das paredes, pegando uma caixa de fósforos de uma das gavetas. Lancei a ela um sorriso rígido quando a entregou para mim, torcendo muito para que ela não fosse uma daquelas pessoas que ficam paradas observando e julgando.

Ela era.

Tirei meu celular do bolso de novo e, diante dela, procurei o modelo do seu aquecedor de água na internet e li as instruções duas vezes para ficar segura. Quando guardei o celular, me certifiquei de encontrar seu olhar; eu sorri e, então, fiz exatamente o que era para fazer. Precisei de umas duas tentativas, mas deu certo.

Obrigada, Google.

— Tudo certo — avisei à Sra. Pearl ao me levantar e limpar os joelhos antes de entregar os fósforos a ela.

A mulher mais velha ergueu uma das sobrancelhas finas que pareciam teias de aranha ao aceitar os fósforos.

— Obrigada — foi sua resposta surpreendentemente fácil sem nenhum comentário sobre o que eu fizera.

— Por nada. É melhor eu voltar para casa. Os meninos estão me esperando. Precisa de mais alguma coisa?

Ela balançou a cabeça.

— É só isso. Agora posso encher minha banheira.

Sorrindo para ela, fui até a porta da frente e a esperei me alcançar.

— Foi um prazer vê-la, Sra. Pearl. Me avise quando precisar de mais alguma coisa.

— Oh, vou avisar — ela concordou sem nenhuma hesitação. — Obrigada.

— Sem problemas. Tenha uma boa noite — falei, já a três degraus abaixo da sua varanda.

Eu havia chegado na interseção do caminho da sua casa com a calçada quando ela gritou:

— Diga boa sorte ao seu menino mais velho com o treino de beisebol!

— Vou dizer — prometi, sem pensar nada do seu comentário. Provavelmente, ela o tinha visto carregando seu equipamento para cima e para baixo. Não era um grande segredo.

Dois minutos depois, eu tinha entrado em casa após bater na porta da frente por um longo minuto e, então, ter que ouvir Josh perguntar:

— Qual é a senha?

— Se não abrir a porta, vou acabar com você.

Ele respondeu:

— Alguém está de mau humor.

Mal havia fechado a porta e fui atacada por trás. Dois braços envolveram minhas coxas e um rosto pareceu se amassar na minha lombar.

— Já sei o que pode me contar esta noite.

— Já está se sentindo bem para uma história?

Ele assentiu. Parecia que não estava se sentindo bem, porém ainda não estava morrendo. Meu coração doeu só um pouco quando me virei nos braços de Louie a fim de olhar para ele.

— Do que está a fim, Goo?

Aqueles olhos azuis piscaram para mim.

— Como o papai sabia que queria ser policial?

CAPÍTULO SETE

— Vendi todas suas coisas enquanto estavam na casa dos seus avós — eu disse a Josh no domingo após seus avós os terem deixado em casa depois do fim de semana juntos. Os meninos pareciam mais bronzeados do que estavam antes de sair para o fim de semana.

Eu não sabia o que faria sem o envolvimento deles na nossa vida. Aquele ditado "é preciso uma aldeia para se educar uma criança" não era brincadeira. Louie e Josh tinham cinco pessoas que se importavam com eles em tempo integral e, às vezes, ainda não parecia suficiente. Realmente, eu não fazia ideia de como pais solo sem família por perto para ajudar faziam isso dar certo.

Nem Louie riu da minha piada; ambos simplesmente me ignoraram e foram para seus quartos para deixar as malas, com Mac os seguindo, me ignorando também.

Mau humor, hein?

— Temos que cortar a grama. Não demorem uma eternidade — gritei para eles.

Foi Josh que soltou um resmungo longo, parando na sua porta.

— Nós precisamos mesmo?

— Sim.

— Não podemos fazer isso amanhã?

— Não. Saio do trabalho muito tarde e vai ter muito pernilongo.

— Tenho lição de casa — o safadinho mentiu.

— Está inventando — declarei.

Ele sempre terminava a lição de casa na sexta-feira; apostaria minha vida nisso. Tinha que agradecer ao meu irmão por colocá-lo na linha cedo na escola. Ele não o deixava sair nem brincar até terminar suas coisas.

Houve outro suspiro prolongado e o som de uma porta — uma porta de armário, provavelmente — batendo e fechando. Minha nossa, esperava que ele parasse com esse comportamento logo. Não eram apenas meninas que passavam por uma fase hormonal terrível? Mesmo assim, não acontecia isso quando eram adolescentes?

Felizmente, nenhum deles me falou mais nada conforme todos nós marchamos para fora pela porta de trás a fim de pegar o cortador de grama do quartinho nos fundos. Mac morria de medo do barulho que ele fazia, então ele ficava dentro de casa. Havia três teias enormes de aranha na porta, e só gritei uma vez quando algo se enfiou no piso enquanto eu pegava o cortador e os dois ancinhos que eu trouxera da casa do meu pai na minha última visita.

Entreguei um ancinho a cada um.

— Vocês varrem as folhas. Eu vou tirar as ervas daninhas.

Josh franziu o cenho ferozmente, mas pegou a ferramenta de jardinagem de mim. Louie... Bem, Louie não ia realmente fazer muita coisa, mas eu não queria criar um preguiçoso. Ele poderia fazer o seu melhor. Com luvas de jardinagem — verifiquei duas vezes se tinham baratas nos dedos —, passamos a hora seguinte fazendo a primeira metade do jardim, apenas pausando para água e Gatorade e para passar protetor solar nos meninos quando vimos que a nuca de Lou estava ficando cor-de-rosa. Como pude ter me esquecido de passar protetor solar nele?

Assim que as ervas daninhas tinham sido arrancadas e ensacadas, e metade das folhas estavam amontoadas em inúmeros montinhos pelo jardim, os garotos ficaram de lado, secando o rosto suado e parecendo tão cansados que quase dei risada.

— É isso? — Josh perguntou.

Lancei um olhar de lado a ele.

— Não. Ainda temos que pegar tudo isto e aparar a grama.

Ele jogou a cabeça para trás e soltou um gemido que me fez piscar, nada impressionada.

— J, você é basicamente um homem crescido... — comecei a dizer a ele.

— Tenho dez anos.

— Em alguns países do mundo, já poderia estar casado. Você é, praticamente, o homem da casa. É quase tão alto quanto eu. Vou deixar você aparar a grama...

— Sou pequeno — ele discutiu.

— Não é tão pequeno. Qual parte você quer fazer? A da frente ou a de trás?

Apesar de tudo, Josh sabia com o que e o quanto ele conseguia se safar, e tinha que ter consciência de que não iria se safar de aparar a grama. Iria acontecer, independente do que ele dissesse. Então não fiquei surpresa quando ele suspirou.

— Acho que a de trás.

— Quer ir primeiro ou depois?

— Primeiro — ele resmungou.

— Posso fazer a outra parte — Lou interveio.

— Goo, o cabo de direção é mais alto do que você. Vai acabar atropelando seu irmão e eu, batendo em um carro, tosando um ou dois gatos e ateando fogo em alguma coisa. Não, obrigada. Talvez quando tiver dezesseis anos.

Ele aceitou isso como um elogio, estava praticamente sorrindo. Como se estivesse muito orgulhoso do caos que eu pensava que ele era capaz.

— Ok.

— Deixe eu te mostrar como liga, J — eu disse e fui instruí-lo como usar a máquina, embora eu soubesse que ele tinha feito aquilo algumas vezes com meu pai.

Quando Josh terminou, eu tinha varrido e Louie tinha separado em três montes diferentes, então tínhamos que recolher tudo depois. A parte de trás não ficou perfeita, mas eu não ia repreender Josh por causa disso, e resolvi incomodá-lo colocando meu dedo mindinho no seu ouvido.

— Bom trabalho, bonitão. Agora precisa recolher as folhas da frente com Goo.

Sua expressão fez com que parecesse que eu estava tentando envená-lo ou algo assim. Seus ombros caíram e ele se arrastou na direção do jardim da frente com Mac latindo de dentro da casa; eu tinha fechado a portinha de cachorro para ele não sair de fininho enquanto estávamos ocupados. Enfim, deixei que ele saísse, fechando o portão na sua cara para deixá-lo na parte de trás. Josh ainda estava se arrastando quando chegamos à frente da casa, e não pensei duas vezes ao colocar meu dedo indicador nos lábios enquanto ele estava de costas para mim e falar para Lou não dizer nada.

Ele não disse.

No que, provavelmente, poderia ser uma das últimas vezes que eu conseguia, peguei Josh no colo enquanto ele gritava:

— Não! Não! É melhor não fazer isso!

Dei risada, percebendo, subconscientemente, o quanto ele estava pesado.

Ele balançou a cabeça conforme chacoalhava os braços.

— Não!

Obviamente, eu o ignorei, embora ele estivesse a centímetros do meu rosto.

— Louie, ele está dizendo que sim, certo?

— Aham — o traidorzinho concordou, suas mãos sobre a boca ao rir em silêncio.

Avistando o monte maior de folhas, fui até lá, me esforçando bastante com o peso de Josh enquanto ele gritava:

— Não faça isso! Não faça isso!

— Faça isso? Você quer que eu te jogue nas folhas?

E, conforme ele continuava gritando para eu ter pena dele, joguei-o como um saco de batatas. Ele viveria. Meu pai tinha feito isso comigo muitas vezes quando eu era criança com montes menores do que aquele. Alguns hematomas não iriam matá-lo.

Claro que ele agiu como se tivesse levado um tiro.

Não sei ao certo como aconteceu, mas, de alguma forma, também acabei no chão. Quando vi, Louie estava voando e mergulhou em cima do irmão. Em algum momento, vi que meus sapatos tinham sido arremessados para o outro lado do gramado. Só quando ambos estavam pendurados em mim, me prendendo no chão e pressionando um cotovelo na minha virilha, enquanto um antebraço esmagava meu seio, foi que comecei a bater a mão espalmada no gramado.

— Desisto. Jesus...

— *Abuelita* disse que não é para você falar isso — Lou me corrigiu mais longe do meu rosto.

— Sei o que *Abuelita* diz — gemi, conforme o cotovelo sobre o meu osso púbico o pressionava de novo, me fazendo encolher e tentar afastar Josh. — Mas sabe o que mais *Abuelita* fala? Não seja cagueta.

— Ela não fala isso — Josh rebateu, esmagando meus peitos.

— Fala, sim. Perguntem a ela da próxima vez. — Eles não o fariam, e aposto que minha mãe não sabia o que era um cagueta, de qualquer forma. Assim esperava.

Mac estava uivando no quintal, totalmente consciente de que estava perdendo a brincadeira e enlouquecendo.

Josh se levantou, dando aos meus pobres peitos um descanso, e estendeu a mão para me ajudar a levantar — o que me encheu de uma quantidade idiota de orgulho. Só quando estava em pé foi que olhei em volta e vi a bagunça que fizemos. Porra.

— Bos... que.

— Aff — foi a reação dele.

— Deixe-me pegar os ancinhos para te ajudar a pegar tudo isto. — Suspirei de novo, andando na ponta dos pés para pegar meus sapatos e colocá-los de volta.

— Eu pego — Louie , já correndo na direção do portão que levava ao gramado de trás.

Eu não estava pensando, do contrário, teria me lembrado de que Mac passaria por cima dele assim que o portão fosse aberto. Assim que gritei "Espere, Lou", o monstro grande, peludo e branco fez exatamente o que eu esperara. Derrubou Lou para o lado ao sair correndo para o jardim da frente, fazendo zigue-zague de empolgação como se tivesse ficado preso pela última década.

E, como a paranoica e preocupada que eu era, imediatamente, o visualizei correndo para a rua e sendo atropelado por um carro imaginário.

— Tentem pegá-lo — instruí os dois Casillas mais jovens, ao enfiar os pés nos sapatos.

É, não deu certo. Mac era rápido demais, forte demais e maluco demais.

Quando ele correu para atravessar a rua, gritei o nome dele como uma louca. Senti meu coração cair nos meus pés até ele chegar ao outro lado.

— Me esperem aqui enquanto vou buscá-lo, ok? — gritei para os meninos.

Eles assentiram, meus olhos indo, imediatamente, para Louie, que estava espremendo as mãozinhas.

— Já volto.

Sem me incomodar em fechar o portão no caso de eu conseguir chamar Mac de volta simplesmente gritando seu nome — uma mulher podia sonhar —, olhei de um lado a outro da rua, tentando enxergar o maior Casillas da casa. Ele era um cachorro tão bom... até se soltar. Sempre fora. Conseguia me lembrar, como se fosse ontem, de Rodrigo levando-o ao meu apartamento, bastante empolgado.

— Você está morto — eu disse a ele mesmo enquanto pegara o filhote de Irish Wolfhound e o colocara no colo, numa das poucas e raras vezes antes de ele ficar grande demais. Agora...

Bem, agora ele era o meu monstro enorme.

— Mac! — gritei.

Nada.

— Mac! — berrei de novo, segurando a mão erguida para proteger meus olhos conforme olhava para o outro lado da rua.

O primo do Pé Grande era um monte de coisas, mas não era idiota. Geralmente, não ia a nenhum lugar mais distante do que três metros dos meninos ou de mim, porém, de vez em quando, principalmente como estávamos em um bairro novo com cheiros novos... ele gostava de explorar.

— Mac! Não estou brincando com você! Venha! — gritei de novo, assim que alguma coisa se movimentou na minha visão periférica.

Então, à minha direita, a pontinha de um rabo branco apareceu detrás da tampa de uma lixeira na esquina. Aliviada, corri para atravessar a rua, seguindo para a casa espremida entre a casa de Sra. Pearl e a de Dallas. Era quase idêntica em estilo e tamanho às casas ao seu lado, com uma cerca de arame similar à do meu quintal. No ponto mais alto do telhado, havia uma bandeira americana parada, graças à ausência de vento.

— Mac — gemi alto o suficiente para ele me ouvir enquanto me aproximava do rabo abanando do outro lado da lata de lixo. — Mackavelli, venha, cara — chamei-o de novo.

Seu rabo apenas abanou no ar de forma mais agressiva.

Claro que ele iria me ignorar.

Ele fora supermimado desde filhote, e eu não o tratara diferente. Inferno, ele dormia na minha cama nas noites em que não ia para a de Josh. Eu sabia que Mandy nunca o deixara subir no sofá onde ele morara com eles, mas eu não consegui sustentar isso em dois anos.

— Garotão Mac, venha, *agora* — gritei assim que dei a volta nas latas de lixo e encontrei o Wolfhound alto, de pernas longas, branco-acinzentado, com o nariz no chão, a bunda para o céu e aquele rabo de quase um metro ainda balançando.

Ele ergueu a cabeça e pareceu me olhar com aquela cara que dizia que sabia que era totalmente inocente do que quer que eu estivesse presumindo que ele estava fazendo.

— Venha — murmurei, deslizando os dedos por debaixo da sua coleira de couro, seu pelo longo e duro roçando nas costas dos meus dedos.

Mal tinha começado a puxá-lo de volta na direção da casa quando uma voz gritou:

— Espero que ele não esteja cagando.

Me virei rapidamente, pega de surpresa pelo quanto eu não estivera prestando atenção para não perceber alguém se aproximando. Na beirada da calçada entre aquela casa e a de Dallas, estava o mesmo homem que eu tinha ajudado semanas antes. O que tinha sido espancado. O irmão. Jack, Jackson, Jackass[2], qualquer que fosse seu nome; não tinha sido incluído no site do time.

A descoloração amarela em metade do seu rosto confirmava que era ele, mesmo que seus traços não fossem muito familiares para mim. Ele era tão alto quanto eu me lembrava e, finalmente, ao vê-lo sem sangue no rosto, dava para perceber que era mais bonito do que o homem que era meu verdadeiro vizinho, o irmão dele.

Balancei a cabeça, meio incerta. Ele foi grosseiro ou eu estava imaginando?

— Não. Ele só está cheirando a lata de lixo.

Por que eu sentia que tinha sido flagrada fazendo algo errado?

O homem franziu o cenho, seu olhar voltando-se para Mac, que, ao som da voz de um estranho, tinha endireitado a cabeça e inclinado as orelhas para trás, virando o corpo esguio na direção do homem. Toda a sua atenção ficou focada na pessoa que estava à beira de ficar perto demais

_____

2   Trocadilho com o nome para chamá-lo de idiota. (N.E.)

de mim. Ou talvez ele não gostasse do som da voz dele. Conhecendo Mac, poderiam ser as duas coisas.

— Espero que esteja cuidando dele. Ninguém merece pisar em merda de cachorro — o homem resmungou.

Eu tinha colocado minha vida em risco por aquele idiota? Foi o irmão dele que havia ido me agradecer — não que eu precisasse ou quisesse um agradecimento por ajudar —, mas teria sido legal.

— Se ele fizer cocô, eu vou pegar. Mas ele não fez — eu disse calmamente, tentando descobrir o que deve ter se arrastado e entrado na bunda dele.

— Não estou vendo uma sacolinha na sua mão — ele tentou discutir.

Ele achava que era o vigia do bairro?

— Ele acabou de atravessar a rua correndo, por que eu carregaria uma sacolinha comigo?

— Jackson, pare com isso — uma voz mais grave e rouca soou antes de um de nós ter a chance de falar mais alguma coisa.

Só havia uma pessoa cuja voz poderia pertencer: Dallas.

O rosto do homem ficou vermelho e seu corpo todo se enrijeceu por ter sido repreendido por seu suposto irmão. Ele virou seu corpo conforme o outro homem, Dallas, saiu pela porta e começou a andar, com braços soltos nas laterais do corpo, vindo na nossa direção. Mas não foi sua calça velha ou a camiseta grande demais e suja que chamou minha atenção. Foi sua expressão facial. Havia uma careta no rosto de Dallas que dizia que ele não podia acreditar no que estivera ouvindo e ficou decepcionado com isso. Eu sabia, porque tinha sido a causa desse olhar na expressão da minha mãe por vezes suficientes na minha vida.

Dallas continuou se aproximando, seu olhar congelado, no irmão, para ser específica, que não estava se mexendo. Nenhum deles falou uma palavra até ele parar bem ao lado do homem que conversava comigo, sua testa franzida ao dizer, com uma voz baixa que não foi tão baixa a ponto de eu não ouvir.

— Conversamos sobre esta merda. — Ele cuspiu cada palavra, com a raiva delineando cada sílaba.

Seria mentirosa se dissesse que não me perguntei de que tipo de merda eles falavam. Sobre ser otário? Antipático? Ambos?

— Já falei para parar de ser babaca com os vizinhos.

Isso explicou.

De alguma maneira, devo ter desaparecido para ambos, porque o homem que eu podia presumir que se chamava Jackson se virou para encarar o técnico de Josh. Seu pescoço estava vermelho, e apostaria cinco paus que o culpado não era o sol.

— Você não é a porra do meu pai, otário, e não sou a porra de uma criança. Não pode me dizer o que fazer...

Foi bizarro.

E eu não ia a lugar algum.

Olhei de um homem para outro, percebendo suas similaridades, que eram muitas, na verdade. Ambos tinham o mesmo nariz comprido e reto, o destacado osso acima da sobrancelha e um maxilar forte. Os dois eram bonitos, de certa forma, dependendo de como se olhava para eles, mas Jackson era mais bonito, embora parecesse mais velho, parecendo um modelo de capa de revista, enquanto a única coisa de modelo que Dallas tinha era sua cara de bravo que era agressiva demais para estar na capa de qualquer coisa além de um guia de sobrevivência. Mas era isso em relação a similaridades. Enquanto um deles tinha cabelo comprido, o outro o tinha raspado. Um tinha barba; o outro tinha uma barba recém-crescida. Loiro e moreno. Olhos verdes e olhos cor de mel. Otário e não tão otário. Este último ainda estava em julgamento. A salvação de Dallas era que ele tinha sido legal com Louie e Josh.

— Posso te dizer o que fazer, já que está morando na minha casa — o homem chamado Dallas continuou como se eu não estivesse ali. — Minha casa, minhas regras. Já falamos sobre isso. Não faça parecer que é a primeira vez que estou dizendo isso para você.

Talvez ficar por ali não fosse uma boa ideia, afinal.

Olhei a distância entre minha casa e onde eu estava. Então apertei com mais força a coleira de Mac. Quando Rodrigo e eu discutíamos, sempre fazíamos isso longe de outras pessoas... e, um dia depois, geralmente, estávamos de bem de novo.

— Vá se foder — Jackson xingou, balançando a cabeça, seu ódio claramente óbvio para qualquer um a quarenta quilômetros dali. — Já aguentei muita merda sua. Não preciso disto.

Dallas deu a mesma risada amarga, infeliz, que eu tinha ouvido sair dele no dia em que estivera discutindo com a mulher do lado de fora da sua casa. Não dava para saber se ele tinha um humor estranho ou se realmente estava irritado e tentava encobrir, mas... me magoava.

— Só estou pedindo para ser legal com os vizinhos e parar de ser imbecil, Jack. Não tem nada para você ter que "aguentar".

— Vá se foder. Essa é a história da sua vida e sabe disso. Todo mundo acaba se cansando da sua merda em algum momento — Jackson continuou com tanta raiva que foi um gatilho para o rosnado de Mac.

Se eu não tivesse ouvido a conversa de Dallas com a mulher do sedã que poderia ou não ter sido sua esposa, eu não faria ideia do que ele estava falando. Mas eu ouvi. E o comentário me deixou na defensiva daquele pobre homem que poderia ser um enorme babaca com as pessoas que deveriam ter sido as mais importantes na sua vida, até onde eu sabia. Mesmo assim, era bem cruel, não era?

Jackson mostrou o dedo do meio ao passar pelo irmão e pressionou a frente do dedo na testa de Dallas no processo. Que porra havia de errado com aquele homem? E meu vizinho, o verdadeiro, não se moveu nem um centímetro enquanto seu irmão fazia isso. Manteve aqueles olhos cor de mel travados no outro homem, mesmo quando ele desapareceu por um instante antes de um rugido alto de moto preencher o ar. Quando vi, uma Harley enorme estava saindo da garagem — onde aquela coisa estava estacionada? No quintal? —, e a pessoa atrás do guidão vestia a mesma roupa que Jackson vestia há um segundo. Então ele foi embora.

Foi interessante.

Sem saber direito o que era para eu fazer, simplesmente fiquei ali parada. Bizarro. Talvez ele não percebesse que eu tinha ouvido tudo que foi dito entre eles. Uma garota poderia sonhar.

E foi exatamente isso que não aconteceu, porque o homem chamado Dallas voltou sua atenção para mim.

De todas as coisas que eu poderia ter dito ou perguntado, escolhi, antes de conseguir me impedir, indagar:

— Você é o irmão mais velho ou o mais novo?

Só percebi o quanto alguém poderia se ofender com essa pergunta quando ela saiu da minha boca. Se alguém tivesse perguntado se Rodrigo era o mais novo, eu teria batido na pessoa.

Ele soltou um barulho gutural ao olhar na direção de onde seu irmão tinha desaparecido e balançou a cabeça.

Isso dizia mais do que o suficiente.

Felizmente, após um ou três segundos, meu vizinho resolveu piscar para mim com uma expressão distante. O que ele pensava que eu estava tentando fazer? Conseguir informação para roubar sua identidade?

— Mais velho — ele, enfim, respondeu.

— Ahh. — Isso explicava tudo. Eu gostaria de pensar que era porque eu não o conhecia que falei: — Tenho certeza de que o meu irmão mais velho quis me matar algumas vezes na vida dele. — Poderia, provavelmente, contar, no mínimo, cinquenta situações diferentes em que ele tivesse gostado de me bater em algum momento. Deus, eu sentia falta dele. — Isso é família.

Algo nisso deve ter sido a coisa errada a dizer porque o moreno deu de ombros como se estivesse espantando algo de que não gostasse, seu olhar focando rapidamente em Mac.

— Tome cuidado com ele saindo correndo. Não temos muito trânsito, mas pode acontecer uma merda — o homem de voz rouca me alertou, forçando o sorriso para longe do meu rosto.

Não sei por que a preocupação dele me irritou de um segundo para outro, mas irritou.

— É. Vou tomar.

Ele pensava que eu era burra e não sabia disso?

— *Docinho!* — Louie gritou do outro lado da rua, parado diante do gramado, acenando para mim com força.

Acenei de volta para ele antes de me virar para o meu vizinho uma última vez, tentando dizer a mim mesma que eu não precisava me irritar com sua sugestão quanto a ficar de olho em Mac. Provavelmente, ele não quis dizer nada condescendente com isso.

— É melhor eu ir. Obrigada por... — Apontei na direção em que seu irmão tinha ido. — Não sei o que fiz para deixá-lo bravo, mas até mais.

Ele aceitou minha partida instantaneamente, com aquela expressão séria e rígida, fazendo um som desdenhoso, porém não perdi a forma como seu olhar deslizou de volta para a casa dele.

— Você não fez nada. — Sua atenção se voltou para o garoto de cinco anos esperando impacientemente no gramado e permaneceu ali por um instante. — Até mais.

Eu sorri para ele.

— Até. — Puxando a coleira de Mac, demos alguns passos na direção da rua antes de eu usar minha voz de adulta com o teimoso e sussurrar na sua orelha fofa: — As coisas que faço por você...

Com sua cabeça virada por cima do ombro, ele abriu aquele sorriso tolo de cachorro para mim que apagava toda a frustração que eu sentia por ele. Me seguiu pela rua sem uma única dificuldade, onde os meninos estavam esperando e observando.

— O que estão fazendo aí parados? Não é para isso que pago vocês — gritei para eles.

Louie ficou boquiaberto antes de perguntar ao irmão:

— Ela paga a gente?

— Filho da *puta*.

Do seu lugar de dentro na sala de descanso, ouvi:

— Você se cortou?

Balancei a cabeça, sem me incomodar em ver se Ginny tinha perguntado por causa das minhas palavras ou não. Meus olhos estavam totalmente focados no e-mail que eu tinha acabado de receber.

— Não. Acabei de receber a agenda do time de beisebol de Josh. Eles querem aumentar a quantidade de treinos para três vezes na semana. *Três vezes por semana.* Como se quatro horas durante a semana não fossem suficientes, além de ele já ir ao treino de rebater e recepção. Quando vou poder ter uma tarde para cagar em paz?

— Diana! — Ginny deu risada, sua voz ficando mais alta, me dizendo que ela tinha colocado a cabeça para fora ou saído da sala de descanso.

— Quem concordou com isto? — perguntei mais para mim mesma do que para ela. Treino três vezes por semana e campeonato, *no mínimo*, duas vezes por mês. Jesus Cristo. Desse jeito, eu iria ter que comprar um saco de dormir e simplesmente acampar do lado de fora do campo todos os dias.

— Um dos meus primos — ela sacrificou ambos. — É tão ruim assim?

— É!

Do canto do olho, eu a vi se aproximar de mim com uma tigela do que quer que tivesse trazido de almoço.

— Por que não liga para Trip ou um dos outros técnicos e reclama? Você não pode ser a única que está pensando em comprar uma casa ao lado do campo, se é tão ruim assim.

Ela tinha razão. Também percebi que ela não sugeriu ligar para Dallas, que era o técnico principal.

Quando a mãe do time enviara e-mail a todos após postar a lista, recebemos todos os números de telefone da equipe técnica e dos outros pais. Eu ligava para o último técnico de Josh quase toda semana por um motivo ou outro. Eu tinha aquele idiota mal-humorado e maluco na discagem rápida do tanto que falava com ele.

Então, ligar para Trip ou Dallas não seria uma maluquice nunca feita.

Seria?

— Você tem um campeonato em Beaumont numa semana e, na seguinte, em Channelview? Isso é complicado.

Piscando para a lista no meu celular, recuei ao absorver a informação que ela tinha acabado de me dizer. Ambas eram a três horas de viagem! Que porra era essa? Eu só podia tirar um fim de semana de folga por mês e, a cada dois meses, tentava tirar dois. Os Larsen não hesitariam em levar Josh em um lugar tão longe, mas não parecia justo pedir que eles fizessem isso.

Sem nem pensar bem, saí do e-mail e abri o que tinha os números de telefone, quase raivosamente socando a tela quando liguei para Trip.

— Isto não vai dar certo — eu disse para Ginny conforme o celular tocou. — Eles estão loucos. Estou ligando para Trip agora.

Liguei e ele não atendeu. Droga. Encarando a lista de quatro números de celular para cada membro da equipe — inclusive aquele grosseiro, Jackson, que sempre só conversava com os meninos —, olhei para o de Dallas por um instante, me perguntando se ele deveria ser minha próxima opção ou não. Hesitei. Então me lembrei de como eu ficaria travada em lidar com ele por um tempo; não precisava ser estranho por qualquer motivo que poderia ou que seria. Eu não tinha feito nada para ele se sentir estranho perto de mim.

Então copiei o número e o colei no teclado.

— Seu primo não atendeu, então vou ligar para Dallas.

Houve uma curta hesitação antes de ela dizer:

— Pode ser também.

— É. Isto é idiotice. — Me perguntei, conforme o telefone tocava, por que ela estava hesitando tanto. — Ei, tem algo errado em...

— Alô? — uma voz masculina e rouca atendeu do outro lado.

Pausei por um segundo, minhas palavras para Ginny sumindo da língua antes de eu prestar atenção.

— Oi. Dallas?

— Sou eu — ele respondeu sem emoção, quase que profissionalmente.

— Oi. Aqui é Diana Casillas. Josh é meu... — Do que eu ia me chamar? — Sua vizinha.

Houve uma breve pausa enquanto tenho certeza de que ele tentava se lembrar de quem eu era. A vizinha dele. A que tinha salvado a pele do seu irmão. A mesma que tinha um sobrinho que era — na minha opinião — o melhor jogador do time dele, não que eu fosse parcial nem nada parecido.

— Oh. — Houve uma pausa bizarra. — Oi.

Soou bem amigável e sincero. Só que não.

— Estou ligando sobre o e-mail que acabei de receber em relação à programação — tentei prepará-lo.

O suspiro profundo que escapou dele me fez sentir que eu não era a primeira pessoa a contatá-lo hoje por exatamente a mesma coisa.

— Certo — foi sua resposta que praticamente confirmou minha suspeita.

Então simplesmente fui direta como teria sido com o técnico de Josh.

— Olha, não sei o que vocês estavam fumando quando fizeram a programação, mas está lotada demais. — Eu ia fazer aquilo. Porra. Eu era uma péssima persuasiva. — Três treinos por semana? Ele já tem treinos específicos nos outros dois dias. Tudo isso com campeonatos aos fins de semana várias vezes por mês também não vai dar certo. São crianças. Precisam de tempo para fazer... coisas de criança.

Houve uma pausa do lado dele, uma expiração controlada.

— Entendo o que está dizendo...

Isso não ia acabar bem. Precisava seguir em frente e aceitar.

— ... mas isto é só uma preparação para quando forem mais velhos e jogarem de forma mais competitiva. — Ele acabou naquele tom grave que soava como se tivesse perdido a voz uma vez e nunca a recuperado.

— Acho que temos mais três ou quatro anos para isso. E que ficarão bem jogando campeonatos uma ou duas vezes por mês e treinando duas vezes por semana. Não é possível que eu seja a única pessoa que não está gostando disso.

— Três outros pais aprovaram a programação antes de enviarmos — Dallas disse em uma voz que me lembrou como Ginny tinha mencionado que ele tinha sido militar. Ele estava me *dizendo* essa informação.

Infelizmente para ele, eu tinha um problema com pessoas me dizendo o que eu poderia ou não fazer.

— Bem, esses três pais devem ter apenas um filho, não têm vida, e esse filho deve odiá-los porque eles não fazem nada que não seja relacionado a beisebol — resmunguei de volta, surpresa com o que ele estava me dizendo. Qual era o problema dessas pessoas?

Houve um grito no fundo que soou surpreendentemente como "Chefe!". Então um abafado grito de volta que eu tinha praticamente certeza de que saiu de Dallas antes de ele voltar com uma voz rápida e fria.

— Preciso ir, mas vou pensar no que você disse e alguém vai te ligar de volta quanto à programação.

Era isso? "Alguém" ia me ligar de volta? Não ele?

— Por favor, pense nisso...

— Preciso ir, desculpe. Tchau — ele me cortou em um segundo antes de a linha ficar muda.

Com um gemido que saiu direto das minhas entranhas, apertei o dedo na tela e rangi meus molares.

— Droga.

Quando três dias se passaram e eu não recebi um novo e-mail com a programação alterada para melhor, comecei a ficar meio frustrada. Quando outro dia se passou, incluindo um treino, com metade dos pais reclamando um para outro sobre a indignação deles quanto aos treinos e campeonatos e, *ainda assim*, nenhum dos funcionários comentou sobre fazer alguma coisa... fiquei mais frustrada. Mas só quando mais quatro dias se passaram, incluindo outro treino, sem nenhuma mudança e ninguém falar nada, foi que percebi a verdade.

Nada iria acontecer.

E simplesmente não iria dar certo.

Eu já tinha conversado com meus pais e os Larsen sobre a programação insana de Josh e todos me garantiram que poderíamos fazer dar certo entre todos nós, mas não era essa a questão. E quanto aos pais que não tinham mais quatro pessoas para ajudá-los? E os com mais filhos, em que todos tinham outros esportes e atividades? E quanto ao meu Louie, que gostava de andar de skate e bicicleta de vez em quando?

Eu entendia como funcionavam esportes altamente competitivos. Tive familiares que cresceram e se tornaram atletas profissionais, mas um menino de dez anos sacrificando totalmente todo o seu tempo livre? Não me parecia a melhor ideia. Eles precisavam de mais alguns anos para serem crianças, não precisavam?

Então, entre clientes, peguei o celular e redisquei os números que tinha salvado nos meus contatos há uma semana. E, quando caiu na caixa postal, deixei uma mensagem. Quatro horas depois, quando ainda não recebera uma resposta, liguei para Trip de novo e deixei uma mensagem de voz para ele. Desesperada, liguei novamente e deixei outra mensagem para Dallas. Posso ou não ter feito caras e bocas o tempo inteiro que demorei para ir do trabalho até em casa às sete da noite, inventando todo tipo de desculpa para o motivo de não ter recebido um retorno do técnico principal do time *quando eu morava do outro lado da rua dele* e trabalhava com a prima do assistente do técnico, que trabalhava no fim da rua. A única coisa que me impedira de ir até a oficina onde ficara sabendo que Trip trabalhava foi porque seria assustador e passar do limite. Um lugar de trabalho era um lugar de trabalho.

— Isto é um absurdo — finalmente sussurrei para mim mesma, sentada no meu carro, antes de abrir a porta e ir para o caminho que levava à minha casa.

Infelizmente para Dallas, derrubei as chaves no chão e demorei uma eternidade para arrancar o chaveiro da minha calça, do contrário, eu poderia tê-lo perdido chegando em casa. O fato foi que não perdi nada. Quando uma caminhonete Ford velha retumbou pela rua e virou na garagem dele, fiquei ali parada. Na cabine, vi aquele familiar cabelo cortado estilo militar atrás do volante da sua velha e grande F-350.

Fiquei ali parada, analisando e debatendo se deixava Dallas em paz ou não.

Escolhi não o deixar em paz.

Antes sequer da sua caminhonete ter desaparecido na garagem dele, eu já estava atravessando a rua e indo até lá, com as mãos enfiadas nos bolsos de trás da minha calça jeans preta.

— Oi — gritei para ele enquanto me aproximava.

Ele já estava com uma perna para fora do lado do motorista, a porta totalmente aberta.

— Ei — foi sua resposta quando ele saiu, seus olhos se arregalando um pouco no que eu sabia que não poderia ser irritação, certo? Vestido com uma camisa azul-marinho, de mangas longas e botão, e bermuda cáqui com mais buracos do que bolsos, Dallas estava empoeirado pra caramba. Eu ainda não tinha descoberto com o que ele trabalhava, não que importasse ou que sequer fosse da minha conta.

Sorri para ele, tentando ser o mais gentil e não ameaçadora possível. Minha *abuela*, que Deus a tenha, sempre me dissera que se consegue muito mais na vida sendo gentil do que sendo uma *cabrona*. Deus, eu amava aquela mulher.

— Queria ver se você tinha mudado de ideia quanto à programação — falei, ainda sorrindo, tentando ser extremamente gentil e inocente.

Quase como se sentisse meu fingimento, Dallas estreitou aqueles olhos cor de mel para mim.

— Foi colocado em pauta, mas nada foi resolvido — foi sua resposta política de merda.

Eu fazia um monte de coisas, mas desistir não era uma delas.

— Certo. Nesse caso, espero que vocês pensem racionalmente e mudem, porque é uma loucura.

Talvez eu não devesse ter usado a palavra com "L". Talvez.

Quando aquelas íris claras ficaram ainda menores, decidi que sim, provavelmente, não devesse tê-la usado.

— Vou me certificar de que você fique sabendo se algo mudar. — Seu tom, claramente, dizia "saia da minha frente", então eu sabia que ele estava irritado.

— Por favor — implorei, me desesperando. — Todo mundo está reclamando disso. Até Josh falou que ficou cansado só de olhar para a agenda, e ele não para quieto um segundo.

Dallas me olhou uma última vez antes de começar a dar a volta em mim.

— Pode deixar — ele disse por cima do ombro, sem se incomodar em me olhar de novo. — Vamos ver o que podemos fazer.

— Obrigada! — gritei para as costas dele, cerrando os punhos nas laterais do corpo para o gelo que ele acabara de me dar. Filho da puta.

O homem cujo irmão me devia os dentes na sua boca ergueu uma mão conforme entrava na casa logo antes de a porta de segurança bater atrás dele. Eu estava ficando bem cansada de ele me dar gelo. Se não iria me ouvir, então que se danasse, eu conhecia outras pessoas que ouviriam. Porque minha avó também dizia que *se não der certo sendo gentil, que todos se vayan a la fregada.*

Quando chegou o fim de semana, eu tinha falado com quase metade dos pais do time e tive uma sensação definitiva de que eu não era, em nenhum gênero, número e grau, a única que não concordava com a programação revisada do inferno. Queríamos que fosse alterada e ninguém no poder estava disposto a fazer isso. Governos tinham caído por irritarem cidadãos. Por que os pais ou guardiões do Tornado não poderiam fazer a mesma coisa em menor escala?

Ao longo daqueles dias, os pais com quem conversei falaram com outros que conheciam e, logo, o time inteiro havia sido contatado. Havia alguns que, realmente, não se importavam com a agenda ou não entendiam por que estávamos irritados com isso. Puxa-sacos.

Mas não havia como um grande grupo ser totalmente ignorado. Pensei que, se nada fosse feito, aqueles que discordavam poderiam planejar não aparecer no novo dia que tinha sido adicionado durante a semana. Não estava fazendo isso apenas por mim; estava fazendo por Josh e Louie. Quando eu iria conseguir fazer as coisas com Louie se sempre estivéssemos ocupados com Josh? Ele estava em uma idade muito delicada para lembranças e para formar o tipo de pessoa que se tornaria. Nunca queria que ele sentisse que era menos importante do que o irmão. Eu sabia como era se sentir assim, e desejava que nenhum dos meninos sentisse isso.

Alguém decidiu que, no fim do treino, todos iríamos conversar com a equipe técnica. E foi o que aconteceu. Uma multidão de pais foi até os técnicos assistentes e o principal do Tornado. Parecia um clipe com os três homens e uma mulher no meio. Algumas pessoas estavam gritando para serem ouvidas; houve gente apontando, mas a maior parte foi "É!" quando alguém ouvia um bom argumento que outra pessoa fazia. De alguma forma, eu acabei enfiada no meio do círculo, bem no centro da ação. Minha cabeça tinha começado a doer no início do dia, e o fato de quase gritar não ajudava em nada.

Só fiquei parcialmente surpresa quando Dallas, no meio, disse, olhando bem para mim:

— Parem de gritar. Não consigo pensar com vocês quase em cima de mim.

Ele estivera olhando rosto a rosto desde que fora rodeado, no entanto, assim que seu olhar parou em mim, ficou ali.

O que eu tinha feito agora? Ele que tinha causado isso a si mesmo, não tinha?

— Foi trazido para nós — ele falou, me encarando — o quanto estão infelizes com a programação. Eu entendo. Vou me reunir com o resto da equipe técnica e ver quais mudanças podemos fazer. — Ele repetiu o que tinha me dito dias antes.

Olhei de um lado a outro o mais discretamente possível, porém, quando meus olhos se voltaram para a frente de novo, Dallas ainda não tinha desviado o olhar. Por quê? Eu não tinha sido a única a reclamar.

— Alguns de nós não se importam com o jeito que a programação está — uma mãe sozinha e corajosa opinou. Era a mulher que tinha reclamado durante os testes quando as duas mulheres sentadas à minha frente falaram do corpo de Dallas.

— Alguns de nós têm vida, Christy — um dos pais, cujo nome eu não conseguia lembrar, retrucou. — Nossos filhos também precisam viver.

— Não é tão ruim assim — Christy continuou argumentando, seu olhar pousando em mim e se estreitando. O que estava acontecendo? Por que um monte de gente estava olhando para mim como se eu tivesse causado isso? Não tinha tentado prevenir? — Nunca tivemos problemas assim. Algumas *pessoas* precisam entender que nem sempre vão conseguir ter o que querem.

O fato de ela estar olhando bem para mim não ajudou em nada. A agenda *não estivera* assim antes. Um dos pais com quem conversei me contou.

Além disso, eu não era idiota. Josh não tinha saído do seu antigo time em boas condições. Seu técnico o mudara para a segunda base para dar ao próprio filho a posição de receptor e tínhamos reclamado. Logo depois, o time escolhera outro jogador e Josh tinha se ferrado de novo. Coincidência? Acho que não. Eu tinha chamado seu ex-técnico de babaca quando, enfim, saímos de lá pela última vez. Será que os boatos sobre isso já tinham chegado ali? Eu sabia como aquela comunidade era unida. Devia haver uns dois centímetros de separação entre todo mundo.

De qualquer forma, eu sabia que essa mãe estava falando comigo. *Conosco*. Eu teria que ser idiota para não reconhecer isso. E não gostei.

Pelo que eu soubera, apenas três meninos tinham entrado para o Tornado ao mesmo tempo que Josh, e eu não sabia onde estavam os pais daquelas crianças. Se sequer estavam ali. Independente disso, com pais de crianças em times competitivos, você tinha que reivindicar sua dominância antes da sua voz ser perdida para sempre. E, com certeza, eu não ia colocar Josh naquela posição de ter uma guardiã que simplesmente aceitava tudo. Se alguém, um dia, implicasse com ele, iriam aprender, do jeito difícil, que ninguém mexia com a minha família.

Eram essas desculpas que eu iria dar para justificar o que aconteceu em seguida.

— Por que está olhando direto para mim ao falar isso? — perguntei calmamente à mulher. Será que hoje era o "Dia de Implicar com Diana" e eu não havia recebido o recado?

A mulher me olhou com sarcasmo, e juro que algumas pessoas bem ao lado dela deram um passo para longe.

— Não falei seu nome, falei?

Eu não explodia de raiva. Nunca explodi porque não guardava meus sentimentos, exceto por aquele período idiota aos vinte e seis anos quando desperdicei meses da minha vida na segunda pior coisa que já me aconteceu: meu ex. Se eu tinha problema com alguém, lidava com isso e, se acontecesse de ficar brava depois disso, era culpa minha e de mais ninguém.

Mas decidi, instantaneamente, que ia acabar com a raça daquela mulher no segundo em que não tivesse testemunha por perto.

— Não precisou falar meu nome. Você estava me encarando. Sou a única tendo chilique quanto a querer "ter o que quero"?

A mulher reagiu dando de ombros.

Me certifiquei de não quebrar o contato visual com ela enquanto eu ficava bem calma.

— Não estou tendo chilique. A programação é ridícula, e não sou a única que pensa assim, então não coloque a culpa em mim, madame. — Pensando bem, talvez eu não devesse ter usado a palavra com "M". Alguém já tinha me chamado assim e causou o mesmo efeito em mim que a palavra com "V" causava.

— Mas você que começou — ela rebateu.

— Eu não *comecei* mer... nada. Meu garoto precisa de um dia de folga durante a semana. Isto não tem nada a ver comigo. Meu garoto tem dez anos. Ele ainda não é profissional. Quer que ele adquira Lesão da Pequena Liga no Cotovelo ou fraturas por estresse daqui a uns dois anos? Não quero que Josh tenha que fazer cirurgia antes sequer de sair do Ensino Médio porque queria que ele vencesse uma porr... porcaria de um campeonato aos dezesseis do qual nem vai se lembrar — argumentei, irritada.

— Me importo, sim, com meu filho — ela tentou retrucar.

— Não falei que não se importa.

Foi vergonhoso o quanto gostei de ver as bochechas dela ficarem vermelhas.

— Mas deixou implícito!

Dei de ombros para ela da mesma forma que ela fez comigo, e isso despertou a ira dela. Vaca.

— Bem, você tem um jeito maravilhoso de demonstrar isso quando acabei de te dizer como ele poderia se machucar ao treinar demais, e ainda está discutindo comigo sobre uma coisa da qual tem vários estudos comprovados.

— Me importo, sim, com meu filho, *Mãe Adolescente*...

Que Deus me ajudasse. Dei um passo na direção dela. Não sabia o que estava pensando em fazer com ela, mas alguma coisa eu faria, droga.

Minha expressão deve ter dito exatamente isso, porque a mulher fechou a boca e deu um passo para trás, suas mãos, imediatamente, indo para o rosto.

— Ok! Ok! — Um braço acenou para cima e para baixo. — Chega. Christy, vá para casa. Você vai ficar fora daqui nos dois próximos treinos por isso — Dallas decretou. Quando a mulher começou a abrir a boca, ele piscou, e só isso já funcionou melhor do que qualquer gesto para "se calar".

— Você começou e sabe disso.

Quase mostrei a língua para ela quando seu olhar passou por mim.

— Diana, certifique-se de que outra pessoa traga Josh no próximo treino.

O quê? Ele estava me *zoando*? Nem tinha feito nada além de me defender!

Assim que abri a boca para rebater, Trip interveio.

— Todos os outros, vamos conversar, nos próximos dias, e chegar a um acordo quanto a alterar a programação. Vamos enviar e-mail para vocês — ele concluiu com um tom bastante definitivo na voz. Onde estava o cara que tinha se divertido comigo no bar?

Fiquei brava. Conforme o clipe finalmente se dividiu, fiquei ali parada, atordoada e a quase cinco segundos de espirrar spray de pimenta em metade dos pais.

Me virei para tentar encontrar Trip, que tinha feito pouco mais do que sorrir para mim a seis metros de distância ultimamente, porém ele estava rodeado de pais, já envolvido na conversa. Dallas... Eu não fazia ideia de para onde ele desaparecera. E Jackson estava parado de canto com os braços à frente do peito, parecendo tão desmotivado com a vida que eu não sabia por que ele se dava ao trabalho de ainda respirar.

Eu não conseguia acreditar.

— *Tia?*

O som da voz de Josh, imediatamente, me arrancou de quase mergulhar de volta na Diana de Anos Atrás que teria falado para todo mundo chupar um pau. Primeiro, tive que me imaginar dando um tapa atrás da cabeça de todo mundo, então interrompi o ódio que tinha começado a me tomar. Foi só, talvez, depois do meu sobrinho me chamar que consegui me virar com um sorriso quase sereno, e o encontrei olhando para mim com uma expressão desconfiada.

— O que aconteceu? — ele imediatamente perguntou.

Minha cabeça doía, mas eu sabia que não era sobre isso que ele estava perguntando. Se havia alguém no mundo que era meu espírito animal, era aquele garoto. Não sabia como me esquecia disso. E, já que Louie não estava lá, contei a verdade para aquele que já tinha ouvido tudo e mais um pouco na sua vida.

— Estou a cinco segundos de bater na mãe de Jonathan, então vou bater na mãe dela depois para ensinar uma lição a ambas.

O garoto gargalhou, me lembrando do quanto ele era jovem sob tudo isso.

— Por quê?

— Ela é louca. Estávamos em uma reunião de pais e ela começou a falar coisas sem sentido. Talvez também vá bater em Jonathan, já que ele é o motivo de ela estar aqui.

Josh deu risada de novo, balançando a cabeça.

— Você é maluca.

— Um pouco — concordei, dando uma piscadinha para ele, de repente desaparecendo o que quer que tinha restado da minha raiva. Como dava para ficar brava quando se tinha tantas coisas ótimas na vida? — Está pronto para ir para casa?

Ele assentiu, seu sorriso gigantesco.

— Sim.

— Certo, vamos. — Gesticulei para ele ir na direção da calçada, parando até ele estar ao meu lado. — De acordo com seu técnico, não posso vir ao treino com você da próxima vez por causa daquela doida, então diga para seu avô, amanhã, que ele vai ter que te trazer. Vou ligar para ele, mas você também fala para ele, ok?

Isso fez Josh parar e franzir o cenho.

— Por que não pode vir?

— Porque, como te contei, ela estava falando umas maluquices sobre como é minha culpa estarmos tentando mudar a programação, e posso ter dito algo sobre ela não se importar com o filho e que é por isso que ela acha que a agenda está boa — expliquei, sinceramente, para ele, sem querer que ele me considerasse uma mentirosa. Sentia que, se não mentisse, esperava que ele aprendesse a também não mentir para mim. Ninguém era perfeito, e eu não queria que ele acreditasse que precisava ser. Ele só tinha que ser o melhor tipo de pessoa que poderia e se defender. Estar "certo" era muito subjetivo.

— E não pode vir por causa disso?

Assenti, olhando de um jeito "pois é, né?" para ele.

Os cantos da boca de Josh se abaixaram muito e ele balançou a cabeça.

— Não é justo.

— Também não acho que seja, mas acho que também a provoquei, J. Eu não precisava retrucar para ela. Poderia ter deixado que ela pensasse o que quisesse. — Essa simples verdade me deixou conformada. Eu *poderia* ter deixado passar. Poderia mesmo. — Tarde demais agora. Está tudo bem. É só um treino, e vamos torcer para que eles mudem a programação, então valerá a pena.

— Isso é idiotice.

Lancei um olhar a ele.

— É burrice — ele consertou.

Dei de ombros, esticando o braço para massagear minha têmpora com o dedo indicador e o do meio.

— Ela só está brava porque seu filho joga fora das bases.

CAPÍTULO OITO

Meu bom humor durou até a manhã seguinte. Quando seu primeiro pensamento ao acordar inclui a palavra "absurdo", não deveria ser uma surpresa ficar rabugenta o resto do dia. Mas o fato era que, embora eu estivesse bem consciente de ter colocado lenha na fogueira na minha conversa com a mãe no beisebol no treino no dia anterior, o que resultou disso ainda era um monte de estrume. Quanto mais pensava nisso, mais brava eu ficava. O que era para eu fazer? Ficar ali parada e levar uma culpa que não era minha? Estava apavorada de ter que ligar para o Sr. Larsen e contar a ele que não iria poder levar Josh ao treino, então ter que explicar por quê. Me sentia como uma criança que tinha sido flagrada colando na prova.

Josh estava sonolento demais para perceber que eu estava rabugenta e Louie, bem, quem saberia o que se passava na cabeça daquele garoto? Da última vez que perguntei a ele o que estava pensando, ele falara "nádegas". Desde então, guardei essa pergunta para mim mesma. Mas Ginny, que abria o salão comigo de manhã, imediatamente percebeu meu humor.

— O que houve? — ela perguntou, já sorrindo tolamente.

— Como sabe que houve alguma coisa? — reagi, enfiando o último pedaço de *s'mores* com sabor de biscoito Pop-Tarts na boca.

— Porque você come Pop-Tarts quando está brava ou irritada. — Seu sorriso aumentou. — E conheço você. Dá para sentir.

Ela tinha razão. Pop-Tarts eram minha *comfort food* quando necessitava. Os meninos já sabiam que, quando me viam comendo um pacote, tinha alguma coisa errada. Lancei um olhar para ela ao desembalar meu almoço e o guardar na geladeira, mastigando e engolindo o último pedaço do meu café da manhã improvisado. A fim de equilibrá-lo, havia comido uma banana primeiro.

— Você se envolve em uma discussãozinha com outra mãe no beisebol e é suspensa de um treino.

Não precisava olhar para minha chefe para saber que ela tinha se curvado quando começou a rir. Dava para ouvi-la, e eu a conhecia. E foi o som da sua risada que me fez sorrir tanto que meu rosto doeu por tentar não fazer igual. Soava ridículo mesmo.

— Trip fez isso? — ela perguntou, secando os olhos.

— Não, foi seu outro primo. Trip só ficou parado e deixou acontecer. — Não éramos amigos, eu tinha aceitado isso enquanto ia amuada para o trabalho naquela manhã, mas ainda não conseguia evitar de me sentir traída.

Isso a fez gargalhar de novo.

— O que aconteceu?

Então contei a ela em detalhes e, quando ela assentiu para mim em resposta, eu sabia que não tinha feito uma loucura de outro mundo. Além do mais, Ginny realmente tinha dezenove anos quando tivera o primeiro filho. Claro que ela ia se sentir, pelo menos um pouco, ofendida. Felizmente para nós duas, ela não se ofereceu para ligar para Trip e falar bem de mim. Nunca pediria a ela para fazer isso, e ela sabia que eu podia lidar com minhas próprias batalhas... a menos que eu pedisse ajuda, especificamente. Quando ela me deu tapinhas nas costas e dividiu metade de uma laranja comigo, disse a mim mesma que não era grande coisa, que eu não deveria estar tão fora de mim.

Eu havia agido de forma errada, mas ainda não mudaria o que dissera. Podia ser adulta e me responsabilizar pelos meus atos. De alguma maneira, meu humor mudou depois que aceitei aquela realidade, e as horas seguintes foram melhores.

Até eu ir para a lanchonete para pegar dois refrigerantes durante um intervalinho entre clientes por volta da hora do almoço.

Não era uma surpresa a fila de pedir e pagar estar longa. Eles mantinham os refrigerantes atrás do balcão. Com duas pessoas na minha frente, a porta rangeu ao abrir, porém não me virei. Estava ocupada demais olhando para o meu celular, procurando horários de voo para visitar minha melhor amiga.

— Como está indo? — uma voz masculina indagou atrás de mim.

Não percebi que estava falando comigo, então continuei olhando para a tela.

Houve uma risada curta.

— Diana, vai me ignorar?

Me perguntando quem estaria falando comigo, olhei por cima do ombro e, imediatamente, passei de confusa para nada feliz. Era Trip, meu não amigo.

— Oi. Não sabia que estava falando comigo.

Aquele sorriso brilhante característico dele aumentou um pouco, indiferente ao meu tom e humor.

— Com quem mais eu estaria falando? — ele perguntou, ainda sorrindo.

Dei de ombros, com aquele leve gosto de ressentimento na língua.

— Não sei.

Sem ser afetado, ele continuou:

— Vai comprar algo para almoçar?

— Não, só duas bebidas. — Pausei, lutando entre ser rude e educada. A campeã vencendo como sempre. — E você?

— Almoço. — Se ele sabia que não era exatamente minha pessoa preferida naquele momento, não deixou que o afetasse. — Como está indo seu dia?

— Bom. — Mantive a boca fechada. — E o seu?

— Nada a reclamar. — Aquela boca bem rosada dele se curvou e ele ergueu as sobrancelhas, seu sorriso impressionante crescendo a cada segundo. — Também está brava comigo?

Meu humor parecia um balão que tinha sido furado por uma agulha. Suspirei e dei um passo mais perto conforme a fila se moveu.

— Talvez.

Ele endireitou seu sorriso.

— Aww, querida, não seja assim. Precisamos ser justos. Os garotos não podem ver vocês discutindo e pensar que não há consequências se eles arrumarem briga.

Comecei a abrir a boca para falar que não tínhamos arrumado briga, porém a fechei rapidamente. A questão em ser adulto, às vezes, era que era um saco. Odiava admitir que estava errada para outras pessoas, apesar de, na noite anterior, enquanto conversava com Josh, tivesse admitido que tinha uma parcela de culpa no que aconteceu. Mas Trip estava certo.

— Se serve de consolo, eu teria torcido para você, e não para Christy.

Como poderia ficar brava depois disso, principalmente com aquele sorriso alegre que ele tinha aberto para mim?

— Pelo menos você teria. Não sei o que fiz para o seu técnico principal. Ele me faz parecer que tenho piolhos. Toda vez que converso com ele, é como se eu fosse um fardo para sua alma. Se ele não queria Josh nem eu no time, poderia ter dito alguma coisa antes ou apenas não o ter colocado no time, para começar.

— O quê? — Trip deu risada, sua testa franzida pela confusão conforme ouvia. Estava começando a ver que esse homem ria mais do que fazia qualquer outra coisa. Era muito fofo. — Dallas?

— É.

Eu não ia contar a ele do dia em que nos conhecemos. Não era da conta dele o que tinha acontecido com o irmão de Dallas, mesmo que fosse da família. Eu não sabia o que Dallas poderia ou teria contado aos outros sobre aquela noite. Talvez ele tivesse contado tudo a eles. Talvez não tivesse contado nada. Mas não era assunto meu para compartilhar com outras pessoas. Detestaria que ele espalhasse meus assuntos por aí.

A testa do loiro fez ainda mais ruga, e ele balançou a cabeça só um pouco, sem acreditar.

— Foi ele que indicou seu garoto, em primeiro lugar. — Ele pausou e balançou a cabeça de novo. — Ele está sendo assim?

Assenti.

— Não. Não faz nenhum sentido. Eu o conheço minha vida toda e nunca o vi ficar bravo com ninguém. Ele é bem tranquilo.

Estávamos falando da mesma pessoa? Eu o tinha visto ficar bravo com duas pessoas nas poucas vezes em que estivera perto dele.

Ele pareceu pensar nisso por um instante antes de fazer um barulho grave no fundo da garganta. Um dos seus olhos se fechou um pouco.

— Você deu em cima dele?

O ronco que saiu de mim foi muito ofendido, não havia como ele ter entendido de um jeito diferente. Não era possível.

— *Não.*

Nem precisei pensar nisso. Eu não dera em cima dele. Nem um pouco. Talvez o tivesse secado um pouquinho, não era santa, porém não tinha falado para ele sair do quarto só de boxer. No entanto, me impedi de olhar para ele para baixo do pescoço no instante em que soube que era casado.

Trip pareceu se divertir bastante.

— Só estou perguntando. Ele fica meio sensível com essa merda. — Porque ele era casado ou separado ou o que fosse? — Ele não falou nada de você para mim.

Sem saber o que pensar ou dizer, esfreguei as mãos na frente da minha calça de maneira nervosa.

— Só não quero que as coisas fiquem esquisitas se tivermos que nos ver o tempo todo. Juro que não fiz nada para ele não gostar de mim. Ele foi bem legal no início... — Naquele instante, percebi que estava reclamando para um adulto sobre o primo dele. Precisava parar. Havia um monte de coisas sem sentido que você poderia fazer na vida e choramingar para um homem sobre outro parecia estar no topo da lista. — Só não sei o que fiz, e não quero que as coisas fiquem esquisitas.

— Eu perguntaria a ele. Nem sempre entendo o que o incomoda e o que não incomoda — Trip explicou casualmente, tão abertamente que me pegou de surpresa, já que não nos conhecíamos tão bem. — Você é linda, querida. Sei que eu não me importaria se flertasse comigo.

— Não flertei com ele — praticamente rebati, repassando cada conversa que tivera com o homem. Nada. Não conseguia enxergar nenhum flerte ali.

Trip ergueu os ombros num gesto casual, ainda sorrindo; isso poderia ter significado "acredito em você" ou "não sei o que te dizer".

Ótimo. Bufei, deixando para levar em consideração as palavras dele depois, então focando no homem diante de mim, sorrindo.

— Pare de sorrir assim para mim — eu disse, observando-o.

Isso só o fez sorrir mais.

— Assim como?

Ele sabia exatamente o que estava fazendo. Eu não era boba. Ele com certeza também não era.

— *Assim*. Sou uma causa perdida. Não desperdice tudo isso... — balancei minha mão em círculo — ... comigo.

Sua risada me lembrou tanto de Ginny, naquele momento, que parecia que eu conhecia Trip por toda a minha vida.

— Não faço ideia do que está falando.

— Você é muito mentiroso. — Ri, roncando, sorrindo de verdade.

Quanto mais ele ria, mais os abismos de nós não nos conhecendo desmoronavam e me faziam sentir que já éramos amigos.

— Gin já me falou para fingir que você era casada e que seu rosto era cheio de verrugas. — Suas mãos se ergueram para dar tapinhas na camiseta branca manchada que ele vestia. Algo me disse que ela não era a primeira pessoa na sua vida a deixar essa distinção clara para ele. —

Ela falou que a tesoura dela vai agir ou alguma merda assim se eu tentar qualquer coisa.

Oh, Ginny. Eu não sabia direito como tive tanta sorte de não ter somente uma grande amiga, mas ter duas parecia uma benção que não muitas pessoas tinham na vida.

— Não mexa com uma garota e suas tesouras. — Ergui a mão e fiz movimentos de cortar com meus dedos indicador e médio, de sobrancelhas erguidas.

— Sei me comportar.

Olhei para ele.

— Não acredito em você.

O sorrisinho no seu rosto bonito, inteiro com barba por fazer e pelo amarelo-acinzentado, confirmou exatamente como ele estava mentindo. Pelo menos ele não se daria ao trabalho de continuar. Agora que as regras tinham sido estabelecidas entre nós, me fez sentir ainda mais tranquila com ele.

— O que Josh está achando do time? — ele perguntou, como se sentisse que nossos limites haviam sido determinados.

Contei a verdade a ele.

— Bom. Ele está pronto para competir.

Eu já tinha começado a me preparar mentalmente para assistir jogo após jogo, hora após hora, pela próxima parte da minha vida. Beisebol profissional, provavelmente, foi uma das coisas mais difíceis com que tive que me adaptar quando comecei a cuidar de Josh.

— Há quanto tempo ele joga?

— Desde... softball quando ele tinha três anos. — Eram quase oito anos atrás. Eu tinha quase vinte e dois quando ele começara. Se isso não tinha a capacidade de me fazer sentir como se a vida tivesse passado voando, eu não sabia o que poderia ter.

— Seu menino tem aquele olhar. Meio que me sinto um idiota por nunca ter prestado muita atenção na Gin quando ela falava que o menino da sua colega de trabalho jogava.

Dei de ombros. Pelo menos ele sabia que deveria se sentir idiota.

— Ela falou que seu filho também está no time. Quem é ele?

Eu estivera tentando descobrir qual menino do time era filho dele, mas ainda não tinha conseguido. Ambos os técnicos sempre estavam rodeados por, no mínimo, dois meninos, e talvez eu não tivesse prestado tanta atenção, porém não o tinha visto selecionando mais um do que os outros.

— Dean. Cabelo loiro. Hiperativo. Nunca para de falar.

Havia um menino de cabelo loiro-escuro no time que era um belo de um bobão mesmo durante os testes. No treino do dia anterior, ele ficara cantando músicas temáticas toda vez que um menino diferente ia rebater durante o treino.

— E você tem outro, não tem?

Trip emitiu um som com a garganta.

— Ele tem dois anos. Não consigo vê-lo muito — ele admitiu com tanta facilidade que eu não sabia como responder a isso. Seu tom não tinha mudado, mas... Bem, eu não o conhecia tanto para ter certeza se havia mais alguma coisa escondida por trás daquilo, mas poderia facilmente haver. Trip não sabia que eu sabia que ele tinha filhos com pessoas diferentes, e eu não tinha certeza do quanto ele gostaria de Ginny me contando essas coisas, mesmo que não tivesse sido com más intenções ou falta de carinho da parte dela. Ela só estava cuidando de mim.

A fila se moveu até eu ser a próxima.

— Você só tem seus dois meninos? — ele perguntou.

— Sim. Na verdade, eles são meus...

Seu celular começou a tocar, e ele deu uma piscadinha para mim ao enfiar a mão no bolso.

— Só um segundo — ele pediu, levando-o até sua orelha e atendendo.

Me virei para lhe dar um pouco de privacidade, jurando para mim mesma que contaria a ele sobre os meninos outra hora.

— De quem a gente não gosta?

Quase cuspi a água que estava bebendo.

— O gato comeu sua língua, Di? — o homem mais velho riu, me dando um tapinha nas costas conforme tossi para respirar após sua pergunta.

Louie, que estava sentado do outro lado do seu avô no mesmo banco que nós, se inclinou, com a expressão preocupada e suave.

— *Tia*, você está bem?

Tossi e, então, tossi mais um pouco, a mão que eu tinha colocado na boca para me impedir de cuspir nas pessoas à nossa frente saindo mais do que um pouco molhada pelo que eu não tinha conseguido segurar. Olhei para o Sr. Larsen de canto de olho, tentando muito não rir, e assenti para Lou.

— Acho que entrou um mosquito na minha boca, Goo. Estou bem.

Ele se encolheu.

— Odeio quando eles fazem isso. Não têm gosto de frango.

Como assim?

Antes de eu conseguir perguntar por que ele presumiria que eles tivessem gosto de frango, o Sr. Larsen me lançou uma expressão horrorizada que compartilhamos por um instante. Ele ergueu os ombros e eu ergui os meus como resposta. Eu ia culpar o lado dele da família por isso. Então, sussurrei para o homem mais velho:

— Ela não está aqui. Não vão deixá-la vir por dois treinos. Só eu que fui suspensa de um.

Ele fez "uuuhh" e "ahhh", entendendo totalmente depois de eu ter admitido a ele por que não poderia levar Josh ao treino. Sem perder um segundo, ele perguntou:

— A que horas ele precisa estar lá?

Meu amor pelos Larsen não tinha fim nem início. Eu tinha uma grande família, mas, às vezes, você conhece pessoas que cabem tão perfeitamente na sua vida que não dá para imaginá-los não fazendo mais parte dela. E aquelas duas pessoas iam muito além disso. A capacidade de amar deles não tinha limites.

A hora seguinte passou voando com a gente comentando sobre o treino de Josh e o quanto ele estava se desenvolvendo desde que começara a ter ajuda de técnicos adicionais há um ano. Eu tinha saído do trabalho e ido direto para o campo, apesar de saber que os Larsen iriam ficar com os meninos naquela noite e levá-los à escola na manhã seguinte. Quando Trip e Dallas chamaram os meninos para dispensá-los, todos nos levantamos e fomos até o buraco na cerca perto do campo para aguardar.

Josh meio que sorriu quando nos viu depois, porém não saiu correndo gritando nem nada assim. Gostava de falar para mim mesma que ele ficava empolgado de nos ver, no entanto, só estava crescendo. Os dias de ele gritando "Diana!" a plenos pulmões toda vez que me via tinham acabado. Ele nos deixou dar um tapinha nas costas antes de, imediatamente, declarar:

— Estou com fome!

Eu já havia acenado para Trip mais cedo quando ele erguera o queixo para mim pelo outro lado da cerca, nossa conversa ainda fresca na minha mente. Tinha me incomodado um pouco quando ele fizera o comentário sobre Dallas se sentir estranho perto de mulheres que flertavam com ele. Isso era só porque ele ainda era tecnicamente casado ou o que quer que fosse sua situação? Não me ofendeu nem um pouco — para ser sincera, provavelmente, foi o exato oposto agora que eu sabia da verdade —, pois iríamos nos ver bastante. Eu não gostava de drama e constrangimento e, com certeza, não queria encarar isso, no mínimo, duas vezes por semana por quem sabe quanto tempo porque ele tivera a impressão errada de mim.

Eu o achava meio atraente — tinha um ótimo corpo, qualquer um com olhos conseguia enxergar —, mas eu achava vários homens atraentes e, para começar, não havia flertado com ele.

Não era como se eu tivesse um jeito de saber que ele estaria em casa quando ajudei seu irmão. Após isso, eu tinha deixado cookies para a maioria dos vizinhos perto de mim, não apenas ele. Mas, da segunda vez em que nos encontramos, ele que foi na minha casa. Eu não fora até ele.

Tudo depois disso... Dava para ver por que ele *poderia* pensar que eu estivera flertando. Talvez se ele fosse idiota. Ir até ele em um bar, ligar para ele e ir até sua casa, embora tudo tenha sido relacionado a beisebol e somente a beisebol... Eu podia dar um pouco de folga para ele. Só um pouco.

Entretanto, eu ainda queria chutar esse elefante para fora do bairro.

Então, conforme fiquei no estacionamento enquanto os Larsen e os meninos iam embora na minivan deles, fiquei de olho nos adultos que ainda estavam no perímetro do campo, tentando encontrar a pessoa específica que eu estava procurando para não ter que aparecer inesperadamente na sua casa e deixá-lo mais desconfortável. Tinha acabado de resolver que ele poderia ter ido embora sem que eu percebesse quando o vi parado ao lado de uma caminhonete preta com Trip bem ao seu lado.

— Diana — Trip gritou por cima do ombro do seu primo quando me viu andando na direção deles.

— Há quanto tempo não te vejo. — Deslizei meu olhar para Dallas, colando um sorriso covarde e rígido no rosto. — Oi, Dallas.

Antes do meu vizinho me cumprimentar de volta, Trip jogou as mãos no ar.

— Vou indo. Dean está esperando na caminhonete. Dallas Texas, até amanhã. Querida, espero te ver amanhã. — Trip deu uma piscadinha ao se afastar. Ele era uma figura, e essa figura fez meu não-muito-sorriso se tornar verdadeiro.

Foi tão esquisito quanto imaginei que seria quando Trip entrou na sua caminhonete, nos fazendo nos afastar do carro conforme ele a tirava do estacionamento. Vi uma cabeça no banco de trás. Não havia mais muitos pais por ali, porém havia o suficiente, e não pude deixar de sentir o peso dos seus olhares em nós. Eu não era fã de ser observada, mas era inevitável, não era?

Assim que Dallas abriu a boca para falar o que quer que estivesse pensando, eu o interrompi.

— Ei, só quero esclarecer as coisas entre a gente. Se fiz alguma coisa para te fazer sentir desconfortável — *chegar em você em um bar* ou *ser bem agressiva quanto a mudar a programação* eram opções que eu aceitava livremente —, desculpe. Não tive a intenção. Às vezes, tento ser útil, mas talvez, em vez disso, eu deva cuidar da minha própria vida, mas, sério, não tenho a intenção de nada que não seja profissional ou amigável.

O olhar que ele me deu não foi nada desencorajador. Só que não.

— Só para você saber, sim, te acho um cara bonito, mas não é meu tipo. Juro que não estou tentando ir para sua cama nem nada parecido. Vi sua aliança, e não faço esse tipo de coisa.

Ele ainda não dissera uma palavra e, só para garantir que ele entendesse, continuei.

— Foram você e Trip que escolheram Josh. Não tentei colocá-lo no time para te seduzir ou algo assim. — Eu tinha falado "seduzir". Certo. Nunca havia usado essa palavra em voz alta, todavia, havia uma primeira vez para tudo. Houve outra pausa breve e bizarra antes da minha boca grande continuar tagarelando. — Gostaria que fôssemos amigos, já que moramos na mesma rua, porém, se não é algo que está disposto a fazer, tudo bem. Não vou lamentar por isso.

Havia uma chance enorme de essa última parte ser desnecessária, mas eu não sabia mais o que dizer. O que deveria fazer quando alguém não queria ser seu amigo ou, no mínimo, ser simpático, e você tivesse dado seu máximo? Pensei que eu tivesse sido uma pessoa muito boa. Uma vizinha muito boa. Não fizera nada para deixá-lo desconfortável. Pelo menos, pensava que não.

Esfreguei a mão na coxa e respirei fundo pelo peso que pareceu ter saído dos meus ombros. Encontrei seu olhar de cabeça erguida, querendo garantir que ele visse que não havia corações nem estrelas nos meus olhos. Minha mãe sempre me disse que eu era tão sutil quanto um elefante.

— Então? É para eu ir embora ou não?

As pálpebras do meu vizinho baixaram para suas íris castanhas-verdes-douradas.

— Alguém já te disse que você encara demais?

Me certifiquei de não fechar os olhos por um segundo, apesar de a vontade ser forte.

— Alguém já te disse que você tem uma imaginação fértil? — rebati.

Nenhum de nós piscou. Eu não iria perder aquela merda. Obviamente, ele também estava tentando não perder. Eu respeitava isso.

O pequeno sorriso que se abriu na sua boca não foi a primeira, nem segunda, terceira ou quarta coisa que eu teria esperado vir dele. Eu podia jurar pela minha vida que os olhos dele brilharam — mas, provavelmente, foi só a luz da rua que deu essa impressão. Então ele piscou.

Graças a Deus, eu também pisquei.

Dallas Eu-Não-Tinha-Certeza-Se-Esse-Era-Seu-Nome-Verdadeiro-Ou-Não fez um barulho vindo direto das suas narinas. Suas pálpebras voltaram à posição normal conforme suas sobrancelhas arqueadas se destacaram.

— Não fico "desconfortável" — ele começou. A boca dele ficou naquele mesmo sorriso parcial que estivera um instante antes. Era um primo triste do sorriso que ele dera aos meninos e ao seu amigo no bar, mas eu o aceitaria. Não precisava de mais. — Você não me deixou "desconfortável".

Aham. Claro. Era por isso que ele estava reclamando do contato visual e tentando vencer nossa competição de encarar.

E usando os dedos como aspas. Claro.

Sua língua devia estar cutucando a parte interna da sua bochecha conforme ele me observava com cautela.

— Você estava dando em cima de mim...

Explodi.

— O quê? — As chances de o meu rosto estar todo franzido eram grandes. Bem grandes. — Quando? — Pelo som das palavras que saíram da minha boca, eu não tinha percebido que *eu* presumir que ele tivesse pensado que estivera flertando com ele era totalmente diferente de *ele* admitir que pensava isso. Eu não tinha flertado.

— Você levou cookies...

— Que minha *mãe* fez para as oito casas mais próximas da minha. Pergunte aos vizinhos.

Eu já não tinha falado isso para ele? Ele era bonito, porém não era *tão* bonito. Eu tinha coisas melhores para fazer com meu tempo precioso em vez de assar cookies para ele. Que porra ele estava pensando? Será que era um desses idiotas que pensam que toda mulher se interessa por ele? Lógico, ele tinha um corpo incrível, mas tudo que você precisava fazer era entrar na rede social e procurar um modelo fitness para encontrar um tão bom quanto ele.

Tentando dizer a mim mesma que eu não precisava ficar muito irritada sem motivo, inspirei fundo pelo nariz e tentei expirar do jeito mais controlado que eu podia. Basicamente, ainda soei como um dragão.

— Sem querer ofender, amigo. Sou gentil e tenho educação, e praticamente salvei a vida do seu irmão. Não estava tentando ir para sua cama depois de te ver uma vez.

Talvez tivesse sido mais cruel do que precisava ser, mas fiquei ofendida.

Aqueles olhos dourados-castanhos-verdes se estreitaram enquanto ele pareceu processar o que eu estava dizendo. Até o quase sorriso nos seus lábios desapareceu.

Me sentindo mais indignada do que provavelmente tinha direito de estar, pensei que deveria seguir em frente e falar qualquer outra coisa que ele pudesse tentar usar como exemplos antes de me irritar. Ergui um dedo.

— Fui ao bar, Mayhem, com minha amiga e chefe, Ginny, que é prima de Trip, e que também é sua prima. Trabalho no fim daquela rua. Por favor, pergunte a qualquer um que conheça Ginny.

Ergui outro dedo.

— O único motivo de eu ter te falado oi foi porque você era a única pessoa que eu conhecia ali, e não quis ser grosseira.

Ergui um terceiro dedo.

— *E*, antes de te ligar quanto à programação do time, liguei para Trip. O único motivo de não ter ido à casa dele para reclamar foi porque não sei onde ele mora.

Na minha cabeça, adicionei "otário" no fim da frase. Na verdade, não o fiz. Às vezes, até eu me surpreendia.

O silêncio entre nós ficou denso. E ele, finalmente, disse, com seu olhar focado e sua boca de volta a uma linha firme:

— Sou casado.

Perdi a cabeça.

— Bom para você. Falei que você não era? — Jesus Cristo. Já tinha mencionado que eu sabia que ele era casado e não queria ter nada a ver com isso. — Tenho amigos casados e, por um milagre, consigo me conter toda vez que saio com eles, se é que você consegue acreditar nisso.

Nos encaramos por tanto tempo, olho no olho, uma expressão sabichona para outra, que ambas as características faciais se amenizaram gradativamente. Ele estivera errado e eu... não. Imbecil.

Era quase como se ele pudesse ler minha mente porque ergueu a sobrancelha.

Ergui a minha de volta, repetindo a palavra na minha mente. *Imbecil*.

Sua sobrancelha permaneceu onde estava, assim como a minha.

Uma vez que se curvava para alguém, você se tornava o capacho deles. E, se tinha uma coisa que eu havia aprendido sobre mim mesma ao longo dos últimos anos e com os últimos erros, era que esse título não se adequava bem a mim, e não era um que eu estava disposta a assumir de novo. Principalmente, não com esse homem que não colocava comida na minha mesa nem roupas no meu corpo. Em geral, eu era muito mais legal do que isso, mas era basicamente assim que eu tratava as pessoas depois de me conhecerem há um tempo. Era culpa dele ter despertado isso em mim tão cedo.

Repeti a palavra para mim mesma, torcendo para ele conseguir ler meus pensamentos: *imbecil.*

A boca de Dallas se mexeu, destacando o fato de que seu lábio inferior era mais carnudo do que o superior; as linhas na sua testa diminuíram e, em certo momento, ele estendeu a mão na minha direção, aqueles olhos cor de mel ainda em mim. Ele achava que eu tinha problema de encarar? Ele também tinha.

— Estamos de boa — ele anunciou para o mundo, firmemente.

Como se eu quisesse ser amiga dele naquele momento.

De Trip, eu gostava. De Dallas, por outro lado, eu não sabia o que pensar. Talvez eu pudesse ter argumentado que a mulher do carro vermelho havia dado um pé na bunda dele, mas não iria tocar no assunto. O irmão dele parecia ser um idiota. Jackass. Jackson. Mas...

Eu seria adulta e aceitaria que todos nós cometíamos erros. Eu já não sabia disso àquela altura?

Foda-se. Ele não ia cuspir na mão e eu não ia cuspir na minha para formalizar um tipo de amizade eterna, como eu fizera com Vanessa há muitos anos. Também poderíamos tirar o melhor da situação. A vida era muito melhor ao lado de um pinheiro do que de um cacto. Além do mais, isso era por Josh. Por ele, não havia nada que eu não pudesse fazer ou que não fizesse.

E Dallas e eu iríamos ficar presos um ao outro por um bom tempo. Literalmente.

Coloquei minha mão na dele. A parte do corpo muito maior e calosa que consistia em uma palma e dedos engoliu a minha por inteiro. Pelo menos ele tinha o aperto de um homem.

— Certo. Estamos de boa. — Apertamos as mãos e, antes de ele me soltar, perguntei com minha expressão séria: — Então, a programação foi alterada?

CAPÍTULO NOVE

As palavras de Josh me fizeram congelar no lugar. Tive que olhar por cima do ombro com uma colher comprida e coberta de marinara na mão para poder ler seus lábios e garantir que não tivesse imaginado suas palavras.

— O que você falou?

O garoto de quase onze anos com a cabeça dentro da geladeira a colocou para fora, com uma garrafa de suco de laranja na mão. Ele me encarou conforme disse as palavras que eu estava torcendo para ter entendido errado:

— Meus amigos podem dormir aqui?

Meu pensamento inicial foi *não, por favor, Jesus Cristo, não.*

Nem precisava tentar puxar na memória a última vez em que seus "amigos" tinham dormido em casa. Amigos? Estavam mais para demônios do nono círculo do inferno.

Minha alma havia sido marcada; ela não tinha se esquecido de uma única coisa em relação aos beliches e às louças quebradas, ao banheiro entupido, ou, que Deus me ajudasse, à gritaria e à correria por nosso apartamento. Pensei que os pernoites de meninos fossem iguais aos pernoites que Van e eu fazíamos quase todo fim de semana: ficávamos conversando no meu quarto, lendo revistas, assistindo a filmes, pintando as unhas, falando sobre meninos e comendo todos os petiscos da mamãe. Os pernoites de meninos eram um inferno da porra, pelo menos na idade de Josh. Subestimei como Josh e Louie eram bem-comportados sozinhos. Subestimei mesmo. Com exceção das merdas que perdiam, das coisas que esqueciam, dos assentos de sanitário nos quais faziam xixi, das embalagens de comida que eles enfiavam no banco do carro e das meias sujas que deixavam *em todo lugar*, eles eram muito bons mesmo.

Só quando eu estava perto dos filhos de outras pessoas era que me lembrava por que — antes de Josh e Louie — eu tinha planejado não ter filhos por um bom, bom tempo. Talvez nunca.

E, de alguma forma, escapei de não ter mais do que Josh e Louie ao mesmo tempo por quase um ano. Tinha precisado de um ano para me recuperar dos monstros que Josh tinha convidado para dormir em casa. Droga, ainda não tinha me recuperado de tudo. Eu tivera sorte de ele não ter pedido antes.

Infelizmente, meu tempo havia acabado.

Como eu diria a ele que não poderia trazer os amigos estando tão próximo do seu aniversário? Ele já tinha me falado que não queria festa, mas, nas palavras da minha mãe, *como ele não teria uma festa?* Eu sempre pensara que festas eram mais para os adultos do que para as crianças, mas agora eu tinha certeza de que isso era verdade. Josh realmente poderia ter ficado perfeitamente feliz ganhando vinte dólares e indo ao cinema ou à gaiola de rebatidas.

— Por favor? — o menino pediu com tanta esperança na voz que despedaçou minha alma.

Por favor, não faça isso comigo, pensei, mas o que realmente saiu da minha boca foi mais tipo:

— Claaaaro... Mas não mais do que três, certo?

Era demais torcer para que ele dissesse que só precisava mesmo de um amigo?

Era.

Porque sua resposta foi:

— Três está bom.

Que Deus me ajudasse. Eu estava pagando por tudo que já fiz meus pais passarem, com juros.

— Até amanhã de manhã! — gritei para a mãe entrando no carro dela, acenando uma mão com um pouco de entusiasmo demais.

Apostaria que ela estava empolgada. Tinha acabado de permitir que seu filho único passasse a noite na minha casa. Claro que ela estaria pronta para começar sua noite de sexta-feira. Nem tinha se dado ao trabalho de entrar na casa para se certificar de que eu não tinha gaiolas ou uma câmara de tortura. O menino do time Tornado tinha sido mandado para o banco de reserva: para o meu banco.

Dois dos três meninos haviam chegado, e eu já conseguia ouvi-los perambulando pela minha casa.

Ah, meu Deus. O que eu tinha feito? Por que havia concordado com isso?

Eu não tinha sido feita para cuidar de crianças dormindo em casa.

Se pudesse ter me curvado e chorado em silêncio, balançando para a frente e para trás, eu o teria feito. Alguma coisa iria se quebrar antes do fim da noite, e não havia como eu saber o que seria. Minha sanidade, talvez. Deus, me ajude. Já havia comido dois pacotes de Pop-Tarts do tanto que estava estressada e tinha outro fechado guardado no meu bolso de trás no caso de uma emergência.

Quando o som do motor de uma caminhonete em marcha lenta me fez abrir os olhos de novo, respirei fundo e observei conforme a porta do passageiro de uma Dodge preta abriu e saltou um menino loiro com uma mochila na mão. Havia me esquecido de que Josh mencionara que ele era um dos meninos que dormiria lá. Eu sorri conforme ele subiu pela calçada, nem sequer se virando para prestar atenção em Trip, que tinha estacionado a caminhonete e estava dando a volta pela frente do carro.

— Ei, Srta. Diana. — O loirinho sorriu de um jeito que seria tímido em qualquer outro menino, exceto nele. Nele, parecia... Não sei o que parecia. Estava mais para encrenca. Ele tinha vindo direto até mim no último treino e se apresentado. Se eu achava que Josh tinha confiança, não chegava nada perto daquele garoto. Me lembrava de alguém que eu conhecia: o pai dele.

— Ei, Dean. Tudo bem?

— Tudo. — Ele ainda estava sorrindo.

Eu também. Ele era fofo.

— Josh e os outros meninos estão lá dentro. Quer que eu te mostre onde? — perguntei a ele, olhando para cima e vendo Trip chegando atrás dele, um sorriso sábio no seu rosto bonito e brincalhão. Pelo que parecia, ele também tinha a capacidade de reconhecer seu próprio tipo, só que o dele era encrenca.

— Consigo encontrar. — Dean piscou aqueles olhos azuis exatamente como os de Ginny. — Obrigado por me deixar passar a noite aqui.

— Por nada — eu disse, indo para o lado a fim de deixá-lo entrar na casa.

Trip observou o filho conforme o garoto entrou sem um segundo olhar para trás, gritando, em tom sarcástico:

— Tchau, Dean!

Para o qual ele obteve um grito de resposta:

— Tchau!

Só "tchau". Não "tchau, pai", nem nada. Isso doeu até em mim.

Trip e eu balançamos a cabeça. Eu fiz careta e ele apenas pareceu conformado.

— É o começo do fim, não é? — perguntei ao loiro ainda subindo pela calçada.

Vestido em jeans, suas botas de motoqueiro de sempre e a camiseta branca característica, exceto seu colete do clube de moto, ele parecia que tinha acabado de sair do banho e estava bonito demais com sua barba por fazer loira-escura cobrindo a metade inferior do rosto.

— Tem sido o começo do fim desde que ele começou a falar. Vou pagar por toda idiotice que fiz com esse garoto.

Dei risada, porque eu poderia dizer *tal pai, tal filho*. E eu não tinha acabado de pensar a mesma coisa de Josh?

Ele deu uma piscadinha ao parar diante de mim na varanda, seu rosto brincalhão, olhos brilhantes.

— Oi, Trip — eu o cumprimentei, sorrindo amplamente.

— Ei, querida.

Meio tímida, estendi um braço e ele se inclinou para mim, jogando seu braço por cima do meu ombro para me dar um abraço. Seu grande sorriso quando ele recuou me lembrou do quanto eu gostava dele. Parte disso era porque ele me lembrava muito de Ginny, mas realmente sentia que o conhecia e ficava confortável perto dele.

— Obrigado por convidar Dean — ele disse, colocando as mãos na cintura.

A risada que soltei foi cheia de nervosismo, terror e pânico, e deve ter ficado óbvio na minha expressão porque o homem mais velho começou a gargalhar.

— Você acabou de perceber que está em um mundo de merda esta noite, não é? — Trip indagou, rindo.

Ah, meu Deus, dei muita risada dessa vez, com tudo fervilhando dentro de mim.

— Estou, não é? — Bufei. — Estou com medo de ir lá para dentro. De verdade.

Isso só o fez rir mais.

— Só vou trancá-los em um quarto juntos e ver o que acontece — brinquei, sem saber mais como lidar, exceto fazendo piada para não chorar. — A mãe de Jace praticamente o chutou para fora do carro e acenou para mim do banco do motorista, e a mãe de Kline veio até a porta com ele e saiu cantando pneu daqui.

— Jace *e* Kline estão aqui?

Ah, Deus.

— Fiz besteira, não fiz?

— Você tem um antialérgico, tipo Benadryl?

— Tenho...

— Sei que nem eu nem a mãe de Kline ficaríamos bravos se você lhe desse um pouco de Benny mais tarde. — Ele mal conseguia falar. — É só uma dica.

O que eu tinha feito? Deveria ter pedido boletins e tal para aprovar os meninos antes de virem para a minha casa. Relatórios de incidentes de outros pais. Entrevistas. Alguma coisa.

Gemi. Então gemi mais um pouco. Não ia chorar tão no início da noite. Não iria.

Só de brincadeira, perguntei:

— Você tem planos para hoje? Tenho uns bifes na geladeira que ia fazer para o jantar amanhã. Poderia ser convencida a grelhá-los esta noite... — Parei de falar, meio rindo ao dizer isso.

Um olho azul me fitou de volta, o canto da boca se mantendo alto.

— Estava planejando ir para Mayhem, já que você vai ficar com Dean esta noite. — Ele uniu os lábios. — Posso ir até o mercado, comprar umas cervejas e voltar.

Merda. Eu não tinha exatamente esperado que ele me levasse a sério, mas agora que ele não estava discordando... Eu o observei um pouco, torcendo para ele não ter recebido a mensagem errada com meu convite.

— Contanto que não dê em cima de mim nem nada. — Ele basicamente falou isso engasgando com a risada.

Droga. Não podia acreditar. Dallas tinha contado a ele. Joguei as mãos para cima ao nivelar um olhar para o loiro.

— Só amigos, Jesus Cristo. O pequeno também está aqui. Haverá supervisão.

— Estou te zoando, querida. — Ele riu. — Precisa de alguma coisa do mercado?

Tinha feito compras naquela manhã, já que tinha sido meu dia de folga.

— Não, obrigada.

Trip deu uma piscadinha.

— Certo. Já volto, então.

Eu estava mais do que aliviada em ter outra pessoa na casa comigo enquanto *eles* estavam lá, mesmo que essa pessoa fosse Trip. Engoli em seco e virei a cabeça para trás, para dentro da minha casa, conforme meu novo parceiro de jantar ia até sua caminhonete. Lá dentro, a sala de estar estava vazia, mas dava para ouvir uma algazarra no quarto de Josh. Sem avistar Louie, olhei no seu quarto e o encontrei esparramado atravessado na cama com seu tablet na mão com algum jogo.

Só tive coragem de olhar no quarto de Josh para ver se os quatro meninos estavam lá. Josh já tinha me perguntado se poderíamos mudar o Xbox para o seu quarto para aquela noite, e eu havia concordado. Sua outra tia lhe dera uma televisão pequena no seu último aniversário, então, se eles quebrassem alguma coisa, pelo menos seria a TV dele, e não a nossa de quarenta e duas polegadas. Antes de me flagrarem, saí de fininho e fui para a cozinha.

Consegui embalar algumas batatas no papel-alumínio e temperar os quatro bifes que eu tinha comprado no dia anterior, com a intenção de convidar meus pais para jantar, quando a campainha tocou. Pelo olho mágico, vi a nuca de Trip do outro lado, o celular que ele segurava na sua orelha mal visível.

— Te contei onde estou. Do outro lado da rua. Diana está com Dean. — Trip se virou no meio da conversa conforme a porta rangeu enquanto eu a abria. Ele ergueu o fardo de cerveja que tinha saído para comprar. — Acabei de comprar um fardo. Espere aí. — Ele afastou o celular do rosto e perguntou: — Se importa se Dallas vier para tomar cerveja?

Huh. Dei de ombros e balancei a cabeça. Tínhamos feito as pazes. Mais ou menos.

— Não. — Pelo menos, eu tinha comida suficiente. Tinha planejado pedir pizza para Josh e seus amigos mais tarde.

— Diana falou para vir. Ela está com medo de Jace e Kline — ele contou ao primo.

— Cale a boca — chiei para seu exagero, recebendo outra piscadinha.

— Certo, até mais — Trip, enfim, disse, antes de desligar. — Ele vai vir.

As palavras mal tinham saído da sua boca quando os meninos começaram a gritar alto todos juntos o suficiente para ouvi-los do fim do corredor:

— Mate-o! Mate-o! MATE-O!

E foi exatamente assim que me vi em uma casa com sete homens em uma sexta-feira à noite.

— Falei para Ginny vir para cá — contei aos dois homens apoiados no balcão da minha cozinha, cada um segurando uma garrafa de cerveja.

— Ela vem direto do salão?

Balancei a cabeça, virando os bifes com um garfo.

— Não. Ela vai se encontrar com Wheels para jantar e virá depois disso.

Foi impossível não ver o leve sorriso sarcástico que tomou a expressão do loiro, embora minha atenção não estivesse focada em nenhum lugar perto dele. Estava ocupada demais tentando cobrir por igual os bifes de óleo.

— Não gosta do Wheels?

Foi Dallas quem soltou uma risadinha como resposta, que me fez deslizar o olhar na direção dele. Ele não tinha falado muito desde que aparecera alguns minutos antes, recém-saído do banho e com uma garrafa de uísque em uma mão e um recipiente de papelão com quatro garrafinhas de Coca-Cola na outra, o que me fez olhá-lo, me perguntando se eu estivera subestimando esse homem o tempo todo. Sem perceber que eu estava analisando seu excelente gosto para refrigerante, tudo que ele dissera foi:

— Oi, Diana.

E eu respondera:

— Oi, Dallas. Entre. Trip está na cozinha.

Foi isso.

Tínhamos acabado de concordar em ser amigos — ou, no mínimo, simpáticos —, então isso não deveria ser grande coisa. Não queria deixar estranho, e fiquei feliz que ele também não. Conseguiríamos resolver isso. Felizmente, Trip falava o suficiente para compensar qualquer esquisitice que pudesse ainda haver entre nós.

Então, para o noivo de Ginny ser a primeira coisa da qual ele resolveu comentar após Trip e eu termos discutido sobre como grelhar um bife apropriadamente, fui pega de surpresa. E, por ele dar de ombros e ser todo casual em relação a isso, fui ainda mais pega de surpresa.

— Ele é ok... — Trip deixou no ar.

— Não pode me dizer que ele é ok e não me dizer o que não gosta nele.

Os dois trocaram um olhar com o qual eu não tinha familiaridade.

— Sério? Não vão me contar? — Pensei nisso e endireitei as costas, a uma frase de ficar bastante brava. — É ruim? Ele fez alguma coisa com a Ginny?

Trip assobiou.

— Não se ele quiser continuar vivo.

Oh.

— Então o que é?

— Você já o viu?

— Sim, algumas vezes. Ele sempre pareceu um cara bem bacana.

Trip e Dallas compartilharam outro olhar.

— O que é? — insisti. — Ele sempre é legal comigo.

Foi só Trip que soltou um ronco dessa vez.

— Por que ele não seria legal com você?

— Porque ninguém *precisa* ser legal com outra pessoa. Já conheci um monte de otários.

Dallas deu um sorrisinho ao mesmo tempo que Trip roncou.

Voltei para o noivo de Ginny.

— É só isso que tem de errado? Vocês simplesmente não gostam dele?

O loiro balançou a cabeça como se pensasse na pergunta.

— Se Ginny fosse da sua família e você soubesse das coisas que ele fez e das pessoas com quem ele... mexeu, também não aprovaria que ele estivesse com ela — enfim, ele conseguiu explicar. — Mas é com ele que ela quer estar, e sabe de todas as merdas dele, então não podemos falar mais nada.

Eu conseguia sentir o cheiro de besteira de longe, e foi exatamente isso que senti quando ele explicou seu motivo. Ginny amava Wheels. Eu os vira bastante juntos. Tinha ouvido conversas de telefone. E Wheels sempre fora bem gentil com Ginny. Levava flores para ela, almoço de vez em quando, era legal com ela agora, e Gin era adulta. Se ela sabia das coisas dele, então poderia lidar com isso. Se eu estivesse no lugar dela, não poderia, mas não estava.

— Tenho certeza de que ela é grata pelo cuidado de vocês ao quererem o melhor para ela, mas ela sabe o que está fazendo — falei para eles.

— Não estou dizendo que ela não saiba.

— É, mas está dizendo que não gosta dele por causa do que fez no passado, certo? — Olhei para Trip por cima do ombro para tentar amenizar o que iria dizer em seguida. — Imagine se encontrasse alguém com quem quisesse estar e a família dela não gostasse de você pelas coisas que fez dez anos atrás. Não é justo. Eu não sou a mesma pessoa que era quando tinha vinte anos ou até... vinte e seis. Algumas pessoas não mudam, mas outras mudam. Crescem.

— É diferente — Trip começou a discutir.

— Por que é diferente? Vai me dizer que vocês só dormiram com mulheres com quem tiveram relacionamentos de longo prazo? — Nenhum deles falou nada, apesar de eu olhar para ambos com um sorrisinho, sabendo como iriam responder. Claro que não. — Não. Exatamente. Todos nós fizemos coisas das quais nos arrependemos. E, se Gin sabe de tudo isso e ainda quer ficar com ele, então a deixe fazer o que quiser. Só estou dizendo.

— Está dizendo que se casaria com alguém que saiu com metade das mulheres que você teria que encontrar em eventos? — Trip perguntou com um sorriso bobo.

— Eu? — Bufei. — Nem pensar. Mas, se ela consegue lidar com isso, deixe-a em paz.

Isso fez Trip cair na gargalhada.

— Que hipocrisia de merda!

— Nada a ver! — Dei risada. — Eu sou possessiva e ciumenta. Sei disso. Aceito isso. Me responsabilizo. *Eu* ficaria imaginando essa pessoa imaginária que amo fazendo s-e-x-o — sussurrei a palavra como precaução — com quem quer que ela tivesse se relacionado, e iria querer esfaquear cada uma dessas mulheres. Mas nem todo mundo é assim. Isso é parte do motivo pelo qual não tenho namorado. Sei que sou louca. Já sinto pena pelo pobrezinho que ficar comigo um dia, mas ele vai saber onde está se metendo. Não escondo isso.

Trip balançou a cabeça, sorrindo amplamente.

— Você que falou. É louca pra caralho.

O que eu ia fazer? Negar?

— Diana, detesto te contar que não conheço ninguém assim.

Franzi o cenho.

— Tudo bem. Tenho certeza de que há um divorciado legal e católico em algum lugar no mundo, que esperou para enlouquecer até se casar e agora está esperando a mulher certa de novo.

— Duvido.

Olhei irritada para Trip, verificando os bifes de novo.

— Não acabe com os meus sonhos.

— Só estou jogando a real para você, querida.

— Ok, talvez, se ele for muito legal comigo e bom para mim, e eu for o amor da sua vida, e ele me escrever recados fofos regularmente me dizendo que sou a luz da vida dele e que não consegue viver sem mim, vou deixar dez mulheres, no máximo. *No máximo.* — Respirei fundo. — Fico brava só de pensar nisso.

Ambos gemeram antes de Trip gargalhar.

— Dez mulheres e você já está ficando brava com o pobrezinho.

— A vida é curta demais para não conseguir o que quer — argumentei com ele, sorrindo tão amplamente que meu rosto doeu, embora estivesse encarando a frigideira. De costas para eles, demorei um instante para me lembrar de que Dallas ainda estava na cozinha conosco. Ele não tinha falado uma palavra durante nosso bate-papo, então o olhei por cima do ombro. Ele estava apoiado no balcão da cozinha, parecendo cansado.

Nós poderíamos fazer isso. Poderíamos ser simpáticos.

— O que você acha? — perguntei a ele.

Ele meio que fechou um olho cor de mel conforme indagou:

— Quantos anos você tem?

— Vinte e nove.

Sua expressão ficou meio engraçada, com um sorrisinho antes de semicerrar um olho.

— Você é jovem, mas não *tão* jovem.

Sufoquei uma risada porque jurava ter um sorriso minúsculo curvando a boca de Dallas.

Ele, finalmente, terminou com:

— A menos que esteja esperando encontrar algum garoto ainda no Ensino Médio, acho que está com bastante azar.

Esperava que ele entendesse que o olhar que lhe lançara não foi gentil, mas iria ignorar a coisa da idade.

— O quê? Onze mulheres, então?

Trip fechou os olhos, balançando só um pouco a cabeça.

— Não sei por que Ginny não te trouxe antes para a minha vida, querida.

— Porque ela não queria você destruindo meus sonhos e me fazendo planejar passar o resto da vida sozinha?

— Acho que você poderia simplesmente conseguir me tornar um homem de família, se tentasse — Trip brincou.

Ergui as sobrancelhas para Dallas, me lembrando de que isso não ficaria estranho, droga, e balancei a cabeça rapidamente, apertando os lábios.

— Não, obrigada.

O loiro se curvou ao dar risada, mas era para Dallas que eu estava olhando, e não perdi seu sorriso rápido.

Era alguma coisa.

— Docinho! — Louie gritou de outro cômodo.

Não me mexi conforme meu garoto de cinco anos entrou batendo os pés na sala, seu rosto rosado e uma mistura de tristeza com irritação. De sunga azul e uma camisa de futebol laranja do time nacional da Alemanha que meu tio havia lhe dado de aniversário há uns meses, ele já parecia confuso sem eu nem olhar para os seus olhos azuis marejados que foram de Dallas para Trip e, finalmente, para mim.

— O que foi, Goo? — perguntei.

Louie veio na minha direção, estufando o peito.

— Não querem me deixar jogar com eles.

Me abaixei para ficar da altura dele, que estava hesitando mais próximo ao fogão.

— Videogames?

Ele assentiu, aproximando-se de mim rapidamente, sua testa indo direto para minha clavícula. Eu o abracei.

— Ele nunca me deixa jogar quando está com os amigos — ele sussurrou.

Suspirei e o segurei por um minuto.

— Ele gosta de jogar com você. É só que o aniversário dele está chegando, e ele quer ficar com os amigos, Goo. Ele ainda te ama.

— Mas quero jogar com eles — ele choramingou.

— Vou falar para eles o deixarem jogar — Trip ofereceu.

Louie apenas balançou a cabeça contra minha bochecha, envergonhado.

— Eles vão te deixar jogar — Trip continuou. — Juro.

— Não quero — o garotinho sussurrou, mudando de ideia de repente. Seus braços deslizaram em volta do meu pescoço. Seu corpo ficou mole de resignação.

— Tenho Xbox na minha casa. Posso trazer para cá e podemos jogar. — A sugestão de Dallas fez Lou e eu olharmos para o homem ainda apoiado no balcão.

— Pode?

— Claro, amigão.

Me lembrava de ter visto alguns consoles na casa dele e sua TV gigante, mas não conseguia imaginar Dallas — essa montanha de homem musculoso que estivera tão sério quase toda vez que conversamos — sentado no seu sofá bagunçado jogando videogames.

Lou deu um passo para longe de mim.

— Quais jogos você tem?

— Louie — eu o repreendi.

Dallas sorriu, seu rosto inteiro iluminado e acolhedor. Estreitei os olhos, absorvendo a forma como ele ia de bonito a mais do que lindíssimo ao usar os músculos da boca. Que tipo de truque era esse?

— Muitos — ele contou. — O que gosta de jogar?

O menininho falou o nome de um jogo que eu não conhecia, mas Dallas assentiu, de qualquer forma.

— Tenho.

Isso pareceu animar Louie porque ele olhou para mim para aprovação, e eu sorri para ele.

— Volto em alguns minutos — o homem mais velho explicou.

— Posso ir com você? — Lou perguntou.

— Louie, vamos, não pode se convidar para os lugares — eu disse a ele baixinho. Além do mais, ele nem conhecia aquele cara. O que ele estava fazendo?

Dallas olhou para mim, dando de ombros, um sorriso parcial no seu rosto, cortesia do garoto de cinco anos presente.

— Não me importo. Só vamos demorar um minuto.

Será que eu confiava nesse praticamente estranho com Louie na casa dele?

— Por favor, por favor, por favor, por favor, por favor. — Esse era Louie.

Nosso vizinho encontrou meu olhar calmamente e baixou o queixo.

— Vou deixar a porta da frente aberta.

— Um minuto, *Tia* — ele implorou.

Hesitei por um instante. Esse homem passava horas com meninos. Lou parecia tão esperançoso... Droga. Encontrei o olhar do meu vizinho.

— Se não se importar de segurar a mão dele.

— Não. — Ele voltou a sorrir para Lou, parecendo uma pessoa diferente com aquela expressão no rosto. Será que ele estivera sendo tão sério e distante porque pensava que eu estivesse dando em cima dele? *Sério?*

— Ok. Então vá com o Sr. Dallas e não roube nada.

O rosto de Lou ficou vermelho.

— Eu não roubo!

Não pude deixar de sorrir para o outro homem, grata por sua gentileza e ainda um pouco incerta quanto a ele levar Louie a algum lugar. Mas me lembrei de que deixava esse homem passar um monte de tempo com Josh, assim como muitas outras pessoas deixavam.

— Ele tem mão leve. Cuide dele.

— Vou fazê-lo esvaziar os bolsos antes de sairmos da minha casa — ele prometeu secamente, ao estender uma daquelas mãos grandes na direção do menininho. — Pode me ajudar a atravessar a rua.

Observei Lou e Dallas saírem da casa de mãos dadas e isso provocou uma tristeza agridoce em mim. Só consegui pensar no meu irmão e em como eu nunca o veria fazer aquilo com Louie. Como Louie nunca viveria aquilo com seu pai que o amara muito, muito. Formou-se um nó na minha garganta que não parecia querer desaparecer independente de quantas vezes engoli, enquanto continuava encarando a direção que eles tinham ido, apesar de já terem saído de casa.

Quando vi, havia erguido o braço para secar meu olho com as costas da mão.

Como era possível eu viver em um mundo em que meu irmão não existia mais?

— Você está bem? — Trip indagou, me lembrando de que ele estava no ambiente.

Assenti para ele, distraída e triste ao mesmo tempo.

— Sim, eu só... — Me obriguei a limpar a garganta. — Só me lembrei do pai dele, só isso. Ele tem filhos? — me forcei a perguntar, sem conseguir explicar detalhadamente o que me deixou tão chateada. Não ficaria surpresa se ele tivesse descoberto, de alguma forma, se os meninos eram meus filhos biológicos ou não, porém não quis tocar no assunto naquele momento.

— Dallas?

— Aham.

Trip balançou a cabeça, sua boca ficando firme pela primeira vez desde que o conheci.

— Não. — Ele deu um gole na cerveja e ficou quieto por um instante. — Por quê? Está interessada?

— Não. — Deus, por que todo mundo parecia pensar que eu estava tentando...

— Estou te zoando.

Fiquei brava de novo, me lembrando de Dallas admitindo que pensou que eu estivesse flertando com ele só por causa de uns *polvorones* e algumas ligações. Eles precisavam parar com isso e se lembrar de que ele percebeu o quanto tinha sido idiota. Porque havia sido muito idiota ao pensar nisso.

— Não leve para o lado pessoal, querida. A ex, ou quase-ex, dele, o que quer que ela seja agora, aprontou uma das grandes. Não tem nada a ver com você — ele explicou.

Eu estava sendo sarcástica quando questionei:

— O que era? Ela também era mãe solo?

— Ãh, era, sim — foi o comentário que me fez sentir uma enorme babaca. Merda. Acho que não poderia culpá-lo por ser hesitante comigo. — Mas não se preocupe. Ele sabe que "não é seu tipo". — Ele deu risada dessa última parte, e franzi o cenho. — Você realmente tem um tipo?

— É, ao que parece, agora tenho — eu disse, olhando a frigideira de ferro fundido estalando no fogão mais uma vez. — Virgens do Ensino Médio.

Trip e eu demos tanta risada que preencheu o tempo até Dallas e Louie voltarem com duas sacolas de mercado de plástico cheias com um console, dois controles e inúmeros jogos. Ainda não tinha pedido a pizza de Josh e seus amigos. Da última vez que havia verificado, o armário com dois sacos de salgadinhos, um pote de cookies e seis refrigerantes já estava vazio. Poderia obrigá-los a comer depois. Trip desapareceu na sala de estar enquanto eu terminava de grelhar os primeiros dois bifes.

Enquanto ficava de olho na carne e verificava as batatas no forno, pensei em Dallas e sua ex-mãe-solo por um segundo antes de começar uma lista mental do que precisava fazer para a festa de aniversário oficial de Josh. Eu estava virando os bifes de novo quando ouvi o som distinto de vidro se quebrando na sala.

— Desculpe! — Esse era Louie.

A fala foi tão baixa que não consegui ouvir. Apaguei o fogo, pronta para ir e garantir que estivesse tudo bem. Mal me virara quando Trip apareceu na cozinha.

— Louie está bem, mas você tem um aspirador de pó ou algo assim? Havia um copo de vidro na mesa de centro...

E foi derrubado.

Procurando debaixo da pia, peguei o pequeno aspirador de pó de mão que meus pais haviam me dado há anos e comecei a ir na direção de Trip, porém Dallas apareceu atrás dele, olhando focado para baixo. Só quando ele ultrapassou o loiro foi que vi suas mãos. Elas estavam unidas e, dentro delas, havia estilhaços de vidro junto com uma boa quantidade de sangue se acumulando nas suas mãos grandes.

— Pode deixar — Trip disse, pegando o aspirador de pó de mim conforme eu observava Dallas ir na direção da lata de lixo.

— Jesus Cristo. Deixe-me ver sua mão. — Fui atrás dele.

— Estou bem. É só um corte — ele respondeu de costas para mim.

— Você está cheio de sangue. Não está bem. — Parei logo atrás dele, perto demais quando ele se virou para me olhar, uma mão ainda segurando a outra.

— Estou bem — o teimoso insistiu. — Tentei salvar o copo, mas quebrou na minha mão.

Talvez ele estivesse bem e talvez já passara por coisa bem pior na vida, mas não consegui me conter.

— Deixe-me ver. Juro que não vou enfiar a mão na sua calça — disse a ele, só brincando um pouco.

O olhar que ele me deu quase me fez sentir como se estivesse sendo chamada para a sala do diretor, mas não me desculpei por minhas palavras nem foquei de novo meu olhar. Era isso que ele ganhava por pensar uma coisa tão idiota de mim. Deve ter entendido, porque não falou uma palavra.

Sem pedir permissão, envolvi os dedos no seu pulso e o puxei na direção da pia.

Ele me deixou.

Quando coloquei a mão dele debaixo da torneira, com ele parado meio para trás de mim em um ângulo, ele não se mexeu nem disse uma palavra conforme a água gelada molhou seu ferimento. Olhei por cima do corte que ia até a frente do polegar.

— Deixe eu me certificar de que não tenha vidro aí dentro — ofereci. — Pode doer.

— Estou be... — Ele gemeu e grunhiu quando pressionei a ferida e uni as laterais.

Aposto que ele estava bem.

— Desculpe — sussurrei conforme o fiz de novo, observando uma poça de sangue escorrer para fora, caindo na pia vazia, de metal, a água diluindo o vermelho.

Dallas soltou um gemido do fundo da garganta de novo.

— Sinto muito mesmo, mas preciso fazer isso novamente.

— Não, está... — Da terceira vez que o fiz, ele pigarreou, e não consegui deixar de estalar a língua para me impedir de sorrir ao parar o que estava fazendo e deixar o corte sob a torneira por um segundo antes de adicionar uma gota de sabonete de mão e espalhá-lo pela ferida, enxaguando o mais gentil que conseguia. Ele pigarreou mais uma vez e, dessa vez, não consegui me conter e olhei para ele. Seu rosto estava, talvez, a uns sete centímetros; seu braço puxado para tão longe do corpo que parecia que eu o estava obrigando a me abraçar de lado. De perto, pude ver as linhas dos seus olhos claramente e seu rosto banhado pelo sol perfeitamente. Quantos anos ele tinha mesmo?

— Está rindo de mim? — ele perguntou baixinho conforme me estiquei para fechar a torneira e pegar um papel-toalha.

Nem tentei mentir para ele.

— Falei para você que ia doer — expliquei, ao aplicar o papel-toalha na pele em volta do polegar, tentando secá-lo. — Você tem calos grossos. — Olhei-o mais uma vez. Seu olhar estava na sua mão, felizmente. — Você é mecânico igual ao Trip? — Duvidava disso, já que tinha visto a escada e outras ferramentas na parte de trás da sua caminhonete.

Aqueles olhos cor de mel foram para a minha direção, tão perto que dava para ver o anel dourado em volta da pupila. Voltei para sua mão. Sua voz estava rouca.

— Não. Faço serviços de reforma. Mais pintura e colocação de piso.

Isso explicava as roupas manchadas de tinta que vira nele.

— Legal. Sozinho?

— Praticamente — ele resmungou quando encostei na parte de cima do corte.

— Nunca se machuca sem querer no trabalho?

— Não. Sei o que estou fazendo. — Alguém pareceu se insultar.

Baixando o olhar de volta para a mão dele, soltei um ronco.

— Pelo jeito, não sabe o que faz perto de objetos cortantes. Espere um segundo para que eu possa colocar um curativo em você.

— Não preciso de curativo — ele tentou argumentar naquela voz rouca quando o soltei. O som do aspirador de pó de mão sendo ligado na sala fez nós dois olharmos naquela direção.

— Você precisa de um — insisti, ao abrir uma das gavetas da cozinha e tirar um dos muitos pequenos kits de primeiros socorros que eu tinha escondidos pela casa no caso de emergências. — Ainda está sangrando. Pelo menos deixe aí por hoje, por favor? Me sinto muito mal. Sabia que deveria ter tirado aquele copo antes e não o tirei.

Seu suspiro foi demorado, e ele estava me olhando com aquela cara não-tão-neutra conforme olhei para ele. Alguém não ficou feliz com meu pedido. "Claro" foi a palavra que saiu da sua boca com relutância, porém sua expressão dizia uma palavra totalmente diferente.

Sem querer perder tempo antes que ele mudasse de ideia, fui até ele. Ele era tão alto que a parte de baixo da sua bunda estava pressionada no balcão. Coloquei o kit de lado e peguei um frasco de mel de um dos armários. Se Dallas achou estranho eu o pegar e abrir, não falou uma palavra.

Vi que a ponta dos dedos dele era *muito* áspera e calosa quando virei sua palma para cima a fim de segurar sua mão parada. Seus dedos se esticaram, passando a ponta dos meus. A mão dele era muito maior e quase tão bronzeada quanto a minha; mal dava para ver minha mão debaixo da dele. Lançando a ele um sorriso rápido e reconfortante que não foi exatamente correspondido, peguei uma gota de mel e a coloquei no corte com a ponta da faca que eu usava para passar manteiga, ainda segurando-o parado.

— Louie é alérgico a pomada de primeiros socorros. Ele fica vermelho e com bolhas, então nem perco tempo comprando — expliquei. Com uma habilidade que havia adquirido após cuidar de muitos cortes dos meninos, tirei o papel do curativo com uma mão e, com cuidado, grudei-o em volta do seu polegar, a almofadinha do meu roçando na lateral do polegar ferido dele, meus outros dedos dançando por sua pele dura.

A pergunta dele veio do nada.

— O que aconteceu com seu dedo?

Pisquei e olhei para minhas mãos. Demorei um segundo para encontrar o dedo do qual ele estava falando, e o flexionei. Havia uma linha irregular de um centímetro e meio no indicador da minha mão esquerda onde havia me cortado com a tesoura durante um corte há dois anos.

— Me cortei no trabalho. — E tinha sangrado pra caralho.

— O que colocou no corte? — ele indagou, obviamente analisando a linha gosmenta na junção da ferida.

— Supercola. Funciona como mágica, mas o seu não é tão profundo para precisar disso — expliquei, minha atenção na mão dele. — Sinto muito mesmo por seu corte.

— Foi um acidente — ele respondeu, soando bem próximo a mim.

Isso me fez erguer a cabeça, fazendo careta.

— Mesmo assim, me desculpe.

Aqueles olhos castanhos estavam focados e parados nos meus castanhos entediantes. Provavelmente, ele estava a uns quinze centímetros de mim, no máximo. Ele tirou a mão da minha e deu um passo para trás.

— Não tem que se desculpar por nada.

O sorriso que dei a ele foi tão rígido que fez minhas bochechas doerem.

— Tudo bem. Se insiste...

Inclinei a cabeça na direção do fogão. Às vezes, amizades eram construídas em passos de formiguinha, certo? Ele poderia ter dito que não queria vir quando Trip o convidou, e poderia ter fingido que não tinha um Xbox para Louie jogar. Ele estava tentando e, caramba, eu também. Eu conseguia fazer isso.

— Qual é o ponto que quer do seu bife? Queimado, perfeito ou rosa?

Sua boca se curvou no canto quando ele piscou.

— Queimado.

— Então será queimado — eu disse, virando-me para encarar o fogão.

Houve um instante de silêncio antes de ele perguntar:

— Nós estamos de boa?

Claro que me virei a fim de olhar para ele por cima do ombro.

— Estamos, sim. — Pisquei para ele. — Se eu fizer qualquer coisa que te deixe desconfortável, é só me avisar. Não tenho muito filtro verbal. — Pensei nisso por um segundo e adicionei: — E sou meio melosa, mas não quero dizer nada com isso, então é só me dizer. Não é grande coisa. Não vou chorar. Vou te falar se tiver problema com alguma coisa.

Dallas fez um som que poderia ter sido um ronco.

— Estou percebendo.

Sorri de forma esquisita e talvez um pouco rigidamente para ele, então voltei a encarar o fogão quando sua pergunta veio.

— Já que estamos de boa, posso saber por que você tem Pop-Tarts no bolso de trás?

CAPÍTULO DEZ

— Josh, juro por Deus...

— Estou indo!

Fiz o sinal da cruz com uma mão, olhando para o meu celular e resmungando. Estávamos quinze minutos atrasados e, por mais que eu só precisasse estar no trabalho às oito e quarenta e cinco, ainda detestava que Josh e Lou chegassem depois do horário. Me atrasar me irritava, embora parecesse que ficava atrasada metade do tempo, de qualquer forma. Mais para três quartos do tempo, para ser completamente sincera comigo mesma. E, para ser ainda mais sincera, esse negócio de não-chegar-a-tempo-nos-lugares só começou depois que os meninos se tornaram meus.

— *Joshua!* — gritei assim que Lou ergueu sua polo vermelha da escola do seu lugar ao meu lado, me mostrando o espaço vazio em que precisava haver um cinto. — Goo, você esqueceu seu cinto.

Ele olhou para baixo como se não acreditasse em mim e, imediatamente, saiu pelo corredor de volta para seu quarto com os ombros caídos. Isso deveria ter me dito que tipo de dia seria. Louie, normalmente, não andava em nenhum lugar como se estivesse indo para a execução.

— Joshua Ernesto Casillas! — gritei de novo, a dois segundos de enlouquecer. Eu o tinha acordado na mesma hora de sempre. Ele tinha até acordado e começado a vestir a calça diante de mim antes de eu sair do quarto, mas, quando se passaram quinze minutos e ele ainda não havia saído de lá, eu fui ver como ele estava, e o encontrei dormindo de novo, sentado no colchão com a calça nos joelhos e sua cuequinha branca.

— Falei que estou indo!

— Também me falou, na semana passada, que ia parar de "descansar os olhos" depois que eu te acordasse, mas, pelo jeito, isso também não aconteceu — briguei, segurando na beiradinha da minha paciência.

Houve uma pausa, e então:

— Desculpe!

Que fingido.

Ele deveria estar arrependido, mas eu sabia que precisava aceitar sua desculpa antes que ele parasse de dá-las. Ficava preocupada que, se o culpasse demais, em algum momento, iria parar de ser efetivo.

— Perdoo você, mas, vamos, cara! Ande logo!

Dois segundos depois, o irmão mais velho seguiu o mais novo pelo corredor, segurando duas mochilas, duas jaquetas e uma bolsa de beisebol entre elas. Os Larsen iriam levá-lo ao treino de rebatidas naquela noite. Acenei para irem à frente, trancando a porta conforme praticamente corremos na direção do carro... até Josh parar e jogar as mãos para cima.

— Esqueci meu capacete!

Ah, meu Deus.

— O que aconteceu com a checagem da lista? — perguntei a ele.

— Eu estava tentando ir rápido! — foi sua desculpa.

O olhar que lhe dei foi praticamente ignorado quando joguei as chaves na sua direção, avançando como se fosse fazer um cuecão nele enquanto ele corria de volta para a casa. Virando-me de volta para encarar Louie e poder dizer a ele que poderia entrar no carro enquanto esperávamos, parei e observei o garotinho a alguns metros de mim. Ele estava pálido ou eu que estava imaginando? E eram bolsas abaixo dos seus olhos ou eu também estava imaginando?

— Você está bem, Lou? — Franzi o cenho.

Ele não estava olhando para mim quando lhe perguntei, mas seus olhos azuis deslizaram para mim e ele assentiu da maneira mais não convincente que eu já tinha visto.

— Tem certeza? Dormiu mal? — Quanto mais eu o olhava, pior ele parecia.

— Sim — ele respondeu, franzindo aquele nariz adorável por um instante. — Minha cabeça está doendo.

Já tinha ouvido essa desculpa de Josh.

— Um pouco ou muito?

Ele deu de ombros.

Bem, não poderia ser tão ruim se ele não estava reclamando.

— Pode tentar ir à escola?

Ele assentiu.

No fundo, eu sabia que esse era um jeito estranho de ele responder. Era Josh que fazia linguagem corporal; Lou, geralmente, dizia o que quer que estivesse na sua mente. Mas ainda me ajoelhei e o abracei, tocando sua testa e suas bochechas frias. Ele estava sem cor, porém não estava quente. Seus braços se envolveram no meu pescoço e ele me apertou.

Quando Josh voltou, Lou já estava de cinto na cadeirinha que ele detestava e eu tinha acabado de fechar sua porta. Josh jogou as chaves e perguntei, só para garantir:

— Verificou se a porta da frente está fechada mesmo?

Ele me lançou um olhar ao abrir a porta do passageiro.

— Sim.

— Ok, presunçoso. — Ele fez parecer que nunca a tinha deixado destrancada. Jesus.

— *Tia*, sua bolsa — Louie mencionou em voz baixa no instante em que abri a porta do motorista a fim de entrar.

Minha...

Droga. Eu a deixei lá dentro.

Ignorando o olhar presunçoso que apostaria um ovário que Josh estava me lançando, corri de volta para a casa, entrando e saindo em menos de dois minutos. Conforme corria na direção do carro, vi aquela caminhonete Ford grande saindo da garagem. Acenei, sem saber se Dallas tinha mesmo me visto ou não.

Na escola, quinze minutos mais tarde, tive que sair do carro e ir com eles até a sala do diretor para pegar autorizações de atraso, recebendo um comentário sarcástico da secretária que tinha que escrever os recados sobre o quanto era importante "as crianças chegarem na escola na hora". Como se ela não se atrasasse de vez em quando. Aff.

Meu dia não melhorou quando cheguei ao trabalho.

Sean tinha aparecido para trabalhar com uma hora de atraso, reclamando que não estava se sentindo bem e que não sabia se conseguiria ficar o dia todo, me deixando preocupada. Quando meu celular começou a vibrar perto do meio-dia, eu estava lavando um cabelo e não pude atender. Só uma hora depois, entre os atendimentos, quando meu celular vibrou de novo, foi que consegui atender. O nome da minha mãe apareceu na tela. Olhando para o meu colega de trabalho e sua cliente de canto de olho, fui para fora.

— *Bueno*?

— Diana, tentei te ligar três vezes — minha mãe me repreendeu, me pegando totalmente de surpresa.

— Estou no trabalho, *Mamá*. Não posso atender ao celular se estou com cliente — respondi, franzindo o cenho e me perguntando o que havia com ela. Ela sabia de tudo isso. Eu não ligaria enquanto ela estivesse trabalhando e ficaria toda bravinha se não atendesse.

— *Si, pues* talvez possa arranjar um emprego em que possa — ela disse em espanhol, seu tom desesperado e bem grosseiro.

— Acho que não existem trabalhos assim — rebati, pensando no que tinha feito para merecer outra falta de educação tão logo.

Obviamente, ela não enxergava a verdade nas minhas palavras porque a atitude com que ela me ligou não foi a lugar nenhum.

— Talvez se tivesse ido para a faculdade como queríamos que você...

Oh, porra. Fazia, no mínimo, um mês desde a última vez em que ela tinha me dado esse sermão. Não importava que eu me desse bem com um trabalho de que gostava e no qual era muito boa. Também não importava que eu tivesse pedido dinheiro emprestado apenas *uma vez* para os meus pais logo depois de ter saído da casa deles; *eu não tinha um diploma. O que estivera pensando?* Ela tocava no assunto quanto a não fazer faculdade, pelo menos, três vezes por ano, se eu tivesse sorte. Se não tivesse, vinha à tona uma vez por mês ou mais.

— Estou no trabalho. Precisa de alguma coisa?

Eu a cortei, nem sequer me importando de estar sendo simplesmente tão grosseira quanto ela. Havia algo em não querer ter essa conversa no salão que me fez olhar para os dois lados e atravessar a rua, querendo me afastar para Sean e suas clientes não conseguirem ver, muito menos ouvir qualquer merda que estava prestes a sair da boca da minha mãe e da minha. Já era pessoal demais.

— Se tivesse atendido, saberia que Louie *se enfermó*. Você não atendeu, então ligaram para cá. Já fui buscá-lo, e o levei à *clinica* na farmácia. Ele falou que não tem se sentido bem há dias...

Meu coração afundou. Eu sabia que ele não parecera bem naquela manhã, mas tinha perguntado a ele. Comecei a andar de um lado a outro na calçada.

— Ele está com infecção de garganta. Sabe se Joshua está se sentindo bem?

Esfregando minha testa, contei a verdade a ela.

— Ele não me disse que estava se sentindo mal. Acho que está bem.

— *Ay*, Diana. Você não pergunta se eles estão se sentindo bem?

Quase falei para ela que não era como se ela tivesse me perguntado diariamente se me sentia bem ou não, mas fiquei de boca fechada.

— Não, *Mamá*. Eles só me falam se não se sentem bem.

— Bem, Josh também pode estar doente. Talvez devesse perguntar a partir de agora, *no*? Precisa se lembrar de que não cuida apenas de si mesma agora. Tem que cuidar deles também. Preste mais atenção.

Não era frequente minha mãe criticar minhas habilidades parentais, mas, quando ela ia além de um comentário aqui e ali, ela ia para matar. Esse era um desses momentos. Minha culpa por não insistir que Louie me dissesse que estava se sentindo horrível era ruim o suficiente, porém as palavras da minha mãe apenas enrijeciam todas as veias e artérias que conectavam meu coração ao resto do corpo. Eu deveria ter feito mais perguntas quando percebi sua palidez. Ela tinha razão. Era minha culpa, e me senti horrível instantaneamente.

Em uma voz mais baixa e calma, eu disse:

— Ok. Entendi. Obrigada por buscar Louie. Me avise o quanto te devo pela consulta, e vou te pagar de volta...

— Não precisa me pagar nada.

Bem, com certeza, eu não queria dever sequer um centavo a ela depois do sermão que acabara de me dar.

— Não, vou te pagar por ela e pelo remédio. Vou ligar agora mesmo para a escola de Josh e ver como ele está. Obrigada por buscar Lou.

— Não precisa me agradecer — minha mãe falou como se ela pudesse sentir a distância que eu estava colocando entre nós. Nosso relacionamento sempre fora assim: ela entrava como um trem descarrilhado e só se importava com os danos depois. Eu não queria pensar demais em como poderíamos ser parecidas de tempos em tempos.

— Bem, eu quero. Se ele não está se sentindo bem, vou ligar para os Larsen e ver se eles podem buscar Josh para você não precisar ir. Já fez o bastante. Obrigada.

— Diana...

— Preciso voltar ao trabalho. Se tiver uma emergência, ligue no meu trabalho. Dei à escola o número do salão, mas acho que não anotaram. Vou garantir que tirem seu número da lista de contato...

— *No seas asi*. — Não seja assim, ela disse.

De que outra forma eu poderia ser quando ela despedaçava todo o amor, tempo e esforço que eu dedicava a Josh e Louie em segundos? De quê? Eu não fazia tudo por eles, mas fazia bastante coisa, e ninguém podia dizer que não os colocava em primeiro lugar. Mas era exatamente isso que minha mãe havia insinuado e doeu muito mais do que deveria. Acho que ela nunca diria ao meu irmão o que ela havia acabado de me dizer se ele não tivesse conseguido sair do trabalho para buscá-los.

— Saio do trabalho às sete. Vou pegar Lou assim que sair... — Por um breve e doloroso instante, pensei em não dizer à minha mãe que a amava. Toda vez que desligávamos o telefone, eu me certificava de fazê-lo. Acontecia com todos os meus entes queridos. Mas, por mais rápido que o pensamento tenha vindo na minha mente, eu sabia que não poderia fazer isso, independente do quanto estava brava. Então me apressei. — Te amo, tchau.

Desliguei na cara dela e nem me senti mal por isso.

Fizera um monte de coisas idiotas e egoístas na minha vida, porém não queria que Louie e Josh fossem afetados por esses tipos de decisões. Nunca. No entanto, minha mãe havia pisado em mim e me feito sentir como a maior babaca do planeta, mesmo que eu tivesse perguntado se Louie estava bem.

Estava tentando dar o meu melhor, pensei. Na maior parte das vezes, eu ia muito bem.

Pon más atención.

Oh, cara, parecia que ela tinha me dado um soco. Eu *prestava* atenção neles. Como ela poderia fazer parecer que não?

Todo esse peso se acomodou gentilmente no meu peito, e deixei meu coração nadar nas palavras da minha mãe. Tinha acabado de respirar fundo e de forma trêmula quando ouvi:

— Diana!

Literalmente parados a um metro de mim, na direção contrária a que eu estivera encarando, estavam Trip e Dallas bem do lado de fora do estúdio de tatuagem ao lado da lanchonete que eu tinha, em algum momento, parado em frente. Será que eles haviam escutado?

— Oi — cumprimentei Trip um pouco baixo, sabendo que tinha sido ele a chamar meu nome.

Ele nem tentou fingir que não tinha ouvido a conversa.

— Você está bem, querida?

Ser julgada e criticada pelas pessoas que eram para amar você nunca deixava ninguém bem, e não vi motivo para fingir o contrário quando havia chances de ele ter ouvido o suficiente para saber que eu não estava. Não estava tentando impressioná-lo, muito menos a Dallas, por não ficar chateada com algo tão pessoal.

— Já decepcionou seus pais? — perguntei ao loiro com um sorriso forçado, tentando amenizar algo que eu queria acreditar que acontecia a todo filho, independente da idade... Algo que nunca queria que Lou ou Josh sentissem.

A risada de Trip foi tão alta e sincera que eu sabia que tinha feito a coisa certa por não me fingir de forte.

— Só todos os dias.

Não pude deixar de sorrir um pouco, mesmo que ele estivesse mentindo.

Ele deu uma piscadinha para mim antes de perguntar, com aquele sorriso paquerador que não me causou nenhum efeito naquele momento:

— Vai almoçar?

— Eu só precisava sair do salão por um minuto para lidar com isto — eu disse, chacoalhando meu celular conforme mantive o olhar em Trip, e não no moreno ao seu lado que tinha jantado na minha casa há duas noites. — Vai fazer tatuagem no intervalo do almoço? — tentei brincar.

Foi meu vizinho que respondeu, me obrigando a olhar na sua direção.

— Não. Estou fazendo um trabalho aqui — ele explicou, simples assim.

— Oh. — Assenti e desviei o olhar dele, sem saber por quanto tempo não tinha problema eu fazer contato visual antes de ultrapassar a linha tênue da nossa amizade ou do que quer que fosse. — Humm, meu menor está doente agora, e não sei se Josh pegou ou não.

— O que houve com Louie? — Dallas indagou quase que instantaneamente sobre o garotinho que tinha sentado ao lado dele... e, algumas vezes, parcialmente em cima dele... por horas, jogando um jogo de tiro.

Dei de ombros, mas foi mais desamparado do que eu teria desejado que fosse.

— Infecção de garganta.

Ambos os homens se encolheram e eu assenti.

— Preciso ligar para Josh e ver como ele está, porque é para ele ter treino de rebatida esta noite, mas não sei se está doente ou não. — Deus, esperava que não. — Até mais tarde.

— Ok, até, querida — Trip se despediu.

Sorri para ele e, assim que fiz isso, Dallas adicionou:

— Espero que Lou melhore.

Sorri para ele também e observei os dois se virarem e descerem a rua na direção do estacionamento ou da oficina, aonde quer que fossem.

Sem vontade de atravessar a rua de novo, liguei para a escola de Josh de onde estava na calçada, primeiro pedindo, depois exigindo que o colocassem no telefone para eu poder me certificar de que ele estava se sentindo bem. Esperei do lado de fora da lanchonete até sua voz soar na linha.

— Oi?

— J, é a Di. Você está bem?

— Ãhh, sim, por quê? — Ele adicionou rapidamente: — Você está bem? Está tudo bem?

Aqui ia outra tonelada de culpa. Eu era muito idiota.

— Está tudo bem. Não se preocupe. Me desculpe. Louie ficou doente e sua *abuelita* precisou buscá-lo. Só queria ver como você estava e me certificar de que está se sentindo bem.

A expiração longa dele fez meu coração doer.

— Pensei que... — ele sussurrou, seu alívio evidente. — Não estou doente, mas pode vir me buscar se quiser.

Esse garoto. Não pude deixar de rir.

— Volte para a aula. Seu avô vai te buscar hoje — eu disse, embora tivesse certeza de que ele não havia se esquecido. Nossas agendas não haviam mudado muito nos dois últimos anos.

— Certo, tchau.

— Tchau, te amo.

— Também te amo — ele sussurrou logo antes de a linha ficar muda. Pelo menos alguém me amava.

Secando meus olhos com as costas da mão, só percebi naquele momento que tinha ficado com os olhos cheios de lágrimas em algum instante. Jesus. Não sabia por que deixava as palavras da minha mãe me incomodarem tanto; não era a primeira vez que ela dizia uma variação de eu não fazer um trabalho bom o suficiente com os meninos. Também não seria a última.

— O que está tentando me contar é que atingiu o status de baleia azul?

A risada de Vanessa do outro lado da linha me fez sorrir conforme eu descia a rua com o carro na direção da minha casa.

— Cale a boca.

— É você que está carregando uma criança inteira. Só estou falando a verdade, e não consegue suportar a verdade.

— O médico disse que ele está no maior percentil em relação ao tamanho...

— Não brinca?

— Mas ele não é *tão* grande...

— Comparado a quê, exatamente? Um bebê de elefante?

Alguns dias, tudo que uma mulher precisava era conversar com a melhor amiga para melhorar um dia que não tinha sido ótimo. Eu tinha pensado o suficiente e repassado tudo que aconteceu com minha mãe. Não queria lidar com isso mais do que já lidara, então ficara aliviada quando meu celular tocou e apareceu o nome da Vanessa na tela.

Ela gemeu.

— Não ganhei tanto peso — ela argumentou. — Sou pura barriga.

— Até a barriga engolir o restante de você — brinquei, ganhando uma vasta risada dela que me fez sorrir. — Juro que vou tentar programar minha viagem para te visitar. Tudo tem sido bem caótico ultimamente. Mal tenho tempo para ir ao banheiro e, mesmo quando vou, alguém bate na porta para pedir alguma coisa.

— Eu sei, Di. Tudo bem. Queria te contar que enviei o presente de aniversário de Josh ontem pelo correio. Está pronta para a festa dele?

Quase gemi. A festa. Aff.

— Quase — respondi vagamente.

— Pareceu convincente. Certo, não vou perguntar. Como está indo com o time de beisebol dele?

Avistando minha casa, virei o volante para estacionar.

— Ele está gostando de verdade até agora. — Era eu que estivera tendo problemas com isso. — Já fui suspensa do treino por me envolver em uma discussão com uma mãe.

— Diana! O que ela fez? Falou alguma coisa sobre Josh?

Em circunstâncias normais, ela me conhecia bem demais.

— Ela me chamou de *Mãe Adolescente*.

Houve uma pausa. Vanessa era resultado de uma mulher que havia se tornado mãe quando era adolescente.

— Que vaca.

— Aham. Tudo bem. Ele gosta, não estou preocupada com isso, e os técnicos são... — Soltei um assobio baixo. — Não meu tipo, mas é legal olhar para eles.

Ela deu risada.

— Seus pais falaram de ele fazer futebol de novo?

Quase resmunguei. Esse era um ponto sensível na minha família. Não importava quantas vezes eu explicasse para os meus pais que, só porque eu tinha dois primos que jogavam profissionalmente, não significava que toda pessoa com o sobrenome Casillas seria boa nisso.

— Não.

— E Louie?

— Ainda não. Ele mencionou tentar caratê, mas está feliz andando de skate por enquanto.

— Tenho certeza de que vai... Merda. Tenho que fazer xixi, mas preciso das duas mãos para sair do sofá...

Quase gritei dando risada, imaginando-a tentando sair do sofá e fracassando.

— Cale a boca. Te ligo mais tarde, ok?

— Ok. — Dei risada de novo. — Te amo.

— Também te amo.

— Tchau — nós duas dissemos ao mesmo tempo.

Jogando o celular na minha bolsa aberta, fiquei dando risada sozinha. Imaginar Vanessa tentando se levantar do sofá de novo só me fez rir mais, aliviando minhas lembranças do dia. Fora do carro, abri a porta de trás do passageiro e me abaixei, escorregando as mãos pelas muitas sacolas de mercado. Minha mãe havia me enviado uma mensagem antes de eu sair do trabalho, dizendo que traria Louie para casa mais tarde e, com os Larsen levando Josh ao treino de rebatida e ficando com ele durante aquele período, eu havia decidido ir ao mercado na volta para casa. Havia comprado tudo que um garoto doente precisava.

— Diana?

Congelei. Cada pulso tinha quatro sacolas de mercado penduradas. Meu celular estava na bolsa.

Meu coração começou a bater tão rápido que não havia como eu querer saber como poderia estar minha pressão arterial naquele momento. Eu já tinha ouvido aquela voz. Só precisou de um segundo "Diana" para registrar o tom com a parte do meu cérebro que não queria reconhecê-la.

Era Anita.

Ela tinha encontrado minha casa.

Ela estava ali.

Eu não queria admitir que havia motivo para surtar, mas iria fazê-lo mesmo assim. Estava mais surtada do que brava, e isso me irritou. Um nó preencheu o centro do meu peito e minha garganta se fechou. Aquela parte de mim que não queria lidar com isso — que nunca queria lidar com isso — dizia que eu deveria simplesmente entrar no carro, fechar a porta e sair dali o mais rápido possível.

Mas pensei em Josh, e sabia que não poderia fazer isso.

Anita sabia onde morávamos. *Ela sabia onde morávamos.* Discutivelmente o maior erro da vida do meu irmão tinha, de alguma forma, encontrado nosso endereço.

Minhas mãos ficaram dormentes antes de começarem a tremer. Apertei-as em punhos. Também fechei os olhos, torcendo para que fosse um pesadelo, mas sabia que não era.

Devagar, expirei de forma longa e tirei a cabeça do carro hesitante demais quando essa era a última reação que queria ter se um dia me lembrasse desse momento. Como um pesadelo, ela estava ali.

A mãe de Josh.

A mãe *biológica* de Josh.

Não a via desde o funeral de Rodrigo, quando ela teve um chilique no estacionamento ao ver Mandy, a esposa do meu irmão — mãe de Louie e madrasta de Josh, que sempre foi muito mais do que isso, até não ser mais.

— Oi — ela disse em um tom calmo como da última vez que a vira, e não tinha me chamado de vaca imbecil enquanto estivera caindo de bêbada. Poderia perdoá-la por isso. Todos ficamos mal naquele período. Eu não poderia perdoá-la por tentar brigar com Mandy enquanto ela estava de luto e por puxar o braço de Josh quando ele não quisera ir com ela. Por que ele iria? Antes do funeral, do qual eu não fazia ideia de como ela tinha ficado sabendo, ela não o via há três anos. Dava para contar em uma mão quantas vezes ela estivera com o menino ao qual dera à luz e havia desistido dos direitos parentais aos dezenove anos.

Eu não tinha por que surtar. Absolutamente nenhum motivo. Mas era muito mais fácil falar do que fazer.

— Como tem passado? — ela perguntou quase casualmente.

— Bem e espero que você também, mas precisa ir — consegui dizer calma e cuidadosamente a ela, apesar de as minhas mãos e antebraços terem começado a pinicar com desconforto e eu estar sentindo umas quarenta sensações diferentes que não estava pronta para classificar.

— Só quero conversar — Anita tentou explicar, uma das mãos subindo para segurar o cotovelo do outro braço. Ela parecia mais magra do que da última vez que a vira. As partes brancas do seu olho estavam mais amareladas, e não pude deixar de me perguntar o que tinha de errado com ela.

Eu dissera a ela bem claramente quando a empurrara na direção do seu carro depois de arrancá-la de Mandy e Josh: "Se, um dia, quiser ver Josh de novo, precisa estar limpa". E, pelo amarelo que era para ser branco e a cor opaca do seu cabelo, ela não tinha feito isso.

Eu *conhecia* Anita. Pelo menos conhecia a pessoa que ela costumava ser. Havia sido uma adolescente que se apaixonara pelo meu irmão depois de conhecê-lo em uma balada em Fort Worth. Era bem legal, muito festeira, ria bem alto. Acho que dava para se dizer que éramos bastante parecidas. Anita estivera saindo apenas com meu irmão por uns dois meses quando contou a ele que estava grávida. Era apenas um ano mais velha que eu, mas, conforme a observava, eu via essa pessoa que parecia ter envelhecido mais rápido do que eu fisicamente. O que havia começado com ela "não estar pronta para criar um bebê" tinha se transformado nessa pessoa diante de mim que se perdia com uma decisão ruim atrás da outra.

Era a mãe biológica de Josh, porém, de todas as formas que importavam, ele era meu, e eu só compartilharia o que ele estava disposto a dar. Ele fora meu antes de Mandy, e ainda era meu mesmo depois de Mandy. Fui eu que ajudei a dar mamadeira para ele depois que tivera alta do hospital. Eu que revezei com meu irmão para acordar no meio da noite quando ele chorava. Eu que tinha limpado seu bumbum sujo, comprado roupas, batido sua comida quando parara de tomar fórmula. Fui eu que chorei quando meu irmão conheceu Mandy e anunciou para minha melhor amiga e para mim que iria sair de casa e morar com ela. Era eu que tinha sentido muita falta de Josh quando não morei com ele durante aqueles anos em que a família dele estava unida.

Não Anita.

— Vá. Agora. Ainda há a ordem de restrição contra você. Não pode ficar aqui — eu disse, usando a voz sensata que praticara com os meninos inúmeras vezes.

Suas bochechas ficaram rosadas, e isso me lembrou da sua expressão na primeira vez em que tentara ver Josh quando ele tinha um ano e meio. Ele começara a chorar — soluçar, na verdade —, e ela ficara muito envergonhada. Eu havia me sentido horrível por ela. Mas também ninguém a fizera desaparecer. Ninguém a fizera dizer e fazer coisas que levaram meu irmão a conseguir uma ordem de restrição contra ela para o bem de Josh.

— Diana, por favor, faz tanto tempo...

— Se quer ver Josh, não será assim. Não pode, simplesmente, aparecer aqui. Precisa ir. Agora.

E, a cor rosa se acentuou e ela desviou o olhar.

— Diana...

— Anita, *agora*... — insisti, sabendo muito bem que ainda faltava uma hora para Josh chegar em casa do treino de rebatida.

Ela gemeu, suas mãos subindo para as laterais da cabeça ao engolir em seco.

— Pode me ouvir por um minuto? É só disso que preciso.

— *Não*. Quero que você vá. Agora. Vou te dar meu endereço de e-mail. Entre em contato comigo desse jeito. Não quero conversar com você, e não quero ver você, mas podemos nos falar por mensagem. — Você imaginaria que ela tivesse entendido das duas últimas vezes que havia ligado e eu não atendera ou ignorara. Queria ter o que quer que ela dissesse por escrito, só no caso de precisar.

Sua boca — aquela boca que, uma vez, chamou meu amado sobrinho de erro — se abriu, porém não foi sua voz que saiu.

— Tenho praticamente certeza de que ela está te falando para vazar.

Algo pinicou no fundo da minha garganta. Alívio? Me virei para olhar por cima do ombro e vi Dallas subindo na calçada em direção à minha casa. E, apesar do fato de querer gritar e contar a ela todas as formas que havia magoado meu Josh, não pude deixar de admirar a figura chamada de meu vizinho.

E não era porque ele estava sujo e suado e por sua camisa estar grudada nele como uma camiseta molhada.

Principalmente.

Porque, Jesus Cristo, era como se meu cérebro se esquecesse de quem estava parada perto de mim por todos os quinze ou trinta segundos que observei esse maldito estranho se aproximar. A menos que Anita fosse cega, ela estava admirando a mesma coisa que eu. Eu sabia que ela enxergava. Aquela expressão de "vaza". A parte superior poderosa do corpo. Jeans velho e gasto todo manchado e botas de trabalho pretas, arranhadas e manchadas de tinta. A camisa que ele vestia deve ter encolhido em algum momento porque as mangas mal cobriam os ombros dele, destacando a tinta preta que cobria seus bíceps, mas me obriguei a olhar para o rosto dele antes de ser flagrada.

— Vai embora ou preciso acompanhar você até seu carro? — Dallas perguntou ao parar ao meu lado, seu ombro a centímetros da minha cabeça, me surpreendendo totalmente. Não negaria um presente quando me era dado, embora fosse de alguém que eu não soubesse como recompensar.

— Só quero conversar — a mulher, que tinha dado tanta dor de cabeça para o meu irmão, disse.

— Tenho praticamente certeza de que ela não quer conversar com você. Estou certo?

Eu ainda estava olhando para Dallas quando falei com uma voz distraída:

— Sim.

Meu vizinho deu de ombros, sua atenção focada na mulher a alguns metros.

— Você a ouviu. Vá embora.

— Só preciso de um maldito minuto, Diana...

De alguma forma, o uso do meu nome conseguiu me fazer erguer os olhos a fim de encontrar os dela.

— Não me obrigue a chamar a polícia. Por favor. Falei para você, conserte sua vida, Anita. Não apareça na minha casa de surpresa. Não é assim que se faz.

Meu vizinho havia virado a cabeça para olhar para mim pela primeira vez, lenta, lenta, lentamente, quando falei a palavra p-o-l-í-c-i-a. Virei meu corpo, então, de canto do olho, pude vê-lo piscar. Um músculo naquela maçã do rosto saltada ficou tenso. Suas narinas inflaram apenas o suficiente para serem notadas.

— A polícia? — o homem que morava do outro lado da rua perguntou em uma voz calma e tranquila. E Dallas, que eu poderia ter abraçado bem ali, até beijado, ergueu uma daquelas mãos calosas e grandes e apontou junto com a cabeça para o lado. — Vá. — Uma palavra e apenas uma palavra era necessária. — Agora. — Mais uma palavra sedimentou esse comando bruto.

Como se sentisse seu fim iminente pelo fato de eu contar a alguém maior do que nós de que ela estava infringindo a lei, Anita fez um barulho curto e firme com a garganta.

— Esqueça. Estou indo.

Não a observei indo embora, nem Dallas; ele estava ocupado demais encarando diretamente os meus olhos. Parte de mim se arrependeu de começar esse negócio de encarar com ele, porém era tarde demais agora. Se ele queria fazer isso, poderíamos fazer.

Foi o som de um carro próximo que nos tirou do mundo que havíamos construído ao nosso redor. Dallas se virou para olhar para algo por cima do meu ombro, sua expressão escurecendo pela primeira vez, linhas se formando horizontalmente por sua testa conforme ele olhava desafiadoramente pelo que eu só poderia presumir que era o carro de Anita partindo. Era um Chevy preto. Eu não me esqueceria.

Simples assim, aqueles olhos sombrios baixaram para os meus, e a expressão do meu vizinho mudou de perturbada para uma preocupada, que uniu seus traços faciais.

— Você está bem?

Tudo que consegui fazer foi assentir, rápido demais, mas não havia dúvida, na minha cabeça, de que minha ansiedade estava estampada por todo o meu corpo. Anita não tinha direito legal a Josh. Eu sabia disso. Ela não poderia simplesmente *levá-lo*. Eu poderia dividir. De verdade. Porém, apenas se houvesse um jeito de saber que ela não o magoaria como fizera inúmeras vezes. E somente se ele quisesse.

Me obriguei a soltar o ar, então de novo, e finalmente assenti. Eu sabia que estava bem. E, talvez, se eu não estivesse totalmente bem, ficaria em algum momento.

— Estou bem.

— Ok. — Um pequeno franzido emoldurou a boca do meu vizinho. — Deixe que eu pego isso — ele ofereceu, conforme suas mãos foram até as minhas.

Balancei a cabeça.

— Está tudo bem. Eu levo.

Os cantos virados para baixo da sua boca ficaram retos. Dallas piscou, aqueles olhos dele deslizando de um meu para o outro como se tentasse analisar alguma coisa. Talvez estivesse analisando mesmo. Minha teimosia.

— Vou levar — ele, enfim, disse devagar, cuidadosamente segurando as alças das sacolas de mercado, colocando-as nos seus pulsos enquanto seu olhar ficou no meu.

Nem conseguia encontrar força em mim para continuar protestando, para dizer a ele que eu poderia levar as sacolas sozinha e avisá-lo de que tinha feito o bastante, que não precisava da sua ajuda. Ele não precisava entrar na minha casa e ficar todo estranho ou inventar alguma outra coisa na sua mente sobre eu o perseguir. Entretanto, eu não tinha força. Apenas o segui, rígida, rígida, rígida. Destravei a porta e o observei entrar enquanto eu pegava o resto das compras do carro e o seguia.

Eu estava bem. Ela nunca mais iria à minha casa e, se fosse, seria dali a anos. Era sempre assim que funcionava com ela. Ela aparecia e se passariam anos até eu vê-la de novo.

Dallas estava na cozinha tirando as coisas das sacolas quando o encontrei. Meu coração acelerou um pouco e meu estômago ainda estava irritado.

— Não precisa mesmo fazer isso. Posso fazer.

— Ok — foi sua simples resposta, mesmo continuando a ajudar.

Suspirei.

— Sério. Não precisa. Não quero que se sinta estranho de estar aqui. Juro que não estou tentando fazer nada.

Aquelas mãos grandes e calosas pararam de se movimentar. A respiração que ele soltou foi tão longa que consegui ouvir.

— Sei que não está.

Fiquei tão distraída com a mãe de Josh que nem consegui pensar em uma resposta ou em focar no silêncio tenso entre nós. A vergonha me preencheu do umbigo até o queixo, porém sabia que tinha que falar alguma coisa para ele sobre o que acabara de acontecer.

— Obrigada por aquilo lá fora. — É, soou exatamente tão estranho quanto eu temia.

Enfim, ele olhou para mim através daqueles cílios compridos e pontudos nos quais eu nunca tinha reparado.

— Ela estivera parada do lado de fora da sua casa há um tempo — ele explicou casualmente. — Pensei que alguma coisa não estava certa.

Seu comentário só me fez sentir um pouco culpada por ouvir a conversa que ele tivera com a mulher do carro vermelho, sua talvez-separada, talvez-quase-divorciada esposa. Não era da minha conta saber sobre ela, muito menos pensar nela quando eu tinha algo mais importante no que me concentrar. Porra de Anita.

Ela não podia levar Josh. Não podia. Não havia como; lembrei o nó que tinha se formado no meu estômago.

Talvez eu devesse ligar para a escola dele no dia seguinte ou conversar com a professora sobre a situação, para que eles pudessem ficar mais vigilantes em relação a com quem ele ia para casa.

— Há algo que eu deva saber? — ele perguntou baixinho, mais gentilmente do que qualquer outra frase que já tinha ouvido sair da sua boca.

Havia? Colocando a palma da mão na testa, fechei os olhos e obriguei meu coração a bater mais devagar.

Algo metálico bateu no balcão da cozinha. Poderia imaginá-lo tirando as latas de sopa e as colocando ali, mantendo as mãos grandes ocupadas.

— Posso ajudar, se me disser do que precisa.

Ele estava me oferecendo ajuda após não ter conseguido se afastar de mim rápido o suficiente. Quem diria? Quem diria, porra?

Lágrimas pareceram encher meus olhos, porém as sequei conforme desci as mãos pelo rosto. Em que momento eu tinha me tornado um bebê tão chorão? Quando abri os olhos de novo, minha atenção foi para o armário diante do meu rosto. As palavras que saíram da minha boca eram a verdade. Mentira e eu não éramos amigas.

— Aquela era a mãe biológica de Josh — contei a ele sem me alterar.

Ele não falou nada.

Me virando para encará-lo, eu o encontrei com a mão em uma das latas que devo tê-lo ouvido tirar de uma sacolinha. Encontrei seus olhos por um instante ao pegar uma das sacolas perto dele e comecei a tirar as coisas de dentro.

— Não é para ele vê-la mais. Ela tentou tirá-lo da creche quando ele tinha três anos, e tivemos que pedir uma ordem de restrição contra ela. Não tem feito nada assim desde então, porém só aparece depois de alguns anos. — Dei de ombros e amassei a sacola quando a esvaziei. Esmaguei-a com a mão e engoli em seco quando olhei para cima para ele por cima do meu ombro, dando de ombros de novo. O que mais havia para dizer?

— Certo — ele disse, bem baixinho. Aqueles olhos cor de mel travaram nos meus. Havia apenas uma ruga minúscula entre suas sobrancelhas naquele instante. — Certo — ele repetiu em uma expiração que pareceu quase dolorosa. — Vou ficar de olho.

Minha boca formou um sorriso que não era verdadeiro. Que confusão.

— Bem, obrigada por isso. Não consigo... — Deus, essa situação toda me deixou estranha. Parte de mim ainda não conseguia absorver que ela apareceu depois de tanto tempo. Por que faria isso? Quando aparecera no passado, sempre fora para provocar Rodrigo. Eu não achava que ela tivesse um amor profundo por Josh. Mas do que eu sabia? Provavelmente, faria a mesma coisa se estivesse no lugar dela. Todos nós cometíamos erros dos quais nos arrependíamos. — Agradeço, de verdade.

— Não precisa me agradecer. Não ia deixar que lidasse com ela sozinha. — Sua mão subiu para a nuca em um gesto que não pareceu tão casual quanto deveria. Provavelmente, ele não gostava de se envolver em coisas que não o incluíssem. Não podia culpá-lo. Mas o que ele falou em seguida explicou. — Te devo uma.

— Não me deve nada — falei devagar, encontrando seu olhar.

Aquela expressão desconfiada não mexeu um músculo.

— Você só foi gentil com minha família. Te devo uma — ele repetiu.

Imaginando que estivesse falando de Dean e Trip, me concentrei nas suas outras palavras. O que eu faria com aquele homem? Seria ingrata pelo que ele fizera mesmo que tivesse sido, principalmente, um apoio moral?

Eu sabia que deveria aceitar o que viesse por qualquer que fosse o motivo.

Trabalhamos em silêncio por uns minutos. Ele havia tirado as coisas das sacolas e as colocado no balcão enquanto eu as guardava. Algumas vezes, eu o peguei olhando pela cozinha; tenho certeza de que observava os armários horríveis e a pintura que precisava ser renovada... e o piso que havia visto décadas melhores, porém não comentou sobre isso. Não me deixei ficar toda esquisita por ele estar visitando minha casa, aquele quase estranho.

— Se quiser chamar a polícia, faça com que venham aqui. Posso ser sua testemunha de que ela esteve aqui — meu vizinho ofereceu naquela voz calma que me lembrou de que era esse homem que não queria conversar com mulheres que flertavam com ele porque era casado e que também ensinava beisebol para garotinhos.

Estivera pensando nisso enquanto guardava as compras. A verdade era que eu não queria envolver a polícia, mais porque não queria que isso refletisse nos meus pais e que ficassem estressados, como também não queria que os meninos fossem envolvidos. Josh tinha me feito prometer algo para ele que sempre levaria muito a sério naquela noite após o funeral. "Nunca mais vai precisar vê-la se não quiser, J. Não vou deixar que ela te leve. Juro."

— Não quero — disse a ele. — Realmente acho que ela não vai voltar.

O barulho que saiu da garganta dele não dizia se ele aprovava minha decisão ou não.

Por um instante, pensei em contar a ele sobre Rodrigo, porém não contei. Tinha bastante coisa com que lidar após ver Anita. Falar sobre o meu irmão era uma montanha que eu ainda não queria enfrentar com aquele homem, que estava, lentamente, tornando-se meu amigo.

Quando terminamos, alguns minutos depois, o técnico de Josh me olhou de um jeito sério e solene.

— Vou indo, mas estarei em casa pelo restante do dia. Grite se precisar de alguma coisa, mas vou ficar de olho e garantir que você não tenha mais visitantes.

— Não precisa mesmo fazer isso — tentei insistir.

Dallas deixou a cabeça cair para o lado por um instante, observando-me com aqueles olhos. Aquela boca rosada se abriu apenas o suficiente para eu poder ver a ponta da sua língua encostar no canto dos lábios.

— Você é amiga da minha família. Somos vizinhos. — Suas pálpebras baixaram de um jeito que formavam quase um olhar desafiador. — Me ligue se precisar de qualquer coisa.

O olhar que lhe lancei deve ter dito "Tem certeza de que não vai surtar se eu ligar?" porque juraria que ele fez careta.

— Grite — ele repetiu naquele tom mandão.

Assenti para ele, não totalmente convencida de que ligar era algo que o faria parar de ser meu amigo.

— Obrigada de novo.

Dallas ergueu um ombro redondo e musculoso.

— Certifique-se de trancar as portas, certo?

Assenti lentamente para ele. Aquela parte orgulhosa de mim queria dizer que eu sabia me cuidar. Porque eu sabia. Cuidava de dois meninos e de mim. Mas fiquei de boca fechada. Sabia quando aceitar ajuda e quando não aceitar. Não era como se eu tivesse outra pessoa.

— Ei! — gritei para ele de repente. — Josh dará uma festa de aniversário no próximo fim de semana. Se não tiver nada melhor para fazer, sinta-se à vontade para aparecer. Teremos comida, e também vou convidar outros vizinhos. — Não precisava que ele pensasse que eu estava tentando seduzi-lo.

Dallas hesitou por um instante, já se afastando. Ele estava de costas para mim.

— Certo. — Não se mexeu por um momento. — Da próxima vez que chegar em casa, fique de olho.

A indignação queimou no meu peito por ser tratada como uma criança burra. Qual era o problema desse cara e seu jeito mandão?

Os olhos dourados-castanhos olharam por cima do seu ombro. A ruga familiar se formou entre suas sobrancelhas.

— Não fique brava — ele disse, virando-se para a frente de novo antes de adicionar. — Só quero ajudar. Até mais.

CAPÍTULO ONZE

— Louie Chewy — eu disse seu nome calmamente.

Ele não olhou para mim. Sabia o que eu ia perguntar. Eu tinha olhos. Ele também, e estava usando os dele para olhar para o céu não-tão-interessante.

Cocei a ponta do meu nariz.

— Cadê seu sapato, Boo?

Mesmo após perguntar a ele sobre seu tênis perdido, o que eu sabia que ele estivera calçando quando saímos de casa — já que por que ele sairia de casa com apenas um tênis? —, ele ainda não olhou para baixo, para seu pé com meia. O mesmo pé com meia que, de repente, tinha flexionado os dedos dentro do tecido azul e preto como se tentasse esconder. Jesus Cristo.

Ele inclinou a cabeça para o lado e ergueu os ombros pequenos.

— Não sei — ele sussurrou.

De novo, não. Com sua atenção focada em outra coisa que não em mim, não me senti mal por beliscar o alto do meu nariz. Ele sabia que eu só fazia isso quando merecia, e essa contaria como uma dessas vezes. Se alguém tivesse me dito, quatro anos antes, que garotinhos perdiam sapatos aleatoriamente sem nenhum motivo, eu teria dado risada e falado que era "mentira". Se Josh já tinha perdido um tênis tão novo sem minha presença,

Rodrigo não havia me contado. Quem perde um sapato e não está apagado de bêbado? Como alguém perde um sapato, para começar? Também não sairia por aí me gabando.

Mas agora, dois anos sendo sua guardiã/cuidadora, entendi como era possível. Possível três vezes por ano. Como meu biscoitinho de amor, que geralmente estava mais preparado do que eu, tinha algo faltando estava além da capacidade de compreensão do meu cérebro. O fato era que ele perdia. Como eu deveria ter me acostumado com ele entrando de fininho no meu quarto e quase me matando de susto. Pelo menos, eu não deveria ficar surpresa por ele conseguir fazer isso.

Conforme ficávamos perto das arquibancadas no campo onde Josh treinava, olhei em volta, torcendo para, magicamente, ver um sapato que meu instinto imaginava ter perdido para sempre.

Porra.

Agachando, coloquei minha bolsa na superfície perto de nós e apoiei uma mão no seu ombro.

— Falei para você me contar quando isso acontecer, Lou.

Ele ainda não fizera contato visual.

— Eu sei. — Mal consegui ouvi-lo.

— Então por que não contou?

— Porque não.

— Por quê?

— Perdi meu tênis na semana passada. — Perdeu? — Vovó me comprou outro igual, e me fez prometer não perder de novo.

Filha da puta. E ali estava eu me sentindo mal quando escondia coisas dos Larsen.

Pressionando a ponta dos meus dedos no seu maxilar, gentilmente, o fiz olhar para mim. Sua expressão estava tão arrependida que fiquei tentada em dizer a ele que estava tudo bem e que não se preocupasse com isso, mas só tive que imaginá-lo crescendo e se tornando um mentiroso para saber que essa era a pior coisa a se fazer.

— Não vou ficar muito brava com você se me contar a verdade, e não gosto quando mente para mim. Pode mentir para mim ao não me contar tudo também, Louie. Precisa mesmo ser mais cuidadoso com suas coisas.

— Eu sei.

— Sei que você sabe. Mas agora não vou comprar outro par que você goste até saber se consegue cuidar deles...

Ele arfou.

— Mas...

— Não.

— Mas...

— Na-não.

— Mas...

— Não vou, Lou. Já te avisei. Agora me mostre qual foi o último lugar em que você o viu. Talvez possamos encontrá-lo.

Ele suspirou, porém, finalmente, guardou seus argumentos para si mesmo.

Do outro lado da cerca, os jogadores estavam amontoados em volta dos técnicos conforme o treino terminava. Ficando de olho neles, me virei para deixar Louie pular nas minhas costas e me levantei.

— Para onde?

Ele apontou para a frente diretamente para o lugar em que estivera brincando durante a última hora com outros irmãos de jogadores do time. Ainda havia um monte de crianças correndo para lá e para cá e, conforme os observei, não isentaria nenhum deles de terem pegado o tênis e saído correndo. Crianças são terríveis às vezes.

Com a lanterna do celular, movimentei a luz pelo chão, no estilo CSI, tentando encontrar um rastro de cadarço ou algo assim.

— Perdeu seu sapato de novo, burro?

Não me importei em me virar para conversar com Josh.

— Não chame seu irmão assim... mesmo que ele tenha perdido.

— Pedi desculpa — Louie murmurou.

Fiz careta quando chutei um galho quebrado para me certificar de que não tivesse, misteriosamente, ido para baixo dele. Não tinha.

— Mentira. Nunca se desculpou.

Ele fez um barulho de zumbido às minhas costas. Sua respiração era quente nos pelinhos do meu pescoço.

— Pedi na minha cabeça.

Apesar de tudo, ele me fez rir.

— Vou olhar ali. — Josh suspirou, já se afastando de nós, sua atenção focada no chão.

— O que está fazendo? — uma voz indagou de algum lugar próximo um momento depois.

Me endireitando, olhei por cima do ombro e vi meu vizinho ali, sua expressão confusa. Não poderia culpá-lo. Só podia imaginar o que parecia eu estar andando por aí no escuro com um garoto de cinco anos nas costas.

— Oi. — Essa era a primeira vez que nos víamos desde o dia em que Anita apareceu inesperadamente. Bastante inesperadamente.

— Estamos procurando um sapato mais ou menos deste tamanho. — Usei os dedos de uma mão para lhe dar uma medida aproximada.

Dallas murmurou e, imediatamente, olhou para o chão. Eu havia reparado, durante o treino, que ele aparara os pelos da barba. O boné gasto e vermelho que ele, normalmente, usava durante o treino de beisebol estava puxado para baixo na sua testa.

— Minha mãe costumava dizer que meus sapatos levantavam e saíam de casa sozinhos.

Olhei para Louie por cima do ombro e ele virou o rosto. Aham.

— Onde você deixou, amigão? — nosso vizinho perguntou ao dar a volta na gente para procurar mais para a frente no chão.

— Não sei — o garoto nas minhas costas respondeu em um tom abafado que eu reconhecia de quando ele estava envergonhado.

Tentei manter a risadinha o mais baixa possível, porém ainda foi alta o suficiente para Dallas ouvir e se virar. Pelo jeito que suas sobrancelhas estavam, ele estava achando engraçado.

Não poderia dizer que não gostava disso nele. Após ele levar seu Xbox para minha casa, eu tinha observado o quanto ele era paciente com Louie. Talvez ele ainda estivesse agindo *um pouco* estranho comigo, mas não fora assim com nenhum dos meninos naquela noite. Quando Josh e os garotos tinham saído do quarto, exigindo serem alimentados, todos ficaram empolgados ao verem Dallas ali. Crianças eram ótimas para identificar babacas, e acho que aquele homem não poderia ser tão ruim se nenhum deles reclamava. Deus sabe que Josh não guardaria para si mesmo sua opinião sobre alguém.

Também o negócio que Trip me contou sobre a ex de Dallas me ajudou a não levar sua frieza para o lado pessoal.

— Vamos encontrar. Não se preocupe — ele assegurou ao macaquinho nas minhas costas.

Obviamente, ele nunca tinha perdido um sapato de criança, porque não era tão frequente encontrá-los. Muitas vezes, eles desapareciam para nunca mais serem vistos, como meias na secadora. Porém, não queria estragar seu otimismo. Algumas crianças nos seguiam, alheias à nossa caça ao tesouro. Provavelmente, procuramos por mais cinco minutos antes de um garoto passar correndo bem na frente de Dallas. Rápido como um raio, ele estendeu a mão e pegou o menino do time de Josh pelas costas da camisa de treino, fazendo-o parar.

— Dean, viu um sapato? — Dallas perguntou ao filho de Trip, a mão na parte de trás da sua camisa se erguendo para tocar a nuca do garoto em um tapinha carinhoso.

O loiro-escuro, um pouco mais alto do que Josh, franziu o cenho.

— Não. — Ele pareceu pensar por um segundo. — Que tipo de sapato?

Nosso vizinho gesticulou na direção de Louie e de mim.

— O sapato do garotinho. Um tênis.

— Oh. — O jogador virou sua atenção para nós, seu sorriso

aumentando de um jeito que não parecia pertencer a um garoto de dez ou onze anos. — Oi, Srta. Diana.

— Oi, Dean. — Sorri para ele.

Seu sorriso realmente era diferenciado.

— Vou encontrar — disse logo antes de ir na direção que tinha vindo, de volta a um pequeno grupo de crianças mais novas do que ele.

Sem muita expectativa, pensei em esperar mais uns minutos antes de irmos para casa. Estava resignada ao inevitável: ter que comprar outro par de tênis, desta vez do Walmart. Além disso, estava ficando tarde, e eu tinha deixado cozinhando chili na panela elétrica naquela manhã. Provavelmente só passou um minuto até Dean voltar correndo até nós, com a mão estendida. Nela, havia um tênis vermelho e preto que agora eu percebia que era novinho. A Sra. Larsen realmente tentou ser rápida para eu não perceber. Huh.

— O que se diz, Lou? — perguntei ao pegar o tênis dele.

— Obrigado — ele murmurou um pouco mais baixo do que geralmente o teria feito.

— Obrigada, Dean — enfatizei. — Realmente agradecemos por isso.

O menino sorriu daquele jeito de novo, que meu instinto dizia que era encrenca.

— Qualquer coisa para você, Srta. Diana.

Esse garoto era uma figura.

— Obrigada? — eu disse, lançando um olhar para Dallas, que tinha uma expressão ridícula como se também não soubesse o que pensar.

— Até mais, Josh — o menino gritou para o meu sobrinho antes de cumprimentar Dallas e sair correndo de novo. — Tchau, tio Dal.

Louie desceu das minhas costas, pousando na terra, alheio ao fato de que vestia sua calça cáqui da escola e o chão estava úmido da chuva de mais cedo. Começou a calçar o tênis, abrindo as faixas de velcro para o outro lado.

— Obrigada por pedir para ele procurar — eu disse ao nosso vizinho, ficando de olho em Lou ao mesmo tempo para garantir que mais nada desaparecesse magicamente.

— É, obrigado, Sr. Dallas.

— Dallas, e por nada. Falei para você que encontraríamos.

Lou ficou em pé, se ajoelhando primeiro, como se sujar seu bumbum não tivesse sido suficiente.

— Vamos comer chili esta noite. Quer vir? — ele convidou tão de repente que me pegou totalmente desprevenida.

Congelei, erguendo meu olhar para Dallas, sorrindo rigidamente.

Ele é casado, me lembrei. Casado. A última coisa que eu queria fazer era lhe dar a impressão de que estávamos tentando envolvê-lo em nossa vida mais do que precisava.

Aqueles olhos cor de mel desviaram de Louie para mim.

— Chili?

— É muito bom.

Louie não sabia mentir. Ele foi tão sincero e inocente na sua resposta que me fez desejar que todo mundo fosse tão direto. Também me fez querer proteger muito mais seus sentimentos.

— Tenho certeza de que o Sr. Dallas... — comecei, antes de ser interrompida por nosso vizinho.

— Somente Dallas — ele me cortou.

— ... já tem planos, Lou. Podemos convidá-lo outro dia, não de última hora.

O menino piscou para o homem com aqueles olhos azuis que poderiam conquistar mundos se ele colocasse isso na cabeça.

— Você tem coisas para fazer?

Nosso vizinho abriu a boca, a hesitação *bem ali*, uma desculpa, um motivo, alguma coisa, na sua língua, porém a fechou bem rápido. Pareceu analisar Louie por completo, e eu sabia o que ele estava enxergando: o menino mais fofo do mundo.

— É bom mesmo? — ele perguntou a Louie, um sorriso suave e gradual aparecendo na sua boca.

A confirmação entusiasmada do meu menino com a cabeça poderia convencer até o maior Grinch. Era tanto uma benção quanto uma maldição. Ele a usava comigo regularmente.

Nosso vizinho caiu na dele.

— Se sua mãe não se importar... — Ele parou de falar, me olhando quase como se pedisse desculpa.

Para qualquer outra pessoa, o franzido que tomou o rosto de Louie com a palavra com "M" não teria significado qualquer coisa além de uma criança não gostar da ideia de poder não acontecer do jeito que queria. Porém, para mim, eu sabia o motivo daquele franzido, e a resposta de Louie não me fez sentir melhor. Ignorou a palavra com "M" e respondeu:

— Docinho não se importa, não é?

— Posso te ajudar com alguma coisa?

Olhando por cima do ombro, balancei a cabeça para o homem alto parado na minha cozinha pela terceira vez em uma semana.

— São só alguns pratos. Estou quase acabando.

Dallas analisou a cozinha, olhando-a da mesma forma que fizera da primeira vez em que tinha ido lá, provavelmente observando todas as imperfeições que eu consertaria algum dia.

— Obrigado pelo jantar.

Enxaguando o último prato e o colocando no escorredor, sequei as mãos no pano que ficava pendurado no fogão.

— Por nada.

Me virei para olhar para ele conforme os sons dos garotos na sala nos diziam que estavam discutindo. Qual era a novidade?

— Estava bom mesmo — ele disse e, se eu não estivesse imaginando totalmente, havia um toque de brincadeira no seu tom.

Não pude deixar de sorrir para ele. Felizmente, o jantar só tinha sido meio estranho no início. Nunca usávamos a mesa da sala de jantar a menos que meus pais ou os Larsen estivessem em casa, e dessa vez não fora uma exceção. Nós quatro havíamos nos sentado em volta da mesa de centro com tigelas e pedaços de pão, Josh e Dallas conversando sobre beisebol profissional quase o tempo inteiro. Enquanto isso, Louie e eu tínhamos nos revezado abrindo a boca um para o outro quando estava cheia de chili.

— Obrigada por vir. Lou não passa muito... — Como eu falava isso? — Não passa muito tempo com homens que não tenham por volta de sessenta anos desde que o pai dele morreu, e você sempre foi legal com ele. Ele gosta de você. Obrigada por isso, aliás. É muito gentil da sua parte.

Algum nervo naquele rosto sério pareceu saltar em descrença ou desconforto, não dava para ter certeza. Não sabia que havia mencionado a morte de Rodrigo até depois de ter terminado de falar. Dallas ergueu a mão para coçar os pelos aparados do maxilar, balançando a cabeça.

— Não me agradeça. É um bom garoto. Ambos são bons garotos. — Sua mão desceu para segurar a nuca. — Meu pai morreu quando eu era jovem. Tenho certeza de que eu era do mesmo jeito na idade dele. Eu entendo.

Seu pai tinha morrido? Não sabia disso. Mas, também, por que saberia? Me perguntei quantos anos ele tinha, mas guardei a dúvida para mim mesma, focando no lado bom do que ele dissera, e parte de mim torcia para ele não perguntar sobre o meu irmão, então mudei de assunto.

— Tenho certeza de que essa mentalidade ajuda quando está treinando os garotinhos. Dá para ver que todos gostam muito de você.

Dava mesmo. Quando Dallas conversava com eles, a atenção deles ficava focada nele. Ele era paciente mesmo quando não ouviam suas instruções e continuavam fazendo errado repetidamente. Acho que eu não conseguiria me manter tão calma.

Aquele olhar cor de mel incrível deslizou para mim, e ele ergueu um ombro musculoso casualmente.

— É por isso que faço isso. Gosto da ideia de estar lá para alguém que talvez não tenha mais ninguém por perto, ensinando a eles o que aprendi sem ter alguém para me ensinar.

Ele declarou como se o que ele passara quando criança sem um pai fosse um fato. Como se não ter um pai fosse algo simplesmente tão descomplicado quanto não ter um cachorro na infância. Não falou como se fosse um fardo enorme e secreto. Simplesmente era o que era, e pensei que foi por isso que suas palavras me atingiram com tanta força. Ele realmente gostava do que fazia por um bom motivo.

Engoli em seco e, de alguma forma, me impedi de sorrir para ele, sabendo que isso, provavelmente, só deixaria a situação mais esquisita.

— Não estou dizendo isto para flertar com você... — As laterais da sua boca se flexionaram um pouquinho ao mesmo tempo que fiz esse comentário, mas continuei. Estava apenas brincando com ele, disse a mim mesma, tentando manter isso tão leve quanto poderia. — Mas é muito gentil da sua parte. Nunca se sabe quando mesmo um pouquinho de gentileza pode mudar a vida de alguém.

O sorriso de Dallas se derreteu lentamente em uma expressão séria e uma afirmação rígida.

— Eu sei.

Ele sabia. Após esfregar as mãos na minha calça, me estiquei para o pano de prato que tinha ao lado da pia e comecei a dobrá-lo de novo.

— Então, como acabou sendo do Tornado?

— Trip queria começar seu próprio time porque teve uma discussão com o antigo técnico de Dean, e me embebedou o suficiente para concordar em assumir com ele sendo assistente. Ele não sabia merda nenhuma sobre beisebol, mas aprendeu. Precisei ler uns livros sobre as regras. Não jogava há anos — explicou.

— Jogava quando era mais jovem?

— Na Pequena Liga e no Ensino Médio. Mais assistia do que jogava. Não estudei em uma escola chique por isso nem nada.

Ali, havia algo no seu tom que não achei legal.

— Também não estudei em nenhuma escola chique. — Precisava parar de olhar nos olhos dele a menos que fosse necessário. — Eu detestava a faculdade. Fiz um semestre do básico e decidi que não era para mim.

— Você corta cabelo?

— E faço coloração... e estilizo — adicionei com uma voz brincalhona antes de me impedir. Que Deus não permitisse que ele pensasse que eu estava flertando. — Faço mais coloração agora.

Dallas apoiou o quadril no balcão da cozinha, cruzando os braços à frente do peito. Eu já havia reparado em todas as manchas de terra nos seus antebraços e bíceps do treino. Ele havia tirado o boné antes de entrar em casa.

— Trip disse que você não quis cortar o cabelo dele.

E eu pensava que eu tivesse uma boca grande.

— Não.

Aquelas sobrancelhas castanho-escuras se uniram como se ele não conseguisse acreditar que eu diria não para seu primo.

— Por quê?

— Estou indo muito bem com a maioria mulheres, algumas crianças e alguns homens que estão comigo há um tempo. Não estou preocupada com isso. Da última vez que aceitei um novo cliente homem, ele tentou enfiar o rosto no meu sei... peito. — Dei de ombros. — Não atendo mais.

Ele franziu o cenho.

— As pessoas fazem isso?

— Sim. Um dos meus colegas de trabalho é homem e estão sempre beliscando a bunda dele — expliquei antes de fazer careta. — Mas ele não se importa muito, contanto que receba uma boa gorjeta.

O olhar chocado dele me fez rir.

— *Sr. Dallas, quer jogar Xbox comigo?* — veio a voz cantarolante de Louie da sala.

O que era isso? Tinha passado das dez. O único motivo pelo qual ainda não os havia mandado para a cama era porque estava lavando a louça.

— Não está na hora de ele dormir? — Dallas perguntou em uma voz baixa.

Assenti para ele.

— Louie! Que jogar Xbox, o quê. Venha dar boa-noite para o Sr. Dallas para poder ir para a cama — gritei, revirando os olhos para o garoto sorrateiro.

Ouvi um "ohhh, cara" da sala.

Louie demorou alguns segundos para entrar marchando na cozinha, indo na direção do vizinho. Ele ainda nem tinha vestido o pijama. Sua calça da escola estava ainda mais suja do que eu imaginara. Seu rosto parecia corado, mas ignorei.

— Boa noite, Sr. Dallas. — Ele soou mal-humorado. Que pena.

— Boa noite, Louie — Dallas respondeu, baixando aquela mão grande e áspera para poder cumprimentar uma mão muito menor do que a dele.

Louie abriu um sorrisinho para ele quando deu um tapa na mão dele o mais forte que conseguiu.

— Pode vir amanhã se quiser. Certo, Docinho?

Ãhh...

— Amanhã tenho uma coisa para fazer, mas talvez depois. Vamos ver, amigão, ok? — o homem falou, me salvando da encrenca de ter que encontrar um jeito de dizer a Lou que nosso vizinho tinha outras coisas para fazer.

Se Dallas não soubesse, descobriu nesse instante: meu Louie era a alma mais inocente do universo. Ele não pedia muito. Não precisava de muito. E as palavras vagas de Dallas foram suficientes.

— Ok. Boa noite. — Ele se virou e começou a sair da cozinha de novo, me deixando ali parada antes de, finalmente, dar meia-volta. — Te vejo no meu quarto? — perguntou, enfim, se lembrando de que eu estava no mesmo ambiente. Traidor.

— Sim, Goo. Te vejo em um minuto.

— Ok. Boa noite! — ele pareceu gritar para nós dois.

Me virei para olhar para Dallas com outra desculpa e garantia pronta, mas ele foi mais rápido.

Baixou o queixo e disse:

— Não precisa. Sei que nenhum de vocês está fazendo nada nem tentando dar em cima de mim. — Encontrou meu olhar na mesma altura, sério.

Não pude deixar de confirmar.

— Tem certeza?

— Certeza.

Não fiquei totalmente convencida.

— Juro. Prometo. Vou conter minhas mãos, e os meninos e eu estamos bem do jeito que estamos. Não estou procurando um coroa com dinheiro. Só não quero que me odeie, já que temos que nos ver o tempo todo. Juro.

Ele não desperdiçou um segundo, e até o canto do seu lábio se ergueu conforme ele murmurou naquela voz grossa:

— Eu sei. — Sua boca ficou reta quase que instantaneamente. — E não te odeio. Pensei que quisesse ser minha amiga.

CAPÍTULO DOZE

Minha cabeça estava me matando uns dois dias depois.

Queria vomitar. Não tinha dor de cabeça com frequência, mas, quando elas vinham, era uma dor do inferno. Acordei, naquela manhã, com uma sensação latejante atrás de um olho e só piorara gradativamente conforme levei os meninos para a escola. Deveria saber o que estava acontecendo. Quando uma ligação de um número restrito apareceu na minha tela exatamente quando estacionei e, a dor aumentou para outro nível.

Maldita Anita de novo. Sabia que era ela.

Pensar nela, geralmente, me dava dor de cabeça, porém, com sua visita recente e a ligação hoje... foi muito pior. Estava enjoada e meu cérebro queria sair do crânio.

Por um milagre, consegui trabalhar o dia todo sem vomitar nem rastejar sob a mesa, graças ao remédio para dor de cabeça que mantínhamos na sala de descanso para emergências e a muito café — minha mão até tremeu em alguns cortes que fiz. Foi um milagre eu não ter me cortado. Meu celular tinha tocado mais duas vezes, uma vez com o nome de Trip na tela e a segunda com o nome de Dallas. Não estava a fim de lidar com beisebol e não me incomodei em atender, deixando ambas as ligações caírem na caixa postal. Era minha vez de buscar os meninos na escola. Não precisava olhar no espelho para saber que o desconforto da dor de cabeça estava estampado em todo o meu rosto.

Ambos foram fofos e me observaram durante o trajeto para casa. Tenho certeza de que perceberam que eu não estava me sentindo bem, porém não comentaram. A cereja no bolo de como eles estavam sensíveis foi quando chegamos em casa, e Josh se ofereceu para fazer um lanche para eles, para que eu não precisasse fazer.

Tudo que consegui fazer foi agradecê-lo e bagunçar seu cabelo.

Ambos, junto com Mac, foram para o quintal, a fim de brincar de Deus sabe o quê ao mesmo tempo que a dose seguinte do remédio que eu tinha tomado começou a fazer efeito apenas o suficiente para que a luz vinda das janelas não me fizesse sentir que estava à beira da morte.

Então, quando bateram na porta da frente, fiquei meio confusa. Raramente, meus pais vinham sem ligar primeiro, e os Larsen nunca apareciam sem avisar. Nenhuma amiga minha viria sem verificar se podia. Quase ninguém tinha o novo endereço.

Olhando pelo olho mágico, fiquei mais do que surpresa ao ver um rosto familiar do outro lado em vez de uma escoteira ou uma testemunha de Jeová.

— Ei — eu disse, hesitante e muito fracamente, ao abrir a porta.

Quando olhara pelo olho mágico, Dallas estivera simplesmente com a expressão mais feliz no rosto que eu já havia testemunhado nele, porém, no segundo em que seu olhar pousou em mim, essa expressão se franziu instantaneamente.

— O que há com você?

Será que estava tão ruim que alguém que era quase um total estranho pudesse identificar que havia algo de errado comigo?

— Não estou me sentindo bem.

Seu franzido se aprofundou, seu olhar me analisando por completo de novo de uma forma que me fez sentir que ele estava se certificando de que eu não tivesse uma doença contagiosa.

— Você está péssima.

Era para estar parecendo uma rainha da beleza quando a bola do meu olho parecia que ia abandonar a cabeça?

— Dor de cabeça?

Comecei a assentir, mas me lembrei de que isso só iria piorar.

— Aham. Não tenho com frequência, mas quando tenho... — Por que estava contando isso a ele? E por que ele estava ali? — Precisa de alguma coisa? — perguntei um pouco mais grosseira do que pretendia que saísse.

Ele ignorou minha pergunta e meu tom.

— Quando foi a última vez que tomou remédio?

Dei de ombros; pelo menos, acho que dei de ombros.

— Há umas horas.

— Já fez o jantar?

— Não. — Sinceramente, estivera pensando em pedir para Josh ligar e pedir alguma coisa. Nem queria me incomodar em pré-aquecer o forno para colocar uma lasanha.

Dallas olhou por cima do ombro, hesitando quando olhou para a frente de novo. Seu maxilar ficou saliente por um instante. Respirou fundo pelo nariz, então assentiu, mais para si mesmo do que para mim, isso era certeza. Circulou aqueles ombros enormes dele e encontrou meu olhar diretamente.

— Vou fechar a porta. Vá se deitar. Vou cuidar do jantar — ele declarou daquele jeito mandão e sensato, como se não fosse alguém que eu tivesse conhecido e encontrado apenas algumas vezes.

Quem era esse homem e por que ele estava fazendo isso? O minúsculo balanço de cabeça que dei foi mais do que suficiente para fazer a bile rastejar para a minha garganta. Não dava para tentar esconder minhas bochechas inflando conforme eu tentava conter o ácido.

— Não precisa fazer isso.

— Eu quero — ele disse, ainda sem quebrar contato visual.

Será que ele estava usando minha própria tática contra mim?

Engoli em seco.

— Desculpe. Obrigada pela oferta, mas ficaremos bem. Está precisando de alguma coisa ou podemos só falar por e-mail depois? — Além do mais, desde quando ele ia em casa para falar sobre o Tornado pessoalmente? Nunca. Para que mais ele iria?

Para lhe dar crédito, ele não fez muito mais do que inclinar o rosto para o céu e respirar fundo, antes de voltar sua atenção para mim, seus traços faciais suaves e nada divertidos.

— Você é sempre tão teimosa?

Teria semicerrado os olhos se não fosse piorar minha dor. Então lhe disse a verdade, imitando sua expressão.

— Sim. Seu nome verdadeiro é Dallas mesmo?

Aquela sobrancelha grossa e escura se ergueu meio centímetro.

— Sim.

— Por que seus pais te deram esse nome? — perguntei mesmo quando minha cabeça latejou de novo, me enjoando.

A sobrancelha dele se ergueu mais um quarto.

— Meu pai perdeu uma aposta em um jogo de futebol, e ia me dar o nome de Dallas ou Cowboy. — Ele não perdeu tempo e voltou ao assunto original. — Me deixe te ajudar.

Eu também teria escolhido Dallas. Esqueci do negócio do nome e acenei a mão com fraqueza.

— Você fez o suficiente. Não estou tentando me aproveitar de você ou ultrapassar algum limite. Vamos ficar bem — sussurrei, fechando um olho quando começou a latejar de maneira ainda mais concentrada.

Dallas estava me encarando, mas não me importei. Sua voz era tão baixa que tive que me esforçar para ouvir.

— Entendo que está tentando não dar em cima de mim, nem agora nem nunca, certo? Podemos nunca mais falar disso? Estou aqui. Você não está se sentindo bem. Me deixe ajudar.

Fechei os dois olhos e franzi o cenho, querendo que essa conversa acabasse.

Ele suspirou.

— Sei como é ser mãe solo e ter dor de cabeça de vez em quando. Se quiser ligar para a minha e se certificar de que não estou te zoando, vá em frente.

Eu não tinha a energia ou a força de vontade para refletir sobre suas palavras. Abri os olhos. Quem usava a mãe como referência, de qualquer forma?

O jeito como ele estava me olhando era como se estivesse respirando fundo de desespero na sua mente.

— Tire uma foto da minha carteira de motorista e envie para alguém, se for te fazer sentir melhor — ele sugeriu calmamente.

Eu não achava que ele era um tipo de louco pervertido. Nem um pouco. Estava mais preocupada em não deixar as coisas estranhas entre nós. Ele jurava ter aceitado que eu não estava tentando dar em cima dele, o que era bom, porque era verdade. Era bom de olhar para ele, ainda mais para o seu corpo, mas era assim com um monte de homens.

— Posso pedir pizzas e ficar com seus meninos por um tempo. — Ele ergueu as sobrancelhas espessas e castanhas quando não gritei imediatamente de gratidão.

— É que... — comecei a dizer antes de Dallas me cortar.

— Olhe, vim te contar, cara a cara, que vamos diminuir os campeonatos dos quais vamos participar e os treinos. Tentei te ligar, mas você não atendeu nem ligou de volta.

Campeonatos. Porra. Nem me importava com beisebol nem em continuar a viver naquele momento. Tudo que ouvi foi "pizzas" e "ficar com os meninos". Uma onda de náusea e dor, de repente, me atingiu bem atrás dos olhos.

— Certo. — Me sentia tão mal que recuei, olhei de novo para ele, então entrei como um cachorrinho obediente e fui direto para a sala. Dallas me seguiu. Fui até o sofá, totalmente consciente de que aquele meio-estranho estava na minha casa, prestes a cuidar do jantar para os meninos.

Isso era um erro?

Observei, do sofá, meu vizinho desaparecer pela porta de trás da cozinha e ouvi baixinho a voz grossa dele no ar, embora não conseguisse entender exatamente o que ele estava falando.

Quando não voltou em menos de vinte minutos, me sentei e olhei pela porta aberta da cozinha para o quintal. Josh e Louie estavam a uns quatro metros dele, formando um triângulo. Mac estava deitado na grama, observando os três preguiçosamente. Quando uma bola de beisebol voou de Dallas para Josh, não pude deixar de sorrir antes de me jogar de volta no sofá, fazendo uma prece silenciosa para essa dor de cabeça ir embora logo.

O relógio na parede me manteve informada conforme se passaram mais vinte minutos, então mais dez depois disso.

O som da porta sendo aberta me alertou que alguém estava entrando antes de a discussão de Josh e de Louie confirmar que eram eles. Dallas seguiu os dois, a porta fazendo barulho ao fechar antes de alguém bater na porta da frente.

— Eu atendo — meu vizinho avisou, colocando uma mão na cabeça de Louie ao passar por ele e seguindo na direção da batida, passando em frente à televisão desligada.

— Ele pediu pizza — Josh informou antes de se jogar na poltrona reclinável perpendicular ao grande sofá em que eu estava. — Suprema de carne.

Eu nem tinha a energia para mostrar a língua a ele. Inferno, tudo que eu queria era desaparecer no meu quarto, mas não iria deixar Josh e Lou sozinhos com um homem que eu não conhecia tão bem. Meus pais, definitivamente, nunca ficariam sabendo disso.

— Não sei por que você não gosta de abacaxi.

— Em uma *pizza*?

Ele e o irmão perguntaram isso ao mesmo tempo, exatamente como faziam nas vezes em que discutíamos sobre sabores de pizza — o que era toda vez.

— *Nojento*.

— O rosto de vocês que é nojento. — Talvez eu não estivesse me sentindo mal o suficiente para não discutir com eles.

— Não, só o de Josh — Louie entrou na brincadeira, me fazendo rir. Ele era jovem demais para ter as respostas que tinha, porém, de tempos em tempos, ele me surpreendia com elas e eu adorava.

Claro que Josh cutucou Lou com o cotovelo e o caçula o cutucou de volta. Dallas fechou a porta e apareceu com três caixas, empilhadas da maior, na base, para a menor, na ponta. Ele as colocou na mesa de centro e gesticulou na direção dos meninos.

— Garotinho, pode pegar uns pratos e guardanapos?

Lou assentiu e se levantou, indo na direção da cozinha. Quando ele voltou com uma pilha de pratos de papel e um rolo de papel-toalha, Dallas havia espalhado as caixas de pizza, abrindo uma depois da outra, mostrando que ele havia pedido uma pizza extra-extra-grande... e a que os meninos tinham fofocado e contado a ele do quanto eu gostava de pizza havaiana, porque a de tamanho médio era desse sabor. A última caixa estava cheia de asinhas de frango.

Passando os pratos, nosso vizinho nem perguntou e foi direto para a pizza de presunto com abacaxi, usando seus dedos para pegar dois pedaços pequenos e os colocando no prato que Louie lhe entregou, então passando-o para mim.

— Primeiro as damas.

— Obrigada — eu disse em uma voz fraca que detestava.

— Lou, qual você quer comer? — ele perguntou ao meu caçula.

Ele apontou para a pizza de carne, então colocou um dedo nas asas de frango.

— Uma. — Ergui um dedo para ele, semicerrando um olho.

E ele adicionou:

— Por favor.

A sobrancelha de Dallas se ergueu com o "por favor", porém ele pegou um pedaço e o colocou no prato. Sua mão pairou acima da caixa de asas de frango antes de ele indagar:

— São apimentadas. Você aguenta?

Só poderia culpar a mim mesma pela merda que saiu da boca de Louie em seguida. Poderia mesmo. Porque falei a mesma coisa diante dele uma dúzia de vezes no passado.

— Sou mexicano. *Claro.*

Aqueles olhos cor de mel deslizaram na minha direção, arregalados e totalmente divertidos.

— Certo, amigão. Se você diz...

E, simples assim, pegou o osso do que, provavelmente, era a menor asa da caixa e a colocou no prato com a fatia.

— Josh, e você? — ele perguntou.

Três minutos depois, nós quatro estávamos sentados ao redor da mesa, enchendo a boca. Jurava que o queijo tinha um tipo de ingrediente mágico de cura que fez minha cabeça parar de doer, pelo menos, enquanto estava comendo. Josh devorou três fatias, no total, e mais duas asas antes de se jogar no chão e gemer. Lou não comia muito, porém comeu bastante. Eu não sabia o quanto Dallas comia, mas parecia ser muito; não fazia ideia de para onde ia toda aquela comida. Não havia um sinal de estufamento nem de gordurinha em nenhum lugar.

Algumas pessoas tinham essa sorte.

— Sua cabeça está doendo menos? — ele indagou do seu lugar no chão em frente à televisão, ao lado da mesa de centro. Ele tinha colocado uma mão para trás a fim de suportar seu peso, sua expressão preguiçosa e feliz como apenas uma pizza era capaz de proporcionar a alguém.

Com a mão limpa, sem gordura da pizza, gesticulei indicando que mais ou menos.

— Está melhor do que antes de comer. — Eu sorri para ele. — Obrigada. Me fale o quanto te devo.

— Não se preocupe com isso — foi a resposta sensata que saiu da boca dele.

Eu sabia quando minhas batalhas eram sem sentido e quando eu tinha uma chance e, nesse caso, não havia utilidade em desperdiçar minha energia. Além do mais, simplesmente não estava a fim de discutir. Poderia pagá-lo depois.

— Então obrigada de novo.

Antes de eu ter chance de lembrar aos garotos quanto aos modos, eles se levantaram, um após o outro, me enchendo com uma quantia ridícula de orgulho.

— Obrigado, Sr. Dallas.

O homem mais velho olhou para os dois.

— Falei para vocês que podem me chamar de Dallas.

— O Sr. Dallas é legal — Louie comentou horas depois quando deitou na cama.

— Ele é, não é? — perguntei, me sentando no canto do colchão. Minha cabeça havia melhorado o suficiente, pelo menos, para conseguir fazer isso pelo meu garoto.

— É. — Ele puxou as cobertas até o pescoço ao se ajeitar. — Josh jogou a bola por cima da cerca e ele nem ficou bravo. Falou para ele não se desculpar porque fez nada errado.

— "Não fez nada errado", Lou. Mas foi bem gentil da parte dele dizer isso.

Conforme ficava mais velha, percebia cada vez mais as coisas que achava atraentes. Como paciência e gentileza. Quando eu era mais nova — e muito mais burra —, sempre ia na direção de caras gostosos com carros bonitos. Agora, havia coisas para se preocupar, como pontuação de crédito, histórico de emprego e traços de personalidade que não poderiam ser escolhidos com um jantar e bebidas.

— Ele falou que nossa cerca estava estragada e que precisávamos consertá-la.

Me encolhi e assenti, adicionando a cerca às doze outras coisas que precisava consertar na casa em algum momento.

— Eu sei.

— Vai contar para *abuelito*?

Dei uma piscadinha para ele.

— Não quero, mas talvez você, eu e Josh possamos consertá-la. O que acha?

Aqueles traços de bebê sumiram instantaneamente.

— Talvez *abuelito* possa ajudar.

— Por quê? Acha que não conseguimos fazer isso? — Para ser sincera, eu também não tinha certeza se conseguiríamos, mas que exemplo eu estaria dando se pedisse constantemente para o meu pai fazer as coisas?

Pelas palavras que saíram da boca de Lou em seguida, eu já tinha dado um mau exemplo. Ele me olhou diretamente no olho e disse, com bastante seriedade:

— Lembra da minha cama?

Fechei a boca e mudei de assunto.

— Certo, o que você quer ouvir esta noite? — perguntei, colocando as cobertas para dentro, começando pelos pés dele, perto do meu quadril.

Ele fez um som "humm" pensativo.

— Uma nova.

Graças a Deus ele esqueceu do assunto da cama.

— Quer ouvir uma nova? — indaguei, ainda o embalando nas cobertas, olhando para um lado e para outro entre o que eu estava fazendo e o rosto dele.

— Sim. — Prolonguei o olhar que lhe dei até ele adicionar: — Por favor. Desculpe, eu esqueço.

— Tudo bem. — Ergui meu dedo pela sola do pé dele através da coberta, sabendo que ia fazê-lo se debater e estragar o casulo que eu estivera fazendo. — Então uma história nova. Humm.

Apesar de ter uma vida inteira de lembranças de Rodrigo, em alguns dias, era difícil lembrar coisas que Lou já não tivesse ouvido um milhão de vezes. Quando descobri que meu irmão faleceu, os minutos após meu pai dar a notícia pareceram ter durado um milhão de anos. A lembrança de ficar sentada na minha cama depois, minha alma a uma dimensão dali, era uma da qual nunca me esqueceria. Todos tínhamos desmoronado. Cada um de nós. Eu não dormia na cama com meus pais desde que era garotinha, mas conseguia me lembrar de, fisicamente, me obrigar a voltar para o meu quarto após ter ficado parada à porta fechada deles por sei lá quanto tempo, querendo o conforto que eles não estavam prontos para me dar.

Só quando vi os meninos um dia ou mais depois, quando percebi que Mandy não estava apta a fazer qualquer coisa por eles, foi que tinha me obrigado a abrigar e enterrar o máximo do meu luto que consegui — pelo menos na frente deles. Só de pensar nela e em todos os sinais que ela nos dera quanto a como ela estava lidando fazia a culpa inundar cada canto da minha alma. Mas estava feito. Todos nós éramos culpados, e eu nunca queria que Josh nem Lou a esquecessem.

— Quer ouvir uma engraçada ou... talvez uma com sua mãe?

Quase não vi Lou se encolhendo — acontecia toda vez que eu falava na mãe dele, mas só me fazia falar mais disso.

— Uma engraçada — ele disse, sem me surpreender.

Ergui as sobrancelhas e sorri, deixando para lá.

— Uma vez, seu pai e eu estávamos dirigindo de volta para El Paso para visitar *abuelita* e *abuelito*, certo? Josh ainda não tinha nascido. Havíamos parado em um lugar para comer e a comida era muito ruim, Lou. Quero dizer, nós dois tivemos dores de estômago na metade da refeição, mas nos obrigamos a comer tudo. Enfim, saímos do restaurante e continuamos dirigindo porque não queríamos passar a noite em qualquer lugar... e seu pai começa a me dizer que ia fazer cocô na calça. Ficava dizendo o quanto seu estômago doía, como estava ruim e como pensava que ele ia ter um bebê.

A risada do pequeno Lou me incentivou.

— Quando ele começou a ameaçar que ia fazer cocô no carro, finalmente parei no primeiro posto de gasolina que consegui encontrar e ele correu para dentro. — Conseguia enxergar a lembrança com tanta clareza na mente que comecei a rir. — Ele ficava com as mãos no bumbum como se estivesse tentando segurar. — Nesse momento, havia lágrimas em nossos olhos, e estava bem difícil de contar o resto da história. — Minha barriga ainda estava doendo, mas não *tanto* assim. Devia ter passado uns trinta minutos, e seu pai saiu do posto de gasolina, suando. Estava ensopado, Lou. Sem brincadeira. Estava coberto de suor. Entrou no carro e fiquei olhando para ele, e percebi que ele estava sem meias. Então perguntei a ele "o que aconteceu com suas meias?". E ele respondeu: "Não tinha papel higiênico no banheiro".

Lou estava rindo tanto que se virou de lado, apertando a barriga.

— Gostou dessa, hein? — Eu estava sorrindo amplamente com ele gargalhando.

Ele só ficava bufando "Ah, minha nossa" repetidamente, uma verdadeira declaração da influência da minha mãe sobre ele.

— O aniversário dele foi um mês depois, e o presenteei com um rolo de papel higiênico e um monte de meias.

— O vovô me mostrou um vídeo de Natal, em que você deu meias para o papai e ele as jogou em você — ele disse entre essas grandes bufadas.

Assenti.

— Ele me fez jurar nunca mais falar disso, então não falei. Simplesmente continuei dando meias a ele.

— Você é boa, *Tia*.

— Eu sei, né?

Ele assentiu, seu rosto corado e feliz. Mesmo feliz, ele disse:

— Sinto falta dele.

— Eu também, Lou. Muita, muita — falei baixinho, sentindo uma bola amarga na minha garganta conforme sorri. Lágrimas pinicaram o fundo dos meus olhos, porém, por algum milagre, eu as contive. Queria que esse fosse um momento feliz entre nós. Poderia chorar depois.

O menininho piscou sonolento para o teto com um suspiro sonhador.

— Quero ser policial igual a ele quando eu for velho igual a você.

Seu comentário fez meu coração doer tanto que nem consegui me concentrar em como ele tinha se referido a mim como velha.

— Pode ser o que quiser — eu disse a ele. — Seu pai não se importaria, contanto que você sempre fizesse um bom trabalho.

— Porque ele me amava?

Esse garotinho seria meu fim.

— Porque ele te amava — confirmei. Engoli em seco, torci e orei para que ele não conseguisse enxergar o esforço estampado em todo o meu rosto. Enfiando as cobertas ao redor dele mais rápido do que nunca, me inclinei acima do meu garotinho de cinco anos preferido do planeta e beijei sua testa, ganhando um beijo na minha bochecha em troca. — Eu te amo, carinha de cocô. Durma bem.

— Também te amo, carinha de cocô — ele devolveu conforme fui na direção da porta, pensando nas palavras dele e sorrindo mesmo quando um pedaço minúsculo do meu coração se partiu.

— *Tia*, pode me dar meias, se quiser — Louie adicionou assim que cheguei à porta dele.

Talvez, se eu estivesse esperando, sua proposta não pareceria como um aríete no meu esterno seguido de uma bomba nuclear sendo detonada onde meu coração costumava existir. Minhas pernas ficaram fracas. Tristeza e algo parecido com angústia se misturaram na minha garganta e, com uma força que pensei que não tivesse, me virei para olhar para ele sem deixar as lágrimas caírem como as Cataratas do Niágara e assenti. Meus braços ficaram arrepiados.

— Acho que seu pai gostaria disso. Boa noite, Lulu.

— Boa noite, Dudu — ele gritou quase quando eu já tinha fechado totalmente a porta, mordendo meu lábio e engolindo, engolindo e engolindo em seco.

Apoiei as costas na parede ao lado da sua porta.

Ah, meu Deus.

Ah, meu Deus.

Meu nariz começou a queimar. Meus olhos se encheram de lágrimas, e arfei por ar, por força, por qualquer coisa que pudesse me fazer aguentar a dor que cortava tudo que fazia eu ser eu.

Como nunca ficava fácil saber que a vida era injusta?

Como nunca doía menos saber que eu nunca mais veria alguém que eu amava? Por que teve que ser meu irmão? Ele não era perfeito, mas era meu. Me amava mesmo quando eu o irritava.

Por quê?

Não tinha me mexido sequer um centímetro quando ouvi Josh chamar:

— Tia Di.

Porra.

— Está pronto para dormir? — Minha voz soava falha e estilhaçada até para os meus próprios ouvidos conforme fui até seu quarto.

— Sim — ele respondeu, os sons da cama estalando confirmando a resposta.

Secando os olhos com as costas da mão e, então, erguendo a camiseta para secá-las, fiz a mesma coisa com meu nariz e respirei fundo e de maneira calmante, o que, provavelmente, não adiantou nada, porque eu estava a três segundos de gritar. Mas não dava para adiar ver Josh antes de ele dormir. Era uma das últimas poucas coisas que ele ainda me deixava fazer com bastante frequência.

Quando estava uns dez por cento sob controle, forcei um sorriso e enfiei a cabeça na porta entreaberta. Claro que, no colchão, estava Josh e, bem ao lado dele, estava meu terceiro menino, Mac, com a cabeça sobre as patas, um olho em mim na porta. Seu rabo balançava bem no rosto de Josh.

— Qual história você contou para o Lou? — ele perguntou imediatamente, como se soubesse que tinha me matado por dentro contá-la. Provavelmente, ele sabia.

— A do seu pai e as meias.

Um sorrisinho se abriu nos seus lábios.

— Eu sei dessa.

— Sabe? — indaguei, ao dar a volta na cama para me sentar do lado oposto de onde Mac estava. Me estiquei para colocar uma mão no cachorro e outra em Josh. Se ele já sabia que eu estava triste, não havia por que esconder.

— Sim. Ele me contou sobre isso.

Ergui uma sobrancelha, um pouco surpresa.

Josh ergueu um ombro de maneira preguiçosa, aqueles olhos castanhos olhando bem dentro dos meus.

— Tive que usar uma das suas meias um dia quando fomos ao parque — ele explicou, suas orelhas ficando rosadas.

Aquelas lágrimas familiares demais pinicaram meus olhos. Pelo menos, ele havia contado a Josh sobre isso. Dado a ele outra lembrança que eu não precisava contar.

— Tive que virar minha calcinha algumas vezes. Não foi grande coisa. Acontece.

Ele me olhou de forma horrorizada que, imediatamente, me fez franzir o cenho.

— Que nojo!

— O que foi? Não falei que era nojento você ter que limpar sua bunda com uma meia suja!

— É diferente! — ele comentou, tendo ânsia.

— Por que é diferente? — perguntei, me lembrando de quantas vezes tive essa discussão com Rodrigo.

Ele ainda estava sufocando e tendo ânsia.

— Porque é! Você é menina!

Isso me fez revirar os olhos.

— Oh, Deus. Nem vem. É normal. Não é nojento porque sou menina e você, não. Prefiro ser menina do que menino. — Eu o cutuquei. — Meninas mandam, meninos obedecem.

Ele estremeceu e se arrepiou, ainda supostamente traumatizado, e só revirei mais os olhos.

— Vá dormir.

— Estou tentando — ele brincou.

Sorri para ele, que sorriu de volta.

— Te amo, J.

— Também te amo.

Beijei sua bochecha e recebi um beijo meia-boca em troca. Ao sair, dei um beijo em Mac e ganhei uma lambida na bochecha que me fez sentir um pouquinho melhor. Só um pouquinho. Mas não o suficiente.

Às vezes, me sentia uma traidora pelo tanto que os amava. Como se não devesse, porque, para começar, não era para eles serem meus. Como se não devesse pensar que eles melhoravam minha vida quando o único motivo de eles serem meus, de iluminarem minha vida, era por causa de algo terrível.

Meu coração estava machucado. Doía. Latejava. Estava mais pesado do que estivera há muito tempo. Lágrimas e um tipo horroroso de fluidos corporais preencheram meu nariz, olhos e garganta e, por um breve segundo, pensei em ir até meu closet para chorar. Esse era o lugar em que eu sempre me matava de chorar, desde criança. Mas o fato era que essa casa era velha e meu closet, pequeno demais. Só de ficar dentro dele me deixava claustrofóbica. A cozinha, a sala de estar, a de jantar e a lavanderia também não iriam funcionar.

Quando vi, estava do lado de fora, fechando a porta da frente conforme inspirava enormes lufadas de ar que lutavam por atenção contra minha dor de cabeça contínua. Lágrimas silenciosas — as piores — escorriam dos meus olhos enquanto minha garganta parecia inchar com o dobro de tamanho. Me sentei no primeiro degrau, a palma da mão indo, instantaneamente, na direção da minha testa, e me curvei conforme tentava impedir que essa dor ganhasse força. Meu nariz queimava e estava difícil de respirar, porém as lágrimas continuavam escorrendo.

A vida era injusta e sempre tinha sido. Não era nada pessoal. *Eu sabia disso*. Havia lido isso nos panfletos que entregaram no funeral quando Drigo faleceu. Mas saber de tudo isso não ajudava em nada.

O luto nunca ficava mais fácil. Nunca senti menos saudade do meu irmão. Parte de mim aceitava que nada preencheria o vazio que a morte dele havia deixado na minha vida ou na dos meninos ou na dos meus pais ou até na dos Larsen.

A meleca saía das minhas narinas como se a torneira estivesse aberta, e não fiz um único som nem me incomodei em limpar.

Ele tinha dois filhos, uma esposa, uma casa e um emprego de que gostava. Só tinha trinta e dois anos quando morreu. *Trinta e dois*. Em menos de três anos, eu faria trinta e dois. Ainda sentia que tinha minha vida inteira pela frente. Ele devia pensar a mesma coisa.

Mas ele não tinha mais nenhum ano sobrando. Em um minuto estava lá, no outro, não estava. Simples assim.

Deus, eu sentia tanta falta das suas piadas idiotas, da sua teimosia e do seu jeito mandão. Sentia falta do quanto ele me enchia o saco e de nunca me deixar esquecer de alguma vergonha que passei. Tinha sido mais do que meu irmão. Mais do que meu amigo. Mais do que a pessoa que havia me ensinado a dirigir e me ajudado a pagar pela faculdade de cosmetologia. Ele havia me ensinado muito sobre tudo. E as coisas que melhor me ensinou vieram depois da sua morte.

Só ele poderia fazer isso.

Com prazer, eu voltaria a ser uma idiota egoísta e individualista com um gosto horrível para homens se pudesse tê-lo de volta.

Sentia saudade dele. Pra. Caralho.

— Você está bem? — uma voz soou, quase me matando de susto.

Sem limpar meu rosto ou nariz, olhei para cima, confusa e completamente pega de surpresa por alguém ter se aproximado de mim sem que eu percebesse. Meu peito estava inflando em choramingos silenciosos e minha garganta estava apertada. Ainda assim, balancei a cabeça para Dallas, que estava parado na base da escada que levava à minha varanda e falei a verdade para ele.

— Não muito.

— É, estou vendo. — Seu tom foi tão baixo que pareceu atingir com mais profundidade do que sua preocupação e sua presença ali. — Não sabia que alguém conseguia chorar sem fazer barulho. — O franzido no seu rosto sério se aprofundou conforme seus olhos me analisaram. Aquela ruga entre suas sobrancelhas estava de volta.

Minha fungada em resposta foi aguada e uma sujeira total e, sem perceber o que eu estava fazendo, mordi o lábio inferior como se isso fosse me ajudar a me impedir de chorar ainda mais. Não estava realmente ajudando quando as lágrimas continuavam escorrendo dos meus olhos pelas bochechas, pingando do meu maxilar independente do quanto meu cérebro dizia para meus ductos lacrimais pararem com isso.

— Sua cabeça ainda está doendo? — ele perguntou com cuidado na voz.

Dei de ombros, secando os lugares molhados da minha pele. Doía, mas não mais do que meu coração naquele instante.

— Aconteceu alguma coisa com os meninos?

Balancei a cabeça de novo, ainda com muito medo de usar palavras porque tinha certeza de que iria chorar muito na frente daquele homem, e realmente não queria que isso acontecesse.

Ele olhou por cima do ombro novamente, aquela mão grande dele indo para sua nuca antes de ele me encarar com um suspiro.

— Se tiver algo que queira conversar... — Ele coçou a bochecha, esquisito ou resignado ou ambos ou nenhuma das opções; não poderia culpá-lo... Eu não queria me sentir assim. Nem agora, nem nunca e, principalmente, não com testemunhas que tinham pensado tão mal de mim no início. — Posso ficar de boca fechada — ele, finalmente, disse, me fazendo olhá-lo. Um sorrisinho se abriu na sua expressão rígida, tão inesperado que eu não sabia como lidar.

Será que contava a ele? A esse quase completo estranho? Era para eu falar palavras e frases a ele que nem conseguia compartilhar com meus pais? Como sequer poderia começar a descrever a pior coisa que já tinha acontecido comigo? Como se explicava que seu irmão morreu e que, quando viu, sua vida estava em chamas, e você não sabia como apagar o fogo porque a fumaça era tão espessa que não dava para enxergar meio metro à sua frente?

Eu não era uma pessoa fechada que não sabia expressar os sentimentos, mas isso era diferente. Bem diferente do que ter alguém me ouvindo discutir com minha mãe. Eu conseguia me recuperar das palavras dela. Tinha medo de nunca conseguir me recuperar do tamanho do buraco que Rodrigo tinha deixado em mim.

— Não estou... Não estou... — Não conseguia dizer as palavras. Estavam atrapalhadas e confusas, e não conseguia desembaralhá-las em uma respiração. Bufei. — Eu... eu odeio isto. Não estou tentando fazer com que tenha pena de mim nem chamar atenção nem nada...

Meu vizinho jogou a cabeça para trás, sua garganta um pouco barbada subindo e descendo.

— Te falei mais cedo que eu sei — ele ainda estava falando baixo. — Pensei que tivéssemos concordado em esquecer isso?

Funguei.

Dallas suspirou de novo ao baixar o queixo, encontrando meu olhar com aqueles olhos cor de mel.

— Precisa parar de chorar — meu vizinho disse com uma voz gentil que foi a gota d'água.

Queria dizer "ok" para ele, porém nem conseguia fazer essa única palavra sair pelo tanto que estava soluçando, sem conseguir respirar direito.

— Não sou dedo-duro.

Ele não era dedo-duro. Meu peito estava inflado com as lágrimas silenciosas, fatais e reprimidas e, embora uma parte gigante de mim quisesse dizer a ele que eu estava bem, ou pelo menos que ficaria bem, e explicar que não era nada de mais, minha boca grande assumiu conforme meu choro se transformou em prantos — respirações cortadas, ombros chacoalhando e uma dor de cabeça que começou a latejar imediatamente.

— Ele quer que eu dê meias a ele.

Houve uma pausa e um "O quê?" naquela voz grossa que foi praticamente enterrada por minhas lágrimas e arfadas.

Provavelmente, nem saiu corretamente da minha boca, mas respondi:

— Louie me falou que posso dar meias para ele a partir de agora. — Não queria acreditar que eu estava lamentando, mas estava provavelmente bem perto disso.

Através das lágrimas embaçando minha vista, os lábios de Dallas se abriram e seu rosto ficou pálido.

— Você não tem… não tem dinheiro para comprar meias para ele?

Coloquei uma mão no coração como se isso fosse ajudar a desaparecer a dor.

— Não. Eu tenho. — Sequei o rosto conforme soluçava e vi que ele estava fechando a boca. — Eu costumava dar meias para o meu irmão, e agora Louie quer que eu dê meias a ele, já que não posso… não posso… dar mais para o meu irmão.

Houve uma pausa e, então:

— Isso não se trata das meias?

Ele nem sequer sabia. Como poderia saber? Não se tratava das malditas meias. Pelo menos, não completamente. Tratava-se de tudo. De vida e morte, de branco, preto e cinza. Tratava-se de ter que ser forte quando você não estava acostumada a ser. De ter que crescer quando tinha pensado que havia terminado de crescer. No fundo da minha mente, eu sabia que o que tinha falado não fazia nenhum sentido. Mas como poderia explicar? Como poderia começar a contar a ele que tinha perdido uma parte de mim mesma com a morte do meu irmão, e que estava tentando ao máximo manter o que havia restado com fita crepe e clipes de papel?

— Sinto... — Minha garganta queimava, e jurava que meu peito inteiro doía. Não conseguia falar as palavras. Ou talvez simplesmente não quisesse. Raramente falava sobre Rodrigo com alguém, exceto com Van, mas Van era diferente. Ela era minha irmã de outra vida. Com um tom falhado que poderia me envergonhar depois, desabafei o que nunca poderia dizer para minha mãe e meu pai para esse homem que morava do outro lado da rua. — Meu irmão faleceu, e sinto muita saudade dele. — Minha voz falhou, e pareceu que minha alma fez a mesma coisa. Esfreguei a mão na boca, como se fosse apagar a dor que aquelas palavras me causavam. — Sinto muita, muita saudade dele.

— Sinto muito. Não fazia ideia — foi a resposta baixa de Dallas.

— É difícil... é difícil, para mim, falar sobre isso. — Dei de ombros e esfreguei os lábios de novo, sentindo esse peso excruciante de mágoa e luto.

Como podia ainda doer tanto depois de tanto tempo?

Por algum motivo, continuei desabafando diante do meu vizinho.

— Preciso contar histórias a Louie porque ele não mais se lembra bem dele. Tenho quase certeza de que Josh também não. E eles estão presos comigo. *Comigo*. Ele os deixou *comigo* — contei apressadamente antes que outro meio galão de lágrimas escorresse descontroladamente dos meus olhos. Eu não tinha acreditado nisso depois de Mandy, e ainda não conseguia. Eles haviam me escolhido, dentre todas as pessoas do mundo. — No que ele estava pensando? *Não sei o que estou fazendo.* E se eu errar mais do que já errei?

Não levei em consideração de que ele nem sequer conhecia meu irmão, muito menos sabia alguma coisa sobre ele. Ele não entenderia por que eu sentia tanta falta dele. Como poderia?

— Jesus Cristo — ele murmurou de forma plana. Seu olhar focou em mim como se ele não soubesse o que fazer ou dizer. Sua testa estava franzida, seus olhos, semicerrados, sua boca, um pouco aberta. Ele estava travado, quero dizer, o que havia para dizer ou fazer? Eu estava desabafando para ele e chorando, e nem sequer sabia seu sobrenome.

— Desculpe. — Sequei meu rosto inutilmente de novo. — Foi um longo dia e você já foi muito mais legal do que precisava ser. Desculpe mesmo. Isso é culpa de Louie e da sua maldita meia.

Ele pareceu me analisar, um sentimento que eu não conseguia entender totalmente tensionando a região em volta dos seus olhos e a pele do seu maxilar.

— Os meninos... ambos... são do seu irmão?

Assenti, fungando, nem um pouco arrependida de ter desabafado tudo aquilo.

Sua expressão só mudou por um breve instante, rápido demais para eu realmente processá-la, então ele franziu o cenho. Abriu mais a boca e a fechou. Sua mão subiu para sua nuca e ele a segurou. Apareceram linhas na sua testa. Ele deu de ombros e balançou a cabeça, piscando antes que as palavras saíssem da sua boca.

— Por que está se desculpando? Está chateada e com saudade do seu irmão.

Fiquei surpresa demais para sequer assentir.

Em um piscar de olhos, ele estava olhando para mim como se eu fosse louca.

— Você ainda é uma criança criando duas outras crianças, e se importa o suficiente para se preocupar com o tipo de pessoas que os está criando para ser. Nada disso parece irracional para mim.

Inclinei o rosto para trás e abanei os olhos, dando meu máximo para manter o choro sob controle. Gorgolejei um tipo de barulho que dizia que o ouvi.

Minutos se passaram com o único som entre nós sendo eu fazendo barulhos. Não queria olhar para o meu vizinho, então não olhei. Em certo momento, depois de não sei quanto tempo, ele se sentou no segundo degrau, tão perto que a lateral do seu braço esbarrou na parte de baixo da minha perna.

— Faz quanto tempo?

— Dois anos — resmunguei, ainda balançando a mão para a frente e para trás. Chorar, normalmente, me fazia sentir melhor, mas, naquele momento, eu não sabia se esse era o caso. — Os dois anos mais longos da minha vida.

A lufada de ar que ele soltou pela boca me fez olhá-lo. Ele estava com o queixo erguido. Um carro passou.

— Acho que eu tinha a idade de Josh quando meu pai faleceu, e ainda sinto falta dele todos os dias. Dá para superar bastante coisa em dois anos, mas acho que ninguém discutiria se é tempo suficiente para suportar mais a perda do seu irmão — ele me informou naquela voz tranquila quase doce. — Qualquer um que te disser o contrário nunca perdeu nada nem ninguém que importasse.

Nunca tinha ouvido palavras mais verdadeiras.

— Não é tempo suficiente. Nem chega perto de ser suficiente — concordei. — Algum dia você simplesmente fica... bem com isso? É isso que é para acontecer? Fica mais fácil? — perguntei a ele, sem esperar uma resposta e sem ter uma mesmo. — Às vezes, me esqueço de que não posso ligar para ele e contar algo engraçado que minha mãe falou, ou pedir para que venha consertar algo bobo que fiz que não quero que meu pai descubra. — Quantas vezes tinha enfrentado essa realidade? Solucei, sentindo mais falta dele a cada segundo.

Minha garganta começou a doer, e não tinha certeza se o líquido que escorria pelo meu lábio era meleca ou lágrimas. Francamente, não me importava.

— Nunca mais vou conseguir vê-lo nem brincar com ele. Ele nunca mais vai enfiar meu rosto no meu bolo de aniversário nem me dar lambidas de aniversário. Era um babaca, mas era *meu* irmão babaca. E o quero *de volta*. — As lágrimas começaram a me inundar de novo, formando um nó no meu peito.

— Babaca ou não, ainda é da sua família.

Não conseguia parar de chorar.

— *Eu sei.* Eu o tive por vinte e sete anos e os meninos não tiveram nem um quarto disso com ele. Não é justo. Não quero que cresçam com problemas por causa do pai, quando sei que meu irmão teria me matado só para ter mais tempo com eles. E sabe de uma coisa? Eu não teria me importado. Se tivesse acontecido alguma coisa comigo, teria sido diferente. — Sequei o rosto de novo. — Isto é injusto pra caralho com Josh, Lou e meus pais. É uma merda. Simplesmente, uma merda.

Ele se virou para me olhar por cima do ombro, as luzes amarelas da varanda iluminando a lateral do seu maxilar forte e seu nariz comprido e reto.

— Não vou dizer que não é uma merda. É. Não sei por que alguém vive e outra pessoa morre, mas acontece e nada que fizer pode mudar isso. Não pode se sentir culpada por estar aqui e ele, não. Não é assim que funciona.

Soltei um gemido com suas palavras, balançando a cabeça.

— Diana — ele disse naquele tom sensível que parecia tão estranho às suas cordas vocais roucas. — Já vi bastante você com eles. Você não... Não parece que eles não são seus. É muito claro que aqueles meninos te amam como se você fosse mais do que a tia deles. Um cego conseguiria enxergar isso. Eles não te amariam se você não estivesse fazendo a coisa certa. Isso tem que valer alguma coisa, sendo uma merda ou não. Você tem esse dever e nada vai tirá-lo de você. Pelo menos, está arrasando. Não conheço seu irmão, mas, se ele está olhando para cá de algum lugar agora, sabe que tomou a decisão correta em deixá-los com você. Não dá para esconder o que você tem com eles.

Havia algo no seu tom e palavras que amenizava só um pouco da dor que dilacerava meu coração. *Só um pouco.* Funguei e pensei naquela lealdade eterna que nós três compartilhávamos um com o outro. Talvez a situação que tivesse nos unido fosse péssima, mas eu os amava mais do que já tinha amado qualquer coisa duplicado e triplicado.

— Eles me amam mesmo. Mas sempre amaram.

Ele deu de ombros, parecendo que tinha acabado de solucionar um grande mistério.

— Não tenho filhos, mas tenho um monte de amigos que têm e, se isso te faz sentir melhor, acho que nenhum deles tem a mínima ideia do que está fazendo metade do tempo, de qualquer forma. Com certeza, minha mãe não tinha.

Não sabia se realmente acreditava nisso, mas não estava a fim de discutir.

— Seu irmão os deixou para você no testamento dele?

Assenti e, lentamente, me inclinei para a frente a fim de envolver minhas canelas com os braços, apoiando o queixo nos joelhos. Aceitara que tentar manter o rosto seco era inútil.

— Sim. Estava no testamento dele e da esposa. Se acontecesse qualquer coisa com ambos, eu seria a guardiã deles, não meus pais nem os outros avós. Eu. Aqueles idiotas. Nunca nem tive sequer um cachorro antes deles.

Pensar nos meses após Rodrigo ter falecido não era algo de que eu gostava de me lembrar, principalmente não quando também pensava em Mandy. O que havia começado comigo ficando com os meninos por um tempinho porque ela estivera fora de si tinha se tornado a última coisa permanente que os meninos tiveram.

Ele assentiu, ainda me observando com aqueles olhos curiosos que não estavam cheios de hesitação pela primeira vez. *O que aconteceu com a mãe deles?* Conseguia senti-lo me perguntando com seu silêncio.

Respondi de volta com meu próprio silêncio. Há algumas coisas que não dá para dizer com palavras.

Ele me encarou por um minuto antes de algo dentro dele dizer *Entendi.*

— Acho que isso diz tudo — ele, enfim, interveio. — Se está me falando que ele os amava o suficiente para te dar a autoridade, não os teria deixado com você se não pensasse que não conseguiria lidar.

Não, era Mandy que deveria ter ficado com eles, não eu. Mas acabou sendo eu e, como ele falara, não havia nada que eu pudesse fazer para mudar o que já estava feito.

— Bem, é. Ninguém vai amá-los como eu os amo. Sou a melhor do pior. — Poderia dizer isso. Era a verdade. Eu tinha me arrancado do buraco em que me enfiara por eles quando outras pessoas não teriam conseguido, e tinha sido somente por causa desse amor por aqueles dois garotos que haviam roubado meu coração antes mesmo de terem nascido, que eu havia conseguido.

Sua mandíbula se movimentou e ele perguntou:

— Eles têm mais família, não têm? Pensei ter visto os avós deles também.

— Têm outra tia, que é ótima, mas... — Pensei na tia deles e balancei a cabeça. — Provavelmente, eu a teria processado se ela tivesse ficado com eles. Conhecendo os meninos, eles teriam fugido para vir morar comigo. Sou a preferida deles.

Falar as palavras em voz alta, essa verdade de que eu sabia realmente quem era, me fez sentir melhor. Porque não era mentira. Era algo em que eu acreditava e sempre tinha acreditado, mesmo que me esquecesse às vezes. Quem mais faria um trabalho melhor do que eu? A outra tia deles? Nos sonhos dela. Os Larsen eram os melhores, porém não conseguiam lidar com eles o tempo todo. Tinham setenta e poucos anos; haviam tido suas meninas mais tarde na vida. E meus pais... eram tudo de bom que pais deveriam ser, mesmo com sua criação rígida, no entanto, nunca mais foram os mesmos depois da morte de Rodrigo. Isso era algo que eu nunca havia admitido para ninguém, nem para minha melhor amiga, e havia chances de nunca o fazer.

Meu vizinho fez um curto som que poderia ter significado uma dúzia de coisas diferentes. O que percebi foi que esse homem bruto e rude pareceu perder a rigidez que morava nos seus ombros. Ele encontrou meu olhar e eu não me mexi.

Sorri para ele, provavelmente o sorriso mais feio da história dos sorrisos, e ele retornou fracamente.

— Obrigada por dizer essas coisas e me fazer sentir melhor — funguei.

Ele deu de ombros como se não fosse grande coisa o que tinha feito.

— Agradeço.

— Tudo que fiz foi me sentar aqui. — Dallas ergueu os ombros de novo. Fácil. — Todos nós passamos por merdas por nossa família que não faríamos por mais ninguém.

— Isso é certeza — murmurei, pegando o anzol que ele havia jogado e me segurando porque sou xereta mesmo e não sabia quase nada desse homem que era uma figura masculina na vida de Josh. — Deixa seu irmão morar com você. Tenho certeza de que sabe. — Seu irmão parecia ser babaca.

Dallas balançou a cabeça e voltou sua atenção para algo do outro lado da rua, os músculos nos seus ombros e ao longo do seu pescoço se amontoando.

— Meu irmão tem sido um merda idiota por tanto tempo que não se lembra de como não ser assim. O único motivo por não o ter chutado de casa é porque sou o único que lhe resta. Nossa mãe se cansou dele. Vovó se cansou dele. Se eu também desistir... — Ele pigarreou e olhou para mim por cima do ombro. Seus olhos estavam muito cheios de um tipo de peso imaginário que somente eu, que tinha o mesmo fardo, conseguia enxergar. Senti que o entendia. — Não vou. Não importa.

Meus braços ficaram arrepiados. Família era família, e talvez esse homem já tivesse sido idiota, porém nós entendíamos aquele fardo pesado.

— Faz tempo que não o vejo, nem aqui nem no treino.

— Eu também.

Olhei para ele.

— Acha que ele está bem?

— Sim. Está bravo comigo, nada de anormal.

E eu pensava que meu irmão tinha sido babaca. Hesitei e sequei o rosto de novo com as costas da mão.

— Posso te perguntar uma coisa?

— Não sei — foi sua resposta imediata, me fazendo me sentar um pouco mais ereta.

— Não sabe o quê?

— Não sei por que ele se meteu em uma briga naquele dia em que você o ajudou. Ele não me conta. Uns caras do clube...

Ele estava falando do clube de motoqueiros em que Trip estava?

— ... disseram que o ouviram mexendo com uma mulher casada, porém ele não me contou o que aconteceu, só que acabou e que aquela merda não vai mais acontecer — ele explicou, de volta com a voz tranquila que eu tinha ouvido antes naquela noite.

— Oh. — Bem, não era esse caminho que pensei que a explicação fosse tomar. Finalizada essa conversa sobre o irmão dele e o meu, apoiei a bochecha no joelho e disse a ele: — Sinto muito por seu pai, aliás. Vejo o quanto Josh e Louie ficam magoados por isso, e não é nada pelo que uma criança devesse passar. Eu mal consigo superar isso.

— Ele ficou doente por um tempo — contou quase que clínica e calmamente, como se tivesse tido anos para lidar com isso e conseguisse, de alguma forma, falar sem desabar. — O melhor amigo do meu pai e uns tios me apoiaram bastante após a morte dele. Fez uma diferença enorme na minha vida. Superei por causa deles e da minha mãe. Contanto que esteja lá para eles, ficarão bem. Acredite em mim.

Nós dois simplesmente ficamos ali em silêncio por um tempo, envolvidos pela noite, na ausência de insetos e na semelhança próxima de silêncio que era possível em um bairro em uma cidade grande. Lentamente, meu luto por meu irmão voltou àquele nível baixo que nunca sumia totalmente, mas se tornou tolerável.

— Obrigada por colocar Josh no time — finalmente falei pela primeira vez.

Dallas se inclinou para a frente, a parte superior do corpo musculosa e esguia se curvando acima dos joelhos conforme seu olhar foi para a minha direção.

— Não o coloquei no time. Ele mereceu — explicou.

Olhei para o meu vizinho ao secar os últimos rastros de lágrimas e funguei.

— Ele foi o melhor do teste.

Dallas olhou para mim por um instante, sua mão subindo para a nuca como ele fazia e, com a boca curvada, sorriu pela segunda vez, de boca fechada e tudo. Não concordou nem discordou. Covarde.

— É a verdade.

Seu sorriso se curvou e aumentou, e eu juraria pela minha vida que suas bochechas ficaram meio rosadas. Me fez sorrir mesmo que meus olhos estivessem inchados de tanto chorar. Odiava sentir pena; não sabia como lidar com isso.

— Você sabe disso. Eu sei disso. Está tudo bem. Está tentando não ter preferidos. Entendo. — Uma risada profunda, muito perfeita para sua voz, finalmente saiu dele, e me fez fungar uma última vez. Antes de conseguir me impedir, falei o que queria há um tempo. — Você sabe que foi nada a ver me suspender de ir ao treino.

A risada se transformou em uma gargalhada.

— Ainda está encanada com isso?

Em algum lugar da minha consciência, percebi de novo que ele tinha uma risada muito boa. Vinda do fundo do peito. Sincera. Ainda era um otário pelo que fizera antes da nossa trégua, apesar do quanto tinha sido legal comigo hoje, mas poderia me enxergar perdoando-o por isso bem mais rápido do que deveria.

— Você provocou, e não posso ter preferidos. Você que falou. — Ele riu por um instante antes de baixar a voz. — Aliás, não vi o carro daquele *outro dia* de novo.

Daquele outro...? Oh. Anita. Merda.

— Eu também não. Acho que ela não vai aparecer de novo. Provavelmente, ela foi o motivo da minha dor de cabeça hoje. Mas obrigada por ficar de olho.

— Claro. — Com isso, ele se levantou, esfregando a parte de trás dos shorts com as mãos. Me obriguei a manter os olhos no rosto dele. — Você vai ficar bem.

— Vou ficar bem — confirmei, então usei suas palavras contra ele. — Obrigada por... tudo. — Me perguntei se ele se lembrava daquele termo que tínhamos usado quando nos vimos pela segunda vez.

Deve ter lembrado porque um sorriso cresceu da sua risada.

— É, você consegue. — De repente, suas mãos foram para os bolsos. — Vim ver se tinha deixado minha carteira aqui. Se importa se eu der uma olhada?

CAPÍTULO TREZE

— Acho que você não comprou cerveja suficiente — meu pai comentou em espanhol.

Lancei um olhar para ele por cima do ombro ao derramar mais dois outros sacos de gelo em cima das garrafas.

— *Pa*, é aniversário do Josh. Ninguém precisa ficar bêbado. Vamos lá. Comprei, tipo, metade das garrafas de refrigerante, água e das caixas de suco do mercado. Todo mundo pode se embebedar de suco se quiser.

Ele me lançou de volta uma expressão que eu não tinha dúvida de que lembrava muito bem a minha.

— *Uy*. Poderia ter comprado mais, ou me dito, e eu teria comprado.

Só na minha família os adultos iam a festas de crianças esperando cerveja.

Meu pai já tinha pagado por toda a carne a ser grelhada. Deveria ter mais noção e não dizer algo assim. Além disso, eu gastara uma quantia horrorosa em todo o resto para a festa, e isso foi considerando um desconto que eu havia conseguido de uma cliente que era dona de coisas para alugar para festas para o pula-pula, as mesas e cadeiras. Felizmente, eu já tinha o escorregador de plástico.

Ficava dizendo para mim mesma que a felicidade da única pessoa que importava era a de Josh. E a de Louie. Todo o resto poderia comer um monte de merda de macaco se não tivesse cerveja suficiente, droga. Do que eles pensavam que eu era feita? De dinheiro?

Meu Deus, eu estava me transformando na minha mãe.

— Vai ficar tudo bem — resmunguei para ele, dando um tapinha nas suas costas enquanto voltava para dentro da casa a fim de pegar a toalha de mesa azul-escura que estivera reutilizando nos aniversários dos meninos nos dois últimos anos. Lá dentro, minha mãe estava apressando-se pela cozinha, preparando bandejas de vegetais e outros aperitivos que eu tinha comprado na noite anterior. Ela me lançou aquele sorriso rígido e angustiado que sempre estava no seu rosto quando as pessoas iam visitá-la.

Quando Drigo e eu éramos crianças e os feriados chegavam, nós nos escondíamos. Minha mãe, que normalmente era muito organizada, bem meticulosa e um ser humano amoroso com um comportamento muito bom — contanto que você não falasse algo de que ela não gostasse ou fizesse algo que a envergonhasse — transformava-se em um pesadelo humano ambulante. Não estar por perto quando ela precisava de ajuda não era muito legal, mas as merdas que saíam da boca dela quando estava tentando ser perfeita era muito mais "não legal". Algumas vezes, Rodrigo tinha me enviado mensagem dizendo *FUJA* se ele tivesse sido pego em um dos humores dela.

E, nesse caso, apesar de ser minha casa e virem apenas um monte de crianças, familiares e os vizinhos mais próximos... Eu não estava esperando nada diferente. Ela havia reclamado quanto à minha falta de limpeza no rodapé assim que tinha chegado, então ficou andando pela casa com um pano úmido limpando-os, antes de entrar no meu banheiro e no que os meninos usavam e se certificar de que não tivessem feito xixi nem tivessem deixado marcas de cocô nas paredes ou algo assim.

Então eu não tinha vergonha de dizer que havia sorrido para ela e dado o fora de casa e do seu caminho o mais rápido que consegui, me ocupando com outras coisas do lado de fora.

A caixa de decorações estava bem onde eu a havia deixado mais cedo na sala de estar, e dava para ouvir os meninos brigando no quarto de Josh, provavelmente jogando videogames até todo mundo chegar.

— Meninos, podem me ajudar a decorar assim que tiverem um intervalo, por favor? — gritei para eles, parando na sala de estar com caixa a fim de ouvir a resposta deles de "Cinco minutos!".

Eu sabia bem. "Cinco minutos" era aberto a interpretação.

— Estou falando sério! Assim que terminarem! Quanto mais rápido me ajudarem, mais rápido podem voltar a jogar.

Podem ter resmungado, podem não ter. Eu não tinha certeza. Tudo que ouvi foi "Ok!" gritado de volta de maneira distraída.

Uma garota poderia sonhar.

Minha mãe estava de costas para mim na cozinha, a qual atravessei o mais rápido que consegui e saí pela porta de trás para ela não me flagrar. Não flagrou. Felizmente.

Surpreendentemente, apenas alguns minutos mais tarde, os meninos saíram. Imediatamente, Louie perguntou com um franzido:

— O que aconteceu com *abuelita*?

— Ela fica meio doidinha em festas, Goo.

A expressão que ele lançou por cima do ombro conforme olhava para a porta que levava para dentro da cozinha me fez dar risada. Ele parecia enganado e surpreso. O garoto não fazia ideia de que minha mãe era louca por dentro.

Entre nós três, colocamos o resto da decoração, instalamos o pula-pula no quintal, xingando todos os nossos nomes, porém, de alguma forma, nos concentramos e terminamos de organizar tudo faltando uns quinze minutos para a hora que os convites diziam que a festa estava pronta para começar.

— Diana, convidou seus vizinhos? — meu pai perguntou do seu lugar na churrasqueira.

— Sim — confirmei pela segunda vez. Meu pensamento foi de que, se os convidasse, felizmente, não reclamariam quando meus visitantes estacionassem diante das suas casas. Há apenas dois dias, Louie e

Josh tinham saído pelo bairro, deixando convites nas portas enquanto eu esperava na varanda com Mac. Eu os fizera escrever os nomes nos envelopes e quase morri quando vi como Louie tinha escrito Dallas.

— Olá! — uma voz feminina gritou do outro lado da cerca.

Todos nós — meu pai, Josh, Louie e eu — nos viramos para olhar na direção em que ouvimos a pessoa falando.

E claro que quatro pessoas diferentes olharam por cima da cerca que ia até o peito. Três delas estavam sorrindo; a quarta nem tanto, mas eram todos rostos bem conhecidos e amados. À frente, a mais alta das duas mulheres do grupo, era o rosto que eu havia acabado de ver na televisão há um ou dois meses. Bonita, um pouquinho mais velha do que eu e, em um momento, alguém de quem eu tinha muita inveja porque ela era tão incrível e magnífica, e eu... não era.

Mas isso só acontecera quando éramos crianças. Minha prima não era nada além de maravilhosa, principalmente porque não pensava ou agia como se fosse famosa demais. Ninguém gostava de uma vadia arrogante e nariz empinado, e ela não era nada perto disso. Provavelmente, eu era mais arrogante e nariz empinado do que ela.

— Sal! — gritei, acenando. — Entre!

Ela sorriu para mim, colocando o braço por cima da cerca a fim de destravar o portão e o abrir. Ela entrou primeiro, seguida da sua mãe, que era minha tia, e do seu pai, que era irmão do meu pai, e no fim estava seu marido. Achava que nunca me acostumaria a chamar aquele homem de marido dela. Nas poucas vezes que encontrara o jogador de futebol aposentado, provavelmente, só conseguira olhá-lo no olho duas vezes.

Sal sorriu ao se aproximar e seus braços se estenderam para a frente como se ela não me visse há anos. O que era verdade, fazia quase dois anos que a tinha visto pessoalmente. Morar na Europa na maior parte do tempo não lhe deixava um monte de tempo para voltar para casa.

— Desculpe por invadir a festa sem ter confirmado presença...

— Cale a boca — murmurei, abraçando-a. — Nem sabia que você estava na cidade.

— Chegamos ontem. Quis fazer surpresa para os meus pais — ela explicou, me apertando.

Afastando-se, ela sorriu e eu sorri de volta para ela. Apesar de ser cinco centímetros mais alta do que eu, tínhamos herdado os olhos e a estrutura mais esguia dos nossos pais. A dela era um trabalho de arte musculosa definida, e a minha era mais uma obra de arte de Pop-Tarts e bons genes. Conclusão: história da minha vida. Com a pele um pouquinho mais clara, a qual herdou da sua mãe, e muito mais sardenta, a semelhança familiar ainda estava ali entre minha prima e mim. Nossos pais costumavam dizer que, quando éramos bem jovens, falávamos para todo mundo que éramos irmãs.

— Rey! — ela gritou por cima do ombro.

De canto de olho, pude ver meu tio e minha tia conversando com meu pai, abraçando-o, e Reiner — eu tinha dificuldade em não o chamar pelo nome pelo qual meio mundo o conhecia — estava ao lado deles. Com o chamado do seu nome, ele falou alguma coisa para o meu pai e se aproximou de nós, alto, esguio e bonito demais.

Por algum milagre, consegui manter minha expressão neutra. Afinal, ele era o prometido da minha prima preferida. O amor da vida dela de verdade. Eu não a conteria de bater em alguém que desse em cima dele. Ela podia ser rica agora, mas nem sempre foi. Não deixava suas raízes barraqueiras de lado.

— Rey, você se lembra da minha prima Diana — ela declarou mais do que perguntou.

— Oi. — Meio que ri por um segundo antes de me conter e estender a mão na direção dele. Não poderia ser muito ávida e pedir um abraço; a única pessoa que eu já tinha visto abraçá-lo além de Sal tinha sido a família imediata dela e minha mãe. Ela falara sobre aquele abraço por três meses.

— Olá — ele declarou normalmente, apertando minha mão com firmeza.

Voltando o olhar para minha prima para não ser flagrada secando por tempo demais o homem de quarenta e dois anos mais gostoso do mundo, sorri de volta para ela como se um homem que valia mais de trezentos milhões de dólares não tivesse acabado de encostar em mim.

— Está com fome? Temos água!

— Vou querer água e comida — Sal disse conforme Reiner ergueu a mão para colocá-la no ombro dela. — Di, cadê sua mãe? Preciso dar oi para ela antes que...

— Salomé! *Mija!* — minha mãe gritou da porta dos fundos no primeiro degrau.

Mija. Filha dela. Que Deus me ajudasse.

Mal contive uma revirada de olhos. Nem a mim ela chamava assim. Desde que Sal tinha se casado, todo mundo da família agia como se ela fosse uma celebridade em vez da criança que havia caído da árvore e quebrado o braço em nossa casa em El Paso. Minha mãe, provavelmente, era a pior quanto a isso; me irritava de verdade. E talvez, apenas *talvez*, me deixava com um pouquinho de ciúme de ela ter mais carinho e mais orgulho da minha prima do que de mim.

Não era culpa de Sal.

— Prepare-se — sussurrei para ela.

Ela me cutucou com o cotovelo, rindo.

As duas horas seguintes passaram num piscar de olhos conforme alguns amigos da escola de Josh e seus pais apareceram, misturados com a família que tínhamos em San Antonio, e o jovem casal vizinho e o filho deles. Devia haver, no mínimo, cinquenta pessoas no quintal e a festa de aniversário ainda estava a todo vapor. Ainda não havíamos cortado o bolo, nem nos fartado de *piñata* nem aberto os presentes.

— Precisa de ajuda com alguma coisa? — minha prima perguntou, chegando atrás de mim com dois pratos azul-royal usados nas mãos.

Eu estava agachada perto de um dos coolers, tentando organizar para caber mais bebidas.

— Tudo bem. Terminei.

Ela me observou quando me levantei, seu rosto bonito sorrindo.

— Há tanta gente aqui.

— Eu sei. Tenho quase certeza de que não conheço nem dez pessoas. — Bufei, focando no grupo de adultos que eu sabia realmente que nunca havia visto na vida. — Tem alguém incomodando vocês?

— Não. — Ela balançou a cabeça. — Quando ele fica de boné, ninguém presta atenção.

Essa era a questão com Sal: ela não falava *ninguém sabe quem eu sou*. Não se importava. Minha mãe havia me mostrado fotos que o pai de Sal tinha postado do rosto dela em um outdoor na Alemanha, pelo amor de Deus.

— Que bom, porque, se estiverem, mande-os se foder, ou conte para mim e eu os mando se foder.

Sal deu risada e cutucou seu cotovelo no meu um pouco forte demais, porém me contive para não me encolher.

— Os meninos estão ótimos.

Provavelmente, pela terceira vez nas últimas duas horas, aquele nó familiar demais se formou na minha garganta. A primeira vez tinha sido quando ouvi Louie no pula-pula gritando:

— Esta é a melhor festa do mundo!

A segunda vez fora quando a mãe de um dos amigos de Josh saiu no quintal e se referiu a mim como mãe dele. Nenhum de nós tinha se oposto ao título, porém eu sentira cada centímetro disso. Como poderia não sentir? Não era eu que deveria estar dando a festa. Deveria ter sido Rodrigo.

— Josh cresceu trinta centímetros desde a última vez que o vi — ela comentou, seu olhar no brinquedão como se ela pudesse enxergar através das paredes de rede. — E Louie ainda está a coisa mais fofa do mundo.

— Eu sei. Está mesmo, e é a criança mais fofa do mundo.

— Josh não é?

Meio que a olhei de lado.

— Quando quer ser, mas ele é exatamente igual ao Rodrigo, um espertinho.

Sua risada me fez olhar para ela, franzindo o cenho.

— O que foi?

— Não aja como se não soubesse que você é a espertinha da família.

— Não sou — zombei.

— Claro que não. — Ela riu.

— Diana? — uma voz masculina perguntou de trás, pausando nossa conversa.

Estava distraída demais para compreender por que a voz masculina e rouca soava tão familiar, porém estava prestes a virar a cabeça e olhar por cima do ombro quando me veio um estalo. Ele tinha vindo.

— Ei — falei para a voz que identificava como de Dallas pela textura áspera que tinha, me virando completamente para vê-lo a alguns metros de braços dados com a Sra. Pearl. Uau. Eu não fazia ideia de que eles sequer se conheciam, mas era bem fofo ele tê-la levado. — Sra. Pearl, estou muito feliz que a senhora veio.

A idosa sorriu.

— Obrigada por me convidar, mesmo que de última hora, Srta. Cruz.

E ela tocou no assunto. Ok. Mal contive uma risada com sua sinceridade brutal.

— Diana, por favor. Por nada. Entre e vamos arrumar um lugar para a senhora se sentar e algo para comer e beber — eu disse, dando a volta a fim de pegar sua outra mão. — Te encontro depois — avisei para minha prima, que apenas assentiu, balançando a cabeça para cumprimentar os dois novos visitantes. A Sra. Pearl pareceu olhá-la por um segundo demorado demais, porém me seguiu.

Fiz contato visual com dois dos meus outros primos que estavam sentados à mesa mais próxima de nós e gesticulei "Saiam" enquanto inclinava a cabeça para o lado. Felizmente, foram educados o bastante para sair, levando suas coisas junto.

— Não me falou da festa com bastante tempo antes — a Sra. Pearl começou. Lá ia ela de novo. — Não consegui comprar um presente para seu menino — ela se desculpou conforme a acomodamos em uma cadeira a uma mesa vazia.

— Não se preocupe. Ele já tem muitos presentes. O que posso pegar para vocês dois beberem?

Ela pediu uma Coca Diet, e Dallas, uma cerveja, após eu ter dito a ele o que tínhamos.

Fiquei surpresa por ele estar ali. Com uma cerveja e um copo vermelho de refrigerante, voltei à mesa, me esquivando de um monte de crianças andando pelo quintal com os celulares na mão, sem prestar atenção aonde estavam indo.

— Aqui estão — eu disse para ambos, passando a Dallas sua lata, pulando seu olhar no processo, e entregando à Sra. Pearl o copo de refrigerante. — Está com fome? — perguntei a ela. — Temos *fajitas*, frango, arroz mexicano, feijão, nachos...

— Não consigo comer comida apimentada. Estraga minha digestão. Alguma coisa não tem pimenta?

— Sim, senhora. Nada disso é apimentado.

— Vou querer frango e arroz mexicano, o que quer que isso seja.

Meus lábios se curvaram.

— Certo. Vou trazer um prato para a senhora. Dallas? Alguma coisa? — me obriguei a perguntar antes que minha mãe me flagrasse não perguntando e exigisse saber para onde foi minha educação.

Mas meu vizinho se virou na direção da senhora em vez de responder para mim.

— Vou pegar meu próprio prato. Vai ficar bem, vovó?

Espere um segundo, espere um segundo.

Vovó?

Ela ergueu aqueles dedos finos e nodosos enquanto eu ficava ali parada, tentando descobrir o que estava acontecendo. *Vovó?*

— Menino, eu nasci bem — a mulher respondeu, alheia às questões pipocando na minha cabeça.

Dallas ergueu as sobrancelhas, porém abriu aquele sorriso que eu só o tinha visto abrir para Louie.

— Se a senhora diz...

— Digo, sim — ela confirmou, erguendo a mão inteira e o dispensando. — Vá.

Porra de *vovó*? Dallas era parente da Sra. Pearl? Desde quando?

— Posso pegar o que você quiser — comecei a dizer antes de ele se levantar, meu olhar alternando entre o homem e a mulher que morava do outro lado da rua.

— Sei que pode, mas tenho duas mãos. Posso ajudar.

Vovó? Foco, Diana, foco. Gesticulei na direção da churrasqueira da qual um dos meus tios estava cuidando no momento, mas, na verdade, olhei para a Sra. Pearl mais uma vez. Não enxergava a semelhança. Realmente não enxergava.

Nos afastamos um metro da mesa quando ele perguntou:

— Por que não conta a ela que seu sobrenome não é Cruz?

Olhei para ele e dei risada em silêncio.

— Não sei. Já falei meu sobrenome, mas ela continua me chamando de Srta. Cruz ou Srta. Lopez. Só a deixo seguir com isso.

Ele suspirou e balançou a cabeça, deslizando os olhos cor de mel na direção da mesa.

— Ela não se esquece de nada. Não a deixe enganá-la. Vou falar com ela sobre isso.

Era minha imaginação ou as coisas já estavam menos esquisitas e mais confortáveis entre nós? Achava que não estava imaginando isso. Então, nada poderia unir mais as pessoas do que ver uma pessoa revirando os olhos e compartilhando histórias sobre pessoas que foram amadas e perdidas.

Ele já tinha mais do que provado para mim inúmeras vezes que era um bom homem. Um bom homem de verdade.

— Não é nada de mais. Está tudo bem. Eu sei qual é o meu sobrenome. — Olhei para ele assim que paramos diante da churrasqueira. — Ainda bem que veio. Louie vai ficar feliz em ver você.

O banho recém-tomado e a roupa que não estava amassada nem manchada, para variar, iluminavam tudo nele. Ele enfiou as mãos nos bolsos da frente do jeans, e pude ver um toque de sorriso na sua boca rosa-clara. Dallas semicerrou os olhos um pouco e perguntou:

— Ele que escreveu meu nome no convite?

Não consegui me conter. Caí na gargalhada.

— *Sim*.

Pude ver os cantos da sua boca se erguerem um pouco mais.

— Estava escrito Dal-ass[3]. Foi assim que ele escreveu. D-a-l-a-s-s. Dalass.

Só de pensar na letra crua de Louie escrevendo o nome dele de novo meus olhos se encheram de lágrimas. Eu tinha me permitido rir quando ele e Josh tinham atravessado a rua. Ele não estava entendendo muito bem quando soletrávamos, mas estava tentando. Quem era eu para estragar seu melhor esforço? Principalmente quando me divertia infinitamente.

— Desculpe mesmo. Não tive coragem de dizer a ele que estava errado. — Arfei. — Bem errado.

— Claro — ele disse, sua boca se curvando para cima muito mais até ser setenta e cinco por cento de um sorriso. — Dei risada. Não se preocupe com isso.

Sorri para ele e gesticulei na direção da comida.

— Você gosta de comida mexicana?

— Não conheço ninguém que não goste de comida mexicana.

Isso me distraiu. Ergui as duas sobrancelhas para ele, impressionada.

— *Tío. ¿Me das una pierna de pollo, porfa?* — perguntei ao meu tio, que tinha assumido a churrasqueira, antes de me voltar para o maior homem da festa em pé ao meu lado. — O que quer comer?

---

3 Em inglês, "ass" significa "bunda". (N.E.)

— *Fajitas* — ele disse em seu inglês inflexível e imperdoável para o qual mal consegui não sorrir.

— *Y un pedazo grande de fajita, por favor* — traduzi, embora meu tio falasse e entendesse inglês muito bem. Ele não falava muito e entregou um prato depois do outro com a carne que eu pedira.

— Você está bem? — Dallas perguntou conforme o levei para a mesa com os acompanhamentos.

— Sim. — Olhei para a mão que estava solta na sua lateral. — Nunca perguntei, como está seu dodói?

Juro pela minha vida que ele riu um pouco, até flexionou a mão também.

— Bem. Nenhuma gangrena nem nada.

Isso me fez roncar de rir e olhar para o seu rosto. Seu pelo facial tinha crescido de novo ultimamente, e não poderia dizer que não estava bonito.

— De nada.

O sorriso de Dallas foi tão relutante que só fez o meu aumentar. Quanto mais ele lutava para ser amigável comigo, mais agressiva eu ficava. Mais eu queria. Nunca fui boa com as pessoas me dizendo que eu não poderia ter alguma coisa.

— Convidei Trip, mas ele falou que já tinha planos, então você está sozinho hoje. — Também havia convidado Ginny, no entanto, além de ela ter que trabalhar, percebi que ela e Dallas não eram próximos por algum motivo. Provavelmente, ele não se importaria se sua prima mais velha não aparecesse, então por que me incomodar em mencionar isso?

O nome de Trip mal tinha saído da minha boca quando sua expressão murchou um pouco, *só um pouco*, porém ele assentiu.

— Ele foi para Houston.

Ele tinha me explicado. Apontei para as bandejas de comida postas na mesa.

— Pegue o que quiser daqui. Como falei para a Sra. Pearl, nada é apimentado, exceto a salsa e o molho apimentado ali no fim.

Os olhos de Dallas pairaram em mim por um instante antes de ele se esticar para se servir de arroz, feijão e até da tigela pequena de abóbora que minha mãe insistira em servir. Aproximando-me dele, fiz a mesma coisa para o prato de Sra. Pearl, incerta do que ela iria querer. Seu cotovelo encostou no meu quando ele disse:

— Comprei um cartão-presente para Josh.

Olhando rapidamente para ele, baixei o olhar de volta para a comida.

— Obrigada. Não precisava, mas sei que ele vai adorar. Ele acha que está ficando velho demais para brinquedos. — Passei para ele um monte de guardanapos, seus olhos claros encontrando os meus diretamente. — Tenho certeza de que ele também ficará feliz em te ver. Não somente Lou.

— Claro. Não tenho nada para fazer até mais tarde. Vou dar o presente a Josh quando o vir — ele disse, continuando conforme o levei de volta à mesa onde deixamos a Sra. Pearl, e encontrei minha mãe e Sal sentadas ao lado dela.

— Diana, nunca me contou quem era sua prima. — A Sra. Pearl ficou boquiaberta quando coloquei o prato diante dela.

— Sal? — perguntei, me sentando do outro lado da minha mãe e me inclinando para a frente a fim de conseguir ouvir a mulher. Tinha falado umas cinco vezes com a Sra. Pearl, no máximo, desde que me mudara, então não estava surpresa por haver algo que ela não soubesse sobre mim.

— Sim. — A idosa tinha aqueles olhos azuis leitosos na dita prima. — Ela acabou de vencer a Altus Cup — ela praticamente sussurrou. — Dallas, *ela venceu a Altus Cup*. Pode acreditar nisso?

Aprendi uma coisa bem ali: eu ainda estereotipava as pessoas, apesar de saber que não podia, porque a última pessoa que eu teria esperado saber algo sobre futebol teria sido a Sra. Pearl. E, para continuar enfiando a adaga da vergonha, a mulher mais velha continuou.

— Ela fez cinco gols! — ela falou para ninguém em particular.

Nem *eu* me lembrava de que ela tinha feito tantos gols no campeonato.

Minha prima, que estava sentada ao lado da Sra. Pearl, flagrou meu olhar e sorriu, obviamente tão surpresa quanto eu por sua fã inesperada.

Lá estava eu tentando salvá-la de pessoas mais ou menos da nossa idade e a única pessoa que sabia quem ela era tinha uns noventa anos.

— Sal é a estrela da família. — Não deveria ter ficado surpresa por essas palavras terem saído da boca da minha mãe conforme ela se sentou um pouco mais ereta na cadeira, esticando-se para tocar o antebraço da Sra. Pearl. — Todos temos orgulho dela.

Dei uma piscadinha para minha prima, deixando as palavras da minha mãe entrarem por um ouvido e saírem pelo outro.

— É, Sal, todos nós torcemos por você toda vez que assistimos a um jogo.

— Diana nunca gostou de praticar esportes. Ela não gostava de se sujar, mas Salomé sempre soube que queria jogar. Não era, *mija*?

— Diana brinca do lado de fora com os meninos o tempo todo. Ela não se importa de se sujar.

Parei de respirar por um instante e encarei o homem que tinha acabado de se pronunciar. Dallas estava parado atrás da avó, parecendo tão calmo como sempre com os braços cruzados à frente do peito.

Se Sal me lançou um olhar, eu não tinha certeza porque estava ocupada demais encarando meu vizinho, porém ela respondeu rapidamente.

— Era, *Tia* Rosario. — Antes da minha mãe conseguir lançar outra farpa, ela se inclinou na direção da mulher, olhando no seu olho. — Obrigada por assistir. Precisamos de mais fãs.

— Oh, eu amo futebol. Principalmente, futebol feminino. Masculino? Não vale a pena. Agora os jogadores estrangeiros...

Engoli em seco e deixei as palavras da minha mãe escorrerem por minhas costas. Não ia deixar que ela me incomodasse. Mas, de alguma forma, Dallas acabou encontrando meus olhos e nós dois simplesmente nos encaramos. Sorri rigidamente para ele, e fiquei surpresa em vê-lo sorrir de volta tão rigidamente quanto eu.

Eu queria chorar.

Ao olhar para a bagunça no gramado, senti um soluço que consistia majoritariamente no meu super cansaço estar lutando contra minhas entranhas. De alguma forma, de algum jeito, consegui me conter.

O quintal estava uma verdadeira bagunça. Que Deus me ajudasse. Mas eu não ia chorar por isso, independente do quanto pudesse querer, e eu queria *muito, muito*.

A festa havia se mudado para dentro da casa quando os pernilongos tinham aparecido horas antes, e eu não tinha me incomodado em acender as luzes do lado de fora após o brinquedão ter sido retirado. Não queria ver os danos e não poder fazer nada quanto a isso e, de repente, estava me arrependendo de ter mandado todo mundo para casa sem obrigá-los a ficar e ajudar a limpar.

Agora, pensando bem... sinceramente, parecia Woodstock depois de todo mundo ter acabado com o lugar. Tinha coisas por todo o quintal, um dos sacos de lixo tinha sido rasgado, provavelmente, por Mac, a grama estava pisoteada... até a árvore... havia algo pendurado nela, e eu tinha a sensação de que não era uma fita.

Estava péssimo.

— Diana? — A cabeça de cabelo escuro de Dallas saiu pela porta de trás da cozinha.

Me assustou, e forcei um sorriso tenso que era noventa e cinco por cento falso.

— Ei. Pensei que tivesse ido.

Horas antes, me lembrei de tê-lo visto sair com a Sra. Pearl e ergueu uma mão quando me viu olhando do outro lado do quintal, onde estivera ocupada conversando com os vizinhos do lado.

— Eu fui — ele confirmou, fechando a porta ao sair conforme parou na varanda e observou o quintal. Seus olhos se arregalaram e seu "Ah, merda" pareceu sair direto da minha própria boca.

— Aham — foi tudo que consegui responder sem cair em lágrimas.

Estava uma bagunça.

Estava uma bagunça do caralho.

Acho que poderia ter sufocado um pouco se olhasse para aquilo mais uma vez.

— Você está bem? — ele perguntou.

Nem consegui olhar para ele. O quintal tinha me hipnotizado.

— Claro.

Abri a boca e engoli a saliva densa que se acumulou.

— Está terrível. — Arfei. — É a pior coisa que já vi.

Ele começou a balançar a cabeça, então parou o movimento e assentiu.

— É.

Bem, pelo menos ele não estava me zoando.

Eu não iria chorar pela grama. Não iria. Simplesmente, não poderia. Pelo menos não na frente de alguém.

Uma mão tocou brevemente meu ombro, quase o suficiente para me fazer virar de costas para o resultado de uma bomba nuclear em que meu amado quintal tinha se transformado.

— Ei. Ainda estará aí amanhã. Não se preocupe com isso esta noite.

O pouco de louca por faxina em mim soluçou que eu não poderia deixar aquilo para o dia seguinte. Não queria acordar sabendo o que havia do lado de fora da porta. Mas, ao encarar o quintal, fiquei totalmente consciente de que levaria horas para limpar. Horas e horas e mais algumas horas. Mesmo que eu engolisse o mundo inteiro não seria suficiente para ajudar minha garganta repentinamente inchada a melhorar.

— Diana? — Dallas meio que riu. — Vai chorar?

— Não. — Nem eu acreditei em mim mesma.

Obviamente, ele também não, porque uma daquelas risadas raras e de doer a barriga escapou dele.

— Não tenho nada para fazer amanhã. Você, eu e os meninos podemos arrumar tudo.

Não conseguia desviar o olhar da destruição, independente do quanto tentasse.

— Está tudo bem — murmurei, engolindo uma bola de golfe imaginária de novo. — Eu faço isso.

Houve uma pausa. Um suspiro.

— Sei que faz, mas vou te ajudar. — Houve outra pausa. — Estou oferecendo.

Ele tinha usado aquele tom suave e baixo que parecia tão... inapropriado na sua voz rouca, e isso me fez olhar para ele, fungando. Desde quando eu tinha me tornado essa pessoa que era irritante de teimosa e não aceitava ajuda? Eu odiava gente assim.

— Não iria querer me aproveitar de você — admiti.

Estava escuro demais para enxergar se ele estava me encarando ou não.

— Não vai se aproveitar. Estou oferecendo. Acordei às cinco, e estou quase capotando. Só estou pedindo para não me fazer ficar acordado a noite inteira e metade da manhã de amanhã limpando. Amanhã será a primeira coisa que vamos fazer.

Devo ter demorado demais para responder porque ele cruzou os braços à frente do peito e baixou o queixo. Não olhei para seus bíceps grandes.

— Não vou furar — ele pareceu prometer, me fazendo desviar o olhar.

Uma pequena, minúscula, parte de mim não queria levar a proposta dele a sério.

Isso deve ter ficado evidente, porque Dallas continuou.

— Você também parece exausta, e Louie já está desmaiado no sofá. Se ele ouvir você fazendo coisas aqui, uma hora vai acordar e querer vir ajudar. — Acho que ele pode ter tossido. — Sei que não está planejando me molestar, certo?

Eu estava tão chateada que nem conseguia rir. Mas, naquele momento, a exaustão superou meu TOC interno, e assenti.

— Precisa de ajuda com mais alguma coisa que não seja... — Ele ergueu uma mão e, vagamente, apontou para a zona do desastre para a qual, de repente, eu não queria mais olhar.

— Não. Não mesmo. Preciso guardar umas comidas, mas é isso. Obrigada. — Fechando os olhos, ergui a mão para segurar o alto do meu nariz e pensei por um segundo, abrindo um olho na direção dele. — Você esqueceu alguma coisa?

Inclinando a cabeça para a porta, ele respondeu:

— Não. Acabei de chegar em casa depois de encontrar uns velhos amigos e estava na minha garagem prestes a entrar quando vi que todo mundo tinha ido embora. Quis verificar e me certificar de que vocês estavam bem. Josh abriu para mim. — Ele deslizou o olhar para o quintal de novo e se encolheu.

Pelo bem da minha saúde mental, disse a mim mesma que tinha imaginado isso.

Também me certifiquei de não me importar tanto com o fato de ele querer vir e garantir que eu estivesse bem. Não. Eu não ia pensar nisso por mais nem um segundo. Quantas vezes ele havia me dito que me devia uma até então?

— Você tem um monte de louça suja. Você ensaboa e eu enxáguo — ele ofereceu inesperadamente.

O que estava acontecendo? Será que ele tinha batido no meu carro, se sentia culpado e agora estava tentando compensar?

— Não precisa fazer isso...

— Não comia comida tão boa há muito tempo, e tenho dois dias de jantar congelado no freezer que sua mãe me fez levar para casa. Posso lavar umas louças e, se tiver sobrado alguma cerveja, vou querer uma depois. Combinado?

Talvez ele tivesse batido no meu carro. Ou quebrado algo. Não entendi por que ele estava sendo tão gentil. Dois dias de comida não pareciam ser motivo suficiente para sair da zona de conforto dele, principalmente quando praticamente todo mundo foi embora com comida. Mas...

Suspirei e me certifiquei de encontrar seus olhos.

— Não precisa mesmo ser tão gentil com a gente.

A cabeça de Dallas se inclinou só um pouco para o lado, e deu para ver que ele expirou de uma forma que poderia ter sido resignação.

— Sei que é difícil ser mãe solo, Diana. Não me importo de ajudar — ele disse, erguendo aqueles ombros largos e musculosos. — Vocês três me lembram da minha família quando eu era criança — explicou, sorrindo quase com tristeza. — Não é um fardo enorme te ajudar e ser alimentado ao mesmo tempo.

Foi a coisa de ser mãe solo que me convenceu. Certo. Seria uma idiota de não aceitar a ajuda que ele estava tão disposto a oferecer.

— Combinado — ele falou. A palavra única deveria ter soado como uma pergunta, mas não foi assim. Não mesmo. Foi mais como se ele me dissesse que tínhamos combinado algo.

E tínhamos mesmo.

— Combinado. Mas, conhecendo minha família, há chances de haver apenas umas duas cervejas sobrando, mas são todas suas. Não vou beber, porque tenho os meninos.

Dallas assentiu e me seguiu para dentro, trancando a porta ao entrarmos. Comecei a organizar a louça quando ele perguntou:

— Se importa de eu pegar uma na geladeira?

— Não, fique à vontade — disse por cima do ombro, ainda discutindo comigo mesma quanto a tê-lo me ajudando ou não.

Logo, eu tinha organizado pratos e copos na lateral da pia e dentro dela, e Dallas veio assumir o lugar ao meu lado. Como ele sugerira, eu ensaboava e entregava a ele, deixando-o enxaguar e colocar no escorredor de pratos. Talvez, em alguns meses, eu pudesse investir em uma máquina de lavar louça, pensei. Mas só precisei dar uma olhada no piso para saber que era um sonho bobo. Preferiria comprar piso novo a uma máquina de lavar louça. Só estava cansada.

— A maioria das pessoas aqui hoje eram da sua família? — ele perguntou após alguns minutos de silêncio.

— Sim. Quase todos os adultos. Metade das crianças são nossos parentes de alguma forma e a outra metade eram amigos de Josh da nova escola e da antiga.

— Pareceu que ele se divertiu — ele comentou, provavelmente se lembrando da imagem de Josh indo no brinquedão repetidamente.

— É bom que tenha se divertido. Quase tive que implorar a ele para ter uma festa, para começar. Espero que Louie aceite ir à lanchonete no aniversário dele porque prefiro nunca mais fazer isto.

— Ah, é?

— É. Sabe, foi nosso primeiro aniversário aqui nesta casa... — parei de falar e dei de ombros ao entregar um prato a ele. — Nos dois últimos anos, moramos em apartamento e não podíamos fazer muita coisa lá. Precisávamos comemorar na casa dos meus pais. Quando eu era criança, eles sempre davam uma festa de aniversário para mim em casa. Senti que devia a ele, já que agora temos nossa própria casa e não é minúscula.

O resmungo grave do seu peito disse que ele entendia.

— Da próxima vez, vou só guardar mais dinheiro para uma equipe de limpeza depois ou vou fazer minha família ficar e limpar antes de deixá-los irem embora. Vou esconder as chaves deles ou algo assim. Até minha mãe e meu pai fugiram.

Ele deu risada, e o som pareceu viajar bem perto da pele sensível do meu pescoço. Tinha um tom profundo e lindo nela. Quando ele, enfim, falou de novo, foi para dizer as quatro últimas palavras que eu teria esperado.

— Gostei dos seus pais. Deu para ver que sua mãe não gostou muito das minhas tatuagens, mas ela ainda foi legal.

— Minha mãe, é, ela é muito legal. — E, porque não consegui me conter, pensando no incidente da mesa com Sal, murmurei: — Contanto que você não seja eu.

Houve um breve instante de silêncio esquisito, e pensei que tivesse ido longe demais ao falar da minha mãe, porém, então, Dallas disse:

— Meio que percebi que ela pega no seu pé.

Murmurei.

— Aliás, obrigada por me defender. — Será que soava tão amarga quanto me sentia? — Do que ela não se lembra nem conta para todo mundo é de como, quando eu era mais jovem, ela ficava brava quando eu saía e me sujava. Ela dizia que eram meninos que faziam isso, mas não era para meninas fazerem esse tipo de coisa. Houve uma fase rápida em que não me deixava usar calça, se é que consegue acreditar nisso, mas não durou muito. — Só de pensar nisso fazia um nervo em algum lugar do meu rosto latejar.

Suspirei.

— Ela simplesmente... acha que faço tudo errado. Sempre achou e, por um bom tempo, fiz um monte de idiotice mesmo. Não sou minha prima nem meu irmão, e nunca serei. Acho que é o jeito estranho dela de me incentivar, mas, às vezes, só o que consegue é me fazer sentir que não consigo fazer nada certo e que nunca conseguirei. — Tossi, envergonhada de sequer falar isso em voz alta. — Foi mais profundo do que eu queria. Desculpe. Está tudo bem. Sempre tivemos um relacionamento estranho. Ainda nos amamos. — Quando não queríamos nos matar.

Deus. Tinha mesmo contado tudo isso a ele? Por quê?

— Acha que ela gosta mais da sua prima e do seu irmão?

Zombei.

— Sei que gosta. Meu irmão era incrível. Ela sempre falou que ele era seu tesouro. Seu milagre. Está tudo bem. Eu fui o bebê acidental que quase a matou. — Agora que pensava nisso, talvez ela tivesse realmente um bom motivo para eu não ser sua preferida. Huh.

— Mas sua prima? A que estava aqui hoje? Acha que ela gosta mais dela?

— Sim. — Claro que gostava.

— Por quê?

Por quê? Ele estava falando sério? Será que ficara viajando o tempo todo em que estávamos sentados à mesa com a Sra. Pearl conversando sobre as conquistas de Sal?

— Você sabe quem ela é?

— Sua prima.

— Não, bobinho...

A risada que saiu dele foi alta e abrupta, e me fez rir. Parado ali tão perto, o calor do seu corpo contra o meu, por algum motivo, só me fez rir mais.

— Desculpe. Passo tempo demais com os meninos. Não. Quero dizer, sim, ela é minha prima. Mas é, tipo, a melhor jogadora de futebol feminino do mundo, e não estou falando isso só porque é da família. Há pôsteres enormes dela pendurados por toda a Alemanha. Quando assistir a qualquer coisa sobre futebol feminino, eles estarão com ela de alguma forma. Ela é o tipo de pessoa que, quando se tem uma filha, você fala para ela *seja como Sal*. Caramba, eu digo a Josh o tempo todo para ele ser como ela. Ela é uma das melhores pessoas que já conheci. Entendo por que minha mãe a ama. Faz sentido.

Seu cotovelo esbarrou no meu braço sem querer.

— Ela é casada com aquele jogador de futebol famoso, não é?

— É. — Lancei um olhar a ele. — Ele esteve aqui quase o dia todo com ela.

Ele parou o que estava fazendo e virou aquele corpo grande para me encarar. Eu não ia admirar o quanto ele era impressionante. Não.

— Está me zoando — ele zombou.

— Não. Viu o cara de boné sentado com os pais dela e alguns da minha família? O alto? O único outro homem branco, caucasiano, que não estava correndo atrás de crianças?

Ele assentiu.

— Era ele.

— Qual é o nome dele mesmo? — ele perguntou.

Que blasfêmia. Eu nem era grande fã de futebol, mas mesmo assim...

— Vou te falar a mesma coisa que falo para Josh: quando você fizer uma pergunta muito idiota, não vai receber resposta.

Isso fez meu vizinho explodir em outra gargalhada que me fez pensar que não o conhecia nem um pouco. Nem um pouquinho. Deus, ele realmente tinha uma ótima risada.

Para um homem casado.

Um homem casado, repeti para mim mesma.

O olhar que ele me deu por cima do ombro ao me entregar um prato, ainda rindo, aqueceu meu estômago.

— Não deveria se subestimar. Há umas pessoas que você nunca deixará feliz, independente do que fizer — disse tão tranquilamente que olhei para ele. Parecia que ele havia aprendido aquilo por experiência própria.

— Docinho, estou com fome — veio a voz sonolenta de Louie de algum lugar perto da gente, às nossas costas.

Ele estava parado bem onde o piso de vinil da cozinha encontrava o carpete da sala.

— Me dê um segundo para terminar esta louça, mas o que você quer? Cereal ou a comida que sobrou?

— Nuggets de frango.

Fiquei vesga e olhei para a frente de novo.

— Cereal ou comida, Goo. Não temos nuggets de frango.

— Certo. Cereal. — Silêncio. Então adicionou: — Por favor.

— Espere uns minutos, tá bom?

Louie concordou e desapareceu.

O cotovelo de Dallas me acertou de novo conforme ele enxaguou o penúltimo prato.

— Por que ele te chama de Docinho?

Dei risada, me lembrando exatamente por quê.

— Meu irmão costumava me chamar assim, mas, quando Louie

ainda era bem pequeno, minha melhor amiga era babá dos meninos, e eles assistiam a desenhos juntos. Tinha um a que assistíamos quando tínhamos, provavelmente, uns treze anos que se chamava *As Meninas Superpoderosas*, e ela levava esses DVDs para eles assistirem. São três menininhas com superpoderes, sabe? Uma delas se chama Florzinha, ela era a legal e sensata, e ele falava que essa era minha melhor amiga, Vanessa. E tinha outra chamada Docinho. Ela tem cabelo escuro e é a mais agressiva do bando. É a barraqueira, a durona e, por algum motivo, Louie simplesmente insistia que era eu. Ele me chama de Docinho desde então.

— Mas por que seu irmão te chamava assim?

Lancei a ele um olhar de canto de olho.

— Eu assistia *A Princesa Prometida* o tempo todo e falava que iria me casar com alguém exatamente igual a Westley um dia.

Ele fez um som sufocante.

— Cale a boca — murmurei antes que pudesse me conter.

Dallas fez outro som que foi algo entre uma tosse e uma risada.

— Quantos anos você tinha?

— Quantos anos eu tinha quando?

— Quando assistia a isso o tempo todo?

Eu sorri para a louça.

— Vinte e nove?

Ele deu risada ao colocar o último prato no escorredor ao seu lado, seu corpo se virando na minha direção ao erguer as sobrancelhas, me abrindo um sorrisinho.

— Você me lembra mais da Princesa Peach.

Olhei para meus shorts e minha blusinha, e peguei as pontas do meu cabelo castanho multicolorido, cortesia das instruções cuidadosas de Ginny.

— Por causa do meu cabelo pink e loiro?

A boca de Dallas ficou reta.

— Ela é rodeada por homens, mas ainda é ela mesma e arrasa no Mario Kart.

Não pude deixar de sorrir, absorvendo a estrutura óssea oblíqua do seu rosto e a forma como sua boca estava de um jeito inclinado e disse:

— Sempre pensei que deveria ter nascido uma princesa, Sr. Liso.

O engasgo que saiu dele me fez rir.

— Sr. Liso? — ele perguntou em certo momento, todo desengonçado e agitado.

Olhando para ele, dei de ombros e ergui o queixo na direção da sua cabeça.

— Eu tenho cabelo.

Semicerrei os olhos para ele e murmurei, tentando muito não rir.

— Aham.

— Raspo a cada duas semanas — ele tentou explicar.

— Certo — soltei, minhas bochechas doendo do esforço de não rir pelo quanto ele estava se ofendendo.

— Cresce tudo simultaneamente... *está rindo de mim*?

CAPÍTULO CATORZE

— Lou, quer ir comigo ver se a Sra. Pearl e o Sr. Dallas querem vir jantar com a gente? — perguntei.

Suas mãos pararam no controle remoto que estava segurando conforme ele pareceu refletir sobre a minha proposta.

— Sr. Dallas?

— Sim. — Josh estava na casa do seu amigo Kline, então éramos apenas nós dois. — Já que ele nos ajudou com o quintal mais cedo — expliquei.

Enquanto estava tomando banho, tive essa ideia de convidá-lo para jantar como um agradecimento por nos ajudar a limpar o quintal horas antes. Era o mínimo que eu poderia fazer. Sabia que ele tinha comida que sobrara da festa, porém, desse jeito, ela duraria mais. Ele tinha aparecido às dez em ponto e ficou as duas horas seguintes, indo muito além do dever de vizinho e amigo.

O problema era que eu não queria que ele se sentisse estranho. Então, pensei: por que não convidar a avó dele também? A avó que eu ainda não entendia que ele tinha.

Com mais graça do que eu imaginava da qual um menino de cinco anos era capaz, Louie assentiu.

— Ok.

— Ok, vamos. — Apontei para a porta, e Mac, que estava deitado no sofá ao lado do meu menino, se sentou, na expectativa de que fosse ganhar outra caminhada. — Pelo menos, vou fazer seu preferido, espertinho.

— Nuggets de frango? — ele indagou rápido.

Pisquei para ele.

— Espaguete e almôndegas.

Seus ombros caíram para a frente.

— Ah. É. Também gosto disso.

Suspirei.

— Vamos.

Ele me seguiu, pausando o jogo ao se levantar. Tinha se vestido sozinho naquela manhã e estava com uma camiseta verde neon com uma pizza estampada e calça de pijama listrada vermelha e preta. Pensei em falar para ele se trocar, mas quem se importava? Era só um jantar.

Louie e eu atravessamos a rua de mãos dadas. Estiquei o braço para baixo e belisquei o bumbum dele a caminho da casa de Dallas e, na metade da escada, o espertalhão bateu na minha bunda. Estávamos brigando quando bati na porta e fiquei para trás, esperando. Não tinha certeza se ele estava em casa. Estava mostrando a língua para Louie quando a porta foi destrancada.

Encarei a porta enquanto ela se abria, esperando que fosse um certo moreno de olhos cor de mel para quem eu devia muito...

Mas não era ele do outro lado da porta de tela.

Era uma mulher. Uma ruiva natural bonita, e ela estava sorrindo.

— Oi — ela disse.

Demorei, talvez, dois segundos, porém consegui responder:

— Ei. O...

A porta se abriu mais e a mulher recuou quando outro rosto que eu reconhecia deu um passo à frente com suas sobrancelhas franzidas, e as laterais da parte interna da boca formaram um franzido.

— Sim? — foi o cumprimento feio e incompleto que recebi do homem que não via há um tempo. Jackass Jackson.

— Oi. Dallas está aqui? — perguntei devagar, com o máximo de paciência que consegui reunir... que não foi muita, principalmente quando uma parte pequena do meu cérebro se questionava se a mulher estava ali com Jackson ou... não.

Não poderia ser. Poderia? Dallas não faria isso, não é?

— O que você quer? — O Sr. Não-Sr.-Rogers indagou.

Pisquei e rangi os dentes.

— Conversar com ele.

— Espere — Jackson zumbiu, fazendo careta ao fechar a porta na minha cara.

— Por que ele é tão cruel? — Lou quis saber quase que imediatamente.

Dei de ombros e sussurrei:

— Alguém não tomou o calmante hoje.

Instantes depois, a porta se abriu bastante. Dallas estava ali, uma expressão desconfortável no rosto que não achei muito boa.

— Ei. — Seus olhos pousaram em Lou e seu sorriso saiu mais fácil. — Ei, Lou.

— Oi.

— Ei, não sabia que você tinha companhia, desculpe — expliquei.

— Não se desculpe — ele disse sem rodeios. — Ele acabou de chegar aqui.

Isso significava que aquela mulher já estava ali?

Não é da minha conta. Não mesmo.

— Bem, só viemos ver se você queria vir jantar como um agradecimento por nos ajudar a limpar esta manhã — expliquei.

Tentei não permitir que a forma como ele mal franziu o nariz ferisse meus sentimentos, mas feriu, só um pouco.

— Eu também ia convidar a Sra. Pearl. Nós vamos fazer espaguete e almôndegas.

Lou sussurrou:

— Nós?

— Mas, se seu irmão e sua amiga estão aí, obviamente, fique com eles — eu disse para o homem mais velho.

A cabeça de Dallas se inclinou para o lado e sua mão puxou o colarinho da camiseta por um segundo, a ponta dos dedos encostando na parte de baixo da cabeça da águia que eu tinha praticamente certeza de que começava no ponto sensível da sua garganta.

— Ãh... — Ele parou de falar.

Ela estava ali com ele. Esse idiota mentiroso e traidor estava dando uma de difícil comigo sendo que estava... *Não é da minha conta. Não mesmo.*

— Não se preocupe com isso — falei, apressada. — Pode pegar o que sobrar outro dia, se quiser. Imaginei que não fosse aceitar meu dinheiro, se oferecesse. — Minha voz soava um pouco espremida e estranha, mas não terrível demais. — A menos que aceite.

Baixando as mãos para seus bolsos, Dallas deu um passo à frente, fechando a porta ao sair. Seu pé segurou a porta de tela aberta conforme travou o olhar em mim. Ele não estava usando sapatos, e vi como seus pés eram grandes.

— Não é isso. Eu gostaria de jantar, e também sei que a vovó Pearl gostaria, é só que... Jackson e a garota dele da semana acabaram de chegar aqui. Não o vejo há umas semanas.

Eu não fazia ideia do porquê parecia que um peso havia sido tirado do meu peito. Mas dava para sentir a diferença. Quais eram as chances de ele não perceber?

— Entendo — resmunguei antes de pigarrear. *Recomponha-se.* Será que ele estava tentando fazer com que eu convidasse Jackson e a amiga dele também? Não dava para saber. Não parecia o comportamento de Dallas, porém... Eu era tão idiota. Por que pensaria que ele realmente estaria com uma mulher?

Porque eu era uma idiota. Era por isso. Merda.

Como a maioria das decisões na minha vida, pensei na minha mãe e no que ela me falaria para fazer e suspirei.

— Venha. Deve ficar pronto em uma hora. Pode trazer seu irmão e a amiga, se quiser. Quero dizer, não sou italiana e meu espaguete não é maravilhoso, mas este esquilinho gosta.

— É *bom* — meu parceirinho no crime concordou.

A boca de Dallas se curvou quando ele olhou para o garoto.

— Você acha, amigão?

Lou assentiu, exagerando totalmente.

— Quase tão bom quanto nuggets de frango — ele confirmou.

— Melhor que o chili?

Não houve hesitação.

— Não.

Lancei um olhar a ele.

Erguendo seu olhar de volta para mim, meu vizinho suspirou.

— Tem certeza quanto a convidá-los? Ele é... — Aquela mão voltou ao colarinho para puxá-lo, expondo mais da tinta marrom na pele surpreendentemente bronzeada. Ele engoliu com muito mais dificuldade do que eu esperaria que precisasse. — Tem muita mer... coisa que você não sabe.

Ergui a mão, compreendendo sua hesitação e sabendo que era inteiramente porque Louie estava comigo. O que quer que ele quisesse dizer, não queria fazê-lo diante dele. Então fiz o que qualquer adulto faria: tampei as orelhas de Lou com as mãos.

— Ele não vai nos matar nem nada, certo? — perguntei.

Dallas soltou a respiração conforme os cantos da sua boca se franziram.

— Eu nunca deixaria isso acontecer — ele declarou tão decidido, tão prático, que uma onda de sei-lá-o-quê tomou os nervos da minha espinha.

Ele é só um cara legal. É casado. Tem um ponto fraco por mães solo.

Você não é ninguém especial, Diana, lembrei a mim mesma. *Você não é ninguém especial.*

Pigarreei e abri um sorriso para ele que foi rígido pra caralho, baixando as mãos das orelhas de Louie.

— Certo. Então, está combinado. Vocês três podem vir. Vamos passar na Sra. Pearl depois daqui para convidá-la.

— Certeza? — Suas sobrancelhas se ergueram.

— Certeza.

— Você cheira a alho.

— Você cheira a peido.

Louie engasgou como se não conseguisse acreditar que eu falaria isso antes de cair na gargalhada, suas mãos ocupadas segurando muitos garfos.

— Que cruel!

Isso me fez sorrir do outro lado da mesa.

— Ok, você cheira a peido fofo. Tipo peido de um bebezinho.

— Cheiro de bebês.

— Quando você cheirou um bebê?

— Com a vovó e o vovô.

No meio da arrumação da mesa, parei.

— Está mentindo para mim?

— Não!

Duvidava mesmo que ele tivesse cheirado um bebê — e, realmente, bebês cheiravam bem na maior parte do tempo, pelo menos até você ter que trocar a fralda deles. Eu tinha trocado minha parcela de fraldas, principalmente com Josh, porém tinha certeza de que o fizera com um sorriso no rosto ou uma careta só porque o cheiro era horrível. Cocô de fórmula era o pior.

— Falando na sua avó e no seu avô, não se esqueça de que vai ficar com eles por uma semana quando eu for visitar Vanny, ok? — Provavelmente, essa era a terceira vez que eu falava sobre minha viagem desde que comprara a passagem para San Diego. Eu o queria mentalmente preparado para ele não pensar que eu nunca mais voltaria.

— Posso ir com você? — ele pediu.

— Desta vez, não.

— Por quê?

— Porque você tem escola? — Eu sorri, olhando para ele.

Ele fez beicinho e a parte superior do seu corpo murchou.

— Todos podemos tentar visitá-la outra hora.

Uma batida na porta me fez erguer as sobrancelhas para Lou, e Mac latiu. Eu o peguei pela coleira e o levei na direção da porta de trás, para ele poder ficar no quintal enquanto a Sra. Pearl estava ali. Ele era ótimo com estranhos, mas eu não confiava no seu rabo maluco perto de uma idosa de noventa e poucos anos.

— Certifique-se de que sejam os vizinhos e, então, abra para eles, por favor. Deixe os garfos para eu arrumá-los rapidamente. — Já dava para imaginá-lo correndo pela casa com os pequenos dentes dos garfos virados para seu rosto.

— Ok — ele respondeu, soltando a prataria quase que instantaneamente e correndo para a frente da casa.

Um instante depois, os sons das vozes familiares vieram da porta e entraram na sala, e dei uma olhada e vi Dallas, Sra. Pearl e o homem cuja pele eu tinha salvado. A mulher não estava em nenhum lugar. Louie estava parado bem ao lado de Sra. Pearl, cumprimentando-a ao apertar sua mão. Quase me fez chorar.

Arrumando o resto da prataria o mais rápido que conseguia, fui até eles, de repente, meio nervosa. E se eles detestassem minha comida?

— Oi, Sra. Pearl — cumprimentei a mulher mais velha primeiro, segurando suas mãos frias conforme ela as estendeu na minha direção.

— Obrigada por nos convidar, Diana.

Assenti e recuei, meu olhar indo imediatamente para Dallas. A primeira coisa que chamou minha atenção foi que ele estava usando uma camisa xadrez de botão. Era o máximo de roupas que eu tinha visto nele. A estampa marrom e preta destacava seus olhos. Caramba, ela podia ter destacado meu coração, se isso fosse possível. Mas não era. Absolutamente, não era.

— Oi de novo — eu disse para ele.

Foi então que percebi o quanto sua pele estava tensa ao redor dos olhos, apesar de os músculos nas suas bochechas estarem moldando sua boca em um sorriso.

— Obrigado por nos receber... — Ele parou de falar e olhou para o homem ao seu lado, me obrigando a fazer a mesma coisa.

Sem a porta de tela entre nós e agora que eu tinha passado mais tempo com Dallas, a semelhança dos irmãos era meio que incrível.

Exceto que... apesar de saber que Dallas era o mais velho, não parecia que ele era. Nem um pouco. Jackson tinha mais cabelo branco, sua testa era mais enrugada... mas eram seus olhos que o envelheciam mais. Havia algo essencialmente diferente quanto ao homem que era dois centímetros e meio mais baixo do que o meu vizinho. Havia simplesmente alguma coisa que irradiava dele que parecia esquisita. A forma como sua presença me fazia sentir me lembrava de quando Josh queria algo e eu falava para ele que não podia ter e ele fazia birra por isso.

— Jack, você conheceu Diana.

Ô se nos conhecemos.

Para lhe dar crédito, ele estendeu a mão na minha direção, embora parecesse que queria fazer qualquer outra coisa, menos isso. Segurei sua mão e a balancei, ignorando a forma como Jackson quase revirou os olhos.

Eu confiava em Dallas o suficiente, pelo menos, para deixar aquele homem entrar na minha casa.

— É um prazer te ver de novo — menti, soltando sua mão.

— É um prazer também — o homem meio que resmungou, mentindo também, seus olhos indo para sua mão rapidamente antes de ele guardá-la no bolso.

Pelo menos, nós dois sentíamos a mesma coisa um sobre o outro.

Olhei para o rosto de Dallas conforme ele encarava intensamente o irmão. Huh.

— Prontos para comer?

Em silêncio, fomos para a sala de jantar, aninhada entre a sala de estar e a cozinha. Eu não ia negar. Foi bizarro. Desde a Sra. Pearl sentando-se e fazendo careta para algo na mesa — talvez eu devesse ter colocado nomes em frente aos pratos, não sei — até a expressão que os dois irmãos compartilhavam, a estranheza estava ali. Estava definitivamente presente.

— Precisa de ajuda? — Dallas perguntou conforme ficou atrás do assento da Sra. Pearl depois de empurrar a cadeira dela.

— Pode deixar. Só preciso pegar mais duas coisas — expliquei, observando Lou saindo da sua cadeira e correndo para a cozinha à minha frente. — Já tenho ajuda. Obrigada.

Mal tinha dado um passo para dentro da cozinha quando Lou disse:

— Posso ajudar, *Tia*.

Pegando o pão que eu tinha deixado aquecendo no forno, coloquei os palitos de pão em um prato e os entreguei para ele com uma piscadinha antes de pegar as almôndegas do forno também.

A ponta da mesa tinha sido deixado vaga e, de alguma forma, Louie acabou sentando-se ao lado da Sra. Pearl, enquanto Dallas sentou-se no lugar mais próximo de mim, com o irmão à sua direita. Tive que lutar contra o desejo de esfregar as mãos na calça. Porra.

— Normalmente, não oramos, mas se vocês quiserem...

A Sra. Pearl gargalhou.

— Nós também não. Amém.

Com isso, comecei a servir massa no prato dela primeiro, seguida de molho e almôndegas. Dallas pediu a Louie o prato e serviu massa, então pegou a concha de mim e serviu almôndegas com um pouco de molho.

— Está bom, Louie? — ele perguntou ao meu menino primeiro. Então: — Quantos palitos de pão você quer?

— Parmesão? — ofereci ao meu vizinho, ainda observando os outros dois pela minha visão periférica.

— Pode colocar bastante para mim, se puder — a idosa confirmou.

Eu estava polvilhando queijo quando Dallas tirou o prato da minha frente e começou a servir comida nele.

— Você quer mais? — ele indagou assim que coloquei o prato diante da sua avó.

— Sim, por favor — eu disse até falar para ele quando parar. Ninguém, além da minha mãe, tinha me servido comida antes. Ninguém.

A esposa dele era uma idiota. A esposa dele era uma puta de uma grande idiota com um pouco de loucura salpicada nela.

Dallas terminou de me servir, então fez seu prato, e finalmente entregou os utensílios de servir para o irmão. Nenhum de nós falou muito enquanto comíamos, porém Dallas encontrou meu olhar várias vezes nesse processo, e compartilhamos um ou dois sorrisinhos.

— Gosto das minhas almôndegas com mais tomilho e meu molho com mais alho, mas eu viria de novo para jantar se me convidasse — a Sra. Pearl comentou naquela sinceridade brutal dela conforme estava terminando a comida do seu prato.

Tudo que pude fazer foi me conter, sorrir e assentir, mordendo a parte interna da minha bochecha o tempo inteiro.

— Obrigada.

— Estou cheio — Lou resmungou do seu lugar.

Olhei para o prato dele.

— Mais duas garfadas, por favor.

Ele suspirou, piscou duas vezes para seu prato, e assentiu, colocando a menor garfada que já vi na boca. Espertinho.

— Sobremesa? — a Sra. Pearl perguntou.

Sobremesa? Merda.

— Tenho sorvete de baunilha.

Ela estava mordendo os cantos da boca quando respondeu:

— Parece ótimo.

— Certo.

— Dallas, Jackson, gostariam de um pouco?

— Eu gostaria — Dallas respondeu rápido, não tão sutilmente olhando para seu irmão.

Jackson...

— Não. — Silêncio. — Obrigado.

Assenti e fui para a cozinha. O que havia de errado com aquele cara? Será que simplesmente estava com vergonha do que aconteceu meses antes? Alguém precisava crescer.

Eu estava pegando o pacote de casquinhas de um armário quando ouvi "Precisa de ajuda?". No que agora eu pensava ser seu lugar de sempre, Dallas estava com o quadril apoiado no balcão mais próximo da sala de jantar, parecendo ainda maior do que nunca na sua camisa escura.

— Claro. O sorvete está no freezer, se puder pegar.

Dallas baixou a cabeça antes de ir até o freezer enquanto eu encontrava o pegador em uma gaveta. Ele o entregou para mim e pegou uma casquinha. Só consegui colocar uma bola na primeira casquinha antes de desabafar.

— Seu irmão ainda está bravo por causa do *negócio* do lado de fora da sua casa ou ele odeia todo mundo? — sussurrei.

Não houve hesitação na resposta dele, mas ele baixou a voz.

— Ele odeia todo mundo.

Não consegui conter uma risadinha conforme o olhei rapidamente.

— Acho que isso me faz sentir melhor.

Sua risada foi tão baixa que mal consegui ouvi-la, porém me fez sorrir ao mergulhar a colher de metal no recipiente. Dallas pegou a casquinha de mim e me entregou outra.

— Ele era criança quando nosso pai faleceu. E lidou muito mal com isso — ele explicou baixinho, sua voz em um retumbar gentil. — Fui embora para entrar na Marinha, e ele também não lidou bem. As coisas foram por água abaixo desde então.

Algo não soou bem.

— Água abaixo como?

Seu pequeno murmúrio não caiu bem para mim.

— Ele foi para a prisão.

Minha mão parou apenas por um segundo na metade do caminho até o recipiente.

— Pelo quê?

— Principalmente, drogas.

Principalmente, drogas. O que isso significava? Quantas vezes aquele otário tinha ido para a cadeia?

— Ele não mexe com isso há um tempo — Dallas explicou rapidamente quando deve ter percebido que eu não me mexia. — Não precisa se preocupar com nada.

Era por esse motivo que Ginny tinha falado "Jackson está aqui" em uma voz ofegante? Por que ela não falou disso de novo? Por que Trip não tinha dito algo?

Será que ele sequer estivera em casa quando Trip tinha visitado?

— Você falou que as pessoas podem mudar — Dallas sussurrou, dando um passo mais para perto de mim, me obrigando a grudar o cotovelo na cintura ao olhar para cima, para o seu rosto.

Tinha falado isso, não tinha?

— Ele não está mais fazendo nada ilegal. Tudo que faz é ter mau comportamento, mas estou tentando ajudá-lo a recuperar sua vida. Sei que não tem nenhum motivo para confiar em mim, porém juro que não precisa se preocupar com ele e com o time, muito menos com ele ficando na minha casa.

Ele tinha razão, eu não tinha motivo para confiar nele, no entanto, por algum motivo, assim que pensei nisso, aceitei que confiava. Cada coisinha que já saíra da sua boca, e cada ação que já o tinha visto se comprometer, tinham sido baseadas em lealdade ou no que era correto.

E perceber isso foi meio aterrorizante. Eu confiava em Dallas. Quando isso tinha acontecido?

Para piorar, contei a ele.

— Certo. Confio em você.

Logo que as palavras saíram da minha boca, percebi por que pareciam tão estranhas. Confiança era bem parecido com amor. Você estava dando a alguém uma parte de você, se realmente pensasse nisso, o que eu não tinha pensado.

Entretanto, quando os olhos castanho-esverdeados de Dallas encontraram os meus, um pouco arregalados, juro que ele se esticou um pouco. E assentiu, dizendo apenas uma palavra:

— Certo.

CAPÍTULO QUINZE

Olhei para o meu short, depois para o app de previsão do tempo no meu celular.

De acordo com a tela, estava 34,5 °C hoje. Em outubro. Merda de aquecimento global.

Olhei para o meu short de novo, segurei-o, analisando a barra rasgada por um minuto e disse:

— Foda-se.

Tinha usado coisas muito mais curtas quando tinha dezoito anos. Aquele short estivera comigo nos últimos cinco anos, e ainda o vestia regularmente. A questão era que, normalmente, eu tentava evitar qualquer coisa acima dos joelhos nos jogos ou treinos de Josh porque, apesar de os meninos não piscarem duas vezes com o fato de eu correr pela casa apenas vestindo uma camiseta grande ou shorts de pijama, alguns garotos não estavam acostumados a isso.

Deus sabia que minha mãe nunca tinha usado short na minha infância. Ela fazia careta toda vez que eu vestia algo que não fosse uma saia respeitosa ou calça larga. Ainda conseguia me lembrar de como ficou a cara dela quando jeans skinny e leggings se tornaram populares. Você teria imaginado que eu estava nua.

Seria um dia quente dos infernos, e eu não mostraria a ninguém algo que já não tinham visto centenas de vezes simplesmente indo ao shopping. E Josh e Lou nunca haviam me falado nada quanto às roupas que eu vestia — exceto por um vestido vermelho que eu colocara para sair com umas amigas nos dias em que eu saía que basicamente me fazia parecer uma prostituta. "Não", tinha sido a única coisa que Josh me falara naquela noite há um ano e meio antes de apontar na direção do meu quarto. "Não, não, não", ele repetira, balançando a cabeça. "Não, tia Di."

Ajustando as alças do sutiã para ficarem escondidas debaixo da minha camisa nova do Tornado escrito CASILLAS nas costas, coloquei meus chinelos assim que Josh gritou do corredor:

— Está pronta?

Felizmente, eu já havia organizado o cooler para nosso dia no parque, pegado algumas revistas para folhear para ter novas ideias de corte de cabelo e carregado meu tablet para poder assistir a alguns episódios de *The Office* quando não houvesse mais nada para fazer a não ser ficar sentada. Eu já tinha experiência com essa coisa de campeonato de beisebol.

Saí do quarto, encontrando Josh na sala de estar já parado perto da porta. Ele estava empolgado e pronto para seu primeiro jogo em meses.

— Pegou tudo? — perguntei ao segurar a alça do cooler azul com uma mão e a alça da minha bolsa enorme com a outra; também estava cheia de protetor solar, uma bateria extra para o celular, castanhas, uma toalha de mão, repelente e dois ponchos nos seus pacotinhos de plástico.

— Sim — ele respondeu naquele mesmo tom confiante e tranquilo que sempre usava... mesmo quando estava mentindo muito.

Pisquei para ele.

— Pegou um par extra de meias?

Josh jogou a cabeça para trás e gemeu.

— Não.

Soltando sua bolsa, correu para o quarto dele. Rapidamente, ele estava de volta, guardando na bolsa as meias extras das quais estava sempre se esquecendo. O garoto ficava com o pé suado e precisava de meia extra, principalmente em um dia como aquele.

— Certo, vamos — eu disse, cutucando-o para a frente.

Tranquei a porta conforme ele jogou suas coisas no banco de trás do carro. Ao olhar na direção da casa de Dallas, vi que sua caminhonete não estava lá. Os campos onde estava acontecendo o campeonato daquele fim de semana eram quase a uma hora dali, e Josh e eu ouvimos música da minha playlist o caminho inteiro, cantando junto baixinho metade do tempo. Josh e eu ainda estávamos com sono. Nosso morador raio de sol estava passando o fim de semana com meus pais na casa de familiares em Houston em vez de fritar sob o sol conosco.

No parque, saímos do carro, bocejando. Josh pegou sua bolsa e, então, me ajudou a tirar o cooler do porta-malas, exaustivamente sorrindo para mim quando nossos olhos nos encontraram. Estendi a mão, bem diante dele, e ele a beijou.

— Eu te amo, J — eu disse.

Ele piscou sonolento.

— Também te amo.

E, naquele jeito que Josh e eu tínhamos — meu sobrinho mais velho, meu primeiro amor verdadeiro —, nos abraçamos, de lado, perto do carro. Enquanto Louie era o sol, Josh era a lua e as estrelas. Ele era minha gravidade, minha maré, estava comigo para o que desse e viesse. Era mais como meu irmão mais novo do que meu sobrinho e, de certas maneiras, tínhamos crescido juntos. Eu o amara desde que colocara os olhos nele. Eu o amei desde que soube que ele era um grão de vida, e iria amá-lo todos os dias da minha vida.

Ele recuou após apertar minha cintura.

— Certo, vamos.

Fomos.

Quando encontramos o grupo de membros do Tornado reunidos em volta das mesas de piquenique no centro dos três campos de beisebol, eu já estava suando.

— Bom dia — cumprimentei todos os pais e filhos, que se viraram para nos olhar ao nos aproximarmos deles.

Não deixei de notar a olhada demorada que duas mães me lançaram conforme seus olhares foram das minhas pernas praticamente nuas até meu rosto e costas. *Haters*. Também não deixei de notar os olhares inapropriadamente demorados que um dos pais, que eu sabia que era separado, me lançou também. Simplesmente escolhi ignorá-los. Eu não estava fazendo nada de errado.

Sentando-me a uma das mesas de piquenique mais próximas, esperei a equipe técnica chegar. Dallas foi o primeiro. Ele tinha duas mochilas penduradas em cada ombro, um cooler de água laranja equilibrado nas mãos, e estava de óculos escuros e boné de beisebol. Estava vestindo uma camisa polo que tinha a logo do time e o que imaginei que fosse seu nome bordados. E, como sempre, estava com seu short cargo furado e tênis. Percebi que olhou na minha direção e ergueu o queixo, porém não me cumprimentou conforme foi direto até a aglomeração principal de pais e filhos e, em certo momento, saiu para levar os meninos até um espaço vazio na grama a fim de começar o aquecimento. Ainda havia bem mais de uma hora até o campeonato começar, e eu sabia que não havia pressa para ir a qualquer campo que seria usado primeiro.

Durante a hora seguinte, fiquei ali sentada folheando uma revista e olhando coisas aleatórias no celular. Quando vi algumas das outras mães se levantando e começando a ir para um dos campos, peguei minhas coisas e as segui. Colocando o cooler no chão ao lado da segunda fileira, subi e me sentei para aguardar. Josh estava na *home base*, pegando as bolas que o arremessador jogava para ele a fim de aquecer, porém não estava indo muito bem. O arremessador estava jogando a bola alta demais toda vez. Depois da décima vez, aproximadamente, Josh teve que se levantar e correr atrás dela. Trip, que tinha aparecido minutos antes, acenou para o arremessador se aproximar e conversou com ele, dando uma pausa para Josh.

Levantando-me, peguei uma garrafa de água do meu cooler e fui até a cerca que separava e protegia o público do jogo e dos jogadores.

— Josh! — sussurrei para ele, segurando a cerca de arame com os dedos da minha mão livre.

De canto de olho, vi a presença grande e masculina que pertencia a Dallas parado perto da terceira base, conversando com uma das mães que tinha me olhado esquisito mais cedo. Tinha quase certeza de que era aquela Christy, se eu lembrasse corretamente da cor do cabelo.

Josh se virou imediatamente, arrancando sua proteção de rosto, e veio na minha direção, a palma das suas mãos virada para cima quando joguei a garrafa por cima da cerca.

— Obrigado — ele disse, logo após pegá-la.

— Passou protetor solar? — perguntei.

Ele assentiu, a garrafa grudada à sua boca ao engolir um terço dela.

Não consegui me conter.

— No rosto também?

— *Sim* — ele respondeu, um olho semicerrado.

— Só verificando, mal-educado — murmurei, observando a mãe que estivera conversando com Dallas se virar e seguir na nossa direção. Só demorou um minuto para meu cérebro processar quem era a mãe.

Definitivamente, era Christy, a pessoa que me fez ser suspensa semanas antes. Pelo jeito que seu rosto estava inclinado para baixo, mesmo com óculos aviadores, sua atenção estava focada na metade inferior do meu corpo. Uma coisa no meu cérebro reconheceu que isso não daria certo, mas outra coisa no meu cérebro disse que eu precisava me comportar. Eu conseguia ser adulta. Não seria suspensa de novo, droga.

Então sorri para ele e disse "Oi", embora estivesse rangendo os dentes de trás, esperando o pior. Da última vez que o vira, Dallas estava perto da terceira base, sua cabeça olhando na nossa direção. Dava para ver que sua testa estava franzida, mas ele não fez sinal de que se moveria. Do que se tratava isso?

Só o tinha visto no treino uma vez na semana desde que ele, Jackson e a Sra. Pearl jantaram na minha casa. Tínhamos acenado um para o outro desde então e foi isso. Eu poderia ter ficado depois do treino para falar com ele, mas, quando essa hora chegava, eu ainda tinha dois meninos para alimentar e colocar na cama. Não tinha tempo para esperar os outros pais me darem uma chance de falar. Eu não levava para o lado pessoal o fato de ele não estar gritando para todo mundo que éramos amigos e que passávamos um tempo juntos fora do treino. Também havia essa grande questão que parecia pairar nos meus pensamentos enquanto estávamos no treino: a última coisa que eu queria era qualquer tipo de drama dos outros pais pensando algo idiota sobre nós.

— Josh, vá terminar de se aquecer — eu disse quando Christy não respondeu meu cumprimento ao parar em um ângulo para mim do outro lado da cerca. Josh franziu o cenho enquanto seus olhos mexeram de um lado a outro entre a outra mãe e mim. — Está tudo bem.

Josh hesitou por mais um segundo antes de assentir e colocar sua proteção de rosto de volta, levando a garrafa de água com ele.

Antes sequer de eu conseguir abrir a boca para perguntar o que estava havendo, suas palavras chegaram até mim, diretas e afiadas como uma flecha.

— Você precisa se trocar.

Pisquei.

— O quê?

— Seu short, Diana. É inapropriado — a mãe, que não tinha falado comigo nenhuma vez desde nosso incidente, disse.

Fui de um a dez instantaneamente, cortesia das suas palavras e sua escolha de tom que foi cem por cento vadia e mais nada. Para começar, eu não gostava dela, então minha paciência já estava negativa quando ela abrira a boca. Mas tentei o meu melhor para ser madura.

— Sou adulta, e não é tão curto nem inapropriado — rebati com frieza, minhas mãos indo para as laterais do corpo no mesmo instante. A ponta dos meus dedos estava na barra do short com as mãos para baixo; não era como se tivesse um palmo de coxa aparecendo.

— Eu não perguntei o que você acha dele — ela replicou, seus óculos de sol com reflexo baixando mais uma vez para minhas coxas. — Não quero que Jonathan seja exposto a *isso*.

Seja madura. Seja adulta. Seja um exemplo para Josh, Diana, tentei dizer a mim mesma. Diria que falhei só pela metade.

— O que é *isso*? Coxas? Metade das coxas de mulher que ele vê toda vez que você o leva para algum lugar? — Isso soou bem mais espertinha do que tivera intenção.

Obviamente, ela percebeu, porque pude sentir a tensão se esvaindo do seu corpo.

— Não sei a que tipo de lugares você leva Josh, mas eu não levo meu Jonny em nenhum lugar assim. Há crianças aqui. Isto não é um bordel.

Um bordel. Essa vaca tinha realmente acabado de falar *bordel*? Como se eu trabalhasse em um ou frequentasse algum? *Sério?*

Olhei por cima do ombro, porque ela estava falando alto pra caralho. Ela não poderia usar sua voz interna e apenas *conversar* comigo? Não fiquei surpresa ao ver oito pares de pais nos encarando. Ouvindo. Então perguntei a ela mais uma vez para me certificar de que não estava imaginando nada.

— O que disse?

— Vá comprar uma calça — ela falou tão alto que tenho certeza de que o outro time a ouviu. Em um sussurro, com os olhos diretamente em mim, ela completou: — Olhe, querida, sei que é *tia* de Josh, mas, se está procurando um marido, este não é o lugar. Algumas de nós somos *mães de verdade*. Olhe em volta. Não estamos vestidas como prostitutas, estamos? Talvez você possa aprender algo sobre maternidade real com a gente.

Alguém gargalhou alto o suficiente para eu ouvir.

Meu corpo inteiro ficou quente, fervendo.

Não dava a muitas pessoas o poder de ferir meus sentimentos, porém o comentário de Christy foi diretamente para o meu coração. *Mãe de verdade.* Foi o "mãe de verdade" que me perfurou diretamente, tirando o ar dos meus pulmões e a raiva da minha mente.

Para ser realista, eu sabia que não estava nem perto da minha bunda aparecer. Sabia disso. Não importava que, no time antigo de Josh, tivesse um monte de mães que fazia a garota de *Os Gatões* parecer uma santa. Naquele instante, *eu* era a única com *um pouco* de perna exposta *e nem era tanto assim.*

Pigarreei, lutando contra a pressão que esmagava meus pulmões e o calor cobrindo cada centímetro da minha pele. Que exemplo eu queria dar para Josh? Que ele sempre precisava sair por cima? Valia a pena vencer algumas coisas, outras, não. Com cada centímetro de autocontrole do meu corpo, tentei me segurar na beirada da minha maturidade, porque, se alguém era babaca com você, nem sempre você precisava ser babaca de volta.

— Christy — eu pronunciei seu nome com calma —, se quer falar comigo sobre minhas roupas — *foda-se e vá para o inferno*, eu disse a ela mentalmente, mas, na realidade, escolhi: —, não erga a voz para mim. Não sou criança. Já que estamos falando disso, você não sabe nada sobre mim e Josh, então não faça parecer que sabe.

De todas as respostas que ela poderia ter dado, escolheu:

— Sei o suficiente sobre você.

Por mais que eu fosse amiga dos pais no antigo time de Josh, nenhum deles nunca tinha se aproximado o suficiente de mim para saber o que aconteceu que tornou nós três uma família. Tudo que sabiam era que eu criava Josh e Louie, e isso acontecera porque havia pais falantes de espanhol no time que o ouviam me chamar de *tia* o tempo todo. Quando perguntaram, contei a verdade. Eu era tia deles. Não me importei com o que pensaram; todos poderiam presumir o que quisessem.

— Você não sabe de nada — praticamente sussurrei para ela, afetada em algum lugar entre estar chateada e realmente brava. — Não quero envergonhar você ou fazê-la se sentir idiota, então, por favor, pare enquanto está vencendo com os comentários. Converse comigo como adulta, porque aposto que seu filho está olhando para cá neste momento, e queremos ensinar aos meninos a serem boas pessoas, não bocudos com opiniões e falta de informação.

Foi a vez do seu rosto ficar vermelho e ela praticamente grasnou para mim:

— Você vai me envergonhar? Envergonhou a si mesma e a Josh vindo a um campeonato vestida desse jeito. Tenha um pouco de respeito por si mesma, ou respeito por quem quer que tenha sido imprudente o suficiente para deixar você cuidar dos filhos.

Até certo ponto, eu sabia que o que ela estava dizendo não era verdade, mas suas palavras foram uma realidade brutal que conseguiu cutucar aquelas pontas desgastadas dentro de mim. Paus e pedras poderiam quebrar seus ossos, mas palavras também conseguiam te magoar. Muito. Muito mais do que deveriam porque eu sabia que ela não sabia de *nada*.

No entanto, mesmo tendo consciência de tudo isso, um nó se formou na minha garganta e, antes que eu pudesse evitar, meus olhos ficaram embaçados.

Olhei para a cerca, para longe dela, conforme duas lágrimas pularam do canto dos meus olhos e escorreram por uma bochecha antes de eu secá-las com as costas da mão quase com raiva. Acho que fiquei ali diante dela o total de cinco segundos antes de mais duas lágrimas escorrerem por minhas bochechas, caindo do meu maxilar para o meu peito. Só quando senti meu lábio tremer foi que engoli em seco e me virei de costas para ela, envergonhada — humilhada — e me sentindo tão pequena que poderia ter entrado em um buraco e ficado ali para sempre. Pior, nem consegui argumentar contra seus comentários.

Em vez de fazer todas as coisas que eu deveria ter feito em retaliação, me virei e comecei a me afastar.

— Diana! — Ouvi Dallas gritar.

Um segundo depois, ouvi:

— *Tia Di*!

Porém, não consegui parar.

Andei rapidamente para longe da arquibancada, meu rosto virado para o chão. Escorreram por minhas bochechas uma lágrima atrás da outra, caindo na minha boca e, então, no meu queixo e peito. Minha visão ficou embaçada conforme encarei a calçada antes de vislumbrar o pequeno edifício onde ficavam os vestiários, e praticamente corri até lá assim que o triplo de lágrimas saiu de mim.

Não conseguia respirar. Nem consegui encontrar em mim a força para fazer um barulho enquanto minhas costas encontraram a parede de concreto do banheiro. Minhas mãos foram até meus joelhos quando me curvei, meu coração se encolhendo e se apertando. Doendo.

Quem eu queria enganar? Eu era uma merda. Iria destruir os meninos. O que estava fazendo criando-os? Por que simplesmente não deixara os Larsen ficarem com eles? Eu não sabia o que estava fazendo. Nem conseguia não os envergonhar. Pensei que tivesse parado de tomar tantas decisões idiotas, mas estava errada.

Deus.

Chorava cada vez mais, lágrimas silenciosas que não obstruíam minha garganta porque ela já estava cheia de vergonha, culpa e raiva de mim mesma.

Mesmo quando era criança, eu ficava brava ou chorava se ficasse envergonhada antes de ficar brava.

— Tia Di? — A voz de Josh foi hesitante e um sussurro, mas tão familiar que interrompeu diretamente meus pensamentos.

Sequei o rosto com as costas da mão, mantendo o olhar no chão.

— Estou bem, Josh — eu disse com uma voz fraca e rouca que falava que eu não estava bem.

Ele não respondeu, mas o som de chuteiras estalando no chão me alertou que ele estava se aproximando antes de eu vê-lo colocar a cabeça na beirada da parede para olhar. Seu rosto pequeno estava triste e preocupado, sua boca e seus olhos, virados para baixo.

— *Tia.* — A palavra saiu dele em um sibilo, uma afirmação.

— Estou bem. Você deveria voltar para o campo. Eu vou... — Parei de falar quando um soluço de choro me tomou de repente. A mão que coloquei na boca não ajudou em nada.

— Está chorando. — Josh deu outro passo para dentro do edifício. Então outro.

Arrastando minha palma na direção dos olhos, eu os sequei. *Recomponha-se.* Eu precisava me recompor.

— Estou bem, J. Juro. Vou ficar bem.

— Mas está chorando — ele repetiu, seus olhos observando as outras baias como se estivesse preocupado de que fosse ser flagrado fazendo algo ruim, mas, obviamente, não preocupado o suficiente porque continuou vindo na minha direção. Ele colocou as mãos no peito. — Não chore.

Ah, meu Deus. Ele me dizendo para não chorar só me fez chorar ainda mais. Antes que pudesse me conter, conforme ele chegou cada vez mais perto, perguntei:

— Eu envergonho você?

— O quê? — Ele parou no lugar a sessenta centímetros de mim. Genuinamente parecia que eu tinha batido nele.

— Pode me dizer a verdade — pedi em sílabas fragmentadas, soando uma mentirosa completa. — Não quero que deseje que eu não estivesse perto por causa de algo que visto ou algo que faça...

— Não! Que idiotice. — Seus olhos exatamente como os meus observaram meu rosto, e ele balançou a cabeça, parecendo tanto com o Rodrigo jovem que só me fez sentir muito pior.

— Eu não... — Eu estava soluçando. — Sei que não sou sua mãe de verdade nem Mandy. — As palavras continuavam se quebrando quanto mais eu chorava. — Mas estou tentando. Estou tentando muito, J. Desculpe se estrago tudo às vezes, mas...

Seu corpo bateu contra o meu tão forte que minha coluna bateu na parede de novo. Josh me abraçou como se sua vida dependesse disso. Me abraçou como não me abraçava desde que seu pai falecera. Sua bochecha foi direto para o meu peito conforme ele me abraçou forte.

— Você é melhor do que minha mãe verdadeira, melhor do que Mandy...

— Jesus, Josh. Não fale essas coisas.

— Por quê? Você sempre fala para eu não mentir — ele disse no meu peito enquanto me abraçava. — Não gosto que você chore. Não faça mais isso.

Ah, meu Deus. Fiz totalmente o oposto e chorei mais um pouco, bem no meu menino de onze anos.

— A Srta. Christy é uma bruxa — ele declarou na minha camiseta.

Um adulto maduro teria falado para Josh não chamar uma pessoa de bruxa e negaria que Christy era uma. Só que eu chamaria o comportamento dela de uma vadia, não uma bruxa.

Mas não me sentia muito madura naquele momento. Tinha usado todos os meus pontos de adulta do dia. Então tudo que fiz foi abraçar mais Josh.

— Ela é — concordei, fungando.

— Vou desistir — ele decidiu. — Posso entrar para outro time — meu sobrinho ofereceu, partindo meu coração pela metade.

— Joshy... — comecei a dizer antes de ser cortada.

— Posso conversar com sua tia, Josh? — uma voz rouca preencheu o banheiro, me fazendo olhar para cima e ver Dallas parado a noventa centímetros dali. Quando ele entrou sem a gente perceber?

O garoto nos meus braços ficou tenso antes de se virar, sua postura larga e protetora.

— Não.

Que Deus me ajudasse, as lágrimas começaram a escorrer tudo de novo. Eu amava esse menino. Eu o amava com cada célula do meu corpo. Havia muitas coisas sobre amor que só se podia aprender depois de sentir o verdadeiro. O melhor tipo não era essa coisa doce e sutil de corações e piqueniques. Não era florido nem divino.

Amor verdadeiro era enérgico. O verdadeiro nunca desistia. Alguém que te ama fará o melhor por você; irá te proteger e se sacrificar. Alguém que te ama enfrentará qualquer inconveniente por livre e espontânea vontade.

Você não sabe o que é o amor até alguém estar disposto a desistir do que mais ama por você.

Mas também é nunca os deixar fazer essa escolha.

Dallas suspirou, enfiando as mãos nos bolsos. Seus óculos escuros de armação grossa tinham sido erguidos para a aba do seu boné, porém não olhei para seu rosto. Não queria.

— Por favor, Josh.

— Por quê? Para você fazê-la chorar também? — meu protetor perguntou.

— Não. Não vou fazê-la chorar. Juro. Você me conhece para saber disso — ele explicou. — Por favor. Não quero que você desista. Gostaria que, pelo menos, jogasse o primeiro jogo, por seus amigos lá fora, e, se ainda quiser desistir depois disso, pode. Não vou te culpar. Somos um time, e não é assim que tratamos pessoas do nosso time.

Josh não falou uma palavra.

Apenas encarei a pia atrás de Dallas. Eu tinha maximizado a quantidade de vezes que queria chorar diante daquele homem.

— Diana, posso conversar com você? — veio a pergunta quase gentil que só me deixou brava.

Ele que tinha falado para ela conversar comigo sobre meu short para ele não ter que falar?

Só demorei um segundo para decidir que ele não era esse tipo de pessoa. Não sei por que estivera pensando tanto no pior dele ultimamente. Ele não merecia isso.

Ainda insistindo em olhar para a pia, soltei uma respiração que me fez parecer que eu tinha câncer de pulmão.

— Não quero conversar com ninguém agora — praticamente sussurrei.

— Josh? Por favor? — foi a resposta de Dallas.

— Não a faça chorar de novo — meu sobrinho de onze-anos-parecendo-ter-vinte exigiu. — Ela nunca chora.

Era mentira, mas gostei de ele ter falado isso.

Talvez, meus sentimentos estivessem feridos e uma parte de mim sentisse que estivera aberta, porém não queria que Josh pensasse que eu não conseguia travar minhas próprias batalhas, mesmo que meus sentimentos estivessem sangrando por todo o lugar. Deslizando minhas mãos por seus ombros, apertei-os.

— Obrigada, J, mas vou ficar bem. Vá terminar de se aquecer. Não somos de desistir.

E meu pobre e amado sobrinho que me conhecia bem demais se virou para olhar para mim por cima do ombro. Aqueles olhos castanhos estavam desconfiados e preocupados.

— Eu vou se você quiser.

Porra. Toquei seu ombro.

— Está tudo bem. Vá para seu jogo. Posso lidar com isso. Não precisa desistir. Vou cuidar disso.

Ele não se mexeu.

— Vá, Josh. Vai ficar tudo bem. Estarei... — Onde? Não queria voltar para a arquibancada ainda. Queria ser a pessoa superior e não deixar um monte de palavras me magoarem. — Aqui. Estarei na arquibancada assistindo.

Ele assentiu.

Abaixando-me, dei outro abraço nele porque não consegui me conter, e ele me abraçou de volta. Beijei o topo da sua cabeça rapidamente e o soltei, observando conforme ele lançava um olhar para Dallas que eu sabia que, em certo momento, se tornaria um problema quando ele ficasse mais velho, então desapareceu pelo corredor cheio de vento do banheiro sem porta... me deixando sozinha com o técnico dele. Era um lugar em que eu não queria estar.

Anos antes, eu havia aprendido que não precisava fazer coisas que não queria. Era um presente por ser adulta, poder escolher o que você queria e não queria na vida. Só tinha que enxergar quantas escolhas tinha e, se tivesse algumas, então escolheria.

E, sem pensar duas vezes, no segundo em que Josh desapareceu, tomei minha decisão. Iria me sentar e assistir à porra do jogo mesmo que isso me matasse. Nas palavras da minha *abuela, que todos se vayan a la chingada*. Todo mundo poderia ir para o inferno.

Só que, quando passei pelo penúltimo homem com quem queria conversar no futuro próximo, dedos se esticaram e seguraram meu pulso.

— Diana. — Meu nome saiu reconfortante e tranquilo como leite morno.

Parei, meu olhar baixando para os dedos envolvidos no meu braço.

— Só quero assistir ao jogo. Não quero conversar com ninguém agora.

— Eu sei. — Pelo menos ele não estava discutindo comigo. — Mas quero te pedir desculpa. Sei que ela está focada em você, e não coloquei um fim nisso.

Engoli em seco, meus músculos da garganta mexendo com dificuldade, me fazendo sentir que estava tentando engolir um ovo, porém, na realidade, era simplesmente meu orgulho.

— Ela não faz ideia do que está falando — ele disse baixinho, com tanta gentileza e compaixão que me abriu da garganta para baixo.

Meus olhos se encheram de lágrimas e tentei piscar para afastá-las, porém elas simplesmente ficaram ali, deixando minha visão embaçada e distorcida.

— Nunca fiz nada para ela. E daí que discutimos? Eu discuto com todo mundo. Sei que sou um pé no saco às vezes, mas nunca me daria ao trabalho de ser má com alguém que nunca realmente fez algo para mim.

— Sei que não faria isso, e você não é um pé no saco. Nos damos muito bem, não é? — ele me garantiu, me fazendo fungar.

— Sim. — Eu ainda estava chorando? — Ela não me conhece. Tentou me dizer que eu não era uma figura materna para Josh, que... que não sou de verdade. Eu sou...

— Sei que é... — foi sua resposta baixa, toda madura e afetuosa. — Eles sabem que você é. — Dava para vê-lo se aproximando de mim pelo canto do olho. — Não poderiam ter alguém melhor para criá-los. Não importa o que ela diga. Você é ótima. Sabe que é.

Funguei, brava e chateada.

— É, bem, ninguém mais parece pensar assim, exceto você... e eles... e os Larsen. — Minha voz falhou. Minha própria mãe não parecia acreditar nisso metade do tempo. Mas eu não podia falar isso em voz alta.

Em vez disso, comecei a chorar de novo, em silêncio.

Juro que pude sentir pressão na nuca como se, talvez, ele a estivesse segurando. Não me mexi. Juro pela minha vida que ele fez "shh, shh, shh", como se estivesse tentando me acalmar.

— Isto é culpa minha. — Quando não falei nada, ele se inclinou para ainda mais perto de mim. — Não chore. Desculpe.

Havia uma seriedade no seu tom — inferno, no seu corpo todo — que parecia me afetar mais do que suas próprias palavras. Tinham me pedido desculpas centenas de vezes na vida, mas havia algo quanto a Dallas fazer isso que não parecia falso nem artificial. Talvez eu estivesse sendo burra, mas achava que não estava imaginando ouvir ou sentir algo que realmente não existia.

Olhei para ele, odiando que estivesse me vendo com o que eu tinha certeza de que eram olhos inchados e vermelhos, com desastre escrito nas pupilas. A expressão de Dallas estava triste. Havia uma suavidade nos seus traços que normalmente não existia. E, quando ele soltou o ar que inflou sua bochecha, pude confirmar sua culpa.

— Tento não ter preferidos, e isso voltou com força contra mim. Desculpe. Deveria ter dito a ela para ir se sentar quando começou a reclamar em vez de dizer que não tinha tempo para lidar com ela — ele disse, bem próximo do meu rosto. — Você é minha amiga. Desculpe por te decepcionar. Parece que faço bastante isso.

— Você não me decepcionou — murmurei, me sentindo toda envergonhada de novo. — Olhe, vou me sentar no carro até o jogo começar. Quero ficar sozinha por um minuto para me recompor.

Ele suspirou, os dedos em volta do meu pulso recuando por um breve instante antes de deslizarem para cima por meu antebraço nu, os calos arranhando meu braço e ombro por cima das mangas da minha camiseta conforme fizeram a trilha acima, então ele segurou meu ombro com suas mãos ásperas de trabalhador. Ele respirou, com dificuldade e irregularidade. A ponta dos seus tênis se aproximou mais de mim, e suas mãos esmagaram meus ombros quando ele disse em um sussurro:

— Vou te abraçar, contanto que prometa não apertar minha bunda, ok?

Quase dei risada, mas soou mais como um resmungo entrecortado.

Vim de uma família que adora abraçar. Eu era descendente de uma longa linhagem de abraçadores. Nos abraçávamos por coisas boas e por coisas ruins. Abraçávamos quando havia um motivo e, definitivamente, nos abraçávamos sem nenhum motivo além de podermos. Nos abraçávamos quando estávamos bravos um com o outro e quando não estávamos. E eu sempre amara; tornou-se parte de mim. Um abraço era um jeito fácil de mostrar a alguém que se importava com a pessoa, de oferecer conforto, de dizer "Estou muito feliz de ver você" sem palavras.

Então, quando Dallas envolveu os braços na minha cintura, ele me envolveu em algo que sempre fora dado gratuitamente na minha vida. E ele disse palavras que nem sempre foram tão facilmente compartilhadas:

— Desculpe, Di.

Sorri com tristeza no seu peito, deixando o apelido entrar e sair dos meus ouvidos.

— Não é sua culpa, Professor.

Seu corpo se enrijeceu contra o meu.

— Professor? — ele perguntou, baixinho e lentamente.

Ele sabia.

— Professor X. Você sabe, Professor Xavier.

Meu vizinho — meu amigo — fez o mesmo som sufocante que fizera na minha casa quando eu o chamara de Sr. Liso.

— Dallas? — uma voz chamou do lado de fora do banheiro.

O dito homem não parou de me abraçar mesmo quando a parte superior do seu corpo começou a balançar um pouco.

— Sim?

— O jogo vai começar — alguém que não era Trip disse a ele.

— Certo. Vou sair em um segundo — avisou o homem que me abraçava, sua palma percorrendo uma trilha para cima nas minhas costas a fim de pousar entre minhas escápulas antes de ele recuar devagar, apenas o suficiente para olhar para mim. — Preciso ir. — Houve uma pausa. — E não sou careca. Só estou acostumado a ter cabelo curto.

Não falei nada; apenas funguei.

Dallas ergueu a mão e tocou minha testa com um dos seus polegares brevemente antes de tirar o boné da sua cabeça e o colocar na minha. A ponta dos seus dedos encostou nas minhas maçãs do rosto para secar as lágrimas que já tinham desaparecido.

— Vá assistir ao seu garoto.

Quando não falei nada, ele inclinou a cabeça para o lado e baixou o rosto até estar a centímetros do meu, sua expressão tão rígida que eu jurava que ele parecia furioso.

— Cadê aquela pessoa que me encarou e perguntou se eu queria ser amigo dela ou se ela deveria vazar, hein?

Os cantos da minha boca se ergueram só um pouco, e isso fez os lábios dele fazerem igual.

Ele piscou e me disse naquela voz mandona e militar:

— Não vá embora.

Engoli em seco e não pude deixar de baixar a cabeça por um instante.

— Não vá embora — ele repetiu. Uma daquelas mãos que eu admirara por uma ou duas vezes se ergueu e, gentilmente, encostou no meu pescoço antes de se afastar. — Vou conversar com Josh depois do jogo, mas, se quiserem desistir, não posso impedir vocês. Vou conversar com Christy. Não tratamos um ao outro assim. — Seu polegar se ergueu para tocar logo abaixo do meu queixo. — Não quero que vá a nenhum lugar, se é que isso significa alguma coisa, Peach.

Esse filho da puta cheio de lábia estava acabando comigo. Como?

Como ele estava solteiro? Como sua esposa podia ser tão burra? O que ele poderia ter feito para arruinar um casamento? Eu não conseguia enxergar. Não conseguia.

O pensamento chegou até mim tão vigorosamente quanto da última vez em que nos vimos, de forma assustadora e indesejável: eu gostava dele. Gostava muito dele, e não tinha que me sentir assim. Não mesmo.

Era por isso que confiava nele. Porque parte de mim realmente gostava desse homem. Merda.

Então disse a ele algo do qual, provavelmente, viveria me arrependendo. Algo que não era para falar nem agora nem nunca. No entanto, se havia aprendido alguma coisa ao longo dos últimos anos, era que você nem sempre tinha o momento certo para nada, mesmo que, em um mundo perfeito, fosse para ter.

— Olha, não sei o que aconteceu com sua esposa... onde ela está, por que vocês não estão juntos... não é da minha conta... mas tudo que sei é que ela é uma idiota — eu disse a ele.

Ele piscou aqueles olhos castanhos-dourados-esverdeados.

Mas eu não tinha terminado.

— Você merece a melhor, Dallas. Espero que encontre alguém que te valorize um dia, se for isso que você quer. Tenho tanta sorte de ter você como meu amigo. Qualquer uma que o tenha como mais do que isso é uma vadia sortuda. — Eu sorri para ele, sentindo uma onda de calor chegar ao meu rosto. — Não estou tentando ir para sua cama também, tá bom?

Seu pomo de adão se moveu, porém ele não falou uma palavra. Em vez disso, deu um passo para trás, me olhando com aquela mandíbula saliente dele.

— Não vá embora, ok?

Eu mal tinha assentido quando ele desaparecera.

O som da torcida vindo de fora um instante depois me levou de volta à realidade. Josh estava lá fora. Não valia a pena perder Josh jogando por meu orgulho, isso era certeza. Erguendo a mão a fim de tocar na aba do boné que tinha acabado de ser colocado na minha cabeça, encaixei-o mais um pouco e disse a mim mesma que não importava o que aquelas pessoas que eu mal conhecia pensavam de mim.

No entanto, ainda andei com a cabeça baixa até a arquibancada, e tenho certeza de que meu rosto estava rosado conforme o fiz. Felizmente, o lugar ao lado de onde eu havia deixado o cooler ainda estava vago e me sentei ali, minhas mãos indo até meus joelhos. O time dos meninos estava começando no campo e Josh estava logo atrás da *home base*, em posição.

Me senti com extrema consciência durante o jogo, e torci um pouco mais discreta do que normalmente fazia quando alguém ia bem no jogo e, com certeza, fui muito mais contida do que o normal quando Josh acertou uma bola que bateu na cerca do fundo. Ele também estava mais contido, porque não correu tão rápido quanto geralmente corria. Em geral, o jogo foi bom e o Tornado venceu o amistoso — um jogo que não importava em termos de progressão no campeonato. No fim do jogo, o time se reuniu longe dos pais enquanto Dallas falava com os meninos sobre o que quer que falassem e, logo depois, a maioria dos jogadores voltou para o banco a fim de recolher suas coisas e sair de lá para que os dois próximos times pudessem entrar no campo.

Em nenhum momento, olhei em volta para procurar Christy.

Entretanto, Dallas e Josh ficaram de lado, conversando. Pelos seus olhares — bem, bem sérios —, era alguma merda profunda. Uma merda profunda que envolvia a mim.

Dava para ver, pela linguagem corporal inicial de Josh, que ele estava bravo, mas também dava para ver, em Dallas, que o homem tinha a paciência de um santo. Conforme os minutos passaram comigo parada ali encarando, Josh relaxou um pouco; suas mãos baixaram para as laterais e ele pareceu mais tranquilo, menos desconfiado. Em certo momento, o homem mais velho colocou a mão acima do seu coração e assentiu para o que quer que estivesse dizendo ao seu jogador. E o que pode ter sido dez ou vinte minutos depois, o homem ergueu o punho e Josh o cumprimentou.

Acho que isso significava que não íamos a lugar nenhum, e estava tudo bem. Quem era eu para fazer alguém alterar seu sonho só porque não estava exatamente feliz? Eu não podia e não seria essa pessoa. Isso se tratava de Josh, não de mim.

E, naquele momento, eu não estava descartando tropeçar em Christy se a oportunidade aparecesse.

Então, conforme eles andaram na minha direção de onde estavam longe no campo, respirei fundo e ignorei propositalmente os olhares que podia sentir queimando minha pele. Meu sobrinho chegou até mim primeiro, pegando a garrafa de água que eu havia tirado do cooler enquanto ele estivera a caminho. E ele deu um sorriso rígido de um lado só.

— Está tudo bem? — perguntei.

Ele assentiu.

— Você está bem?

O fato de o meu menino de onze anos estar me perguntando isso fez meu coração se sentir diferente.

— Sim.

Josh retorceu a boca.

— Posso continuar jogando aqui se jurar nunca ser amigo de Jonathan?

Me preparei e sorri.

— Como quiser, J. Pode ser amigo dele se quiser. A mãe dele só não pode te deixar em casa, só isso. Pode acabar entrando água no tanque de combustível dela e ela nunca mais ir embora.

— *Você consegue fazer isso?*

Merda. Acenei para ele esquecer, percebendo que, talvez, não devesse ensinar essas coisas a ele. Ainda. Talvez se, um dia, uma menina partisse seu coração, eu o ajudaria a fazer isso antes de eu arrancar todo o cabelo dela.

— Não sei. Só estou inventando coisas. Mas, de verdade, pode ser amigo de Jonathan se quiser. Não me importo.

— Não gosto muito dele mesmo — ele sussurrou.

Eu não ia dar um sorrisinho, e consegui.

— Você que sabe, mas, por mim, não tem problema.

— Tem certeza?

— Tenho. Quero que você seja feliz. — Eu poderia vir, cuidar da minha própria vida, não falar com ninguém e ir para casa. Poderia, por ele.

Ele me olhou de lado com os olhos semicerrados que eu sabia muito bem que ele herdara de mim.

— Também quero que você seja feliz.

Isso me fez suspirar.

— Sua felicidade me deixa feliz. Vou me cuidar. Além disso, vou viajar daqui a duas semanas, lembra? Não vou precisar ver a cara feia deles por um tempo. — Estiquei o braço para arrumar uma mecha de cabelo saindo de debaixo do seu boné. — Quero que arrase para conseguir ir para as ligas principais e, depois, cuidar de mim pelo resto da minha vida. Não vai me colocar em casa de repouso, sabe?

Josh resmungou e revirou os olhos.

— Você sempre fala isso.

— Porque é a verdade. Agora vá brincar ou o que quer que faça com seus amigos.

Ele inflou as bochechas e assentiu, dando um passo para trás antes de parar e me lançar outro daqueles olhares que eram velhos demais para uma criança tão jovem.

— Vai me dizer se não estiver feliz?

— Você, de todas as pessoas, consegue saber quando não estou feliz, J.

— Sim — ele respondeu facilmente, como se não houvesse outra resposta que ele pudesse dar.

Franzi só um pouco minha boca e ganhei um dos seus sorrisos com covinhas.

— Vou ficar bem. Vá pegar um lanche ou algo assim e vá se divertir com seus amigos.

Tirando uma nota de cinco do meu bolso, eu a estendi e ele a pegou com um "obrigado" antes de sair para encontrar com as outras crianças do time que estavam na fila da lanchonete para comprar Deus sabe o quê. Com a alça do cooler em uma mão e minha bolsa grande no ombro, fui para a seção do meio dos três campos vizinhos, pegando uma mesa de piquenique vazia que estava a uns três metros dos mais próximos pais do time. Já tinha olhado a programação na noite anterior. O próximo jogo só aconteceria em uma hora.

Meu celular tocando me fez enfiar a mão no bolso e, quando o número que apareceu na tela era um número desconhecido da Califórnia, hesitei por um segundo. Califórnia? Eu não conhecia ninguém, exceto Vanessa...

Oh, merda.

Achava que nunca tivesse atendido uma ligação com tanta rapidez.

— Alô?

— Diana — a voz masculina incrivelmente grave do outro lado da linha respondeu.

Eu não a ouvira tantas vezes pessoalmente, mas consegui somar dois mais dois e adivinhar quem estava me ligando.

— Aiden? — Quis me certificar de que era o marido da minha melhor amiga.

Ele pulou minha pergunta, mas ainda confirmou que era ele quase que imediatamente.

— Vanessa está em trabalho de parto. Vou comprar a primeira passagem que tiver para você.

Não perguntou se eu iria, e não falou que ela me queria lá.

Sem pensar duas vezes, soletrei meu e-mail para ele e disse:

— Compre. Estarei aí o mais rápido que eu puder.

Havia muitas pessoas no mundo de quem eu não aceitaria algo de graça; o marido de Vanessa não era uma dessas pessoas. Ele podia comprar o avião, se quisesse.

Minha melhor amiga teria bebê.

Eu precisava encontrar Josh e ligar para os Larsen.

CAPÍTULO DEZESSEIS

— Diana, pode entrar no quarto agora.

Tinham se passado quase nove horas do momento em que recebera a ligação sobre minha melhor amiga entrando em trabalho de parto. Nove malditas horas que passei lendo sobre todas as coisas horríveis que poderiam acontecer com uma mulher quando estava parindo. Quisera vomitar ao ler frases, como "costurar camada por camada", "fechar um útero" e "fechar uma barriga". Se não fosse ruim o bastante, havia parágrafos dedicados a coágulos e uma dúzia de outras coisas horrorosas que poderiam acontecer durante uma gravidez que me fizeram apertar as pernas fechadas com agonia no aeroporto.

Minha melhor amiga iria parir e era eu que estava suando litros.

Depois que saí do voo de San Antonio para San Diego, tudo aconteceu na velocidade da luz. Peguei um táxi para o hospital e encontrei o marido de Vanessa andando de um lado a outro fora do quarto dela; essa figura enorme e imponente a quem eu chamava de Hulk estivera apertando as mãos. O estresse da espera, só para falarem que ela iria passar por uma cesárea de emergência, foi uma das horas mais longas da minha vida.

Eles deixaram o marido dela entrar para o procedimento, porém eu tivera que aguardar. Não que eu pensasse que aguentaria vê-la cortada como um peru de Dia de Ação de Graças, mas teria feito isso por ela. E somente ela.

Pareceu que Aiden demorara um ano para sair, seu rosto iluminado e seus olhos vidrados, e disse:

— Ela está bem, assim como o bebê. Poderá vê-la assim que a mudarem para a sala de recuperação.

Para conseguir vê-la pareceu outra eternidade. Então, quando Aiden apareceu para me buscar, comecei a tremer de novo. Fazia anos que eu estivera com tanto medo e tristeza quanto estava ali, esperando para me certificar de que essa pessoa que eu amava por quase toda a minha vida fosse ficar bem. Nem tinha me permitido pensar que ela não ficaria.

Nem foi uma surpresa ela estar em um quarto particular longe dos demais pacientes. Se algum hospital pudesse ser cinco estrelas, aquele seria um deles. Minha pequena Vanny, que havia jantado na minha casa quase toda noite na nossa infância, chegara bem longe na vida. Vaca chique.

Pensei que eu estivesse bem quando Aiden me levou para o quarto de hospital. Não era como se não soubéssemos, há meses, que ela estava grávida. Obviamente, iria acontecer. Disse a mim mesma que iria me manter forte por ela; não era eu que havia tido a cesariana de emergência.

No entanto, quando a primeira coisa que vi foi um bebê no carrinho ao lado dela, foi um gatilho para mim. Prendi a respiração. Então, no instante em que a vi na cama, pálida e parecendo bastante drogada, toda fraca, mas, de alguma forma, ainda sorrindo, prendi outra respiração.

E pisquei para ela.

Ela piscou de volta para mim.

Eu era mulher suficiente para admitir fui eu que comecei a chorar copiosamente.

— Você tem um bebê! — praticamente disse aos prantos, erguendo as mãos para o meu rosto a fim de segurar as bochechas.

— Eu tenho um bebê! — ela concordou quase baixinho, lágrimas escorrendo por suas bochechas conforme estendeu uma mão na minha direção.

Nós duas começamos esse choro que soava como um monte de "buhuhuhu" enquanto fui até ela, dividida entre olhar para minha melhor amiga e o pedacinho dela dormindo a trinta centímetros de distância.

Eu amara essa mulher por toda a minha vida, e ela era mãe. O que eu sentia não era diferente das emoções que eu havia sentido da primeira vez que vi os filhos do meu irmão. Era exatamente a mesma coisa, exceto que, daquela vez, a realidade de que aquela era uma nova vida parecia muito mais preciosa do que antes.

— Não consigo acreditar nisso — chorei, me apertando entre a cama e o bebê, focando nela. Uma das suas mãos foi para minhas costas e a outra foi para minha nuca enquanto ela me levou para a frente. Pressionando minha bochecha na dela, tentei dar a melhor versão de abraço que eu conseguia, sem querer chegar perto da sua barriga depois do terror pelo qual ela tinha acabado de passar.

Suas fungadas foram direto para o meu ouvido enquanto ela chorava.

— Estou tão feliz que você está aqui.

— Também estou muito feliz de estar aqui — desmoronei em lágrimas no seu pescoço. — Alguém tinha que vir e garantir que você sobrevivesse a isso. — Gesticulei para o carrinho, sem sequer saber se ela estava me enxergando, já que estávamos nos abraçando.

A risada de Vanessa foi bem no meu ouvido.

— *Esse* é seu sobrinho Sammy.

Sufoquei, recuando apenas o suficiente para mal conseguir vê-la por entre minhas lágrimas.

— Meu sobrinho? — Ela estava tentando acabar comigo.

Seus olhos estavam enevoados, por remédios e emoções, eu tinha certeza. Ela assentiu, engolindo em seco.

— Bem, quem mais será a tia louca pra caramba dele que o leva para assistir a filmes para menores de idade antes da hora?

O barulho que borbulhou na minha garganta me lembrou dos sons que Louie e Josh faziam quando eram bebês. Diferente de mim, Vanessa tinha três irmãs mais velhas. Três irmãs vacas-vadias-vagabundas, porém, mesmo assim, eram de sangue. Eu havia jurado, há muito tempo, que, um dia, antes de morrer, iria acabar com cada uma delas pelo que tinham feito com minha amiga quando ela era criança. Mas, naquele instante, fui lembrada do que eu sempre soubera — éramos irmãs, Van e eu. De sangue ou não. De raças diferentes e tudo. Ela fora a séria, quietinha, que nos mantinha longe de problema, e eu fora a imprudente, escandalosa, que tentava envolvê-la em encrenca. Éramos o yin e yang uma da outra.

— Vamos começar com filmes proibidos para menores de treze anos quando ele tiver oito — resmunguei, inclinando-me sobre ela de novo para abraçá-la e beijar sua bochecha repetidamente enquanto nós duas chorávamos e fungávamos uma na outra de acordo com o fluido em lugares que não conseguíamos alcançar. — Não consigo acreditar que você conseguiu mesmo. Você tem um bebê.

— Também não consigo acreditar.

Recuei o suficiente para podermos nos olhar nos olhos de novo.

— Passamos por uns perrengues, não passamos? — perguntei a ela, sorrindo.

Sua risada preencheu o espaço entre nós.

— Passamos por todo tipo de perrengue, D — ela concordou, com a voz entrecortada.

Tinha certeza de que nós duas pensamos a mesma coisa — era só o começo.

Juntas, havíamos passado por crushes, namorados, coração partido, brigas, problemas de família, alguns quilômetros, centenas de quilômetros, escola, um casamento, morte... tudo. Ela deveria estar pensando exatamente nessas coisas porque Van, que era muito mais reservada do que eu normalmente, beijou minha bochecha de novo e apertou minha mão.

Apertei a dela de volta.

— Não há mais ninguém com quem eu preferiria ter passado por todo esse perrengue do que com você, sua filhote de baleia. Eu te amo.

— Também te amo — Van disse.

Estávamos nos abraçando quando algo cutucou meu ombro e, quando olhei para cima, com meu rosto inchado e molhado pela segunda vez no dia, vi Aiden parado bem ao meu lado com aquele não-tão-pequeno bebê nos braços.

— Aqui — aquela montanha enorme de homem sussurrou.

Usando os ombros, limpei minhas bochechas o máximo que pude, e chorei mais quando ele colocou o bebê — Sammy — nos meus braços. Fazia longos cinco anos que eu segurara Louie pela primeira vez. E, conforme observei aquele rostinho de alien, meu coração se expandiu demais.

— Eu o amo — declarei aos pais dele, querendo dizer cada sílaba. — Já te amo, seu macaquinho gordinho. — Inclinando-me mais próxima para analisar aqueles traços enrugados e rosados, não me contive e olhei para Van e inflei as bochechas. Inclinei os braços para ela poder vê-lo de novo. — Você fez isto. Posso ficar com ele?

— Eu sei. — Fungou. — E não.

— Você também, Aiden — adicionei distraidamente, deixando de lado meu pedido e olhando de volta para o rosto a centímetros do meu. Então voltei a olhar para Van. — Isto esteve na sua vagina...

— Diana — ela chiou sem a quantidade de sempre de zumbido na sua voz.

Olhando de novo para Sammy, assenti, sorrindo.

— Você não é a primeira coisa que toco que esteve no corpo da sua mãe...

Vanessa fez um som sufocante, e pensei que seu marido também pode ter feito.

Ela se lembrava. Ela se lembrava daquela coisa que me fez segurar daquela vez quando tínhamos doze anos.

— Mas, com certeza, você é melhor — terminei de sussurrar para ele. Eu o ergui para que ela pudesse vê-lo e balancei a cabeça. — Ele teria rasgado seu ânus, Vanny. Olhe para esta cabeça. Ele tem a sua cabeça.

Ela gemeu, e juraria por minha vida que o Hulk fez um som que era praticamente considerado o mais próximo de uma risada que já ouvi dele.

Me senti bem feliz comigo mesma e pisquei para ela.

— Não consigo mesmo acreditar que você conseguiu. Ele é incrível.

— Quem diria, hein, Di?

— Eu que não diria — concordei, caindo em lágrimas de novo, olhando para minha melhor amiga parecendo um trapo na cama. — Lembra que, depois de assistirmos *A Princesa Prometida*, falávamos que nunca teríamos namorados nem nos casaríamos nem teríamos filhos a menos que fosse com o ator que interpretava Westley?

Apoiando na cama, pude ver Van olhar para o marido, sorrindo.

— Nunca vou esquecer.

— Iríamos nos revezar para ser a esposa dele — lembrei a ela, observando mais um pouco seu filho. Ele era um milagre.

— Você ficaria dez meses do ano com ele e eu, dois — ela me informou. — Minha mãe separou nossa briga quando começamos a puxar o cabelo uma da outra, gritando. Eu lembro.

— Bem, é, eu iria te dar *metade* do inverno com ele. Parecia justo.

— Traidora.

Funguei.

— Traidora? Dormiu no ponto, perdeu. Eu o vi primeiro.

Exatos cinco dias depois, eu estava na cama com Vanessa. Ela estava de um lado, eu, do outro, e Sammy estava desmaiado no meio. Estávamos assistindo à televisão; pelo menos era isso que tínhamos planejado fazer. Após passar três dias no hospital depois da cesariana, ela tinha recebido alta. Eu havia levado o carro de Van de volta para a casa deles toda noite, e seu marido ficara no hospital com ela.

Agora que ela estava em casa, eu a estava ajudando com tudo que podia, tentando aproveitar o tempo com ela e o bebê antes de ter que voar de volta para casa. Não sabia quando seria a próxima vez que conseguiríamos nos ver, mas apostava que demoraria meses. Um monte de meses.

— Chega de falar de mim, como está tudo com você? — Van sussurrou do seu lugar a alguns centímetros.

Cruzei um tornozelo por cima do outro e fiquei de olho na reprise a que estávamos assistindo de *Um maluco no pedaço*.

— Bem. Ocupada. O de sempre.

— Está mentindo — ela murmurou, virando a cabeça para o lado a fim de olhar para mim, já que não conseguia virar o quadril para isso.

— Não estou, não.

— Está esfregando a mão na perna. Sabe que eu sei que está falando besteira quando faz isso.

Minha mão congelou na perna. Droga! Nem tinha percebido que estava fazendo isso.

— Me conte — minha melhor amiga sussurrou. — Sei que está acontecendo alguma coisa.

Estava acontecendo alguma coisa?

Estava, sim. Há exatamente uma hora, meu celular tinha tocado, e o nome de Dallas havia aparecido na tela.

No dia anterior, ele também tinha me ligado.

E no dia anterior a esse.

Simplesmente não havia atendido nenhuma das suas ligações. Nem ligado de volta. Ele não deixara mensagens de voz e, para ser sincera, foi um alívio. Eu estava sendo covarde.

Eu sabia que estava sendo imatura? Sim, mas toda vez que via o nome dele, só conseguia pensar no que falara para ele no vestiário após o incidente com Christy. Dava para perceber: meus sentimentos ainda estavam meio crus com as palavras dela. Então me senti idiota por abrir minha boca grande e dizer a Dallas que a esposa dele era uma imbecil e dar sinal de que gostava dele. Me sentia burra, e detestava me sentir burra, a menos que estivesse fazendo de propósito.

Também odiava admitir que me sentia assim, mas para quem mais poderia contar se não fosse para Vanessa?

— Fiz uma burrice — contei a ela.

— Eu sabia! — Então perguntou: — Qual é a novidade?

— Cale a boca. — Me estiquei para cutucá-la na testa. — Deixe eu resumir. Há um cara... um homem, na verdade...

O travesseiro acertou meu rosto com tanta rapidez que não tive chance de esquivar e, por um milagre, consegui pegá-lo antes de acertar o bebê e o acordar.

— O que é isso, Van? Está tentando acordá-lo?

— Ele dorme igual ao pai. Está bem. *Tem um cara e você não me contou?*

Se essa não fosse a mesma pessoa para quem eu costumava enviar mensagem de MENSTRUEI. OBRIGADA, JESUS, diria a ela que não precisava saber de tudo da minha vida. Mas ela era. Não me sentia mal em não contar tudo a ela porque essa hipócrita nem sempre me contava a fofoca boa no instante em que acontecia algo na sua vida amorosa. Parecia que ela pensava que eu era bocuda.

E estaria certa, porque eu era.

— Na verdade, não é nada — chiei para ela, olhando para Sammy, a fim de garantir que ele não tivesse acordado. — Quero dizer, não deveria ser nada. Ele é casado...

— Caramba, Diana...

— É separado. Jesus. Acalme-se. Sabe que eu não me envolveria com um homem casado. É separado da esposa e já faz um tempo, mas, de qualquer forma, não há nada acontecendo entre nós. Ele é primo da Ginny e técnico do Josh. É bem legal comigo e com os meninos porque a mãe dele foi mãe solo...

— Mas você gosta dele.

Suspirei.

— Acho que nunca conheci alguém mais gentil na vida, Vanny. Não quero gostar dele. Preciso dizer a mim mesma, o tempo todo, que ele é casado, e ele leva isso a sério. Quando nos conhecemos, ele pensou que eu estivesse tentando flertar com ele e ficou todo estranho e na defensiva comigo até eu falar para ele que não estava, mas quanto mais o conheço... mais gosto dele. — Listei todas as coisas com que ele havia me ajudado, exceto o fato de Anita aparecer. — E você nem sabe o quanto ele é gostoso do seu próprio jeito. Nas primeiras vezes em que o vi, não achei seu rosto nada de mais, mas ele é lindo. É mesmo. — Infelizmente.

— E?

Suspirei.

— E, mulher, além do fato de ele não ser solteiro e de eu saber que é roubada, nos tornamos meio que amigos. E comecei a confiar nele. — Essa era a parte dolorosa. — Um dia, no jogo de Josh, no dia em que parti para ver você, aquela mãe com quem discuti há um tempo começou a falar muita merda para mim, e simplesmente desmoronei. Não retruquei pela primeira vez na vida. Chorei e ele me abraçou para me sentir melhor e eu, basicamente, disse a ele que gostava muito dele e que sua esposa deve ter dano cerebral por não estar com ele.

Pausei.

— *E moro do outro lado da rua dele.*

O silêncio de Vanessa não me deixou nervosa. Ela estava pensando no que dizer ou, conhecendo-a, contando até dez inúmeras vezes. Enfim, ela disse:

— Assim que eu não estiver morrendo, posso voar para Austin e fazer com essa mãe o que fizemos com seu namorado no primeiro ano.

Tive que tampar a boca com a mão para não explodir em gargalhada, me lembrando exatamente do que ela estava falando.

— Ele mereceu aquela batata no escapamento dele.

— Pode ter certeza de que mereceu — ela concordou. — Vamos fazer isso com essa mulher desta vez.

Eu sorri e ela sorriu de volta, parecendo bem cansada, mas simplesmente tão bonita como sempre, mesmo com seus cinco centímetros de raiz e a cor laranja acinzentada que restou das suas últimas luzes que tinham desbotado com o tempo. Eu precisava encontrar uma cabeleireira para ela, e logo.

Van se esticou e me cutucou.

— Você falou que ele é separado e não está fazendo nada errado. Não há nada que diz que não pode se sentir atraída por alguém com quem tem coisas em comum. Ele não é o único cara do mundo, Di. Sei que as coisas têm sido difíceis para você depois de Jeremy...

Ela falara o nome que eu nunca mais queria ouvir.

— Mas ele era um babaca, e você sabe disso. Se esse cara é tão bom quanto você pensa que é, não vai achar que é um problema você gostar dele... mesmo que ele some dois e dois para descobrir que você gosta... então você também não deveria. Talvez ele não fique separado para sempre. Talvez fique.

Talvez ela tivesse razão.

Van continuou.

— Após Aiden e Sammy, o que mais amo no mundo são você e Oscar. Quero que seja feliz, D. Tem o maior coração de todo mundo que conheço, enterrado profundamente debaixo dessa concha de vaca...

Tive que colocar a mão na boca de novo para não gargalhar.

— ... teimosa e pé no saco. Se quiser sair com um jogador de futebol um dia...

— Não. — Não conseguiria suportar todas as mulheres se jogando para um jogador de futebol. O marido da Vanessa era uma exceção. Ele não gostava de ninguém, exceto dela. O único motivo pelo qual ele me aguentava um pouquinho era porque eu gostava muito dela.

— Certo, então. Um dia, vai encontrar um pobre idiota para te amar. — Ela sorriu para mim, esticando a mão pela cama, e a segurei. — Se não encontrar, vamos pagar alguém para fingir que te ama.

A semana seguinte passou em um piscar de olhos. Não me lembrava do quanto bebês davam trabalho, mas, meu Deus, era muito. O miniponta da defesa em formação de Vanessa comia como se fosse um adolescente passando por um pico de crescimento. Fiquei com os dois novos pais um total de doze dias, porém aceitei que precisava voltar para os meninos e para uma coisinha chamada trabalho. A caminho de San Diego, tinha ligado para todas as minhas clientes e explicado que tive uma emergência familiar — e prometido um desconto para o próximo serviço —, então, no segundo em que voltei ao salão no dia em que meu voo chegou, reagendei todo mundo. As três semanas seguintes seriam corridas, equilibrando todas as clientes que tivera que encaixar das semanas que tirara a folga inesperada, enquanto também planejava aceitar mais clientes do que o normal, a fim de ganhar mais dinheiro.

Ficaria bem ocupada, mas valeria a pena. Além disso, o que poderia ter feito de diferente? Não ter ido ficar com Vanessa? Os meninos e eu poderíamos viver de miojo por um tempo e não seria grande coisa.

— *TIA!* — foi o grito ouvido pelo campo conforme o garoto da altura dos meus seios corria na velocidade máxima na minha direção.

Meu primeiro pensamento foi: Deus, esperava que ele não tropeçasse e caísse. Uma visita na sala de emergência era a última coisa que eu poderia pagar naquele momento.

Meu segundo pensamento foi: fiquei com muita saudade dele. Louie e eu tínhamos conversado pelo celular todos os dias, porém era diferente de vê-lo pessoalmente.

Meu terceiro e último pensamento foi: me sentia idiota por ter começado a temer ir ao treino de beisebol. Na primeira parte do dia, após eu ter concordado com os Larsen em encontrá-los no estádio para pegar os meninos, tinha começado a pensar de novo que eu não queria ver os outros pais do Tornado. Que não queria ver Dallas.

E estava preocupada que, se visse Christy, poderia fazer algo de que todo mundo se arrependeria.

Mas, agora, conforme Louie corria na minha direção e pulava e corria com um sorriso do tamanho do sol no seu rosto adorável, me odiei por me preocupar com aquelas pessoas quando eu tinha alguém tão perfeito esperando, feliz em me ver. Eram pessoas como Louie e Josh, como os Larsen — minha *família* — que realmente importavam na vida. As opiniões e percepção de todo o resto nem deveriam começar a contar no meu dia.

E, quando peguei Louie com um "oomph" que tirou metade do meu ar, aceitei que passaria por tudo de novo com Christy se tivesse uma recepção como essa do meu menino.

— Estava com saudade, Docinho — Louie praticamente gritou no meu ouvido enquanto seus braços envolveram meu pescoço e ele abraçou o pouquinho de ar que eu ainda tinha. — Estava com saudade. Estava com saudade. Estava com saudade.

— Também estava com saudade, carinha de cocô — eu disse, beijando suas bochechas. — Ah, meu Deus, o que esteve fazendo? Está planejando hibernar durante o inverno? Está pesando uns quatro quilos a mais do que quando viajei.

Igual quando ele era bebê, Louie recuou, colocou as mãos — as quais eu tinha noventa e nove por cento de certeza de que estavam sujas — nas minhas bochechas e as balançou conforme se inclinou perto o suficiente para encostar a ponta do nariz no meu.

— Vovó me deu bastante pizza e nuggets de frango.

Dei risada.

— Estou sentindo o cheiro no seu bafo.

A risada dele foi direto para o meu coração.

— Me trouxe alguma coisa?

— Vanny mandou uns brinquedos e roupas para você.

— Posso ver?

— Quando chegarmos em casa. Estão na minha mala, ansioso.

Ele suspirou e deixou a cabeça cair, seu corpo inteiro arqueando para trás com o movimento, fazendo meus braços ficarem tensos com o peso dele.

— Ok.

— Aham. Vamos ver a vovó e o vovô — falei, já andando com ele no colo.

Louie começou a se remexer e o deixei deslizar até o chão, então pegou minha mão e me levou na direção dos seus avós.

— Estavam me esperando? — perguntei, pensando como ele tinha me visto quando eu ainda nem fazia ideia de onde os Larsen estavam sentados.

— Sim. Vovó me falou que você estava vindo, então fiquei sentado te esperando.

Que garoto. Apertei a mão dele e trocamos um sorriso. Claro que, sentados na primeira fileira, estavam os Larsen, seus olhos focados no campo. O corpo comprido e peludo aos pés deles me fez sorrir. Também tinham trazido Mac.

— Vovó! *Tia* chegou! — Louie gritou para metade dos pais sentados ali durante o treino ouvirem. Pude vê-los, do canto do olho, tentando ver de quem ele estava falando, porém me certifiquei de manter os olhos firmemente nos únicos dois adultos ali com quem eu queria interagir. Mac virou a cabeça na nossa direção, coçando o nariz e, em um piscar de olhos, ele estava de pé; aquele rabo branco balançando no ar de forma violenta.

— Diana, querida — a Sra. Larsen me cumprimentou primeiro com um sorriso de boca fechada conforme se levantou e me abraçou, enquanto Mac se esmagou entre nós, saltitando nas suas patas da frente a fim de chamar atenção. Ajoelhando-me, abracei o cachorro gigante e enterrei o rosto no seu pelo quando ele tentou lamber meu rosto.

Me levantando de novo, abracei o Sr. Larsen em seguida.

— Muito obrigada por cuidarem dos meninos para mim.

Já havia dito exatamente essa mesma coisa toda vez que falara com eles, mas estava muito grata. Quando minha mãe soube que eu tinha viajado para San Diego e que os Larsen ficariam com os meninos nesse meio-tempo, ela havia me dado sermão de como eu podia simplesmente viajar e deixá-los assim. *¿Que te crees?* Quem eu pensava que era, ela havia perguntado. No fim da conversa, eu estivera dividida entre chorar e gritar.

— Quando quiser — o Sr. Larsen confirmou, me dando um tapinha. — Vanessa e o bebê estão bem?

Me sentei na arquibancada ao lado da Sra. Larsen com Louie à minha esquerda, sua palma da mão na minha coxa de um jeito que me fez sorrir.

— Ela está ótima, considerando todas as coisas. — Fiz uma linha por minha barriga e estremeci. — E o bebê é perfeito. — Coloquei a mão sobre a de Louie e mexi as sobrancelhas. — Seu novo primo é quase tão fofo quanto você.

— Ele *é* meu primo, né? — o menino perguntou.

— É. — Ele chamara Vanessa de tia por toda a vida. — Talvez possamos visitá-los em breve e aproveitar para viajar para a Disney. — Já dava para visualizar os resmungos mal-humorados de Josh quanto à Disney, porém ele teria que suportar.

— Sempre quis um primo... — Louie começou a dizer, piscando.

Deus, ele era tão fofo.

— E uma irmã.

Tossi. Tossi como se tivesse diagnóstico de enfisema de repente. Para que ele queria uma irmã? O que era para eu fazer? Tirar uma de uma árvore para ele?

Qual era a resposta para isso?

Não havia uma, então fingi que não o ouvi.

A Sra. Larsen também o ouviu, porque, quando me virei para encará-la, seus olhos azuis estavam arregalados e ela estava com os lábios pressionados. Fiquei feliz que uma de nós achasse isso engraçado, porque, com certeza, eu não achava. Olhei para Louie de novo, me certificando de não fazer contato visual, e me perguntei de onde ele havia tirado aquilo. Não eram todas as crianças que queriam ser o bebê da família?

O barulho da cerca que protegia as pessoas da arquibancada do campo me fez olhar e ver um menino alto que eu conseguiria reconhecer mesmo de máscara e capacete, assim como de uniforme, que o cobria do pescoço até as mãos.

— Josh!

Ele acenou seu taco e sua mão ao mesmo tempo; dava para saber que ele estava sorrindo com o protetor bucal que protegia a metade inferior do seu rosto. Tinha ficado com muita saudade desses meninos. Não conseguia imaginar minha vida sem eles.

Josh tinha acabado de se virar para continuar o treino quando olhei para o lado e *o* vi. Dallas estava parado perto da terceira base com as mãos nos bolsos da sua calça velha e gasta, e estava olhando na minha direção. Não estava olhando casualmente; estava, definitivamente, encarando.

Acenei, e tive praticamente certeza de que ele sorriu.

— Goo, vai dormir aí dentro?

— Não — Louie respondeu com duas naves espaciais erguidas no ar, o nariz delas a centímetros um do outro.

Não tinha como a água da banheira ainda estar quente. Ele estivera sentado nela brincando com suas naves espaciais pela última meia hora enquanto eu estava ocupada tentando costurar o joelho de uma calça rasgada do seu uniforme. Geralmente, em noites nas quais Josh tinha treino de beisebol, eu não insistia para que ele tomasse banho de banheira, no entanto, Josh havia admitido para mim que nenhum deles tomava banho há dois dias e isso, simplesmente, não funcionaria comigo. Enquanto eu fazia um jantar rápido de taquitos congelados e um saco de milho congelado no micro-ondas, o menino de onze anos havia tomado banho.

— Então venha. Você sabe que tem que ir para a escola amanhã e precisa do seu sono da beleza.

Ele sorriu para mim com timidez ao se levantar, ainda totalmente inocente, sem se importar que estava nu. Um ano antes, quando dividíamos um banheiro, eu havia me deparado com Josh, sem querer. Ele estivera totalmente nu e gritara como se eu tivesse entrado lá para matá-lo, com as duas mãos cobrindo as partes íntimas.

— Não olhe para os meus nuggets!

Como se eu já não tivesse visto os pistachinhos dele milhares de vezes.

Nos cinco minutos seguintes, eu havia secado Louie e o observado vestir o pijama. A camiseta era do Homem-Aranha, a calça era de dinossauro. Após bagunçar o cabelo dele, arrumei a bagunça que tínhamos feito no banheiro e fui para a lavanderia a fim de colocar roupa para lavar. Acabara de colocar sabão na máquina quando ouvi alguém batendo na porta da frente. Não precisei olhar no relógio para saber que já estava perto das dez da noite. Quem viria aqui tão tarde?

Meu vizinho viria.

O rosto de Dallas estava inclinado para o lado quando olhei pelo olho mágico. Respirando fundo pelo nariz, pensei em não atender, mas então mudei de ideia. Teria que vê-lo em breve de qualquer forma. Por que não acabar logo com isso? Talvez ele tivesse esquecido o que falei e, se não tivesse... era uma pena. Não dava para voltar atrás agora.

— Oi — eu disse, abrindo bem a porta. Ele ainda estava vestido com a roupa que o vira durante o treino, só que não estava usando o boné de beisebol. Eu ainda estava com o dele no meu carro.

— Tem um segundo para conversar? — ele foi direto e perguntou, suas mãos soltas nas laterais do corpo.

Será que ele ia me dizer que não poderíamos mais ser amigos? Eu sabia que era mandona e teimosa. Também tinha bastante consciência de que não era a pessoa mais fácil de lidar às vezes. Mas ele não ia me falar para cair fora agora, ia?

Dallas deu um passo à frente, a ponta dos seus tênis gastos ultrapassando a soleira, praticamente me impedindo de fechar a porta na cara dele. Colocou a mão na nuca. Parecia cansado e mais bronzeado do que estivera antes de eu viajar.

— Liguei para você.

Aonde ele queria chegar com isso?

— Eu sei. Só estava... ocupada. Desculpe. Ia te ligar de volta, mas, toda vez que me lembrava, já era tarde aqui.

A respiração profunda e lenta que ele deu pareceu atingir meu peito.

— Você não foi a nenhum dos treinos em duas semanas. Nunca atendeu à porta quando bati. — Ele pausou, seus olhos focando no meu rosto. — Foi embora do jogo naquele dia. Eu ia te dar um pouco de espaço, porém não te vi depois daquilo e fiquei preocupado.

Ele também tinha batido na minha porta?

— Eu estava fora da cidade, só isso. — Pisquei, me certificando de manter neutra minha expressão facial. — Estamos bem. Você não fez nada para mim. — Era eu que tinha me feito de idiota. — Desculpe por te deixar preocupado.

O alívio pareceu socar as linhas dos seus ombros.

— Estamos bem?

Se ele não iria deixar isso estranho, eu também não iria.

— Sim. — Aí falei as palavras que fizeram minha garganta coçar pra caramba. — Claro que estamos bem. Somos amigos. Quer entrar? Tenho cerveja.

CAPÍTULO DEZESSETE

Josh tinha acabado de subir para o monte a fim de arremessar quando minha mãe decidiu se inclinar para mim.

— Ele está rebatendo melhor? — ela perguntou como se ele já não rebatesse incrivelmente.

Assenti, mantendo os olhos no menino de onze anos preparado. Tinham se passado quase duas semanas desde que eu chegara da visita a Vanessa na Califórnia. Estivera mais ocupada do que nunca. Esse era para ser meu fim de semana de folga com os meninos, mas precisara cumprir alguns compromissos que tivera que cancelar quando estava ausente, e os Larsen tinham oferecido para pegar Josh e Louie naquela manhã para eles poderem levá-lo ao seu amistoso, permitindo que eu trabalhasse. Quando minha última cliente do dia ligou e cancelou no último minuto, Sean e eu tomamos a decisão conjunta de fechar o salão uma hora mais cedo. O campeonato em que o time de Josh iria jogar naquele fim de semana era, felizmente, a meia hora de carro, e eu tinha voltado tão rápido que eles só tinham jogado — e vencido — contra dois times depois do aquecimento. Essa era a primeira vez, desde que eu voltara, que conseguia fazer algo relacionado a beisebol; estivera precisando ficar até tarde a fim de atender todas as clientes que eu tivera que reagendar.

Os Larsen tinham ficado nos quatro primeiros jogos antes de ir embora quando eu havia aparecido, com meus pais aparecendo logo depois. Essa também era a primeira vez que conseguira passar mais de dez minutos com meus pais em mais de um mês. As coisas ainda estavam estranhas entre mim e minha mãe. Ela nunca admitiria que havia levado algum assunto longe demais, e eu não iria voltar atrás com meus sentimentos. Não me arrependi nem me senti mal por ter ido visitar minha melhor amiga e seu bebê, independente do que ela dissesse ou pensasse.

— Sim. O técnico de rebatida dele é ótimo e os técnicos têm trabalhado bastante com ele durante o treino também.

Os técnicos. Não pude evitar e meio que olhei para um técnico específico parado perto da terceira base, com os braços cruzados à frente do peito. Eu não o vira muito desde aquela noite em que ele viera quando voltei. Ele tinha entrado bebido a última cerveja da geladeira enquanto eu lhe contava sobre a visita à minha melhor amiga. Ele não conseguia acreditar com quem ela era casada. Enquanto fui ver como Josh estava, Louie havia saído do seu quarto e convidado Dallas para se sentar com ele enquanto eu lhe contava sua história diária de Rodrigo.

— Quem são os técnicos mesmo? — minha mãe perguntou, me arrastando de volta ao presente e longe da imagem mental do meu vizinho sentado de um lado da cama de Louie enquanto eu estivera do outro e lhe contava sobre a época em que meu irmão tinha pensado que havia perdido seu celular, mas o deixara dentro da geladeira sem querer.

Olhei-a de lado e, de alguma forma, consegui não balançar a cabeça. Meus pais não iam tanto assistir aos jogos de Josh quanto os Larsen e eu, porém tinham ido o suficiente para ela saber mais do que isso. A questão era que, quando Josh tinha começado a falar sobre esportes, meus pais reclamaram. *Por que não futebol?* Então, eu dissera:

— Porque ele não quer jogar futebol.

Depois de tantos anos, você imaginaria que eles tivessem superado isso e aceitado que ele tinha dom para beisebol, no entanto, esses teimosos de quem eu era filha não haviam aceitado.

Apontei para Trip primeiro, que estava em pé perto da primeira base e, então, lentamente, mais do que um pouco resignada, para o homem grande parado mais próximo de nós.

— Por que ele parece familiar?

Olhei-a de novo, sem me deixar enganar por sua pergunta.

— Você o conheceu na festa.

Aquela mulher tinha a memória de um elefante; não se esquecia de nada. Ainda falava sobre coisas que eu tinha feito quando era criança que, por um ou outro motivo, ainda a deixavam brava de vez em quando.

— Oh.

Não gostei do jeito que ela falou "oh". Então esperei.

— Aquele todo tatuado? — ela perguntou em espanhol.

Todo tatuado? Elas só iam até o cotovelo dele.

— *Si.*

Ela disse de novo:

— Oh.

Se não conhecesse minha mãe do jeito que a conhecia, presumiria que ela era indiferente quanto a Dallas. Mas a conhecia. E, por algum motivo, seu "oh" ao se referir a ele não caiu bem para mim.

Diante de nós, Josh se posicionou na base e bateu a bola direto entre a segunda e a terceira, voando tão alto como um jato para o campo externo que fiquei em pé para torcer por ele. Vagamente, vi minha mãe erguer as mãos no ar e começar a bater palmas. No entanto, foi só quando me sentei, conforme os pés de Josh chegaram à terceira base, que ela, finalmente, disse o que eu deveria ter imaginado que ela diria.

— Acho que não é bom ter todas aquelas tatuagens perto de crianças, não?

Resmunguei.

— Tatuagens não pulam para fora e atacam pessoas, *Mamá*.

— *Sí pero... ve lo.* — Ela bufou, a ponta do seu queixo apontando para Dallas, que estava com as mãos nos joelhos para conversar com Josh. — Ele parece um membro de gangue.

Odiava quando minha mãe fazia essa porcaria de estereótipo,

principalmente enquanto falava de um homem que tinha sido bastante gentil comigo e os meninos. Era injusto, para ele, ser julgado por seu corte de cabelo militar e um rosto com que tinha nascido. Precisei cerrar os dentes para me impedir de dizer algo de que iria me arrepender.

— Ma, ele não é de uma gangue. É ótimo com crianças. É ótimo com todo mundo.

— *Ay*. Talvez, mas por que ele precisa ter todas aquelas tatuagens?

— Porque ele quer — disse em um tom mais irritado do que o normal.

Ela virou a parte superior do corpo para mim, aqueles olhos bem pretos se estreitando.

— Por que está ficando brava?

— Não estou ficando brava. Acho que está sendo maldosa em julgá-lo. Não o conhece.

Ela bufou.

— *¿Y tú si?*

— Conheço, sim. Ele esteve na Marinha por vinte anos e tem o próprio negócio. É técnico de garotos porque gosta de apoiá-los. Ele — praticamente disse *quase*, mas consegui me conter — sempre foi legal com Josh, Louie e eu. — Antes de conseguir me impedir, antes de conseguir pensar nas pessoas sentadas à minha volta e considerar que pudessem ouvir, falei: — Eu o acho ótimo. Gosto bastante dele.

A inspiração longa e trabalhosa que ela deu pareceu sugar todo o ar dentro de três metros.

— *¿Qué?* — O quê?

— Gosto dele. — Eu a estava provocando? Talvez um pouco, mas odiava, *odiava* quando ela me obrigava a fazer isso.

— Por quê?

— Por que não? — Parecia que sempre brigávamos quando eu gostava de alguém que não era mexicano.

— Diana, *no me digas eso*.

— *Te estoy diciendo eso. Me gusta.* Ele é uma boa pessoa. É bonito...
— Ela bufou. — E trata bem todo mundo, *Mamá*. Sabe o dia depois da festa? Ele foi em casa e ajudou a mim e aos meninos a limpar por horas. — Realmente não tinha acreditado nele quando fora embora de casa naquela noite, me garantindo que eu deveria deixar a bagunça porque poderíamos arrumar no dia seguinte.

Mas ele cumprira. Várias vezes, ele fizera coisas que não precisava fazer. Não éramos nada para ele, porém ele havia feito o que outras pessoas não fizeram.

Se aquilo não era amizade, eu não sabia o que era.

— Ele não, Diana. *De novo, não.*

Que Deus me ajudasse, às vezes, eu queria estrangular minha mãe.

— Ah, meu Deus, *Ma*. Acalme-se. Não estou te falando para amá-lo. Só estou te contando que gosto dele. Não vamos nos casar. Ele nem gosta de mim desse jeito. Ele só é... gentil.

A mulher que havia me dado à luz encarou à frente de novo. Dava para ver suas mãos apertando o tecido da saia longa que estava vestindo.

— Por enquanto! — ela praticamente sussurrou-chiou.

Oh, não.

— Você não sabe como escolhê-los — ela acusou, seu olhar ainda à frente.

Também não conseguia olhar para ela, então me mexi para observar o próximo rebatedor ser arrasado.

— Mãe, eu te amo, mas não entre nesse assunto agora — sussurrei.

— Também te amo — ela falou baixinho —, mas alguém precisa te dizer quando toma decisões idiotas. Da última vez, fiquei de boca fechada e você sabe o que aconteceu.

Claro que eu sabia o que aconteceu. Estava lá. Tinha vivido aquilo. Não precisava de um lembrete do quanto eu fora burra. Eu nunca me deixaria esquecer.

Ainda assim, lá estávamos nós de novo com ela me dizendo o que fazer da minha vida e o que fazer de diferente. Às vezes, eu pensava que, se ela não tivesse sido tão rígida comigo quando criança, levaria suas "sugestões" mais a sério, mas ela fora rígida. Rígida demais. E eu não estava mais a fim disso, independente do quanto a amasse.

— Mãe, Rodrigo tinha tatuagens. Não seja hipócrita.

Agiu como se eu tivesse atirado nela. Suas mãos foram para o peito e suas costas ficaram retas como uma vareta. Minha mãe engoliu em seco, e tenho quase certeza de que suas mãos começaram a tremer.

Jesus. Detestava quando ela agia assim.

— Não fale do seu irmão. — Mal a ouvi.

Suspirei e esfreguei a sobrancelha com as costas da mão. Toda santa vez com ela. Deus. Nunca podíamos falar de Rodrigo. Nunca.

Com um suspiro, tentei manter a atenção no jogo, apenas prestando metade da minha atenção nele enquanto a outra metade ia e voltava entre pensar em Rodrigo e Dallas. Achava que meu irmão teria gostado dele. Achava mesmo.

O jogo quase terminou antes da minha mãe, enfim, falar de novo.

— Vocês podem ser amigos, mas nada mais. — Ela fez um som delicado com a garganta que acho que nunca conseguiria imitar.

Por que ela nunca podia esquecer as coisas? Por que eu nunca podia esquecer as coisas e dizer o que ela precisava ouvir? Revirando os olhos, enfiei a mão no boné que tinha acabado de colocar, de Dallas, e cocei o ponto que estava coçando há um ou dois dias agora na parte de trás da minha cabeça, perto da coroa. Não lavava o cabelo há alguns dias, então provavelmente era hora.

— Você me ouviu? — ela perguntou baixinho.

Deslizei um olhar para ela antes de focar no jogo de novo.

— Sim. Só não vou te dizer o que quer ouvir, *Ma*. Desculpe. Te amo, mas não seja assim.

A expiração dela teria me assustado na época em que eu tinha dez anos. Aos vinte e nove, não permitia que isso me incomodasse. No fim do jogo, meu pai apareceu com Louie no colo, suados e cansados de brincarem no parquinho. Não me esforcei exatamente para dar espaço para minha mãe, mas aconteceu. Quando o jogo começou quase uma hora depois, me certifiquei de me sentar ao lado do meu pai com Louie do meu outro lado, como uma barreira entre nós. O Tornado venceu aquele último jogo do dia — o que era sempre agridoce porque significava que os meninos teriam um jogo no dia seguinte e eu teria que acordar bem mais cedo para isso, pois não trabalhava no salão aos domingos.

Seguimos meus pais até o carro deles para dar tchau, e minha mãe e eu só demos um beijo rápido na bochecha uma da outra. A tensão estava tão grande que meu pai e Louie olharam para nós duas antes de eles entrarem no carro. A caminho do nosso carro, vi uma caminhonete vermelha estacionada a cinco vagas de mim. Ao lado da carroceria, ocupado jogando uma bolsa nela, estava uma visão ainda mais familiar. Dallas.

Parada a alguns metros dele, falando rapidamente, estava Christy.

Josh percebeu o que eu estava olhando, porque perguntou:

— Vai convidá-lo para comer com a gente?

Era tão óbvio assim para ele? Ergui um ombro.

— Estava pensando nisso. O que acha?

— Não me importo.

Olhando-o de lado, levei nosso grupo até a caminhonete assim que Dallas fechou a carroceria. Ele nos viu ou sentiu que estávamos nos aproximando, porque olhou por cima do ombro e ficou ali parado. Christy, que estava de frente para nós, fez careta apenas o suficiente para eu perceber, porém parei de prestar atenção nela. Louie estava me dando a mão e Josh estava ao meu lado, arrastando a bolsa atrás dele. O sorriso que se abriu no rosto de Dallas conforme nos observou foi genuíno.

— Darei um retorno para você sobre a arrecadação de fundos. Não há pressa para isso — meu vizinho disse à mulher à direita dele sem olhar nos olhos dela. — Falo com você depois.

Os olhos de Christy se desviaram de Dallas para mim, e ela respirou fundo de um jeito que eu apostaria um ovário que tinha uns palavrões misturados ali. Falou algo para o técnico, me lançou outro olhar e começou a se afastar.

Aguardei até ela estar a uma distância decente antes de erguer o queixo para ele e perguntar:

— Vamos comer cachorro-quente no jantar, Lex Luthor. Vai querer ou não?

— Lou, qual é o problema com a sua cabeça?

Louie, que estava sentado no sofá jogando videogame contra Josh, tinha, de repente, soltado o controle no colo e começado a coçar muito o couro cabeludo, encolhendo-se.

— Está coçando.

Franzi o cenho para ele.

— Certifique-se de lavar o cabelo esta noite, então, sujinho.

— Aham — ele disse, assim que pegou o controle de novo, focado no jogo de luta.

Havíamos terminado de jantar há meia hora e, desde então, nós quatro — inclusive Dallas — estávamos nos revezando para jogar o que eu teria chamado de Street Fighter quando tinha a idade dele. Não fazia ideia de como o jogo realmente se chamava. Eu tinha perdido a última luta contra Josh, e Louie pegara meu lugar.

Me ajeitando no sofá, ergui meu joelho e, sem querer, bati em Dallas no processo. A atenção dele estivera na tela até então, e ele se virou para dar um sorrisinho para mim.

— Quer outro cachorro-quente? — ofereci. — Comemos todas as batatas fritas.

Ele balançou a cabeça.

— Não, estou cheio. Obrigado.

Não estava surpresa; ele já tinha comido quatro.

Começou a coçar outro lugar na minha cabeça, e ergui a mão para coçá-la com o dedo indicador. Louie não era o único que precisava lavar o cabelo. Quando olhei de volta para o homem sentado a uma almofada de mim no sofá, ele ergueu as sobrancelhas em questionamento e ergui as minhas de volta.

— Aff! — Josh gritou do nada, seu controle voando pelo chão conforme as duas mãos foram para seu cabelo, coçando muito a cabeça. — Está coçando demais!

O que estava havendo?

De canto de olho, vi Louie começar a fazer igual, só que apenas com uma mão. Parecia que os dois estavam tentando arrancar sangue da cabeça. Mal tinha pensado nisso quando outro lugar do meu couro cabeludo começou a coçar, e o fiz com força.

— O que está acontecendo? — perguntei, coçando.

O único som na sala era o de nós arranhando nosso couro cabeludo com as unhas. Então, Dallas disse:

— Louie, ligue aquele abajur.

Louie fez o que ele pediu com sua mão livre.

— Tem percevejos aqui ou algo assim? — indaguei, torcendo para ele ter uma ideia do que era.

Dallas estava ocupado demais olhando de um garoto para outro e para mim, pensativo. Gesticulou para Lou ir até ele e o garoto o fez. Eu ainda estava coçando quando Dallas repartiu o cabelo de Louie com aquelas mãos grandes, seu rosto mergulhando para a frente bem perto para dar uma olhada na cabeça dele. Não falou uma palavra conforme tirou as mãos e, então, mudou para mexer em um lugar diferente, fazendo exatamente a mesma coisa, seu nariz se aproximando a centímetros do couro cabeludo de Louie. Também fez uma terceira vez.

Olhei para Mac dormindo no chão e perguntei devagar:

— Estamos com pulgas? — Dava o remédio de pulgas a ele no mesmo dia todo mês.

Dallas se endireitou e apertou os lábios e, de alguma forma, conseguiu dizer calmamente:

— Não. Vocês estão com p-i-o-l-h-o.

— P-i-o-l-h-o? — Josh murmurou as letras baixinho.

— P-i-o-lhoo? — Esse foi Louie.

Ainda estava com a mão na minha cabeça quando enruguei o nariz.

— O que... Ah, meu Deus! Não!

Há apenas algumas coisas no mundo que eu tinha ficado com vergonha de comprar. Quando era adolescente, propositalmente, comprava absorventes comuns e internos em lojas que tinham apenas *self-checkout*. Nos meus vinte e poucos anos, comecei a comprar camisinhas on-line porque ficava com muita vergonha de comprá-las no mercado. Também teve o remédio de alívio de coceira para aquela época em que tive infecção por fungos, e lubrificante para Louie para quando ele era bebê e precisou que colocasse o termômetro em um lugar em que não deveria ir nenhum termômetro.

Então o piolho apareceu.

Piolho. *Piolho*. Porra de *piolho*.

O vômito subia pela minha garganta toda vez que pensava sobre os ovos e as criaturinhas cobrindo a minha cabeça e a dos meninos.

Comprar três caixas de remédio e um galão de água sanitária na farmácia vinte e quatro horas foi para a lista de coisas que tive vergonha de comprar. Quando era criança, tínhamos ânsia das crianças nojentas que tiveram piolho. Agora, eu tinha três pessoas na minha casa, uma delas sendo eu.

— Não precisa mesmo fazer isso — dissera para Dallas, no segundo em que percebi que eu precisava estar na farmácia há cinco minutos e jurei que precisávamos sair naquele instante.

Parado diante de mim e entre duas crianças surtadas que tinham gritado "TEM BICHO NO NOSSO CABELO?", tudo que ele fizera foi piscar e ficar calmo, então tirara as chaves do carro da minha mão.

— Eu dirijo. Você pesquisa do que precisa.

Bem, falando assim, engoli em seco meu "Eu cuido disso". Havia ovos no meu cabelo, no cabelo de Josh e no de Louie. Ah, meu Deus. Era nojento. Muito, muito nojento. Jurava que minha cabeça estava coçando ainda mais depois que Dallas confirmara o que tinha na gente. Por um instante, pensei em ligar para a minha mãe, no entanto, depois de terminarmos a noite, a última coisa que eu queria era que ela encontrasse um motivo para me culpar pelos meninos pegarem piolho, porque era o que faria. Esqueceria que eu tinha pegado piolho uma vez no Ensino Fundamental — toda a quarta série pegara —, porque seria uma situação totalmente diferente se acontecesse sob minha supervisão.

Como Dallas sugeriu, passei o caminho pesquisando o que precisava comprar e fazer. Ele ficou no carro com os meninos enquanto corri para dentro e comprei o que era necessário, o atendente só me olhando um pouco estranho quando me atendeu.

— Você faz o tratamento deles e eu te ajudo com os lençóis — Dallas disse naquele tom claro e sensato dele quando íamos para casa.

— Sério, não precisa fazer isso. É quase meia-noite. — Porra, era quase meia-noite? Pelas instruções que li na internet, ficaria acordada a noite inteira, lavando lençóis, roupas e passando aspirador. Também iríamos ter que acordar cedo para o jogo de Josh.

Ficaria enjoada. Suportava sangue. Suportava os meninos quando estavam doentes e vomitavam por todo lado. Diarreia e eu éramos velhas amigas... mas essa coisa de piolho ultrapassou uma linha em um território com o qual não conseguia lidar. Insetos e eu não éramos amigos destinados a ter uma relação próxima e pessoal.

Eu o vi olhando para mim rapidamente antes de voltar sua atenção à frente, porém suas mãos se flexionaram no volante. Eu havia colocado uma sacola de mercado no encosto de cabeça para ele porque estava paranoica.

— Sei que não preciso.

— Estou com pulgas! — Louie gritou do banco de trás.

— Não está com pulgas. Está com piolho — eu o corrigi, chorando um pouco internamente com o lembrete.

— Odeio piolho!

— Lou, você sequer sabe o que eles fazem? — perguntei.

Silêncio.

Ri em silêncio e depois alto, apesar de tudo. Era melhor ele não saber.

— Certo, quem de vocês pegou o boné emprestado de alguém?

Houve um breve instante antes de Josh resmungar.

— Usei o gorro de Jace na semana passada.

Filho da puta. Desde então, quantas vezes todos nós ficamos no sofá juntos ou eu os abraçara, juntando nossas cabeças? Louie tinha dormido comigo e compartilhado meu travesseiro duas vezes na semana anterior. Eu sabia que ele também tinha dormido com Josh uma noite.

— Desculpe — ele pediu.

— Tudo bem, J. Acontece. — Esperava que nunca mais acontecesse, porém não era como se ele tivesse se infectado de propósito, ou o que quer que fosse.

— Uma vez, eu estava no mar quando um monte de gente pegou piolho — Dallas entrou na conversa dois segundos depois de eu terminar de falar. — Nunca vi tantos adultos chorando na vida, Josh. Vamos todos ficar bem, não se preocupe.

Por que ele tinha que ser tão legal? Por quê?

— Esteve nas Forças Armadas? — Josh perguntou.

— Na Marinha.

O menino de onze anos zombou:

— O quê? Por que eu não sabia disso?

Pude ver a boca de Dallas formar um sorriso mesmo ele mantendo a atenção à frente.

— Não sei.

— Por quanto tempo?

— Vinte e um anos — o homem respondeu tranquilamente.

Os barulhos que saíram da boca de Josh pertenciam a uma criança que nem conseguia compreender o que eram vinte anos. Claro que não conseguia. Ele ainda tinha, no mínimo, mais sete anos antes da sua vida começar a passar por ele.

— *Quantos anos você tem?*

— Jesus, Josh! — Dei risada.

Dallas também riu.

— Quantos anos acha que tenho?

— *Tia* Di, quantos anos você tem? Trinta e cinco? — ele indagou.

Engasguei.

— Vinte e nove, engraçadinho.

Josh devia estar brincando porque começou a rir no banco de trás. Sem me virar, tive praticamente certeza de que Louie também estava rindo.

— Traidor — eu disse para o caçula. — Vou me lembrar disso quando você quiser alguma coisa.

— Sr. Dallas, você tem… *cinquenta*? — Louie falou.

Ah, meu Deus. Não consegui me conter e dei um tapa no meu rosto. Aqueles garotos me envergonhavam tanto.

— Obrigado por isso, Lou. Não tenho cinquenta, não. — Dallas deu risada.

— Quarenta e cinco?

O homem atrás do volante fez um barulho.

— Não.

— Quarenta?

— Quarenta e um.

Eu sabia!

— Quantos anos o vovô tem? — Louie perguntou.

Quando confirmei que o vovô Larsen tinha setenta e um, Dallas tinha virado o carro na nossa rua. Nem havíamos entrado na casa, quando nosso vizinho disse:

— Vocês três vão tomar banho, e eu vou cuidar dos lençóis. — Ele já estava com um galão de água sanitária na mão.

— Tem certeza? — Se eu fosse ele, não sabia como me sentiria em estar em uma casa cheia de pessoas com piolho.

Dallas piscou aqueles lindos olhos cor de mel conforme acenou para eu entrar em casa.

— Sim. Vá. Preciso pegar uma coisa na minha casa, e já vou voltar.

Enquanto destranquei a porta e levei os meninos para o banheiro deles, nem pensei em Dallas entrando no meu quarto e em como tinha deixado um sutiã pendurado na maçaneta.

Fechei a porta, com nós três nos espremendo no banheiro minúsculo, e uni as mãos.

— Preciso colocar este negócio em vocês e esperar dez minutos para poderem tomar banho. Então, tirem a roupa, seus macaquinhos sujos.

Louie resmungou:

— Mas tomei banho ontem.

Enquanto o outro — que Deus me ajudasse — gritou:

— Você é uma pervertida!

Eram três da manhã quando terminamos os banhos... de catar... e passar o pente.

Desde que os meninos tinham nascido e, principalmente, desde que entraram na minha vida em tempo integral sem meu irmão, tinham vomitado em mim, e eu limpara cocô e xixi do chão e da cueca mais vezes do que poderia contar. Estivera me preparando mentalmente para o dia em que Josh começasse a sujar lençóis, meias e cuecas. Tinha até começado a fazer anotações para o que teria que dizer a ele no dia em que precisássemos ter a conversa sobre as funções corporais de um menino. De alguma forma, de algum jeito, eu sobreviveria dizendo a palavra "pênis" na frente dele.

Mas pentear os ovos do cabelo de uma criança tinha quase sido meu fim. O que me impediu de reclamar foi, quando levara os meninos para a sala após brigar com eles o tempo todo que tinha levado para massagear o tratamento no cabelo deles e ajudá-los a enxaguar, como Dallas saíra da lavanderia e perguntara:

— Pronta?

E eu perguntara:

— Para quê?

— Para tirar as lêndeas com o pente.

Comecei a abrir a boca e dizer a ele que não precisava fazer isso, porém ele franziu o cenho e me olhou de forma indignada.

— Sei que pode fazer sozinha, mas estou aqui. Vamos lá.

Então fomos. Lancei Josh, que tinha cabelo mais curto, para ele, e levei Louie para a sala de jantar, o único cômodo da casa que ainda tinha lugar para sentar. Dallas tinha tirado as almofadas do sofá, e só pude presumir que também as tinha lavado. Nunca mais iria olhar da mesma forma para os pentes finos. Conforme me sentei na cadeira da sala de jantar, vi Dallas erguer a mão até o peito e levar algo para o rosto.

Eram óculos.

Ele estava colocando óculos. Óculos de armação grossa, preta e estreita. Merda.

Deve ter sentido que eu o estava encarando, porque me olhou com cara de bobo.

— Óculos de leitura. Tenho hipermetropia.

Óculos de leitura? Estavam mais para óculos sexy. Que Deus me ajudasse. Me obriguei a olhar à frente conforme respirei fundo pela boca.

Ficamos todos quietos enquanto penteávamos infinitas vezes, e roubei mais umas olhadas para o homem na cadeira ao lado da minha.

Ovos. Droga. Eu aguentaria vômito qualquer dia.

Um colchão de ar depois, porque os lençóis não haviam secado e eu não tinha extras, os meninos estavam na cama, e eu estava dormindo em pé. Minha cabeça tinha começado a coçar ainda mais nas últimas duas horas, mas eu tinha praticamente certeza de que era só por causa do que vi na cabeça dos meninos. Com ambos deitados, voltei para a sala de estar e vi Dallas chacoalhando lençóis de solteiro lavados na cozinha.

Não consegui evitar dar um grande bocejo bem diante dele, meus olhos ardendo.

— Muito obrigada pela ajuda. Não sei o que teria feito sem você esta noite — eu disse no segundo em que consegui.

Ele também parecia bem cansado. Havia bolsas abaixo dos seus olhos. Ele tirou os óculos e esfregou o antebraço nos olhos ao falar:

— Apresse-se e vá tomar banho para eu poder pentear o seu cabelo.

Oh, Deus. Meu rosto deve ter expressado o que eu estava pensando porque ele deu um bocejo, tão grande quanto o meu, e balançou a cabeça.

— Banho, Diana. Não vai conseguir dormir com insetos andando por toda a sua cabeça.

Quando ele falou assim, como eu poderia não fazer o tratamento? Conforme enxaguei a medicação e ensaboei, pensei: *Poderia pagá-lo depois*. Não sabia mesmo o que faria ou o que teria feito sem ele. Provavelmente, estaria chorando agora.

Quando saí, mal conseguia manter os olhos abertos. Estava bocejando a cada cinco segundos. Meus olhos estavam lacrimejando toda vez que eu fazia isso.

Era praticamente um zumbi.

Jogando água sanitária em toda a banheira e nos azulejos das paredes porque estava paranoica que teríamos algum piolho mutante que pudesse sobreviver sem calor e sangue, abri a janela do banheiro e fechei a porta ao sair. Limparia tudo no dia seguinte. Encontrei Dallas sentado na mesma cadeira da sala de jantar que ele usara para cuidar do cabelo de Josh com a cabeça apoiada na mão, os olhos fechados. Mal pausara entre a sala de estar e a de jantar quando ele se endireitou e piscou olhos sonolentos na minha direção e deu um tapinha nos joelhos.

— Vamos lá, Ovos.

Seu apelido foi tão inesperado que me esqueci de que ele tinha dado um tapinha no colo, e dei risada.

Dallas sorriu ao mesmo tempo em que abriu as pernas e deslizou a cadeira de volta, mostrando-me uma toalha dobrada no chão.

— Isto terá que ser bom o suficiente para você ficar sentada por um tempo.

— Minha cabeça vai ser bem mais difícil do que a de Josh — alertei-o.

Ele mexeu os dedos.

— Eu consigo.

— Temos que sair para o jogo dos meninos em três horas.

— Nem me lembre. Venha aqui.

Pisquei.

— Faz isso para todas as mães solo do time?

Ele sorriu fracamente, mas mais do que provável era apenas exaustão.

— Só as que me alimentam. Venha antes que a gente durma.

Queria brigar com ele, mas realmente não tinha essa força em mim. Quando vi, minha bunda estava na toalha entre seus pés e meus ombros, entre seus joelhos. Uma pressão suave na parte de trás da minha cabeça me fez incliná-la para a frente.

— Vou começar na parte de trás e ir até a frente — ele me avisou com a voz baixa e sonolenta. — Se eu parar de me mexer, me cutuque, ok?

Dei risada, tão cansada que soou mais como um gemido.

— Se eu cair de cara, sinta-se à vontade para me deixar lá.

Sua risada flutuou por cima dos meus ombros ao mesmo tempo em que senti o que só poderiam ser os dedos dele repartindo meu cabelo atrás, colocando a maior parte dele para a frente.

— A que horas acordou hoje?

Senti algo passando na minha nuca.

— Seis. E você?

— Cinco e meia.

— Ui. — Bocejei.

As laterais dos dedos dele passaram por minhas orelhas conforme ele continuou penteando:

— Passei por coisa pior quando era militar.

— Uhumm. — Me inclinei para a frente a fim de apoiar a cabeça na mão, cotovelo no joelho. — Ficou mesmo na Marinha por vinte e um anos?

— Sim.

— Quantos anos tinha quando se alistou?

— Dezoito. Saí para uma missão logo depois de me formar no Ensino Médio — ele explicou.

— Uau. — Não conseguia me lembrar do que estava fazendo aos dezoito anos. Nada importante, obviamente. Só entrei na escola para cabeleireiros aos dezenove, assim que decidi que ir para a faculdade não era para mim e fiz minha mãe chorar algumas vezes. — Por que a Marinha?

— Meu pai se alistou lá. Meu avô também, durante a Segunda Guerra Mundial. — Ele fez um barulho baixo com a garganta ao repartir outra seção do meu cabelo. — Eu sempre soube que me alistaria.

— Sua mãe surtou?

— Não. Ela sabia. Morávamos em uma cidadezinha no centro do Texas. Não havia nada para mim lá. Mesmo antes de fazer dezoito anos, ela foi comigo conversar com os recrutadores. Estava empolgada e orgulhosa de mim. — Houve uma pausa, então ele disse: — Foi Jackson que enlouqueceu.

Nunca me perdoou por eu ir embora.

— Pensei que tivesse dito que havia uns vizinhos e familiares que o apoiaram depois.

— Sim. A mim. Jack... Eles costumavam me levar para pescar, acampar... Meu vizinho me levou para trabalhar com ele por muito tempo para me manter longe de encrenca. Ele colocava revestimento. Foi assim que aprendi a fazer tudo na casa. Jackson nunca se interessou em ir ou em fazer nada disso. Me deixando como um traidor.

— Não dava para tê-lo levado com você.

— Eu sei.

Então por que ele soava tão triste ao admitir isso?

— Ele tenta usar você como desculpa para o motivo de ter se envolvido com drogas e tal? — perguntei, ainda olhando para o chão.

Houve uma breve pausa, então:

— Basicamente.

— Não quero chamar seu irmão de merdinha...

A risada de Dallas foi bem suave.

— Ele é mais velho do que você.

— ... mas que merdinha. Entendo por que você o ajuda tanto, de verdade, mas não o deixe te fazer sentir culpado. Você era uma criança quando seu pai morreu. Ele não foi o único que perdeu o pai e, olhe para você, é um dos homens mais gentis que já conheci. — Dei de ombros abaixo dele. — E não conheço ninguém que não tenha tomado uma decisão idiota em algum momento da vida. Só precisa se responsabilizar por isso. Ele não pode te culpar por nada.

Dallas fez um barulho agudo antes de rir.

— Eu costumava falar a mesma coisa para ele: se você estragou tudo, admita, aprenda com o erro e siga em frente.

— Exatamente. É vergonhoso e uma merda, mas seria pior do que ser idiota duas vezes.

Ele concordou e seguiu penteando meu cabelo. Dava para ouvir nós dois respirando mais fundo, a necessidade de dormir piorando cada vez mais até eu começar a respirar fundo a fim de ficar acordada.

— Estou dormindo — alertei-o. — Então, por que saiu da Marinha?

— É difícil mudar a cada poucos anos por metade da sua vida. — Seu dedo passou na minha orelha e senti um frio na espinha. — Estava pronto para me fixar em um lugar. Minha aposentadoria não é ruim, e gosto de trabalhar com as mãos. Sempre gostei. Não é chique, mas gosto do trabalho físico. Me ajuda a dormir à noite e paga as contas. Não conseguiria aguentar trabalhar em um escritório. Ficaria louco. Cansei de uniformes e espaços pequenos.

Ele gosta de trabalhar com as mãos. Não iria transformar essa declaração em algo mais. Não. De jeito nenhum. Também não iria imaginá-lo com aquele quepe branco fofo e com o uniforme de colarinho que eu vira homens da Marinha usar. Então mudei de assunto.

— E veio para Austin porque tem família aqui?

— Sim.

— A Sra. Pearl?

Ele murmurou confirmando.

— Sempre fomos próximos, e deu certo de a casa em que moro agora ter ficado à venda há uns seis anos, e paguei muito barato.

— Eu não fazia ideia de que eram parentes.

— Há quarenta e um anos — ele murmurou, soando divertido e sonolento. — Nunca agradeci você por cortar o cabelo dela e ajudá-la com o aquecedor de água há um tempo.

— Não precisa me agradecer. Não foi grande coisa. — Bocejei. — Você a vê com frequência?

— Estou lá o tempo todo. Jantamos juntos quase toda noite.

Merda.

— Assistimos TV, faço coisas na casa para ela, jogamos pôquer e vou para casa às nove quase toda noite em que não temos beisebol — ele explicou. — Uma vez por mês, me encontro com o cara com quem trabalho às vezes em Mayhem, e vou visitar minha família onde eu morava umas duas vezes por ano no fim de semana, mas é a minha vida animada. Eu gosto.

Ele fazia coisas para a avó pela casa, jogava pôquer e via TV com ela. Caralho. Tive que apertar os olhos porque não queria me ver enlouquecendo no chão da minha sala de jantar.

Ele não sabia que não era para ser tão... perfeito?

Queria chorar pelo mundo ser tão injusto. Mas já sabia disso e não tinha por que ficar surpresa.

— Seu irmão não vai lá com você? — perguntei a ele, totalmente consciente de que ele já tinha mencionado para mim, no passado, que sua avó se cansara das confusões dele, e como ele era o único que Jackson ainda tinha.

— Não. Há uns dez anos, ele se envolveu em encrenca com um moto clube em San Antonio, e ele... — Dallas expirou como se não quisesse me contar, porém contou mesmo assim. — Ele roubou joias da vovó. Ela nunca o perdoou.

— Porra.

— É. Porra.

Ninguém tinha uma família perfeita, mas isso era pior. Certo. Eu precisava mudar de assunto.

— Onde sua mãe mora? — Pausei. — Sou muito xereta, desculpe. Estou dormindo e só tentando fazer você continuar falando comigo para eu não desabar.

A risada dele foi suave atrás de mim, mais ar quente no meu pescoço.

— Está mantendo nós dois acordados. Não tenho segredos. Minha mãe se mudou para o México há uns dois anos. Conheceu um homem velho o suficiente para ser meu avô. Eles se casaram e se mudaram para lá. Eu a vejo uma vez a cada dois anos. Mais agora do que quando estava de serviço.

Algo nisso me fez fazer careta.

— Contanto que ela esteja feliz...

— Ela está feliz. Acredite em mim. Dava o sangue por nós. Fico feliz por ela ter encontrado alguém. Velho pra caralho ou não.

— Ele é tão velho mesmo?

— É. Chama-se Larry. Tem um neto da idade de Jackson. Minha mãe pede netos de vez em quando, e tenho que lembrá-la de que ela já tem alguns — ele disse, achando engraçado.

— Você não quer ter filhos? — perguntei antes de conseguir me impedir, imediatamente querendo me dar um tapa na cara.

Seus dedos passaram na minha orelha de novo, e tive que lutar contra a vontade de coçar a cabeça.

— Quero alguns. Mas não posso tê-los sozinho.

— Sua esposa não queria? — soltei.

Foi *essa* pergunta que o fez pigarrear. Exceto pela vez no vestiário, nenhum de nós tinha falado sobre seu casamento, mas foda-se. Ele estava penteando coisas do meu cabelo. Éramos praticamente bem *BFFs* agora.

— Ela já tinha um quando nos conhecemos.

Esperei. Já sabia dessa informação, cortesia de Trip.

— O ex dela também estivera na Marinha. Não sabia disso quando começamos a sair. Ela não gostava muito de falar sobre ele, mas imaginei que tinham terminado mal. Acabei descobrindo que ele estava na mesma base que eu. — Ele suspirou, mexendo mais no meu cabelo.

Algo parecido com raiva inflou minha barriga, e lutei contra a vontade de olhar para ele por cima do ombro, porém perguntei mesmo assim, em praticamente um sussurro:

— Ela te traiu?

Houve uma hesitação. Um "hum".

— Não. Não na época. Nos conhecemos através de um amigo em comum da Marinha. Ela trabalhava no Posto de Atendimento na base, e eu gostava dela...

Eu morreria antes de admitir ter ficado com ciúme por ele ter gostado da mulher com quem se casou um dia. Mas fiquei.

Sem saber disso, ele continuou.

— Ela era legal. Nós... flertamos por um tempo. Eu seria escalado. Mais ou menos um mês antes de eu me preparar para embarcar, ela me contou que havia encontrado um nódulo no seio e que estava preocupada. Não tinha convênio, sua tia havia tido câncer de mama... Ela estava com medo.

Por que minha barriga começou a doer de repente quando não era relacionado ao ciúme?

— Gostava mesmo dela, e me senti mal por ela. Me lembro de como foi para o meu pai quando ele estava doente, e ninguém precisa passar por isso sozinho. Já estivera pensando em me aposentar quando minha hora chegasse em um ano e meio. Certa noite, disse a ela que poderíamos nos casar e assim fizemos. Ela teria convênio, e eu gostava da ideia de ter alguém em casa me esperando. Pensei que estivesse tudo bem. Pensei que conseguiríamos fazer dar certo.

Senti vontade de vomitar.

— O que aconteceu?

— Ela esperou uns dois meses para ir ao médico porque estava preocupada que o convênio não fosse cobrir, e era benigno. Ela estava bem.

— E depois?

— Você parece acordada de novo, hein? — Os dedos dele mexeram na pele sensível detrás do lóbulo da minha orelha por um instante. — A questão, Peach, é que você pode bater papo com alguém e se divertir, e aquilo ser a única coisa que vocês têm em comum. Foi a mesma coisa com a gente. Ela não era o grande amor da minha vida. Errei pensando que conhecia essa pessoa que encontrara apenas alguns meses antes de me casar. Não senti falta dela enquanto estive de serviço, e ela, com certeza, não sentiu minha falta enquanto eu estive fora. Enviava e-mail para ela e se passavam duas semanas até ela responder. Ligava para ela, e ela não atendia.

"Descobri, por um dos meus comandantes, que ela era bem apaixonada pelo ex. Nunca vou me esquecer de como ele olhara para mim, como se estivesse surpreso por eu não saber que ela era obcecada por ele quando ficamos juntos. Todo mundo que a conhecia sabia disso. *Ele* era o grande amor da vida dela. Eu era apenas um otário que ela usara para ter convênio e que preenchia o lugar de alguém no qual eu nunca me adequaria, independente do quanto tentasse."

As mãos dele pausaram no meu cabelo por um instante conforme ele expirou.

— Vou ser sincero. Não tentei muito. Nem cheguei perto disso. A ausência não faz o coração criar mais afeição se não tiver nada ali, para começar. Quando voltei, um ano depois, as coisas não estavam nem perto de ficar bem. Acontece muito isso com militares quando são escalados, sabe? Me mudei de volta para nossa casa na base, com ela e o filho dela, e ficamos juntos por dois meses até eu fazer as malas e ir embora. Ela me disse claramente, um dia, que não me amava e nunca me amaria.

"A última coisa que falei foi que ela desperdiçaria a vida toda esperando por alguém que não a amava o suficiente para querer ficar com ela. Foi a coisa errada a dizer para uma mulher irritada. — Ele meio que riu quase que amargamente. — E ela falou para mim: *Você não sabe nada sobre amor se não está disposto a esperá-lo*. Esperá-lo. Como se eu estivesse apenas passando o tempo com ela. Não a vi de novo até... uns meses atrás. Logo depois de você se mudar."

É, eu sabia do que ele estava falando. Tinha ouvido essa conversa. Bizarro.

— Não tentou se divorciar dela?

— Fiquei tentando. Ela queria metade das minhas coisas, e eu não iria concordar com isso. Ela havia se aproveitado disso por quase três anos. Quando, enfim, a vi de novo recentemente, ela me pediu para assinar os papéis do divórcio, que ela não queria mais nada de mim. Fiquei sabendo, por um amigo ainda na ativa, que o ex dela havia se separado da mulher com quem estivera casado, e que eles estavam voltando a ficar juntos. — Ele soltou um barulho desacreditado. — Desejo o caralho de melhor para eles. Espero que estejam felizes juntos após toda a merda pelo que fizeram tanta gente passar. Se se amavam tanto assim, eles merecem... mesmo com esse amor zoado.

Tentei imaginar tudo isso e não consegui.

— Sua vida parece algo tirado de uma novela, sabia disso?

Dallas riu alto.

— Nem me fale.

Eu sorri, com a bochecha ainda apoiada na mão.

— Posso te perguntar uma coisa?

— Claro.

— Foi por isso que foi tão estranho comigo por um tempo? Pensou que eu fosse fazer igual?

— Igual? Não. Não sou tão idiota. Sei que minha ex foi um caso especial e, se não foi, vou rezar pelo filho da puta que ficar preso com outra mulher exatamente como ela. Estou cansado de ser usado, Diana. Não ligo de ajudar alguém, e nunca vou ligar, mas não quero que se aproveitem de mim. É mais fácil fazer as coisas nos próprios termos do que nos de outra pessoa. Não quero mais dar a ninguém o poder da minha vida como dei para ela. Deveria ter sido mais esperto e não ter feito o que fiz, porém aprendi minha lição.

— Não se case com alguém a menos que você saiba que a pessoa te ama bastante? — tentei brincar.

Ele puxou um pouco meu cabelo.

— Basicamente. Não se case com alguém a menos que tenha certeza de que essa pessoa vai te empurrar por aí em uma cadeira de rodas quando estiver velho.

— Deveria fazer um questionário com isso incluso para qualquer mulher que acabar conhecendo no futuro. Transforme em uma questão de redação. *O que acha de cadeiras de rodas? Especificamente, sobre empurrá-las por aí.*

Dallas puxou de novo, sua risada solta.

— Só não quero ficar com uma mulher que não se importa comigo.

Ignorei a sensação estranha na minha barriga.

— Esperava que não mesmo. Isso parece óbvio.

— Passe três anos da sua vida casada com alguém que não sabe o dia do seu aniversário, e vai aprender rapidinho onde errou. — Os joelhos ao lado dos meus ombros pareceram se fechar um pouco em mim. — Estou pronto para seguir em frente com minha vida com alguém que não quer estar com mais ninguém além de mim.

Disse a mim mesma que não seria aquela ingênua que suspirava toda sonhadora, imaginando-se sendo aquela pessoa. E não fui. *Não fui.* Em vez disso, me certifiquei de que minha voz não sussurrasse nem nada parecido conforme falei:

— Tem razão. Espero que resolva seu divórcio logo. Tenho certeza de que encontrará alguém assim em certo momento.

Dizer aquelas palavras matou uma partezinha de mim, porém elas precisavam ser ditas.

Dallas não concordou nem discordou. Sua mão foi gentil no meu cabelo e na minha orelha quando ele mexeu uma para o lado.

— Estou esperando o divórcio ser oficial. Nunca traí minha palavra nem meus votos, mesmo com alguém que não merecia. Iria querer que aquela pessoa com quem eu acabasse ficando soubesse que nunca precisa duvidar de mim.

Já detestava essa pessoa imaginária. Com fervor. Iria tirar os pininhos dos pneus dela.

Suas próximas palavras não me fizeram gostar mais da sua imaginária futura esposa.

— Sempre imaginei que fosse envelhecer com alguém, então preciso fazer a próxima valer a pena, já que será para sempre.

Meu coração começou a agir esquisito em seguida.

E ele continuou, assinando o tratado de morte dela sem nem saber.

— Ela não seria minha primeira, mas seria a única que já importou. Acho que ela poderia esperar a hora certa chegar. Eu faria com que ela nunca se arrependesse.

Pareceu existir uma pausa na minha vida e no meu pensamento conforme processei o que ele disse e o que meu corpo estava fazendo.

Isso era uma porra de uma piada? Estava mesmo acontecendo isso comigo?

Meu coração estava dizendo: *Você é perfeito, você é incrível e eu te amo*?

Ou estava dizendo que iria matar essa vaca antes mesmo de ela aparecer?

Com certeza não era a primeira opção, porque falei para o meu coração burro, naquele momento em que estava sentada no chão com os olhos fechados apertados: *Coração, não estou a fim das suas brincadeiras hoje, amanhã, nem daqui a um ano. Desista.*

Dallas... Não. Não, não, não. Não estava acontecendo.

Não estava acontecendo, porra.

Eu não estava apaixonada. Não poderia estar.

Também não poderia estar chateada por ele querer algo maravilhoso para sua vida. Ele merecia. Ninguém nunca havia merecido mais.

De alguma forma, me vi inclinando a cabeça para trás o suficiente para conseguir olhar para ele no olho e sorrir, toda trêmula e à beira de querer fazer birra mesmo enquanto meu coração ficava cantando sua música idiota e iludida.

— Já falei e vou falar de novo, sua esposa é uma bela imbecil. Espero que saiba disso, Professor.

CAPÍTULO DEZOITO

Estávamos todos ocupados olhando de um lado a outro entre duas caixas enormes parecidas com caixotes no gramado para realmente dizer qualquer coisa. Todos sabíamos o que havia nelas.

Quando Louie declarou que, finalmente, tinha guardado dinheiro suficiente para comprar um kit que lhe possibilitaria ter um "mini ramp" para poder praticar skate em casa, eu não pensara muito nisso. Sua outra tia havia lhe enviado cem dólares no seu quinto aniversário — eu teria dado dez a ele se estivesse no lugar dela — e, com o dinheiro que havia arrecadado de todo mundo, tinha quase chegado à sua meta. Eu oferecera para pagar os últimos cinquenta de que ele precisava para pagar o frete.

Cinquenta dólares de frete deveriam ter sido nosso primeiro aviso do que apareceria. Agora que estava vendo aquilo ao vivo, estava surpresa por não ter sido mais caro.

Eu não tinha pensado que seu "mini ramp" teria que ser montado.

E quem precisaria montá-lo?

— *Abuelito* pode ajudar — Louie resmungou quase que instantaneamente, apertando as mãos no seu lugar a trinta centímetros dos caixotes.

Olhei desafiadoramente para ele. Não que eu *quisesse* montar o negócio, mas também não gostava que ele presumisse que eu não conseguia.

Embora nós dois soubéssemos que montar não era exatamente meu forte. Ele ainda não tinha me deixado esquecer da cama que eu tentara montar para ele quando nos mudamos para nosso apartamento anos antes.

— Eu consigo — disse a ele, soando apenas um pouco ofendida.

Ele balançou sua cabeça loira, sua atenção ainda focada à frente.

— Vovô. Talvez vovô possa ajudar.

Foi Josh que se virou a fim de olhar para mim por cima do ombro, sorrindo amplamente com a boca aberta, como se estivesse se divertindo demais com Louie desdenhando de mim.

Eu o ignorei.

— Certo. Vamos dar um jeito, já que não confia nas minhas habilidades.

Tudo que Louie fez foi olhar para mim por cima do ombro e abrir um sorriso inocente. Traidor.

— Apressem-se e vão pegar suas jaquetas se querem ir ao cinema — disse a eles, olhando as caixas uma última vez.

Devem ter se esquecido imediatamente da nossa conversa no carro, quando tínhamos concordado em ir ao cinema, porque ambos assentiram e foram para a porta da frente. Enquanto deixavam suas mochilas no quarto, deixei Mac sair, apesar de ele poder entrar e sair pela portinhola de cachorro, e enchi novamente sua tigela com água e comida. Ainda estava com minhas roupas de trabalho, sem vontade de me trocar. Além do mais, íamos ao cinema para assistir ao novo filme da Marvel, não à caça de um marido.

Já estava cansada. Seria um milagre se eu não tirasse uma soneca no meio do filme, independente do quanto fosse bom. Mas não tínhamos chances assim o tempo todo. Provavelmente, só fomos ao cinema seis vezes em um ano por causa da correria que sempre era.

Na varanda da cozinha, chamei Mac para entrar, e ouvi o som alto do que só poderia ser uma caminhonete grande descendo a rua. Tinha que ser Dallas. Isso me fez sorrir. Não tinha beisebol naquele fim de semana, e me perguntei o que ele tinha planejado fazer. Ele fora em casa uns dois dias antes para jantar como um agradecimento por ajudar com nosso incidente dos piolhos. Essa foi a última vez que eu o vira.

Lá dentro, apressei os meninos para saírem, dando um beijo em Mac e jurando que não tínhamos planos para o fim de semana, para variar. Não conseguia acreditar no quanto estava ansiosa para, simplesmente, ficar em casa. No entanto, conforme estava trancando a porta da frente, ouvi os meninos gritando. E ouvi homens adultos gritando de volta para eles.

Dallas e Trip estavam lá fora, parados diante da moto de Trip. Era a primeira vez que eu via a brilhante Harley. Ele estava sempre levando Dean e equipamentos de esporte, o que poderia ser o motivo para ele não ir de moto para o treino, porém imaginei que um homem em um moto clube, provavelmente, a dirigia com frequência.

— Querem ir com a gente? — Esse foi Louie gritando.

Gritando e convidando pessoas, como sempre.

— Vocês vão ao cinema? — Dallas perguntou, atravessando a rua na diagonal.

Louie falou o nome do filme a que íamos assistir, e nosso vizinho, ainda com roupas de trabalho, olhou para seu primo e ergueu o queixo.

— O que me diz? Quer ir, Trip?

Trip se endireitou, olhando para mim e dando uma piscadinha.

— Ei, querida. Se importa se formos junto?

Olhei para Dallas e troquei um sorriso com ele. Ele estava tão malvestido. Podia jurar que havia tinta nos seus antebraços inteiros.

— Se quiserem, podemos nos apertar no meu carro.

O "humm" que saiu de ambos os homens me fez franzir o cenho.

— Em que cinema estavam planejando ir? — Trip indagou, e eu respondi. — A casa da mãe de Dean é no caminho. J, podemos pegá-lo, se você quiser.

Como se Josh fosse, um dia, se negar a sair com Dean.

— Ok.

— Não vamos caber no seu carro, mas podemos ir no meu — Dallas ofereceu.

Não deixei de ver Trip se encolhendo um pouco.

Dallas também viu a expressão dele porque franziu o cenho para ele.

— O que foi? Minha caminhonete é limpa.

— Não me importo em como vamos — eu disse a eles. — Mas é melhor irmos porque o filme começa em uma hora.

Dallas olhou para suas roupas por um instante, porém acenei para ele.

— Você está bem. Vamos.

Trip e Dallas concordaram em trocar os veículos na garagem e, nos minutos seguintes, Louie, Josh e eu estávamos no banco de trás, com Trip sentando na frente do banco do passageiro após estacionar sua moto na garagem. A casa da mãe de Dean realmente era no caminho para o cinema. Trip ligou para ela, e Dean já estava esperando lá fora quando chegamos.

— Diana, venha para cá para ele poder ir atrás com os meninos — Dallas sugeriu ao colocar a caminhonete no ponto-morto.

Com outra troca rápida de lugares, me vi no meio do banco de Dallas, admirando como ele conseguia manter a caminhonete limpa. Ele não estava mentindo. Diferente da casa dele, não havia nenhuma embalagem jogada e não tinha sinal de camadas de poeira. Era um milagre. As únicas coisas que ele tinha lá na frente eram um purificador de ar no formato de um pinheiro pendurado no espelho retrovisor e um bloco de post-it amarelo no painel.

— É velha, mas funciona — o homem no banco do passageiro disse para mim.

Olhei para ele.

— Não falei nada. Estava só admirando o quanto é limpa.

— Dá para você comprar uma nova — Trip murmurou.

Algo sobre como Dallas balançou a cabeça com o comentário me disse que essa era uma velha discussão entre eles. A mão com que ele segurava o volante acariciou gentil e demoradamente o couro gasto.

— Não preciso comprar uma caminhonete nova no segundo em que lançam um modelo novo.

— Você tem esta há... Qual foi o ano? 1996?

— É de 1998 — foi a resposta de Dallas.

Me mexi no assento, mantendo as pernas fechadas para não encostarem nas deles.

— Onde você a comprou? — perguntei.

Ele assentiu, sua mão de volta no topo do volante, sua outra mão estendida na perna mais distante de mim.

— Comprei-a novinha. Ela foi minha primeira.

— O único motivo pelo qual meu carro é novo é porque eu não podia andar por aí com aqueles dois em um Mustang — eu o apoiei um pouco. — Foi meu primeiro carro novo, e eu o amava. Antes dele, tive o antigo Elantra da minha mãe.

Foi Trip que semicerrou os olhos para mim.

— Não consigo te ver em um Mustang, querida.

Fiz careta.

— Eu era uma pessoa diferente na época. Aquela Diana dirigia um vermelho e levava multas por excesso de velocidade o tempo todo. Agora, dirijo no limite de velocidade e tenho coisas melhores a fazer do que gastar meu dinheiro em multas.

O celular de Trip começou a tocar e ele o atendeu. Ao meu lado, Dallas sussurrou:

— Como está sua cabeça?

Me encolhi por dentro.

— Bem — respondi. — Tenho que passar o xampu de novo daqui a uns dias, mas estou de olho nos meninos e não encontrei mais ovos, então, felizmente, esse será o fim deles. Você está bem? A cabeça não está coçando?

— Não está coçando — ele confirmou. — Mas, se acontecer, vou te avisar.

— Claro, conte comigo para pentear — murmurei logo antes de rir e receber uma risada dele também.

Dallas olhou para mim por um segundo antes de olhar para a frente de novo, com um sorriso, o som de Josh e Dean conversando atrás de nós preenchendo o ar.

— Para que são aquelas caixas enormes no seu gramado?

Bufei.

— Imaginei que Louie tentaria escalar você para montar para ele. Ele guardou dinheiro e comprou um "mini ramp". Mas é um kit, e precisa ser montado. Provavelmente, vou pedir ao meu pai para vir me ajudar quando Louie não estiver por perto.

— Por que ele não quer que você monte?

— Há uns anos, encomendei na internet uma cama para ele e a montei. *Tentei* montar. Ele pulou nela uma vez e ela desabou. Ele não se esqueceu disso e, independente de quantas vezes tentei explicar que a cama era ruim, ele ainda acha que fiz algo errado e que foi por isso que quebrou — expliquei baixinho, para só ele ouvir.

— Ahh — ele sussurrou. — Entendi.

— É, então, se, um dia, ouvi-lo comentar sobre minhas habilidades de montagem, você sabe por quê.

— Deixe-me dar uma olhada. Tenho certeza de que posso ajudar, se quiser — ele ofereceu.

O que eu ia fazer? Falar não para ele?

Quatro horas e meia depois, nós seis estávamos nos acotovelando para sair do cinema lotado. A sessão a que iríamos originalmente estava lotada, então acabamos comprando ingressos para a seguinte. A fim de matar tempo, tínhamos ido à lanchonete mais próxima para jantar. Quando eu fora pagar a conta, Dallas empurrou minha mão para o lado e disse:

— Que fofa.

Nem iria relembrar como seu antebraço tinha ficado pressionado no meu em toda a duração do filme. Os olhos cor de mel de Dallas tinham encontrado os meus no instante em que as partes dos nossos corpos se tocaram e nos encaramos. Nós dois queríamos o descanso de braço e nenhum de nós estivera disposto a desistir.

Na verdade, simplesmente gostei de ter seu braço tocando o meu. Foi por isso que não me mexi. Não dava a mínima para o descanso de braço, porém nunca admitiria isso em voz alta.

— Podemos jogar videogame, *Tia*? — Josh perguntou enquanto caminhávamos pela multidão, indo na direção da saída após o fim do filme. — Por favor?

— É, pai, podemos? — Dean pediu a Trip.

Não era eu que estava dirigindo. Olhei para Dallas, que deu de ombros.

— Não preciso estar em nenhum lugar.

— Tem certeza? — indaguei.

Ele piscou para mim.

— Certo. Claro, vão. Mas, quando acabar meu dinheiro, chega. Tenho um monte de trocados... — Parei de falar conforme fomos até os videogames enormes perto das portas da frente. O complexo inteiro do cinema estava lotado de pessoas indo assistir ao filme novo, mas não havia mais do que, talvez, quinze crianças por ali, jogando videogames. Colocando a mão no fundo da minha bolsa, tirei uma mão cheia de moedas.

— Você tem uma máquina automática de doces da qual eu não sei? — Dallas brincou.

Fiquei vesga ao pegar as moedas de vinte e cinco centavos e entregar a mesma quantia para os três meninos.

— Teria se alguma delas tivesse Pop-Tarts. Esperem um segundo, gente. Tenho mais. — Mais uma mão de trocados da minha bolsa, três notas de cinco de Trip e uma nota de vinte que Dallas deu a Dean com a promessa de que ele pegaria o troco e dividiria entre os três, e os meninos foram.

— Vou mijar enquanto esperamos — Trip anunciou. — Já volto.

— Acho que Dean está com problemas com a máquina de troco. Deixe-me ir ver — Dallas disse, desaparecendo na caverna de videogames.

Certo. De olho na porta da frente, observei as pessoas entrarem. Não tinha pensado muito em Anita nas últimas semanas, porém, com centenas de pessoas entrando e saindo, não pude deixar de me lembrar de como ela aparecera na minha casa sem avisar. Eu não fazia ideia de onde ela estava morando agora, e uma parte de mim ficava preocupada de que fosse em Austin. Estava olhando em volta quando algo chamou minha atenção do outro lado das portas perto do balcão dos ingressos. Era algo sobre o cabelo dourado-castanho que acionou uma lembrança no meu cérebro e roubou meu ar.

De um instante a outro, meu estômago começou a se contrair quando o homem deu um passo à frente na fila sinuosa da bilheteria do cinema.

Meu coração latejou. Minhas mãos suaram. Fiquei tonta.

Fazia três anos desde a última vez em que vira Jeremy, mas pareciam dias.

Minha mão direita começou a tremer.

Baixei a cabeça para a frente e tentei respirar fundo. Eu estava bem. Eu estava bem. Eu estava bem.

Olhei de volta para cima a fim de processar a visão do homem de novo. Ele parecia mais baixo... e não, esse homem tinha barba. Jeremy nunca conseguira deixar crescer a barba.

E o que ele estaria fazendo em Austin?

Não era ele. Não poderia ser ele, disse a mim mesma, mas, mesmo assim, não conseguia amenizar o nó no meu estômago ou o jeito que minhas mãos estavam tremendo e molhadas de suor. *Não era ele.*

— Conseguimos resolver... Diana, o que houve? — A voz de Dallas soou, mudando do seu normal para uma voz baixa e aflita.

Eu estava bem, repeti para mim mesma, tentando enrijecer minha espinha, para me endireitar e voltar a respirar. Não era ele. Além disso, tinham se passado três anos. Três longos anos, e eu não era a mesma pessoa que fora na época.

— O que foi? — Dallas insistiu, parando diante de mim, seu corpo comprido e largo a centímetros. Sua voz estava baixa quando ele percebeu: — Você está pálida.

Quando ergui a cabeça e foquei no triângulo de tinta marrom logo acima do colarinho da sua camiseta marrom gasta, cerrei meu punho na lateral, mesmo quando meus braços se arrepiaram.

— Estou bem — praticamente menti.

— Sei que não está. O que foi? Está se sentindo mal? — Ele baixou o rosto mais próximo ao meu, aqueles olhos cor de mel encontrando os meus apesar de eu não querer que fizessem isso. Suas pálpebras baixaram sobre suas íris e aquela boca rosa-claro se franziu. — O que aconteceu?

Não consegui evitar e desviei o olhar, mordendo a parte interna da minha bochecha ao soltar o ar que foi muito mais trêmulo do que eu queria.

— Alguém falou alguma coisa para você? — ele perguntou, sua voz ficando mais preocupada a cada segundo.

Merda. *Merda*. Erguendo a mão, esfreguei-a sobre os meus olhos e encontrei seu olhar de novo. Eu estava bem. O que aconteceu tinha sido há muito tempo. Eu não era mais aquela pessoa. *Eu não era.*

— Pensei ter visto meu ex — contei a ele, e minha garganta queimou.

A expressão de Dallas ficou desanimada instantaneamente, e eu podia jurar que seus ombros também caíram.

— Ah.

— Não. Não é isso. Nós... — Olhei para o lado a fim de me certificar de que os meninos ainda estivessem jogando. Os três estavam juntos, amontoados perto de um videogame grande. — As coisas não terminaram bem. Eu... — Deus. Como ainda conseguia me sentir uma idiota após tantos anos? Como? Tinha vergonha de mim mesma pelo que havia acontecido. Como poderia contar àquele homem a quem eu respeitava tanto que eu tinha sido uma idiota completa?

Suas sobrancelhas se uniram conforme ele me observou.

— Pode me contar qualquer coisa.

Mordi minha bochecha e tentei engolir o orgulho enorme que tinha me atrapalhado tantas vezes no passado.

— Não tenho orgulho de mim mesma, ok? — Aquelas lágrimas imbecis que estavam se tornando comuns demais na minha vida ultimamente encheram meus olhos, mas não foram mais longe do que isso. — Eu era uma idiota na época...

— Diana — ele disse meu nome, sua testa ficando mais franzida. Aqueles ombros que tinham caído um segundo antes voltaram à posição, rígidos, tensos e amplos. — Você não é idiota.

— Eu era, na época. — Precisava que ele entendesse quando olhei na direção das portas de novo, mas, felizmente, não consegui mais enxergar aquela cor familiar. Pelo menos por enquanto. — Ele... me machucou no fim do nosso relacionamento...

Se Dallas já era alto normalmente, naquele dia, ele pareceu crescer quinze centímetros. Sua coluna se alongou, sua postura se transformando em uma que pertenceria perfeitamente a uma estátua. Seu pomo de adão mexeu e suas narinas inflaram. E, com a voz mais grave que eu já tinha ouvido, ele indagou:

— Ele bateu em você? — Sua pergunta foi feita como se cada palavra tivesse sua própria frase.

— Sim...

Aquelas mãos grandes se fecharam nas laterais do corpo, e seu pescoço ficou cor-de-rosa.

— Qual deles é ele?

— Dallas, pare, não é ele — expliquei, pegando sua camisa e a segurando com força. — Foi há muito tempo.

— Uma eternidade não seria tempo suficiente. Qual deles é ele, Diana?

— Por favor, não. Não estou mentindo. Juro que não é ele. Ele nem mora em Austin. Isso aconteceu quando eu morava em Fort Worth.

— É aquele cara de camiseta verde?

— Não...

— De camiseta vermelha?

— Dallas, me escute...

Ele estava tremendo?

— Pare de ser teimoso. *Não é ele.* E, mesmo que fosse, prestei queixas contra ele. Ele foi para a prisão por uns meses...

— Prisão? — Ele se virou lentamente para me encarar. Sua expressão... Eu nunca tinha visto nada parecido, e esperava nunca mais ver. Ele *estava* tremendo. — Me diga qual é o nome dele, e vou enterrá-lo bem fundo.

Prendi a respiração e não consegui deixar de sorrir, mesmo com os olhos cheios de lágrimas.

— É como se você estivesse me fazendo te amar de propósito, Dallas. Juro por Deus. Nem quer que eu vá para sua cama. Quer que eu queira tudo. — Dei risada, tentando fazer piada, mas falhando miseravelmente.

Ele piscou. Então piscou de novo. Cresceu mais quatro centímetros ao me encarar, aquela expressão brava se tornando séria, mas, de alguma forma, mais suave.

Bati na barriga dele com as costas da mão e, então, segurei seu pulso brevemente antes de baixar a mão.

— Estou brincando. Juro. Só me escute, está bem? Disse a mim mesma, há muito tempo, que nunca mais queria vê-lo, e os meninos não sabem sobre essa parte da minha vida. Passaram por merda suficiente na vida deles. Se não deixar para lá por mim, deixe por eles.

Ele ficou quieto, me encarando por muito tempo, um calafrio passando pela minha espinha. Só quando nós dois vimos Trip a uns quatro metros e meio vindo até nós foi que ele baixou o rosto para mais perto do meu, seus dedos indo para o meu pulso do mesmo jeito que eu tinha segurado o dele, porém ele não se afastou nem me soltou. Nossos olhos estavam travados, encarando, intensos, quando ele disse:

— Me diga o nome dele, e não vou mais falar nenhuma palavra sobre isso.

Trip estava ainda mais perto.

Merda. Sussurrei seu nome.

— Jeremy. — Então seu sobrenome conforme a voz de Trip nos alcançou.

— Caramba, aquela fila estava comprida.

Dallas baixou a mão e deu um passo para trás e, se não fosse pelos punhos que estavam nas suas laterais, eu não teria pensado que havia algo errado. Mas eu sabia, sabia conforme ele olhou em volta pelo cinema que ele estava procurando alguém. Estava procurando o homem que eu tinha permitido ser bruto demais comigo. Que tinha me apertado um pouco forte demais quando ficou bravo com uma história que contara a ele sobre eu cortar o cabelo de *um* cliente. O mesmo homem que não gostava do jeito que eu sorria para o garçom em um restaurante e tinha esticado o braço por debaixo da mesa e apertado minha coxa com tanta força que deixou hematomas. A mesma pessoa que me chamou de puta, me deu um tapa e me socou quando saíra com minhas amigas sem ele.

Não importava o quanto eu sorria para as crianças quando voltaram dos videogames, ainda não conseguia deixar de lado aquelas lembranças de Jeremy.

Se Trip pensou que o silêncio na cabine da caminhonete de Dallas era estranho, não falou uma palavra. Estava ocupado demais digitando no celular quando deixamos Dean e seguimos para casa. Eu não sabia o que falar, e não sabia o que Dallas era capaz de dizer. Não achava que ele poderia ficar tão bravo. Trip não tinha falado disso antes? Que ele não ficava bravo?

Ele mal tinha estacionado a caminhonete na garagem quando falou para seu primo:

— Me ajude a colocar aquelas caixas do gramado de Diana no quintal dela.

— Não precisam fazer isso — protestei.

Trip andou ao meu lado.

— Aceite a ajuda, Srta. Independente.

Não pude evitar, apesar de tudo que acontecia no meu cérebro, e balancei a cabeça para ele.

— Certo. Então me ajudem.

Com os dois, e um "Que porra tem nisto aqui? Chumbo?" de Trip, eles carregaram as caixas para o quintal, segurando-as alto acima da cerca de um metro e vinte com uma pequena quantidade de grunhido para passá-las.

No instante em que a segunda foi colocada no quintal para Marc latir depois, Trip limpou as mãos na calça.

— Vou indo. Tenho que cuidar de umas coisas no bar antes que feche. Di, vamos sair para brincar de novo, tenho certeza.

— Contanto que não fale "sair para brincar" de novo.

Ele deu risada e me abraçou.

— Até mais, querida. Diga aos meninos que mandei tchau. Até, Dal — ele gritou, fechando o portão ao passar com um aceno de dedos ao ir até sua moto.

Josh e Louie tinham entrado direto, e estávamos apenas nós dois no quintal com a luz de fora da porta da cozinha iluminando o espaço para nós.

Não havia um sentimento específico na expressão de Dallas; na verdade, ele parecia tão desapegado e sem emoção que parte de mim sentia que tinha errado em contar com quem eu deixara isso acontecer comigo anos antes. Talvez ele me enxergasse diferente agora. Enxergava aquela Diana em vez da que eu era hoje, e não gostou dela.

Não poderia culpá-lo. Também não gostava muito daquela Diana, para ser sincera.

Ele estava olhando para os caixotes quando, finalmente, falou comigo pela primeira vez em quase uma hora.

— Quero dar uma olhada dentro para ver quais ferramentas são necessárias. Tem um martelo, por acaso?

Comecei a esfregar as mãos na calça; não fazia ideia.

— Tenho ferramentas. Tenho martelo. Deixe-me pegar. Está lá dentro.

Dallas ainda não olhou para cima quando fui para a cozinha e peguei minha caixa de ferramentas de um dos armários, arrastando a caixa colorida de metal com o pé ao sair.

— Deus, esta coisa é pesada — eu disse a ele ao descer os degraus. Sua atenção ainda estava no chão quando a coloquei bem ao lado dos caixotes, admirando a pintura que minha melhor amiga havia feito nela.

No entanto, olhei para cima, para o homem que eu pensava ser meu amigo e tinha acabado de, nem sequer uma hora antes, se oferecer para matar alguém por mim, e franzi o cenho. Ele estava encarando, realmente encarando, minha caixa de ferramentas. E, por mais furiosa que estivera sua expressão quando lhe contei sobre o meu ex, não era nada comparada à que tinha no momento.

O que tinha de errado com a minha caixa?

Cutuquei-a com os dedos do pé, olhando para ela e para ele, sem entender.

— Era do meu irmão. Eu a guardei depois de termos vendido a maioria das coisas dele, mas me deixava muito triste e minha melhor amiga pintou para mim. Achei divertida. Parecem Giga Pets que eu costumava ter quando era criança — expliquei. — São filhotes. Quem não gosta de filhotes?

Ele expirou:

— Jesus Cristo.

Franzi o cenho para Dallas.

Observei conforme suas mãos subiram para a cabeça e ele segurou cada lado, entrelaçando os dedos no topo.

— O que foi? — perguntei, de repente ficando meio frustrada com sua reação.

Ele não parecia me ouvir ao suspirar, o som distraído e quase furioso.

— O que foi que eu fiz? — insisti, sem entender, mas querendo entender.

Dallas ainda estava focado na caixa de ferramentas quando me respondeu, sua voz grossa e estrangulada.

— Não posso fazer isto esta noite, Diana. Não consigo fazer esta porra agora.

— Fazer o quê?

— Você... — Ele fechou os olhos e os cobriu com a palma das mãos por um instante, antes de baixar os braços nas laterais. Enfim, ergueu o olhar para o meu, com algo naquelas íris cor de mel parecendo doloroso quando disse: — Vou te ajudar a montar. Não peça ao seu pai. Só não consigo fazer isso agora. Ok?

— Está tudo bem. — Analisei sua expressão arrasada de novo. — Você está bem?

Ele ergueu uma mão, porém não disse nem sim nem não.

— Até amanhã. — Deu um passo para trás e olhou para minha caixa de ferramentas mais uma vez, seu peito inalando profundamente e exalando mais ainda. — Boa noite.

— Boa noite — gritei para ele, conforme se virou e saiu do quintal, fechando o portão. Então foi correndo pela rua e desapareceu pelo caminho até sua varanda.

Que porra tinha acabado de acontecer?

CAPÍTULO DEZENOVE

Eu sabia, antes mesmo de abrir os olhos, que Louie estava parado ao lado da cama de novo. Simplesmente sabia, mas não me assustou menos.

— Está pegando fogo — ele sussurrou imediatamente antes de eu conseguir lembrá-lo de que ele precisava parar de me assustar no meio da noite.

Simples assim, com suas palavras, me sentei ereta na cama e inspirei fundo.

— O quê? — perguntei, sabendo que ele não mentiria sobre algo assim.

— A casa está pegando fogo. — Ele mal teve que dizer antes de eu jogar as cobertas de lado, pegando meu celular ao mesmo tempo.

— Nossa casa? — praticamente gritei, meu polegar já ligando para a emergência.

— Não — ele respondeu. Suas mãozinhas foram para as minhas e apertaram. — A casa da avozinha.

— De quem? — Pisquei.

— Da avozinha. Da velha senhora, *Tia*, lembra? A Sra. Pearly.

— Oh, merda — saiu da minha boca antes que pudesse me censurar.

Louie recuou e puxou meus dedos.

— Venha.

Fui, resistindo à vontade de terminar de ligar para a emergência até que visse a casa. Quero dizer, poderia haver fogo ali, mas não tinha que significar que a casa estava pegando fogo... não é? Não que houvesse um motivo para alguém fazer uma fogueira na casa de uma senhora com noventa e tantos anos. Louie correu pelo corredor que levava à sala de estar, e o segui, presa por sua mão. Tinha me esquecido de fechar as cortinas, então vi os amarelos, os laranjas e os vermelhos antes mesmo de chegar à janela. Ele não estivera exagerando.

A casa da Sra. Pearl estava pegando fogo.

Pelo menos a parte de trás dela estava, pelo que eu conseguia ver. A varanda estava intocada pelas chamas que lambiam as laterais perto de onde eu sabia que era o quarto dela.

Puta merda. O quarto dela!

Coloquei o celular na mão de Louie ao analisar as casas de ambos os lados da casa da Sra. Pearl, porém não havia nada para ver. Não tinha ninguém parado do lado de fora. Ninguém sabia o que estava acontecendo e, mais tarde, eu me preocuparia com como e por que Louie estava acordado às duas da manhã para ver a casa da nossa vizinha em chamas.

— Goo, você sabe nosso endereço, certo? — perguntei, conforme me afastava dele, meu coração batendo tão rápido que eu não conseguia respirar.

— Sim — ele chiou, seus olhos arregalados e focados nas chamas.

— Ligue para a emergência e diga que tem um incêndio. Preciso ir ajudar a Sra. Pearl, ok? — Minha voz estava rápida e em pânico, e era tão óbvio que Louie se virou para olhar para mim, seus olhos se arregalando ainda mais.

— Você vai entrar lá? — Ele estava assustado.

E eu entendia, realmente entendia, mas o que eu devia fazer? Ficar sentada na minha casa e não fazer nada?

— Tenho que entrar. Ela é velha. Pode ser que ainda esteja lá dentro — expliquei rapidamente, me ajoelhando, embora soubesse que cada segundo contava. — Precisamos ajudá-la, porém preciso que ligue para eu poder correr para lá, ok? Vou ser o mais rápida que puder, mas não saia daqui, Louie. *Não saia de casa.*

Queria jurar para ele que voltaria, mas não podia e não faria isso.

Mesmo com as luzes apagadas, dava para ver seu lábio tremendo e sentir a tensão e o medo se esvaindo dele em ondas, enquanto seu cérebro de cinco anos imaginava a mesma possibilidade que o meu. Eu iria entrar em uma casa em chamas, mas não havia outra escolha.

Me levantei e puxei suas mãos.

— Ligue agora mesmo... e não saia de casa. Te amo!

Lágrimas encheram aqueles olhos azuis que eu tanto amava e, depois, poderia apreciar como ele estava sendo maduro por não me implorar para ficar, embora soubesse que isso, provavelmente, o estava matando por dentro. Mas eu tinha que ir.

Soprei um beijo para Lou e saí correndo de casa, mal conseguindo enfiar os pés nos chinelos que eu tinha tirado na porta quando cheguei mais cedo.

E corri.

Nem me incomodei em fechar a porta ao sair; simplesmente corri pela rua como nunca tinha corrido na vida, confiando que Louie sabia o que estava fazendo. Em retrospectiva, deveria ter acordado Josh, que não tinha cinco anos, porém não tivera tempo e... quais eram as chances de a Sra. Pearl ter saído por conta própria? Talvez ela estivesse parada em pé em algum lugar que eu não conseguia ver.

No entanto, conforme olhei em volta rapidamente para as casas ao redor, vi a dura realidade. Eu era a única que sabia que havia algo acontecendo, apesar da quantidade louca de fumaça já poluindo o céu. Meu estômago se encheu de pavor, bem como dessa sensação de *não quero fazer isto, mas preciso.*

Eu precisava. Sabia que precisava. Não podia simplesmente fingir.

Dei uma olhada rápida para a casa de Dallas, porém não havia tempo para bater na porta dele e tentar acordá-lo. Incêndios eram rápidos, não eram? E, se demorasse um tempo para ele ou Jackson acordar...

Minhas pernas correram ainda mais rápido quando cheguei à cerca branca de piquete em volta do seu jardim da frente, abrindo totalmente o portão ao pular os três degraus que levavam à sua varanda, em um ato que não pude apreciar.

Como uma idiota completa, segurei a maçaneta da porta, me esquecendo de tudo que havia aprendido no Ensino Fundamental sobre o que era para fazer durante um incêndio.

O "puta filho da puta" que saiu de mim conforme o metal queimou minha mão foi perdido no céu noturno e na fumaça. Colocando a mão no peito, pensei, por um segundo, em chutar a porta para abri-la, mas não o fiz. Quem eu pensava que era? Leonidas, em *300*? Estava de chinelo e não havia como ser forte o bastante para fazer isso.

Após isso, tudo foi um borrão.

Pelo resto da minha vida, me lembraria de quebrar a janela da Sra. Pearl com um dos seus gnomos de jardim e entrar, tentando ao máximo não me cortar. Nunca me esqueceria da fumaça e do quanto estava forte. Como ela preenchia tudo, cada centímetro da minha pele, a superfície de cada um dos meus dentes, o fundo da minha garganta, a porra do meu coração e meus pobres pulmões. Não havia como me esquecer do quanto meus olhos ardiam e do quanto me arrependi de ter saído correndo de calcinha e uma blusinha que não era grande o suficiente para, pelo menos, cobrir minha boca.

E me lembraria de encontrar a Sra. Pearl rastejando pelo chão da cozinha onde eu cortara seu cabelo no passado. Nunca poderia me esquecer do horror no seu rosto conforme a ajudei a se levantar, gritando palavras que achava que nenhuma de nós soubesse o que eram.

Não havia como me esquecer do quanto eu estava tossindo também. De como parecia que não conseguia respirar e de como não entendia como a Sra. Pearl ainda estava consciente, quando eu estivera na casa apenas por um segundo. Carreguei bastante do seu peso a caminho da saída porque sabia que estava com pressa, embora ela não conseguisse se movimentar rapidamente. Já a tinha visto andar normalmente, e correr não era uma opção. No entanto, tudo ardia e eu queria dar o fora dali antes de o fogo se espalhar ou de outra coisa acontecer. Havia assistido a *Cortina de fogo* quando criança. Não havia nenhuma viga que pudesse cair na gente, mas eu não iria correr nenhum risco.

— Minha gata — a mulher conseguiu, de alguma forma, me dizer. — Ela está aqui dentro.

Eu não conseguia pensar. Não conseguia processar o que ela estava dizendo. Estava preocupada demais e com muito medo quanto a sair de lá com ela, principalmente porque ela não conseguia andar rápido. Me esqueci da minha mão ao destravar a fechadura e abri a porta da frente, muito aliviada de estar quase fora dali.

Conseguimos atravessar o gramado conforme nós duas tentávamos respirar. Minhas costas, meu pescoço e minhas bochechas queimavam e coçavam. No entanto, continuamos atravessando a rua, onde consegui ver dois meninos parados na porta com Josh segurando o celular na orelha.

Eles saíram correndo para ajudar a Sra. Pearl a se sentar na grama. Tinha falado para Louie não sair de casa, mas não iria lembrá-lo que ele tinha me ignorado.

— Você está bem? — Josh perguntou quando ele e Louie se agarraram a mim, jogando os braços em volta de mim como macacos-aranha, esquecendo-se da mulher aos pés deles.

— Os bombeiros estão vindo — Louie disse rapidamente.

— Diana, minha gata está na casa — a voz de Sra. Pearl implorou, conforme algo que só pude presumir que era sua mão segurou minha coxa.

Eu estava tossindo, abraçando as costas dos meninos quando suas palavras, finalmente, foram absorvidas.

— Diana, Mildred ainda está lá dentro — ela repetiu. — Seus olhos estão ruins e ela não enxerga bem.

Olhei para a casa por cima da cabeça dos meninos, percebendo que ainda não tinha sido engolida pelo fogo, apesar de quanta fumaça tivera no seu interior.

— Por favor — Sra. Pearl implorou.

Para ser sincera, eu queria chorar quando me levantei, tirando os meninos de cima de mim. Eu queria salvar a gata dela? Não. Mas como poderia deixá-la morrer? Se fosse Mac...

Encontrei os olhos de Josh porque não tinha como eu conseguir olhar para Lou naquele instante.

— Já volto. Volto logo, logo. Não vão a lugar nenhum.

E corri de novo, sem querer que nenhum deles comentasse ou me implorasse. Minha mão queimada estava contra meu peito enquanto atravessei a rua e passei pela cerca branca de piquete a qual iria, para sempre, associar a quase morrer. A porta da frente estava aberta quando coloquei a cabeça para dentro, tentando me manter mais próxima do chão porque já havia aprendido a lição sobre a fumaça que tinha piorado nos últimos minutos que havia demorado para tirar a Sra. Pearl dali.

— Mildred! — gritei, apertando os olhos e tentando olhar em volta pelo chão da sala de estar. — Mildred! — A fumaça estava horrível, e tossi o que pareciam meus pulmões conforme arrastava os móveis, tentando encontrar a maldita gata velha.

Não iria morrer por ela. Não poderia fazer isso com os meninos, porém também não conseguiria olhar para a Sra. Pearl se, pelo menos, não tentasse recuperar sua gata.

— Mildred! — berrei com minha garganta seca.

Quase não ouvi o *miau* baixo. Quase. Foi um milagre ter ouvido. Com meus olhos queimando, minha pele queimando, minha mão queimando, não conseguia acreditar que tinha encontrado a gata malhada velha, quase cega, escondida em um canto perto da porta, tremendo. Peguei-a no colo, ofegante, chorando porque meus olhos ardiam demais. O calor estava terrível e, naquele momento, eu não sabia que demoraria um bom tempo para conseguir tomar um banho quente fumegante de novo.

Saí correndo pela porta da frente, tossindo, tossindo, tossindo. Mal conseguia enxergar ao tentar descer os degraus, tropeçando e errando o último, o que me fez voar pela calçada, caindo de joelhos. A gata correu para longe de mim e do fogo conforme eu tentava respirar, em pânico, sabendo que precisava me afastar dali. Sabendo que os vizinhos de ambos os lados da Sra. Pearl também precisavam sair dali.

Mas minhas pernas não estavam obedecendo. Nem meu cérebro. Estava ocupada demais tentando fazer meus pulmões funcionarem.

— Sua idiota — uma voz explodiu... brava, muito brava... de algum lugar por perto.

Uma fração de segundo depois, dois braços estavam à minha volta, um debaixo dos meus joelhos, o outro em volta dos meus ombros, então eu estava no ar, encolhida contra um peito enquanto tossia com tanta força que minha barriga doía.

— Sua burra, burra idiota — a voz chiou conforme nos senti mexendo.

Nem conseguia juntar energia para descobrir quem estava me carregando, muito menos falar que eu não era idiota.

Meus pulmões não funcionavam, e só tossi mais, meu corpo todo se esforçando com isso.

A voz masculina bem ao lado da minha cabeça xingou e xingou de novo, "porra" e "merda" e "droga". O tom tão amargo e cruel quanto a fumaça. Mas não conseguia me concentrar. Não me importava. Minha mão estava começando a latejar insuportavelmente, e ainda não conseguia respirar direito. Havia outras coisas com que se preocupar.

Me senti sendo abaixada em vez de realmente ver. Senti a grama debaixo das minhas pernas e pés descalços — não fazia ideia de quando eu tinha perdido meus chinelos. Ouvi as vozes de Josh e Louie misturadas com outras familiares. Ouvi a sirene de um caminhão de bombeiro, o que era mais importante, e talvez também tenha ouvido uma ambulância.

No entanto, estava tossindo muito, tentando proteger minha mão.

Algo macio cobriu meus olhos e minha boca — uma camiseta. E eu ainda tossia.

— Josh, pegue um copo de água — a voz masculina ordenou, baixa e resmungando contra a minha orelha. Dallas. Demorei um segundo, mas sabia que era ele agachado ao meu lado, um peso em volta das minhas costas como um gesto de apoio. Era ele que tinha me carregado? Claro que era ele. Quem mais seria?

— Pode dizer... — Não conseguia respirar. A lateral do meu rosto estava pressionada em algo duro, quente e parado. Fechei os olhos, tentando respirar. — Sra. Pearl... Encontrei a gata dela, mas... ela pulou dos meus braços?

— Foda-se a porra da gata — a voz perto da minha orelha rosnou. O que devia ser o braço dele em volta das minhas costas se abaixou, segurando minha cintura. Fui puxada mais para perto para o que devia ser o corpo dele ao meu lado. Algo se pressionou na minha bochecha, suas palavras quase abafadas. — Sua burrinha idiota. Sua burra idiota...

— Eu precisava — sussurrei para ele, erguendo a cabeça. Os lábios dele estiveram na minha bochecha?

— Precisava? *Precisava?*

Foi Louie, meu pobre maravilhoso Louie que explicou a ele.

— Papai caiu e bateu a cabeça, e ninguém parou para olhá-lo — contou, palavra por palavra do mesmo jeito que eu tinha relatado a história a ele no passado, menos alguns detalhes. — É por isso que precisamos ajudar as pessoas que necessitam — ele terminou, seu peitinho chacoalhando com emoção pelas lembranças que eu tinha certeza de que ele estava revivendo no momento por minha causa.

Dallas olhou entre mim e Louie, seu corpo continuando com os tremores que eu tinha sentido originalmente. Tive quase certeza, embora não pudesse afirmar, de que ele murmurou:

— Jesus Cristo.

— Dallas? — A voz rouca e baixa da Sra. Pearl conseguiu aparecer entre minhas tosses.

— Não se mexa, Diana — Dallas brigou. Algo macio foi pressionado na minha têmpora e minha bochecha. Em algum lugar no fundo da minha mente, achei que fosse o nariz dele na lateral do meu olho, sua boca na minha bochecha. — A ambulância chegará em um segundo. *Não se mexa —*

ele me disse uma última vez antes do seu apoio me abandonar.

Em menos de dois segundos depois de se mexer, ele foi substituído por um corpo muito menor. Um que era tão familiar para mim quanto o meu próprio. Um que rastejou no meu colo e se pressionou em mim, choramingando e estremecendo exatamente como a pobre gata Mildred estivera quando a encontrei.

— Você vai morrer? — Louie perguntou no meu ouvido conforme tentou se enfiar dentro de mim, esmagando minha mão contra minha barriga, fazendo doer ainda mais.

Mas não podia falar para ele sair.

Balancei a cabeça, cerrando os dentes com a dor.

— Só inalei... muita fumaça, Goo. — Tossi mais um pouco, baixando minha testa até a lateral dela encostar na parte de trás da sua cabeça com cabelo macio.

— Vai sobreviver? — Sua voz falhou, e isso despedaçou meu coração e me fez sentir uma babaca egoísta.

Assenti de novo conforme meus pulmões tentaram se livrar de mais fumaça.

— Vou sobreviver.

Ele se arrepiou e estremeceu ainda mais.

— Jura?

— Juro — respondi, rouca, balançando o braço, tirando-o do meio de nós, para abraçar suas costas.

As sirenes ficaram cada vez mais altas e, de canto de olho, pude ver as luzes brilhantes quando pararam diante da casa da Sra. Pearl. Quando vi, os bombeiros estavam circulando a casa, e vizinhos de todo o bairro de repente apareceram nas ruas próximas. Josh voltou e colocou um copo de água na minha mão antes de, imediatamente, ficar atrás de mim e envolver os braços no meu pescoço, seu rosto pressionado no lado oposto de Louie. Ele me abraçou forte.

Engoli a água e observei a ambulância parar a umas duas casas dali.

Os paramédicos foram direto para a Sra. Pearl, que eu mal vi que estava bem onde eu a deixara, perto de Dallas, que estava segurando uma das mãos dela com Jackson pairando sobre ela. Só demoraram alguns minutos para a colocarem em uma maca com máscara sobre o rosto, e foi mais ou menos nessa hora que outra ambulância parou na rua.

— Fiquei com tanto medo — Josh admitiu no meu ouvido conforme a Sra. Pearl foi colocada na ambulância.

Não havia como eu poder dizer a ele que estivera simplesmente tão assustada quanto ele.

Eu sabia que era tarde quando, finalmente, acordei. Havia luz demais entrando através das cortinas quando meus olhos, enfim, se abriram, minha mão latejando mais do que o normal por finalmente estar acordada e conseguir compreender a dor irradiando dela. Não era tão surpreendente eu estar sozinha na cama quando me lembrei de nós três se amontoando nela no meio da noite. Os paramédicos tinham me examinado para se certificarem de que eu ficaria bem — me fazendo respirar por uma máscara que havia feito ambos os meninos chorarem de um jeito que nunca mais queria ver — e enfaixando minha mão após dizer a eles que não ia para o hospital de jeito nenhum.

Era depois das quatro da manhã quando, enfim, entramos, e tomei um banho, saindo e encontrando Josh e Louie me esperando na minha cama já debaixo das cobertas. Fazia anos que Josh não dormia comigo. Anos. Mas agora... bem, eu entendia e, sinceramente, estava mais do que grata. Ontem à noite, eu fora para a cama confusa quanto à reação de Dallas à minha caixa de ferramentas e, quando vi, tinha corrido para dentro da casa incendiada da avó dele para resgatá-la.

Fiquei assustada pra caralho. A noite inteira anterior tinha me assustado pra caramba. Eu admitia.

Se pudesse voltar, eu não faria o que tinha feito, mas... queria que não tivesse chegado a esse ponto. O que os meninos fariam sem mim?

Deslizei para fora da cama, e meus ombros gritaram em protesto, pois tinha certeza de que haviam sido usados quando eu ajudara a Sra. Pearl a sair da casa. Minha mão começou a latejar ainda mais com a queimadura agraciando a palma. Meus joelhos só arderam um pouco conforme os lençóis esfregaram neles. Não quis colocar um curativo neles. Estavam ralados, mas já tinha sofrido pior.

Demorei uns minutos para usar o banheiro, apliquei um pouco de mel nos meus arranhões, e escovei os dentes bizarramente com a mão esquerda. Minha cabeça e garganta estavam doloridas e ardendo da noite anterior.

E foi naquele instante, ao tentar escovar os dentes com a mão errada, que percebi o que eu tinha feito.

Havia queimado a mão que usava para cortar cabelo.

Virando-a, olhei para a região que estava coberta de gaze.

— Porra. Porra! — A maioria dos meus dedos estava bem, mas... — Filho da puta!

Minha cabeça latejou. Meus olhos lacrimejaram. Eu tinha me queimado. O que eu ia fazer? Usava a mão direita para tudo. *Tudo.* Com tanta gaze nela, eu não podia cortar cabelo nem segurar uma escova para tingir. Tive a sensação de que qualquer coisa que exigisse que eu esticasse a pele dela iria causar um mundo de dor.

— Porra! — xinguei de novo, cerrando os dentes por um minuto inteiro antes de me obrigar a pensar na Sra. Pearl e no que teria acontecido se eu não tivesse interferido. Minha mão por uma vida. *Minha mão por uma vida e a vida de um gato*. Não tinha sido por nada.

Mas eu não conseguia acreditar que tinha sido tão burra por encostar na maçaneta com a mão direita. *Porra.*

— Tia Di? — a voz de Josh soou da porta.

Engoli em seco e fixei um sorriso no rosto que não era totalmente falso. Ele ainda estava de pijama da noite anterior, e parecia que estivera acordado há um tempo.

— Oi. Acabei de acordar.

Josh olhou entre a mão que eu estava olhando e o meu rosto.

— Você está bem?

Assenti, sem confiar nas minhas palavras.

— Dói?

Não gostava de mentir para eles, então assenti de novo.

— Muito?

— Já senti dor pior — disse a ele baixinho, também ainda sem mentir. Era a verdade. Sentira dor pior. Não tinha sido física, mas não importava.

Não pareceu que ele acreditou totalmente, porém deixou para lá.

— Você já comeu?

— Aham.

— E Louie?

— Aham.

— O quê?

— Cereal e banana.

— Que bom. — Gesticulei na direção dele, me chamando de idiota pelo que tinha acontecido. — Estou com bastante fome — eu disse.

Josh andou ao meu lado em direção à cozinha, observando conforme colocava meus chinelos e observando ainda mais de perto enquanto eu colocava a mão na barriga de novo. Porém, ele não falou nada. Louie sorriu para mim quando o vi na sala de estar sentado no sofá diante da televisão jogando videogames. Se ele queria agir como se o dia anterior não tivesse acontecido, que assim fosse. A última coisa que estivera pensando antes de dormir era o que diria aos meus pais e aos Larsen quando vissem minha mão. Pensei que poderia simplesmente não contar a eles, mas, com aqueles dois bocudos, seria dito em algum momento.

Já estava apavorada pelos comentários que fariam.

— Bom dia, Goo — eu o cumprimentei, dando dois passos para a frente até parar no lugar diretamente diante da televisão e olhar de volta para ele.

Ele estivera sentado bem alto no ar, mas, conforme dei outra boa olhada nele, percebi por que ele parecia estar mais alto do que o normal no sofá. Era o cobertor de Homem de Ferro debaixo dele que não tinha me feito olhar mais atentamente para o sofá, mas agora que olhei... percebi que ele estava sentado em alguma coisa.

Sentado em *alguém*.

Era um homem comprido com cabelo curto, escuro, dormindo de bruços no sofá com um braço cobrindo a lateral do rosto. E Louie estava sentado no que eu só poderia presumir que fosse a bunda dele enquanto jogava videogame.

— Está sentado em Dallas?

O menino de cinco anos sorriu e assentiu, sussurrando para mim:

— Shh. Ele está dormindo.

Dava para ver. Quando ele tinha entrado em casa? Não me importava que ele estivesse dormindo ali — claro que não —, mas fiquei confusa. Pensei em simplesmente perguntar a Josh, mas acabei falando para Lou:

— Saia de cima dele, Lou. Ele está dormindo.

— Ele me disse que não tinha problema — ele argumentou. — *Pare de falar tão alto.*

Ah, meu Deus. Aquela criança estava me falando para ficar quieta? Abri a boca e a fechei, observando o homem dormindo debaixo dele. Lançando a Lou um olhar que ele não viu porque havia voltado sua atenção para o jogo, continuei indo para a cozinha, para onde Josh havia desaparecido.

Ele já estava me esperando, imediatamente me entregando a caixa do meu cereal de morango preferido e descascou uma banana para mim enquanto eu pegava o leite, me observando com aqueles olhos castanhos tão parecidos com os de Rodrigo e os meus.

— Quando Dallas chegou aqui? — perguntei com a voz baixa.

Josh hesitou por um segundo antes de se esticar para pegar o galão de leite das minhas mãos, indo servir na tigela para mim.

— Umas oito horas. Louie me acordou quando ouviu a batida na porta.

— Você verificou para se certificar de que era ele antes de abrir?

Ele me lançou um olhar ao colocar a tampa de volta no leite.

— Sim. Não sou um bebê.

— Só estou confirmando — murmurei de volta. — O que ele falou?

— Ele entrou e perguntou se você estava bem. Então falou que estava muito cansado e que ia tirar uma soneca no sofá. — Com as costas para mim enquanto guardava o leite na geladeira, ele indagou: — Está brava que ele está aqui?

Pegando uma colher da gaveta, enfiei-a na boca e movi minha tigela de cereal para a beirada do balcão.

— O quê? Não. Só fiquei surpresa... por ele estar aqui. Ele falou alguma coisa sobre a Sra. Pearl?

— Não. — O tom de Josh tinha ficado rude ou eu estava imaginando? Ele pareceu pensar em algo por um segundo antes de adicionar com uma voz estranha: — Ele te chamou de burra ontem à noite.

Com a colher na boca, percebi que ele tinha razão. Ele tinha me chamado de burra e de idiota. Uma burra idiota ou algo assim. Huh.

— Você foi boba — Josh sussurrou, suas palavras me fazendo virar a cabeça para dizer a ele para não falar comigo assim. Mas sua expressão me fez guardar meus comentários para mim mesma. Se ódio e luto pudessem tomar uma criança, era isso que teria sido refletido na expressão do meu sobrinho. Me fez querer chorar, principalmente quando ele arregalou os olhos enquanto lutava contra o sentimento dentro dele. — *Você poderia ter morrido* — ele acusou, seus olhos brilhando no tempo em que demorei para piscar.

O susto da noite anterior pareceu inchar dentro de mim de novo, as possibilidades frescas e aterrorizantes. Meus próprios olhos lacrimejaram um pouco quando coloquei a tigela longe da beirada do balcão e encarei Josh. Não havia motivo para mentir para ele ou tentar amenizar a situação como algo menor do que tinha sido. Às vezes, era fácil esquecer o quanto ele era esperto, o quanto esse menino de onze anos poderia ser maduro e sensível.

Então contei a verdade a ele, e nossos olhares travaram um no outro.

— Eu sei, J. Desculpe por ter assustado você. Eu também estava com medo, mas não tinha mais ninguém lá fora...

— Temos vizinhos — ele declarou, sua voz irregular e baixa para eu saber que ele não queria que Louie ouvisse o que estava havendo entre nós. — Eles poderiam ter entrado para você não precisar ir.

— Josh. — Estiquei o braço e tentei pegar as mãos dele, porém ele as escondeu às costas, me fazendo suspirar de irritação. — Não havia mais ninguém lá fora. Eu não queria fazer isso, mas não poderia abandonar a Sra. Pearl lá dentro, e você sabe disso.

Sua garganta mexeu e ele apertou os olhos fechados, me matando um pouco por dentro.

— Eu amo você e seu irmão mais do que qualquer coisa, J. Nunca abandonaria vocês de propósito — sussurrei, observando seu rosto conforme pressionei minha mão boa na coxa. — Sinto muito por ter assustado você, porém não havia escolha a não ser entrar lá e pegá-la. Nem sempre se pode esperar outra pessoa para fazer a coisa certa quando se pode fazer sozinho.

Josh não falou nada por um bom tempo enquanto ficou ali parado diante de mim. Seus olhos ficaram fechados, as mãos dele, cerradas em punhos nas laterais do corpo.

Entretanto, finalmente, depois do que pareceu uma eternidade, ele os abriu. Não estava lacrimejando. Nem estavam dolorosos ou bravos. Pareciam mais resignados, e eu não sabia como isso me fazia sentir.

— Coisas ruins acontecem o tempo todo, e não podemos controlá-las. Nunca vai saber o quanto sinto muito por você ter aprendido isso da maneira difícil. Mas amo você, e não podemos ficar com medo de coisas sobre as quais não podemos fazer nada. Podemos simplesmente ficar felizes de estarmos vivos e aproveitar o que temos. Não sei se vai acontecer alguma coisa ruim comigo agora ou daqui a cinquenta anos, mas faria qualquer coisa para ficar com vocês dois. — Toquei sua bochecha e o vi expirar de forma trêmula. — E, como minha avó costumava me dizer, o diabo, provavelmente, vai me chutar do inferno no dia em que eu morrer. Não vou a lugar nenhum sem lutar.

Ele me olhou em silêncio por um instante antes de perguntar:

— Você jura?

— Juro. — Toquei sua cabeça, e ele não se afastou desta vez. — Sinto muito, ok?

— Eu também. Você não é boba de verdade.

— Às vezes, as pessoas dizem coisas malucas quando estão chateadas que não querem mesmo dizer. Eu entendo.

Ele inclinou o queixo, porém manteve contato visual comigo.

— Você faz isso às vezes.

— Quando?

— Quando... você sabe... — Suas bochechas ficaram rosadas. — Quando está naquela época todo mês.

Eu nunca iria me perdoar por ter que inseri-lo no período menstrual feminino tão cedo, mas tinha acontecido, e não havia nada que eu pudesse fazer para mudar isso. Ou ele iria pensar que eu estava morrendo, achando que eu era um vampiro, ou saberia a verdade. Eu iria com a verdade. Tinha começado a me certificar de que havia trancado a porta do banheiro depois daquele incidente dele entrando e me vendo enrolar um absorvente noturno usado. *Tínhamos demorado, tipo, duas semanas para, enfim, conseguirmos olhar um para o outro no olho de novo após isso.*

— Cuide da sua vida. Sempre sou legal.

Isso o fez rir.

— O que foi? Eu sou. — Sorri para ele.

— Claro, *Tia*.

Mostrei a língua para ele, feliz por toda vez que me chamava de *tia*, já que ele o fazia tão raramente agora, e ele mostrou a dele de volta.

— Bom dia. — A voz de Dallas fez nós dois pularmos de susto, o som dela umas cinquenta vezes mais grosso do que o normal.

Me virei para olhar para ele, de repente me lembrando do quanto ele estivera bravo horas antes e me sentindo insegura. Sua expressão ao entrar na cozinha e apoiar o quadril no balcão também não ajudou. Na verdade, Dallas parecia mais bravo do que eu já o havia visto. Como alguém conseguia acordar tão bravo? Aqueles olhos claros cor de mel foram para Josh por um instante, um rápido sorriso se abrindo na boca dele.

— Ei, Josh.

— Ela acabou de acordar — meu sobrinho explicou rapidamente.

Os olhos de Dallas se voltaram para mim, o sorriso discreto derretendo antes de ele olhar para os antebraços que eu havia cruzado à frente dos seios. Havia trocado a roupa da noite anterior, e a camiseta larga que estava vestindo cobria tudo.

— Estou vendo. — Ele olhou de volta para o meu rosto, e observei os tendões saltando ao longo do comprimento do seu pescoço. Sua mandíbula estava mais para a frente do que o normal ou eu estava imaginando? — J, posso conversar com sua tia sozinho um minuto?

O traidorzinho assentiu.

— Ok. Então vou levar Mac para dar uma volta.

— Não vá para longe — Dallas e eu dissemos ao mesmo tempo, observando cuidadosamente um ao outro.

Josh nos olhou de forma horrorizada, mas, simples assim, desapareceu.

Meu vizinho inclinou a cabeça na direção da porta da cozinha que levava ao quintal, e eu o segui, tentando decidir se puxava minha camiseta para baixo ou não. Ele já tinha me visto apenas com blusinha e calcinha na noite anterior, e pelo menos não havia colocado uma calcinha grande para dormir.

Do lado de fora na varanda de trás, Dallas desceu um degrau para me deixar ficar no mais alto e me deu aquele olhar intenso, seus lábios unidos. Mesmo com ele me dando a vantagem, ainda era mais alto do que eu.

Ergui as sobrancelhas, me lembrando rapidamente de que ele tinha me chamado de coisas na noite anterior que não tinham sido legais.

— A Sra. Pearl está bem? — foi a primeira coisa que perguntei.

— Ela está bem — ele respondeu em uma voz fria e calma. Com cuidado, disse: — Você salvou a vida dela.

E arrisquei a minha. Só de pensar nisso senti um calafrio nas costas.

— Não podia deixá-la lá dentro. Qualquer um teria feito isso.

Dallas mordeu seu lábio de novo, aquela linha rosada esticada de pele ficando branca pela pressão.

— Não teria, não.

— Qualquer pessoa decente teria.

— Não teria, não — ele resmungou, seu pomo de adão balançando. — Nunca vou poder te recompensar por isso.

Franzi o cenho.

— Não precisa.

Seus lábios se mexeram, mas não saiu nenhum som, e ele voltou sua atenção para algo acima da minha cabeça.

— Fui dormir e não ouvi nada até Josh bater com força na porta.

Josh fez isso?

— Não sei o que eu teria feito se acontecesse alguma coisa com ela... — Dallas continuou, sua atenção ainda longe de mim. — Devo tudo a você.

Oh, Deus. Eu estava ficando desconfortável.

— Está tudo certo, de verdade.

Então, ele voltou aqueles olhos cor de mel para mim mais uma vez e piscou. Mas não foi uma piscada normal. Foi o tipo de piscada que muda sua vida. O tipo de piscada que você notou o suficiente para marcar esse momento na história. Foi uma preparação. Um amortecedor. Foi tudo. Então ele cortou o ar com a mão, bravo.

— Mas se um dia você fizer alguma *burrice tão grande de novo*...

— Uou, uou, uou — eu o interrompi, pega de surpresa pela ira no seu tom.

Ele ergueu um dedo, me silenciando.

— O que fez ontem à noite foi a coisa mais burra que alguém já fez, me ouviu? Entendo que entrou lá para pegá-la, mas você é uma grande idiota, e é ainda mais idiota *por ter voltado lá para pegar a gata.*

Meu lábio inferior se abriu por um instante, então o fechei.

— Queria que eu deixasse a gata morrer? — perguntei, meio indignada.

O olhar exasperado que ele me lançou arrepiou os pelos da minha nuca.

— A gata tem dezesseis anos e você tem dois meninos e toda a sua vida pela frente. Está me zoando? Vai arriscar sua vida por Mildred?

Por mais que eu reconhecesse que ele tinha razão — e que eu tivera exatamente o mesmo pensamento quando a Sra. Pearl tinha implorado para eu salvar sua amada gata —, não gostei da sinceridade brutal no seu tom. Não era fã de acusação e da possibilidade que ele levantava de novo. Eu tinha mesmo dois meninos. Não era que eles não ficariam bem sem mim, mas era... bem, eu não podia fazer isso com eles. Eu não poderia ser a terceira pessoa na vida deles a partir de forma tão inesperada. Nunca tinha assistido a uma única aula de Sociologia ou Psicologia, mas meus instintos gritavam que as chances eram grandes de que, tão cedo na vida, duas esponjinhas não conseguiriam lidar com aqueles tipos de perdas e seguir em frente muito bem.

O fato era que, por mais que não tivesse acontecido nada, poderia ter acontecido. E aí?

Mas aí... Eu teria entrado em uma casa pegando fogo por Mac. Entendia de onde a Sra. Pearl tinha tomado coragem para pedir um herói.

Independente disso, essa culpa se enterrou profundamente no fundo do meu cérebro, e senti meu rosto esquentando. Josh já tinha me enchido bastante o saco em tão pouco tempo acordada. Eu nunca lidara bem com a culpa.

— Estou bem. Mildred está bem. Sua avó está bem. Se eu pudesse fazer tudo de novo... — Bem, não tinha certeza se teria entrado correndo para salvar Mildred de novo. — Não importa. Deu tudo certo. A Sra. Pearl está bem. Eu estou bem. Está tudo certo.

Minhas palavras não tiveram nenhum efeito na raiva borbulhando por sua pele, seus olhos e sua boca. Dallas balançou a cabeça e suas mãos subiram para seu rosto exatamente da mesma forma que fizeram na noite anterior, quando ele me pedira minha caixa de ferramentas. Ele estava vermelho?

— Se tivesse acontecido alguma coisa... — Ele parou de falar, o som angustiante na sua garganta.

Estiquei o braço para tocar no seu antebraço.

— Você falou que sua avó está bem. Não pode pensar *no que poderia ter acontecido...*

— Não é na vovó que estou pensando, Diana! — ele explodiu, seu corpo inteiro se inclinando na minha direção. — Você não precisa salvar a porra do mundo todo!

O ar saiu dos meus pulmões em uma inspiração forte e pisquei para o homem irradiando tanto ódio, sem saber o que dizer ou como reagir.

— Se tivesse acontecido alguma coisa com você...

Sufoquei. Comigo? Ele também estivera preocupado comigo?

A mão conectada ao antebraço que eu estivera tocando subiu para o nível do meu olho. Seus dedos foram para o meu queixo, segurando-o conforme ele olhava diretamente nos meus olhos.

— Se tivesse acontecido alguma coisa com você, eu não estaria bem. *Nunca* ficaria bem — ele praticamente chiou.

Sabendo que eu era uma idiota pedindo a dor de uma eternidade, ainda me deixei inclinar para a frente no seu toque, porém não consegui olhar no olho dele. Em vez disso, me concentrei no seu nariz, mesmo quando senti seu olhar centrado nas minhas pálpebras.

— O bom é que você vai ficar bem, porque eu estou bem.

— Bem? — Seu ronco me fez olhá-lo. Ele ergueu uma sobrancelha castanha em uma reação totalmente espertinha que parecia muito em desacordo com o homem calmo e maduro que eu tinha começado a conhecer. — Deixe-me ver sua mão.

Merda.

Meio que consegui escondê-la parcialmente atrás da bunda, como se ele não tivesse visto a faixa ao redor dela.

— Vai sarar — argumentei.

Ele estava ficando bravo de novo. Dava para sentir se esvaindo do corpo dele.

— Queimou ao salvar a gata?

Ele e a porra da gata. Jesus.

— Por que você odeia tanto a gata? E não, dr. Evil, não queimei assim. — Durante o resgate de Mildred, eu tinha quase morrido por inalar fumaça, ou pelo menos foi o que parecera no momento. — Queimei quando tentei abrir a porta para a casa dela. A maçaneta estava quente. — Certo, esse era o eufemismo do mês. Tive uma queimadura de segundo grau por isso, e nem queria começar a pensar no que ia fazer com uma mão queimada e meu trabalho. Quanto tempo iria demorar para curar? Quanto tempo teria que ficar afastada do trabalho? Será que conseguiria segurar tesouras de novo assim que melhorasse um tiquinho?

Eu não fazia ideia, e isso me fez entrar um pouco em pânico.

Ok, mais do que um pouco.

Eu não tinha uma poupança enorme; mal havia começado a me recuperar depois de tirar uma folga para visitar Vanessa, e pedir dinheiro à minha família ou Vanessa parecia uma ideia terrível. Provavelmente, eu poderia aguentar umas duas semanas sem trabalhar, mas era isso — e isso era contando cada moeda e sem desperdiçar um único centavo. Havia dinheiro na conta que eu tinha guardado para os meninos do seguro de Rodrigo, mas eu nunca tocaria nele. Era dos meninos.

Suas pálpebras caíram sobre seus olhos cor de mel, e vi um pouco dos seus dentes conforme eles morderam a parte interna da bochecha por um instante. Soube que ele estava genuinamente bravo quando não comentou sobre chamá-lo de dr. Evil. Parecia que ele estava ponderando minhas palavras... ou se convencendo a não gritar comigo. Pela sua expressão assassina, poderia ter sido ambas as coisas. Então ele engoliu em seco.

— Foi burrice. Muita burrice, e acho que você não percebe que...

— Percebo — discuti.

Ele me lançou um olhar descrente.

— Você tem dois meninos, Diana...

A culpa rastejou para o meu peito, e engoli em seco ao mesmo tempo que meus olhos se encheram de lágrimas.

— Eu sei, Dallas. *Eu sei*. Josh já... — Minha voz falhou e baixei o olhar para a barra da camiseta amassada que ele vestia. Era uma diferente da que ele tinha usado no cinema na noite anterior. — Ele ficou tão bravo comigo. Me sinto horrível por ter feito isso com ele.

O suspiro que saiu dele não foi um leve alerta para as mãos que vieram aos meus ombros e os apertaram. Não me preparou para os braços que me envolveram depois ou para o peito que entrou em contato com minha testa. Ele tinha me abraçado na noite anterior, não tinha? Eu não havia imaginado? A voz dele não estava menos rude ou cruel quando ele disse:

— Você assustou pra caramba todos nós.

Eu tinha assustado?

— Pensei que estivesse bravo comigo ontem à noite quando você foi embora — eu disse a ele.

Seu suspiro foi tão profundo que ficou irregular ao sair. Os braços com que ele tinha me envolvido se apertaram, mas o resto do seu corpo relaxou.

— Eu não estava bravo com você. Juro. Eram outras coisas. — Ele engoliu em seco, e podia jurar que uma das suas mãos segurou minha nuca. — Olhe, tenho que viajar amanhã por uns dois dias.

Por que ele estava me contando isso?

— Está tudo bem?

— Vai ficar. Tenho que ir. Não posso remarcar — ele explicou, sua respiração tão profunda que fez minha cabeça se mexer. — Diana...

Um vento bateu na parte de trás das minhas pernas conforme a porta dos fundos se abriu e algo me cutucou na perna enquanto eu ficava nos braços de Dallas.

— Pode fazer um sanduíche para mim? — A voz de Louie soou por trás. — Por favor?

Nem fiquei paralisada por ter sido flagrada.

— Claro, espere um segundo — respondi a ele rapidamente.

Lou não disse nada; só ficou ali parado, sem se mexer. Eu conseguia senti-lo.

Suspirei, minha boca a centímetros do esterno de Dallas.

— Goo, pare de ser xereta e me dê um segundo, por favor.

Houve um "hum" e então:

— Posso ganhar um abraço também?

Os braços de Dallas se flexionaram e jurei tê-lo ouvido rir baixinho até um deles se soltar de mim conforme ele deu um passo para trás.

— Ela é toda sua, amigão.

Finalmente, olhei para Louie e vi que ele tinha se movido para ficar ao lado do meu quadril. A criança piscou e foi mais perto de nós.

— Não, você também — ele disse com tanta facilidade que me fez querer chorar. — Sanduíche.

Simples assim, Dallas se abaixou e pegou Louie no colo. Um daqueles bracinhos envolveu meu pescoço, e apostaria minha vida que o outro estava em volta do de Dallas. A única outra coisa que eu sabia com certeza era que um braço forte demais para um menino de cinco anos abraçou minhas costas. A lateral da minha cabeça foi para um ombro e metade do meu peito estava esmagado em um muito mais duro.

— Isto é legal — Louie murmurou em algum lugar perto do meu ouvido.

Não pude me conter. Dei risada, e o que eu tinha certeza de quem era a mão se conectou ao braço às minhas costas, esticado e cobrindo parte da minha barriga, a ponta de dedos compridos tocando meu umbigo. Prendi a respiração.

— Podemos fazer mais isso? — Lou continuou.

— Nós vamos — a voz acima da minha cabeça concordou.

O que eu ia fazer? Dizer "não, obrigada"? Eu poderia fazer isso com mais frequência. Poderia fazer isso todos os dias.

Mas Dallas era casado, e éramos apenas amigos. Eu não poderia me esquecer disso.

Do que eu também não poderia me esquecer era que ele não seria casado para sempre.

E não necessariamente isso significava algo de bom para mim.

CAPÍTULO VINTE

O problema em ser vizinha do técnico do seu sobrinho e de a sua chefe ser parente do dito vizinho/técnico era que, se acontecesse alguma coisa com você, todo mundo que eles conheciam saberia da sua vida.

E foi exatamente isso que aconteceu comigo.

Naqueles dois dias depois do incêndio, Trip ligou e foi à minha casa. Alguns dos amigos de Josh do beisebol descobriram, e as mães deles mandaram comida. Recebi mensagens de texto de outros pais do time que nunca tinham mais do que acenado para mim, me avisando para ligar se eu precisasse de alguma coisa. Uma boa ação não passava despercebida. Talvez eu não tivesse dinheiro para pagar a conta da TV a cabo, porém teria pessoas dispostas a ficar com os meninos ou aparar a grama. Foi uma demonstração enorme de amor com que eu não estava acostumada — desta vez, de pessoas que eram praticamente estranhas.

O que não tinha problema, porque, quando eu ligara para os meus pais para contar sobre como eu havia me queimado — porque eu sabia que seria muito pior se eles descobrissem de outro jeito —, minha mãe tinha passado o telefone para o meu pai. Estava acostumada a ela me chamando de idiota, porém o tratamento silencioso era pior. A última pessoa que precisava piorar as coisas era aquela mulher.

Passei os dois primeiros dias indo ao salão para reagendar meus compromissos e conversar com Ginny sobre o que ela poderia fazer enquanto eu ficava um tempo fora. *Um tempo*. O melhor cenário parecia ser de três semanas. Fizesse sol ou chuva, eu voltaria ao trabalho em três semanas. Não poderia ficar afastada por uma semana, mas, com certeza, não poderia ficar por mais de três.

Quando eu não estava no salão ou passando pano na casa, segurando minha mão queimada para cima e a xingando, fui visitar a Sra. Pearl no hospital, que ainda estava internada por ter inalado muita fumaça e ter sofrido algumas queimaduras também.

— Como está, Sra. Pearl? — perguntei após ter colocado o vaso de flores que comprara para ela no mercado na mesa diante da sua cama.

Em uma camisola de hospital verde-menta gasta, e com seu cabelo oleoso e emplastrado no couro cabeludo, ela tinha piscado aqueles olhos azuis leitosos para mim e suspirado.

— Metade da minha casa queimou, mas estou viva.

Bem, essa não era a declaração positiva que eu estivera esperando.

Mas ela continuou.

— Você salvou minha vida, Diana, e nunca agradeci a você...

— Não precisa me agradecer.

Ela revirou os olhos.

— Preciso. Desculpe confundir seu nome. Você é uma boa garota. Dal disse que estou entediada e que gosto de provocar as pessoas por causa disso. Não quis fazer nenhum mal.

Droga. Sentando-me na cadeira ao lado da cama, me estiquei e coloquei a mão por cima da dela, que estava fria.

— Sei que não quis. Está tudo bem. Eu também provoco.

Isso fez a velha senhora dar uma risadinha.

— Fiquei sabendo.

Antes de eu conseguir perguntar como ela soubera, ela prosseguiu.

— Dal viajou, mas falou que vai voltar na quarta-feira. Quando ele voltar, vai me tirar desta joça.

Ele já tinha me avisado disso no sábado quando acordara na minha casa e, então, seguiu e passou metade do dia com os meninos e comigo, antes de ir visitar a Sra. Pearl no hospital.

No entanto, não me contara aonde iria, e meio que fui xereta:

— Ele está bem?

Você imaginaria que eu soubesse que não dava para enrolar uma enroladora, e a Sra. Pearl tinha muito mais experiência em enrolar do que eu. Pelo sorriso que me deu, ela sabia que eu estava jogando verde, e disse:

— Oh, ele está bem. Ótimo mesmo.

E foi tudo que ela me falou. Droga.

Então, uns dias depois, quando eu estava deitada no sofá com um copo de leite na mesa e um Pop-Tarts s'mores em uma mão, assistindo televisão e me perguntando como iria sobreviver a mais duas semanas sem trabalhar, me assustei com um cortador de grama rugindo à vida.

Demorei alguns segundos para perceber que o som alto estava vindo de perto. Bem perto. *Tinha alguém na minha casa?*

Colocando as pernas na beirada do sofá, olhei por cima dele para ver pela janela a lateral da casa. Não vi nada. Verifiquei meu celular conforme me levantei para me certificar de que meu pai não tinha ligado e avisado que estava vindo, porém não havia chamadas perdidas.

Erguendo uma única palheta da persiana da janela, olhei para o gramado da frente, pausei, soltei-a e a ergui de novo. Ao mesmo tempo em que estava fazendo isso, minha espinha se encheu de calafrios.

Porque, no meu gramado, não estava um estranho, principalmente desde que ele tinha me deixado simplesmente devorá-lo com os olhos mais de uma vez. Também não era *só* Dallas cortando meu gramado como se não fosse nada de mais.

Era Dallas sem camisa no meu gramado, empurrando seu cortador de grama.

Era Dallas sem camisa no meu gramado.

Mais calafrios subiram por todo o meu corpo. Ele ainda não estava suando, mas mesmo isso não o teria deixado mais atraente do que estava naquele momento. Ele não precisava de nada para parecer mais atraente de como estava bem ali e agora. Uma cueca ou nudez não era nada necessário.

Porque meus olhos viram tudo que precisavam ver; o que tinham visto há meses. Tudo o que eles *nunca* poderiam deixar de ver na vida. Eles observaram o formato em V de músculo bem onde o elástico da sua calça de moletom ficava. Observaram aqueles músculos definidos em formato de cubo acima do seu umbigo que se estendiam em retângulos perfeitamente empilhados. Então havia aqueles ombros que eram simplesmente perfeitos. E aqueles braços e antebraços.

Eu adorava antebraços. Eu os adorava. Principalmente os dele. Conseguia até ver as veias nos dele da minha janela.

Mas, mais importante, observei cada centímetro da pele tatuada que o cobria. Pelo que parecia, esse era meu pagamento por queimar a mão.

A tatuagem marrom que eu tinha visto no seu cotovelo fazia parte de uma asa que envolvia todo o bíceps dele, alongando-se por seu peito. Outra asa parecia envolver seu outro braço, quase um espelho perfeito da primeira que eu tinha visto.

Que Deus me ajudasse. A vista era bem melhor da segunda vez.

Eu iria lá fora especificamente para dar uma olhada mais de perto nos detalhes das asas da águia? Não mesmo.

Mas iria lá fora para oferecer a ele um copo de água, apesar de ele poder, facilmente, atravessar a rua para beber na sua própria casa? Com certeza.

Por um breve instante, pensei em vestir algo diferente de pijama, mas... para quê? Seria óbvio se fizesse isso e, apesar de ele ser um amigo, uma pessoa e um vizinho maravilhoso, *ele era casado*. Estava se divorciando. Mesma coisa.

E desaparecera por uns dias em algum lugar.

Não havia mal em olhar para ele. Repetidamente. Só não olharia para sua bunda ou virilha. Isso era passar do limite. Qualquer coisa da cintura para cima era jogo justo, pensei.

Deixei o cabelo solto em volta dos meus ombros, abri a porta e saí exatamente quando ele finalizou uma faixa do gramado distante de mim, virando o cortador no último minuto. Devo ter chamado a atenção dele imediatamente porque ele olhou para cima do seu foco no gramado a fim de olhar para mim, e acenei, sorrindo bem amplamente para alguém que não era meu e não poderia ser.

Quando ele não desligou a máquina, fiz um gesto de beber na direção da minha boca e ele balançou a cabeça.

Ok. O que eu faria agora?

Observei-o por um instante, percebendo que havia algo diferente nele, porém não consegui identificar o quê. Seu cortador de grama estava cheio, então ele tinha que esvaziá-lo. Quando ouvi o motor ser desligado, eu já tinha ido para o barracão a fim de pegar alguns sacos pretos grandes que usávamos para as folhas e abri o portão que levava até a frente. Dallas estava ocupado tirando o saco da máquina quando me aproximei dele.

— O que está fazendo aqui? — perguntei, dizendo aos meus olhos que era melhor não me apunhalarem por trás naquele momento, indo para algum lugar que não era da conta deles.

— Bom dia — ele disse naquela voz baixa. — Acordei você?

— Não. — Usei o queixo para apontar para o saco nas minhas mãos. — Consigo segurá-lo com uma mão. Pode colocar e segurar do outro lado do saco também? — Ele assentiu e o fez, colocando de volta no cortador a parte solta enquanto eu chacoalhava a grama cortada para que se ajeitassem no fundo. — Então, posso saber o que exatamente está fazendo?

— Chama-se cortar a grama — ele me informou, sua atenção ainda focada na máquina pintada de vermelho. — Já te vi fazer isso.

E as pessoas pensavam que eu era a espertinha.

— Estou falando sério. O que está fazendo, Professor X? Eu estava planejando aplicar um sentimento de culpa nos meninos para fazerem isso sozinhos.

Ele me olhou com aqueles olhos castanho-dourados antes de se concentrar de novo no saco de lixo diante dele.

— *Eu tenho cabelo*, e sua grama precisava ser cortada. Sua mão está fodida. Acabei de voltar e não tenho nenhum trabalho agendado para hoje.

— Você não precisava fazer nada...

Ele se endireitou na sua altura toda e me encarou.

— Aceite a ajuda, Diana.

Respirei fundo e continuei olhando para ele, ainda tentando enxergar por que ele parecia diferente.

Ele cruzou os braços à frente do peito, e precisei de toda a força que tinha para não olhar para a cabeça da águia.

— É de todo mundo ou só de mim?

Apertando os lábios, pus a mão no peito e observei conforme ele olhou para ela. Juro que um tendão saltou no seu pescoço. No entanto, falei a verdade para ele.

— De você, principalmente. Não quero me aproveitar de você. Não sou tímida para pedir coisas.

— Não pensei que soubesse ser tímida. — Ele ergueu uma sobrancelha. — Não está se aproveitando de mim. Já conversamos sobre isso.

— Certo, mas também não quero te fazer sentir estranho.

Sua resposta foi baixa e regular.

— Já te vi de calcinha e penteei piolhos da sua cabeça, linda. Acho que passamos dessa fase.

Foquei em uma coisa e somente nela.

Linda?

Eu?

Ainda estava pensando na sua escolha de palavra quando ele perguntou:

— Como está sua mão?

Que mão? Havia algo de errado com minha mão?

— Sua mão queimada — ele disse, erguendo as sobrancelhas, um sorriso discreto se abrindo nos seus lábios.

Jesus Cristo. Eu tinha ficado atordoada. Engoli em seco.

— Mesma coisa. Dói. Estou tomando remédio para dor quando piora bastante, mas não tanto. Tenho que embrulhar minha mão para tomar banho. Me cortei me raspando. Não passo xampu no cabelo há cinco dias. Demoro mais para fazer tudo com esta coisa, mas vou viver. — Pobre e com dor, mas poderia ser pior. — Posso te ajudar com alguma coisa?

— Não.

— Sério. Posso ajudar. Tenho uma mão boa, e estou entediada demais. Só faz alguns dias, porém não sei como vou conseguir ficar presa em casa.

Isso era um eufemismo. Fui ajudar minha mãe na loja em que ela trabalhava, mas só se passaram três horas e os comentários dela sobre a minha inteligência — por que quem se queima em uma casa incendiada? — ficaram excessivos e fui embora.

Aqueles olhos cor de mel ficaram em mim por uns segundos antes da sua boca se curvar. Suas mãos foram para os quadris e disse a mim mesma: *Não olhe, Diana. Não olhe para baixo.*

A pergunta saiu da minha boca antes que eu conseguisse evitar.

— Você é patriota mesmo ou só gosta de águias?

Ele ergueu as sobrancelhas e, com a expressão séria, olhou para baixo, para seu peito, antes de se concentrar em mim de novo.

— Meu pai tinha esta tatuagem no braço. — Então, como se não tivesse sido nada de mais minha pergunta, ele indagou: — Precisa que alguma coisa seja feita?

Neguei com a cabeça, dizendo a mim mesma para deixar a tatuagem para lá.

— Tem certeza? Vai usar só uma mão?

Por que o primeiro pensamento que surgiu na minha mente foi indecente?

E por que meu rosto ficou vermelho enquanto eu pensava nisso?

— Juro.

Dallas inclinou a cabeça para o lado.

— Você não começou a montar o "mini ramp" de Louie enquanto estive fora, não é?

Lá estava. Outro lembrete de que ele tinha ido a algum lugar. Humm.

— Não.

— Então pode me ajudar a montá-lo.

O "merda" saiu da minha boca antes que eu pudesse evitar e ele sorriu.

— Ou posso fazer sozinho. — Ele pausou por um segundo, depois falou: — Se me disser que consegue fazer sozinha...

Revirei os olhos.

— Não — resmunguei. — Se você insiste em ajudar, podemos montar juntos. E, por juntos, quero dizer que você fará a maior parte porque só tenho uma mão, mas vou fazer o meu melhor. — Dei de ombros. — Seria legal surpreendê-lo amanhã. Ele vai passar a noite nos Larsen hoje. Acha que conseguimos terminar?

O pequeno sorriso que se apossou da boca de Dallas foi como fogo de artifício direto no meu coração.

— Podemos fazer nosso melhor — ele disse com toda a paciência e a natureza tranquila que me atraíam.

O que eu não faria para o melhor de Dallas Walker? Mas tudo que eu falei foi:

— Certo. Estou pronta quando você estiver.

— Me dê quinze minutos para eu poder terminar aqui e levar esta coisa para o outro lado da rua — ele se comprometeu.

Assenti.

— Te encontro no quintal.

Ele não demorou os quinze minutos para acabar. Eu havia pegado minhas luvas de jardinagem no barracão enquanto esperava e calcei uma e, depois de pensar por um momento, peguei minha caixa de ferramentas também. Ainda não entendia o que tinha acontecido com ele naquela noite, porém ele não tocara no assunto, e eu também não iria. A única coisa sobre a qual eu queria falar era aonde ele tinha ido, mas prometi a mim mesma que não iria perguntar. *Não iria*.

Dallas também tinha vindo preparado, ao que parecia, quando abriu o portão e o fechou ao passar, fazendo carinho na cabeça de Mac — que estava do lado de fora comigo. Infelizmente, ou acho que felizmente, ele havia vestido uma camiseta. Era uma das camisetas puídas com que ele geralmente trabalhava, a julgar pelas manchas em todos os lugares aleatórios.

— Eu sei que são velhas.

Ergui os olhos para ele e franzi o cenho.

— O quê?

— Minhas roupas — ele respondeu, me dando as costas conforme foi direto na direção dos caixotes, com seu martelo na mão. Seguiu em frente e tirou a tampa. — Odeio comprar roupa.

Me endireitando, continuei franzindo o cenho para ele, de repente envergonhada por ele ter me flagrado olhando para o que estava vestindo.

— Estão boas — disse a ele devagar. — O objetivo todo é não ficar nu, não é?

Ele fez "humm" ao ir para o canto da caixa mais longe de mim.

— Também não compro roupas novas com frequência — tentei apoiá-lo. — Se não tivesse que me arrumar para o trabalho, não o faria, e tenho minhas roupas há anos. Os meninos crescem tão rápido e rasgam as coisas com tanta facilidade que são os únicos para quem compro coisas novas regularmente.

— A vovó está sempre me dando sermão por causa delas — ele falou, baixinho, ou talvez estivesse apenas distraído, eu não tinha certeza. — Ela diz que as mulheres gostam de um homem bem-arrumado.

Isso me fez rir.

— Talvez para uma idiota. Saí algumas vezes com um cara, há uns anos, que se vestia melhor do que eu, e sabe de uma coisa? Ele morava com os pais e eles ainda pagavam o seguro do carro dele. Sei que não sou um exemplo porque demorei uma eternidade para me bancar... e mesmo agora, não sei o que estou fazendo na metade do tempo... mas todo mundo deveria ter algumas prioridades na vida. Acredite em mim quando te digo que roupa não é tudo.

Dallas me olhou rapidamente ao ir para outro canto com seu martelo.

— Uma das únicas coisas de que me lembro do meu pai é que ele nunca combinava, a menos que estivesse de uniforme. Nunca. Minha mãe ria do tanto que ele não se esforçava para se vestir. — Pude ver o canto da sua boca se erguer em um sorriso com a lembrança e, tão rapidamente quanto apareceu, desapareceu. — Quando tentei morar com minha ex por aqueles dois meses depois de ter voltado da missão, ela não me deixava ir a nenhum lugar com ela, a menos que me trocasse. Falava que eu a fazia se sentir pobre.

Agora eu não ia apenas ter que matar sua futura esposa, também teria que matar sua ex. Minha pergunta saiu mais áspera do que eu pretendera.

— E você? Se trocava?

— Por uns dias.

— Não deveria ter que se esforçar, em primeiro lugar — disse a ele, que olhou para cima, com um sorrisinho naquele rosto com barba por fazer.

— Deveria, se era tão importante assim para ela, mas não me importava o suficiente. Nunca fiquei com ninguém por mais de um ano, sabe? Relacionamentos à distância normalmente não dão certo, e nunca tentei um até ela, mas todo casal que conheço que teve e sobreviveu sempre se comprometia. Você precisa se importar o suficiente com os sentimentos da outra pessoa para não ter sempre razão e não ser somente do seu jeito. Não me arrependo de não tentar fazer dar certo, mas, se a amasse, deveria.

Era rude da minha parte pensar que ficava grata por ele não ter tentado?

Antes de eu conseguir pensar muito tempo nisso, ele lançou:

— Agora eu sei para a próxima vez.

Eu não iria sabotar nenhum relacionamento futuro dele. Não iria.

Então o que *eu iria* fazer?, me perguntei. Me mudar para outro lugar? Encontrar um namorado que, talvez, fosse metade do homem que ele era e, felizmente, ele manteria minha mente distraída daquele que morava do outro lado da rua e por quem eu nutria todos esses... sentimentos?

O que eu fizera? Por que fizera isso comigo mesma? Eu devia saber. *Devia saber que não era para gostar de Dallas.* Ainda assim, não pude deixar de perguntar:

— Você teve... muitas namoradas?

Esse homem olhou para mim com uma expressão engraçada antes de encarar o caixote de novo.

— Nunca fui um desses caras com uma nova garota toda semana ou todo mês.

Isso ainda não era uma resposta e, com o risco de soar uma maluca, tudo que fiz foi resmungar "Humm". Ou eu estava morrendo por dentro ou era isso que um serial killer sentia quando precisava matar de novo. Poderia ter sido ambas as coisas.

Foi suficiente para ele me olhar de novo com aquela expressão estranha.

— Tenho quarenta e um anos, Diana. Tive namoradas. Exceto pela minha ex, nunca morei com nenhuma delas. Nunca pedi nenhuma em casamento. A única garota que amei foi minha namorada do Ensino Médio, e não fiquei sabendo nada dela desde que terminei para entrar para a Marinha. Nunca procurei nenhuma delas on-line, nem conversei ao telefone, e não consigo me lembrar da maioria dos nomes delas ou de como elas são. Eu ficava bastante no mar.

Claro que eu sabia que ele tivera outros relacionamentos, porém ele reconhecer isso ainda fazia meu estômago se contrair de ciúme e, talvez, de um pouco de ódio. Vacas. Sem confiar em mim mesma para não chamar todas as ex dele de putas, minha resposta brilhante foi outro "Humm". Então, como se eu estivesse tentando me fazer sentir melhor, disse a ele:

— Só tive quatro namorados de verdade em toda a minha vida, sem incluir meu ex. Se um dia vir um deles de novo, eles, provavelmente, iriam correr para o outro lado.

Como Dallas respondeu? Com um "Humm" que me fez olhar para ele.

Ele estava usando força demais para arrancar o prego ou eu estava imaginando?

— Obrigado por ir visitar a vovó — ele comentou de repente, mudando de assunto e me fazendo continuar a olhá-lo. Ele andou até o canto bem ao meu lado antes de olhar na minha direção, seus olhos indo para minha caixa de ferramentas pink e com filhotes por um breve segundo. Ele desviou o olhar dela quase que imediatamente.

Aproveitei a mudança de assunto.

— De nada, claro. Ela me contou que vai ficar com você até a casa dela ser consertada.

— É. — Ele colocou seu corpo diretamente ao meu lado, sua bunda a centímetros de mim. Desviei o olhar. — Ela quer a própria casa de volta, mas ficará presa comigo por um tempo, independente do que ela diz.

— Ela não quer ficar com você?

— Ela não quer ficar com ninguém. Fica me dizendo que não mora sob o teto de outra pessoa há mais de setenta anos e que não vai fazer isso por mais tempo do que precisa. Ofereceu para ir ficar com a irmã, que mora em um asilo para "sair do meu pé", mas não vou deixar que ela more com qualquer um, exceto eu, até sua casa ser consertada. Ela é minha avó. Não vou expulsá-la.

Eu não gostava desse homem como mais do que um amigo. Um conhecido. Ele só era um cara legal e era perfeitamente sensato admirar alguém com seu tipo de lealdade.

Eu não gostava dele. Não gostava. E, com certeza, não estava me apaixonando um pouco por ele. Imagine.

Eu estava ocupada repetindo para mim mesma que, sim, pensei que ele era supergostoso, e sim, o coração dele poderia ser feito da melhor prata do pedaço, mas havia muitos homens assim no mundo.

Nem eu acreditava em mim mesma.

Dallas tirou a tampa do caixote e deu um passo para trás, me olhando uma vez antes de olhar de volta para o conteúdo.

— O moto clube vai fazer um churrasco na oficina onde Trip trabalha para arrecadar dinheiro para a casa da vovó neste fim de semana.

Merda. Eu realmente não tinha como gastar dinheiro enquanto não conseguisse trabalhar. As flores que eu comprara para a Sra. Pearl tinham que ser minha única compra por um bom tempo.

Ele continuou.

— Este é o fim de semana dos meninos com os avós, não é? — Assenti e ele fez igual. — Vamos. Vou comprar um prato para você.

— Não precisa...

Aquela mão grande se esticou para dar um tapinha nas costas da minha mão, seu rosto para baixo e sério.

— Algum dia vai aceitar que eu tente ser gentil sem discutir?

Apertei meus lábios unidos por um segundo.

— Provavelmente, não.

Ele sorriu.

— Vamos. — Ele tocou as costas da minha mão de novo. — Trip estará lá.

Por que meu primeiro pensamento foi: *Contanto que você esteja lá, por mim, não tem problema*? O que havia de *errado* comigo? Estava pedindo confusão. Dor. Coração partido. E ter que me mudar um dia.

Mesmo sabendo de tudo isso, como uma idiota, não falei que não, mas suspirei.

— Se for pagar, Sr. Liso...

— DIANA! MINHA HEROÍNA!

Mesmo rodeada pelo que pareciam, no mínimo, cem pessoas espalhadas pelo terreno da oficina perto do salão, ainda consegui identificar aquela voz familiar berrando. Sorrindo, olhei em volta de rosto em rosto até encontrar o que eu estava procurando na multidão: ele tentando passar pelas pessoas. O grande sorriso de Trip, obviamente, era o resultado de estar meio bêbado.

— Ei. — Acenei para ele, tentando ver se eu reconhecia mais alguém no churrasco para o qual Dallas tinha me convidado.

Trip jogou um braço por cima do meu ombro conforme me puxou para seu lado, me dando um abraço lateral.

— Como está indo?

— Melhor. — Ergui a mão enfaixada. Finalmente, as bolhas tinham começado a desaparecer, deixando a pele esticada e vermelha. Uns dois dias antes, por algum motivo além da minha compreensão, eu tinha pesquisado sobre queimaduras na internet e quase vomitei meu almoço. As coisas poderiam ter sido bem piores; não iria reclamar do meu ferimento após ter visto aquilo.

— Para mim, parece uma merda — ele declarou, analisando minha mão, porém mantendo o braço no meu ombro e o outro ao lado dele. — O que quer comer? Farei um prato para você. Onde estão os meninos?

Ele estava me levando por entre as pessoas, e observei os coletes de couro do moto clube e as outras dúzias de pessoas que pareciam um aglomerado de mulheres com vinte e poucos anos e homens com trinta e poucos, até pessoas de quarenta, cinquenta e sessenta anos vestindo jeans, sobreposições e mais coletes de couro.

Pensei em perguntar onde estava Dallas, mas guardei para mim mesma. Precisava desistir da questão Dallas.

— Estão com os avós. O que você já provou?

Ele fez "humm".

— O peito bovino está muito bom. As costelas estão muito boas. Os bifes não estão tão bons quanto os seus...

— Lembra de discutir comigo quanto a fazê-los na frigideira de ferro?

Trip me apertou ao seu lado enquanto dava risada.

— É, lembro. Comprei uma frigideira de ferro da última vez que fui ao mercado. Eu ia ver como você estava durante o treino na quinta-feira, mas ficamos muito ocupados com todos os pais querendo conversar sobre como os filhos precisam de mais tempo para brincar. — Ele soltou um grunhido.

Dei risada em silêncio.

— Não se preocupe. Sei que somos amigos.

— Somos pra caralho, querida — ele confirmou conforme nos aproximamos de três churrasqueiras grandes alinhadas quase lado a lado. — Do que está a fim?

Falei para ele o que queria: peito bovino e milho grelhado na espiga. Quando a garota bonita ajudando o homem grisalho magro e mais velho na churrasqueira colocou um pouco de salada de batata no meu prato, Trip assobiou.

— Você é uma boneca, Iris.

— Sai fora, Trip — um homem alto que estivera parado ao lado com uma criancinha amarrada nas suas costas e um bebê envolvido em uma coberta rosa nos braços rosnou.

Olhei uma vez para ele e, então, mais uma vez antes de desviar o olhar. Havia tatuagens até o pescoço do homem e ele tinha o rosto mais mal-humorado que eu já tinha visto, porém isso não mudava o fato de que só seu rosto poderia ter engravidado uma mulher.

— É, é. — Trip o ignorou, dando uma piscadinha para a garota que ajudava a servir.

— Trip — o homem tatuado reclamou de novo.

O loiro riu, roncando, conforme seus olhos encontraram os meus e ele sussurrou:

— Já existiu alguém que você adorasse zoar?

Aquele homem não parecia alguém que eu adoraria zoar, mas quem era eu para saber? Mesmo com duas crianças nos braços, eu não queria olhar demais para ele. Sussurrei de volta:

— Já. — Tinha sido meu irmão, no meu caso.

Trip roncou e, com meu prato na mão, me levou até uma das muitas mesas postas ao longo das baias fechadas da oficina. Muitas pessoas estavam em pé, embora houvesse lugares vazios mais do que suficientes para sentar, e ele se sentou à minha frente, colocando o prato na mesa.

— Esqueci de pegar uma bebida para você. O que quer? Cerveja?

— Estou dirigindo. Qualquer refrigerante que tiver está bom.

— Pode deixar. — Ele sorriu antes de desaparecer.

Com o garfo na mão esquerda, observei a carne no meu prato e xinguei. Deveria ter pegado as costelas, em vez disso. Desde que me queimei, estivera me programando para fazer comida que eu conseguisse comer seguramente com uma mão, o que era principalmente sopas. No entanto, eu não tinha somado dois mais dois em relação à carne. Não havia como eu conseguir usar uma faca. Inferno, eu mal conseguia me limpar com a mão esquerda. Então, com o garfo de lado, comecei a tentar cortar a carne, porém não estava indo muito bem.

— Essa é a coisa mais triste que já vi — uma voz disse por detrás de mim um instante antes de alguém se sentar na cadeira ao meu lado.

Não precisava olhar para saber quem era. Apenas um homem tinha aquela voz grossa e rouca. Era Dallas.

E o sorriso que tomou meu rosto ao vê-lo a centímetros me fez soltar o garfo para me virar na cadeira.

— Não sabia que já estava aqui — falei, percebendo a lata de cerveja na sua mão. Com jeans escuros e um moletom de lã cinza com capuz, ele estava ótimo.

— Estava ocupado conversando com meu tio quando te vi pegando comida — ele explicou, aqueles dedos compridos se movendo pela lata na mão até ele virá-la do jeito que a queria. Ele virou o anel da lata, abrindo-a para mim e a colocando ao lado do meu prato antes de arrastar sua cadeira para mais perto, deixando-o tão perto que não dava para ignorar o calor do seu corpo. Ele se inclinou, diretamente à minha frente, bloqueando minha visão ao perguntar: — Quer mais alguma coisa?

— Não, estou bem. Vai cortar a carne para mim? — brinquei, sorrindo, apesar de ele não conseguir ver.

— Sim — ele confirmou, continuando a centímetros do meu rosto.

Havia algo errado com o meu coração. Havia algo realmente errado com o meu coração. Estremeci.

— Você não prec...

— Deixe que eu faço — foi tudo que ele disse.

Suspirei e me encostei, tentando fazer parecer que era meio que um absurdo ele ter a coragem de cortar a carne para mim quando minha mão estava ferida. Eu iria precisar ir a um cardiologista. Pronto. Primeiro, precisava que ele parasse de fazer o que quer que estivesse fazendo para causar esse efeito em mim.

— Dallas — sussurrei. — Você realmente não me deve nada. Quantas vezes preciso te dizer isso?

— Nenhuma. Pare de desperdiçar fôlego.

Ele parou o que estava fazendo? Não. Não parou.

— Você é teimoso pra caralho.

— Conheça a tampa da sua panela. — Ele se endireitou na cadeira, colocando a faca na beirada do prato descartável antes de entregar o garfo que ele estivera usando.

Minha tampa? Não me escapou o fato de ele ter cortado a carne em quadradinhos perfeitos. Suspirei de novo e peguei o utensílio dele. *Pare com isso, coração. Pare agora mesmo*, tentei dizer a ele. *Não tenho tempo nem reserva emocional para isso.*

— Obrigada.

Sua piscada foi a segunda coisa mais inocente que eu já tinha visto depois da de Louie. Os cantos da sua boca se ergueram só um pouco quando ele disse:

— Qualquer coisa para você.

Ah, meu Deus. Por que ele estava fazendo isso comigo? Por quê? *Por quê?* Ele não era o tipo de pessoa que fisgava outra só por diversão. Eu sabia disso. Mas por que ele precisava ser tão gentil? E por que eu precisava ser tão burra?

Caralho.

Se eu não estivesse com tanta fome, teria comido com calma, mas eu estava. Havia pulado o almoço, esperando me encher de churrasco naquela tarde. Enviara mensagem para Ginny para saber se ela iria após o trabalho, porém ela dissera que só teria uma chance de passar lá durante um intervalo; tinha muitas coisas para fazer de última hora para seu casamento, que seria em duas semanas. Para ser sincera, eu havia me esquecido totalmente disso.

Terminei de comer em silêncio, encontrando o olhar de Dallas de vez em quando conforme mastigava, no entanto, na maior parte do tempo, mantive a atenção focada no meu prato e nas pessoas que estavam na oficina. No segundo em que terminei de limpar a boca, perguntei a ele algo que estivera me incomodando já há um tempo.

— Por que você não está no moto clube?

Dallas apoiou o cotovelo na mesa enquanto mexia seu corpo na cadeira a fim de me encarar, sua têmpora apoiada no punho fechado. A lateral do seu joelho encostou na minha coxa e não foi para lugar nenhum.

— O clube é mais uma coisa de legado. O tipo de coisa de pai para filho. Meu pai não era do clube. Te contei que ele era da Marinha. — Ele estava me observando com aqueles olhos cor de mel ao sussurrar e apontar de forma generalizada para trás dele. — Mas, no fim, esta é uma grande família. Olhe para isso. Estão todos aqui pela vovó Walker, e ela não é parente de sangue de ninguém aqui.

Ãh. Acho que ele tinha razão.

— Não se importa de não estar nele?

Dallas balançou a cabeça.

— Não conheço nenhum desses caras por toda a minha vida, exceto por meu tio e Trip. É diferente para mim. Tive um monte de amigos na Marinha. Não sinto que estou perdendo algo.

Semicerrei os olhos para ele.

— Já teve uma moto?

Ele riu bastante e balançou a cabeça.

— Não. Eu gosto muito de ar-condicionado.

— Concordo. — Eu sorri.

— Não tenho essa coisa por motos.

Eu não ia olhar para ele com olhos apertados e paqueradores, droga. Não iria fazer isso. Me certifiquei de manter minhas pálpebras normais ao perguntar:

— Você *tem* uma coisa?

— Tenho. Tenho uma coisa grande... — Dallas fechou a boca imediatamente. Suas orelhas ficaram vermelhas.

Ele piscou para mim, e eu pisquei de volta.

E nós dois começamos a rir ao mesmo tempo.

— Alguém se acha. — Caí na gargalhada.

— Não quis dizer isso. — Ele deu risada daquele jeito tranquilo e discreto que cantava direto para o meu coração danificado.

— Eu sei. Eu também não. Só estou te enchendo o saco — disse a ele, esticando minha mão ruim para tocar o topo da dele.

Seus olhos encontraram os meus; nós dois estávamos sorrindo um para o outro. E aquele instante foi o que mais me senti conectada com alguém na vida. *Alguém na vida.*

Que Deus me ajudasse. *Caiu minha ficha.* Caiu minha ficha bem ali.

Eu estava loucamente apaixonada por aquele filho da puta. Estava mesmo, mesmo.

A percepção tinha acabado de entrar no meu cérebro quando um prato foi solto na mesa diante de mim, obrigando nós dois a olharmos para a frente, estilhaçando o momento em muitos pedaços. Era Jackson. Jackson, que já estava parcialmente rosnando ao puxar a cadeira e se jogar nela, sem cuidado, desleixado. Não precisava olhar para o homem ao meu lado para saber que ele ficara tenso. O que eu também não precisava testemunhar com meus próprios olhos era a mão que foi colocada no espaço entre as minhas escápulas, calmante e estável. O corpo inteiro de Dallas se mexeu, e ele me olhou para, de repente, olhar para a frente, sua atenção no irmão.

— Onde você esteve? — foi a primeira coisa que saiu da boca de Dallas.

Seu irmão mais novo pegou o garfo de plástico que estivera em cima do seu prato de comida e pôs uma porção de feijões nele, seu olhar esverdeado fixo em Dallas. Ele tinha mesmo a cara de alguém que havia, definitivamente, sido um merdinha nos seus anos mais jovens e não havia evoluído essa atitude.

— Por aí — foi sua resposta murmurada e vaga.

O homem que estivera tão tranquilo segundos antes colocou o cotovelo mais para longe de mim na mesa. Inclinou-se, a palma nas minhas costas não se mexendo um centímetro. Seu peito se encheu de ar antes de ele dizer:

— Tentei te ligar uma dúzia de vezes.

— Eu sei.

Pude sentir a tensão de Dallas subir.

— É isso? Você desaparece depois do incêndio na casa da vovó e nem pode atender à porra do celular? — o homem normalmente calmo rosnou.

Eu não estava imaginando seu rosto ficar mais vermelho a cada minuto. Definitivamente, estava ficando mais e mais vermelho, e não tinha nada a ver com nossa brincadeirinha.

Jackson espetou o garfo na sua comida, deixando-o de pé, e olhou para a frente de forma desafiadora.

— Por que finge que dá a mínima quando não dá?

A cabeça de Dallas se inclinou para o lado. Conseguia vê-lo respirando com dificuldade; nunca o tinha visto reagir daquele jeito, mas irmãos tinham esse jeito de tocar você bem na ferida.

— Algum dia vai parar com isso? Vinte anos depois, e ainda não consegue me perdoar? Precisamos continuar falando sobre isso?

Oh, não.

Jackson balançou a cabeça, sua atenção indo para o prato abaixo dele. Quando sua atenção se ergueu de novo, ele observou o irmão conforme enfiava comida na boca de maneira raivosa, mastigando com metade da boca aberta. Ele estava tentando ser babaca. Tentando de verdade. Qual era o problema daquele homem? Olhando pela minha visão periférica para Dallas, pude ver os músculos do antebraço que estavam apoiados na mesa flexionados. Pude ver o quanto seu maxilar estava tenso, e odiei. Esse era o homem mais gentil que eu já tinha conhecido, e ele vivia com essa culpa idiota por nenhum motivo, tudo por causa daquele otário diante de nós.

Me sentindo julgando-o, Jackson mexeu os olhos na minha direção, sua expressão mal-humorada e que colocava suas sobrancelhas para baixo.

— O que foi? Tem algo a dizer?

A palma entre minhas escápulas deslizou para cima para segurar o ombro mais distante de Dallas. Ele me apertou, e eu sabia que era um alerta. O problema era que eu não dava a mínima.

— Sim. Está agindo como um otário.

Jack recuou como se tivesse sido pego de surpresa ou se ofendido com o que eu falara.

— Vá se foder. Você não me conhece.

Dallas apertou forte meu ombro, seu corpo inteiro ficando tenso — mais tenso.

— Não fale com ela desse jeito...

Eu o cortei, meu olhar preso no seu irmão.

— Vá se foder também. Fico feliz por não te conhecer. Você é um adulto que age como uma criancinha.

Quando Jackson soltou o garfo e se inclinou para a frente na mesa, suas mãos segurando as laterais, não me mexi.

— Jackson, para trás *agora* — Dallas rosnou, já arrastando sua cadeira.

Ele não se moveu e nem eu.

— Jack — Dallas repetiu naquela voz mandona dele, levantando-se.

O Walker mais novo não se moveu um centímetro, sua expressão dizendo que ele queria me bater. Eu já a tinha visto no rosto de outro homem, e sabia o que era. Violência. Raiva. A diferença era que eu não era a mesma pessoa que já fora. A diferença era que eu me importava com a pessoa que esse imbecil magoava constantemente. Talvez Dallas sentisse tanta culpa que não falava isso para seu irmão como precisava, mas eu não tinha medo.

— Você não sabe merda nenhuma, vadia mexicana — o homem bradou, me encarando com aqueles olhos, de alguma forma, tão parecidos com os de Dallas e tão diferentes ao mesmo tempo.

— Fale mais uma porra de uma palavra, e vou te dar uma surra. — A voz de Dallas foi tão baixa, tão grave, que não consegui pensar por um segundo.

Mas, quando consegui, ergui uma sobrancelha para Jackson e baixei o queixo em uma cara de "oh, sério", minha mão descansando no antebraço de Dallas.

— Meu irmão morreu há dois anos. Sei que eu faria qualquer coisa para tê-lo de volta na minha vida, e você tem o seu que te ama e aguenta suas besteiras, apesar de você não merecer, babaca. Sinto falta do meu todos os dias, e espero que, um dia, você não se arrependa de ter afastado o seu por uma coisa que ele fez vinte anos atrás que não exige perdão.

O olhar malicioso dele deveria ter me alertado que ele levaria sua babaquice para um nível diferente. Eu deveria mesmo ter previsto. Mas não estava preparada para Jackson rir ao se jogar na cadeira e se recostar, com a expressão horrível.

— Saia daqui — Dallas ordenou a ele. — Agora.

Mas, como a maioria dos irmãos mais novos, ele não obedeceu.

O jovem Walker rosnou.

— O que seu irmão fez? Se matou comendo tacos demais?

Era fácil lembrar, quando você não estava brava, que as pessoas falam coisas que não querem quando estão magoadas. Não era tão fácil quando você estava por um fio de pegar uma faca de passar manteiga e esfaquear alguém. Em algum lugar, no fundo da minha mente, percebi que Jack não sabia nada sobre mim e minha vida ou sobre mim e minha família.

Por um milagre, do canto do olho, flagrei duas mãos grandes segurando a beirada da mesa e um "*Jack*" saindo da boca de Dallas que não soou humano. Não precisava de muita imaginação para ver que Dallas estava prestes a virar a mesa. Só poderia ser aquele amor extremo que se podia sentir por alguém que tinha saído da mesma barriga que você — ou ter nascido de alguém que tinha — que conseguia perseverar em uma situação dessa. Eu não podia culpá-lo. Ele amava aquele otário, sendo babaca ou não.

No entanto, eu tinha aprendido, ao longo dos últimos anos, que a única pessoa que poderia lutar minhas batalhas era eu. E, apesar de eu ter certeza de que, mais tarde, me arrependeria por ele não defender minha honra e cuidar desse assunto sozinha, passei as costas da mão queimada no antebraço de Dallas antes de esticar o braço e pegar um copo de alguma coisa vermelha com gelo que Jackson tinha levado para a mesa. Os olhos de Dallas encontraram os meus, mesmo quando esse sentimento doentio preenchia minha barriga pela negligência do irmão dele.

Suas mãos se soltaram um instante antes de eu encarar Jack de novo e jogar o líquido que estava no copo na cara dele, observando o vermelho ir para todo lugar — seu rosto, orelhas, pescoço e camisa. Sua boca se abriu como se ele não conseguisse acreditar.

Que bom.

— Ele teve traumatismo craniano, seu babaca insensível e imaturo — disparei, desejando que tivesse outro copo de líquido vermelho para jogar no seu rosto imbecil de novo. — Ele escorregou no gelo, caiu e bateu a cabeça. Foi assim que ele morreu. Não houve tacos envolvidos, seu otário.

Foda-se, queria que tivesse uma bebida congelante para que eu pudesse jogar nele.

Mais brava do que me sentira em um bom tempo, os músculos dos meus braços e pescoço estavam tensos e meu estômago doía.

— Oh, ei, Diana, vamos ver o que Ginny está fazendo, o que acha? — uma voz perguntou por trás de mim conforme duas mãos seguraram meus ombros e, literalmente, me puxaram para trás. — Eu fico com ela. Dallas, lide com ele. — A voz de Trip estava bem na minha orelha.

Eu estava praticamente adormecida enquanto Trip me conduziu pela multidão que estivera assistindo ao que havia acontecido tão rapidamente. Eu não gostava de ser o centro das atenções, mas, se tivesse que fazer de novo, faria. Droga, queria fazer tudo de novo.

Só quando estava na metade do caminho para o salão foi que minha pobre mão latejou intensamente, me lembrando de que eu a havia usado para pegar o copo.

— Droga — chiei, chacoalhando-a, como se fosse ajudar com a dor.

— Você está bem, querida? — ele indagou, olhando para minha mão.

— Usei a mão errada. — Balancei-a de novo e apertei o pulso com a mão boa. — Aiii. — Estava melhorando, mas eu tinha segurado o copo com muita força.

— O que aconteceu? — ele perguntou. — Em um minuto, te vi lá sentada com Dal, rindo como uma garota, e, no outro, vocês dois estão em pé, você começa a gritar com Jackson e joga um Punch Havaiano na cara dele.

— O que aconteceu é que ele é um merdinha mimado. Foi isso que aconteceu.

Trip deu aquela risada que me fez rir também.

— Merdinha mimado. Entendi.

— Independente de ser ou não irmão de Dallas, ele é horrível. Não entendo como duas pessoas podem ser tão diferentes — resmunguei conforme chegamos à porta do Shear Dialogue. Trip abriu a porta para mim, e entrei primeiro. — Ele tem sorte de eu não ter pegado uma cadeira e batido na bunda dele.

Trip riu ainda mais alto.

Ginny estava de costas para nós enquanto cortava o cabelo de uma cliente, dizendo por cima do ombro:

— Iremos aí em um minuto!

— Sou só eu — gritei. — E Trip.

Na minha seção, havia uma mulher que eu já tinha visto umas duas vezes e que havia trabalhado conosco quando alguém entrava de férias. Era uma moça legal que era uma mãe que ficava em casa e pegava trabalhos aqui e ali. Ao me reconhecer, ela acenou e eu retribuí. No assento entre a minha seção e a de Ginny estava Sean. Me contentei em erguer uma mão, e ele fez a mesma coisa de volta. De acordo com Ginny, ele estava bravo porque eu tinha tirado três semanas de afastamento. Como se eu pudesse controlar a velocidade com que me curava.

Ginny não respondeu enquanto continuou trabalhando. Quando ela terminou de secar o cabelo da cliente, eu tinha levado Trip para a sala de descanso e havíamos nos sentado à mesa. Eu estava calma de novo. Ela deu uma olhada para mim e disse:

— O que houve?

— Seu primo houve. — Trip deu uma risadinha ao dar um gole na Pepsi.

— O que Dallas fez? — ela perguntou, confusa.

— Não Dallas — Trip respondeu antes que eu pudesse.

Seus traços se tornaram uma máscara em branco.

— Oh. *Ele*.

Arrastando a mão na coxa, me recostei na cadeira e observei minha chefe.

— Eu deveria ter perguntado por que você sempre faz essa cara toda vez que o nome dele era mencionado. Agora eu sei.

— Ele falou alguma idiotice?

Como ela sabia?

— Aham.

Ginny balançou a cabeça antes de ir até a geladeira e pegar uma garrafa de vidro de água, bebendo lentamente.

— É o que ele faz de melhor. Acho que não há uma mulher que é parente dele que não tenha insultado em algum momento ou outro, mesmo a Sra. Pearl. O que ele falou?

— Algo sobre o meu irmão — contei, sem estar a fim de repassar exatamente o que tinha saído da boca dele.

Ela se encolheu.

— Ele me chamou de puta quando eu estava grávida do número dois porque não era casada. E, há uns seis anos, falou que eu era uma vadia velha. — O sorriso de Ginny foi cruel. — Bons tempos.

Aquele babaca.

— Agora, definitivamente, não vou me sentir mal por ter jogado um Punch Havaiano na cara dele.

Ginny berrou, colocando sua garrafa de água no balcão, o que me fez rir.

— O que aconteceu? Cadê o Dallas?

— Na oficina — respondi.

— Meu melhor palpite é que ele está falando para Jackson dar o fora — foi a ideia de Trip.

— Deveria mesmo — Ginny zombou, seu olhar encontrando o de Trip ao trocarem um olhar que não entendi.

— O que foi isso? — perguntei.

Ela estava tentando ser inocente, mas não estava funcionando. Nos conhecíamos bem demais, tínhamos testemunhado uma à outra querer matar pessoas enquanto abríamos sorrisos.

— O quê?

— Essa cara que fizeram um para o outro. O que foi?

— Nada...

O barulho da porta da frente se abrindo tinha, por instinto, feito Gin e eu olharmos para a televisão nos cantos onde apareciam as imagens da câmera de segurança. Na tela, o corpo que eu sempre reconheceria de Dallas apareceu.

— Ele não está aqui me procurando — Gin comentou.

Me levantando, chacoalhei o resto do meu mau humor e saí da sala de descanso, deixando os dois primos lá dentro para falar sobre qualquer segredinho que estivessem mantendo. Quando os olhos de Dallas pousaram em mim, fiquei dividida quanto sobre o que dizer ou como agir. A porta mal tinha se fechado quando ele disse, com sua atenção focada na calçada:

— Diana, me desculpe.

Desculpá-lo? Não pude deixar de cutucá-lo no peito, bem no centro do seu peitoral.

— Por que tem que se desculpar? Você não fez nada.

— Jack...

Cutuquei-o de novo, esperando até seu olhar sair do chão e pousar em mim. Aqueles olhos castanhos e dourados parecendo envergonhados e com remorso me fizeram sentir horrível.

— O que ele faz não é culpa sua. Não estou brava nem magoada com você.

Suas íris se mexeram de um lado a outro entre as minhas, como se tentasse procurar a verdade que eu tinha acabado de falar em voz alta.

— Desculpe por não sentir muito por ter me intrometido em uma conversa que não era minha, e não sinto muito por jogar aquela bebida nele — sussurrei por nenhum motivo. — Você não merece isso, nem eu mereci.

Aquele rosto lindo, lindo não craquelou com a seriedade queimada em cada linha dele.

— Desculpe pelo que ele falou — ele sussurrou de volta.

Ergui as sobrancelhas.

— Você não falou isso, nem o fez falar. Não estou brava, e espero que não esteja bravo comigo.

— Por que eu estaria? — Os cantos da sua boca se ergueram em um sorriso que eu não tinha certeza de que ele sequer sabia que dava.

— Ele é seu irmão. Não quero ficar entre vocês dois, mas também não posso ficar sentada e permitir que ele fale como você daquele jeito. — Pisquei. — Ficou tudo bem depois que saí?

Em um piscar de olhos, a linguagem corporal inteira de Dallas voltou a ser brava.

— Conversamos um pouco e ele foi embora. Não ligo para o que ele fizer agora, mas eu cansei.

Não pude deixar de me sentir *meio* culpada. Não queria me intrometer na família dele.

Ele ergueu o queixo na minha direção, aqueles olhos lindos focados no meu rosto.

— Estamos bem? — Ele usou as mesmas palavras que eu tinha usado com ele há muitos meses.

— Estamos bem, Lorde Voldemort. — Ele deu uma risadinha que me fez sorrir. Havia algo nele ficando tão perto de mim, olhando para baixo, que me tocava de um jeito que eu não estava disposta a colocar em palavras. — Você quer me abraçar por isso ou é contra as regras? Ninguém está olhando. — Exceto por Ginny e Trip, percebi depois de ter falado.

Dallas ainda estava olhando para baixo, para mim, conforme seus braços envolveram minha cabeça sem outra palavra, me puxando para seu corpo quente e alto. Minha bochecha encontrou um lugar no seu peitoral quando envolvi os braços no meio das suas costas, sentindo músculos compridos e firmes sob suas roupas. Por mais que eu não quisesse aceitar ou acreditar, a verdade era que eu estava apaixonada por ele. Totalmente. Não fazia sentido querer pensar o contrário.

E, como se ele conseguisse ler minha mente, os braços à minha volta se apertaram e ele me abraçou como... Não tenho certeza como. Como se sentisse minha falta. Como se não quisesse me soltar, nem agora nem nunca.

Como se ele sentisse a mesma coisa que eu sentia por ele.

Antes de eu conseguir impedir minha boca grande de falar, contei a ele a verdade que saltava em cada célula do meu corpo.

— Isto é bom.

CAPÍTULO
VINTE E UM

— Ah, meu *Deus*, Joshua! Pode se apressar, pelo amor de tudo que é mais sagrado neste mundo? — gritei da sala de estar, onde eu estava andando de um lado a outro. Já estivera berrando por ele por, no mínimo, dez minutos, e ele ainda não tinha vindo.

Por que um menino de onze anos demoraria tanto para se arrumar para um campeonato? Ele não tinha que se barbear nem se maquiar. Nem precisava tomar banho. As coisas dele já estavam arrumadas porque eu me certificara de que ele fizesse isso na noite anterior. Eu não entendia o quanto era difícil vestir as roupas e colocar os sapatos.

— Cinco minutos! — ele gritou de volta.

Resmunguei e olhei para o relógio na parede. Iríamos nos atrasar. Não tinha como ignorar isso agora, muito menos daqui a cinco minutos. Eu não sabia o que se passava com essas crianças que pensavam que podíamos nos teletransportar para os lugares ou, talvez, pensassem que eu dirigia um carro de corrida nos fins de semana que não ficava com eles e conseguiria ir a 200 quilômetros por hora para chegar do ponto A ao B.

O pensamento tinha acabado de entrar no meu cérebro quando percebi o que havia pensado. Minha mãe tinha falado exatamente essas mesmas palavras para mim quando eu era criança, porém pensei que ela estivesse se referindo à serie *A Super Máquina*.

Jesus.

Se já não fosse ruim o suficiente, na noite anterior, acontecera a mesma coisa. Josh estivera no sofá enquanto eu dobrava roupas ao lado dele e, depois de ouvi-lo resmungar por meia hora sobre "o quanto estava entediado", finalmente olhara para ele e dissera:

— Então comece a limpar, rapazinho.

Era oficial. Eu estava me transformando na minha mãe. Quantas vezes ela tinha me falado, quando eu era mais nova e resmungava quanto a não ter nada para fazer, "*ponte a limpiar*"?

Era horripilante.

Apertando a parte de cima do nariz, dei uma olhada para a criança apoiada na parede com seu tablet e suspirei. Ele já estava com a mochila no chão e de jaqueta. O tempo ficaria frio hoje e, quando eu saíra para guardar o cooler no carro, confirmei que estava, definitivamente, um tempo para jaqueta e falei para ambos se prepararem. Pelo menos um deles tinha me ouvido.

— Louie... Quero dizer, Josh, vamos te esperar lá fora! Apresse-se! Não vou receber multa por sua causa e, se não se aquecer, não vão deixar você jogar!

Tudo que ele gritou de volta foi:

— Tá bom!

— Josh... droga... maldição, Louie, me desculpe. Vamos esperá-lo lá fora. Talvez possamos dirigir um pouco e fazê-lo correr atrás do carro — disse a ele.

O garoto de cinco anos sorriu e assentiu.

— Isso!

Foi entusiasmado demais e me fez rir.

— Ei, não se esqueça de agradecer a Dallas por montar seu "mini ramp".

Eu o tinha ajudado, mas, com apenas uma mão, havia sido mais um apoio moral. Além disso, não me importava se ele iria dar todo o crédito a Dallas ou não. Ele poderia não confiar em usá-lo se pensasse que eu tinha coisa demais a ver com a montagem.

— Ok — ele concordou.

Inclinando a cabeça na direção da porta, fomos lá para fora. Felizmente, Josh saiu logo, e se ajeitou quando Louie terminou de apertar seu cinto no assento elevado. Não falei uma palavra por um bom tempo conforme dei ré na garagem e dirigi oito quilômetros acima do limite de velocidade, já me imaginando culpando Josh pelo motivo pelo qual estava correndo para o policial que fosse nos parar.

— Pode dirigir mais rápido? — o menino de onze anos perguntou.

Pelo espelho retrovisor, lancei a Josh um olhar que esperava que o fizesse desviar o olhar.

Deu certo.

Arrumado com seu uniforme do Tornado e rodeado por sua bolsa e todas as suas coisas, ele estava pronto para o jogo que era para começar em... vinte minutos. Estávamos tão atrasados que Trip ligou dez minutos depois da hora em que era para chegarmos lá a fim de se certificar de que estava tudo bem.

Quando entrei no estacionamento, Josh saiu voando do carro antes de eu sequer parar o carro e saiu puxando sua bolsa, correndo para o campo como se estivesse pegando fogo. Não consegui ver onde os meninos estavam se aquecendo, porém não me preocupei; Josh os encontraria. Louie e eu havíamos acabado de chegar ao campo quando o jogo começou. Fomos os últimos a chegar, apesar de metade da arquibancada estar vazia porque ninguém ia para um jogo cedo a não ser que precisasse. As pessoas estavam todas encasacadas e com cobertores. A frente fria estava acabando com todo mundo.

Sinceramente, não fiquei surpresa ao ver que Josh não estava jogando. Eles o haviam deixado para fora do campo. Uma parte de mim estava aliviada por Dallas e Trip terem feito isso. Esperava que ensinasse a ele uma lição, já que o fato de eu gritar com ele quase que diariamente não o fazia se apressar. Os Tornados venceram por pouco.

Com um intervalo de uma hora entre os jogos, Louie e eu esperamos Josh na arquibancada, parcialmente assistindo ao outro jogo no campo ao lado. Havia oito times naquele campeonato, pelo que eu conseguia me lembrar. Eu não estava prestando atenção até Josh estar parado diante de mim, tremendo e pedindo um dólar.

Pisquei para ele.

— Cadê sua jaqueta?

Ele teve a coragem de se fazer de envergonhado.

— Deixei em casa. Pode me dar um dólar para eu comprar chocolate quente? — Silêncio. — Por favor.

— Você esqueceu sua jaqueta mesmo eu te falando duas vezes para pegá-la? — perguntei, olhando para ele enquanto enfiei uma mão na minha bolsa para procurar o bolso em que deixava minhas notas para gorjetas.

— *Sim*.

— Também não trouxe sua segunda-pele de manga comprida que comprei para o frio?

Tive praticamente certeza de que Louie, que estava com a perna encostada na minha, soltou um "heh" enquanto tentava fazer parecer que estava prestando mais atenção ao programa a que estava assistindo no tablet do que na nossa conversa, mas deixei passar.

— Desculpe — Josh sussurrou-chiou. E estremeceu de novo. — Pode me dar um dólar, por favor?

Por que isso sempre acontecia comigo e por que eu não estava preparada o suficiente para deixar duas jaquetas no carro para essas ocasiões?

Uma pequena parte de mim queria chorar conforme comecei a tirar um braço da minha manga e então o outro, olhando para Josh o tempo inteiro. O bom era que eu havia colocado um moletom por baixo da minha jaqueta de lã preta que era um tamanho grande demais — um presente da minha mãe.

Josh revirou os olhos.

— Não precisa. Estou bem.

— Até pegar pneumonia. — Entreguei a blusa de zíper para ele com uma mão e duas notas de um dólar com a outra. — Vista. Se um de nós vai ficar doente, serei eu. Pare de me olhar assim. Não é rosa e não parece uma jaqueta feminina. Ninguém vai saber que é minha.

Ele bufou ao pegar a jaqueta primeiro, olhando em volta para se certificar de que ninguém estivesse observando, então a colocou mais rápido do que eu já o vira vestir qualquer coisa na vida.

— Leve seu irmão junto e compre um chocolate quente para ele também.

Para lhe dar crédito, ele só franziu um pouco o cenho antes de assentir.

— Você quer um?

Balancei a cabeça.

— Estou tranquila.

Ele deu de ombros, subindo o zíper.

— Cara de bunda, vamos.

A criança xereta ao meu lado estava pronta e empurrou sua mochila na minha direção antes de pular da arquibancada e seguir Josh. Os meninos mal tinham virado as costas quando, enfim, me permiti tremer e cruzar os braços à frente do peito, como se fosse ajudar. Porra, estava frio.

— Está frio, hein?

Me mexendo no lugar, observei o pai divorciado, que às vezes se sentava ao meu lado e sempre mencionava que não estava saindo com ninguém, descer um degrau de onde ele estava, para o primeiro. O mesmo que eu. Se já não fosse ruim o suficiente, ele se sentou a um corpo de distância de mim, sua jaqueta com zíper fechado, mãos enfiadas nos bolsos.

Eu sorri para ele, tentando ser educada.

— Bastante.

— Acho que tenho um cobertor no carro... — ele sugeriu.

— Esqueceu sua jaqueta? — uma voz extremamente familiar perguntou à minha esquerda. Eu sabia que era Dallas sem precisar de provas, mas ainda me virei para observá-lo, tremendo de novo.

Em uma jaqueta de couro gasta que parecia ter algum tipo de pele de carneiro por dentro, ele estava com sua camisa de gola de sempre e, no formato em V, tinha algo branco debaixo dela. No entanto, não foi o que estava no corpo dele que me cativou.

— Eu estava com uma jaqueta. Outra pessoa a está vestindo agora — disse a ele, olhando para o gorro verde que estava moldado na sua cabeça.

A careta dele desapareceu instantaneamente.

— Quer que eu verifique para ver se tenho aquele cobertor? — o pai indagou, me lembrando de onde ele estava.

— Oh, tudo bem. Não precisa fazer isso — falei, apesar de que, se ele fosse qualquer outra pessoa, eu teria aceitado. Não queria que ele tivesse a ideia errada depois de eu passar tanto tempo mantendo distância entre nós.

Dallas estava parado diante de mim quando terminei de falar, tão alto que tive que inclinar a cabeça para trás ao me perguntar por que ele estava parado tão perto.

Antes que pudesse questionar, ele colocou um braço para trás das costas e tirou uma manga, depois seguiu tirando o braço da outra manga. No tempo em que levei me perguntando por que ele estava tirando a jaqueta, ele se abaixou à minha frente e colocou um dos meus braços para longe do meu peito, então vestiu minha mão na manga que ele acabara de tirar. O tempo inteiro eu o observei como uma completa idiota.

Ele estava colocando sua jaqueta em mim.

Minha boca devia estar levemente aberta conforme ele colocou meu braço por completo no casulo quente, jogou o couro por minhas costas e, então, com seu rosto e peito a centímetros de mim, aqueles olhos cor de mel fixos nos meus castanhos e os mantendo ali, ele empurrou meu outro pulso para longe de mim e o guiou na outra manga.

Em um raro momento da minha vida, não sabia o que dizer.

Definitivamente, não fazia ideia do que dizer quando seus dedos foram para a barra da jaqueta descansando no topo das minhas coxas e segurou o zíper, puxando-o para cima diretamente no vale entre os meus seios, até chegar logo abaixo de onde minha garganta começava.

Dallas sorriu um pouco para mim ao se inclinar na minha direção — e, por um segundo idiota, não sei por que, pensei que ele fosse me beijar —, porém tudo que senti foi um puxão na parte de trás da minha cabeça e soube que ele havia soltado meu cabelo da gola. Estreitou os olhos, e eu imitei o gesto e, quando vi, ele se esticou para trás de mim de novo e guardou a mecha de cabelo que estava segurando de volta dentro da jaqueta.

E ele ainda sorriu para mim, só uma coisinha bem discreta, ao dizer:

— Melhor. — Sua mão foi para o boné vermelho de beisebol na minha cabeça, e ele puxou a aba para baixo um centímetro na minha testa. — Boné bonito.

Foi isso que me fez sorrir para ele conforme absorvi o calor que o corpo dele tinha deixado no tecido macio da parte interna da jaqueta.

— Ele apareceu na minha cabeça. — Me aconcheguei na jaqueta. — Nunca devolvo as coisas. Você acabou de aprender do jeito difícil.

Ele sorriu, lentamente se levantando de onde estivera agachado.

— Gostei do seu gorro — disse a ele com sinceridade. O verde esmeralda fazia seus olhos cor de mel se destacarem demais. Além disso, era simplesmente muito fofo. — A Sra. Pearl fez para você?

— Eu que fiz — ele revelou, entortando a boca. — Ela me ensinou.

O sorriso idiota que tomou meu rosto me fez encará-lo admirada. Até espalmei a mão direita no lado esquerdo do peito.

— Você é de verdade?

Dallas deu um tapinha no meu queixo.

— Faço um para você, Peach.

— Eu poderia ter te dado minha jaqueta — o pobre pai ao meu lado se intrometeu, me tirando do meu transe de amor.

A atenção de Dallas foi instantaneamente na direção do homem e, conforme as palavras "Ela está bem" saíram da sua boca, ele virou aquele corpo musculoso e alto e parou no espaço apertado entre nós dois. Ele não cabia. Nem um pouco. Seu cotovelo praticamente estava no meu colo e a maior parte da sua coxa e panturrilha estavam pressionadas e alinhadas com as mesmas partes do meu corpo.

Fui dois centímetros para a esquerda e o comprimento da perna dele me seguiu, seu cotovelo ficando exatamente onde estava.

O que estava acontecendo?

— Como vai, Kev? — Dallas perguntou ao pai, ainda me cercando, porém sua atenção estava em outro lugar.

Humm. Enfiando as mãos no bolso da jaqueta, as costas a minha mão esquerda esbarraram em algo amassado. Papel. Me certificando de que ele não estivesse me olhando, peguei o que imaginei que fossem notas fiscais amassadas, sendo xereta e me perguntando o que ele tinha comprado.

Mas não foi papel branco reciclado que tirei.

Pareciam post-its. Post-its amarelos como os que eu tinha visto na sua caminhonete. Isso só me deixou mais curiosa.

Ambos os homens estavam conversando quando comecei a abrir os papéis o mais silenciosamente possível, realmente não ligando se ele me flagrasse naquele instante. No entanto, ele não se virou para olhar para mim. Estava ocupado demais falando sobre quem ele achava que o Texas Rebels iria tentar convocar na próxima temporada.

A bola de papel era, na verdade, dois lembretes em formato quadrado unidos.

Li um, depois li o outro.

Então voltei e li o primeiro e segui para ler o segundo.

Fiz isso uma terceira vez. Então os amassei de volta e guardei onde os havia encontrado.

Não precisava olhar para eles de novo para me lembrar do que estava escrito em cada um.

O primeiro, em uma letra pequena e clara que estava rabiscada com riscos firmes por cima, como se ele tivesse mudado de ideia, dizia:

VOCÊ É A LUZ DA MINHA VIDA.

O segundo... Prendi a respiração e me certifiquei de não olhar para Dallas nem mesmo de canto de olho.

Foi o segundo que me fez sentir inquieta e agitada. As palavras não tinham sido riscadas como no primeiro, e havia um borrão no canto do post-it que foi diretamente para o meu coração. Era um borrão igual aos que eu sempre via no pescoço e nos braços dele.

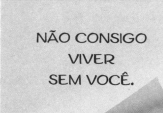

NÃO CONSIGO VIVER SEM VOCÊ.

Não consigo viver sem você.

Da primeira vez que li, me perguntei sem quem ele não conseguia viver. Mas eu não era tão burra e ingênua, embora parecesse que minhas entranhas estivessem à beira de explodir.

Ele não estava... não tinha como...

O que exatamente eu tinha contado a ele e a Trip na minha cozinha quando os meninos dormiram lá, que parecia ter sido há uma eternidade?

— *Tia!*

Me endireitei e olhei em volta, reconhecendo a voz de Louie instantaneamente. Dallas também deve ter reconhecido, porque se levantou e observou a área. No entanto, logo encontrei a cabeça loira; ao lado dele estava Josh. Foi a pessoa à frente deles que me fez focar como uma águia caçando um rato inocente para o café da manhã. De todas as mulheres que poderiam ter sido, era Christy.

A maldita Christy.

Com os post-its esquecidos por enquanto, tirei minha bolsa da arquibancada e deixei o resto das minhas coisas onde estavam, aquele segundo de hesitação dando a Dallas um aviso da rota na direção dos meninos. Ele chegou antes de mim, e foi quando vi que Josh estava com o braço em volta do ombro do irmão. A última vez em que ele fez esse tipo de gesto protetor tinha sido no funeral de Rodrigo.

O que significava que alguém estava prestes a morrer, porque Josh e Louie nunca deveriam se sentir ameaçados por nada.

— O que aconteceu? — Dallas perguntou imediatamente, sua mão se estendendo na direção de Louie. Não deixei de notar como Lou pegou a mão dele na mesma hora.

— Ela me chamou de pirralho — Louie foi direto, sua outra mãozinha se erguendo para encontrar com a outra já apertando a do nosso vizinho.

Pisquei e disse a mim mesma que eu não ia olhar para Christy até ter a história completa.

— Por quê? — Foi Dallas quem questionou.

— Ele derramou um pouco do chocolate quente na bolsa dela — Josh explicou. — Ele pediu desculpa, mas ela o chamou de pirralho. Falei para ela não falar com meu irmão assim, e ela me falou que eu deveria ter aprendido a respeitar os mais velhos.

Pela segunda vez perto daquela mulher, cheguei no limite. Rapidamente no limite, sem meio-termo, e me preparei.

— Tentei limpar — Louie comentou, aqueles grandes olhos azuis indo de um lado a outro entre mim e Dallas, pedindo apoio.

— Você deveria ensinar esses meninos a tomarem cuidado por onde andam — Christy se intrometeu, dando um passo para trás.

Seja adulta. Seja um exemplo, tentei dizer a mim mesma.

— Foi um acidente — eu disse, sufocada. — Ele pediu desculpa... e sua bolsa é de couro e preta, não vai estragar — consegui falar entre dentes cerrados como se essa conversa toda de trinta segundos estivesse me socando nos rins com facas amoladas.

— Eu gostaria de um pedido de desculpa — a mulher, que tinha me feito ser suspensa e me feito chorar, adicionou rapidamente.

Encarei seu rosto comprido.

— Pelo quê?

— De Josh, por ser tão grosseiro.

Minha mão começou a se mexer pela parte de fora da minha bolsa, tentando encontrar o compartimento interno quando Louie gritou de repente:

— Sr. Dallas, não a deixe pegar o spray de pimenta!

Que porra era isso?

Ah, meu Deus. Olhei desafiadoramente para Louie.

— Estava procurando um lenço umedecido para oferecer a ela, Lou. Não ia pegar meu spray de pimenta.

— Nã-não — ele discutiu e, do canto do olho, vi Christy dar um passo para trás. — Ouvi você no telefone com Vanny. Você disse, *você disse* que, se ela te deixasse brava de novo, iria espirrar o spray de pimenta nela, na mãe dela, na mãe da mãe dela, na...

— Caral... mba, Louie! — Meu rosto ficou vermelho, e abri a boca a fim de argumentar que ele não tinha me ouvido corretamente. Mas... eu havia dito aquelas palavras. Tinham sido brincadeira, porém eu as tinha falado. Olhei para Dallas, o homem sério e tranquilo que, naquele instante, parecia que estava segurando um pum, porém esperava que fosse uma risada, e finalmente olhei para a mulher que eu gostava de pensar que tinha causado isso a si mesma. — Christy, eu nunca faria isso...

A mulher pé no meu saco tinha coragem porque, embora ela estivesse com um pé para o lado, como se estivesse preparada para fugir, ainda conseguiu pigarrear e voltar sua atenção para Dallas, sua boca franzida.

— Dallas, acho que isso é base para expulsá-los do time. Não é digno de esportista.

— Fazer alguém chorar também não é, e já conversamos sobre isso, não foi, Christy? — ele respondeu naquela voz fria que me fazia imaginá-lo de cueca branca. — Esqueça isso. Foi um acidente, ele se desculpou, e podemos seguir em frente.

Ela piscou tão rápido que foi como agitar seus cílios. Olhando-a de perto de novo, Christy não era feia. Devia estar com seus trinta e poucos anos, estava em boa forma e, quando não estava fazendo cara feia, não era horrível. Uma lembrança do teste veio no meu cérebro... aquelas mães tinham falado alguma coisa quanto a Christy gostar de Dallas?

— Esqueça isso? — ela reagiu, com uma voz esganiçada.

— Esqueça isso — ele confirmou.

— Se fosse qualquer outra pessoa, você, no mínimo, daria suspensão...

Eu sabia que ela tinha razão e, de repente, prendi a respiração, esperando o pior.

Mas tudo que Dallas disse foi:

— Tem razão. Mas não vou. Você começou essa confusão com eles, Christy, e todos sabemos disso. Você e eu já conversamos, não foi? Não quero suspender ninguém, porém, se eu suspender, não serão eles.

É, dava para perceber, pela cara dela, que ela gostava de Dallas. E muito.

— Mas está tendo preferidos!

— Sempre serei justo com os meninos, porém vou ter preferidos com quem não for membro ativo do time. Não me coloque nessa posição, porque eu sei que ela — ele inclinou a cabeça na minha direção — só morde quando precisa, e sempre vou ficar do lado dela. Ficamos claros?

Ele iria?

As bochechas de Christy se inflaram com tanta indignação que ela literalmente gritou. Tudo estava vermelho da sua testa para baixo.

— É inacreditável. Tá bom! Mas não pense que Jonathan ficará neste time por muito mais tempo. — Seu olhar permaneceu em Dallas por um instante, dúzias de emoções passando por sua expressão antes de, simples assim, ela se virar e desaparecer na multidão.

Por que, de repente, fiquei com pena dela?

Só então percebi que metade dos pais do time estavam sentados às mesas em volta da arquibancada. O que, provavelmente, era metade dos pais de todos os outros times jogando no campeonato naquele fim de semana também. Ótimo.

Pigarreei e fechei os lábios.

— Bem, isso foi esquisito.

— Não sou pirralho. — Louie ainda estava apegado e ofendido.

Apontei meu dedo para ele.

— Você é linguarudo, é isso que é. Xereta. O que falei sobre dedos-duros?

— Que os adora?

Foi Dallas quem riu primeiro, uma das suas mãos já deslizando para dentro do seu bolso de trás de onde puxou sua carteira e uma nota.

— Lou, vá comprar outro chocolate quente.

Louie assentiu e pegou a nota de cinco, voltando à fila conforme Josh, que estava ao meu lado, disse:

— Vou procurar meus amigos.

— Certo — concordei. — Cuidado.

Josh assentiu e sumiu.

Dallas olhou para mim com uma expressão séria, e eu ergui minhas sobrancelhas de volta para ele. Uma sensação de estar sobrecarregada preencheu meu peito quando me ajeitei mais dentro da jaqueta quente, as costas dos meus dedos esbarrando nos post-its no bolso.

O que estava acontecendo exatamente?

— Sempre vai ficar ao meu lado, Professor? — praticamente sussurrei.

Ele deu um passo na minha direção, seu olhar ainda centrado diretamente no meu rosto, e assentiu.

— Sobre o que vocês conversaram? — perguntei a ele, ainda tão baixo que só ele conseguiu ouvir.

Dallas deu outro passo à frente, a ponta dos seus tênis tocando a ponta das minhas botas. Seu queixo estava grudado no colarinho conforme ele me observava. E, com uma voz que foi muito mais alta do que a minha tinha sido, ele respondeu:

— Eu a suspendi por duas semanas depois do que aconteceu, sabe?

Eu não sabia. Fiquei realmente bem chocada por ninguém ter me contado.

A surpresa deve ter ficado aparente no meu rosto — ou talvez ele me conhecesse bem demais, porque baixou ainda mais o queixo, assentindo parcialmente.

— Suspendi. E pedi desculpa a ela se lhe dera a impressão errada que eu estava interessado nela, informando-a de que não estava e de que precisávamos manter as coisas profissionais.

— Pensei que ela gostasse de você.

Ele deu de ombros, os cantos da sua boca recuando só um pouco.

— Não foi a primeira vez que isso aconteceu.

— O quê? Levar cantada de mães do time?

— É.

Dei risada em silêncio.

— Tem certeza de que não estava imaginando?

Dallas fez uma cara antes de um sorriso enorme e brilhante se abrir na sua boca, tão poderoso que eu poderia ter tirado a jaqueta dele e ficado quente o resto do dia.

— Tenho certeza, linda.

Linda de novo? Tudo que consegui dizer, para não parecer idiota, foi:

— Aham.

— Quero saber se você realmente falou que espirraria spray de pimenta nela, mas já sei a resposta.

Apertando meus lábios juntos, dei de ombros.

Ele se esticou na minha direção e passou as costas dos dedos na minha bochecha, ainda sorrindo amplamente, e beliscou meu queixo.

— Você é louca pra caralho.

Tudo que fiz foi dar de ombros de novo.

— Sabe disso, mas ainda está aqui, não está?

Seu sorriso se derreteu em um menor, e a respiração profunda que ele deu fez parecer que tinha pesado milhares de quilos. Então seus dedos passaram por minhas bochechas de novo, e Dallas se mexeu para pegar uma mecha de cabelo e colocar atrás da minha orelha. Sua voz foi suave.

— Ainda estou aqui, Peach.

CAPÍTULO
VINTE E DOIS

Nunca pensei que chegaria o dia em que eu ficaria empolgada para ir trabalhar, entretanto, depois de quase três semanas afastada, meu corpo estava muito pronto. Eu tinha tentado pegar na tesoura duas vezes na semana anterior, e foi meio duvidoso e doloroso, mas eu não aguentava mais ficar em casa. Minha conta bancária também não. Então, com a mão doendo ou não, naquela quarta-feira de manhã, eu estava mais do que animada.

Tão animada que Josh ficou fazendo careta para mim pelo reflexo do retrovisor.

— Por que está tão feliz? — O rabugento murmurou.

— Porque vou voltar a trabalhar — cantarolei de volta para ele, recebendo uma carranca maior ainda. Normalmente, gostava de verdade do meu trabalho, no entanto, após tanto tempo, estava pronta para amá-lo de novo de um jeito que só o tempo e o espaço eram capazes de fazer.

— Ficarei feliz na semana que vem quando sairmos da escola para o feriado de Ação de Graças — o rabugento respondeu, murmurando.

Merda. Tinha me esquecido sobre o Dia de Ação de Graças.

— Vocês resolveram o que querem fazer?

Os Larsen iriam para a Louisiana e minha família ficaria em San Antonio, então havia dado aos meninos a opção de escolher com quem queriam passar. No ano anterior, todos ficamos juntos na casa dos meus pais, porém eu não poderia ser gananciosa e ficar com eles se quisessem ver o outro lado da família. De qualquer forma, eu tinha que trabalhar no dia anterior, metade do dia, e no seguinte.

— Não — foi a mesma resposta que tinham me dado quando falei a primeira vez sobre irem para a Louisiana.

Suspirei.

— Bem, é melhor decidirem logo ou — cantarolei — ficarão presos comigo.

— Pare, por favor — Josh pediu.

— Gosto do jeito que você canta — Louie opinou, recebendo um olhar maldoso do irmão. — Parece uma gatinha fofa.

Não achava que isso era muito um elogio quanto ele pensava, mas aceitaria.

— Se ficarmos, o Sr. Dallas vai comer peru com a gente? — o menino de cinco anos perguntou.

Olhei para ele através do espelho retrovisor, me permitindo pensar no quanto ele fora legal no fim de semana anterior no jogo de Josh e como me dera um abraço enquanto nos acompanhou para nosso carro naquela noite, no fim do campeonato. Até havia se desculpado por não poder jantar conosco, mas deixara a Sra. Pearl em casa o dia todo e achou melhor ficar um pouco com ela, já que estava na casa dele e tal.

Eu aceitara. Estava louca e perdidamente apaixonada por esse cara.

O problema era que eu não sabia o que fazer com isso. Com ele sendo mais carinhoso e falando as coisas que falava... mas não fazendo muito mais coisa. Quero dizer, ele poderia me beijar e isso seria uma declaração. Ou me dizer que gostava de mim... se gostasse. Parecia que ele estava deixando pistas, ou sei lá o quê, mas não sabia se interpretava suas mensagens ou se as deixava para lá.

Então eu as deixaria para lá por enquanto e aceitaria o que ele estava disposto a me dar.

— Não sei, Goo. Ele também tem família. Pode ter planos para passar com eles. Não perguntei sobre isso — expliquei.

— Vou perguntar a ele — ele sugeriu.

— Posso ganhar um jogo novo este fim de semana? — Josh indagou, do nada, sendo a segunda vez da semana que ele tentava.

Respondi a mesma coisa que ele já tinha ouvido. Poderia aplaudir seu esforço, mas era tudo que iria ganhar de mim.

— Não tão cedo, J. Talvez de Natal.

— Por quê?

— Por quê? Porque não tenho dinheiro agora. — Mal havia conseguido pagar o financiamento e a água, e colocaria a conta de luz no cartão de crédito junto com a TV a cabo.

— Por quê?

— Por que não tenho dinheiro? Porque não trabalho há semanas, J. Sei que vocês pensam que estou soltando dinheiro pelas orelhas, mas não estou. Desculpe.

Ele resmungou tanto que lancei um olhar maldoso pelo espelho retrovisor que o fez parar no instante em que o viu.

— Certo — ele murmurou.

— Foi o que pensei — sussurrei para mim mesma, tentando me conectar ao otimismo e à animação de voltar ao trabalho com as duas mãos. Havia ido ao salão no dia anterior para tentar e começar a arrumar minha agenda de novo, e consegui encher a maior parte do dia.

— *Tia*, acha que o Papai Noel vai me dar uma bicicleta de Natal? — Louie perguntou.

— Contanto que ele não saiba sobre sua atividade criminal ao longo do ano, pode ser que ele dê — eu disse a ele, rindo quando ele soltou um grunhido conforme parei o carro na escola. — Certo, tenham um bom dia na escola, seus ameaças à sociedade. Amo vocês.

Louie saiu da cadeirinha assim que Josh me deu um beijo na lateral da testa que foi mais um passar de lábios — o fim chegaria um dia para isso, mas ainda não havia chegado. Lou fez a mesma coisa na minha bochecha, gritando "Tchau!" logo antes de fechar a porta.

Por um instante, olhei para minha mão de novo, a pele rosa e rígida e muito mais sensível do que eu queria que estivesse, porém teria que ser bom o suficiente. Eu precisava trabalhar.

— D, chegou um cliente perguntando de você — Ginny me informou com um sorriso malicioso conforme fechei a porta para a sala de descanso.

Um cliente perguntando de mim? Eu não tinha tempo suficiente entre clientes para fazer uma coloração, mas dava para encaixar um corte. De zero a dez, a dor na minha mão era cinco, pelo esforço de segurar a tesoura. Não estava podendo dizer não. O dia tinha sido bem cheio. Tive que ir mais devagar do que estava acostumada porque o ato de fechar a tesoura rapidamente irritava demais a pele recém-curada, mas eu estava indo bem. O salão só ficaria aberto por mais duas horas. Eu ia conseguir.

Fui até a recepção e parei quando vi uma cabeça de cabelo castanho familiar inclinada para baixo. Sentado ali com os cotovelos nos joelhos abertos, mãos entre eles segurando um celular, vestindo sua roupa de sempre que era jeans vintage e camiseta que havia usado para trabalhar, baseado no tom de cinza com que estava coberta, estava Dallas. Eu o tinha visto nos treinos na última semana e meia, mas, além disso, não havíamos nos visto no bairro. Eu sabia que a Sra. Pearl estava ficando com ele, e não poderia dizer que não achava fofo ele não a deixar sozinha... mesmo que sentisse falta de ele ir à minha casa.

O som das minhas sandálias plataforma no piso liso de concreto o fez olhar para cima do que quer que estivesse olhando, e ele sorriu amplamente, tão lindo que me sentia uma idiota por sempre pensar que a parte mais atraente dele era seu corpo.

— Ei.

— Ei, Professor — eu disse, embora, na minha cabeça, estivesse realmente perguntando: *o que está fazendo aqui?*

— Está ocupada? — ele indagou, sorrindo um pouco e se levantando.

— Para você, não. — Por que falei isso e por que meu coração estava batendo tão rápido?

— Alguém me falou que você não aceita clientes novos, mas estava pensando se abriria uma exceção para um amigo — ele declarou, passando a mão no cabelo que, obviamente, estava um centímetro maior do que ele costumava deixar.

Cortar o cabelo dele? Ficar perto o suficiente para cortar o cabelo dele? Um mínimo de inquietação se instalou no meu peito, mas só de encontrar seu olhar me lembrei de quem ele era. Meu amigo. Meu vizinho. O homem que somente tinha sido gentil comigo, vez após outra. Não havia nada com que se preocupar.

Bem, pelo menos, não fisicamente. Meu coração era uma história diferente.

O sorriso que se abriu no meu rosto foi tão fácil e natural quanto deveria ter sido.

— Claro que posso. Venha.

Ele sorriu e eu me derreti em uma poça, porém, por um milagre, consegui não ficar com os olhos brilhando para ele. Pelo menos, esse era o plano.

— Como tem sido seu dia? — ele indagou enquanto eu esperava que viesse até mim.

— Muito bom. Saio em duas horas. — Encontrei aqueles olhos escuros castanho-esverdeados. — E você?

— Finalizei um trabalho grande de revestimento. Foi um bom dia — respondeu, passando as costas da mão na minha.

Isso não poderia estar acontecendo. Não com meu vizinho. Não com aquele homem que ainda era, tecnicamente, casado e era treinador de Josh. Não poderia ser. Eu não permitiria.

— Um dia, quando eu tiver dinheiro, vou pedir a você para me dar um orçamento para refazer os pisos da minha casa, mas não será em breve.

— Só precisa pedir, Diana. — Ele olhou para mim por cima do ombro. — Podemos fazer juntos quando você não estiver trabalhando.

— Juntos?

— Juntos — ele repetiu.

Fiz "humm" e olhei para ele.

— Certo. De graça?

Isso o fez dar um sorrisinho.

— Sim. Você tem desconto especial.

— O quê? A mãe solo que te alimenta tem desconto?

Dallas balançou a cabeça e sorriu, mas não falou nada.

Tá bom.

— Então, vamos de moicano ou não? — me obriguei a perguntar.

Sua expressão foi aquela brincalhona que esmagava a porra dos meus ovários toda vez que ele a fazia.

— Talvez na próxima.

Ele deu uma piscadinha.

Deu uma piscadinha diretamente para mim.

Nunca havia feito isso.

Que merda estava acontecendo?

— Certo — praticamente engasguei, estranha, bizarra e me encolhendo internamente na mesma hora porque deveria ter continuado a piada, porém não o fiz. Droga. — Deixe-me pegar meus pentes rapidinho e abaixar sua cadeira. Não atendo alguém com mais de um metro e oitenta com frequência.

— Ok.

— Mesmo corte de sempre? — Abrindo a gaveta, mantive meu olhar para baixo conforme pegava os pentes e o conjunto de acessórios.

Sua voz estava baixa.

— O que você achar que fica bom.

Pegando uma capa, eu a passei por cima dos seus ombros e prendi o velcro.

— Tem certeza?

— Claro — ele confirmou, com voz grave e rouca. — Confio em você.

Por que ele fez isso comigo?

Me virei de costas para ele para respirar fundo. Aqueles olhos cor de mel estavam em mim pelo espelho. Consegui vê-los pela minha visão periférica quando me movi ao redor dele a fim de ligar a máquina na extensão que eu tinha escondida debaixo da minha seção.

— É você que olha para mim mais do que qualquer um, faça o que quiser.

Prendi a respiração.

— Certo.

Nossos olhos se encontraram conforme dei a volta para observar seu corte de cabelo. Eu conseguia fazê-lo com os olhos fechados e as mãos atadas. Ergui a mão para tocar a base da sua cabeça e movi a máquina. A expressão dele estava tranquila conforme eu raspava da frente até a parte de trás, por cima daquela curva gentil do seu crânio, gentil, gentil, gentil para não cortá-lo. Devagar, me movimentei ao seu redor até ficar na frente dele. Seus joelhos bateram na parte de cima das minhas coxas conforme parei onde estava, e ele me deixou virar sua cabeça sem qualquer resistência para chegar aos lugares que eu precisava alcançar.

Estaria mentindo se dissesse que não deixei meus dedos se demorarem por mais um segundo do que o necessário na pele macia da sua testa e sua têmpora e na pele ultramacia logo atrás do lóbulo da orelha dele. Dava para sentir seu olhar em mim enquanto eu trabalhava, porém só o deixei me olhar nos olhos algumas vezes, sorrindo toda vez como se não fosse grande coisa, quando sentia qualquer coisa, exceto isso. A máquina era barulhenta entre nós, uma distração à tensão que sentia na boca do estômago como reação a estarmos tão próximos.

— Desculpe se eu estiver fedendo — ele falou quase em um sussurro.

— Não está cheirando nada — eu disse a ele, me obrigando a manter meu olhar bem no centro do seu cabelo recém-cortado. — Estou quase acabando. Só preciso usar a tesoura em alguns lugares. — Minha voz soava rouca ou era minha imaginação?

— Não estou te apressando. Você fazer isso por mim é muito melhor do que meu barbeiro de sempre. — Deus, como uma voz podia ser tão atraente? — Posso ter que começar a vir a cada duas semanas se for segurar minha nuca desse jeito, Docinho.

Eu sorri, mas foi esquisito e estava com frio na barriga, e tinha certeza de que meu rosto estava ficando vermelho.

— Por que está corando? — ele perguntou naquele murmúrio que cantava direto para os meus ovários.

— Porque sim. — Dei risada de novo, estranha e idiota, e por que eu estava fazendo isso comigo mesma? *Sabe que não é bom, Diana.* — Você me lembrou de algo que ouvi. Só isso — respondi, passando as mãos na minha calça antes de dar a volta nele.

Ele fez "humm".

— Pode me contar. Sei guardar segredo — ele prometeu. — Não conto.

— Nem eu — meio que murmurei antes de ficar atrás dele, trocando uma ferramenta por outra para cortar alguns cabelos superfinos bem atrás das orelhas dele que eu não tinha conseguido antes. — É idiota. Outro dia te conto.

Vi seu pomo de adão se mexendo. Não ficaria surpresa se ele conseguisse ouvir meu coração correndo dentro do meu peito. Só demorou uns dois minutos para finalizar, para garantir que as linhas e o pezinho da nuca estivessem retos e limpos. Após passar a escova na pele dele, tirei a capa. Lentamente, a chacoalhei conforme ele se levantou, evitando os montinhos de bastante cabelo castanho no chão.

— Quanto te devo? — ele perguntou.

Apontei na direção da recepção com a cabeça, consciente de que Sean e Ginny eram xeretas pra caralho e ainda não tinham terminado as clientes deles.

— O que acha de dez dólares?

Ele tocou as costas da minha mão de novo com a dele, e eu soube, sem sombra de dúvida, por um breve segundo, que seu dedo mindinho se enganchou no meu antes de soltá-la.

— Isso é o que eu pago para o meu velho barbeiro para me cortar atrás das orelhas e esfregar a axila suada dele na minha cara. Quanto?

Ele soou exatamente como a Sra. Pearl.

Me impedi de tossir e de olhar para as mãos dele e, de alguma forma, até de revirar os olhos, tentando levar com leveza e na brincadeira, apesar de parecer algo mais.

— Dez. Demorei quinze minutos, no máximo, Dallas. É um desconto de amigo, e nem pense em me dar gorjeta. Vou esconder o dinheiro de volta na sua bolsa durante o treino.

— É?

— É. Você me ajuda o tempo todo. Sei como não esfregar a axila fedorenta na sua cara e como deixar você sem cortes.

— Tem certeza? Sei que cobra, tipo, cem dólares por um corte de cabelo.

Faria isso de graça na minha casa se ele quisesse, mas, naquele instante, isso parecia uma ideia perigosa.

— Não cobro cem dólares por um corte de cabelo. É, tipo, oitenta, e, geralmente, demoro mais de uma hora para fazer isso. Dez dólares. Pode ir passando, Capitão.

O sorriso lento que passou por seus traços firmes iluminou minhas entranhas.

— Como desejar.

Comecei a sorrir e parei. O que ele acabou de dizer?

Antes de conseguir perguntar a mim mesma se ele realmente tinha acabado de falar o que pensei que falou, Dallas adicionou:

— E é *Senior Chief*, Peach. Não Capitão.

Eu estava tendo flashes sensuais? Estava imaginando coisas? Puxei o colarinho da minha camisa com a mão boa e respondi:

— Pode deixar, *Senior Chief*.

Ele deu uma risadinha e balançou a cabeça. Conforme entregou uma nota de dez dólares de uma carteira desgastada de couro, indagou:

— Pode marcar para mim daqui a duas semanas?

Pisquei e até minhas mãos pararam de se mexer.

— Está falando sério?

Ele estava falando sério. Dava para ver por sua expressão. Eu já a tinha visto. E ele confirmou.

— É sério. Marque para mim.

— Por que simplesmente não vai até minha casa e me deixa cortar seu cabelo lá? — ofereci, sussurrando. Eu poderia fazer isso. Poderia conter minhas mãos.

— Gosto de ter uma desculpa para ver você — ele revelou com uma voz baixa que foi direto para o meu peito.

Olhei para ele e assenti, colocando o dinheiro no caixa antes de esticar a mão para tirar o computador do modo de hibernação.

— Pode ser na segunda-feira? — consegui que a minha voz não falhasse.

— Claro, linda.

Não iria pensar grande coisa da palavra com "l". E não pensei. Às vezes, palavras eram apenas palavras, sem nenhum significado, e Dallas e eu tínhamos passado bastante coisa juntos. Trip me chamava de querida o tempo todo. Será que Dallas estava somente praticando termos carinhosos comigo? Aff.

— Está certo.

— Me marcou? — ele perguntou antes sequer de eu ter salvado a data.

— Estou quase.

— Que bom. A partir de agora, sou seu cliente das seis. Qualquer dia que você quiser, vou fazer dar certo.

Meu dedo indicador pairou sobre o mouse por um instante e prendi a respiração. Havia algo nisso que parecia diferente. Pesado.

— Por quanto tempo? — questionei lentamente.

— Pelo tempo que esse calendário permitir.

— Aquela vaca.

Ginny riu do seu lugar no salão onde estava limpando as pias dos lavatórios.

— Sua gorjeta foi tão ruim assim?

O fato de ela saber por que eu estava xingando nem passou pela minha cabeça. Trabalhávamos juntas há tanto tempo que nós duas sabíamos muito bem que havia apenas alguns motivos para xingarmos nossas clientes. Ou porque elas faltavam ao compromisso, reclamavam de um corte de cabelo que pediram especificamente, embora tivéssemos tentado convencê-las a não fazê-lo ou davam pouca gorjeta. Quero dizer, merdas acontecem; às vezes, as pessoas têm menos dinheiro do que outras vezes, mas, neste caso...

— Ela acabou de me dizer que foi promovida no escritório de advocacia. Deixou cinco dólares, Gin. *Cinco dólares.* Demorei meia hora para secar o cabelo dela depois de cortá-lo. Minha mão está doendo pra caralho de segurar o secador.

A risada explodiu dela, porque esse tipo de merda acontecia com todos nós quase que com frequência. Algumas semanas eram melhores do que outras. Era por isso que eu nunca dava pouca gorjeta aos garçons. Por mais que Ginny nos pagasse uma comissão justa, comparado a outros donos de salão para os quais eu tinha trabalhado no passado, cada centavo ainda valia, principalmente quando se tinha contas e crianças. Só naquele dia eu havia tido cinco clientes avarentos. Por outro lado, eu tivera que cancelar o horário original dela por causa da minha mão. Suas raízes estavam bem grandes.

— Aff — resmunguei. — Simplesmente, foi um daqueles dias.

— Aww, Di.

Suspirei e joguei a cabeça para trás antes de guardar a nota de cinco dólares na minha carteira.

— Preciso de uma bebida.

— Não estou com as crianças hoje — ela mencionou de forma astuta, recebendo um olhar de mim.

— Não?

— Não. O pai delas ligou de última hora e falou que ficaria com eles no fim de semana. — Ela olhou para cima do seu trabalho na pia e ergueu as sobrancelhas repetidamente. — Mayhem não é tão caro.

— Provavelmente, é melhor eu não gastar dinheiro, sendo que tenho uma boa garrafa de vinho em casa — eu disse. Fazia pouco tempo que eu havia voltado ao trabalho e minha conta bancária ainda estava deficiente.

— Vou pagar duas bebidas para você. Um dos meus clientes me deixou uma gorjeta superboa como presente de casamento, e não vou ter despedida de solteira. Vamos. Você e eu, uma última vez antes de eu me tornar uma mulher casada de novo.

Eu sabia aonde ela queria chegar com isso e aprovei.

— Duas bebidas, não mais que isso?

— Só duas — ela confirmou.

Para nos dar crédito, nós duas ficamos sérias conforme falávamos a maior mentira do mundo.

— Mais uma!

— Não!

— Mais uma!

— Não!

— Vamos!

Meu rosto estava quente e eu havia atingido o nível risadinha há duas bebidas.

— Mais uma, e chega! Não estou brincando desta vez! — finalmente concordei, uma completa idiota.

Qual era essa? A bebida número quatro? Número cinco? Eu não fazia ideia.

Observando Ginny se debruçar no bar e pedir ao bartender, que estava sendo bastante atencioso conosco naquela noite, mais duas doses de uísque, abaixei um pouco a camisa leve de botão que eu tinha vestido por cima de uma regata rendada naquela manhã. Estava com calor. Com muito calor, considerando que as temperaturas tinham baixado em novembro. O bar estava lotado. Era sexta-feira à noite, afinal, e havíamos lutado por nossos dois lugares no balcão, esmagadas entre dois homens corpulentos com coletes de moto clube e dois caras que, ficamos sabendo duas bebidas atrás, trabalhavam na oficina do tio de Ginny.

O que aconteceu com nosso limite de duas bebidas? Culpa do tio de Ginny. O homem que parecia o mais rústico que eu já vira tinha vindo até nós no segundo em que nos sentamos e falou para o garçom que as bebidas eram por conta dele naquela noite. O homem, eu soube alguns instantes depois, se chamava Luther e colocou uma mão no encosto do banquinho em que eu estava sentada e disse para mim:

— Fiquei sabendo o que você fez pela Sra. Pearl. Não precisa pagar nada quando vier aqui.

— Não precisa mesmo fazer isso — disse àquele homem que eu nunca tinha visto.

Sua atenção intensa não vacilou nem um segundo.

— Meu neto está apaixonado por você. Você é boa — ele concluiu.

Oh, meu Deus. Dean.

O homem chamado Luther continuou:

— Ginny, não tenho como pagar sua bebedeira. Considere hoje um presente de casamento — ele falou arrastado, dando um tapinha no ombro da sobrinha conforme ela engasgou com uma risada.

Então, simples assim, a Fada do Álcool sumiu. E Ginny e eu falamos "caralho" baixinho e resolvemos aproveitar, e foi por isso que me vi tomando cinco bebidas em uma noite em um bar de moto, gargalhando com alguém que eu amava.

Estava me abanando quando Ginny se virou com dois copos de conteúdo amarelado. Colocando as mãos para trás, comecei a amarrar meu cabelo.

— Está quente ou sou só eu? — perguntei.

— Está quente — ela confirmou, deslizando a bebida pelo balcão na minha direção. — A última e vamos para casa.

Assenti, sorrindo para ela, com meus músculos faciais bem dormentes.

— Última. Sério.

— Sério — ela prometeu.

O homem muito mais velho à minha direita, o motoqueiro grande com quem Ginny e eu conversamos por meia hora mais cedo, virou-se no assento para olhar para mim. Sua barba cheia grisalha estava comprida e, definitivamente, precisando ser aparada.

— O que estão bebendo agora?

— Uísque — respondi, dando um gole.

Ele franziu o nariz e olhou entre Gin e mim.

— Beberam bastante para o tamanho de vocês.

— Estou bem — eu disse a ele, dando outro gole. — Vou chamar um táxi.

Ele pareceu horrorizado.

— Querida, parece uma má ideia.

— Por quê? — Ginny perguntou do seu lugar ao meu lado. Ela também estivera conversando com ele ao longo das últimas duas horas em que estivemos no bar.

— Duas garotas bêbadas no carro com um estranho?

Bem, quando ele coloca assim... Tínhamos pegado um táxi da última vez e ficou tudo bem. Além do mais, quantas outras vezes eu havia feito isso no passado?

— Ginny, peça para Trip levar vocês para casa. Sei que ele não bebeu muito esta noite. Está lá em cima cuidando das coisas do clube. Vou chamá-lo para você ou, merda, ligue para Wheels. Ele virá buscar vocês. Sem problema.

Ela balançou a cabeça.

— Ele está dormindo. Não quero acordá-lo.

— Eu posso levar vocês para casa — um homem sentado do outro lado de Ginny, um dos dois mecânicos, ofereceu.

Não precisei olhar para minha chefe e amiga para saber que, apesar de o cara parecer bem legal, não éramos idiotas. Tínhamos aprendido a não entrar em carros com estranhos. Merda, havíamos ensinado nossos filhos a não entrar em carros com estranhos.

— Não, eu vou levar vocês para casa — uma nova voz declarou de algum lugar atrás de mim inesperadamente.

Senti os dois braços baixarem em ambos os lados do meu banquinho antes de ver os dois antebraços bem musculosos me prenderem. Foram as duas linhas pretas e marrons de uma asa de pássaro estampada na parte interna do bíceps ao lado do meu rosto que me disse quem estava no meu espaço. Não precisei olhar para cima para saber quem estava falando. Era Dallas.

Gosto de pensar que foi todo o álcool que me levou a jogar a cabeça para trás o máximo que conseguia.

— Oi.

Dallas inclinou o rosto para baixo a fim de me olhar, sua expressão séria e sensata mesmo através do meu cérebro nebuloso.

— Diana — ele disse meu nome solidamente sem um único sinal do carinho familiar que tínhamos criado um pelo outro.

— Não sabia que você estava aqui — falei, ainda olhando-o de cabeça para baixo.

Ele pode ter piscado, mas sua boca estava tão rígida que eu não conseguia enxergar através dela.

— Estive aqui o tempo todo.

Engoli em seco e só consegui assentir, meu rosto esquentando de novo. Mesmo naquela posição, pude ver seus olhos analisarem meu rosto e minha garganta e algum outro lugar que não consegui confirmar.

— Poderia ter falado oi. Somos amigos. Podemos nos sentar um ao lado do outro em público. — E foi assim que, mais tarde, eu iria saber que estava bêbada. No que eu estava pensando ao falar isso?

— Você estava ocupada — ele declarou naquela mesma voz desapegada, quase cruel.

— O quê?

— Você bebeu bastante — Dallas continuou. — Vou levar vocês duas para casa.

— Mas acabamos de pegar esta bebida! — Ginny protestou.

— Vou te dar os dez dólares. Vamos agora — ele exigiu. Sem aviso, os braços de cada lado de mim se mexeram, suas mãos indo para os braços do banquinho em que eu estava logo antes de ele o afastar do bar, fazendo-o arranhar o chão.

Alguma parte racional do cérebro de Ginny e do meu deve ter reconhecido que tínhamos exagerado na bebida, porque nenhuma de nós reclamou muito da ordem dele. Do canto do olho, vi minha chefe empurrando seu banquinho para trás, sem ser obrigada como eu. Virando o banquinho para eu poder sair e pegando minha bolsa ao mesmo tempo, fiquei cara a cara com o corpo de Dallas parado a centímetros dos meus joelhos. Olhei para o seu rosto, pronta para pedir a ele para recuar para eu poder descer, mas não consegui evitar e sorri com a carranca dele.

— Oi — repeti, como se eu não o tivesse cumprimentado dois minutos antes.

Ele não achou graça. De fato, tenho praticamente certeza de que parecia mais irritado do que há um minuto quando ele falou em seguida.

— Vamos.

Pensei ter semicerrado os olhos para ele.

— Por que você parece tão bravo?

— Vamos conversar sobre isso na caminhonete — ele falou e gesticulou para eu seguir em frente, seu tom ainda baixo, estável.

— Tem certeza de que não quer que eu te leve? — o mecânico perguntou quando Ginny desceu do seu banquinho e ficou em pé ao lado de Dallas.

Dallas não tirou os olhos de mim conforme foi mais rápido que a gente em responder:

— Sim.

Tenho praticamente certeza de que ouvi o motoqueiro no assento ao lado do meu rir.

Meus tornozelos me traíram quando dei um passo à frente e cambaleei, meu peito batendo no de Dallas, e flexionei o pescoço para trás a fim de olhar engraçado para ele. Havia mais linhas na testa dele e debaixo dos seus olhos do que eu já tinha visto. O que ele tinha?

— Tchau, Diana — o motoqueiro mais velho gritou.

Inclinando a cabeça para o lado e me obrigando a desviar o olhar do meu vizinho — o técnico de Josh —, acenei para meu novo amigo motoqueiro.

— Tchau. Tome cuidado ao ir para casa — alertei a ele.

Mas, antes de eu poder dizer mais alguma coisa, uma mão quente e grande deslizou na minha, os dedos compridos se misturando aos meus menores, e perdi minha linha de pensamento em menos de um segundo. Eu conhecia aqueles dedos. Tudo que consegui fazer foi olhar para Dallas com uma expressão confusa e surpresa antes de ele começar a me cutucar para a frente entre as pessoas do bar. Distraidamente, olhei por cima do ombro para garantir que Ginny estivesse seguindo, e ela estava. Merda. Observando-a bem ali, vi o quanto seu rosto estava corado.

Tínhamos bebido demais mesmo.

A noite estava fria e, de repente, percebi que não tinha pegado minha camisa depois de tê-la tirado.

— Espere! — comecei a dizer antes de Dallas erguer a mão que não estava segurando a minha.

— Peguei sua camisa — ele avisou, dando uma rápida olhada por cima do ombro, que pousou diretamente no meu peito.

Eu estava meio bêbada, porém não tão bêbada para não notar o quanto os tendões ao longo do seu pescoço ficaram tensos. Também praticamente tive certeza de que ele murmurou "Jesus" baixinho conforme me puxou junto com ele.

Será que dava para eu soltar a mão dele?

Flexionei meus dedos dentro da mão dele, unidos firmemente, e concluí que, provavelmente, não.

Não que eu quisesse, apesar de saber que não tinha direito. Sabia que isso não significava nada. Não podia significar nada. Quantas vezes ele havia deixado claro que não estava interessado em mim além de sermos amigos e porque ele tivera uma mãe solo e se identificava comigo nesse nível?

Amigos davam as mãos quando tinham bebido demais.

Isso não era nada. Era só um amigo cuidando do outro. Não era a primeira vez que eu estivera perto dele com mau humor. Eu não tinha motivo para pensar muito sobre isso. Provavelmente, ele só me achava burra por beber demais e teria razão. Eu era.

Nenhum de nós falou uma palavra ao irmos na direção da caminhonete de cabine dupla estacionada a uma quadra do estacionamento onde eu deixara meu carro. Tive um desejo estranho de me esticar e tocar minha amada CRV, porém o aperto na minha mão estava tão firme que fui conduzida logo para a porta do passageiro de Dallas. Observei-o colocar a chave na fechadura e a virar, abrindo a porta, e, sem encontrar meus olhos, ele me pegou pelos quadris e me ergueu para dentro — tão rápido que nem tive tempo de processar sua ação até ele terminar.

Eu tinha bebido demais, porém poderia ter entrado na sua

caminhonete por conta própria. Não poderia? Definitivamente, já havia bebido demais antes e nunca tivera problema de entrar em um carro... pelo menos, pelo que eu conseguia lembrar.

— Vá para o lado — a voz rouca de Dallas ordenou.

Ele não precisou me falar duas vezes. Deslizei para o meio, observando-o dar a volta pela frente da caminhonete, deixando Ginny entrar sozinha. Seu corpo inteiro estava rígido, e sua mandíbula era uma linha reta que me lembrou da minha mãe, quando eu a irritava quando era criança, e ela estava planejando me colocar no meu lugar no segundo em que tivéssemos privacidade. Olhei em volta pelo interior da cabine e agradeci de novo que, por mais que ele não cuidasse tão bem da sua casa, tratava sua caminhonete como um filho.

— Por que me convenceu a pedir aquela terceira bebida? — Ginny murmurou ao se ajeitar ao meu lado, a lateral da sua perna coberta pelo jeans e seu ombro encostando em mim.

— O quê? Você que me convenceu — discuti com ela em um sussurro.

Tudo que ela fez foi balançar a cabeça.

— Nunca mais vou sair com você.

— Nos divertimos. Nem tente fingir que não. — Bati minha coxa na dela.

Ela deu risada quando a porta do motorista se abriu de novo e, um segundo mais tarde, o corpo grande de Dallas deslizou para trás do volante, ocupando todo o espaço remanescente e mais. Tão muito mais que ele ficou praticamente selado ao meu lado, me grudando a ele como gêmeos siameses com quem eu ficaria presa para sempre. Assim que comecei a deslizar para a direção de Ginny, ele me lançou um olhar ao mesmo tempo que sua chave entrou na ignição, o som baixo de música country cortando o silêncio pungente. E havia algo naquele olhar firme e inflexível que me fez parar no meio da movimentação.

Seus olhos, ainda de alguma forma claros mesmo na cabine escura, estavam centrados bem em mim.

— Cinto.

Baixando os olhos, olhei para o lado, procurando meu cinto. Eu não o estivera procurando, mas, talvez, cinco segundos depois daquele braço com que eu ficara bastante familiar ao longo dos últimos meses se esticou por cima do meu colo — a palma da sua mão segurando meu quadril por um breve instante — e o pegou de onde estava preso debaixo dos assentos quase como se ele o tivesse colocado ali. E, devagar, com as costas dos dedos passando pelo cós da minha calça, indo logo acima do zíper do meu jeans, de um osso pélvico para o outro, ele o encaixou para mim.

Prendi a respiração o tempo inteiro.

E eu não iria negar que não consegui evitar e olhei para o rosto dele imediatamente depois, sentindo aquele calor elétrico abrasando em cada centímetro de pele exposta que minha blusinha deixava.

O que eu fiz? Sorri.

E, por uma rara ocasião de tantas nos últimos meses, ele não sorriu de volta. Sem quebrar contato visual, ele se esticou para debaixo do assento e me entregou uma garrafa de água.

Certo.

— Onde você mora? — ele perguntou a Ginny.

Minha chefe e amiga falou o endereço e as direções.

Nenhum de nós disse nada enquanto Dallas dirigia, e eu bebi a água que ele me dera, oferecendo a Ginny após cada vez. Havia umas músicas country no rádio que eu vagamente reconhecia nos vinte minutos que demoraram para dirigir até o lado oposto da cidade onde morávamos. Quando ele parou na porta da nova casa em um novo bairro que Ginny tinha comprado há um ano, abracei-a antes de ela ir e, então, observei Dallas sair da caminhonete e acompanhá-la até a porta da frente.

Conforme ele voltava, tirei meu celular da bolsa e olhei a tela, grata pelos Larsen terem levado os meninos para a casa do lago deles e que eu não tinha perdido nenhuma ligação noturna de Louie. Estava guardando meu celular de volta na bolsa quando a porta se abriu e meu vizinho se sentou no banco do motorista da caminhonete ainda ligada. Sua mão foi para o câmbio assim que fui tirar meu cinto...

Ele cobriu minha mão com a dele, me impedindo.

— Você está bem? — indaguei, mantendo a mão onde estava mesmo enquanto ele dava ré, seu queixo acima do ombro enquanto olhava pelo vidro de trás.

Sua resposta foi fria e calma.

— Está me perguntando se estou bem?

Pisquei.

— Sim.

Tirando sua mão da minha e me fazendo esquecer que eu iria mais para o lado, ele levou a caminhonete para a rua, sua atenção agora focada do lado de fora do para-brisa.

— Você — ele ainda soava normal, controlado — bebeu demais e passou as últimas três horas conversando com homens que não conhece.

Não sabia se eram as bebidas ou apenas aquela pequena parte de mim que não tinha conseguido aceitar o que eu sentia por ele que me levou a falar simplesmente a coisa mais idiota que poderia ter dito. Pelo menos, em retrospectiva, percebi o quanto fui burra.

— E?

Não era algo que eu já não tinha feito centenas de vezes. Eu sabia a diferença entre ser simpática e flertar, e eu não estivera flertando com nenhum daqueles caras no bar.

Mas aprendi bem rápido que "E?", obviamente, não era o tipo de resposta que Dallas estava procurando. Aceitei isso um momento depois, quando ele enfiou o pé no freio, me lançando para a frente — seu braço se esticando à frente do meu peito para me impedir de bater o rosto no painel.

— Que porra! — gritei ao mesmo tempo que ele berrou: — *E?*

Meu coração estava batendo na minha maldita garganta de ter pensado que teria que fazer uma cirurgia reconstrutora na face, porém, de alguma forma, consegui arfar:

— Qual é o seu problema? — Aí acordei, a embriaguez desaparecendo conforme eu tentava recuperar minha respiração.

— Você não conhece aqueles malditos caras, Diana! — ele gritou. — Um deles foi acusado de estupro há uns dois anos, e você estava ali sentada se tornando a BFF dele.

Eu estava tão brava e chateada que deixei para lá o fato de ele usar "BFF".

— O único motivo pelo qual eu estava lá era porque estava me encontrando com meu amigo do qual te contei. Fiquei ali sentado te observando o tempo todo. Esperando você se virar e ir sentar comigo para que eu pudesse apresentá-la a ele, mas você é desatenta demais...

— Não sou desatenta — argumentei.

— Então como não me viu a três metros de você por horas?

— Eu... — Bem, o que era para eu falar? Não havia uma desculpa boa nem explicação para isso. Ele tinha razão. Eu só não iria admitir. Nunca. — Bem, não sei. Mas eu não teria ido para casa com eles. Está louco?

A forma como ele olhava para mim quase me fez verificar minhas sobrancelhas para me certificar de que não tivessem sido queimadas. Ele mostrou os dentes em uma expressão que não chegava nem perto de um sorriso.

— Com certeza não iria para casa com eles.

Ele estava respirando com dificuldade e eu tinha demorado demais para perceber que só estava tão irritado quanto eu. Esse homem normalmente calmo e paciente estava parecendo um dragão decidido a destruir uma cidade. E a cidade era eu.

— Eu teria te arrastado para fora pela orelha se você tivesse tentado, exatamente como minha mãe costumava fazer comigo. E, que Deus me ajudasse, se você tivesse pegado uma porra de um táxi...

— Qual é o problema do táxi?

Poderia jurar pela minha vida que esse homem gentil e passivo rosnou para mim, então me recostei no assento.

— Não me faça perguntas idiotas agora, Diana. Não estou no clima.

Pisquei para ele, de repente me sentindo sobrecarregada.

— Por que está sendo tão cruel comigo?

Ele piscou.

— Acha que estou sendo cruel com você?

— Sim! Bebi demais. Não fiz nada errado. Não foi a primeira vez que saí, sabe? Não iria fazer nada errado, mas você está aqui, gritando comigo...

A mão que ele tinha mais próxima da janela se ergueu para esfregar seu cabelo curto.

— Porque você me deixou preocupado! Acha que quero que aconteça alguma coisa com você? Não consigo ler sua mente. Não sei que porra está planejando fazer — ele explicou, ou pelo menos pareceu que estava tentando explicar, mas ainda havia tanta raiva na voz dele que não soava totalmente assim.

Pela segunda vez em pouquíssimo tempo, falei outra coisa idiota que só percebi horas depois.

— Olha, agradeço por cuidar de mim, mas sou adulta. Sei me cuidar.

— Talvez saiba se cuidar, porém já pensou, por um segundo sequer, que talvez outra pessoa possa *querer* cuidar de você também? — ele rosnou.

E, naquela fração de segundo, todo pensamento, todo sentimento, deixou meu corpo. Simplesmente *puf*. Desapareceu.

— Você... o quê? — Estava tão bêbada para não entender o que estava saindo da boca dele? Não seria a primeira vez, mas não pensei que eu já estivesse nesse nível.

Ele recuou, sua expressão tipo "está me zoando?".

— Ser seu amigo tem sido a porra mais difícil que já tive que fazer.

Espere.

— Tem? — perguntei, dividida entre seu comentário um instante antes e o que tinha acabado de sair da boca dele. Pensara que ele estivesse tentando dizer que queria cuidar de mim, mas agora...

— Você é a mulher mais absurda que já conheci na vida, Diana. Metade do tempo quero te chacoalhar e a outra metade... — Ele parou de falar, olhando desafiadoramente direto nos meus olhos.

No segundo que seguiu aquela fração de tempo, aquele braço musculoso que tinha se jogado diante do meu peito para me impedir de ir para a frente se mexeu. Sua mão, aquela mão calosa e com dedos compridos, deslizou por trás do meu pescoço, e Dallas me beijou. Seus lábios tocaram os meus, gentis, mal encostou, um sussurro de boca e respiração quentes nos meus.

Então ele foi fundo. Não houve hesitação, nem um selinho de alerta. Aquele lábio superior carnudo foi para cima do meu, aqueles dentes brancos e bruscos morderam o meu lábio inferior... e então ele estava me beijando.

Repetidamente. Mais suave, então suavemente, depois apenas devagar.

Então não hesitei. Abri a boca e peguei seu lábio superior no instante em que meu cérebro processou o que estava acontecendo. A boca dele se inclinou sobre a minha, sua língua deslizando na leve abertura que eu lhe dera. Uma língua contra a outra, uma mão cobrindo minha nuca enquanto a outra segurava meu quadril. Minhas mãos? Elas poderiam estar nas costelas dele ou poderiam estar nas coxas dele, eu não fazia ideia. Só conseguia pensar em Dallas. *Dallas, Dallas, Dallas*. No quanto eu queria isso. No quanto eu quis isso mais do que qualquer coisa que já quisera.

Minhas mãos apertavam. As mãos dele apertavam.

Seus lábios deslizaram para longe dos meus, contornando meu queixo, chupando rapidamente um lóbulo da orelha antes de ele trilhar sua boca quente e úmida pelo meu pescoço, como se estivesse faminto. Sua língua passou na pele da minha garganta, seus lábios roçando antes dos seus dentes encostarem. E, que Deus me ajudasse, tudo que consegui fazer foi ir mais para perto dele, quase subindo no seu colo. Comecei a me inclinar para a frente quando caiu minha ficha.

Que porra eu estava fazendo? Ele era casado. Separado. Mesma merda.

— Ah, meu Deus — chiei, recuando tão rápido que ele ainda ficou ali onde eu o deixara quando seus olhos fechados se abriram. Apontei para ele, o sangue que eu geralmente tinha na cabeça descendo. — Você é casado.

Dallas piscou lentamente. Seu pomo de adão se moveu e a mão dele que estava na minha coxa ficou exatamente onde estava, quando ele focou aqueles olhos incríveis em mim, parecendo apenas um pouco atordoado.

— Diana — ele disse meu nome como se nunca tivesse dito, conforme seu polegar deslizou sobre o meu joelho. — Meu divórcio foi finalizado.

CAPÍTULO
VINTE E TRÊS

— Ele finalmente se divorciou? — A voz de Vanessa estava quase tão empolgada quanto seu comportamento bem equilibrado lhe permitia. — Desde quando?

— Sim! — Eu, por outro lado, não era tão equilibrada. Estivera morrendo de vontade de dizer a ela o que eu tinha descoberto há dois dias, mas, no instante em que levantei na manhã seguinte, fui direto fazer café da manhã, me sentindo mais do que um pouco zoada do tanto que havia bebido na noite anterior, e segui para o salão. Quando saí do trabalho, só queria desabar no sofá. Tinha caído no sono duas horas depois de chegar em casa. — Há algumas semanas!

Há algumas semanas. Ainda não conseguia entender. *Semanas*. Desde logo depois do incêndio. Quando ele viajara por uns dias.

— O que ele falou depois disso? — Van perguntou.

Como poderia explicar a forma como ele me olhou depois que falou que não estava mais casado? Ou como sua mão deslizou mais para cima na minha coxa e apertou minha perna como se fosse sua? Não havia como. Tudo que eu tinha conseguido fazer foi ficar ali sentada olhando para ele, enquanto meu coração corria uma maratona dentro do meu peito.

— Nada, só fiquei lá sentada e o encarei, e ele me encarou de volta, então nos levou para casa. Parou a caminhonete na casa dele, me acompanhou para minha casa e tudo que falou foi "Boa noite, Diana".

— Você falou algo para ele?

— Agradeci a carona e falei boa noite! — Não tinha sido meu melhor momento. Nem o havia olhado no olho, porém não contei isso a Van.

De qualquer forma, ela ainda comentou:

— Que franga covarde.

— Franga covarde? Vindo de você? Sério?

Vanessa bufou.

— Do que está falando?

Eu realmente precisava lembrá-la do seu não relacionamento com seu agora-marido anos antes?

— *Gosto dele. Não sei o que fazer, aff, boohoo* — recapitulei.

Sua resposta foi um grunhido.

— Cale a boca.

— Está tudo bem, Chicken Little. Não fique brava se não consegue aguentar. Pelo menos eu disse a ele que meio que gostava dele antes.

— Agora que mencionou, parece que me lembro de você me falando para parar de ser covarde.

— Essa foi uma situação totalmente diferente, idiota.

— Como assim?

— Você era casada!

Ela pensou nisso por um segundo antes de bufar.

— Que seja. Dane-se. O que quero saber é o que vai fazer quanto a isso.

Não era essa a pergunta do século? O que eu ia fazer? Dallas tinha me beijado. Me beijado de verdade. Não um selinho no canto da boca que você dava em alguém por quem tinha carinho... a menos que eu o tivesse entendido totalmente errado e, talvez, agora que ele estava divorciado, estivesse planejando compensar por não sair com ninguém por anos.

Esse pensamento deixou um nó enorme de merda podre na minha barriga.

Era isso que iria acontecer? Ele ia pegar seu cartão de liberdade novinho e usá-lo em mim?

Ele devia saber que não ia funcionar. Devia. Quanto mais eu pensava nisso, mais convencida ficava de que ele não faria isso comigo. Eu deixara claro para ele, várias vezes, que eu era louca. Além do mais, tinha os meninos. Não podia ficar fazendo essa "brincadeirinha". Além do *além do mais*, éramos vizinhos. Se ele quisesse me pegar e sumir, eu era a pior opção do mundo, e ele devia saber disso.

Devia.

Eu não acreditaria no contrário. Mas esse era o problema. No que era para eu acreditar?

— Di? — A voz de Van soou na linha, preocupada.

— Desculpe, viajei — pedi, parando de pensar no raciocínio dele. — Não sei. Ele acabou de se divorciar. Será que quer sair com várias? Será que quer sair comigo? Será que só queria me beijar? *Não sei*. Não conversamos sobre isso. Sempre pareceu essa coisa tão distante que nunca iria acontecer. — Parecia Ensino Médio de novo. — Nós nos vemos muito para isso ser algo que vá terminar mal. E acho que gosto demais dele para isso acontecer.

— Ok, Srta. Pessimismo. Pergunte a ele ou dê um tempo. Não sei. É você que tem toda a experiência de namorado.

Toda a experiência de namorado? Que vaca.

— Eu tinha quase dezenove anos quando perdi a virgindade, babaca, e tive quatro namorados. Não sou exatamente experiente. Não sei o que vai acontecer. Não sei qual é o plano dele.

O silêncio do outro lado da linha dizia exatamente o que eu sabia que era verdade. Eu era uma monogâmica em série. Eu estivera em quatro relacionamentos minha vida inteira e, com exceção de Jeremy, todos tinham sido duradouros. Jeremy teria sido se ele não tivesse sido um merda que precisava ser esfaqueado nos rins repetidamente. Eu gostara de muitos meninos e homens na vida, mas não era de ficar beijando e saindo com todo mundo.

E, considerando o quanto eu gostava de Dallas — e sentia ainda mais do que isso em relação a ele —, meu coração não conseguiria lidar com decepção e, nesse ponto da minha vida, não era apenas de mim que eu estava cuidando. Era dos meninos também. Eles gostavam dele, e ele era técnico de Josh. Eu não iria destruir uma influência masculina positiva para eles ao sair com Dallas, que tinha acabado de se divorciar, após tantos anos.

Ele iria ficar com várias.

E sua vizinha do outro lado da rua com dois meninos, que sempre estava metida nos negócios e nas coisas dele, não poderia ser a primeira escolha dele.

Eu morava do outro lado da rua dele.

Se Jeremy se mudasse para o outro lado da rua agora, eu riscaria o carro dele com a chave e jogaria ovos na casa dele até ele se tocar e se mudar.

Não havia como eu ser uma porta giratória. Eu queria sossegar. Precisava disso. Eu sabia que ele se importava comigo, mas quais eram as chances de ele estar pensando com clareza?

Merda. Eu não iria arriscar. Nós poderíamos ser amigos e foi só isso que ele sempre me deu a impressão de que queria, com a exceção de roçar a boca em todo o meu pescoço...

E dos post-its que eu encontrara no seu bolso que poderiam não ter nada a ver comigo.

Não poderia pensar nisso, nunca mais, se iria sobreviver a isso.

— Bem, pode olhar, mas não encostar se quiser fazer isso, D.

— Esse é um conselho bem útil — resmunguei.

— O que quer que eu te fale? É você que nunca teve problema em dizer o que está na cabeça. Sempre faz o que quer, e todo mundo pode ir para o inferno. A Di que conheço... a Diana que conheço *agora*... não amarela com as coisas. Então faça o que quiser fazer.

Resmunguei de novo. Como isso iria me ajudar?

— Vamos mudar de assunto, franga — Vanessa continuou quando não falei nada. — Te contei que Aiden faz Trevor me ligar quando ele está fora, de hora em hora, para se certificar de que estou bem? Dá para acreditar nisso?

— Não. — Porque eu não conseguia. Eu sabia o quanto Van odiava o agente do marido, e para ele ligar para ela o tempo todo porque Aiden estava treinando era bastante hilário. Então dei risada, pois tinha certeza de que isso devia estar matando-a um pouco por dentro. — Otário.

Minha melhor amiga deu uma risadinha.

— Ele é um puxa-saco. Tenho certeza de que nunca te contei sobre como ele comprou um carrinho de bebê. E eu pesquisei. Custa quatro mil dólares. Por um carrinho de bebê! Tentei devolver, mas ele não me fala onde comprou. Ele deveria ter usado esse dinheiro para comprar coisas para alguém que não consegue pagar o básico. Quero encontrar uma instituição de caridade para gestantes e doar dinheiro ou itens para elas em troca. Ganhar todas essas coisas me faz sentir culpada.

— Problemas de gente rica — zombei dela.

— Vá se ferrar.

— Doe o dinheiro ou pode doar o dinheiro para mim...

Isso a fez rir. Ela sabia que eu nunca pediria dinheiro para ela.

— Você está me deixando com dor, e preciso voltar ao trabalho antes que Sammy acorde da soneca — a viciada em trabalho declarou em uma voz aguada. — Me envie mensagem depois.

— Vou enviar. Te amo.

— Também te amo. Seja minha Diana e pegue o que quer! — ela gritou antes de desligar.

Desligando, apertei meu celular, dei outro gole no café que estivera bebendo a manhã toda e voltei a ficar em pé.

Pegar o que eu quero.

Eu não precisava descobrir o que eu queria. Sabia o que era. Exatamente o que era.

E era Dallas.

Mas o que eu faria quanto a isso?, me perguntei ao sair da sala de descanso e ir para a parte principal do salão para minha próxima cliente.

Sean estava com sua cliente na cadeira fazendo o que parecia ser um tratamento de queratina, e Ginny estava sentada na sua cadeira, digitando no celular. Ela parecia tão exausta quanto eu. Havia bolsas sob seus olhos e ela estava pálida. Tinha chegado no trabalho depois de mim, e só o que fizemos foi acenar uma para a outra. Queria contar a ela o que aconteceu com seu primo há duas noites, mas...

Bem, eles eram família. Família distante, mas família, mesmo assim. Não se falava sobre questões do coração com pessoas que eram parentes.

Mas eu podia perguntar a ela o que estivera me incomodando por meses.

Indo até sua seção, me inclinei e dei uma olhada nas suas raízes conforme ela terminava de digitar o que quer que estivesse enviando.

Conscientemente, ela ergueu uma mão até seu cabelo vermelho.

— Eu sei. Está na hora de você fazer minha raiz.

Continuando para o balcão da sua seção, apoiei a bunda nele e observei seu rosto limpo, estressado, porém feliz.

— Me diga quando e vou fazer para você.

Minha chefe assentiu e ergueu as sobrancelhas, me olhando de perto.

— Como está se sentindo?

— Uma merda. E você?

— Uma merda.

Dei risada e Ginny sorriu.

— Como pegou seu carro ontem?

— Fiz as crianças me trazerem. E você?

— Os Larsen me trouxeram.

Nós duas nos olhamos por um instante antes de eu, finalmente, soltar:

— Ei, tem algo que eu deva saber sobre você e Dallas?

Ela inclinou a cabeça para o lado.

— Como assim?

— Por que não gosta dele?

Sua boca formou um O antes de ela a fechar e suspirar.

— Não é que eu não goste dele. Nós nunca... Nosso santo nunca bateu. Entende o que quero dizer? Quando éramos crianças, ele era sério e tenso. Quando ficamos mais velhos, tipo adolescentes, sempre era como se ele fosse melhor do que o resto de nós. Não há nada de *errado* com ele. Acho que, simplesmente, nunca dei uma chance a ele de verdade. Não sabia que eu ainda estava fazendo isso, mas acho que ele não pode ser tão arrogante se anda com Trip.

Foi a vez da minha boca formar um O. Exatamente tão rápido quanto a de Ginny, também fechei a boca. Conseguia imaginar Dallas sendo essa montanha julgadora em preto e branco quando criança. Ele ainda era assim.

A diferença era que eu gostava dele.

Ginny continuou:

— Agora, Jackson, por outro lado, que desperdício de ser humano.

Não vou olhar para a bunda de Dallas.

Não vou olhar para a bunda de Dallas.

Não. Não vou fazer isso.

Não vou fazer isso.

Como se estivesse me provocando, Dallas passou à minha frente, toda a sua atenção no menino ao lado dele durante o treino. No campo externo, estava Josh, aquecendo-se com Trip e alguns dos outros meninos. Mas por mais terrível que isso me tornasse, era para Dallas que eu estava olhando.

Dallas e a camisa térmica justa de manga comprida que ele vestia e jeans no qual eu não iria focar. Eu estava tão ocupada não pensando em Dallas que nem percebi quando alguém se sentou bem ao meu lado. Era o pai divorciado.

— Ei, Diana — ele me cumprimentou, seu cabelo penteado perfeitamente e as mãos no colo.

Eu sorri para ele.

— Oi.

O homem, que devia ter seus trinta e muitos ou quarenta e poucos anos, gesticulou para minha mão, seu olhar arregalado.

— Como está sua mão?

— Bem melhor — eu disse a ele, bem sincera. Eu estava melhor. Muito melhor. Mas não significava que não doía pra caramba após algumas horas de trabalho. Estivera aplicando óleo de vitamina E nela toda noite antes de dormir, porém a pele ainda não tinha se recuperado totalmente.

Ele chiou, virando seu pescoço para olhar minha mão mais de perto.

— Vixi.

Apertei meus lábios unidos e sorri.

— Vai melhorar ainda mais.

O homem inclinou a cabeça para o lado, ainda me olhando. Quando ele não falou nada imediatamente, pensei que deixaria para lá. A maior parte do treino já tinha passado, e os técnicos estavam com os meninos aglomerados, conversando com as crianças, antes de ele finalmente falar de novo.

— Acho que já te contei que sou divorciado. — Ele só tinha me contado umas dez vezes desde que nos conhecemos. — Não estou saindo com ninguém seriamente.

Mas estava saindo com alguém e tentando se enfiar em um flerte. Ótimo.

— Se um dia precisar de ajuda, pode me ligar. Estarei mais do que disposto a te ajudar com qualquer coisa que precisar — ele falou baixinho, obviamente consciente do quanto o resto dos pais era xereta e como todo mundo ouvia a conversa de todo mundo.

Me senti desconfortável. Embora eu não quisesse, tirei os olhos dos meninos no campo e me virei, a fim de olhar para esse cara, sabendo exatamente o que precisava fazer, apesar de realmente não querer fazê-lo.

— É muito gentil da sua parte oferecer, mas meu pai me ajuda bastante e, entre os meninos e mim, geralmente estamos muito bem com a maioria das coisas, porém agradeço a oferta.

Aquele pobre e atraente homem, pelos padrões da maioria das mulheres, não parou.

— Não precisa ser ajuda. Nossos meninos são amigos. — Eu não chamaria Josh e o filho dele de amigos, nem um pouco, mas fiquei de boca fechada. — Poderíamos fazer algo com eles, se estiver interessada. — Ele piscou. — Ou só nós dois.

Merda.

Mal abri a boca para falar algo parecido com estar lisonjeada de ele estar oferecendo, porém estava muito ocupada e sem interesse de sair com alguém quando uma sombra pairou sobre mim. Uma mão grande se esticou à frente do meu rosto para pegar a bolsa que estava entre o pai e mim. Antes mesmo de eu olhar, sabia que não tinha como ser Josh. Ele era alto, mas não tão alto, e a mão que eu vira brevemente era muito maior que a minha. Mas pensei que... Bem, não sei muito bem o que pensei, porém, com certeza, não esperava mesmo ver Dallas ao meu lado, olhando para mim, com Josh ao lado dele olhando desafiadoramente para o pai.

— Ei, gente — eu os cumprimentei rapidamente, franzindo o cenho para as expressões que ambos estavam fazendo. Eu entendia a de Josh, ele sempre olhava daquele jeito para aquele pai toda vez que ele se sentava ao meu lado, mas Dallas? Qual era o problema dele?

Aqueles olhos cor de mel calorosos ficaram travados no meu rosto. Ele não olhou sequer uma vez para o homem ao meu lado.

— Está pronta?

Para ir embora?

— Sim. — Olhei para Josh e ergui o queixo.

Ele estava ocupado demais olhando desafiadoramente para o pai para me notar.

Conforme me levantei, comecei a me esticar para pegar a bolsa das mãos de Dallas, porém ele a puxou mais para perto do corpo, me olhando o tempo todo.

— Vamos.

Nenhuma parte de mim estava entendendo. Nenhumazinha. Tudo que fiz foi assentir antes de me virar a fim de encarar o pai ainda sentado na arquibancada, observando e ouvindo. Eu sorri para ele.

— Até mais. Obrigada pela oferta.

O olhar do pai foi de mim para Dallas e de volta para mim, antes de ele assentir devagar.

— Sim, claro — ele disse, voltando a Dallas, que, de repente, pareceu estar parado a centímetros de mim. Dava para sentir o calor do seu corpo.

Nem congelei um pouco quando o que era obviamente sua mão pousou no meu ombro, gentilmente me virando na direção para onde todo mundo estava indo. Só olhei parcialmente para a mão dele quando baixei a minha para cumprimentar Josh, que pegou minha mão com facilidade.

— Foi bom o treino, astro do beisebol? — perguntei, totalmente consciente do peso em mim e do homem ao meu lado.

O menino de onze anos me cumprimentou de novo com um sorrisinho.

— Sim. Você se divertiu conversando com seu amigo?

Olhei feio para o meu menino de onze anos? Com certeza.

O problema era que eu tinha aprendido a olhar feio com o melhor: ele.

Mostrei a língua para ele, que devolveu o gesto.

— É por isso que tenho que seguir vocês dois para casa — soou a voz que parecia bem ao lado do meu ouvido.

Encarei Josh mais um segundo antes de dar uma piscadinha para ele, que retribuiu.

— Quer jantar com a gente, Sr. Dallas? — Josh indagou ao continuar me olhando.

Desde quando Josh convidava pessoas para jantar? Essa era a função de Louie.

— J, tenho certeza de que ele tem coisas melhores para fazer do que olhar para sua cara mais do que o necessário — eu disse, brincando, ainda fitando aquele rosto que eu conhecia bem demais. *Pareceu* que ele estava aprontando alguma coisa, mas o quê? — Além disso, tenho certeza de que ele quer passar um tempo com a avó.

— Não há nada melhor que eu possa fazer — foi a resposta bem no meu ombro um instante antes de a mão do lado oposto me apertar e baixar. — E, provavelmente, vovó está dormindo agora.

Com meu coração na boca e esse complô com Josh acontecendo, consegui manter a atenção à frente.

— Certo, só tenho que buscar Louie primeiro — avisei, mais para o meu ombro.

Não havia uma única dúvida na minha mente de que o que devia ser uma mão tocou minha lombar.

— Sou bom em esperar — ele respondeu.

Assenti e, conforme ergui o olhar para começar nosso caminho em direção ao estacionamento, percebi. Um monte de mães, esperando as crianças ou conversando, estava nos observando. Por que isso me surpreendia? E por que não me incomodava?

— É melhor começarmos a vir juntos.

Esse comentário fez minha cabeça virar para o lado e para cima. Dallas estava me olhando, sua expressão neutra. A mão na minha lombar fez um círculo através do tecido da minha jaqueta, e suas sobrancelhas grossas e escuras se ergueram um milímetro, como se ele estivesse tentando me desafiar.

Mas por que faria isso?

Não semicerrei os olhos, mas queria.

— Economizaria combustível... — Pigarreei. — Mas talvez não nos dias em que Louie não vem.

E esse homem, esse homem dos meus sonhos que eu nem sequer sabia que queria, costurou de volta uma boa parte do meu coração que não havia sido o mesmo desde o meu irmão.

— Não me importo de buscar Lou. — Houve uma pausa e ele piscou aqueles olhos lindos. Sua voz foi hesitante. — A menos que não queira que eu vá.

Não o quisesse? Que idiota.

Sorri para ele, tentando lhe dizer com meus olhos que eu queria que ele me amasse de volta. Que me beijasse de novo. Que me dissesse o quê ele queria de mim.

— O que te falei sobre suas perguntas idiotas, Sr. Liso?

Eu tinha acabado de colocar o último prato limpo no escorredor quando meu celular tocou de onde quer que o tivesse deixado.

— Tia Di! É *abuelita*! — Josh gritou da sala de estar um instante antes dos seus pés batendo no chão me alertarem de que ele estava se aproximando.

Claro que ele estava com meu celular estendido para mim na mão; ainda com o uniforme do treino. Antes de eu ir à cozinha lavar a louça, ele, Lou e Dallas tinham se sentado em frente à TV e estavam se revezando para jogar videogame. Era demais. Então, eu havia me levantado e resolvido lavar a louça enquanto organizava meus pensamentos.

— Obrigada, J — eu disse a ele, pegando o celular. — Ei, você e Lou precisam se preparar para dormir, certo? Já passou das dez.

O tempo inteiro que eu estivera falando, ele começou a rosnar um pouco, porém assentiu, mesmo relutante.

— Quer que eu fale para o Sr. Dallas ir embora?

Não, eu não queria que ele expulsasse o vizinho, porém não poderia dizer exatamente isso.

— Não se preocupe com isso. Você e Louie, arrumem-se para dormir. Dallas pode ir embora quando ele quiser.

Josh assentiu e se virou para sair da cozinha conforme eu levava o celular à orelha.

— ¿Bueno?

Estava silêncio antes de a voz da minha mãe aparecer na linha, lenta e rastejante.

— Quem está na sua casa? — ela perguntou em espanhol.

Eu detestava revirar os olhos apenas com segundos da nossa conversa, mas não pude evitar.

— Meu vizinho.

— *Tem um homem na sua casa?*

Ela estava chiando. Fantástico.

— Sim, *Mamá.*

— São dez da noite!

— Eu sei — eu disse a ela, soltando as letras com frustração. — Precisa de alguma coisa?

— Ele está sozinho com os meninos agora? — Ela ainda estava falando em espanhol, nervosa e rapidamente.

Porra.

— *Ma*, você precisa de alguma coisa?

— *¿Qué piensas? Qué estás haciendo?*

— Sei o que estou fazendo, mãe — falei o mais calmamente possível, embora a realidade fosse que eu nunca fazia ideia do que estava fazendo. Nunca. — Do que precisa?

— Diana — ela resmungou. — *Ele vai passar a noite aí?*

— Ah, meu Deus — murmurei, revirando os olhos. — *Mãe*, me conte por que está ligando. Ainda preciso colocar os meninos para dormir e eu tenho que dormir.

— *¿Qué Dios me bendiga. ¿Donde te fallé?*

Revirei os olhos e balancei a cabeça de indignação. Ela tinha acabado de perguntar onde tinha falhado comigo. Que Deus me ajudasse.

— É o homem das tatuagens?

Suspirei e belisquei a parte de cima do nariz, já decidindo que precisava encontrar meu Pop-Tarts e colocar dois deles na boca de uma vez.

— *Si*. Do que precisa?

O barulho mais dramático já feito na história de barulhos corporais soou na linha e revirei meus olhos ao máximo de novo.

— Mãe, eu gosto dele e a senhora vai ter que aceitar isso. Então me diga por que ligou, por favor.

Ela começou a murmurar palavras em espanhol que eu tinha praticamente certeza de que eram uma oração que eu não ouvia há décadas, desde a minha Primeira Comunhão. Havia algo em Deus ajudá-la e algo depois disso sobre pagar seus pecados. Colocando uma mão no balcão da cozinha, com a outra segurando o celular, joguei a cabeça para trás e solucei falsamente.

— *Mãe*.

Ela não estava me ouvindo. Como sempre.

Só solucei mais falsamente.

Então ouvi a risada baixa atrás de mim. Era Dallas com o quadril no balcão, aqueles braços musculosos cruzados à frente do peito. Ele parecia estar se divertindo demais.

Será que ele tinha me ouvido falar que gostava dele?

— Mãe, *mãe*, me ligue depois, ok? A senhora não está mais prestando atenção. Eu te amo, diga a Deus que falei oi. — Esperei um segundo e, quando ela ainda não havia se dirigido a mim, suspirei e apertei o botão vermelho na tela.

— Problemas com a mãe? — Dallas perguntou.

— Como sempre.

— Os meninos foram se arrumar para dormir só agora — ele disse, dando um passo à frente.

— Certo. — Por que me senti tímida de repente? — Está indo embora?

— Ainda não. — Ele deu outro passo. — Fiquei com saudade de você.

Ele estava com saudade de mim?

Engoli em seco.

— Moro do outro lado da rua.

— Eu sei, Di — ele respondeu com um sorrisinho na boca rosada. — Estive tentando te dar espaço para pensar nas coisas.

— Pensar no quê? — Engoli em seco de novo, observando-o se aproximar lentamente.

— No que aconteceu na minha caminhonete.

Felizmente, eu sabia que a coisa errada a perguntar era "O que aconteceu na caminhonete?". Em vez disso, eu estava com o olhar de veado-diante-dos-faróis e murmurei:

— Oh. Isso.

Ele ergueu a sobrancelha.

— Isso?

— É. Isso. — *Burra, burra, burra, Diana.*

Dallas deu mais dois passos à frente até parar diretamente diante de mim, tão perto que a parte de cima da sua barriga roçou nos meus seios. Uma das suas mãos grandes se ergueu até meu rosto e acariciou minha bochecha com as costas dos dedos, sua voz baixa e estável.

— Vou beijar você de novo.

Prendi a respiração conforme ele baixou a cabeça mais para perto da minha. Havia um milhão de coisas que eu deveria dizer a ele. Talvez até duas milhões de coisas. Mas, em vez de lhe dizer que eu não sabia no que ele estava pensando ou o que ele queria de mim ou lhe dizer que ele estava viajando, tudo que fiz foi assentir.

Nem perguntei a ele por que gostava de mim e desde quando. *Quando?*

O que fiz foi ficar lá parada enquanto suas mãos seguravam meus quadris e sua respiração atingiu minha pele.

Seus lábios roçaram na minha testa de uma têmpora a outra e de volta. Engoli em seco com dificuldade.

A pele macia da boca de Dallas foi da minha têmpora até minha orelha e até a metade do meu maxilar. Gentil. Apenas um toque. Prendi a respiração.

Quando ele subiu pelo caminho que havia descido, de volta por minha testa e para baixo na mesma rota por minha orelha do outro lado, fechei os olhos e continuei sem respirar.

As mãos nos meus quadris ficaram tensas, e ou Dallas deu um passo mais para perto ou me puxou para ele porque a parte de baixo dos nossos corpos estava, de repente, uma contra a outra. Então, *então*, seus lábios pairaram sobre os meus por um segundo inteiro antes de os cobrirem. De um instante ao seguinte, sua boca se inclinou sobre a minha e a gentileza não estava em mais nenhum lugar porque tinha sido substituída por algo que eu só poderia chamar de fome. O tipo de fome não-consigo-ter-o-suficiente-agora-e-parece-que-nunca-terei.

A língua de Dallas duelava contra a minha, e eu não iria deixá-lo vencer. Não conseguia me lembrar da última vez em que tinha respirado, mas não dava a mínima.

Fui eu que pressionei os quadris nos dele, duros, girando. Mas era Dallas com o negócio duro entre nós, quente e como um cano contra mim, logo acima do meu umbigo.

— Adoro o jeito que você beija — ele sussurrou quando afastou sua boca da minha apenas dois centímetros.

Eu disse. Contei a ele.

— Gosto de tudo em você. — Porque era a verdade.

Um barulho sufocante e um gemido borbulharam na boca de Dallas e pude sentir o calor do seu olhar no meu rosto, mas só consegui me convencer a olhar para sua boca. Seus lábios levemente abertos e inchados a poucos centímetros. E foi só porque estava olhando para a boca dele que eu sabia que estava sendo redirecionada para minhas bochechas, mandíbula, para dois pontos no meu pescoço, então não consegui ver tudo conforme seus quadris balançaram na minha barriga de novo, seu pau mais duro e bem quente através das minhas roupas. Dallas pressionou a boca macia na minha clavícula quando suas mãos deslizaram para cima por meus quadris até minha cintura, exatamente embaixo dos meus seios, para que a parte inferior descansasse na curva da sua mão, entre seu polegar e o dedo indicador.

— Eu sabia que seria assim — ele murmurou na minha clavícula, mordiscando-a com aqueles dentes brancos e lisos.

Eu estava ofegante. Não conseguia falar.

Um dos seus polegares desviou das minhas costelas e subiu, passando por cima do meu mamilo, que estava enrijecido, e eu não fiquei nada surpresa por isso. Dallas estava respirando com dificuldade quando seu polegar fez isso de novo. Sua boca beijou a parte da pele que minha camisa de botão não conseguia cobrir e ele sussurrou, diretamente para o meu maldito coração:

— Pensei em fazer isto com você umas centenas de vezes... milhares de vezes...

— Docinho! Vai me colocar para dormir? — veio um grito que me fez voltar para a realidade.

Mas não fez Dallas ir a lugar nenhum. Não fez suas mãos se moverem de onde tinham se enraizado. E aquele pau grosso na minha barriga também não foi a lugar algum.

Foi apenas a cabeça de Dallas que se ergueu até seu rosto pairar exatamente acima do meu, aquela boca rosada linda roçando na minha. Ele focou os olhos verdes-castanhos-dourados em mim e beijou meus lábios, só um selinho, uma, duas, três, quatro, cinco vezes. Então encostou sua boca em uma das minhas bochechas, então na outra, parando bem diante de mim conforme seu olhar ia de um dos meus olhos para outro e voltava.

— Docinho! — Louie gritou de novo.

Suas mãos se moveram para os meus braços e desceram para os meus pulsos, antes de segurar cada uma das minhas mãos. Ele as ergueu entre nós e contra sua barriga dura e reta.

— Vou deixar você colocar os meninos para dormir, mas vamos conversar amanhã. Não vou continuar protelando isto, Diana.

Respondi com a única palavra em que meu cérebro idiota e atordoado conseguiu pensar.

— Ok.

— *Docinho!*

— Cara de cocô! Me dê um segundo! — gritei, balançando a cabeça ao encarar o olhar de Dallas.

— Traga o Sr. Dallas! — o garotinho gritou de volta.

Esse homem lindo e perfeito, que tinha acabado de me beijar, sorriu suavemente com o pedido de Louie.

— Você se importa? — ele teve a audácia de perguntar.

— Sabe que não. — Acenei para ele na minha direção. — Venha.

Dallas assentiu e deu um passo à frente quando virei as costas para ele. Consegui dar, talvez, uns dois passos antes que dois braços envolvessem meus ombros por trás em um abraço que durou um apertão e senti o que só pude presumir que fosse um beijo atrás da minha cabeça. Fiquei ali parada e aceitei.

Uma parte enorme de mim desejava que ele fizesse isso de novo e de novo.

Só quando ele me soltou rápido demais foi que estiquei o braço para trás sem olhar para ele e segurei sua mão. Entrelacei nossos dedos e senti sua almofadinha da mão cobrir os ossos finos abaixo na parte de fora do meu pulso. Andamos os quatro metros e meio para o quarto de Louie de mãos dadas, sem falar uma palavra. Claro que sua cabeça loira era a única coisa aparecendo por cima da coberta do Homem de Ferro, e ele estava dando aquele sorriso que iluminava meu mundo inteiro.

— Gostei disso — Louie confirmou quando me sentei na cama do lado mais distante da porta e Dallas se sentou do lado oposto, quando soltamos as mãos.

Bufando, comecei a enfiar seu cobertor debaixo das suas pernas e deixei seu comentário para lá.

— Escovou os dentes?

— Sim.

— Que história você quer ouvir hoje? — perguntei, ainda encasulando-o.

O menininho fez "hummm", pensativo, conforme seus olhos foram para Dallas.

— O que você acha, Sr. Dallas?

— O que você geralmente ouve? Apenas histórias do seu pai?

— É — ele respondeu como se dissesse "dãã".

Dallas fez seu próprio barulho para pensar. Sua mão foi para cima de onde estava o pé de Louie e o apertou.

— O que acha de uma sobre sua mãe?

A parte covarde de mim disse "merda" — a parte de mim que sabia que aquela era uma conversa que eu continuava deixando de lado, embora eu devesse pensar que já era hora de alguém falar. Louie, por outro lado, não falou uma palavra, porém pude sentir seu olhar em mim. Pude sentir sua tensão.

Dallas sabia que a mãe de Louie não era viva. Eu já havia mencionado os testamentos de Mandy e Drigo, porém ainda não lhe contara o que aconteceu. Culpa era uma filha da puta dolorosa da qual ninguém gostava de se lembrar.

— Minha mãe morreu.

A declaração que saiu da boca de Louie me fez olhar para ele tão furtivamente quanto possível. Aquele rosto doce e inocente não estava exatamente neutro, no entanto, foram seus olhos que disseram tudo. Ele pareceu tão magoado quanto ficara dois anos antes, e isso me corroeu por dentro. *Eu deveria ter lidado melhor com isso.*

— Meu pai morreu quando eu era criança — Dallas contou a ele gentilmente. — Ainda sinto muita falta dele. Minha mãe também costumava me contar histórias sobre ele às vezes, mas não como sua Docinho faz. Você tem muita sorte, sabia disso?

— Seu pai também morreu?

Dallas assentiu.

— Eu tinha dez anos. Ele era o melhor homem de todo o mundo. Eu queria ser exatamente como ele. Ainda quero.

Mantive a boca fechada e observei a expressão de Louie quando ele disse:

— Meu pai era policial. Também quero ser como ele.

— Você pode ser o que quiser ser, Lou — nosso vizinho falou. A mão dele que estava no pé de Louie se mexeu e seus dedos seguraram um dos dedos do pé de Louie.

— É o que *Tia* Di fala.

— Ela sabe do que está falando.

Louie sorriu. Seus olhos se voltaram para os meus e seu sorriso se abriu ainda mais.

— É. — Tão rapidamente quanto tinham chegado, as curvas da boca dele desapareceram e ele olhou mais uma vez para Dallas. — Só gosto de histórias sobre o meu pai.

— Pode ser que também goste de histórias sobre sua mãe, amigão. Tenho certeza de que ela devia ser bem especial para ter um filho tão legal como você.

Esse cara estava acabando comigo.

— Ela era muito especial, Goo — eu o informei, minha voz só um pouco instável. Tive que me aproveitar daquela oportunidade que Dallas estava me dando. — De onde acha que veio essa sua fofura e doçura? Todos amavam sua mãe.

Ele piscou e seus dedos apareceram por cima do cobertor, flexionando-se na beirada dele. Juro que seus olhos se estreitaram um pouco.

— Amavam? — O tom da sua voz confirmou que ele não acreditava nisso. Será que meus pais tinham falado alguma coisa na frente dele para fazê-lo pensar o contrário? Duvidava que os Larsen tivessem feito isso, mas como eu saberia?

Um nó se instalou no meu peito, e tive que me obrigar a ignorá-lo.

— Oh, sim. Pergunte a Josh. — Eu queria perguntar a ele se não se lembrava dela, mas isso parecia quase cruel. — Ela sempre estava feliz e nunca tinha uma coisa maldosa para dizer sobre ninguém. — Eu sorri para ele.

Aqueles olhos azuis pularam de mim para Dallas e, então, para seu cobertor. Olhei para Dallas e me estiquei a fim de colocar minha mão na que ele estava segurando o pé de Louie. Seus dedos se abriram e seguraram os meus.

— Ela... — Louie hesitou. — O que ela falou quando eu nasci?

Eu não ia chorar na frente dele. Eu não ia chorar na frente dele.

A última vez que conversamos sobre Mandy tinha sido logo após ela falecer, semanas, talvez uns dois meses, no máximo. Louie tinha chorado. Ele era quase uma criancinha na época, no entanto, sua mágoa pelo jeito que sua mãe o rejeitara nas semanas após Rodrigo ter falecido tinha sido inevitável. Demorou bastante tempo para ele entender que meu irmão não voltaria. Morte não era algo que uma criança de três anos conseguia realmente processar. Por muito tempo, ele pensara que ele estava no trabalho, e foi apenas em um dia aleatório que ele aceitou que nunca significava nunca. Seu papai — meu irmão — nunca voltaria. Nem naquele dia nem no seguinte, nem a um ano dali.

O que ele não havia conseguido aceitar nem compreender era por que sua mãe não estivera lá depois disso.

Eu conseguia me lembrar das lágrimas e das perguntas. "Cadê a mamãe?" e "Por que a mamãe não brinca?". Não havia como eu poder me esquecer de como Lou ficara confuso, mais do que Josh, naquela época. Eu não duvidava de que Josh tinha amado Mandy, porém ela não fora tudo que ele conhecera. Josh sempre tivera consciência da situação com Anita. A única coisa que tinha dado certo naquele período foi que Louie sempre havia sido próximo a mim e não havia rejeitado meu amor e atenção. Não tinha entendido o que estava acontecendo com sua mãe, mas ele se agarrara ao que eu estava mais do que disposta a lhe dar.

Acho que ele estivera ocupado demais ficando de luto pelo meu irmão para realmente se permitir outra coisa além de raiva da mãe após ela ter morrido e, depois de um tempo, ele simplesmente parara de falar sobre ela. Como se não quisesse se lembrar de que ela existiu. Independente do quanto eu falasse dela, ele recusava.

Até hoje.

— Ela chorou muito — contei a ele baixinho, me obrigando a sorrir. — Lágrimas de felicidade. Como quando o Papai Noel trouxe para Josh o taco de beisebol e ele chorou, lembra? Ela ficava dizendo que você era a coisa mais linda que ela já tinha visto, e como não conseguia acreditar que podia amar tanto alguma coisa como amava você. Ela não me deixou te abraçar por dois dias após você nascer. Dá para acreditar? Não queria te dividir com ninguém, apenas com seu pai.

Louie me observou o tempo inteiro. Um sorriso nunca se abriu no seu rosto. Somente os dedos que ele tinha para fora das cobertas que batucaram no tecido conforme ele ouvia.

Os dedos de Dallas ficaram tensos em volta dos meus.

— Parece que ela te amava muito — ele falou para o meu Lou.

Tudo que o menininho disse foi "Humm". Só isso.

Eu iria aceitar isso. Por enquanto. Sem querer forçá-lo a falar mais sobre ela agora, disse a ele:

— Seu irmão tem um monte de histórias sobre ela. Deveria pedir a ele para te contar algumas um dia. Ele a amava muito. Eu também a amava.

Os olhos de Louie estavam mais brilhantes do que o normal quando ele olhou para mim e assentiu rapidamente. Rápido demais. Sua boca se curvou com tristeza e ele engoliu em seco.

— Como você me ama? — o melequento sorrateiro perguntou na sua voz normal.

Tinha que aceitar que havíamos chegado a algum lugar naquela noite por, pelo menos, falar dela. Dei uma piscadinha para ele.

— Não seja doido. Não tanto assim.

Isso o fez sorrir.

— Por que não me conta uma história sobre o seu pai esta noite, Lou, humm? — Dallas sugeriu.

CAPÍTULO
VINTE E QUATRO

— Estarei lá fora te esperando, Josh! — gritei na manhã seguinte quando vi que tínhamos exatamente cinco minutos para chegar a tempo na escola.

— Ok! — ele gritou da cozinha onde estava finalizando seu cereal.

Louie estava em pé bem ao meu lado com sua mochila e uma fatia de pão torrado com mel na mão. Já conseguia imaginar as crostas caídas no seu assento ou jogadas no chão do carro.

— Estou pronto — ele anunciou, os olhos azuis totalmente inocentes, como se não fosse capaz de fazer nada remotamente ruim na vida.

Abri um sorriso cansado e inclinei a cabeça na direção da porta. Estava exausta. Após colocar os meninos para dormir, tinha ficado acordada, repassando cada conversa que tivera com Dallas desde que havíamos nos conhecido. E eram muitas.

Quantas vezes ele me disse que iria ficar fiel à esposa até se divorciarem? Toda vez que ela era mencionada?

Quantas vezes ele mencionou algo sobre sua futura namorada imaginária tendo que esperá-lo?

Ele me conhecia. Sei que me conhecia. E, mais importante, ele não era um babaca que poderia falar um monte de coisas e não falar sério sobre uma delas.

Então, pensei nas palavras da Vanessa e como ela havia dito para eu não ser franga covarde. Como ela havia me lembrado de quem eu era *agora*. Tinha demorado vários anos, porém eu sabia quem eu era e o que estava disposta a fazer para as pessoas que amava e as coisas que eu queria.

E isso era tudo. Faria tudo e qualquer coisa.

Então onde isso me deixava?

Ocupada pensando em todas as coisas relacionadas a Dallas, me virei com a bolsa para descer o caminho quando vi uma moto do outro lado da rua, na garagem de Dallas.

Era de Jackson.

Fazia semanas desde nosso confronto no churrasco. Semanas que eu não via sua moto na rua. Bem no dia anterior, enquanto eu fazia o jantar após o treino, perguntei a Dallas se ele tinha visto ou ouvido notícias do irmão, e ele respondera que não. Mas foi sua expressão quando ele respondeu que me fez realmente me aprofundar nas minhas entranhas.

Era somente com a família que se conseguia ficar tão bravo e, ainda, se preocupar e amá-los. Eu entendia. O irmão dele era um merda, porém ainda era seu irmão.

Suspirei e olhei para Louie, que já estava indo na direção da porta de trás do carro.

— Goo, já volto. Acho que vi o irmão de Dallas, e quero perguntar uma coisa a ele. Volto em um segundo.

— Ok.

Eu queria atravessar a rua e conversar com aquele otário de novo? Não queria, não. Mas essa coisa de adulto era bem mais difícil e mais complicada do que qualquer um já tinha me alertado, e eu nunca soubera como cuidar da minha própria vida. Essa coisa toda de amar-a-pessoa-errada também não era fácil.

Dei uma corridinha para o outro lado da rua, pronta para dar minha opinião e, felizmente, não levar um tapa na cara, porque tinha visto o desejo nos olhos de Jackson no churrasco.

Claro que parado ao lado da moto enorme estava o loiro com a barba espessa que, obviamente, não iria ao campeonato naquele fim de semana se as malas que ele tinha na parte de trás da moto diziam alguma coisa. Quando cheguei, ele olhou para cima e piscou de um jeito que eu tinha visto seu irmão fazer inúmeras vezes.

Parei, deixando quase três metros entre nós, e ergui as mãos em um gesto pacífico, observando aquele rosto que realmente parecia mais velho do que o de Dallas.

— Olhe, só vim te dizer que não deveria punir Dallas pelo que falei e fiz para você, tá bom?

Ele deu um sorrisinho e balançou a cabeça, dando a volta para apertar uma corda do outro lado.

— Não veio aqui para se desculpar? — Ele bufou, tão cheio de sarcasmo que eu queria bater na cara dele ou jogar algo mais do que o Punch Havaiano nele.

— Por que faria isso? Você mereceu. — Eu o observei para me certificar de que ele não começasse a ficar bravo, mas ele nem olhou na minha direção de novo. — Só não quero que minha boca grande piore mais ainda as coisas do que já estão entre vocês dois. Só isso. — Parei e o observei por um segundo, antes de uma mínima quantidade de pavor preencher meu estômago. — Olhe, vou ficar quieta depois disto e nunca mais falar nada com você, mas, se desaparecer assim... ele já se sente culpado o bastante pelo que aconteceu quando vocês eram crianças...

— Não vou *desaparecer* — ele resmungou. — Não consigo ficar enquanto a vovó Pearl está aqui. Ela já me falou bastante merda nos cinco minutos que eu estava... — O Jackass Jackson expirou de forma frustrada. — Esqueça. Estou fazendo minhas malas como ele me pediu há semanas.

Há semanas? Tipo no churrasco?

Ele tinha expulsado o irmão?

Eu nem achava que Louie ou Josh tinham sido tão pé no saco em qualquer ponto da vida deles. Isso era comportamento de criança mimada, e minhas entranhas diziam que não fazia sentido. Eu havia sentido a teimosia nele quando nos conhecemos, e ainda conseguia sentir a teimosia naquele momento.

Revirando os olhos, dei um passo para trás e suspirei. Quase desejei boa sorte a ele, mas essa era a pessoa que havia me chamado de vadia e feito comentários grosseiros sobre o meu irmão após o que eu fizera por ele. Babaca ingrato.

Felizmente, eu não estivera esperando uma desculpa porque, com certeza, não ganhei uma conforme corri de volta para o outro lado da rua exatamente quando Josh saiu apressado de casa, descendo a escada da varanda correndo antes de eu apontar de volta para a porta para que ele a trancasse. Quando saímos da garagem, estávamos mais de cinco minutos atrasados.

E Jackson ainda não tinha saído.

Me perguntei o que aconteceria com ele e Dallas, e parte de mim esperava que, de alguma forma, conseguissem fazer as pazes. Mas quem saberia? Às vezes, pessoas autodestruidoras nunca sabiam como apertar o botão de desligar. Minha *abuela* sempre dizia que não se pode ajudar pessoas que não querem ser ajudadas.

Atendi minhas duas primeiras clientes até perceber que o horário de Dallas era naquela noite.

Não era nada de mais.

Não era nada de mais que, quanto mais eu pensava sobre nossa situação — com ele me beijando e escrevendo os post-its que não havia me dado e me dizendo "como desejar" —, mais eu *o* queria. Queria algo com Dallas se ele quisesse, e tinha quase certeza de que era esse o caso.

Então eu sabia o que iria fazer, e não iria recuar.

Quando minha cliente logo antes dele atrasou vinte minutos — e ela era uma cliente frequente que aparecia religiosamente para refazer suas raízes —, eu poderia estar correndo para terminar. Só um pouco.

Eu tinha flagrado os olhos dele conforme passava a chapinha no cabelo da cliente e observei seu sorriso lento enquanto ele andava de um lado a outro na sala de espera com sua atenção no celular.

— O que o cara de *A outra história americana* está fazendo aqui? — minha cliente tirou sarro. Nós brincávamos uma com a outra, isso não era novidade, mas, nesse caso, congelei.

— O que disse? — perguntei, brincando, pensando que tivesse ouvido errado.

— O skinhead. Desde quando vocês raspam cabelo? — Ela meio que deu risada no fim.

Pigarreei e pressionei seu cabelo entre a cerâmica.

— Fazemos o cabelo de todo mundo — respondi lentamente, pegando outra mecha enquanto senti meu pescoço esquentar.

Ela fez um barulho desdenhoso com a garganta, mas, conforme os minutos foram passando, fiquei cada vez mais brava. Quem era ela para julgar Dallas? E presumir que ele era um skinhead? *A outra história americana*? Sério?

Encarei sua cabeça quando ela andou à minha frente na direção da recepção, e eu estava cerrando os dentes ao passar o cartão dela. Minha cabeça começou a doer nos cinco minutos que demoraram para fazer tudo isso e, quando ela perguntou, com uma voz alegre:

— Quando pode marcar para mim para daqui a quatro semanas?

Simplesmente me descontrolei.

Dallas havia saído do celular e estava sentado em uma das cadeiras, me olhando. Respirei de forma trêmula enquanto observei aqueles olhos cor de mel que tinham feito tanto por mim. Então olhei de volta para minha cliente.

— Trish, acho que não consigo marcar para você daqui a um mês. Sean tem ficado muito bom em fazer coloração. Ele pode fazer o que você precisa. Vou te colocar com ele se quiser continuar vindo aqui, mas você que sabe.

Sua expressão se derreteu em uma fração de segundo.

— Não entendi. Como assim não consegue marcar para mim?

— Não consigo te encaixar. Obrigada por ser minha cliente por tanto tempo, mas não me sinto mais confortável com isso.

Seu rosto ficou pálido.

— Fiz alguma coisa de errado?

— O "skinhead" — usei os dedos para fazer aspas — é muito meu amigo. — Baixei as mãos. — Na verdade, acho que ele vai se casar comigo um dia.

Falei. Me responsabilizei.

E ela, minha cliente, ficou rosa da raiz do cabelo até o peito.

— Pode ligar para marcar um horário se quiser voltar, não me importo. Mas vou pedir para Sean te atender.

Ela pigarreou, assentiu e baixou a cabeça. Então se virou e, com a atenção ainda no chão, saiu apressada do salão. Pude sentir meu rosto ficar quente e desconfortável, mas sabia que era isso ou viver com aquela camada de culpa que saturaria meus pensamentos e ossos por dias se eu não fizesse alguma coisa. Só depois de você ter um arrependimento enorme era que entendia a importância de não deixar as coisas para depois ou de ter medo de fazer alguma coisa quanto aos seus problemas. Eu poderia sobreviver com minha cliente pensando que eu era uma imbecil por dizer alguma coisa. Poderia sobreviver sem nunca mais colorir ou cortar o cabelo dela.

Não poderia sobreviver sem defender alguém que era muito mais do que sua aparência, sua cor de pele e a porra do seu corte de cabelo. Alguém que valia muito mais do que duzentos dólares por mês.

— Está pronto? — perguntei ao dar a volta na mesa da recepção, minha cabeça ainda latejando com minha não-muito discussão.

Ele já estava com aqueles olhos incríveis semicerrados em mim conforme se levantou, me fazendo pensar em como ele havia pressionado seu pênis na minha barriga na noite anterior. Merda.

— Sim. — Ele me analisou de novo e ergueu o queixo. — O que aconteceu de errado?

— Pessoas idiotas. Elas aconteceram de errado comigo — respondi com sinceridade, frustrada demais com o que tinha acabado de acontecer para pensar em outras coisas. Coisas como beijar.

Seu sorriso foi cauteloso.

— Pessoas idiotas fazem isso com qualquer um — ele comentou.

Assenti e respirei fundo, me permitindo relaxar e esquecer Trish.

— Vamos. Não parece que você precisa de um corte de cabelo, mas posso enrolar para você pensar que está fazendo seu dinheiro valer a pena.

Seu sorriso se abriu devagar e com facilidade, como se ele não tivesse uma única preocupação no mundo, como se essa coisa entre nós não o fizesse perder o sono. Deus, ele era lindo.

— Faça o que fez no meu pescoço da última vez, e vou te pagar em dobro.

Dei uma risadinha e gesticulei para minha cadeira.

— Pare.

Dallas andou na minha frente dizendo:

— Ou bem no lugar onde meu cabelo e a orelha se encontram. O triplo.

Isso me fez rir como se tudo estivesse bem e não tivesse tido nenhum beijo entre nós.

— Sente-se na cadeira. Não prometo esse tipo de finais felizes.

Ele deu risada e se acomodou na cadeira, seus antebraços descansando nos braços dela. Balancei uma capa e a coloquei por cima do seu peito quando ele perguntou:

— A que tipo de lugares você está indo que dá finais felizes às pessoas, hein?

— Aos mesmos lugares que você vai, já que sabe do que estou falando. — Não pude deixar de rir.

Meus dedos estavam na sua nuca, grudando o velcro da capa

quando ele inclinou a cabeça para trás apenas o suficiente para eu ver, principalmente, seus olhos.

— Não vou a esses tipos de lugares.

Jesus amado. Eu tossi.

— É?

Ele ainda estava me observando quando sussurrou apenas alto o suficiente para eu ouvir:

— Minha mão é tão boa quanto qualquer outra.

Que Deus me ajudasse. Que Deus me ajudasse. Que Deus me ajudasse. *Que Deus me ajudasse*.

Ele tinha acabado de falar o que eu achava que ele tinha falado. Sua mão. Nele. Assim que a imagem mental de Dallas nu na sua cama com a mão em si mesmo — comprido e grosso, porque eu tinha sentido aquela coisa contra mim e não havia como se enganar — preencheu minha mente, imaginando-o se acariciando repetidamente, para cima e para baixo, uma virada aqui e ali, apertando e puxando... não havia como voltar atrás. Não havia absolutamente como voltar atrás. Nem agora, nem nunca.

Não havia como meus pensamentos não estarem estampados em todo o meu rosto. Dava para *sentir* que ele estava quente. Dava para *sentir* eu mesma ficar toda curvada em tantas voltas e espirais que não havia como me endireitar.

Dallas se masturbando ficaria na minha cabeça naquela noite e em todas as outras por um bom tempo.

Ou sempre, uma vozinha alertou na minha cabeça.

Uma mão grande se esticou para envolver os dedos no meu pulso, e ele o puxou com gentileza.

— Como posso sentir tanta saudade de você quando te vi ontem mesmo?

Prendi a respiração e ergui os olhos para seu rosto e o vi me observando com cautela, aquele sorriso gentil e discreto dele focado bem em mim com tanta sinceridade e abertura que me esqueci de como pensava.

Mas, no segundo em que consegui, me lembrei das palavras de Vanessa. E me lembrei do que tinha ficado a noite inteira acordada pensando. E me lembrei do que havia decidido.

A vida poderia ser brutalmente curta, e a felicidade nunca era garantida.

Havia tantas coisas que eu queria poder ter falado para o meu irmão antes de ele morrer — como o quanto ele significava para mim, o quanto eu o amava e como eu tentaria ser alguém de quem ele se orgulhasse. Eu havia cometido um monte de erros na vida; simplesmente não queria continuar fazendo escolhas que levariam a arrependimentos.

E foi com esse conhecimento — pensando na vida curta e brilhante de Rodrigo e no quanto ele amava a mim e aos seus filhos — que fui em frente e perguntei:

— Você gosta de mim?

Soou tão parecido com o Ensino Médio como deveria, porém eu não dava a mínima. De que outra forma eu poderia ter perguntado?

Dallas piscou e seus dentes morderam o lábio inferior. Suas sobrancelhas se ergueram um milímetro, e ele soltou a respiração devagar pela boca.

— Não chamaria de gostar.

Os dedos que ele tinha em volta do meu pulso afrouxaram e desceram pela minha mão. Abrindo os dedos longos e fortes, ele os conectou com os meus.

Dallas estava segurando minha mão.

Ele estava segurando minha mão ao falar:

— Você me disse que estava um pouco apaixonada por mim, lembra?

Como eu poderia esquecer?

— Mas eu não usaria "um pouco" para descrever o que sinto por você, Diana. Acho que já sabe disso.

Foi minha vez de piscar. Apertei nossas palmas das mãos.

— Então não é minha imaginação? — praticamente sussurrei.

— Não, linda, não é. — Dallas apertou meus dedos entre os dele.

Falei a palavra com "P" quatro vezes na minha cabeça enquanto fiquei ali parada, sem confiar nas minhas palavras. Ou nas dele.

E ele deve ter percebido porque não me esperou abrir a boca.

— Sou seu pobre coitado e você sabe disso. — continuou puxando meu braço até eu ficar diante dele, a frente de uma das minhas coxas encostando na sua patela.

Lá ia mais uma dúzia de palavras com "M" e "C" conforme cada nervo da minha espinha se iluminava como uma máquina de pinball.

Sem pensar no que seria a melhor coisa a dizer, fiz meu olhar encontrar o dele, como eu fazia quase toda vez que conversávamos, e indaguei:

— Tem certeza?

Dallas era o homem mais constante que eu já tinha conhecido na vida. Sua paciência, firmeza e determinação cobriam cada centímetro de todo o seu ser enquanto ele sorria para mim.

— Positivo. — Seus olhos foram de um dos meus para outro, estáveis e pacientes. — De todas as casas que você poderia ter comprado, comprou a que fica exatamente do outro lado da rua da minha. De todos os esportes que Josh poderia ter jogado, foi beisebol, e eu acabei sendo o técnico do grupo da idade dele. Era para você estar na minha vida.

Aquelas íris cor de mel eram tão afetuosas que meu coração doía. Seu sussurro não ajudou em nada.

— Sei que me ama.

Uma coisa era admitir para mim mesma, mas uma coisa totalmente diferente era falar as palavras em voz alta. Mas falei mesmo assim.

— Amo, sim. — Respirei. — Mas...

— Sem mas.

Não pude deixar de sorrir um pouco, embora parecesse que todo o meu futuro — minha vida — dependesse do que aconteceria agora. Mas eu não conseguia parar de olhar para o rosto sério e rústico de Dallas.

— Com mas. Você pode me amar, mas não precisa significar nada, Dallas. O que quer de mim?

— Tudo.

Prendi a respiração e pisquei. De todas as formas que ele poderia ter respondido, não era o que eu estava esperando. Pensei que fosse ser mais um "vamos namorar" ou "seja minha namorada" ou... algo parecido.

Daquele jeito que era todo dele, como se ele soubesse o que eu estava pensando e sentindo, os cantos da sua boca se ergueram. No entanto, ele não falou nada.

— Tudo. Certo. Tá bom.

Os cantos da sua boca se curvaram levemente, e eu jurava pela minha vida que ele parecia só um pouco nervoso. Só um pouco.

— Quero você. Quero seu sorriso. Seus abraços. Seu amor. Quero sua felicidade. — Ele pausou. — Cada coisinha.

Era assim que parecia levar um tiro no coração?

Olhei bem nos olhos dele e perguntei:

— Tem certeza de que sabe onde está se metendo?

Sua boca permaneceu no mesmo sorrisinho, e ele assentiu.

— Cem por cento.

— Você sabe que sou louca.

— Você é minha melhor amiga. Sei que é louca.

Eu não fazia ideia de por que esse parecia o melhor elogio que já tinha recebido. Mas olhei sério para ele.

— Sou ciumenta, Dallas. Entende isso? Não estou dizendo que não pode conversar com mulheres nem outras mães do time nem nada, mas se me traísse... por que está sorrindo?

— Se eu te traísse, você e Josh me matariam e enterrariam o corpo em algum lugar que ninguém nunca encontraria — ele continuou por mim, sorrindo tão amplamente que seu rosto devia estar doendo.

Pisquei para ele e dei de ombros.

— Basicamente.

— Nunca trairia você. Moramos do outro lado da rua um do outro, então você nunca precisaria ficar com ciúme pensando onde ou com quem estou. Treinando Josh, passaríamos nossos fins de semana juntos. Viu? Parece perfeito para mim.

Eu estava morrendo lentamente. Por que parecia que eu estava insistindo em linhas que não existiam?

Sua boca se curvou ainda mais para cima, tanto que ele estava praticamente sorrindo.

— Tenho os meninos, Dallas...

— E?

Eu detestava quando ele usava minhas palavras e táticas contra mim. Falou a palavra como se não fosse nada. Como se minha preocupação com Josh e Lou nem fosse uma consideração a se pensar no nosso relacionamento ou o que quer que ele quisesse ter comigo, e isso me deixava mais inquieta do que qualquer coisa que ele já dissera.

Conforme dei um passo para trás, ele soltou meu pulso e virei as costas para ele, pegando os pentes em uma das gavetas. Estava acontecendo. Estava mesmo acontecendo.

— Você me falou que confiava em mim — ele me lembrou.

Eu tinha certeza de que meu rosto estava rosado quando me virei para ele, com o pente na mão. Só quando estava bem diante dele de novo foi que ele falou mais, e seus dedos se esticaram para tocar um ponto bem acima do meu joelho.

— Pode me contar qualquer coisa.

Era isso que me assustava. Era a verdade. Sempre sentira que poderia contar qualquer coisa para ele. Agora, mais do que nunca, isso parecia aterrorizante.

Como se pudesse me elevar ou me quebrar.

Então contei a ele, olhando-o no olho antes de dar um passo que me levou para tão perto que a respiração dele alcançou meu antebraço conforme me inclinei por cima dele. Comecei com a máquina, passando pela sua cabeça.

— Você acabou de se divorciar. Sei que já falou que não me trairia e que sabe exatamente o que está fazendo, mas... Eu não... Isto é sério para mim. Eu não gosto ou amo simplesmente qualquer um, Dallas. Sei que não pode jurar que não vai partir meu coração um dia, mas...

— Isto também é sério para mim. Tomei muitas decisões na minha vida das quais me arrependi, porém você nunca será uma delas. Quando vi sua caixa de ferramentas pink com filhotes nela, nunca fiquei tão bravo comigo mesmo por fazer escolhas burras na vida. Não vou partir seu coração, Diana. Nunca tive medo de trabalhar pelas coisas ou esperá-las. *Conheço você*, e sei que é você. Só tive que esperar me divorciar para poder fazer isto corretamente. A vida é tão curta, Peach, e estou velho demais para não saber e lutar pelo que quero. E você sabe o que desejo. O que tenho desejado. Por muito, muito tempo. — Ele pausou. — Você.

Merda, merda, *merda*. Só havia mais uma coisa que eu precisava dizer a ele antes que me esquecesse. E era a mais importante.

— Certo. Quero me casar um dia. Não estou falando amanhã ou nos próximos seis meses, tá bom? E não tenho certeza se quero ter filhos logo. Pode lidar com isso?

Algo cutucou minha coxa. Pude ver as costas da sua mão, senti-lo passando os nós dos dedos para cima e para baixo. Sua mão se ergueu mais dois centímetros. Ele flexionou mais a mão para sua palma estar segurando a parte de trás da minha coxa. Aqueles olhos pelos quais eu estava mais do que um pouco apaixonada queimaram minha retina.

— Eu ficaria feliz com apenas dois meninos.

Eu estava chorando? Era por isso que meus olhos estavam cheios de lágrimas? Pisquei e as lágrimas não foram a lugar nenhum.

E a expressão doce de Dallas não ajudou em nada.

— Você é a pessoa mais forte que já conheci, Diana. Mas também é a mais vulnerável, e isso me deixa maluco — ele disse. Apertou minha coxa, sua voz baixa e quase febril. — Sei que sabe se cuidar, mas quero estar lá para te ajudar. Preciso de você mais do que você precisa de mim, e tudo bem — ele me contou.

Esse homem seria meu fim. Pela sétima ou oitava vez na minha vida, eu não fazia ideia do que dizer ou sequer por onde começar.

Aquela mão grande apertou.

— Exatamente como falo para os meninos, não jogamos para ganhar um *run*, jogamos para vencer um jogo inteiro. E estou nessa para vencer.

Apertei a mão em volta da máquina.

— Mas há tantos outros times para jogar contra.

Os cantos da sua boca se curvaram, e um dos dedos na minha coxa acariciou em uma pequena linha.

— O único time com o qual vou me preocupar para sempre é o melhor. Nunca tive tanta certeza de algo na minha vida.

Só quando chegou a hora de fechar, após Sean e eu termos limpado tudo, enquanto ele estava ocupado fechando o caixa no fim da noite porque dizia que era mais rápido do que eu, foi que vi meu vidro de gorjeta. Mas não foram as notas no pote azul que chamaram minha atenção. Foi o que parecia alguns pedaços de papel dobrados dentro dele que me fez pegá-lo.

Se alguém tivesse me deixado um recado de "te devo uma" ou um cartão de visita, eu iria gritar.

Virando o pote de cabeça para baixo, caiu tudo. Havia dúzias de papéis lá dentro, cada um com uns sete centímetros de comprimento e dois de largura, abri um realmente me perguntando o que alguém tinha escrito ali.

Mas eu soube, no instante em que desdobrei o primeiro, quem tinha feito isso.

> **Tudo em você me faz sorrir. — Tio Chico[4]**

Dei risada alto e peguei outro no instante em que li a última letra do primeiro. *Tio Chico*. Maldito Dallas. *Maldito Dallas*. Ele não tinha ideia do que fazia comigo. Só consegui ler mais três até começar a chorar.

> **Sério. Amo você.**
> **Com amor,**
> **Professor Xavier Antes de Perder o Cabelo**

> **De todas as formas que importam, você pode ser minha número 1 — (infinito). Combinado?**
> **Sempre com amor, seu pobre coitado**

> **Amo você.**
> **— Seu revirginado convertido em católico, Dallas**

---

4 Referência ao Tio Chico, da Família Addams. (N.E.)

CAPÍTULO VINTE E CINCO

Eu estava sentada na beirada do sofá, colocando meus saltos quando foquei em Louie, que estava sentado ao meu lado, vestido com uma roupa que eu achara em promoção no Dia do Trabalho. Mas não foram a calça azul-marinho ou o colete que ele vestia que chamaram minha atenção, ou o fato de ele estar combinando uma vez na vida quando não estava de uniforme da escola. Foi a mancha vermelha no colarinho da camisa branca que me fez erguer a mão e beliscar a parte de cima do meu nariz.

— Louie.

— Ãh? — ele perguntou, seu corpo curvado sobre um tablet no seu colo enquanto jogava o que quer que estivesse jogando.

— Você comeu alguma coisa depois de se trocar? — Eu tinha falado, especificamente, para ele não comer nada porque o conhecia.

— Não — ele respondeu rapidamente, sua atenção ainda no jogo.

Deslizando meu calcanhar no sapato nude, balancei os dedos do pé para garantir que ele estivesse lá dentro o mais fundo que dava, dizendo a mim mesma para não surtar com a camisa dele. Tinha sido inevitável, não tinha? Eu não sabia que isso iria acontecer e tentara prevenir? Respirando fundo, olhei de novo para sua camisa e me levantei, puxando a parte da saia do meu vestido.

— Gooey, você pegou alguma coisa da geladeira?

— Suco de maçã.

Belisquei o topo do meu nariz.

— Pegou o frasco de ketchup por acaso?

Ele parou de jogar para olhar para cima e fazer uma expressão curiosa.

— Como você sabe?

— Porque tem uma mancha vermelha grande na sua camisa, Goo.

As mãos de Louie foram imediatamente para seu peito e começaram a apalpar conforme ele tentava encontrar a mancha.

— Não comi nada!

— Acredito em você — gemi, tentando pensar se ele tinha outra camisa que não estivesse apertada.

Ele não tinha, e não havia tempo para lavar aquela. O casamento de Ginny era em meia hora.

— Desculpe.

Era apenas uma camisa e ele era somente uma criança. Não era o fim do mundo.

— Tudo bem.

— Juro! Não comi nada!

— Acredito em você. Provavelmente, só segurou o ketchup muito perto de você, seu desastrado. — Encarei-o por mais um instante antes de dizer a ele: — Venha aqui. Talvez eu consiga limpar o excesso com um guardanapo.

Ele inclinou seu queixo para tentar enxergar o colarinho. Sem avisar, cutucou o botão mais próximo do pescoço, puxou o tecido para longe dele e colocou a língua para fora, lambendo a mancha de ketchup. Repetidamente.

— Louie! Ah, meu Deus, me dê uma toalha. Não lamba, Jesus. — Dei risada, sabendo que não deveria, mas sem conseguir evitar.

Um olho azul me fitou enquanto ele lambia de novo.

— Por quê? Estou economizando água. Estou salvando a Terra.

Salvando a Terra. Se eu não tivesse acabado de passar vinte minutos me maquiando, teria dado um tapa na minha testa.

— Pare. *Pare*. Deixe quieto. Está tudo bem. Pode salvar a Terra de outro jeito.

— Tem certeza? Posso lamber mais.

Isso realmente me fez rir.

— Sim, *pare*. Guarde sua língua de volta na boca, nojento. — Dei ainda mais risada quando a ponta dela ficou para fora entre seus lábios.

Louie gargalhou conforme aproximava o rosto da mancha, como se me desafiasse.

— *Pare*. Só finja que não tem nada aí agora — pedi, logo antes de ele dar mais uma lambida na mancha. — Ah, meu Deus, olhe para isso! Não está mais manchado!

— O que está fazendo, bobinho? — veio a voz de Josh por trás de onde eu estava parada. — Por que está lambendo sua camisa?

— Ketchup — foi a resposta do menino.

Olhei para Josh quando ele murmurou:

— Que esquisitão.

Vestido com a calça preta que minha mãe fez para ele usar quando iam à igreja, uma camisa azul de manga comprida e um colete preto, meu pequeno Josh parecia tanto com minha lembrança mais antiga de Drigo que quase tirou meu fôlego. Tive que morder o lábio para não falar nada.

— Está bonito, astro do beisebol.

Ele revirou os olhos.

— Estou parecendo um idiota.

— Se, por idiota, você quer dizer muito lindo, tem razão.

Ele revirou tanto os olhos que fiquei surpresa por eles terem conseguido voltar para a frente.

— Pronto para ir?

— Sim. — Ele pausou. — Tenho que ir? — ele perguntou pela quarta vez desde que dissera a ele que todos nós iríamos ao casamento de Ginny.

Falei para ele as mesmas coisas que havia falado quando ele argumentara que poderia ficar com os avós ou que poderia ficar com meus pais.

— Não. — Mas falei algo que não tinha falado. — Dean estará lá.

Isso limpou o franzido do seu rosto o suficiente.

— Estará?

— Sim. Trip me mandou mensagem e perguntou se você iria.

Sua resposta foi um grunhido que escolhi ignorar.

— Certo, vamos, gângsters.

Louie ficou em pé.

— Ok, gângster.

Pegando minha bolsa e o presente de Ginny, encurralei os meninos para saírem, tentando equilibrar tudo debaixo das axilas conforme fazia Louie trancar a porta. Josh já estava na porta de trás do passageiro do SUV quando eu ouvi:

— Diana!

Não pude deixar de sorrir conforme me virei na direção da pessoa gritando. Não "a pessoa". Dallas. Com certeza, atravessando a rua do jeito que só alguém tão alto com seu tipo de confiança era capaz, estava meu vizinho, parecendo melhor do que nunca. E isso era importante, já que o vira sem camisa. Com calça cinza-escura, uma camisa branca e uma gravata de cor lavanda, ele era o homem mais bonito que eu já tinha visto.

Vindo na minha direção.

Sorrindo.

Que disse que estava apaixonado por mim.

E me olhando com um foco que quase me fez começar a suar. Havia se barbeado recentemente, seu pelo facial mais do que uma sombra do que a barba aparada que ele geralmente mantinha.

— Oi, Professor — gritei para ele, ao dar um passo para a calçada diretamente em frente à minha casa.

— Quer dizer Técnico — Josh sugeriu.

Balancei a cabeça, ainda observando meu vizinho.

— Não, quis dizer Professor.

Dallas deve ter nos ouvido porque eu o vi sorrindo e balançando a cabeça.

Louie perguntou imediatamente:

— Você vai com a gente?

Dallas encostou na parte de trás do ombro de Josh quando se aproximou da gente, uma das suas mãos estendida na minha direção. Ele pegou o presente de debaixo dos meus braços ao responder:

— Se não se importarem.

Como se eu me importasse.

— Venha com a gente! — Louie concordou.

— Não ligo — Josh adicionou.

Engoli o nó na garganta conforme Dallas se inclinou para a frente e beijou minha bochecha por um rápido instante que ficaria gravado na minha memória para todo o sempre, enquanto Josh fez um barulho de ânsia.

— Claro que pode. — Balancei as chaves. — Quer dirigir?

Ele me olhou bem no olho ao pegar as chaves.

— Me diga como chegar lá, Peach.

Eu havia ido a muitos casamentos na vida — meus pais costumavam me arrastar para todos a que eles iam quando eu era criança —, mas, mesmo se não conhecesse Ginny, teria pensado que foi o casamento mais lindo que já vi. Havia um motivo pelo qual ela estivera economizando tanto dinheiro por tanto tempo. Ela havia ostentado. Bastante. No entanto, conforme ficava sentada no salão de festas após a cerimônia, que tinha acontecido em outra parte do local, tive a sensação de que ela teria zero arrependimentos em relação a todo o esforço. Gin estava sorrindo. Sua felicidade era como uma luz no fim de um túnel escuro.

Fazia meu coração inchar. Eu não conhecia Ginny na época em que ela estivera com seu ex, mas ficara sabendo do porquê eles se separaram. Ambos eram jovens e, quando decidiram seguir cada um o próprio caminho, eram pessoas totalmente diferentes. Sem brincadeira. Você não era a mesma pessoa que foi quando tinha dezessete anos e quando tinha trinta e três.

Pensei no fato de Trip e Dallas não gostarem do novo marido dela — do por que eles se sentiam daquele jeito —, mas só consegui pensar que, se ela conseguia ser tão feliz com alguém que tinha "passado o rodo" algumas vezes, o que importava o que alguém tinha feito antes de você? Ninguém nunca era bem-sucedido na primeira tentativa.

— Guardando sua primeira dança para mim?

Pisquei do prato vazio de comida diante de mim e olhei para o homem parado ao lado da minha cadeira. Sorri para Trip.

— Você dança?

— Pode apostar que sim. Vamos. — Ele flexionou os dedos como um convite. Havia uma música country lenta tocando, depois da primeira dança do casal.

Ele não precisou falar duas vezes. Me levantei e o segui, colocando um braço no seu ombro e o deixando pegar minha outra mão com a dele. Ele sorriu ao dar um minipasso para longe de mim com uma piscadinha.

— Não quero morrer esta noite — explicou, como se fizesse sentido.

— Quem vai te matar?

— Dal. — Ele olhou por cima do ombro por um instante antes de olhar de volta para mim, com um sorriso que me lembrou de um menininho que sabia que estava fazendo algo ruim. — Dou dois minutos para ele vir até aqui.

— Ele está com um dos seus parentes agora. Estavam perguntando a ele sobre a Sra. Pearl — expliquei.

Eu tinha ido até a casa de Dallas dois dias antes para cortar o cabelo dela. Ela tinha agido normal, não me chamou de Srta. Cruz nenhuma vez, então, de repente, no meio do corte de cabelo, ela declarara:

— Fiquei pensando, e não me importaria de ter uns bisnetos bronzeados um dia.

O que respondi?

— Ok?

Bisnetos bronzeados. Ah, meu Deus.

Minha vizinha de cabelo branco se virou na sua cadeira só o suficiente para me olhar com um dos seus olhos com glaucoma e dizer:

— Ele olha pela janela para ver como você está toda noite. Falo para ele te ligar e parar de ser um perseguidor, mas ele acha que vou ouvir as conversas dele. — Ela bufou. — Tenho coisas melhores para fazer com meu tempo.

Tudo que conseguira fazer depois disso foi apenas assentir. Obviamente, a Sra. Pearl estava muito bem após perder muitas das suas coisas no incêndio.

— Mesmo assim, dou dois minutos para ele. — Trip ergueu as sobrancelhas para mim conforme se virou para nós, trazendo minha atenção de volta para o presente. — Então, vocês dois finalmente, hein?

— Finalmente?

— É, finalmente. Só faz o quê? Três meses?

— Não. — Estreitei os olhos. — Sério?

— Minha criança bobinha, bobinha e cega. — Ele deu risada. — Falei para ele que era um idiota por esperar a merda dele ser resolvida, mas ele "queria fazer o certo"...

— Vá procurar sua própria garota para dançar — soou uma voz por trás de mim.

Apostaria minha vida que a aceitação fácil de Trip era um sinal do quanto ele gostava do primo e foi por isso que ele se afastou com tanta rapidez. Ainda deu uma piscadinha para mim antes de dizer para o homem atrás de mim:

— Só aquecendo a sua para você, irmão.

— Aposto que sim — Dallas disse. Deu a volta e deslizou de forma tão fluida diante de mim, colocando minhas mãos onde precisavam ir, que não reagi até seu peito estar a dois ou quatro centímetros do meu. Aqueles olhos castanhos-esverdeados-dourados pairaram acima dos meus. Nem olhei para qual direção Trip tinha ido, pois estava muito presa ao homem à minha frente. — Aqui está a minha e somente minha.

Corei e apertei os lábios. Por que eu não fazia mais ideia de como agir perto dele? Era idiota.

— Sua e somente sua? — murmurei. — Há muitas garotas bonitas para dançar aqui também — eu disse como uma imbecil completa, embora meu estômago tivesse começado a doer logo depois.

Sua sobrancelha arqueou conforme suas mãos se curvaram no meu ombro, suaves, suaves, suaves.

— Há?

— Sim.

— É bom para todo o resto — ele falou, me puxando para sua direção.

O suspiro que saiu de mim foi demorado e, provavelmente, mostrou o quanto me sentia confusa.

— Por que esse suspiro? Elas não servem para mim. — A palma ampla dele foi para minha lombar, a outra levou nossas mãos para o canto do seu peito e ombro, instalando-se ali enquanto ele aproximou mais o rosto do meu. Seus olhos estavam estáveis e calmos, encarando os meus. — Já tenho a que quero bem aqui.

— Dallas — gemi, baixando a cabeça. O que eu ia fazer?

— O que foi?

Nossa conversa no salão uns dois dias atrás não havia amenizado muito minhas preocupações. Conversa era conversa. Qualquer um poderia dizer que era o Batman, mas nem todos poderiam *ser* o Batman.

— Há milhões de outras mulheres no mundo que adorariam estar com você...

— Quer que eu vá procurá-las? — ele perguntou com humor demais na voz.

Olhei para ele.

— Não, mas não posso ficar casualmente. Acho que não entende isso.

Sua boca foi para o meu ouvido.

— O que te deu a ideia de que era isso que seria? A última coisa que sinto por você é algo casual, Diana.

Gemi, sentindo uma sensação quente preencher minha barriga.

— Olha, eu só... Tenho tentado muito ser adulta, e uma adulta iria querer que alguém como você fosse feliz. Gosto tanto de você, e sou uma confusão, sabe disso.

— Eu sei, linda. — Ele me puxou mais para perto com a mão na minha coluna. — É uma das minhas coisas preferidas em você.

Que os Céus me ajudem. *Que os Céus me ajudem.*

Gemi de novo, tentando organizar meus pensamentos.

— Você tem uma queda por mãe solo, hein?

A mão nas minhas costas desceu, passando por cima da curva antes de deslizar de volta, provocando.

— Tenho um ponto fraco por mães solo. É difícil. Mas tenho um negócio... você deve saber, é vermelho e fica no meio do peito... e isso sente mais do que um ponto fraco por tias gostosas que cuidam dos sobrinhos. Nem dá para chamar de ponto, na verdade.

Engasguei e senti seu queixo descansar no topo da minha cabeça.

— Qual é o tamanho desse... ponto?

— É grande o suficiente para eu fazer qualquer coisa por uma tia dessas.

— Qualquer coisa?

— Qualquer coisa — ele confirmou.

Engoli em seco e me permiti aproveitar a sensação dos seus braços e mãos em volta e em mim.

— Huh.

— Não pode sair por aí dando esse negócio tão grande e importante para qualquer uma.

Olhei para ele, analisando seu rosto.

— Você vai dar?

Dallas apenas me aconchegou mais no seu peito, então eu não conseguia olhar para o seu rosto.

— Dei a você há muito tempo, Diana. Em pedacinhos, depois em pedaços grandes e, quando vi, não tinha mais nada em mim, então espero que seja suficiente.

Recuei e olhei para ele, engolindo em seco.

— Espero que saiba o que está fazendo.

— Eu sei, linda. Confie em mim. Sei exatamente o que estou fazendo. Parece que vocês três são da *minha* família. Não é todo dia que você olha para sua amiga e para duas crianças e sabe que é onde deve estar. Acredita em mim?

Nem precisei pensar para responder.

— Acredito, sim. — Balancei a cabeça para mim mesma, tentando lembrar ao meu cérebro que confiávamos naquela pessoa. Que ficaria tudo bem. — Nunca mais vai reaver seu negócio grande e vermelho se eu puder opinar sobre isso. Quero que pense bem. Quero que saiba onde está se metendo, porque garotas legais católicas que vão à igreja duas vezes por semana não acreditam em divórcio. — Pisquei. — Você sabe, quando a hora chegar.

Ele sorriu para mim, e eu sorri de volta. Antes de eu conseguir respirar de novo, Dallas baixou a cabeça e pressionou sua boca, fechada e doce, na minha. Recuou, então a pressionou de novo.

— Deus, vocês são nojentos — soou uma voz que eu poderia distinguir em uma multidão. Era Josh. — Quando podemos ir para casa?

Eu estava sorrindo e mais do que um pouco sonolenta quando dirigimos para casa horas mais tarde. Indo contra os desejos de Josh de ficar uma hora na festa, eu o mandei de volta para ficar com Dean e brincar, ou fazer o que quer que meninos de onze anos faziam em casamentos quando havia um parquinho e um adulto supervisionando as crianças. Felizmente, devem ter se envolvido em algo interessante porque, quando ia verificar os meninos uma vez a cada hora, o encontrava ainda vivo e inteiro, sentado a uma mesa de piquenique assistindo a vídeos no celular de Dean.

Enquanto isso, lá dentro, eu gargalhava demais com os amigos e família de Trip e Dallas, que preenchiam o resto da mesa em que eu estava sentada, e dancei uma música atrás da outra com um dos dois homens, e até uma com o pai de Trip. Todas aquelas baladas em que eu tinha ido nos meus vinte e poucos anos tinham valido a pena mesmo. Mas, na maior parte, eu tinha passado a noite ao lado de Dallas ou diante dele. Não iria reclamar nem um pouquinho.

Com Louie desmaiado no banco de trás no seu assento e Josh jogando no tablet que seu irmão, obviamente, não estava usando, tinha sido uma boa noite. Mas eu estava pronta para chegar em casa, me trocar e tirar os sapatos.

— Cansada? — Dallas sussurrou.

— Um pouquinho — respondi. Me mexendo no banco, observei o perfil dele na escuridão do carro, analisando aquele nariz quase comprido, seu lábio inferior carnudo, maxilar quadrado e seu pomo de adão. Eu o amava e não era só um pouco. Era muito. — E você?

— Estou bem.

Hesitando por um segundo, estiquei a mão pelo console do centro para segurar a mão direita dele, a que não estava usando para dirigir. Eu não sabia por que esse gesto me fazia sentir uma criança insegura de novo. O nervosismo, a expectativa. O *Espero que ele goste de mim tanto quanto gosto dele.* Mas Dallas não parou conforme virou a mão e entrelaçou seus dedos compridos e frios nos meus, segurando-os firme.

Eu sorri para ele, que sorriu de volta.

Quando vi, ele estava virando o carro na minha garagem. Estava ocupada demais olhando-o para notar o carro estacionado diretamente do outro lado da rua.

Eu estava me movimentando mais devagar do que o normal quando Dallas saiu e abriu a porta de trás do passageiro, suas mãos indo tirar o cinto de Louie, pegando-o nos braços antes de eu poder dizer que o levaria no colo. Ele estava na metade do caminho até a porta, e eu tinha acabado de terminar de fechar a porta com o quadril quando Josh também saiu. Estávamos dando a volta por trás do SUV e eu bagunçando o cabelo dele quando aconteceu.

— Josh!

Parei de andar rápido e me virei. Soube imediatamente que aquela voz só podia pertencer a uma pessoa.

A pessoa que Josh viu antes de mim. Anita estava atravessando a rua.

— Sou eu — ela gritou para o menino, que ficou paralisado ao meu lado.

Sem pensar, conforme me endireitei, sem dar a mínima para um tornozelo que, com certeza, eu tinha torcido ou virado, coloquei a mão no ombro dele. E entrei um pouco em pânico. Não falei nada para ele no tempo em que demorou para sua mãe biológica atravessar a rua e acabar ficando a um metro de nós na garagem.

O que ela estava fazendo ali?

— Você está tão grande — ela disse antes de eu acordar e dar um passo à frente para impedi-la de vê-lo, uma dor aguda no meu pé.

— Anita, este não é o lugar nem a hora — falei o mais calma possível.

Ela nem olhou para mim. Colocando suas mãos no queixo, a mulher que tinha quase a minha idade, mas parecia muito mais velha, tentou olhar em volta de mim.

— Você está exatamente como seu pai, meu bebê. Não consigo acreditar.

Minhas mãos se fecharam em punho e dei outro passo para o lado, ouvindo ao longe o som da porta da frente se fechando. Esperava que Dallas tivesse levado Louie para dentro para que ele não acordasse e testemunhasse aquilo. Por melhor que Louie tivesse se ajustado a todas as mudanças na sua vida desde que perdera os pais, eu nunca me enganara pensando que um dia isso não fosse afetá-lo. Só realmente não queria que aquele dia chegasse logo.

— Anita, foco. Você não pode estar aqui. Não pode aparecer assim — rebati o mais gentil possível, lutando contra o nó na minha garganta conforme uma mão tocou minhas costas, uma mão que só poderia pertencer a Josh.

— Ele é meu filho — ela finalmente falou comigo, seu olhar encontrando o meu.

Abri a boca para dizer que ele também era meu, mas Josh foi mais rápido.

— Me deixe em paz — ele sussurrou.

A cabeça de Anita recuou, seu olhar indo para o menino atrás de mim.

— Josh, sou sua mãe.

Essa foi a pior coisa que ela poderia ter falado, e não fiquei surpresa com a reação dele.

— Você não é minha mãe! — ele gritou de repente.

Merda. Com uma mão indo para a nuca dele, comecei a guiá-lo na direção da porta da frente, tomando cuidado para manter meu corpo entre ele e a mulher que nenhum de nós queria ver. Pelo menos, *eu* não queria vê-la. Não desse jeito.

— Josh! — ela gritou para esse menino que eu não estava convencida de que nós duas amávamos igualmente.

Continuei levando-o para a frente, apontando meu dedo indicador para ela conforme ela encarava.

— Vá. *Vá.*

— Não pode escondê-lo de mim!

— Não quero ver você! — Josh gritou de novo, se virando e indo para o lado, a fim de conseguir olhar para a mulher que o tinha parido. — Nunca mais quero te ver! Você não é minha mãe hoje. Você não será minha mãe amanhã. Você nunca será minha mãe!

— Josh...

— Não! Você não me quis! Não pode mudar de ideia! — ele gritou para ela, com o peito estufado.

Puta merda. Coloquei a mão no ombro de Josh e o virei, rapidamente o levando para casa bem quando Dallas saiu correndo pela porta da frente, seus olhos indo de Josh, para mim e, finalmente, para Anita, parecendo captar. Ele se lembrou dela.

— Leve-o para dentro. Vou cuidar disto — ele me disse com firmeza ao andar ao nosso lado.

A última coisa que ouvi quando a porta se fechou entre nós foi sua voz baixa rosnando:

— Será que vou precisar...

Josh tirou meu braço dele quase que instantaneamente e, antes de eu conseguir impedi-lo, saiu correndo para seu quarto. A porta bateu e se fechou, e tudo que pude fazer foi ficar ali, tentando entender o que tinha acabado de acontecer. Jesus Cristo.

Beliscando a parte de cima do meu nariz, respirei fundo por um minuto, tirei os saltos e fui direto para o quarto de Josh. Parcialmente esperando que a porta estivesse trancada, fiquei surpresa quando a maçaneta virou. Não perguntei se poderia entrar. Eu iria entrar independente se ele quisesse ou não. Encontrei Mac no chão ao lado da cama, suas orelhas viradas para trás e sua expressão ansiosa e focada em Josh, que nem olhou na minha direção conforme ele se sentou no tapete e pegou o controle do console do seu jogo. Seus dedos apertaram os botões com força.

Engoli em seco.

— J, quer conversar sobre isso?

Ele estava encarando a tela da televisão, claro, e seus dedos estavam se mexendo pelo controle do jogo, mas dava para ver que ele não estava prestando atenção. Eu o conhecia bem demais para ser capaz de ignorar a raiva e a mágoa que irradiavam dele. Esse garoto nunca foi de chorar; geralmente ficava logo bravo, e era exatamente isso que ele estava fazendo naquele momento.

Com isso em mente, não fiquei surpresa quando ele soltou:

— Não.

Suspirei e entrei mais no quarto, me sentando no chão ao lado da televisão, meu vestido me obrigando a colocar as pernas debaixo de mim.

— Certo. Deixe-me mudar a frase: vamos falar sobre isso.

Ele não olhou para mim quando repetiu.

— Não.

— Joshua. — Coloquei a cabeça para o lado a fim de bloquear sua visão da tela. Ergui as sobrancelhas. — Vamos falar sobre isso. Agora. Salve seu jogo. Nem vai conseguir jogar bem agora, de qualquer forma.

Aqueles dedinhos martelaram as teclas do controle um instante antes de ele lançá-lo voando para trás da cabeça, o controle inocente batendo na parede antes de cair no chão. Seu peito começou a expandir e diminuir, e ele estava respirando com dificuldade, seu rosto ficando vermelho.

Era em momentos assim que eu não fazia ideia do que era para fazer com ele. Qual era a coisa certa a dizer? Como era para eu acalmá-lo? Não me enganei ao pensar que não eram esses momentos que moldariam como ele lidaria com as coisas ruins pelo resto da vida. Eu *sabia* que eram. Eu sabia que o jeito que o ensinasse a lidar com essa merda seria como ele provavelmente faria a partir de agora. E jogar as coisas não era o que eu queria que ele continuasse fazendo.

— Entendo que está irritado, J, e não culpo você. — Não podia dizer que entendia que ele estava magoado; isso o deixaria imediatamente na defensiva e bravo. Ele não se magoava. — Mas jogar suas coisas não é legal. Quer lidar com sua raiva? Faça algo produtivo. Grite no travesseiro, mas não guarde as coisas, não quebre objetos e não desconte em outra pessoa. Se seu controle estiver quebrado, não vou comprar um novo.

— Não pedi para me comprar um novo.

— Pare com isso, Josh. Agora. Converse comigo.

— Não quero.

— Que pena — disse a ele conforme o observei desviar os olhos para a parede à sua direita. Porra de Anita. Eu não conseguia acreditar. Queria acabar com ela, mãe do meu sobrinho ou não. Mas não poderia e não iria. Eu tinha que ser um exemplo, e exemplos não saíam por aí aplicando taser nas pessoas. — Pode me dizer qualquer coisa, sabe disso.

Ele não falou nada.

— Se não quer falar, então escute. Ninguém é perfeito, J. Ninguém. Todos cometemos erros na vida e, quando ficar mais velho, você mesmo vai cometer um monte deles, mas é isso que quero que entenda... precisa aprender com o que faz, de bom e de ruim. Nunca vou perdoar Anita pelo que fez quando você era bebê, mas não sei como deve ter sido ser tão jovem e engravidar, ok? Nenhum de nós nunca vai entender isso. E Deus sabe que, toda vez que a vejo, quero dar um tapa na cara dela por se meter em tanta encrenca depois de você nascer, mas essa é a questão: me lembro do seu pai me contando que ela não era próxima dos pais dela. Ela não tinha ninguém para amá-la do jeito que *Abuelito* e *Abuelita* me amavam, muito menos do jeito que eu amo você e Louie. *Sabe que eu faria qualquer coisa por você.* Estarei aqui para você o resto da minha vida, J. Você sempre terá opções na sua vida, e não vou deixar você estragar isso, me entendeu?

"Já te disse que nunca precisará ter nada ligado a ela se não quiser, mas, talvez um dia você queira. Já falei para ela que, se quer uma chance de conhecer você, precisaria consertar a vida dela."

— Não quero conhecê-la! — ele gritou, alto e soando tão jovem que o som foi como ácido para a minha alma. — Nem hoje! Nem amanhã! Nunca! Ela é uma vaca! — Quando vi, ele tinha levantado do tapete e se jogado na cama. Pegou seu travesseiro de onde estivera e o jogou na cara, gritando nele por muitos e longos segundos até diminuir. Seu peito começou a estufar daquele jeito de novo, e eu tinha noventa e nove por cento de certeza de que ele estava chorando. Isso acabava comigo. E o que ele finalmente disse em seguida enfiou a faca ainda mais fundo. — Não me faça ir com ela. Por favor. Você me prometeu... Você me prometeu que sempre cuidaria de mim.

— Não a chame de vaca — eu disse calmamente, embora me sentisse de todo jeito menos assim. Uma das piores coisas do mundo era ver alguém que você ama desmoronar. — Falei para você que, se não quer vê-la, tudo bem. Não vou obrigá-lo, mas talvez um dia, quando for mais velho, pode querer vê-la. *Talvez*. Não culpo você, mas quero que entenda que você é meu. Não vai a lugar algum. Não te carreguei dentro de mim por nove meses, mas isso não significa nada para mim. Você é meu, Josh. Você é meu Joshy Poo e sempre será. Vou lutar contra qualquer um que tentar dizer o contrário. Mas só porque você é meu não significa que, um dia... *se você quiser*... ela também não possa estar na sua vida. Algumas pessoas nem tem uma pessoa que se importe com elas, e você também teve Mandy.

Ele ficou em silêncio. Suas costas estavam curvadas por cima do travesseiro, e ele estava tremendo. Eu nunca quisera matar uma pessoa mais do que eu queria naquele momento. Era isso que Anita tinha feito com o Josh inflexível e resiliente. Nunca a perdoaria por isso. Sua pergunta saiu como um resmungo, abafado e rouco.

— Você jura que sou seu?

— Josh, acredita mesmo que não seja? — perguntei a ele ao me levantar e me sentar na beirada da cama com ele, deslizando para trás até estar deitada ao seu lado, minha cabeça descansando ao lado do seu peito. — Eu limpei sua bunda. Você vomitou em mim. Passo meus fins de semana nos seus jogos gritando e acabando com a minha voz. Eu te abraço e te amo mesmo quando você não é muito legal. Você é meu amigão. Você é a manteiga de amendoim da minha geleia. O pé no meu saco...

Tinha praticamente certeza de que ele roncou mesmo com o travesseiro cobrindo a boca, mas soou aquoso e magoado.

Meus próprios olhos começaram a lacrimejar.

— Um dia, quando você for mais velho, vai arrumar uma namorada e eu vou querer matar a v-a-c-a. Vou odiá-la demais. Mas sabe de uma coisa? Sei que, no fim do dia, ainda serei sua garota número um.

— Por quê? — ele perguntou.

— Porque ela nunca vai saber como é enfiar um termômetro na sua bunda.

Naquele momento, sua risada chegou ao seu peito.

— Josh, amo você e Louie, e nada nem ninguém vai substituir vocês dois, perdedores. Juro pela minha vida. Vou mentir, trair e roubar por vocês, e sempre, *sempre* vou. — Coloquei a cabeça mais perto dele, para que a lateral do meu rosto descansasse nas costelas dele. — Você me entendeu?

Seu rosto ainda estava coberto.

— É, acho que sim.

Teria que aceitar isso.

— É melhor mesmo.

Nenhum de nós disse nada por um tempo, mas, em certo momento, o travesseiro no seu rosto caiu, e sua mão foi para o meu cabelo.

— Jura que sempre seremos uma família?

— Garoto, não conseguiria se livrar de mim nem se tentasse.

— Mesmo se você tiver filhos um dia?

Eu não era burra. Sabia de onde isso estava vindo, e eu tinha errado em não falar com ele sobre o assunto. Então me certifiquei de envolver meu braço no antebraço dele e beijar a pele macia dali.

— Se um dia eu resolver ter um filho, ele ou ela será seu irmão ou sua irmã. Se você pensar neles como seus primos, partiria meu coração e eu te daria um cuecão até você falar o contrário. Somos família. Não há nada mais forte do que sangue. — Parei, precisando fazê-lo rir. — E vômito. Não há como voltar depois que você vomita.

Ele fungou, e pude senti-lo assentir, concordando.

Engoli em seco e resolvi me aproveitar do momento.

— Preciso te contar uma coisa que não tem nada a ver sobre o que acabou de acontecer, mas é sobre a nossa família, ok?

— O quê? — ele perguntou, rouco, desconfiadamente.

— Dallas...

— *Oh*.

— Oh, o quê?

— Já sei sobre o Sr. Dallas — ele anunciou.

Me sentei e coloquei um cotovelo debaixo de mim, observando seu rosto inchado e vermelho conforme encarou o teto.

— O que você sabe?

— Ele ama você. Você o ama — ele murmurou, revirando os olhos, olhando para baixo para mim brevemente antes de focar no teto de novo. — Você sabe, primeiro vem o amor, depois vem o casamento, depois vem a tia Di com um bebê na barriga.

Ãhh, de onde tinha vindo isso?

— Como... você soube?

— Eu tenho olhos?

Esse espertinho.

— E ele me contou.

— O que ele te contou?

Ele olhou para mim do seu lugar ainda deitado no colchão.

— Lembra quando a mãe do Jonathan gritou com você durante o campeonato e você chorou? — Como eu poderia esquecer? — Ele me contou.

Como assim?

— O que ele disse?

Josh revirou os olhos, deslizando seus cotovelos debaixo dos ombros para se sentar, incomodado com essa conversa.

— Não sei. Ele disse que gostava de você... eca. — Pisquei para ele. — Um dia, durante o treino, quando vimos aquele pai conversando com você, falei para ele que não gostava que você conversasse com ele, e ele falou que também não gostava. Então perguntei o que deveríamos fazer, e ele disse nada porque você nunca faria nada com ele e que, em breve, um dia, entre mim e ele, nenhum daqueles otários... ele que falou, não eu, não fique brava... te incomodaria de novo.

Meu coração estava prestes a explodir ou era minha imaginação?

— E o que você falou para ele?

— Falei que tudo bem, contanto que ele não me fizesse ir morar com a vovó e o vovô...

— Eu nunca faria você ir morar em outro lugar!

— Foi o que ele disse! Nossa. Ele falou que sabia que eu já tinha um pai, e me contou que seu pai também morreu e que ele sabia que, se a mãe dele se casasse de novo quando ele era jovem, ele nunca chamaria outra pessoa de pai. Então, falou que poderíamos ser amigos e que ele poderia me mostrar como fazer as coisas e que poderíamos ser uma família, que eu não precisava chamá-lo de nada além de Dallas se não quisesse.

Eu não ia chorar. Eu não ia chorar.

— E o que você falou para ele?

— Falei que tudo bem.

— Tudo bem? Só isso?

Ele sorriu.

— O que você queria que eu fizesse? Pedisse dinheiro para ele?

Gargalhei.

— Você é o homem da casa. Não pode simplesmente desistir de mim assim.

Ele deu de ombros e disse:

— Você sabe quantos jogos de Xbox ele tem?

Minha boca se abriu e balancei a cabeça para ele.

— Você me trocou por jogos de Xbox. Não consigo acreditar nisso.

— Acredite.

De onde tinha saído esse monstro? Eu que o havia criado?

Havia. Havia mesmo.

— Só não beijem na minha frente. É nojento — ele adicionou, estremecendo.

— Seu rosto que é nojento.

— Não tão nojento quanto o seu.

Eu sorri para ele, e ele sorriu de volta.

— Não liga mesmo se eu... — Que palavra eu deveria usar? Namorar? Já parecia muito mais do que isso. — Veja Dallas o tempo todo? Se ele vier aqui bastante e tal?

Josh deu de ombros ao se sentar por completo, secando os olhos com as costas das mãos.

— Não ligo, tia Di. Gosto dele, Louie também, e ele gosta muito de você. É por isso que ele sempre está fazendo coisas para nós. Só... não beijem, e feche a porta do seu quarto. Não quero ver nada. Dean me contou sobre as coisas que tem visto o pai dele fazer, e é desagradável.

Suas palavras me fizeram pausar. *É por isso que ele sempre está fazendo coisas para nós.* Josh tinha enxergado isso antes de mim?

E o que Dean estava contando a ele? Eu precisava conversar com Trip.

Ele empurrou o joelho contra o meu, chamando minha atenção.

— Vai contar para *Abuelita* que tem namorado? — ele perguntou.

Merda.

— Preciso contar. Um dia.

Josh deu um sorrisinho.

— Ela vai ficar brava.

— Que pena para ela, né? — Eu sorri para ele e ergui a mão para beliscar seu nariz. — Você vai ficar bem?

— Sim — ele disse um pouco mais baixo do que um instante antes, sua expressão se tornando só levemente sinistra.

— Que bom. — Coloquei as pernas para fora da cama. — Me avise se precisar de alguma coisa, ok?

— Eu só... — Ele afofou o travesseiro. — Vou jogar um pouco e ir dormir.

Me levantando, assenti.

— Ok. Te amo com todo o meu coração.

— Eu sei. Também te amo.

Com duas trocas de sorrisos, saí do seu quarto, fechando a porta assim que ele chamou Mac para se juntar a ele na cama. Pude ver a luz acesa na sala de estar, o som de vozes da TV vindo do corredor, mas, primeiro, fui ao quarto de Louie. A porta tinha sido deixada aberta, e olhei para dentro e vi o corpinho e o rosto debaixo das cobertas.

Com certeza, não iria acordá-lo para fazê-lo vestir o pijama. Ele não iria morrer se dormisse de roupa social. Pelo tanto que havia brincado com as outras crianças no parquinho, ele iria dormir a noite inteira.

Saindo, andei os poucos metros pelo corredor, tirando o peso do meu tornozelo, que, de repente, estava me lembrando de que o havia torcido. Quando cheguei à sala de estar, encontrei Dallas no sofá com a televisão ligada. Suas coxas estavam abertas e ele estava com uma mão em uma, e a outra, jogada nas costas do sofá.

— Ei — sussurrei para ele, mancando.

— O que houve? — ele perguntou, me observando com cautela.

— Virei meu pé lá fora. Está doendo.

Ele franziu o cenho quando parei ao lado dos seus joelhos no sofá e me joguei. Antes sequer de conseguir me sentar, ele se inclinou e colocou minhas pernas no seu colo, meus joelhos flexionados acima da cintura dele, pés no sofá do outro lado dele.

— Josh está bem? — ele indagou conforme sua mão foi direto para o meu pé, seu polegar esfregando gentilmente o osso.

— Ele ficou bem chateado, mas ficará bem — expliquei, observando seus dedos se moverem por cima de mim. — Imagino que ela tenha ido embora.

Ele fez "humm".

— Ela foi, me certifiquei disso.

— Obrigada.

A mão dele desceu para segurar meu calcanhar.

— Vai me contar sobre a situação da mãe dos meninos? Sei que Louie e Josh não têm a mesma mãe.

Deslizei a bunda pelo sofá até meu quadril encostar no dele, onde eu estava, basicamente, a um movimento de sentar no seu colo. Meu vestido tinha subido bastante, mas não me preocupei com isso. Ele já tinha visto mais do que as minhas pernas no dia do incêndio.

— Meu irmão era casado com a mãe de Louie. Ela era como você...

— Alta?

Ri em silêncio e sorri.

— Não, dãã. Sua cor de pele. De onde pensa que ele herdou os olhos azuis? — Me aproximei um pouco mais. — Quando meu irmão morreu, a mãe de Louie enlouqueceu. Ela não comia, não bebia nem dormia. Tive que pegar os meninos porque era óbvio que ela não sabia que era ela que estava viva e meu irmão que não estava.

Quando suspirei, o braço que ele estava apoiando nas costas do sofá baixou para descansar nos meus ombros, sua mão segurando a parte de cima do meu braço.

— Ela não estava conseguindo lidar. Deveríamos... Deveríamos ter feito alguma coisa quanto a isso. Todos nós sabíamos que ela não estava bem, mas... — Oh, cara, a culpa me atingiu com força no plexo solar. — Ela caiu da escada, o que, quando penso nisso agora, tenho praticamente certeza de que fez de propósito para ter uma desculpa para tomar analgésicos... e, seis semanas depois que meu irmão morreu, ela teve uma overdose.

Havia algo preso na minha garganta e, pela segunda vez em minutos, senti meus olhos lacrimejarem.

— Nunca vou me perdoar por não falar nem fazer nada. Procurar ajuda para ela. Não sei. *Alguma coisa*. Sabe, esperei que outra pessoa fizesse algo ou, talvez, pensei que, em certo momento, ela fosse se recompor, mas não é assim que funciona.

— Você não poderia ter imaginado — ele disse baixinho.

Dei de ombros debaixo do braço dele.

— Não sei. Talvez não. Mas agora Lou está preso *comigo* para sempre. Ele nunca quer falar dela nem reconhecer que ela existiu. Você viu como ele fica quando falamos dela. Aquela noite, no quarto dele, foi a primeira vez que ele falou alguma coisa sobre ela desde sempre. Até Josh, de vez em quando, fala algo sobre ela, mas Lou se recusa. A única pessoa de quem ele sempre quer falar é do pai.

— Ela é a mulher nas fotos pela casa?

— Aham.

— É melhor que nada.

Dei de ombros de novo e o braço em volta de mim apertou, me puxando para mais perto.

— Só agora me toquei de que os Larsen não são os avós verdadeiros de Josh.

— É. Só Louie é parente biológico. Mas eles conheceram Josh quando ele tinha três anos. Eles o amam muito. Sei que Mandy, que é mãe de Louie, também o amava. Ela era ótima com ele. Acho que é por isso que eles ajudam tanto. Gosto de pensar que ela teria desejado que eles ficassem na vida dele, e ficaram.

— Ele é uma criança fácil de amar. Se eu não soubesse que ele é filho do seu irmão, pensaria que é seu. Vocês dois são muito parecidos.

Tossi.

— Não somos.

— Vocês são. Trip e eu falamos sobre isso.

— Falam de mim pelas costas?

— O tempo todo. — Ele sorriu. — Vocês dois são... ferozes. São sinceros, leais e adoram um monte de coisas. Vocês dois dão tudo para o que se importam. Amo isso.

Inclinei a cabeça para trás e sorri para ele.

— Provavelmente, essa é a coisa mais legal que alguém já falou sobre mim.

— Quando você estava prestes a bater em Christy...

— Eu não ia bater nela.

— Foi quando eu soube: essa garota ficou louca. Por uma semana depois disso, só conseguia pensar em como você não deixaria ninguém... nem eu... fazer a coisa errada com Josh, como se fosse lutar até a morte por ele. Me fez pensar que eu queria alguém que se sentisse assim por mim.

Um nó se formou na minha garganta, e não pude evitar e me inclinei para beijar o pescoço dele conforme sua mão subiu pela minha panturrilha e pairou na pele sensível atrás do meu joelho.

— Joguei Punch Havaiano no seu irmão, é um começo.

Dallas mordeu os lábios e sorriu, beijando minha bochecha uma vez e a mandíbula outra vez.

Inclinei a cabeça para trás para deixá-lo descer sua boca até o meu pescoço, seus lábios quentes e macios conforme se pressionaram fechados e depois abertos, sua respiração úmida na minha pele.

— Eu nunca deixaria ninguém falar de você.

— Eu sei, linda. Eu sei — ele declarou, beijando o lado direito do meu pescoço. — Ouvi o que falou para a cliente naquele dia no salão.

— Ouviu? — perguntei, permanecendo onde estava com a cabeça para trás quando ele se inclinou para beijar o outro lado do meu pescoço, me fazendo contorcer.

— Mm-humm. Se você não estivesse no trabalho, eu teria te beijado muito.

Gemi quando a boca dele segurou o lóbulo da minha orelha e o chupou. A parte superior do meu corpo se arrepiou inteira, enrijecendo meus mamilos.

— Pode compensar por isso agora, se insiste — disse a ele em um sussurro.

— Eu vou — prometeu, soando rouco e primitivo logo antes de mergulhar o rosto mais para baixo e me beijar repetidamente entre o maxilar e a clavícula.

Virando para se apoiar em um lado do quadril, suas mãos passearam enquanto minha cabeça permaneceu onde estava, jogada para trás a fim de lhe dar todo acesso que ele queria. Aquelas mãos grandes foram da minha lombar para enfiar os dedos no meu cabelo, segurando gentilmente meu crânio. Tentei me impedir de fazer barulhos, contentando-me apenas com arfadas baixas conforme aquela boca maravilhosa se abria de vez em quando para sua língua passar pela pele sobre um tendão ou outro. Ele me mexeu, me manobrou do jeito que queria, para chegar no ponto que queria.

Quando seus lábios desceram para beijar da base da minha garganta, para baixo, para baixo, uma linha reta para onde o formato em V do meu vestido terminava, arqueei as costas. Eu estava excitada. Mais excitada do que estivera em toda a minha vida. Era como se afogar no pudim. Não queria que acabasse nunca.

E, quando sua voz falou bem na minha orelha conforme seu nariz desenhou uma linha por cima da concha dela, eu estava praticamente em transe.

— Não precisamos fazer nada esta noite.

— Você não quer?

Sua risada me fez me pressionar para mais perto dele.

— O que me falou sobre perguntas idiotas?

De alguma forma, consegui sorrir.

— Posso te levar para o seu quarto? — ele indagou, pressionando os lábios bem abaixo do canto da minha boca.

Ele poderia me levar até para Marte, mas eu não conseguia falar. Tudo que consegui fazer foi assentir ao me balançar nele, necessitando da sua boca na minha garganta de novo. Sua risada rouca atingiu a pele úmida sensível na qual ele acabara de colocar a boca. Sua mão foi para o meu quadril, flexionando aqueles dedos compridos pela minha lateral.

— Sim? — ele perguntou, afastando a boca para beijar minhas bochechas, meu nariz, o pedacinho de pele acima do meu lábio superior, tudo menos minha boca.

Eu estava ofegante. *Ofegante*.

— Aham — foi tudo que consegui falar.

Lentamente, sem romper nossa proximidade, ele me levantou, sua boca ainda em todo lugar, suas mãos indo para todos os lugares — para cima e para baixo nas minhas costas, um lado do quadril, outro lado do quadril, meus ombros, parte de cima dos braços, parte de baixo dos braços, até minhas mãos. Me mapeando. Só quando ele me puxou para mais perto foi que me lembrei de que não estávamos sozinhos em casa.

— A porta da frente — sussurrei, sem fôlego por apenas deixá-lo usar os lábios em mim.

— Já está trancada — ele me disse conforme suas mãos grandes deslizaram de onde estiveram na minha cintura, para baixo, por cima da barra do vestido, antes de fazer um caminho de volta para cima, dentro da saia dessa vez. Aqueles dedos ásperos e calosos arranharam minha pele nos dois segundos que demorou para Dallas alcançar minha bunda, segurando a pele nua com as mãos grandes, apertando e moldando-as conforme sua respiração chegava ao meu ouvido. — Sempre pensei que você parecesse ser minha e, ao sentir você, com certeza é minha — ele declarou, desenhando um círculo em volta do meu pulso com a língua.

Sem uma palavra de alerta, de repente, ele me pegou no colo, forçando meu vestido quando o tecido subiu e ficou em volta dos meus quadris. Em algum lugar no fundo da minha mente, rezei para que ele me levasse ao meu quarto rápido — bem, bem rápido — antes que Josh resolvesse que precisava ir ao banheiro e me encontrasse com a bunda de fora, abraçada em Dallas como um macaco-aranha. Porque era exatamente isso que devia estar parecendo. No instante em que fui para seus braços, minhas pernas tinham envolvido sua cintura, meus braços se entrelaçando atrás do seu pescoço. Cara a cara, minha boca pairou a centímetros da dele. Milímetros, na verdade.

E, sem me beijar, sua testa na minha, seus olhos travados nos meus, ele começou a andar pelo corredor.

Uma das minhas mãos se soltou do seu pescoço para subir para a parte de trás da sua cabeça, passando meus dedos pelo seu cabelo supermacio. Nenhum de nós falou nada quando ele continuou andando e, em certo momento, eu sabia que estávamos no meu quarto, mesmo com todas as luzes apagadas. Ele chutou a porta para fechá-la e deu um passo para trás, uma das mãos que ele tinha me apoiando desaparecendo por um breve instante, antes de o clique baixo da porta sendo trancada preencher o único outro som no quarto, além da nossa respiração.

Ele não acendeu as luzes e eu também não me incomodei.

Dias depois, gostei de pensar que estávamos tão quietos porque não havia nada que pudesse ser dito para deixar o momento melhor ou mais significativo. Realmente não havia. Toda vez que suas mãos me tocavam, era como uma frase sendo dita. E eu esperava que toda vez que colocasse as mãos nele, ele pudesse sentir cada coisa que eu pensava sobre ele, tudo que eu sentia por ele.

Ele era maravilhoso e eu o amava. Eu o amava mais do que pensei que conseguisse. Se realmente colocasse em perspectiva, como poderia algo que eu já sentira por alguém antes dele sequer chegar perto da palavra com "A" quando o que tínhamos era dez — vinte, trinta, quarenta, cinquenta — vezes mais forte e mais real do que qualquer homem que já conhecera antes dele?

Não poderia. Simplesmente, não poderia.

Porque ninguém mais era tão gentil ou altruísta, tão prestativo ou tão paciente, tão amável em todas as pequenas e grandes formas, quanto ele era.

Eu nunca realmente soubera o que queria a maior parte da minha vida, mas era isto — ele.

E, conforme ele me colocou de pé no meu quarto, com apenas a luz mais fraca entrando pela janela, suas mãos foram para a parte de baixo do meu vestido. Em um rápido movimento, o vestido estava erguido acima da minha cabeça e sumiu para outra dimensão, até onde eu me importava. Aquelas mãos frias e ásperas foram para a minha cintura e, enquanto fiquei ali com minha calcinha e sutiã sem alça, ele me puxou, pressionando minha frente na dele. Ele nos selou do peito para baixo assim que sua boca finalmente decidiu encontrar a minha.

Inclinando a boca, ela se abriu sobre a minha. Nossas línguas colidiram e se acariciaram. Fiquei fraca e tonta quando ele me beijou, sua boca se inclinando de um lado a outro ao nos devorarmos, como se fosse o fim do mundo e não houvesse mais nenhum lugar que um de nós preferisse estar.

E era verdade.

Ele me beijou, me beijou e me beijou — seu corpo quente e totalmente vestido pressionado ao meu peito, seios, barriga e até minhas coxas —, e tudo que eu queria era estar envolvida nele de novo. Eu estava tão ocupada deslizando a língua contra a dele que demorei um pouco para perceber que ele estava mexendo nos fechos do meu sutiã com uma mão. Se essa não era minha deixa para tirar as roupas dele, não sei o que era.

Prendi a respiração quando afastei minha boca finalmente, subindo na ponta dos pés para beijar aquela pele quente, quase salgada, do seu pescoço, pelinhos pinicando meus lábios e queixo. As mãos de Dallas continuaram mexendo nas minhas costas, e demorou um instante no escuro para minhas mãos subirem pelos músculos firmes e grandes do seu abdome e passarem por seu peitoral até meus dedos encontrarem os botões perto da sua garganta. Tirei sua gravata e a joguei antes de voltar.

Ele tirou meu sutiã quando eu estava na metade do caminho para baixo, desabotoando sua camisa. Suas mãos acariciaram meus ombros e minha nuca conforme terminei e comecei a puxar sua camisa, sentindo-o me ajudando a tirá-la rápido, quase que desesperadamente. Com apenas sua camiseta segunda pele fina entre mim e aqueles músculos definidos e gostosos, prendi a respiração quando Dallas se inclinou para beijar meu lábio superior antes de se afastar. Pelo som e pela sensação, ele tirou a camisa, porque, a próxima coisa que senti foi um ombro nu e macio se esfregar na minha bochecha.

No escuro, tudo parecia tão mais intenso. Seus polegares enganchados no pedaço de renda nos meus quadris enquanto ele puxava a calcinha por minhas pernas. Os beijos que ele deu ao descer, na lateral da minha clavícula, na parte de cima do meu seio, a chupada rápida que ele deu no meu mamilo uma vez e apenas uma ao continuar descendo por meu corpo. Outro beijo nas minhas costelas e meu quadril nu. O som dos seus joelhos se apoiando no tapete horrível me disse para onde ele tinha ido.

Quando beijou minha coxa e seguiu subindo ao pressionar sua respiração e sua boca quente onde minha coxa encontrava o lugar que minha calcinha havia descoberto, inspirei alto, muito alto. E, quando ele traçou uma linha úmida de beijos para baixo e por cima, antes de pressionar minha fenda, engoli em seco e segurei sua cabeça para me equilibrar ou fazê-lo não ir a lugar algum, eu não fazia ideia.

Ele me beijou ali e me beijou ali de novo. Não me abriu enquanto a ponta da sua língua lambia a pele de fora e ele me dava outro beijo. Seu suspiro era profundo e trêmulo quando suas mãos seguraram a parte de trás das minhas coxas, apertando-as com força, me mantendo no lugar. Então Dallas partiu minha junção com sua língua, provando aquele pequeno emaranhado de terminações nervosas que tinha se avivado com o primeiro beijo que ele me dera.

Sua testa se apoiou na minha barriga, seu nariz na pele que, felizmente, eu tinha raspado antes do casamento. Dallas me beijou, chupando e lambendo aqueles lábios inferiores como se eu já não estivesse surtando e pronta para ele. Ele me beijou como fizera quando estávamos em pé.

Lentamente, as mãos nas minhas coxas puxaram e me levaram para baixo até eu me ajoelhar diante dele. Eu o beijei, sentindo meu gosto nos seus lábios enquanto movimentava minha mão por todo aquele peito que eu só tinha visto duas vezes pessoalmente, então as deslizei pelo abdome trincado que não deveria pertencer a alguém com mais de trinta anos. Suas mãos estavam nos meus seios, beliscando meus mamilos entre o dedo indicador e o polegar, antes de ele os segurar. A boca de Dallas baixou para beijar um, depois o outro, várias e várias vezes.

Me contorci e me mexi à frente dele, arrastando minhas mãos para cima e para baixo no seu abdome de novo, pela trilha de pelo até o botão e o zíper da calça social. Rapidamente, eu tinha aberto o zíper e deslizado a mão para dentro. As costas dos meus dedos se arrastaram por seu pelo curto e duro antes de eu sentir aquela parte grossa e quente no centro do seu corpo. O corpo de Dallas sacudiu quando continuei deslizando a mão para baixo, sentindo seu comprimento dobrado para a esquerda, aninhado contra sua coxa, e ainda não consegui chegar à ponta.

Virando a mão, envolvi a palma e os dedos na sua largura grossa e, o mais gentilmente possível, puxei-o para cima o suficiente para a ponta encarar o teto. Dallas parou o que estava fazendo, com seus lábios abertos no meu mamilo, conforme eu o apertava. Ele era tão grosso quanto eu imaginara e, enquanto deslizei a mão cada vez mais para cima, ele também era tão comprido quanto, vinte a vinte e três centímetros de pau inchado. Seus quadris se mexeram e ele prendeu a respiração quando apertei a mão em volta dele e puxei o excesso de pele supermacia. Para cima e para baixo, para cima e para baixo.

Em um rápido movimento, Dallas me colocou de costas no tapete e, antes sequer de eu conseguir expirar, ele estava acima de mim, me cobrindo como um cobertor humano, mas muito maior, mais pesado e mais quente. Eu não precisava de luz para saber que a coisa dura e grande cutucando minha entrada era ele, pronto, pronto, pronto.

— Eu tomo pílula — sussurrei quase que timidamente. Também não estava ovulando, mas não iria contar isso para ele. Pelo menos, ainda não.

Ele expirou e eu fiz a mesma coisa quando deslizei os braços por debaixo das suas axilas, deixando meus antebraços nas suas escápulas, minhas mãos se curvando por cima dos músculos do seu trapézio.

— Diana — ele disse logo acima de mim.

Envolvi as pernas nos seus quadris, meus tornozelos descansando na calça social dele que ainda estava cobrindo tudo, exceto o órgão grande lentamente pressionando contra mim, tentando encontrar aquele lugar que nós dois queríamos.

— Eu te amo, Dallas — sussurrei, conforme ergui meus quadris para ele poder entrar um pouco.

Sua boca e seu corpo inteiro desceram em mim, pesados, como se ele estivesse tentando me consumir. Seu peso foi o que o empurrara mais profundamente, outro centímetro, outro, depois outro, passando por meus músculos internos, que estavam protestando por sua grossura, protestando-o, ponto final.

Mas Dallas continuou, me beijando várias e várias vezes até ele estar instalado totalmente sobre mim e dentro de mim, unindo meu corpo ao dele.

O único som que ele fez antes de começar a latejar dentro de mim foi uma arfada, então um gemido, e ele estocou e inchou, entrando fundo até a base. Dallas gozou muito, tanto gozo que, quando recuou dois centímetros antes de estocar de volta, seu gozo gotejou do comprimento do seu pau e pela minha pele.

— Porra — ele murmurou, todo rouco na minha bochecha conforme se manteve o mais profundo que conseguia. — Não queria gozar tão rápido.

— Tudo bem.

Sua boca se moveu pela minha bochecha, de um ponto a outro, suavemente.

— Não acabei. Juro. — Dallas tirou aquele órgão grosso, lentamente, e rebolou os quadris para a frente, me preenchendo mais uma vez. — Não dava para você se sentir mais minha nem se tentasse — ele me disse, pontuando cada palavra com uma investida firme que me fez deslizar uns centímetros pelo tapete.

Minhas costas queimaram só um pouco quando ele continuou devagar, e o último centímetro dele entrou em mim como um tapa, como um soco. Ele me beijou como se estivesse fazendo amor comigo, lentamente, inclinando a boca de um lado a outro conforme sua língua acariciou a minha. Seus quadris se movimentaram em um círculo, como se ele estivesse tentando entrar mais fundo.

Inspirei uma vez após a outra, tentando me impedir de fazer um monte de barulho porque os meninos estavam logo no fim do corredor, mas continuei mexendo os quadris, tentando ajustar o ângulo até ele mover o corpo só o suficiente para que seu osso púbico começasse a roçar em mim perfeitamente.

Seu peito se esfregou no meu, nós dois suados e respirando com dificuldade, e ele continuou rodando os quadris, me excitando cada vez mais até eu gozar em volta dele. Tive que jogar a cabeça para trás, morder o lábio e arquear as costas para me impedir de fazer barulho enquanto ele se segurou ainda dentro de mim até eu recuperar o fôlego. Uma investida forte seguida de outra mais forte, e então uma entrada e saída do seu pau nos fez nos movimentar pelo tapete de novo. Dallas investiu aquela circunferência grossa profundamente e gemeu, demorado e baixo, gozando de novo, pulsando mais e mais, seu comprimento latejando e gozando.

Devagar, seu peso desmoronou sobre mim. Ele era pesado e ficou mais difícil de respirar, mas não mexi meus braços das suas costas e ombros, e mantive as pernas em volta dele com firmeza, enquanto todos aqueles músculos definidos pulsaram em cima e dentro de mim. Ele estava respirando com tanta dificuldade quanto eu; era como se nenhum de nós conseguisse recuperar o fôlego.

Depois do que devia ser dez ou trinta minutos, ele se levantou com as mãos e os joelhos, e pude ouvi-lo engolir em seco, sua respiração superficial e irregular. Com meus olhos um pouco mais acostumados ao escuro, consegui vê-lo erguer o braço na direção do meu rosto. Sua mão segurou minha bochecha conforme fiquei ali deitada esparramada, ainda sem conseguir recuperar o fôlego.

Mexi a cabeça para beijar a pele abaixo do seu polegar e, simples assim, Dallas estava se abaixando de novo para se deitar no chão ao meu lado. Seu braço deslizou por debaixo do meu pescoço e ele me aconchegou na sua lateral. Ele estava molhado de suor e, quando rolei para o lado e joguei a perna por cima da sua coxa, senti o que devia ser nós dois na parte interna das coxas dele. Grudenta e molhada. Adorei.

Com minha cabeça no ombro dele, joguei o braço pelo meio do seu peito e o abracei.

Quando ele começou a rir, inclinei o rosto para cima, mas só consegui ver o contorno fraco da sua mandíbula.

— Do que está rindo?

A mão mais longe de mim se instalou alta na minha coxa que estava em cima dele. Ele acariciou mais para cima, tocando meu quadril com a palma e a lateral da minha bunda com a ponta dos dedos. Ele fez isso duas vezes antes de dizer naquela voz incrível, rouca e totalmente exausta:

— Você sabe que foi aquele seu abraço que começou tudo isto.

O quê?

— Como assim?

Ele mexeu sua mão em círculos na minha coxa, amassando devagar.

— Te vi do lado de fora da sua casa algumas semanas depois de você se mudar. Os Larsen deviam estar trazendo as crianças porque vocês estavam todos lá fora. Você estava na varanda aguardando-os, e Josh saiu do carro deles. Quando ele foi até você, nem estava prestando atenção, mas você o abraçou com esse sorriso enorme no rosto. Você estava rindo. Não sei o que ele te falou, mas então ele começou a te abraçar também e você o balançou até ele finalmente rir também.

"E toda vez que te vi depois disso, você sempre estava abraçando alguém. Beijando alguém. Dizendo à pessoa que a amava. Eu ia dormir pensando em você e me perguntando por que sempre fazia isso — ele disse naquela voz baixa, me abraçando mais."

— Porque eu os amo e a vida é curta.

— Sei disso agora, Diana. Soube disso toda vez que estava perto de você. Você consegue enxergar o quanto ama sua família, e é a coisa que mais amo em você. Queria alguém para me amar assim. Queria que você me amasse assim. — A mão que ele tinha na minha lateral encontrou a minha, e ele entrelaçou nossos dedos. — Não sou rico e não sou bonito, mas poderia fazer você feliz. Poderíamos criar nossa própria família remendada.

Meu coração se partiu na metade.

— Claro que poderia me fazer feliz. Você já faz. E você é muito bonito, do que está falando?

— Não sou, não. Você me falou que eu não fazia seu tipo, lembra? — ele me recordou em um tom que não soava triste nem decepcionado.

— Você estava sendo um idiota. O que era para eu te falar? *Oh, que braços grandes você tem.* E depois? Por favor, deixe-me me sentar no seu colo, meu amigo? — Dei risada, apertando meus dedos nos dele. — Você era casado e levava isso a sério. Eu nunca faria isso. *E* você não foi legal comigo por um tempo, de qualquer forma.

— O que queria que eu te dissesse? Que queria que sentasse no meu colo? — Ele deu risada de volta. — Linda, levei a sério estar casado com alguém que não amava. Nunca traí minha ex, mesmo depois que nos separamos. Que tipo de homem eu iria te mostrar que sou se tivesse mudado de ideia sobre como deveria agir após ter te conhecido?

Ele tinha razão e sabia disso.

— Te achei maluca no começo, depois te conheci e gostei de você... você era minha amiga e era legal exatamente porque é quem você é, não porque queria algo de mim. Então, naquele dia em que eu estava tirando piolho do seu cabelo, você olhou para mim enquanto estávamos rindo e eu sabia que estava perdido — ele disse.

Sua mão foi para a minha bochecha de novo.

— Se eu posso respeitar estar em um relacionamento com alguém de quem não vou me lembrar daqui a anos... alguém em quem nem penso... queria que você visse o quanto eu levaria a sério passar os próximos cinquenta anos com a garota que está guardando meu coração.

Esse homem. Esse homem iria me remendar com linha forte industrial. Como? Como eu poderia viver um dia sem ele? Uma semana, um mês, uma eternidade?

Como se sentisse que eu estava enlouquecendo, mas não do jeito que ele pensava, Dallas se ergueu em um antebraço para olhar para mim.

— Diana, eu amo você, e cada osso do meu corpo me diz que vou te amar por todos os dias da minha vida, mesmo quando quisermos nos matar.

Funguei, e o que ele fez? Deu risada.

— Quando você estiver velha, vou segurar sua mão quando atravessarmos a rua. Vou te ajudar a colocar as meias — ele prometeu.

Comecei a rir, mesmo quando as lágrimas chegaram aos meus olhos.

— E se eu tiver que ajudar *você* a colocar as meias?

— Então vai me ajudar a colocar as meias. E se eu estiver de cadeira de rodas e você não, vou te dar carona.

Minhas lágrimas escorreram quando dei risada, e não pude evitar e coloquei a testa no seu ombro.

— Não pode me prometer que sempre estará lá. Sabe que não é assim que funciona.

— Enquanto eu ainda tiver ar no meu corpo, não vou a lugar nenhum, Peach. — Ele beijou minha têmpora. — Não dá para saber o que vai acontecer daqui a uma hora, um minuto, mas não vou fazer você se arrepender de nada disso, mesmo quando eu te deixar irritada e nós brigarmos porque vamos estar juntos há muito tempo e saber tudo um do outro. Dessa vez, poderia ser um mês ou até nós dois estarmos usando fraldas, mas estarei lá.

— Fraldas?

— Fraldas — ele confirmou, inclinando-se para beijar meu rosto três vezes. — Eu juro.

CAPÍTULO VINTE E SEIS

— Conte a ela — Josh sussurrou quando passou por mim na cozinha para encher seu copo com suco de maçã na geladeira.

Cerrei os dentes e arregalei os olhos na direção dele enquanto voltava para ficar de olho na minha mãe, que estava parada diante do fogão, mexendo o arroz.

— Vou contar. Me dê um segundo — chiei para ele, olhando na direção da minha mãe mais uma vez para me certificar de que ela estivesse desatenta.

Meu menino de onze anos falou "covarde" sem emitir som para mim por cima do seu ombro ao sair do cômodo com o copo cheio.

Tristemente, eu sabia que ele tinha razão. Precisava contar à minha mãe quem iria participar do jantar de Natal. Bem, mais especificamente, *por que* alguém viria para jantar com a Sra. Pearl a reboque.

Merda.

Pegando um pano de prato limpo de uma gaveta, mal o mergulhara debaixo da torneira aberta quando eu finalmente disse:

— *Mamá*, a Sra. Pearl e Dallas virão para jantar.

— A Sra. Pearl? *¿La vecina?*

— Sim, a vizinha. Aquela cuja casa queimou.

— E quem mais? — ela perguntou distraidamente, ainda de costas para mim.

— Dallas. Meu vizinho. Técnico de Josh. — Já tínhamos falado dele umas doze vezes antes, mas, conhecendo minha mãe, ela só estava se fazendo de boba, possivelmente torcendo para eu, misteriosamente, falar de outra pessoa com o mesmo nome.

— Aquele todo tatuado?

Jesus Cristo.

— Ele nem tem tantas tatuagens — gemi.

— Suficientes — ela zombou.

Quando espremi o excesso de água do pano, disse a mim mesma que não estava imaginando que ele fosse o pescoço da minha mãe.

— Por favor, pare com os comentários. Vai ter que se acostumar com elas. Vai vê-lo bastante. — Pronto. Estava feito. Tinha contado a ela.

— *¿Cómo?*

Me virei para olhar para a mulher que tinha me carregado por nove meses, que brigava comigo mais do que qualquer outra pessoa, que me criticava e julgava cinco vezes mais e que me dava mais dores de cabeça do que qualquer pessoa no mundo. Mas ela era o mundo para mim. Mesmo doida e tal.

— Você sabe *como*.

Um dos seus olhos se semicerrou um pouco, e a vi respirar fundo.

— Ele é seu namorado? — ela perguntou em espanhol, de forma prolongada e com uma respiração quase chocada.

Não poderia desrespeitá-la mentindo, então lhe contei a verdade.

— Pode-se dizer isso.

Essa mulher dramática, que tinha me dado à luz quase trinta anos antes, colocou a mão direto no coração.

— Eu o amo, mãe.

Ela se virou rudemente. Jesus Cristo. Com um pouco de medo dela, embora eu fosse mais alta, dei um passo mais para perto e baixei a voz, tentando meu máximo para ser compreensiva. Não funcionou bem, mas tentei.

— Ele é o melhor homem que já conheci, mãe. Tenho sorte. Pare de parecer que vai morrer, vai. *Es un güero*[5], ele tem tatuagens. Rodrigo se casou com Mandy, que nem era católica, muito menos mexicana, e ele tinha tatuagens. Pare de fazer essa cara.

— Como você pode sequer... — Ela arfou dramaticamente.

Lá estava.

— Como posso o quê? Os meninos gostam muito dele. Louie é quase apaixonado por ele. Ele tem um trabalho estável. Sua avó mora com ele. Era casado e não queria ter nada comigo até se divorciar...

— Ele era casado!

Pisquei para ela, quase surtando com sua merda. Então joguei a única carta que eu tinha como trunfo para seu surto:

— A senhora foi casada antes do papai. Lembra daquele cara?

Ela prendeu a respiração, o que me fez erguer as sobrancelhas.

— Achava que eu não sabia? Mãe, *eu sempre soube*. Papai me contou há muito tempo. Quem se importa?

Seu rosto ficou tão vermelho quanto alguém tão morena conseguia ficar.

— Diana...

Abri um sorriso para ela e dei um passo à frente, tentando colocar a mão no seu ombro, só para ela se afastar no último minuto. Feriu meus sentimentos muito mais do que deveria.

— O que foi? Não me importo que você tenha se casado com alguém antes. Não precisa ficar envergonhada. Obviamente, todos nós tivemos problemas no nosso primeiro relacionamento. Acontece. Rodrigo também foi, mas, veja, a senhora conheceu papai e nos teve. Está tudo bem.

---

5   Gíria da língua espanhola para pessoa de pele clara ou loira. (N.E.)

Minha mãe ficou de costas para mim, e pude vê-la baixando a cabeça, seus ombros se curvando conforme ela se apoiava no balcão da cozinha.

— Pare de falar sobre Rodrigo, Diana.

Estávamos de volta a isso?

— Mãe...

— Não, *não*. Isto não tem nada a ver comigo e com o que aconteceu antes de vocês nascerem.

Tudo bem, então ela ficou com vergonha de eu saber seu segredo de anos atrás. Certo. Eu entendia. Provavelmente, me sentia da mesma forma se tivesse mentido para alguém por quase trinta anos.

Então ela balançou a cabeça dramaticamente, apertando o peito de novo, e minha empatia desapareceu.

— Como pode trazer outro homem para a sua vida? Para a vida dos *meninos*? Eles já tiveram um pai. Um ótimo...

— Do que está falando? Não estou arrumando outro pai para eles. Eu o amo, e sei que ele se sente da mesma forma e, mesmo se nos casarmos um dia no futuro distante... — Bufei, sem acreditar no que minha mãe estava tentando insinuar. — ... Ninguém, nunca, substituiria Rodrigo, mãe. Como pode pensar isso de mim só por encontrar alguém de quem eu gosto? Pensei que fosse surtar porque detesta todo mundo que já namorei, mas este é diferente. É muito diferente. Ele é maravilhoso. Provavelmente, é bom demais para mim. Mas ele não tem nada a ver com o Rodrigo.

Pude vê-la balançar a cabeça, seus ombros balançarem e cheguei atrás dela e envolvi os braços no seu pescoço.

— Penso nele o tempo todo. Falo para os meninos sobre ele. Nenhum de nós o esqueceu, e nunca conseguiríamos. Mas não acha que ele iria querer que fôssemos felizes?

Ela não falou nem uma palavra e meu estômago se revirou.

— Mãe, te amo. O que foi?

Seu queixo baixou até tocar meu antebraço, e ela não falou nada por um bom tempo.

— Desculpe, *amor*. Você tem razão. Tem razão — ela finalmente admitiu.

— Sei que sempre tenho razão.

Ela fungou, soando chorosa e relutante.

— *No te creas*. — Sua palma foi para uma das minhas mãos, entrelaçando nossos dedos. — Sinto falta do seu irmão — ela sussurrou, como se fosse cortá-la se dissesse as palavras alto demais. — Me flagrei comprando presente de Natal para ele duas vezes este ano.

Queria perguntar mais a ela, para que me contasse sobre quando pensasse nele. Mas fiquei de boca fechada. Eu adorava cutucar e cutucar por mais, porém, com algo assim... O que ela me deu foi mais do que suficiente. Era um começo. Ou talvez, se não fosse um começo, era alguma coisa.

— Só quero o melhor para você. Foi o que sempre quis. Cometi tantos erros, Diana. Sei que cometi, e não quero que você os repita. Nem sempre fui a pessoa que você queria que eu fosse, e sinto muito.

Aff.

— Mãe, a senhora é ótima. Sei que eu nem sempre fui a pessoa que a senhora queria que eu fosse também, mas está meio que presa comigo e eu presa com a senhora. — Apertei-a. — Te amo mesmo assim.

— *Te quiero mucho, amor*. — Seus dedos pequenos apertaram os meus e eram muito mais fortes do que deveria para alguém tão pequena. — Nem todo mundo pode se casar com alguém como sua prima, eu entendo.

Revirei tanto os olhos que não sabia como eles tinham encontrado o caminho de volta para a frente. Deus. Deveria ter esperado isso dela. Não sabia por que a deixava continuar a me surpreender.

Quando ela soltou meus dedos e deu um tapinha nas costas da minha mão, resolvi simplesmente deixar para lá.

— Ok, estou bem agora. — Ela não se virou para olhar para mim enquanto agia como se nada tivesse acontecido. — Poderia ter me dito mais cedo que mais pessoas viriam. Eu teria colocado um vestido mais bonito.

Dei aos seus ombros, não ao seu pescoço, um aperto conforme recuei.

— Quem está tentando impressionar? A senhora já é casada.

Isso a fez olhar com o olho cheio de lágrimas por cima do ombro.

— Não sei onde errei com você.

Alguém bateu na porta da frente assim que eu disse:

— Eu também não.

Eu tinha noventa e nove por cento de certeza, quando saí da cozinha, de que minha mãe me ameaçou com seu sapato, porém fiquei tão aliviada que tínhamos conversado que não fiz nada além de sorrir para a pessoa parada do outro lado da porta. O cabelo da Sra. Pearl era uma aura pálida em volta da cabeça e ela havia vestido uma blusa de gola alta com estampa de árvores de Natal e brincos fofos de bonecos de neve.

— Feliz Natal, Sra. Pearl.

A mulher mais velha abriu um sorriso presunçoso.

— É véspera de Natal, Diana, mas Feliz Natal antecipado.

Que Deus me ajudasse. Dei risada quando me inclinei para a frente para lhe dar um abraço gentil.

— Entre. Entre — disse a ela, recuando para deixá-la passar.

E foi quando eu, finalmente, analisei o homem que estivera parado bem atrás dela. Com uma camisa cinza-clara de flanela com o botão superior aberto, estava Dallas. Ele deu um passo à frente.

— Olá, luz da minha vida.

Franzi o nariz. Meu coração acelerou instantaneamente de uma batida para outra, de um piscar dos meus olhos para o seguinte. Será que um dia iria acostumar com isso? Com certeza esperava que não.

— Oi, Professor.

Me estiquei na ponta dos pés e o senti pressionar a boca contra mim, o beijo lento e sutil, um lembrete para o meu coração do que tínhamos feito no meu quarto por três noites naquela última semana. Do que eu esperava que fizéssemos no meu quarto, com as portas fechadas, naquela noite também. Ele tinha viajado para ajudar Trip com uma coisa no dia anterior, então não havia vindo de noite. Eu confiava nele — em ambos, na verdade. Não precisava perguntar o que estiveram fazendo.

— Obrigado por nos receber.

Revirando os olhos, dei um selinho na sua boca de novo.

— Não me agradeça.

— Ok, você pode me agradecer — ele falou, enfiando a mão no bolso e tirando uma coisa pink. Dallas se esticou por cima da minha cabeça tão rapidamente que não consegui ver o que era até seus dedos passarem pelas laterais do meu rosto e algo cair sobre o meu cabelo. Seus olhos desceram para os meus conforme ele ajustou o acessório pink no meu cabelo, que eu tinha deixado solto e enrolado. — Fiz um gorro para você.

E ele sorriu ao dizer isso, a palma das suas mãos se curvando para segurar minhas bochechas.

Tudo que consegui fazer foi piscar.

— Pink, como a Princesa Peach.

Engoli em seco.

— Se estiver querendo transar, temos que esperar até todo mundo ir embora — sussurrei.

Dallas sorriu e eu também.

— Obrigada. Não consigo acreditar que tricotou um gorro.

— Falei para você que faria isso.

Tinha falado. Tinha me falado mesmo isso. Peguei suas mãos do meu rosto, observando conforme ele se encolheu com o contato, e olhei para as mãos grandes e dedos compridos que eu estava segurando entre nós. Os nós estavam vermelho-arroxeados e dois estavam sem pele. Pisquei.

— *O que foi que você fez?*

Não houve hesitação na sua resposta.

— Coisas.

Olhei para ele, estreitando os olhos e ignorando o sorriso sorrateiro se abrindo no seu rosto.

— Vocês bateram em alguém?

Eu conseguia visualizar Trip em uma briga por qualquer que fosse o motivo. Mas Dallas? Tinha que ser um motivo muito bom. Talvez Trip tivesse se envolvido em uma briga e Dallas tivesse intervindo...

Sua mão não machucada se ergueu para minha bochecha de novo e ele sorriu com a boca fechada.

— Sim. Ele mereceu. — Antes que eu pudesse reagir, ele se inclinou para a frente e beijou minha boca suavemente.

Será que ele... Jeremy...? Com seus lábios pairando logo acima dos meus, perguntei lentamente:

— Aonde vocês foram?

— Fort Worth.

Puta merda.

Dallas pressionou os lábios nos meus de novo.

— É melhor você não fazer mais perguntas, ok? Considere esse um dos seus presentes de Natal, linda.

Meu coração pareceu inchar dez vezes mais e, em uma das raras ocasiões na minha vida, eu não sabia o que dizer. Tudo que pude fazer foi erguer sua mão ferida para minha boca e beijar os nós, sorrindo e rindo conforme seus olhos encontraram os meus. Devia ter feito alguma coisa bem incrível em outra vida para merecer esse homem. E foi bem fácil não fazer mais nenhuma pergunta sobre onde ele estivera e o que havia feito. Eu ainda estava sorrindo para ele ao questionar:

— Ainda estará de folga depois de amanhã?

Dallas assentiu, aqueles olhos esverdeados-castanhos-dourados focados nos meus.

Não fiquei surpresa pelo quanto meu peito não estava apertado ou como meu estômago não doeu quando a pergunta saiu da minha boca. Eu tinha pensado nisso na noite anterior enquanto estava deitada na cama e resolvi perguntar.

— Pode olhar os meninos para mim metade do dia? Tenho clientes...

— Claro — ele me interrompeu.

Ele parecia aliviado ou era minha imaginação?

— Você me pediu ajuda.

Esse sentimento engraçado revirou na minha barriga e eu sorri para ele.

— E?

— Você realmente me ama. — Sua boca ficou aberta. Aff.

— Cale a boca — gemi. — É melhor se acostumar. Não vou deixar você se safar disso um dia porque está cansado de eu pedir ajuda.

Dallas balançou a cabeça. O sorriso enorme que parecia o melhor presente de Natal do mundo se abriu na sua boca.

— Não vou me cansar. Nunca.

Não pude deixar de olhá-lo um pouco.

— Está falado.

— Vou deixar por escrito para você um dia.

— Aham. — Meu rosto ficou quente, então mudei de assunto. Meu coração não aguentava tanta emoção em um dia. Talvez, um dia, eu me acostumaria com ele, mas esperava que não. Você para de apreciar as coisas no instante em que elas se tornam rotina. — Entrou em contato com seu irmão, por acaso?

Ele ergueu um ombro.

— Não. Deixei uma mensagem de voz para ele. Trip disse que pensou tê-lo visto na semana passada, mas não sei.

Franzi o nariz.

— Sinto muito. Espero que ele te ligue de volta.

— Eu também. — Ele beijou minha bochecha. — A boa notícia é que a vovó está tentando parecer tranquila, mas está empolgada de estar aqui — ele disse, sua boca a centímetros da minha quando ele recuou.

— Que bom. Me certifiquei de que tivéssemos bastante comida mexicana para ela enfiar a cara. — Sorri para ele. — Ela disse mais alguma coisa sobre... você sabe, nós?

Suas mãos voltaram para as minhas bochechas.

— Ela estava acordada há umas noites e me flagrou entrando de fininho. Tudo que ela falou foi *já era hora*.

Meu rosto ficou vermelho e não pude deixar de rir pelo tanto que estava envergonhada. Deus.

— Certo. Agora preciso me sentar durante o jantar sabendo que ela sabe que você *vem aqui*.

— Vim aqui agora mesmo.

— Isso é um jeito bem diferente de vir aqui. — Dei risada. — Está mais para atravessar a rua, se é que me entende.

Dallas deu de ombros, fácil, fácil, um dos seus polegares indo para o meu lábio inferior para puxá-lo um pouco para baixo.

— Um dia, podemos comemorar o Natal e eu não vou precisar atravessar a rua, humm?

— Eu gostaria disso. Gostaria bastante. — Olhei-o bem nos olhos. — Tudo que me importa é que este é o primeiro de muitos. Eu espero.

Seu sorriso ficou mais amplo, sua testa encostou na minha, e ele suspirou.

— Pode ter certeza de que é o primeiro de muitos.

EPÍLOGO

— Tem certeza de que quer isso?

Louie assentiu rapidamente — empolgado —, ele estava tão empolgado que fez um nó se formar na minha garganta pela, provavelmente, milésima vez desde que ele viera com essa ideia para mim meses atrás. Tinha sido tudo ele. Eu não poderia levar crédito pelo que ele estava prestes a fazer.

Tudo que eu queria era me certificar de que ninguém tivesse os sentimentos feridos.

— Lou, tem certeza? — perguntei a ele, sabendo que havíamos falado sobre isso nas milhares de vezes desde que ele mencionara isso.

Ele tinha a mesma resposta toda vez: Sim, *Tia*.

— Não pode voltar atrás depois.

Ele piscou aqueles olhos azuis lindos para mim conforme se afastou da mesa de café da manhã e foi direto para o bolo de aniversário que eu havia acabado de tirar da geladeira. O bolo branco e azul que trouxemos da doceria perto de casa dizia FELIZ ANIVERSÁRIO DE 80 ANOS, DALASS[6] no topo em vermelho. Josh e eu tínhamos feito um cumprimento de punhos, no mínimo, três vezes pelo tanto que estávamos nos divertindo.

Louie deu de ombros enquanto suas mãos seguraram a beirada do

---

6   Trocadilho com o fim do nome dele, já que "ass" é gíria para bunda, em inglês. (N.E.)

balcão da cozinha. Ele estava tão alto agora que fazia meu coração doer um pouco. Josh tinha me passado na altura há uns três anos, mas pensei que fosse ter mais tempo com Louie antes de ele crescer. Eu tinha lhe dado mais um ano antes de espichar como um foguete, e eu sabia que, em certo momento, isso me faria chorar pelo bebê que ele não era mais.

— Eu sei, *Tia*. — Sua boca se curvou e ele sorriu para o bolo. — Quero muito isso. — Ele me olhou. — Tem certeza de que papai não se importaria?

Oh, meu irmão. Não havia se passado um dia que eu não pensasse nele e não quisesse chorar, mas, principalmente, quando falava sobre isso... me afetava toda vez.

Não ajudava o fato de eu estar grávida de quatro meses.

Eu. Grávida de quatro meses. Ainda não conseguia identificar como ou quando Dallas tinha me convencido disso, mas meu palpite era que ele o havia feito há um ano, mais ou menos. Ele nunca falou diretamente sobre ter filhos, porém tinha acontecido do mesmo jeito que me fizera me apaixonar por ele. Lenta, inesperada e completamente.

Também culpava Vanessa pelo que aconteceu. Se nós quatro não tivéssemos ido visitá-la, e eu não tivesse visto Dallas brincar com seu filho mais novo, meus ovários poderiam nunca ter se acendido. Quando vi, estávamos no meio da febre de fazer bebê e, com certeza, eu nunca reclamaria disso.

Agora eu estava pagando isso com enjoo matinal horrível e mudanças de humor que me faziam chorar metade do dia pela coisa mais idiota. Se eu passasse por uma foto do meu irmão aleatoriamente? Chorava. Se Josh precisava de uma calça nova porque tinha crescido demais para a dele? Chorava. Se Dallas me deixasse um post-it no espelho do banheiro? Chorava.

Era meio patético.

E eu não mudaria isso por nada. Dallas tinha se iluminado como um foguete — como se eu tivesse lhe dado o mundo —, e os meninos tinham ficado mais empolgados do que eu poderia ter imaginado quando descobriram que eu estava esperando o mais novo membro da nossa família. Agora eu tinha três homens superprotetores que brigavam comigo se eu carregasse as compras, se tirasse o lixo e se trabalhava horas demais.

Acelerando para dois meses depois de eu ter descoberto que estava carregando alguém novo para amar. Iríamos comemorar o aniversário de quarenta e seis anos de Dallas, apenas nós quatro. Uma das minhas tias distantes havia morrido, e meus pais estavam fora da cidade para ir ao funeral.

Quando Louie tinha perguntado, pela primeira vez, se eu achava que meu irmão não veria problema no que ele queria fazer, eu não soubera o que dizer a ele. Queria pensar que ele não veria problema nisso, mas como poderia *realmente* saber? No entanto, quanto mais eu pensava no relacionamento de Louie e Dallas, analisando o quanto eles eram próximos após cinco anos, quanto Dallas amava esse menino de verdade que sempre tinha sido meu coração...

Tive minha resposta.

— Nada nunca vai tirá-lo de você. Seu pai iria querer que você fizesse o que te faz feliz, Gooey Louie. Ele entenderia, e sei que ele realmente teria gostado de Dallas.

Louie assentiu devagar, pensando, então assentiu com mais determinação.

— É, eu também. Quero fazer isso. Quero mesmo fazer isso.

Não vou chorar. Não vou chorar.

— Sei que quer, mas quero me certificar de que entenda que isto não é algo simples. É uma decisão enorme. Tipo, se um dia eu me cansar dele, poderíamos passar por um divórcio...

— Só sobre o meu cadáver — soou a resposta por trás de mim.

Merda. O quanto será que ele tinha ouvido?

Dallas chegou atrás de mim, seu queixo vindo descansar no topo da minha cabeça conforme seu braço envolveu minha frente até colocar a mão na minha barriga, instantaneamente indo exatamente para o lugar onde meu amendoinzinho de vida ainda estava escondido.

— Nunca deixaria você ir a lugar algum — ele disse, e eu já poderia imaginá-lo sorrindo para Louie do topo da minha cabeça.

Me recostei nele e apertei a mão que ele tinha acabado de colocar no meu quadril.

— Gostaria de te ver tentar se eu quisesse mesmo.

— Você não chegaria no fim da rua. Ama demais a gente.

Dei risada.

— A gente?

— J e Lou não me abandonariam.

Para ser sincera, ele tinha razão. Não abandonariam. Eu fora a estrela do show até esse homem chegar e conquistar esse espaço que ninguém mais poderia preencher. Os meninos o amavam quase tanto quanto a mim. Eu não ficava nem um pouco chateada por isso.

Era mentira. Talvez um pouco. Eu sempre tivera problemas em compartilhar, mas pensei que, se eles fossem amar alguém novo, poderia muito bem ser ele.

O queixo de Dallas se abaixou para a lateral da minha cabeça, esfregando a barba na minha têmpora.

— Por que está falando de uma coisa que nunca vai acontecer? — ele perguntou.

Claro que nunca iria acontecer. Se eu pensava que amava Dallas na época em que ele se divorciou da Ela Nunca Mais Foi Mencionada, não era nada comparado a agora. Ele era, juro por Deus, o amor da minha vida, e me falava, no mínimo uma vez por semana, que eu era o amor da vida dele. Via post-it, sussurrava no meu ouvido quando estávamos na cama juntos à noite, dizia em voz alta quando me abraçava...

Olhei para Louie e o vi sorrir conforme eu mentia.

— Estávamos falando sobre que nome dar ao bebê e como temos que escolher algo bom porque não podemos mudar depois. Se for menina, acho que nós dois ainda estamos pensando que Pearl seria um bom nome.

Ele fez um barulho pensativo no meu ouvido. Quase que imediatamente depois de Dallas ter ido morar conosco, tínhamos perguntado a ela se queria ir morar conosco em vez de ficar na sua casa inteira remodelada sozinha, mas nunca a convencemos disso. Ela era feliz assim e parecia perfeitamente bem com a gente indo lá para ajudar com coisas ou convidando-a para jantar. Não havia nada de errado com ela. Então, há dois anos, quando Dallas a encontrou sem respirar, sentada no sofá, todos ficamos chocados pra caramba ao descobrir que ela havia falecido.

Seu funeral acabou sendo a última vez que vimos Jackson também. Dallas me contou que ligava para ele de vez em quando, mas era tudo que havia entre os dois. Partia um pouco meu coração porque eu sabia que Dallas ainda tinha esperança de que o irmão voltasse atrás e parasse de ser um babaca, mas não tinha acontecido.

Louie pigarreou um pouco alto demais, e isso me fez sorrir e parar de pensar na Sra. Pearl e em Jackson. Eu sabia exatamente de quem ele tinha pegado esse hábito.

— Dal, quer seu presente? — ele perguntou.

— Não precisava me dar nada, Lou — o homem atrás de mim respondeu.

O rosto de Louie se iluminou.

— Eu quis — ele disse ao pegar o pacote fino de vinte por vinte e cinco centímetros que ele havia embrulhado sozinho uns dois dias antes.

Observei Dallas dar a volta em mim e parar ao meu lado. Ele pegou o presente com uma mão. Se ele pensava que era estranho que a parte em que ele não estava encostando se curvou na direção dele, flexível e parecendo papel, não comentou. Esticou o braço livre à frente e o colocou em volta das costas de Louie, abraçando-o com um tapinha conforme o menino de dez anos envolvia os braços no homem que passara a significar tanto para ele.

— Vocês estão dando presentes e não iam me contar? — A voz de Josh veio por trás de todos nós.

Com quase um e oitenta e dois de altura e dezesseis anos de idade, ele parecia muito mais velho do que era. Meu Josh. Ele ainda não havia crescido tudo, mas eu sabia que cresceria; ele era cheio de músculos compridos e um rosto que ainda era bem de menino. Ainda era o rosto do meu Joshy Poo. Deu uma cutucada com o cotovelo em Dallas quando chegou entre mim e o homem que parou de ser seu técnico dois anos antes, e colocou um braço nos meus ombros.

— O que você ganhou? — ele indagou, sabendo muito bem o que seu irmãozinho estava dando a ele.

Essa foi a segunda coisa que pedira para Louie fazer quando ele tinha vindo falar comigo: conversar com seu irmão e avisá-lo do que estava planejando. Achei que Josh ficou magoado por, talvez, um dia quando descobriu, porém conversamos sobre isso, e ele havia feito as pazes. Ele entendeu.

A outra pessoa com quem eu falara para Louie conversar foi minha mãe. Ao longo dos anos, ela tinha passado a gostar bastante de Dallas, o que não foi uma surpresa. Ele era perfeito, por que ela não começaria a amá-lo assim que lhe desse uma chance? Mas o que Louie queria fazer tinha o potencial de estourar o limite da minha mãe. Eu não sabia exatamente o que tinha sido falado entre os dois durante sua conversa, mas, o que quer que fosse, Louie ainda iria continuar com seus planos. Imaginei que não poderia ter ido mal.

Dallas o cotovelou de volta conforme virou o presente, seus dedos indo para as beiradas com fita e as abrindo.

— Não sei.

Apertei os lábios e olhei de um lado a outro entre Louie e Dallas enquanto ele abria o presente. Isso mudaria a vida de ambos, mas, para mim, nada seria diferente.

Observei Dallas franzir um pouco o cenho ao rasgar o papel que envolvia o monte de papéis que Louie havia embrulhado. Ele os virou, do lado certo para cima, e sua testa se enrugou ao ler.

Segundos mais tarde, ele olhou para Louie e sua garganta mexeu. Segundos depois disso, ele se virou para mim com aqueles olhos cor de mel arregalados, e sua garganta se mexeu de novo. Então ele voltou sua atenção para os papéis e falou sem emitir som as palavras que estava lendo antes de colocar as mãos nos quadris, com os papéis em uma mão, e respirar fundo, bem fundo.

Seus olhos estavam lacrimejando. Ele piscou um monte de vezes. A ponta da sua língua foi para seu lábio superior e ele respirou fundo de novo.

Dallas olhou para mim e ergueu as sobrancelhas de novo antes de encarar Louie mais uma vez e declarar em uma voz embargada:

— Lou, eu te adotaria milhares de vezes, amigão. Nada me deixaria mais feliz.

Eu culparia os hormônios por como desabei em lágrimas no segundo em que Louie correu para os braços de Dallas, mas, sinceramente, não eram os hormônios.

Só conseguia pensar, enquanto estava ali parada, que, às vezes, a vida lhe dava uma tragédia que incendiava tudo que você conhecia e te mudava totalmente. Mas, de alguma forma, se você realmente quisesse, poderia aprender como prender a respiração conforme passava pelo rastro de fumaça deixado e poderia continuar. E às vezes, *às vezes*, você conseguiria fazer nascer algo lindo das cinzas que foram deixadas para trás. Se você tivesse sorte.

E eu era uma puta de uma sortuda mesmo.

NOTA DA AUTORA

Tomei algumas liberdades quanto às leis de adoção. No meu mundo da fantasia, Dallas poderia adotar Louie. 😊

AGRADECIMENTOS

Aos melhores leitores deste universo e do próximo (e meus Slow Burners!). Toda vez que lanço um livro novo, acho que todos vocês não vão conseguir ser mais incríveis, mas são. Obrigada por todo o apoio e amor, independente se está comigo desde o início ou se acabou de descobrir meu trabalho, sou muito grata. Não poderia estar aqui escrevendo isto para o meu sexto livro se não fossem vocês.

Um agradecimento enorme para minha amiga Eva. Eva, oh, Eva, onde esta história estaria sem você? Você me aguenta choramingando, surtando e me estressando. Lê meus rascunhos quando estão terríveis e me aconselha muito bem. É uma amiga maravilhosa, e sou muito grata por me aguentar.

Obrigada para Letitia Hasser, da RBA Design, pela capa incrível. Jeff, de Indie Formatting Services, obrigada por sua excelente formatação. Virginia e Becky, de Hot Tree Editing, por nunca partirem meu coração quando faço as edições. Lauren Abramo, de Dystel & Goderich, por deixarem meus livros em um formato que nunca imaginei. Aos meus amigos e pré-leitores, obrigada por sua ajuda!

Um agradecimento gigante para Kaitlyn, mais conhecida como Pickles, por responder minhas cento e uma mil perguntas sobre todas as coisas relacionadas a beisebol.

Um grande agradecimento às pessoas que representam o mundo

para mim: mãe e pai, Ale, Eddie, Raul, Isaac, minha família Letchford e o resto da minha família Zapata/Navarro.

Por último, mas não menos importante, meus três amores: Chris, Dor e Kai, que me lembram do que é importante no fim do dia.

CONHEÇA OUTROS LIVROS DA AUTORA

DE LUKOV, COM AMOR

Se alguém perguntasse a Jasmine Santos como ela descreveria os últimos anos de sua vida em uma única palavra, ela com certeza usaria um palavrão.

Depois de dezessete anos — e incontáveis promessas e ossos quebrados —, ela sabe que seu tempo para competir na patinação artística está chegando ao fim.

Mas, quando a oferta mais incrível de sua vida vem de um cara arrogante e idiota que ela passou a última década desejando poder empurrar debaixo de um ônibus em movimento, Jasmine pode ter que reconsiderar tudo.

Inclusive Ivan Lukov.

A MURALHA DE WINNIPEG E EU

Vanessa Mazur sabe que está fazendo a coisa certa.
Não deveria se sentir mal por pedir demissão.
Trabalhar como assistente/governanta/fada madrinha do melhor ponta defensivo da Organização Nacional de Futebol Americano sempre foi algo temporário.
Ela tinha planos, e nenhum deles incluía lavar cuecas extragrandes por mais tempo que o necessário.

Mas quando Aiden Graves aparece à sua porta querendo que ela volte, Vanessa fica completamente chocada. Por dois anos, o homem conhecido como A Muralha de Winnipeg não se deu ao trabalho de lhe desejar bom dia ou lhe dar os parabéns no seu aniversário. Agora, ele estava pedindo o impensável.

O que se diz para um homem que está acostumado a conseguir tudo o que quer?

Entre em nosso site e viaje no nosso mundo literário.
Lá você vai encontrar todos os nossos
títulos, autores, lançamentos e novidades.
Acesse www.editoracharme.com.br

Você pode adquirir os nossos livros na loja virtual:
loja.editoracharme.com.br

Além do site, você pode nos encontrar em nossas redes sociais.

https://www.facebook.com/editoracharme

https://twitter.com/editoracharme

http://instagram.com/editoracharme

@editoracharme